AtV

Giles Foden wurde 1967 in Warwickshire, England geboren. Seine Familie zog nach Afrika, als er fünf Jahre alt war, und lebte dort in verschiedenen Ländern, auch in Uganda. 1993 zog Giles Foden zurück nach England, arbeitete drei Jahre lang für das *Times Literary Supplement* und ist jetzt Literaturredakteur beim *Guardian*. Er lebt in London.

Der letzte König von Schottland hat 1998 den Whitbread First Novel Award bekommen, den renommiertesten britischen Literaturpreis für einen Erstlingsroman. Giles Fodens Roman *Sansibar* erscheint 2003 im Aufbau-Verlag.

»König von Schottland« ist nur einer von unzähligen größenwahnsinnigen Titeln, die Idi Amin sich selbst verliehen hat. Der Oberbefehlshaber der ugandischen Streitkräfte übernahm 1971 nach einem Militärputsch gegen den Staatspräsidenten Milton Obote die Macht in Uganda.

Zufällig trifft just am Tag des blutigen Putsches Dr. Nicholas Garrigan, ein junger schottischer Arzt, in Kampala, der Hauptstadt von Uganda, ein. Trotz der Wirren des Umsturzes gelingt es Garrigan, bis zu dem Buschkrankenhaus vorzudringen, in dem er die nächsten Monate praktizieren wird. Und dann begegnet er per Zufall Idi Amin, als dieser mit seinem roten Maserati auf einer Landstraße entlangrast, eine Kuh überfährt und sich infolge des Unfalls die Hand verbinden lassen muß.

Kurz darauf wird Garrigan zum Leibarzt Idi Amins berufen – der »Conqueror of the British Empire« hat seinen schottischen Leibeigenen zu sich geholt. Garrigan wird zum Hofnarren, zum Vertrauten und außenpolitischen Berater des Diktators. Dabei begreift er nicht, daß seine Nähe zur Macht ihn nicht nur korrumpiert hat, sondern daß er sich im engsten Dunstkreis Amins keineswegs sicher fühlen kann, weil er längst schon überwacht und bespitzelt wird wie alle anderen.

Zu spät stellt er fest, daß er ein Teil des Schreckensregimes geworden ist, ein Mitwisser und Komplize, ein Verräter seines Heimatlandes und vor allem: ein Gefangener in Uganda.

Giles Foden

Der letzte König von Schottland

Roman

*Aus dem Englischen
von Ulrich Blumenbach*

Aufbau Taschenbuch Verlag

Titel der Originalausgabe
The Last King of Scotland

ISBN 3-7466-1932-7

1. Auflage 2003
Aufbau Taschenbuch Verlag GmbH, Berlin
© Aufbau-Verlag GmbH, Berlin 2001
Copyright © 1998 by Giles Foden
Umschlaggestaltung Torsten Lemme
unter Verwendung eines Fotos von © Corel Corporation
Druck Ebner & Spiegel, Ulm
Printed in Germany

www.aufbau-taschenbuch.de

Unverbundene Teile, Dinge ohne Zusammenhang, Verschiebungen, nachtmarische Reisen, Städte, wo man ankommt, die man hinter sich läßt, Begegnungen, Fahnenflucht, Verrat, alle möglichen Vereinigungen, Ehebrüche, Triumphe, Niederlagen ... das sind die Fakten.

Alexander Trocchi, *Kains Buch* (1960)

Erster Teil

I

An meinem ersten Tag als Idi Amins Leibarzt tat ich praktisch nichts. Ich war eben erst aus einer Provinz im Westen gekommen, wo ich in einem Buschkrankenhaus gearbeitet hatte. Im Vergleich dazu war die Stadt Kampala für mich das Paradies.

Draußen im Busch hatte ich Idi einmal behandelt. Wenn er dort die alten Klanchefs in ihren Gummistiefeln tyrannisieren kam, raste er in seinem roten Maserati immer wie ein Irrer über die Feldwege. Wenn man abends unter den Telegrafenmasten, auf denen Turmfalken hockten, spazierenging, konnte man sehen, wo er langgefahren war – die grünen Grasstreifen in der Mitte der Wege waren von der glühend heißen Ölwanne des Sportwagens braun versengt.

Diesmal war er mit einer Kuh kollidiert – irgendein armer Kleinbauer hatte sie wahrscheinlich für die Schlachtung gemästet –, der Wagen hatte sich überschlagen, Idi war hinausgeschleudert worden und hatte sich das Handgelenk verstaucht. Die Soldaten, die ihm in ihren langsamen Jeeps gefolgt waren, hatten mich gerufen. Ich mußte ihn am Straßenrand verarzten. Idi lag stöhnend im Gras, behauptete steif und fest, das Handgelenk wäre gebrochen, und beschimpfte mich auf Suaheli, während ich ihn verband.

Aber irgendetwas mußte ich richtig gemacht haben, denn nach einigen Monaten bekam ich einen Brief vom Gesundheitsminister Jonah Wasswa. Er enthielt meine Ernennung zu Idi Amins Leibarzt – Dr. med. Seiner Exzellenz – in State House, einer seiner Residenzen. So war Idi nun mal, wissen Sie. Bestrafung oder Belohnung. Man konnte nicht nein sagen. Oder ich dachte damals, das könne man nicht. Vielleicht dachte ich auch gar nicht darüber nach.

Auf dem Anwesen von State House erforschte ich jeden Quadratmeter meines feudalen Sprechzimmers direkt neben meinem Gratisbungalow. Mir gefielen die schwarze Couch und der Drehstuhl, die grünen Aktenschränke, die Bücherregale mit Arztberichten und alten Heften von *Lancet*, die verchromten Armaturen und Gelenkleuchten mit Federeinstellungen. Die wichtigsten Geräte – Stethoskop, eine kleine Segeltuchrolle mit Operationsbesteck, Patientenakten und so weiter – lagen säuberlich angeordnet auf dem Tisch. Die Ordnung und tadellose Sauberkeit des Sprechzimmers hatte ich Cecilia zu verdanken, der Arzthelferin, die ich von meinem Vorgänger Taylor übernommen hatte. Nach meiner Erste-Hilfe-Leistung am Straßenrand hatte Amin Taylor ohne viel Federlesens entlassen. Ich hätte deshalb ein schlechtes Gewissen haben sollen, hatte aber keins. Cecilia machte keinen Hehl daraus, daß sie beruflich nichts von mir hielt und mich privat nicht mochte – ich nehme an, der alte Taylor hatte es ihr angetan – und daß auch sie bald zurückgehen würde, zurück nach Ashford, Kent.

Laß sie gehen, sagte ich mir und schob einen Artikel über Funktionsstörungen des Innenohrs beiseite; meine Privatarbeit, mein kleines Problem. Ich war einfach froh, daß ich dem Busch entkommen war und mehr Geld verdiente. Die Sonne schien, und ich war glücklich, glücklicher als seit etlichen Monaten. Ich starrte aus dem Fenster auf einen gepflegten Rasen, der sich einen Hügel hinab bis zum in der Ferne glitzernden Victoriasee erstreckte. Eine Brise raschelte im Laub der Büsche: Bougainvilleen, Flamboyants, Poinsettien. Durch die Jalousien sah ich eine Gruppe von Gefangenen in weißen Kattununiformen, die das Gras mit Sicheln mähten. Sie wurden von einem schläfrigen Soldaten bewacht, der sich im staubigen Dunst auf sein Gewehr stützte. Das leise zischelnde Sausen war bis zu mir zu hören.

Ich betrachtete den nächststehenden Gefangenen, leicht hypnotisiert vom gleichmäßigen Schwung seines knochigen Arms. Die Häftlinge kamen mir nicht gerade üppig ernährt vor: ein bißchen gedämpfte Kochbanane oder Maismehl, ein gekochter Hühnerhals, wenn sie Glück hatten.

Da es nicht den Anschein hatte, als würde mich der Präsident im Lauf des Nachmittags noch konsultieren, wandte ich mich vom Fenster ab und beschloß, mit dem Bus in die Stadt zu fahren. Im Busch hatte ich meist nur Shorts und Hemd getragen, und für heute abend mußte ich mir einen Leinenanzug nähen lassen. Die vielen Straßenschneider mit gußeisernen Nähmaschinen, schlechten Zähnen und noch schlechterem Englisch waren dafür genau die Richtigen. In ein paar Stunden versorgten sie einen mit einem kompletten Anzug, während man auf dem Markt herumstrich oder einen der erstaunlich schlecht sortierten Lebensmittelläden aufsuchte. Nicht gerade Savile Row, aber für hier war es gut genug, allemal gut genug für Idi. Der seinerseits allerdings tatsächlich Savile-Row-Maßanzüge mit stattlichen dicken Aufschlägen und schweren Säumen trug. In Plastiksäcken mit Reißverschluß wurden sie allwöchentlich aus Stansted eingeflogen, hingen an Ständern neben Scotch-Kisten, Golfschlägern, Tonbandkassetten, Zigarettenstangen, mit Kartonröhren verkleideten Fahrrädern, schlanken Wasserkesseln und eleganten Toastern mit blinkenden Lämpchen. Auch Grundnahrungsmittel: Zucker und Tee – Produkte, die aus Uganda stammen mochten und auf dem Umweg über Großbritannien ihr Sackleinen gegen Zellophanverpackungen getauscht hatten.

Ich brauchte dringend einen Anzug, weil Idi heute abend seinen Botschafterempfang gab, den jährlichen Schmaus, zu dem er Kampalas Corps Diplomatique einlud, allerlei Lokalgrößen, leitende Staatsbeamte, reiche Konzessionäre (Lonrho, Cooper Motors, Siemens), Vorstandschefs der Banken (Standard, Commercial, Grindlays) und Klanchefs aus dem ganzen Land. Wasswa, der Minister, sagte, Seine

Exzellenz hätte meine Teilnahme ausdrücklich angeordnet. »Sie wissen ja«, hatte er gesagt (ich kannte Amins Krankenakte, wenn man das so nennen konnte – ein einziges Chaos, denn Seine Exzellenz bestand auf ihrer eigenhändigen Überarbeitung), »Präsident Amin hat manchmal leichte Verdauungsbeschwerden.«

Als ich die Sprechzimmertür hinter mir schloß, brachte der Luftzug aus dem Flur die Jalousie zimbelartig zum Klingen. Das Geräusch erinnerte mich an eine Art Glockenspiel, das ich mal im Urlaub auf Malta gesehen hatte – eine Reihe kleiner, blanker Messerklingen, die vor dem Laden eines Scherenschleifers hingen. »Äolsharfen«, hatte ein Freund damals gesagt.

Als ich aus der Stadt zurück war, duschte ich in der einbetonierten Naßzelle des Bungalows. Der große Stahlduschkopf gab nur einen dünnen lauwarmen Wasserstrahl von sich, ich hielt meine Hände darunter und ließ ihn mir über den Rücken plätschern. Danach ging ich durch den grob behauenen Torbogen aus dem Dampf des Badezimmers in die Affenhitze des Schlafzimmers und hatte das Gefühl, in eine andere Dimension zu wechseln. Frischer Schweiß mischte sich mit den Rinnsalen des Duschwassers.

Dann spürte ich ärgerlicherweise Stuhldrang, was ich unmittelbar nach dem Duschen immer hasse – es kommt mir wie ein Sakrileg vor. Wie gewöhnlich begutachtete ich das Ergebnis: So ließ sich am leichtesten schon im Frühstadium erkennen, ob man Parasiten hatte, die sich im Tropenklima schon in wenigen Stunden in einem ausbreiten konnten. Diese Abendgabe, stellte ich mißmutig fest, war blasser als sonst, ein möglicher Hinweis, daß sich im Verdauungsapparat Bakterien eingenistet hatten. Ich nahm mir vor, am nächsten Morgen ein paar Tests durchzuführen.

Durch das Drücken schwitzte ich noch mehr, und als ich meinen neuen Anzug anlegte, trug ich schon wieder die von mir sogenannte Montur des afrikanischen Leichenbestatters: den Schweißfilm, der den Körper Tag und Nacht bedeckt. Dieses Tropenmonster, der gespenstische Sendbote von tausend fahlen Malariatoden, kauert einem auf der Schulter, kullert an einem hinab und konzentriert seine Anstrengungen auf Knöchel und Kniekehlen.

In dieser düsteren Verfassung ging ich über den Rasen zum State House – die Haare gekämmt und trotzdem glänzend, ein kurzärmliges blaues Hemd und eine elegante grüne Krawatte unter dem cremefarbenen Anzug. Unterwegs sah ich, wie die Schnitter auf einen Laster getrieben wurden, der sie in das Gefängnis am Stadtrand zurückbrachte. Einer nach dem anderen warf seine Sichel in einen Holzkasten unter der Anhängerkupplung und verschwand hinter der Leinenklappe. Als ich vorbeikam, salutierte der Wächter mir mit einem kurzen Stock.

In der Nähe durchstöberte ein Marabu einen Abfallhaufen, und ich machte einen großen Bogen um ihn. Diese Vögel von der Größe kleiner Kinder hatten spindeldürre Beine, und mit ihren mächtigen Schnäbeln und den fleischfarbenen Kehlsäcken sahen sie aus, als könnten sie jeden Moment umfallen. Sie waren städtische Aasfresser, Dauergäste an allen Müllkippen. Ich haßte sie, aber sie faszinierten mich auch; sie hatten etwas Professorales, wenn sie die über die ganze Stadt verteilten verrotteten Abfallhaufen durchwühlten, die organische Masse, die sich mit Dreck und Kot mischte, mit Plastikstreifen und Metallstücken.

Ich schritt durch ein Tor in der Mauer auf den Hauptportikus zu, wo die schwarzen Limousinen der Botschafter vorfuhren, die Daimler der reichen Manager und eine Reihe weißer Toyotas und Peugeots mit Dreckspuren an den Kotflügeln. Ein Dienstmann in einem roten Mantel mit Messingknöpfen (der ihm zu eng war; die Knöpfe spannten) wies ihnen Parkplätze zu, lächelte dabei und verneigte sich leicht.

Drinnen stand Wasswa, der Minister, oben an einer breiten Treppe und winkte mich ungeduldig zu sich. Zusammen mit anderen Ministern und ranghohen Offizieren begrüßte er die Gäste und führte sie durch die große ebenholzgetäfelte Tür in den Festsaal, wo das Bankett stattfand.

Wasswa gehörte definitiv zur humorlosen Menschensorte, sein scharf geschnittenes junges Gesicht (er konnte kaum älter sein als ich – auf keinen Fall über dreißig) verzog sich unter der Last seines Amtes.

»Ah, Garrigan, da sind Sie ja. Ich hatte gehofft, Sie würden rechtzeitig ankommen. Sie müssen in Reichweite sein, falls sich einer der Gäste unwohl fühlt.«

»Selbstverständlich«, sagte ich zuvorkommend.

Mein Boß sah lächerlich aus – er hatte irgendwo einen Abendanzug aufgetrieben, aber die Ärmel waren zu kurz, und die Manschetten, die er mit zusammengedrehtem Lötdraht befestigt hatte, standen ab wie die gebrochenen Flügel kleiner Vögel.

Unten an der Treppe, wo die Honoratioren auf Idis Handschlag warteten, hatte sich bereits eine lange Schlange gebildet. Amin trug heute eine blaue Uniform – ich tippte auf Luftwaffe – mit Goldbesatz und Spitzenepauletten. Er sah umwerfend aus.

Wasswa dirigierte mich zu einer Dreiergruppe in der langgezogenen Schlange. Einer davon war Stone, der blonde britische Botschaftsangehörige, der mich nach meiner Ankunft in Uganda, bevor ich in den Busch ging, in sein Register aufgenommen hatte. Das andere Paar waren wohl der Botschafter und seine Frau. Sie war klein, aber drahtig und trug ein geblümtes Kleid. Beim Näherkommen musterte ich sie verstohlen über Wasswas Schulter; dann sahen mich ihre Augen mit den langen Wimpern in einem entspannten, aber nicht lächelnden Gesicht unter einem dunklen Bubikopf plötzlich an, und ich wich ihrem Blick aus. Sie zog eine Schnute, die ihrem Mund Ähnlichkeit mit einer kleinen Feige gab, und als sie mich ansah, huschte ein undefinierbarer Ausdruck über ihr Gesicht. Gar nicht mal so unsympathisch, fand ich.

Sie war etwas jünger als ihr Mann, das handelsübliche Modell des Auswärtigen Amtes: angeklatschte Haare, massive Gestalt in grobem Tuch, runde Brille im runden Gesicht – ein Schwamm von offizieller Konzilianz, der alle Zwistigkeiten aufsaugte, mit denen die Welt ihn konfrontierte.

Wasswa stellte uns vor. »Botschafter Perkins, Sie kennen unseren neuen Arzt im State House, Dr. Nicholas Garrigan?«

»Nicht persönlich, aber Stone hier hat mir schon von seiner großartigen Arbeit im Westen erzählt. Und jetzt sind Sie also gekommen, um hier bei uns für Ordnung zu sorgen? Seit Dr. Taylor gegangen ist, waren wir etwas verloren, das kann ich Ihnen sagen.«

Er sah Wasswa vielsagend an.

»Darf ich Ihnen meine Frau Marina vorstellen? Stone kennen Sie ja schon.«

Stone rümpfte die Nase. Schon damals ärgerte mich irgend etwas an ihm.

»Freut mich, Mrs. Perkins«, sagte ich.

Sie reichte mir die Hand und neigte den Kopf. Wenn sie sprach, sah man ihre Zähne.

»Schön, daß wir wieder einen Arzt in der Nähe haben. Man macht sich ja ständig Sorgen.«

Als unsere kleine Gruppe an der Reihe war, von Idi empfangen zu werden, klopfte er mir mit einer großen Hand auf die Schulter und schlenkerte die andere vor meinem Gesicht.

»Wie Sie sehen, habe ich mich von meinem Sturz wieder vollauf erholt, Dr. Nicholas. Aber wenn ich auch die Stärke eines Löwen habe, gibt es doch kleine Löcher in meinem Bauch, die Sie für mich schließen müssen.«

Er begrüßte uns der Reihe nach, ungezwungen und charmant, und lachte in sich hinein, als wir unter den funkelnden Kronleuchtern weitergingen. An den Wänden hingen abscheuliche Stammesmasken und eine Reihe steifer schwerer Porträts von Generalgouverneuren aus der

Kolonialzeit: Einige von ihnen trugen Koteletten, und einer erinnerte mich an meinen Vater. Wir suchten unsere Plätze an der langen Mahagonitafel, um die sich schon martialisch dreinschauende Offiziere und diverse Zivilisten scharten. Ein paar Journalisten liefen mit Notizbüchern herum, und auch ein Photoreporter war da, dem die Kamera an einem breiten Leinwandriemen um den Hals hing. Die einen Gäste trugen Smoking und Abendkleid, andere Leinenanzüge, Kattunkleider, Safarijacken und Saris; einige (aber bei weitem nicht alle) Klanchefs waren in traditioneller Aufmachung erschienen, und einige Matronen trugen Wickelgewänder aus bunten Stoffen. Eine junge Uganderin – eine Prinzessin, erfuhr ich später – trug einen Hosenanzug aus rosa Kaschmir. Trotzdem schien sie unter den surrenden Hartholzventilatoren nicht mehr zu schwitzen als wir anderen.

Die Gesellschaft stand unbehaglich hinter den Stühlen mit den hohen Lehnen und wartete auf das Ende der Begrüßungszeremonie und den Beginn des eigentlichen Diners. Ich fand meine Tischkarte. Der gekrakelte Name war falsch buchstabiert: Doktor Gargan. Auf meiner einen Seite saß Mrs. Perkins, auf der anderen Wasswa. Perkins und sein amerikanisches Gegenstück Todd (»Nathan Theseus Todd, wenn ich bitten darf«) saßen uns gegenüber. Weiter unten – der Italiener Bosola, der Ostdeutsche Lessing, der Portugiese Dias. Alle waren fett oder zumindest dicklich und hatten vollendete Umgangsformen; Botschafter müssen alle aus demselben Nest stammen.

Ich ließ meinen Blick über die Tafel schweifen und sah über das ganze Silber und Kristall zum Kücheneingang, wo Kellnerkolonnen geschäftig ein und aus eilten. Ein leichter Duft nach Holzrauch, ein Hauch Wirklichkeit, zog, von den Türen gefächelt, zur Tafel herüber. Alles zusammen – das Porzellan, die Zierdeckchen, der tropische Blumenschmuck, die parfümierten Fingerschalen, vor allen Dingen jedoch Marina Perkins neben mir – überwältigte mich fast nach den langen Monaten im Westen; das alles versprach, das alles verhieß zuviel.

Wein wurde eingeschenkt. Das Gespräch plätscherte dahin, während wir darauf warteten, daß Idi seine Begrüßungszeremonie beendete. Endlich walzte er herein und lächelte leutselig auf dem Weg ans obere Ende der Tafel, zum geschnitzten Stuhl. Hinter ihm an der Wand hing eine große Scheibe aus goldgelbem Metall, auf der das Wahrzeichen des Landes, ein ugandischer Kronenkranich, prangte.

Unser Grüppchen saß zwei oder drei Plätze von Idi entfernt am Kopfende des Tisches. Im politischen Sinn waren Perkins und Todd die bedeutendsten Emissäre, aber da sie erst vor vergleichsweise kurzer Zeit akkreditiert worden waren, schrieb ein uraltes diplomatisches Protokoll vor, daß sie nicht unmittelbar neben dem Machthaber plaziert wurden. Worüber sie insgeheim wohl überglücklich waren. Es läßt sich oft beobachten, daß eine auf den ersten Blick lästige Konvention sich zum Vorteil des einzelnen auswirkt.

Da stand Idi also, wuchtig wie ein Bronzestier, als wartete auch er darauf, daß etwas geschah. Es geschah auch etwas: Eine ergraute Amtsperson im Schwalbenschwanz, eine Art Haushofmeister, der unaufhörlich auf und ab getrippelt war, seit wir den Saal betreten hatten, schlug einen Gong, richtete sich auf und las von einem Blatt ab:

»Seine Exzellenz, Präsident auf Lebenszeit, Feldmarschall Al Hadj Doktor Idi Amin Dada, VC, DSO, MC, Herr der Tiere des Erdkreises und der Fische im Meer und Eroberer des britischen Empire in Afrika im allgemeinen und Uganda im besonderen heißt den Hof von Kampala und die versammelten Würdenträger der Stadt bei diesem seinem Jahresbankett willkommen.«

Ich betrachtete Marina Perkins, die die Hände in den Schoß gelegt hatte. »Wie lange dauert diese Geschichte bloß?« murmelte ich.

»Mmm«, sagte sie und drehte sich zu mir. »Wahrscheinlich länger, als Sie sich vorstellen ...«

Sie zog spitzbübisch die Augenbrauen hoch. In diesem Augenblick schwoll die Stimme des Zeremonienmeisters zum Crescendo an.

»Meine Damen und Herren, willkommen. Feldmarschall Amin ersucht Sie, mit dem Essen erst zu beginnen, nachdem er einige Bemerkungen zur Innen- und Außenpolitik gemacht hat.«

Amin richtete sich zu seiner vollen, beeindruckenden Größe auf, das Licht der Kronleuchter spiegelte sich auf seiner Schädeldecke und den ausgeprägten Jochbeinen. Die junge Frau in Rosa saß neben ihm.

»Liebe Freunde, ich muß Ihnen das antun, denn wenn ich nicht jetzt spreche, sind Sie zu betrunken, um mir zuzuhören. Mir ist aufgefallen, daß es in Uganda und auch dem Rest der Welt schlimme Räusche infolge von Bier und Spirituosen gibt. Das trifft besonders auf die Streitkräfte zu. Schauen Sie sich beispielsweise die Gesichter der Entebbe Air Force Jazz Band an. Ich sehe auf den ersten Blick, daß sie Säufer sind.«

Die Gäste kicherten und drehten sich zur Jazzband um, die im Halbdunkel auf einem Podium saß und auf ihren Einsatz wartete. Hatten sie zuerst trübselig ausgesehen und dann von Idis Bemerkung verschreckt, lachten die Musiker jetzt aus vollem Hals.

»Ja, manche Menschen sehen aus, als wären sie mit Schminke angemalt, nur weil sie zuviel Alkohol getrunken haben. Und auch Schminke kann schlecht sein und Perücken: Ich möchte nicht, daß Ugander die Haare toter Imperialisten oder von Imperialisten ermordeter Afrikaner tragen.«

Er tätschelte der rosa Prinzessin den Kopf, stockte kurz und zwinkerte, als wäre er verwirrt oder unsicher, was er gesehen hatte – sein Sehvermögen war schlecht, wie ich aus der Akte wußte. Dann zog er die Nase hoch und fuhr fort.

»Keine Familienangehörige von mir hat eine Perücke zu tragen, oder sie ist nicht länger meine Angehörige. Und so wie wir in Uganda alle eine glückliche Familie sind, so haben wir uns jetzt im Haus unseres Landes um diese Tafel versammelt. Ich persönlich habe dieses Haus gesäubert, bis es mir gelungen war, alle bedeutenden Posten mit Einheimischen zu besetzen. Können Sie sich an die Zeiten erinnern, als sogar die Köche in den Hotels Weiße waren? Bis auf mich. Ich habe als Junge am Straßenrand Süßigkeiten verkauft und war in meiner ersten Stellung bei der Armee Küchenjunge, bevor ich General wurde. Ansonsten war früher Unsicherheit weit verbreitet. Wenn Sie heute aufs Land hinausfahren, sehen Sie, daß wir genug zu essen haben. Wir bauen Feldfrüchte für den Export an und bekommen dafür ausländische Devisen. Ich habe einen Bericht der Parastatal Food and Beverages Ltd. vorliegen, aus dem hervorgeht, daß wir Blue Band, Cowboy, Kimbo-Zucker, Salz, Reis, Colgate, Omo und Schuhcreme verkaufen. Und so werden Sie nirgends hören, Uganda hätte Schulden, außer in der britischen Presse, die Lügen über uns verbreitet.«

Perkins wischte seine Gabel an der Serviette ab, hielt sie sich vors Gesicht und prüfte die Zinken. Er wirkte gereizt.

»Die Weltbank ist nämlich sehr glücklich mit Uganda. Und ich habe beschlossen, der Weltbank zu helfen. Ich habe beschlossen, Ländern mit Versorgungsengpässen Lebensmittel zu liefern: Hirse, Mais und Bohnen werden allen dünnen Ländern säckeweise geschickt werden. Und Maniok.«

Ich dachte an die terrassierten Parzellen im Westen. Wenn ich auf meiner Holzveranda beim Frühstück saß, hatte ich immer die Frauen auf dem Weg zur Arbeit betrachtet. Sie schulterten seltsam geformte Hacken, hatten sich Kinder auf die Rücken gebunden, balancierten Bündel auf den Köpfen, und ich konnte ihr Geplapper hören, wenn sie unten vorbeigingen.

»Die anwesenden Botschafter mögen bitte dafür sorgen, daß diese Lebensmittellieferungen in Ihren Ländern gerecht verteilt werden. Auch die Vertreter der Supermächte.

Denken Sie daran: Ich möchte von keiner Supermacht kontrolliert werden. Ich halte mich für den mächtigsten Menschen der Welt, und deswegen lasse ich mich von keiner Supermacht kontrollieren. Und denken Sie an noch eines: Führer von Supermächten können stürzen. Ich war einmal zum Abendessen bei Großbritanniens Premierminister Mr. Edward Heath in seinem Amtssitz Number Ten Downing Street. Und selbst er konnte aus großer Höhe stürzen, obwohl er einer meiner besten Freunde ist.«

»Dem müssen wir wohl nicht allzuviel Glauben schenken«, murmelte Perkins. Seine Frau spielte mit ihren Löffeln, legte den Dessertlöffel in die Rundung des Suppenlöffels. Dann drehte sie das Arrangement um.

»Aber die Wahrheit ist, ich möchte Ihrer aller Freund sein. Wie ich wiederholt betont habe, ist in Uganda kein Platz für Haß und Feindschaft. Ich habe klargemacht, daß ich niemanden zurücksetzen oder begünstigen werde. Unsere Ziele müssen Einheit und Liebe sein. Und gute Sitten. Jede Guerilla gegen das Land muß auf Gegenmaßnahmen gefaßt sein. Ich bitte um Vergebung, wenn ich zum Schluß komme. Ich habe es schon früher gesagt: Ich bin kein Politiker, sondern Berufssoldat. Daher bin ich kein Mann großer Worte und habe mich in meiner Karriere stets kurz gefaßt. Es bleibt mir nur noch, Sie auf eines aufmerksam zu machen: die guten Speisen, die Ihnen gereicht werden. Ein Mensch ist ein Mensch. Er muß wie ein Auto aufgetankt werden und braucht frische Luft, wenn er lange gearbeitet hat. Also: Essen Sie!«

Bei der letzten Deklamation warf er die Arme hoch und stand eine Sekunde lang reglos da wie ein Prediger oder ein Zelebrant bei der Messe. Hinter ihm zeichneten sich die erhobenen Arme matt auf der Goldscheibe an der Wand ab und änderten die Lichtreflexe auf dem Tafeltuch.

Dann setzte er sich. Die Gäste saßen mucksmäuschenstill da und starrten ihn weiterhin an. Idi kostete diesen Anblick aus, seine Lippen bewegten sich tonlos, als spräche er noch weiter. Erst das Klappern der Wägelchen, auf denen die Vorspeisen hereingeschoben wurden, brach den Bann, und alles applaudierte.

Als Hors d'œuvre konnten wir unter drei Gerichten wählen: Victoriabarschfilets, dicke Gumbosuppe aus Okras und Flußkrebsen und am abschreckendsten für europäische Gaumen (Idi war zuzutrauen, so etwas absichtlich zu machen) eine Vorspeisenplatte Dudu – Bienenlarven, große grüne Buschgrillen, Zikaden und Flugameisen, alles in ein wenig Öl und Salz gebraten. Köstlich, sobald man sich daran gewöhnt hatte – knusprig und braun, und der Geschmack erinnerte an Brasse.

»Ich glaube, ich halte mich an die Gumbo«, sagte Todd entsetzt, als Wasswa und ich ein paar davon knabberten.

Wasswa schob ihm die Duduplatte zu. »Aber das ist eine Spezialität des Landes. Vielleicht ist es Ihnen nicht bewußt, Sir, aber Gumbo ist auch für uns Ugander ein importiertes Gericht. Es stammt aus Zaire, aus einer Gegend gleich hinter der Grenze unserer Provinz im Südwesten, wo die Grenzvölker, wie Ihnen bekannt sein wird, teilweise dasselbe Suaheli sprechen wie unsere ugandischen Soldaten. Sie kommen über die Grenze, um mit Fisch zu handeln oder um sich von Leuten wie Doktor Garrigan, der in jenen Landesteilen gelebt hat, medizinisch behandeln zu lassen.«

»Das stimmt«, sagte ich lahm. »Ich war im Westen, bevor ich nach Kampala gekommen bin.«

»Ich könnte mir denken, daß das Leben da draußen ganz schön hart ist. Ich bin dort im letzten Jahr durchgereist«, sagte Todd.

»Aber in Zaire ist es viel schlechter«, warf Wasswa ein. »Dort leben echte *washensi*, Wilde. In dem Land, Sir, unser Gumbo wird *nkombo* genannt, das heißt in der Nkongo-Sprache ›entlaufener Sklave‹. So ist dieses Gericht hier in Ihr Land Amerika gelangt. Ich bin sicher, das haben Sie nicht gewußt.«

21

»Nein, das ist mir allerdings neu, Minister Wasswa. Bekanntlich wird die amerikanische Küche von allen möglichen nationalen Traditionen bereichert: der holländischen, deutschen und englischen, aber auch der koreanischen und dann, wie Sie sagen, der ganzen afrikanisch-amerikanischen. Eben ein Schmelztiegel. Gastronomie ist etwas Faszinierendes, finden Sie nicht auch? Jedes Gericht hat seine eigene Geschichte.«

»Ich dachte, bei Ihnen ißt alle Welt Hamburger«, sagte Stone. Es war heiß im Festsaal, und zwei flachsblonde feuchte Haarsträhnen fielen ihm in die Stirn wie Tangranken.

»Sie wollen mich wohl zum besten halten«, versetzte der Amerikaner schmunzelnd. »Als junger Mann war ich in Paris stationiert. Da nennt man Sie Monsieur Rosbif oder gleich John Bull.«

»Aber in Zaire essen die Leute sogar Affenfleisch«, sagte Wasswa laut. Er trug dick auf, pikiert, nicht mehr im Mittelpunkt zu stehen.

Amin hatte seine Bemerkung mitbekommen und meldete sich laut von der Spitze der Tafel.

»Und was haben Sie an Affenfleisch auszusetzen, Gesundheitsminister? Auch ich, Ihr Präsident, habe schon Affenfleisch gegessen.«

Wasswa zuckte zusammen und spielte verlegen mit seinem Besteck herum.

»Ich habe auch schon Menschenfleisch gegessen.«

Das schrie Seine Exzellenz fast. Schockiertes Schweigen senkte sich auf die Tafel – fast sichtbar, als wäre ein transparentes Gewebe von der Decke herabgeschwebt und hätte die dampfenden Terrinen und Tabletts eingehüllt. Wir sahen ihn an und wußten nicht, wie wir reagieren sollten.

Schließlich erhob sich Amin. »Es schmeckt sehr salzig«, sagte er, »noch salziger als Leopardenfleisch.«

Wir rutschten hin und her.

»Wenn man im Krieg nichts zu essen hat und ein Kamerad verwundet ist, sollte man ihn töten und essen, um zu überleben. Dann nimmt man seine Stärke in sich auf. Sein Fleisch gibt einem Kraft und macht einen besser auf dem Schlachtfeld.«

Dann setzte er sich wieder. Die Kerzen flackerten, und das Silber spiegelte verzerrt die Gesichter an der Tafel. Ich mußte seltsamerweise an Ameisen denken, an Lehmhügel und die Verteilung von Ameisensäure – wahrscheinlich lag das an den verzehrten Insekten.

Niemand sagte etwas, bis die Ober das Kernstück des Hauptganges hereinrollten, einen am Stück gebratenen Kudu. Seine kleinen verschmorten Beinstümpfe ragten in die Luft wie die Türme einer Kathedrale, und wie wir aus der Speisekarte erfuhren, war er mit Avocado und Wurstmasse gefüllt. Auf der einen Seite quoll knusprig und glasiert die Wurstmasse heraus, auf der anderen das limpopofarbene Gemüse.

Das Arrangement wurde zu Idi gerollt. Wir verfolgten, wie er das Tranchiermesser rhythmisch am Stahl wetzte, und das Geräusch betonte noch die Stille über der Tafel. Dann schnitt er den Torso auf, hackte mit ungehobelter Würde die erste Scheibe ab und klatschte sie sich auf den Teller mit Goldrand. Ein Fettspritzer landete auf dem Kaschmir der Prinzessin, sie zuckte zurück, lächelte Amin jedoch servil an, als er ihr einen Blick zuwarf. Schließlich gab er das Messer einem Ober, der den Braten mühelos und mit großer Geschicklichkeit in Scheiben schnitt – das Fleisch brach wie Wellen am Strand – und an den Plattenrand legte. Andere Ober legten die Scheiben auf Teller, und wieder andere liefen in einem komplizierten Pendelsystem geschmeidig hinter den Stühlen auf und ab, glitten über das Parkett und servierten sie den Gästen.

Ich stach mit der Gabel in das Kudusteak vor mir. Ein dünner Saftfaden trat aus. Ich stellte mir vor, wie das Tier zur Strecke gebracht, erlegt und in die Stadt geschleift worden war oder auch an einer Stange gebaumelt hatte, abgezogen und ausgenommen, während die Jäger drum herum hockten und die Preisstücke (Herz, Niere und Leber) in blutbeschmierte Bananenblätter packten, um sie ihren Frauen mitzubringen. Vielleicht war auch der Rumpf für den Lastertransport nach Kampala eingewickelt worden: Die Bananenblätter schützen nicht nur vor Fliegen, angeblich enthalten sie auch ein Enzym, das das Fleisch zart macht. Draußen im Busch habe ich oft daran gedacht, es zu analysieren, zu isolieren und die Formel dann zu verkaufen, um mir zu Hause eine goldene Nase zu verdienen.

Nathan Theseus Todd nahm voller Appetit sein Steak in Angriff. Er säbelte sich ein so großes Stück ab, daß das dunkle Fleisch, dunkler noch als Rindfleisch, den ganzen Mund verdeckte, als er es hineinstopfte. Für einen Augenblick – ganz kurz – sah es wie ein Knebel aus. Oder wie ein zweiter Mund.

Angewidert wandte ich mich an Marina Perkins. »Interessanterweise wird das Fleisch nie gekühlt; der Kühlprozeß würde die Zellstruktur des Fleischs nämlich aufspalten. Deswegen schmeckt es anders als englisches Fleisch.«

Sie sah mich zweifelnd an. »Sie haben Glück, ein Mann der Wissenschaft zu sein. Ich wüßte oft gern besser, wie die Dinge zusammenhängen.«

Immer mehr Beilagen für den Kudu türmten sich auf: Förmchen mit Chili-Relish; Berge von Gemüse – Batatenfrikadellen, Yamswurzelchips, geröstete Erdnüsse, Straucherbsen und eine Art Gemüsegeschnetzeltes, das ich Dschungelsalat taufte: Spinat, Shushu und Augenbohnenblätter.

»Bei dem hier müssen Sie aufpassen«, rief Idi und zeigte auf eine Beilage. »Es gibt ein altes Suaheli-Sprichwort: Wenn man einem Esel Straucherbsen gibt, furzt er. Deswegen esse ich das nie.«

Ich dachte an den Esel, den ich als Kind in Fossiemuir gehabt hatte. Er war an Blähsucht gestorben, nachdem er den Grasschnitt gefressen hatte, den ich in eine Abfalltonne vor der Koppel gestopft hatte. Er war in seinem Magen gegoren und hatte ihn aufgebläht wie einen Ballon. Das einzige Gegenmittel bestand darin, dem Tier die Magenwand, wo sie gegen die Rippen drückte, mit einer Messerspitze zu punktieren. Ich weiß noch, wie eine grüne Flüssigkeit herausquoll, als der Tierarzt das gemacht hatte, aber das Tier war schon zu sehr hinüber und krepierte jämmerlich.

Nathan Theseus, vom vielen Fleisch ganz aufgeregt, fuchtelte mit der Gabel in der Luft herum.

»Wir haben wunderbare Kühe gesehen, als wir an die Grenze nach Ruanda gefahren sind. Wissen Sie, die mit den langen Hörnern und den buckeligen Rücken. Ganze Herden davon, und alle mit weißen Vögeln auf den Rücken.«

»Die heißen Zebus«, sagte Wasswa. »Die Vögel picken ihnen die Zecken weg, und der Buckel dient in Dürreperioden als Wasserspeicher.«

»Wie beim Kamel, nehme ich an«, sagte Perkins. »Haben Kühe nicht zwei Mägen, Doktor Garrigan?«

»Drei. Gras ist sehr schwer zu verdauen. Ich glaube aber, der Verdauungsapparat des Zebus ist noch komplizierter als der des europäischen Hausrinds – eher wie beim Büffel oder Gnu.«

»Bei Ihnen in Italien gibt es doch Büffelkäse, stimmt's, Bosola?« fragte Todd und beugte sich vor.

»Ja, Mozzarella. Aber heutzutage wird er meist aus normaler Kuhmilch hergestellt.«

Amin fiel ihm ins Wort und dröhnte: »Nur in Afrika gibt es echte Büffel, die so stark sind wie ich.«

»Hübsche Dekoration«, flüsterte Marina Perkins mir zu und fuhr über die Blumen vor uns auf dem Tisch. Zum ersten Mal sah ich sie lächeln. Ich griff nach meinem Weinglas und sah ihr über den Rand hinweg direkt in die Augen.

Beim Dessert konnte man wie bei den Vorspeisen unter drei Dingen wählen: Guavenmus, Kürbiskuchen mit Sahne und »Köstliche Süßspeise«, wie es auf der Speisekarte hieß – eine Art Pudding, jede Portion wie eine drollige kleine Burg geformt.

Idi entschied sich für letzteres, schaufelte es gierig in sich hinein, und bei jedem Löffelvoll kam sein Mund dem Schälchen näher. Am Ende bückte er sich fast.

»Alle«, sagte er dann und schob das Schälchen wie ein Kleinkind von sich weg.

Als ich meine »Köstliche Süßspeise« fast aufgegessen hatte, brachten die Ober Kaffee und Likör, und die Jazzband stimmte Tanzmusik an. Gebannt sah ich zu, wie Nathan Theseus sich in einer fließenden, nahtlosen Bewegung eine Schweißperle von der Braue wischte, ins Jackett griff, aus der einen Tasche eine Zigarre zog, aus der anderen ein Feuerzeug mit Cutter, der Zigarre die Spitze abschnitt, sich Feuer gab und das silberne Gerät wieder einsteckte. Alles geschah blitzschnell und mit überraschender Fingerfertigkeit. Am liebsten hätte ich ihn gebeten, es noch einmal zu wiederholen, um mir zu beweisen, daß ich mich nicht getäuscht hatte. Aber die vollkommene Aufführung war unwiederholbar: die Zigarrenspitze glühte schon.

Am späten Abend spazierte ich noch am See entlang. Der Mond stand am Himmel, und in den Büschen und im Marschland am Ufer zwitscherten schon die ersten Vogelstimmen. Ich sah auf die Wasserfläche hinaus und stellte mir die Krokos in den dunklen Untiefen vor, die sich bis zu den Feuern und Lichtern Kenias am anderen Seeufer hinzogen. Ich stand da und malte mir aus, wie die Tilapia-Fische auf Schnakenjagd an die Oberfläche kamen, als wollten sie Luft holen: Bewohner der Tiefe, unsere schuppigen Ahnen: weiße Augen, blinde Mäuler.

2

Es kommt mir vor, als wäre das alles ewig her. Seltsame Zeiten in einem seltsamen Land. Aber auch hier kommen mir viele Dinge seltsam vor. Letzte Woche ist beispielsweise eine Bombe explodiert. Ein »Sprengkörper«, hieß es, wurde auf dem Festland ferngezündet. Ein Strommast wurde geknickt und ein Mensch getötet. Die Beerdigung wurde im Fernsehen gezeigt. Erst sah man den Kirchturm und konnte die Totenglocke läuten hören – ihr lautes Dröhnen –, und da erinnerte ich mich an etwas.

Die Glocken erinnerten mich an einen Spruch, der in meiner Familie in Umlauf war. Frag nicht, zu wessen Tod die Glocke läutet, deinen Tod läutet Bell's ein. Das sagte mein Vater immer, wenn er sich einen Whisky genehmigte. Das war nicht oft der Fall, wirkte aber durch die Wiederholung des Witzes so.

Vielleicht sollte ich erst einmal erklären, warum ich das hier schreibe, meine Tyrannengeschichte, meine Schlechte-Zeiten-Rhapsodie. Statt wie besoffen herumzutorkeln. Obwohl ich zugegebenermaßen angeschlagen bin. Wenn auch nur ein klein wenig.

Auch meine gegenwärtige Bleibe ist nur klein. Man könnte meinen, für eine so tropische Erzählung läge sie unangemessen weit im Norden. Als ich eben zum Stift gegriffen habe, hatte es schon stundenlang geschneit, und morgen früh ist die Straße bestimmt wieder blockiert. Ich kenne die Omina meiner neuen Heimat, ich habe die hiesigen Überlieferungen studiert. Ich weiß, morgen wird man sich überall erzählen: »Straße ins Dorf unpassierbar, NG geht die Milch aus.«

Die eigentliche Geschichte hat sich natürlich woanders zugetragen: »In meinem Buch werde ich alles aufschreiben. Ich werde aufschreiben, was ich Böses und Gutes getan habe.« Das hat der Mann wortwörtlich gesagt – S. E., Seine Exzellenz, Idi, Personalausweis Nr. 1 –, dessen Taten ich hier aufzeichnen will. Er hat sie nie aufgeschrieben, deswegen werde ich es tun. Es ist die Geschichte verschiedener denkwürdiger Begebenheiten in Zentralafrika, Begebenheiten, in die der Autor, Nicholas Garrigan, beruflich wie privat verwickelt war. Ich will sie nicht publizieren, um mich zu entlasten, obwohl man mir genau das mancherorts unterstellen wird, sondern um einen authentischen Augenzeugenbericht zu liefern. Auch wenn mich die Presse weiterhin verflucht, ich bin fest entschlossen, einer Geschichte voller Blut, Elend und Torheiten vor der Nachwelt Gerechtigkeit widerfahren zu lassen.

Ich möchte es richtig machen. Mein Vater war ein presbyterianischer Pfarrer, und ich bin nach strengen Grundsätzen erzogen worden. Wenn ihm eins meiner Vergehen zu Ohren kam, pflegte er beim Frühstück über seine Stahlbrille hinweg zu sagen: »Manchmal glaube ich, du steuerst so zielstrebig auf die Verdammnis zu wie eine Ratte auf die Falle.«

Meine Schwester Moira gackerte dann in ihre Schale, meine Mutter seufzte und wappnete sich für die Philippika, die mein Vater – über Toast und Orangenmarmelade weg – mit voller Wucht gegen mich loslassen würde. Und seine Rhetorik hatte es in sich. Die Predigten des Pfarrers von Fossiemuir waren gut besucht. Aber allem sprichwörtlichen Feuer und Schwefel zum Trotz war mein Vater kein gewalttätiger Mann. Er besaß einen trockenen, wenn auch hausbackenen Humor, wie ihn der lausige Whiskyspruch demonstriert.

Ich sollte erwähnen, daß er starb, als ich im Ausland war. Ich werde es mir nie verzeihen, daß ich mich nicht mehr mit ihm versöhnen konnte (andererseits hatten wir uns ja nicht richtig zerstritten), zumal meine Mutter ihm kurz darauf folgte. Sie starb an schierer Trauer: Die gelahrten Medizinprofessoren mögen es mir auf den harten Holzbänken universitärer Hörsäle nicht ausbuchstabiert haben, aber ich weiß, daß es das gibt.

Von der geistlichen Atmosphäre abgesehen – Religion hüllte unsere Familie ein wie der feine Ruß, der manchmal aus den Wolken rieselte, ausgespien von der Fabrik für KFZ-Zubehör am Stadtrand von Fossiemuir –, waren meine Kindheit und Jugend wenig spektakulär. Ich besuchte die örtliche Schule, ging mittwochs ins Schwimmbad und samstags ins Kino. Ich spielte mit Freunden Fangen in den Kiefernwäldern auf den Hügeln oberhalb der Stadt – die Hügel begannen am Ende der Koppel, auf der mein Esel graste, und hätten, was mich anging, bis in den Himmel reichen können. Emotional gesehen, war der Tod von »Fred« das wichtigste Ereignis meiner Kindheit; beim Anblick von Crème de Menthe muß ich heute noch an das grüne Zeug denken, das ihm aus dem Magen quoll.

Aber selbst damals ließ ich mir nicht viel anmerken: Von meiner Mutter hatte ich das Schuften und Grübeln geerbt und von meinem Vater die Erkenntnis, daß man Gefühle im Zaum halten muß, wenn man es im Leben zu etwas bringen will. Bei uns zu Hause gab es keine ›Aussprachen‹, wie sie heute im Schwange sind. Wenn ich also als Kind je wild war, dann tobte ich diese Wildheit per Phantasie und Fernweh aus: Ich war verrückt nach Landkarten, Briefmarken und Abenteuergeschichten. Firths und Fischerdörfer, Hügel und Golfplätze – die abwechslungsreiche und ehrwürdige Landschaft von Fifeshire ödete mich an, und in meiner überbordenden Phantasie spielte ich Hickoks Wilden Westen nach, Geschichten aus Tarzans Afrika und der Arktis von Peary und Nansen. Und komischerweise war ich immer der Indianer, der Zulu, der Eskimo ...

Mit Einsetzen der Pubertät verwandelte sich dieses Fernweh natürlich, obwohl ich erst nach dem Schulabschluß mit einem Mädchen schlief, der Tochter eines Nachbarn. Ich interessierte mich damals speziell für naturwissenschaftliche Fächer, wobei mir mein angeborener Ordnungssinn zugute kam. Ich hatte damals vielleicht Karteikästen! Dann kam Edinburgh, die Ochsentour von Medizinstudium und Examen sowie anschließend die verschiedenen Krankenhauspraktika.

An der Uni war ich eher ein Exzentriker als ein Revolutionär oder Bohemien. Meine Kommilitonen und ich hatten ein altes zerfleddertes Heft namens Schweißiges Lieschen, in dem wir die Ergebnisse unserer wöchentlichen Pokerpartie und die Chancen angekündigter (und äußerst unwahrscheinlicher) sexueller Eroberungen festhielten – aber das klingt nach mehr, als es war. Und auf die Barrikaden stiegen wir 1968 schon gar nicht, nicht an der medizinischen Fakultät von Edinburgh.

Dafür gingen wir gern einen trinken. Besonders ein Bild blieb hängen: Ein paar von uns schlingern in der Morgendämmerung nach einer Kostümparty ins harte Licht der High Street, einer als Clown verkleidet, einer als Pirat, einer mit einem Plastikskelett im Arm, das er in der Anatomie stibitzt hat. Ich bin Dracula, und meine Lippen (wie ich an meinem Spiegelbild in einem Schaufenster sehe) haben nach der Rotweinnacht genau die richtige Farbe: ein glücklicher Vampir!

Von solchen Eskapaden abgesehen, hauste ich in Edinburgh in möblierten Zimmern mit einem weiteren Mediziner und zwei Geisteswissenschaftlern unter den wachsamen Augen von Mrs. Berkeley. Sie war im Grunde eine nette alte Schachtel, aber wahrscheinlich war es die Kombination ihres strikten Besuchsverbots für Mädchen mit der erdrückenden Atmosphäre meines Elternhauses, weswegen ich sofort nach Erhalt meines Diploms aus dem Käfig ausbrechen wollte. Ich verbrachte mit ein paar Freunden kurze und ausgelassene Ferien auf Malta – weil es so billig war – und überlegte dann, was nun aus mir werden sollte.

Statt als Facharzt ins Krankenhaus zu gehen oder mich als praktischer Arzt niederzulassen, bewarb ich mich im Oktober 1970 für den Staatsdienst (medizinische Abteilung) und gab schon im Begleitschreiben an, ich wolle ins Ausland gehen. Die anderen Anwärter waren meist Kandidaten des Auswärtigen Amts, die zum Vollexamen antraten. Beim Warten in der Kälte auf der Treppe vor der Halle redeten sie alle über die PLO-Bomben in Israel und das Schicksal eines britischen Diplomaten, den Separatisten in Quebec als Geisel genommen hatten. Ich hielt mich da raus.

Das Warten auf die Ergebnisse war natürlich eine Phase schrecklicher Ungewißheit – alles staute sich in mir, wenn ich vormittags zum Briefkasten hinabstürmte und niedergeschlagen nur den *Scotsman* mitnehmen konnte. Der Briefumschlag kam dann an dem Tag, als die Elektriker streikten. Ich weiß noch, daß ich den Brief abends bei Kerzenlicht immer wieder las. Ich war drin. Ich gehörte zu den Auserwählten. Nach Meinung meines Vaters allerdings nicht; wenn es nach ihm gegangen wäre, hätte ich mich als Allgemeinpraktiker in Fossiemuir niedergelassen. Wir gerieten in Streit, und als ich ging, hatte unser Verhältnis einen Knacks.

Mit dieser Vorgeschichte kam ich in Uganda an – am Sonntag, dem 24. Januar 1971 –, um eine dem Gesundheitsministerium zugeordnete Stelle als Arzt anzutreten. Obwohl mich das Britische Entwicklungshilfeministerium geschickt hatte, unterstand ich direkt den ugandischen Behörden. Mein genauer Auftrag lautete, mich zu einer entlegenen Klinik auf dem Lande zu begeben und im Namen der öffentlichen Gesundheit allen medizinischen Studien nachzugehen, die meine Vorgesetzten anfordern mochten. Hätte ich bei meiner Ankunft gewußt, auf welches Aktivitätsspektrum das hinauslaufen sollte, wäre ich wohl sofort wieder ins Flugzeug gestiegen.

Die Erzählung, die ich auf diesen Seiten vorlege, ist bloß eine Ausarbeitung meines damaligen Tagebuchs. Auf Idi

Amins Geheiß hin konnte ich allerdings auch eine Reihe von Interviews mit ihm durchführen. Teilweise wird dieses Material Zeitungslesern und Radiohörern auf der ganzen Welt bereits bekannt sein. Der Öffentlichkeit ist bislang jedoch nur ein Bruchteil der »Diktatorphon«-Bänder bekanntgeworden, wie die Illustrierten sie unbedingt taufen mußten. Es hat etwas Unheimliches, heute die Starttaste des Tonbandgeräts zu drücken und seine Stimme zu hören: Ich weiß, es bekommt mir nicht, wenn ich so lange und gespannt zuhöre.

All das geht mir an diesem dritten Abend am Schreibtisch durch den Kopf. Ich starre auf die Umrisse der bewaldeten Sandhügel und Felsnasen hinaus, die sich zum Kai und weiter bis zum nie verstummenden Inner Sound erstrecken, und mich überkommt ungeheure Wehmut. Heute kommen mir gute Dinge schlecht vor – selbst mit dem Licht stimmt etwas nicht. In den Lampen, die bei meinen Nachbarn in den Fenstern hängen, in den von Finsternis umgebenen Goldflecken, die das Hafendorf kennzeichnen, und im Lichterschein der selten vorbeikommenden Schiffe sehe ich nicht das Bild anderer, sondern das meiner eigenen Isolation.

Obwohl ich weiß, daß diese Dorflichter Gesellschaft versprechen, so wie die prächtigen Schaumkronen der Bucht Tröstungen anderer Art versprechen, versinke ich in meinen aufgewühlten Erinnerungen. Wie das Tosen vom Sound geht mir immerzu dieselbe Frage durch den Kopf: Kann man im Selbstgespräch die Wahrheit sagen? Was ist die Wahrheit eines Mannes auf einer Insel?

3

Während des Flugs nach Kampala – ab London zwölf Stunden abgestandene Luft mit Zwischenlandungen in Larnaca und Nairobi – habe ich ein Buch gelesen, *Uganda für Reisende* (dünn) von Charles Sabon-Frazer, und eins durchgeblättert, Bailey & Loves *Short Practice of Surgery* (dick). Meine Nase und meine Ohren waren beim Lesen abwechselnd verstopft und wieder frei, je nach den Druckveränderungen in der Kabine – praktisch mit jedem Umblättern.

Von den schneebedeckten Ruwenzoris, den von Ptolemaeus beschriebenen »Mondbergen«, über üppigen Regenwald bis hin zu unfruchtbaren Wüsten hat die Landschaft Ugandas dem abenteuerlustigen Reisenden allerlei zu bieten. Das Land ist reich an Flora und Fauna, es rühmt sich der Nilquellen, hat Wasserfälle wie die beeindruckenden Murchison Falls und zwei der größten Seen Afrikas, den Victoria- und den Albertsee ...

Uganda ist ohne jeden Zweifel Safariland, die ganze berühmte Tierwelt Afrikas läßt sich hier bestaunen und photographieren. Freundliche Führer zeigen Ihnen die reichhaltigen Wildreservate ... Heuschreckenschwärme gehören zu den großen Schauspielen der afrikanischen Savanne, in mancher Hinsicht ebenso aufregend wie eine durchgehende Büffelherde. Für die Ernte der Bevölkerung haben sie natürlich verheerende Folgen und lösen gelegentlich Hungersnöte aus. Glücklicherweise fallen Heuschrecken nur über Hirse und Mais her, nicht über Ugandas Hauptnahrungsmittel, die Banane ...

Die nackten Stammesangehörigen der entlegenen Karamoja-Region machten den britischen Soldaten der Kolonialzeit schwer zu schaffen. Der Brauch der Karamojong, sich vom Viehdiebstahl zu ernähren, war der Verwaltung durch den District Commissioner nicht gerade förderlich. In Norduganda bekommt man sie manchmal auch heute noch zu Gesicht – allerdings verfügen sie jetzt oft über Schnellfeuerwaffen und sind Fremden gegenüber nicht besonders aufgeschlossen ...

Diese seltsamen Wesen bissen und kratzten und waren so stark und gefährlich, daß Hanno sie töten lassen mußte. Nach der Rückkehr der Seeleute zeigte man die Felle dieser Kreaturen den staunenden Augen der Karthager. Heute wissen wir, daß die Geschöpfe, die Hanno und seine Leute für stark behaarte Frauen hielten, in Wirklichkeit Gorillas waren, die riesigen Menschenaffen aus den Ruwenzoris, der wolkenverhangenen Bergkette, die sich durch Uganda, Zaire und Ruanda zieht. Die Angehörigen dieser nahezu ausgestorbenen Art – heute gibt es nur noch um die vierhundert Berggorillas – haben riesige Hände, und wenn sie in ihren Bergrefugien Äste abreißen und kauen, klingen sie wie ein Mensch, der Stangensellerie knabbert ...

Als der Pilot durchgab, daß wir die Grenze nach Uganda überquert hätten, schaute ich aus dem Fenster. Ich sah hinab und stellte mir vor, gesehen zu werden, wie ich da oben entlangflog – mit jedem Tragflächenkippen und Querruderschlagen veränderte das Flugzeug seine Beziehung zu dem da unten: den Tieren in den Ebenen, den Wellblechdächern der vereinzelten Behausungen, den Spalten im erodierten Boden, den fruchtbaren grünen Flecken, wo Farmer Kaffee und Bananen anbauten. Ich malte mir sogar aus, wie der gelbbraune, schielende Tigersalmler unter der glitzernden Seeoberfläche entlangglitt.

Wir flogen Entebbe nämlich über den Victoriasee an.

Die Landung wurde eingeleitet, und im steilen Sinkflug durchquerten wir eine Lücke in den sieben Hügeln, auf denen die Hauptstadt Kampala liegt. Mit dem üblichen Anflug von Panik setzten wir auf dem Rollfeld auf. Als dröhnend die Schubumkehr einsetzte, sauste auf dem unebenen Boden das Gestrüpp neben der Landebahn vorbei – Bäume in der Ferne, sonnenverbranntes Gras am Rand der Piste –, als würden wir nie zum Stehen kommen.

Das Schlimmste war die Hitze, das war zu erwarten gewesen. In *Uganda für Reisende* hieß es: »Dank seiner Lage weit über dem Meeresspiegel hat Uganda zwar ein gemäßigteres Klima als die meisten anderen Länder Ostafrikas, aber es liegt am Äquator …« usw. Aber nichts hätte mich auf den Schwall glühendheißer Luft vorbereiten können, der mir fast den Atem raubte, als ich ins Freie trat. Es war etwa vier Uhr Ortszeit, und obwohl die schlimmste Mittagsglut schon vorbei war, strahlte der Boden noch all die Wärme ab, die er im Lauf des Tages gespeichert hatte. Hitze und Staub mischten sich im Aufwind mit dem Kerosingestank.

Beim Ausrollen hatte ich durch den schmierigen Plastikrhombus zugesehen, wie das Runway-Personal die Gangway am Kabinenfenster vorbeischob. Als ich dann die wackligen Stufen hinunterging, betrachtete ich die Männer in der heißen Luft – durch die Turbinenhitze flirrte sie unnatürlich in der Sonne –, die in ihren blauen Overalls dicke Schläuche abwickelten, Luken öffneten oder einfach nur herumstanden. Und sie starrten teilnahmslos zurück. Nahm ich jedenfalls an. Wer kann das schon vom Gesicht ablesen?

Im Pulk mit den anderen Passagieren ging ich über das Vorfeld zum Terminal mit seiner Glasfassade: soviel kleiner als in Großbritannien und so selbstgenügsam. Das war schon der ganze Flugplatz, man hatte alles im Blick – einschließlich einer in Formation geparkten Schwadron von Jagdfliegern, die mir einen kleinen Schock versetzte.

Am Eingang zum Terminal drehte ich mich noch einmal zu ihnen um, ihre Tragflächen waren abgeschrägt wie die Lasche eines Briefumschlags.

Im Gebäude folgte ich den Hinweisschildern zur Einwanderungsstelle und Zollkontrolle. Nach der Einwanderungsstelle holte ich mein Gepäck vom Laufband. Ich verrenkte mir den Hals und musterte ungeduldig die Gummiklappen, die sich ab und zu teilten und etwas Sonnenlicht hereinließen. Ich sah die Hand eines Angestellten, der draußen in einen Wagen mit Gitteraufsatz griff. Nach einer Weile kam mein Koffer auf mich zu, wobei er in Befolgung eines geheimnisvollen Naturgesetzes um die eigene Achse rotierte.

Wir bildeten eine Schlange vor der Paßkontrolle und hielten Ausweise in den verschwitzten Händen. Meine waren jedenfalls verschwitzt. An den Wänden lehnten Soldaten, ihre Waffen baumelten in komischen Winkeln herab, sie rauchten und schwatzten. Vor uns stand ein Inder mit einer großen Familie und bindfadenverschnürten Lautsprecherkartons (AIWA in roten Buchstaben, unterteilt von zwei Linien gelber Schnur) und gestikulierte wie wild. Ich hatte aber keine Probleme, als ich an die Reihe kam. Die Beamten saßen schlaff hinter ihren Schiebefenstern, stempelten träge meine Papiere und winkten mich durch: Fall geöffnet, Fall geschlossen, im Handumdrehen.

In der Ankunfthalle wechselte ich am Schalter einer kleinen Filiale der Barclays Bank einige Pfund Sterling in ugandische Shillinge. Dann sah ich mich um. Jemand vom Ministerium hatte mich abholen sollen, aber niemand war zu sehen. Ich verließ die Halle und ging auf den sonnenüberfluteten Parkplatz. Vor dem Eingang stand ein hoher strauchartiger Baum, in dem zwanzig oder dreißig giftgrüne papageienähnliche Vögel hockten und gellend kreischten. Ein seltsamer Anblick. Ich betrachtete sie eine Weile und sah mich wieder um. Niemand. Ich ging ins Terminal zurück.

Ich wartete insgesamt eine Stunde, mal in, mal vor dem Terminal, immer mit meinem blauen Hartschalenkoffer in der Hand und der kleinen BOAC-Tasche über der Schulter. Nach kurzer Zeit war ich auf allen Seiten von zerlumpten Jungen umringt. »Taxi, Bwana«, schrien sie. »Taxi! Wir suchen Ihnen schönes gutes Taxi, schönes gutes Hotel.« Sie zerrten am Griff des großen Koffers und zeigten zum Taxistand – wo sich die Fahrer, meiner schließlichen Kapitulation gewiß, in der Sonne auf ihren Motorhauben ausgestreckt hatten.

Sie behielten recht. Mißtrauisch drückte ich mein Gepäck an mich und kletterte schließlich in einen der alten Peugeots. »Ein Hotel in Kampala, bitte. Ein sauberes.«

Fliegen schwirrten durchs Taxi. Zerstreut hörte ich den Taxifahrer wiederholen: »Ich fahre Sie ins Speke Hotel, Bwana. Das ist ein gutes Haus. Wirklich sehr sauber. Sie kommen aus London?«

Ja, sagte ich, merkte aber, wie sehr mich die Reise ermüdet hatte, und ließ das Gespräch einschlafen. Wir folgten einer zunächst gut asphaltierten Straße an Docks und Schuppenreihen mit rostigen Wellblechdächern vorbei und kamen dann aufs offene Land. Linker Hand sah ich den blauen Victoriasee. Rechts standen Strohhütten, vor denen allerlei zum Verkauf angeboten wurde: Jackbaumfrüchte und Avocados, bemalte Korbstühle, aufgestapeltes Brennholz, Holzkohle und unregelmäßig geformte Backsteine aus getrocknetem Lehm. Hinter den Buden zog sich kilometerweit unbebautes Grasland hin, ab und zu aufgelockert von cremeweiß blühenden Schirmakazien und den geheimnisvollen braunen Gebilden der Termitenhügel

Nach etwa zwanzig Minuten und nachdem die Asphaltpiste einer Art festgestampftem Lehm gewichen war, erreichten wir einen Kreisverkehr. In der Mitte stand ein spitzer hölzerner Wegweiser mit schwarzen Buchstaben auf abblätternder weißer Farbe: NORDEN (Kampala, Gulu, Sudan); OSTEN (Jinja, Tororo, Kenia); SÜDEN (Entebbe,

Victoriasee) – aus dieser Richtung waren wir gekommen – und WESTEN (Mbarara, Ruanda, Tansania, Zaire). Ich hatte noch nie Ländernamen auf einem Wegweiser gesehen, und plötzlich schien alles möglich zu sein – als wäre ich König von unermeßlichem Gebiete.

Stumm betrachtete ich die vorbeiziehende Buschlandschaft, während wir uns Kampala näherten. Der Motor heulte vor Anstrengung auf, wenn der Fahrer frustriert vor sich hin grummelnd schaltete, um die Steigungen zu bewältigen. Durch die Lücke zwischen den Vordersitzen konnte ich den stumpfen schwarzen Gummiüberzug des Schaltknüppels sehen. Darüber war ein dunkles Loch, wo eigentlich Heizung oder Radio hingehörte. Am Rückspiegel pendelte eine Art Amulett aus Rinde, Tierfell und Perlen, es schlug in Richtung der Straße aus, die sich mit ihrem Auf und Ab in der Ferne verlor, auf beiden Seiten von Büschen gesäumt. Ich nahm das alles auf, bis die Bäume Hütten wichen, die Hütten Betonbauten und wir uns plötzlich auf einer Hauptverkehrsader in Richtung Stadtmitte befanden.

Nachdem ich mich im Speke eingerichtet hatte, duschte ich und ging wieder ins Erdgeschoß. Der Schweiß prickelte schon wieder, und ich machte mich auf die Suche nach der Bar. Der Raum war riesig, die hohe Decke hatte Rosenreliefs, und an den Wänden hingen nachgedunkelte Holztafeln mit den Namen von Cricket- und Rugbyspielern – Rider, D. G., Inglis, R., und zahllose längst verblichene Browns, Smiths und Jones' – weiß und gold gerahmt. Dazwischen befanden sich in regelmäßigen Abständen auf Platten montierte Antilopenhörner und ein einsames, gigantisch langes und grotesk verdrehtes Rhinozeroshorn. Darunter und in diesem kolonialen Sammelsurium fehl am Platz standen drei oder vier Spielautomaten – Flipper und altmodische einarmige Banditen mit rotierenden Scheiben.

Ich sah mich vergeblich um und stellte mir die eigentlich müßige Frage, ob wohl jemand vom Ministerium hier war. Über den Portionierern war ein großes Schild angebracht: DEIN LAND IST DEINE FAMILIE. Auch hing da das Stoffbild eines Mannes, den ich nach dem körnigen Photo in *Uganda für Reisende* für den amtierenden Präsidenten Obote hielt. Am einen Ende der Bar saßen ein paar Frauen in Nylonkleidern und mit Plastikschmuck, sahen zu mir herüber und tuschelten. Ein fülliger Barkeeper in einem schmuddeligen weißen Jackett sah mich fragend an, als ich auf ihn zukam.

»Prisoner?«

»Wie bitte?« Ich mußte mich verhört haben.

Er sah gequält drein. Die Frauen waren anscheinend zu einer Entscheidung gekommen, denn eine von ihnen stand auf und kam die Estrade entlang auf mich zu. Ein zähnefletschendes Lächeln eilte ihr voraus, als wäre es von ihrem schmalen Gesicht unabhängig, und ein verborgener Mechanismus hätte es die Bar hinabgeschickt. Nervös schob ich mich mit den Ellenbogen zurück.

»Möchten Sie ein Prisoner?« wiederholte der Barkeeper und deutete mit dem Daumen gereizt auf die Flaschenbatterie hinter ihm.

Jetzt verstand ich: Pilsener.

»Ja«, sagte ich und schob ihm ein paar von den Shillingen zu, die ich am Flughafen getauscht hatte.

»Schon gehört? Im Norden gibt's Unruhen«, sagte ein Weißer unvermittelt und drehte sich ruckartig zu mir um, als ich nach der Flasche griff. Er trug einen schwarzen Vollbart und ein offenes Khakihemd und sprach mit starkem südafrikanischen Akzent.

»Aha«, sagte ich überrascht.

Sein Körper, sein Auftreten, alles an ihm war klobig und muskulös, sogar sein Gesicht: Es war, als hätte er unter den wuchernden schwarzen Haaren Bizepse als Wangen.

»Zieh Leine«, sagte er.

Erst fühlte ich mich angesprochen, aber dann wedelte er das Mädchen fort, stieß sie herrisch an der Schulter. Sie stand direkt neben uns, denn ein dicker Pfosten aus grob behauenem Holz, der in einem Loch in der Estrade steckte, hatte meine Flucht im Krebsgang vereitelt. Sie zog eine Grimasse und machte auf dem Absatz kehrt.

»Vor denen müssen Sie sich hüten«, meinte der Südafrikaner, »die leiern Ihnen in Null Komma nichts den letzten Shilling aus den Rippen. Außerdem ... na ja ... die Krankheit und so.« Er beendete den Satz mit dröhnendem Lachen.

Ich lächelte peinlich berührt, drehte mich um und ging zu einem Tisch. Aber er kam mit, ging neben mir her.

»Was dagegen, wenn ich mich zu Ihnen setze?« fragte er. Er hatte einen Hund dabei, merkte ich jetzt: Ein Schäferhund trottete hinter uns her, seine Pfoten tapsten über den Parkettboden.

»Nein«, sagte ich. »Gern.«

Wir setzten uns an einen Tisch. »Freddy Swanepoel heiß' ich.« Er nahm sich eine Zigarette und warf das Päckchen vor mir auf die Tischplatte.

»Nein danke ... Nicholas Garrigan.« Ich hielt ihm die Hand hin.

»Freut mich, Nicholas. Was führt Sie nach Kampala?«

Ich ging innerlich auf Distanz, halb verärgert, halb geschmeichelt von seinem Interesse. »Ich bin Arzt und hab' einen Regierungsvertrag.«

»Eher einen Teufelspakt. Na, an Arbeit wird's Ihnen hier nicht mangeln.«

Er trank einen Schluck Bier. Während wir uns bekannt machten, saß der Schäferhund neben uns und leckte das Salz aus einer leeren Chipstüte. Ab und zu sah er mit seelenvollen Augen zu seinem Herrchen auf.

»Heißt Boetie«, sagte Swanepoel, als er sah, wie ich das knifflige Salzlecken verfolgte. »Ich nehm' ihn manchmal im Flugzeug mit.« Er kraulte dem Hund stolz den Kopf.

»Und was machen Sie?« fragte ich.

Er erklärte, er sei aus Südafrika emigriert und lebe jetzt in Nairobi. »Ich bin Pilot. Arbeite für einen Laden namens Rafiki Aviation. Wir befördern alles mögliche für die Regierungen von Kenia und Uganda. Und auch sonst allen möglichen Krimskrams.«

»Stört es keinen, daß Sie Südafrikaner sind? Ich dachte, hier oben im Norden wären Sie nicht gern gesehen.«

Er zog die Augenbrauen hoch. Ich merkte, daß ich ihn vergrätzt hatte. Nach kurzem peinlichen Schweigen ging er auf meine Frage ein.

»Meine Mutter war Engländerin, und ich hab's geschafft, mir einen britischen Paß zu organisieren. Damit kann ich auch in Schwarzafrika arbeiten. Das britische Wappen. Sonst würde man mich hier gar nicht reinlassen, da haben Sie recht.«

Ich erkundigte mich nach der Situation im Lande.

»Putsch in Sicht, hat mir einer von der Luftwaffe erzählt. Halb so wild – das hab' ich in dieser Weltregion schon ein paarmal erlebt; meistens lassen sie die Weißen in Ruhe.«

Wir sprachen noch über dies und jenes, dann stemmte ich mich vom Stuhl hoch, um uns noch eine Runde zu holen. Ich hatte das Gefühl, meinen Körper teilweise auf dem Stuhl zurückzulassen, ging an die Bar und bestellte zwei Bier.

Als ich mich umdrehte, entstand an der Tür Bewegung. Fünf oder sechs Männer platzten herein, alle in Schlaghosen und mit Sonnenbrillen. Einer trug einen geblumten Frotteesonnenhut, und die Westentasche seiner Safarijacke wurde von etwas Schwerem ausgebeult. Sie marschierten direkt auf Swanepoel zu, winkten und riefen. Ich blieb wie angewurzelt stehen, in jeder Hand eine Flasche Bier.

Der Mann mit dem Sonnenhut unterhielt sich in erregtem Flüsterton mit dem Südafrikaner und zerrte ihn am Ärmel. Swanepoel legte jedoch nur die Füße auf den Tisch –

als wollte er ihn bewußt provozieren. Der Mann knuffte seine Stiefel. Swanepoel stand auf und beugte sich drohend über ihn. Auch der Hund rappelte sich auf und knurrte. Der Mann trat einen Schritt zurück und griff tief in die ausgebeulte Tasche. Ich sah das Schwarz einer Pistole.

Dann lachte Swanepoel laut auf und klopfte dem Mann mit dem Frotteehut auf die Schulter. Der lachte ebenfalls, steckte die Waffe wieder weg, und dann lachten alle. Swanepoel steckte Zigaretten und Feuerzeug in seine Hemdtasche und trank sein Bier aus. Bevor er den Männern durch die Tür folgte, drehte er sich noch einmal zu mir um und zuckte die Schultern: Da kann man nichts machen. Der Hund trottete ihnen nach.

Verwirrt setzte ich mich wieder an den Tisch und trank in der nächsten halben Stunde tapfer die beiden Flaschen aus. Dann ging ich in mein Zimmer. Als ich die Tür aufmachte, huschten drei Kakerlaken über das Linoleum, jeder so fett wie eine handgedrehte Zigarre.

Ich zog mich aus und legte mich aufs Bett. Über mir hing ein schmutziges Moskitonetz. Mein Koffer lag aufgeklappt auf dem Boden, der Inhalt in Unordnung, weil ich nach dem Duschen frische Wäsche herausgesucht hatte. Jetzt fühlte ich mich schon wieder schmutzig. Die Luft im Zimmer war muffig und verbraucht (das Fenster klemmte), und durch das Bier drehte sich alles vor meinen Augen. Ich holte den Reiseführer aus dem Koffer und versuchte zu lesen.

Nachdem Anfang des Jahrhunderts arabische Sklavenhändler aufgetaucht waren, brach für Uganda die Kolonialzeit im eigentlichen Sinn an, als am 24. Januar 1862 John Hanning Speke im Land eintraf. Ihm folgten zahllose europäische Forschungsreisende, Kaufleute (von der Britisch-Ostafrikanischen Gesellschaft) und evangelische Missionare. Die Jahre zwischen 1885 und 1887 waren eine schwere Zeit für die frisch bekehrten Christen in Uganda, viele kamen durch Verbrennen, Kastrieren und Verstümmeln ums Leben, als zwischen ihnen und dem Kabaka, dem König von Buganda, Feindseligkeiten aufflackerten. 1892 kam es zum offenen Kampf zwischen den Konvertiten selbst, die Anglikaner traten für die britische Kolonialherrschaft ein, die Katholiken für die französische oder deutsche ...

In Form eines Protektorats wurde die britische Herrschaft zwar bis zur Unabhängigkeit 1962 aufrechterhalten, aber 1903 nahm die ugandische Geschichte eine seltsame Wendung, als Joseph Chamberlain, der britische Kolonialminister, Theodor Herzl und der Zionistischen Organisation das Land als möglichen Judenstaat anbot. Das Angebot wurde abgelehnt, weil die Zionisten inzwischen all ihre Energien auf Palästina richteten ...

Da ich mich nicht mehr konzentrieren konnte, stellte ich den Wecker nach meiner Armbanduhr auf Ortszeit um und machte das Licht aus. Ich mußte immerzu an die Kakerlaken denken und machte von Zeit zu Zeit das Licht an, um den Boden zu kontrollieren. Sie waren aber zu schnell für mich. Dadurch und weil der Lärm schwerer Maschinen von der Straße heraufdrang, wälzte ich mich lange hin und her.

Und grübelte. Als Jugendlicher litt ich schrecklich unter Schlaflosigkeit, aber das lag nie an Kakerlaken. Ich lag einfach wach und grübelte. Und wenn ich doch einschlief, hatte ich schreckliche Alpträume. Ich wurde in die Flammen geworfen oder zwischen die Eisschollen eines Flusses Styx. Ich nahm fälschlicherweise an, ich hätte ein nie wieder gut zumachendes Verbrechen begangen – in manchen Nächten hielt ich mich für den Teufel höchstpersönlich, dessen wandelbare Gestalt sich der meinen angepaßt und dessen schuppige Hörner sich in meine dunklen Locken verwandelt hatten. Aber es ging nicht nur in diese Richtung. In anderen Nächten malte ich mir aus, der auferstandene Christus zu sein – ich hatte eine Sendung auf Erden, und wenn ich mich mit all diesen Dämonen identifizierte, so waren das bloß Versuchungen.

Diese Träume überkamen mich stets in der sinnlich konkreten Umgebung von Tempeln, Dschungeln und ähnlichem. Es war alles sehr exotisch – und verschwand schlagartig, als ich meinen ersten Samenerguß mit Nachhilfe hatte. Der fand im Wäldchen oberhalb unseres Hauses statt, wo Lizzie Walters Hand anlegte – die erwähnte Nachbarstochter. Sie hat jung geheiratet und lebt meines Wissens immer noch in Fossiemuir. Wenn ich von der Uni nach Hause kam und sie mit ihrem Kinderwagen und den Einkaufstaschen auf der Straße sah, konnte ich immer nur an diesen ekstatischen Augenblick denken: die Zweige im Rücken, ein himmlisches Licht im Kopf, ihr schelmisches Kichern – und dann das nasse Gefühl auf dem Bauch.

Ich mußte lächeln, als mir das alles wieder einfiel, und dämmerte doch noch in einigermaßen friedlichen Schlaf weg. Dachte ich. Als ich in den frühen Morgenstunden mit einer vollen Pilsblase aufwachte und das Licht andrehte, saß auf meinem großen weißen Wecker ein Kakerlak, der noch größer war als die vorigen. Er schwenkte seine Fühler und besah mich nachdenklich. Ich fegte ihn zu Boden und drosch mit dem Reiseführer auf ihn ein.

Sein Panzer barst mit lautem Knacken. Ich zog einen Schuh an und stupste die gelbe Masse in eine Ecke. Dann streifte ich den Schuh mit dem anderen Fuß ab und saß eine Weile nackt auf dem Bettrand. Angeekelt, aber triumphierend legte ich mich endlich wieder hin, zuversichtlich, daß die widerliche Trophäe in der Ecke – wie die Dohlen, Eichelhäher und Wiesel, die schottische Wildhüter in Stacheldrahtzäunen aufhängen – die anderen fernhalten würde.

Ich schaltete das Licht aus und war fast wieder eingeschlafen, als ich erneut Kettengerassel hörte. Diesmal viel lauter. Es mußte etwa drei Uhr früh sein, und meine erste

Nacht in Uganda hatte mich ziemlich entnervt. Es war heiß, und die Laken klebten an mir wie ein Totenhemd. Ich stand auf und trat ans Fenster. Das warme, dreckige Linoleum klebte an meinen nackten Fußsohlen, wurde aber mit jedem Schritt durch das dunkle Zimmer weicher. Ich hatte das Gefühl, Fußabdrücke zu hinterlassen – Freitags Spuren am Strand für einen noch unbekannten Jäger.

Aber ich selbst war der Verfolger, denn ich zog die Gardine beiseite und stand da, ein von der Außenwelt unbemerkter Beobachter. Unter mir auf der Straße zog eine Panzerkolonne vorbei, ihre schwarzen Umrisse wurden wie alle Gegenstände in der Dunkelheit von der Nacht zusätzlich konturiert. Während sie vorbeifuhr, konnte ich in den Türmen die Silhouetten der Männer unter ihren Helmen ausmachen und bildete mir ein, durch das klemmende und verschmierte Fenster sogar ihre Rufe zu hören.

Obwohl ich wußte, daß sie mich nicht sehen konnten, war mir meine Nacktheit bewußt, meine blasse Presbyterianermiene, meine glatten pechschwarzen Haare, meine schmale Brust mit dem feuchten, kaum wahrnehmbaren Haarbüschel in der Kuhle, die scharfe Krümmung meiner Leiste – die Beckenknochen über dem Schenkel – und meine langen dünnen Beine. Wie ein Schürhaken, hatte meine Mutter immer gesagt, und ich sah dann das Gegenstück neben dem Kamin an, dem kleinen Kohlenfeuer, das wie ein rotes Auge glühte, das Zimmer aber nie warm bekam, und dachte, stimmt doch gar nicht.

4

Ich frühstückte neben der Verandatür, unten im schäbigen Speisesaal vom Speke – eine matschige, orangefarbene Frucht, die ich nicht kannte, ein gekochtes Ei mit grauem Dotter und Kaffee aus einer zerbeulten Silberkanne, in die »O. A. E.« eingraviert war. Darunter stand in kleineren Buchstaben »Eigentum der Ost-Afrikanischen Eisenbahn«. Ich erinnerte mich, daß sie in meinem Führer »Wahnsinnslinie« genannt wurde und daß Winston Churchill damit nach Uganda gekommen war, an den Schienenräumer des Zuges gebunden, um bessere Sicht zu haben.

Mir fiel auf, daß sich alle Kellner um das kupferne Lautsprechergitter des Radios scharten, das neben der Durchreiche in die Wand eingelassen war. Damals war mir die Bedeutung der laufenden Sendung noch nicht bewußt. Vom Tisch aus lauschte ich angestrengt, und was ich von der zittrigen »Stimme Ugandas« mitbekam, lief in etwa auf folgendes hinaus:

> Die ugandischen Streitkräfte haben heute entschieden, Obote abzusetzen und die Macht unserem Kameraden General Idi Amin Dada zu übertragen ... hiermit betrauen wir ihn mit der Aufgabe, unsere geliebte Heimat Uganda zu Frieden und Eintracht zu führen ... Wir rufen die Bevölkerung auf ... wie gewohnt zur Arbeit zu gehen. Wir warnen alle ausländischen Regierungen davor, sich in innere Angelegenheiten Ugandas einzumischen. Jeder Interventionsversuch wird von unserer Übermacht zerschlagen ... denn wir stehen bereit ... Die Macht wird hiermit General Idi Amin übertragen, der zu

gegebener Zeit seine Regierungserklärung abgeben wird. Wir haben für Gott und unser Land gehandelt.

Mir drehte sich vor Angst der Magen um, obwohl ich eben erst gefrühstückt hatte. Meine Schultermuskeln verkrampften sich, als ich vom Tisch aufstand. Mit der Tasse in der Hand, wobei der Kaffee in die Untertasse schwappte, ging ich auf die Terrasse. Von der Balustrade sah man auf den Vorplatz des Hotels, die Nile Avenue und dahinter die Kreuzung mit der Pilkington Road. In den Bäumen auf dem Vorplatz hingen kopfüber verschlafene Fledermauskolonien – dunkel und schrumplig wie große Rosinen –, und die Luft roch nach Holzrauch. Ich trank meinen Kaffee und sah mich ängstlich nach etwaigen Unruhen um.

Auf der Avenue versammelten sich Menschen und unterhielten sich grüppchenweise neben parkenden Autos. Sie wirkten nicht besonders beunruhigt. Viele schienen ihren Alltagsbeschäftigungen nachzugehen: Gemüsehändler stapelten sorgfältig grüne Bananen auf und boten aus rostigen Blecheimern Erbsen und Bohnen feil; Holzschnitzer arrangierten Ebenholzfiguren auf Matten aus Sackleinen; Geldwechsler lehnten in glänzenden Anzügen an den Wänden und betrachteten die Szenerie; Frauen in bunten, mit Präsident Obotes Gesicht bedruckten Kleidern waren mit Kindern und Einkäufen beschäftigt. Andere fuhren auf sperrigen schwarzen Fahrrädern vorbei, einige mit Baumwollballen oder Milchkannen auf den Rücken geschnallt, oder in uralten Autos mit runden Dächern und holzverkleideten Kotflügeln.

Das war der Anblick, der sich mir bot. In Anbetracht der Radiosendung hatte er nichts Besonderes. Aber als ich so dastand und meinen Kaffee trank, wurde mir klar, daß ich zu bewegten Zeiten in Uganda eingetrudelt war. Und ich wußte nicht, ob das nach meinem Geschmack war. Eine Bemerkung von Swanepoel fiel mir wieder ein, dem Mann aus der Bar: »Staatsstreiche sind in Afrika an der

Tagesordnung; sie gehören einfach dazu wie Regenzeit und Trockenzeit.«

Im Rückblick weiß ich, daß er damit falsch lag – schließlich gibt es auf diesem großen Kontinent jede Menge friedlicher Länder, oder? Obwohl er mich kartographisch immer an eine Waffe im Holster erinnert hat.

Ich betrachtete die heruntergekommene Fassade des Speke links und rechts von mir. Dann stellte ich Tasse und Untertasse ab, ging ans Ende der Balustrade und ließ den Blick über die schmuddeligen Stuckkolonnaden der Geschäfte an der Pilkington Road schweifen. Er blieb an einer Gruppe von Frauen hängen, die an einer Pumpe Wäsche wuschen und beim Rubbeln und Spülen sangen. Sie hielten ein Laken an beiden Enden fest und schüttelten das Wasser heraus. Beim Schütteln klatschte das Laken, und das unnatürliche Geräusch hallte zwischen den Bäumen vor dem Hotel nach, halb ein Trommeln, halb ein Schlag auf einen nackten Körper.

Das scheuchte eine Fledermaus auf: Sie flog auf beziehungsweise *ab* – sie fiel einfach aus dem Baum, drehte sich im Fallen, schoß davon und schrumpfte am Himmel zu einem schwarzen Punkt am Rand der Netzhaut zusammen.

In den Gesang der Wäscherinnen mischte sich ein anderes, unbestimmtes Geräusch, das nach und nach lauter wurde. Eine so große Menge strömte auf die Nile Avenue, daß Menschen an die Seite gedrängt wurden. Was als Rinnsal begonnen hatte, als Geräusch in der Ferne, schwoll in wenigen Minuten zu einem Menschenstrom an, der Parolen skandierte und brüllte. Armeejeeps mit langen Funkantennen und aufmontierten Maschinengewehren bogen um die Ecke und schlängelten sich durch das Gewühl.

Junge Mädchen sprangen auf die Trittbretter der Jeeps und hängten den Soldaten Girlanden um. Rufe erklangen, die bis zu mir auf der Terrasse zu hören waren: »Willkommen, Idi Amin Dada! Hey, hey, hey, hey, hey, wir sind für dich! General Amin ist der Mann für Uganda! Amin ist Ugandas Erlöser! Hey, hey, hey, hey!«

Ich war erstaunt über den spontanen Anklang der Putschisten und schockiert zu sehen, wie schnell die Stimmung auf der Straße umgeschlagen war. PKWs und Kleinbusse glitten im Kielwasser der Jeeps durch die Menge. Ihre Insassen winkten aus den Fenstern. Auch Busse und Fahrräder schlossen sich der Parade an, außerdem ein einzelner Panzer – das häßliche Geschützrohr schien die Umgebung abzutasten wie der Fühler eines Insekts. Ich fragte mich, was aus den Panzern geworden war, die ich in der Nacht gesehen hatte, an welchen strategischen Punkten die wohl stationiert worden waren.

Fahrzeuge und Menschen waren mit Bananenblättern bekränzt – dem Symbol der Freude und der Fruchtbarkeit, wie man mir später sagte. Ich mußte unwillkürlich an die Pubs zum Grünen Mann denken, die ich bei einer Englandreise gesehen hatte. Dessen Gesicht auf den im Wind pendelnden Pubschildern war auch immer ein Blumenkranz gewesen. Dann fiel mir plötzlich eine Gruppe junger Männer ins Auge, die ein Obote-Plakat von einer Kolonnade rissen.

»*Obote afude!*« schrien sie und trampelten auf den Papierfetzen herum.

Obote ist tot. (Falsch, erfuhr ich bald darauf. In Wirklichkeit war Obote auf der Rückkehr von der Commonwealth-Konferenz in Singapur nach Kenia abgebogen, vom dortigen Vizepräsidenten Moi kurz abgefertigt worden und dann in Tansania Präsident Nyerere in die tröstenden Arme gefallen.)

Eine andere Gruppe junger Männer hielt an Stöcken brennende Obote-Bilder hoch und zerschlug auf dem Boden Melonen, die mit seinem Gesicht bemalt waren. Es war eher komisch als bedrohlich – obwohl das unter bestimmten Vorzeichen dasselbe sein kann.

Ich überlegte kurz und beschloß, mich unter die Leute zu mischen. Egal was in dieser gottverlassenen Gegend los war, ich mußte im Ministerium meine Papiere vorlegen. Ich überlegte, ob ich mich auch in der Britischen Botschaft melden sollte, einfach um auf Nummer Sicher zu gehen.

Ich ging also nach unten und war stolz auf meinen seltenen Anflug von Mut. Draußen überschwemmte mich fast eine wogende Menschenmenge, die abschwoll und wieder heranbrandete wie eine Springflut. Überall waren jetzt Soldaten zu sehen, die unter schief sitzenden Schirmmützen und in schlechtsitzenden Tarnanzügen schäbig wirkten. Vor mir war der Straßenbelag von dem vorbeifahrenden Panzer aufgerissen worden. Ich ging los und wich der Menge nach links und rechts aus. Ich kam am Schaufenster eines Bekleidungsgeschäfts mit dem grell gemalten Schild »Khans Modereich« vorbei. Auf der anderen Straßenseite wurde eine der Frauen mit den vielen Obote-Bildern auf dem Kleid plötzlich von den jungen Männern umringt, die eben das Plakat von der Wand gerissen hatten. Von johlenden Sprechchören begleitet, stießen sie sie zu Boden. Ihr Kopf schlug mit lautem Knacken auf dem Betonbordstein auf.

Ich wandte mich ab, vor Angst und weil ich nicht in die Sache hineingezogen werden wollte. Der Inhaber des Bekleidungsgeschäfts, ein Asiat, kurbelte die Stahlläden vor den Stoffballen und in Saris geschlungenen Mannequins in seiner Auslage herunter. Er warf mir einen kurzen Blick zu, bevor er sich unter den Rolläden hinwegduckte, und schüttelte zugleich resignierend und entschuldigend den Kopf – als wollte er erklären, daß er mich einerseits nicht hineinlassen konnte, andererseits nichts mit all dem zu tun hatte. Dann verrammelte er die Tür.

Ich ging weiter durch die Menge und kam zu einer kleinen Garküche mit gestreiftem Leinendach, unter dem eine alte Frau Getränke aus einer Kühltasche verkaufte. Auf der Markise stand »Shongololo Bar und Gasthaus« und darunter: »Coca-Cola: the Real Thing«. Ich ließ mir eine Cola geben, setzte mich an einen wackligen Tisch und war froh, dem Geschiebe entkommen zu sein. In einer Ecke stand ein Kohlebecken, wo Hühnerteile an Holzspießen über den Kohlen zischten.

An einem Nachbartisch saßen zwei Männer aus Kampala und unterhielten sich angeregt. Der eine war ein großer grauer Elefant von einem Mann in einem Safarihemd, der andere hatte lange Beine und trug eine Brille. Er war sehr groß und erinnerte an einen Professor oder einen Marabu. Ich verfolgte ihr Gespräch und tat so, als wäre ich von der draußen vorbeiziehenden Kavalkade völlig in Beschlag genommen.

»Seit dem Parteitag der UPC war klar, daß es so kommen mußte. Heute heißt es, Amin Dada hätte damals den Schuß abgegeben, der Obotes Wange durchschlug. Ich habe aber auch gehört, Amin wäre über einen Stacheldrahtzaun geflohen, als er den Schuß hörte, und hätte Obote erzählt, er hätte Angst gehabt, man wollte ihn umbringen.«

»Seit der Zeit war ihm Obote jedenfalls auf den Fersen. Aber er hat ihn nie zu fassen bekommen, weil Dada zu schnell rennt. Du weißt ja, in der Weißenarmee war er der Sprintchampion. Er ist schnell wie ein Gepard.«

»Er hat auch gegen die Weißen geboxt und in ihrer Rugbymannschaft im Sturm gespielt, und die weißen Soldaten in seiner Mannschaft haben ihn vor jedem großen Spiel mit einem Hammer auf den Kopf gehauen, immer wieder, damit er noch schneller rennt. Das müssen richtige Tiere gewesen sein, diese Leute.«

»Vielleicht klappt es jetzt ja endlich. Ich hoffe es. Als Dada nach Mekka auf die Hadsch gegangen ist, da hat man gesagt, er würde im Gefängnis landen, wenn er zurückkäme.«

»Mekka spielt bei der ganzen Sache eine große Rolle. Weil Dada Muslim ist, hat Obote ihm seine Gunst entzogen, und weil er ein Kakwa ist und nicht wie Obotes Anhänger zu den Acholi- oder Langi-Stämmen gehört.«

»Und weil Obote ein Linker ist und Dada ein Rechter. Für die *wasungu* in Europa und den Vereinigten Staaten muß heute ein Glückstag sein, da bin ich mir sicher. Die müssen doch Angst gehabt haben, wir würden uns wie die chinesischen Banditen in Dar es Salaam und Maputo aufführen.«

»Und für uns Baganda kann es nur gut sein, denn Dada bringt unseren König bestimmt auf den Thron zurück. Es waren einwandfrei Obotes Befehle, daß Dada den Palast bombardieren sollte, weswegen der Kabaka nach England gegangen ist. *Kabaka yekka!*«

»*Kabaka yekka!*«

Sie standen auf, wechselten noch ein paar Worte mit der alten Frau und traten auf die Straße. Ich trank schnell meine Cola aus, erhob mich ebenfalls und folgte ihnen, um mich nach dem Weg zu erkundigen.

»Sir, es ist unklug von Ihnen, sich hier sehen zu lassen«, sagte der Mann im Safarihemd besorgt. »Es wäre klüger, wenn Sie in Ihre Unterkunft zurückkehren, in Kampala geht heute vieles drunter und drüber.«

»Ich habe einen Regierungsauftrag und muß ins Gesundheitsministerium.« Während ich sprach, wurde ich von der Menge angerempelt.

»Aber Sir, die Regierung ist abgesetzt«, widersprach der andere. »Die Soldaten sagen, alle *wasungu* müssen in ihren Häusern bleiben. Es heißt, am Flughafen sind ein paar Missionare erschossen worden, darunter auch welche vom Orden der Weißen Väter. Ich fürchte, diese Militärs können sehr grausam sein.«

»Ich muß aber unbedingt ins Ministerium«, insistierte ich. »Und zur Britischen Botschaft.«

»Das Ministerium liegt an der Kimathi, in der Nähe vom Neeta-Kino gleich da unten, die Botschaft ist an der Parliament Avenue, das ist etwas weiter, da müssen Sie erst ...«

Ich wiederholte mir ihre Wegbeschreibungen, während ich durch die Massen drängte. Ich kam am Kino vorbei, vor dem knallige Poster für einen Hindifilm warben und erreichte endlich mein Ziel – einen tristen Block hinter einem leeren Parkplatz. Der Askari am Tor überragte mich in seiner braunen Uniform und fragte, wo ich hinwollte. Ich sagte, ich müßte zu Mr. Wasswa, dem Minister. Er sah mich mit blutunterlaufenen Augen argwöhnisch an, zuckte dann die Achseln und ließ mich durch.

Im Ministerium ging ich mehrere Treppen hoch und fragte mich von einem Schreibtisch zum nächsten durch, bis ich jemanden fand, der mir weiterhelfen konnte. Schließlich mußte ich eine halbe Stunde vor einem Büro im obersten Stock warten, während mich eine Sekretärin anmeldete, eine große junge Frau mit glänzenden Korkenzieherlocken und grellem Lippenstift. Beim Warten betrachtete ich die Angestellten, die sich aus den Fenstern lehnten, auf das Gewimmel hinabsahen und hektisch debattierten. Ich sah ihnen dabei zu, und meine Schenkel schwitzten langsam auf dem Plastikstuhl fest, den mir die Sekretärin angewiesen hatte.

Endlich kam sie mit einem Klemmbrett heraus. Ich stand auf.

»Tut mir leid«, sagte sie. »Mr. Wasswa ist nicht da.«

Mir fielen ihre rissigen Lippen auf.

»Und was soll ich jetzt machen? Ich muß morgen in Mbarara sein. Wie soll ich da hinkommen?«

»Die Fahrt müßte möglich sein. Am besten mit dem Bus. Sie müssen Dr. Merrit finden. Mit dem arbeiten Sie in Mbarara zusammen. Hier ist seine Telefonnummer. Ich habe hier noch einige Unterlagen, die Sie mitnehmen sollen, Unterlagen, aus denen hervorgeht, daß Sie der Richtige sind. Und das hier müssen Sie mir unterschreiben.«

Es war ein Haftungsausschluß, demzufolge das Gesundheitsministerium nicht zur Rechenschaft gezogen werden konnte, wenn ein Patient mir Dinge vorwarf, die vor Gericht erhärtet wurden. Ich nahm das Klemmbrett entgegen, legte es auf den Oberschenkel und balancierte beim Unterschreiben unbeholfen auf einem Bein.

»Ist es möglich, einen Vorschuß auf mein Gehalt zu bekommen?« fragte ich und gab ihr das Klemmbrett zurück. »Ich habe nur etwa 300 englische Pfund mitgebracht.«

»In Uganda sind 300 englische Pfund viel Geld. Ich bekomme im Monat nur zehn Pfund, und das reicht nicht; manchmal muß ich auf Frühstück und Mittagessen verzichten, um durchzukommen.« Sie sah mich vorwurfsvoll an.

Ich wußte nicht, was ich sagen sollte.

»Das Formular müßte eigentlich vom Minister unterschrieben werden«, fuhr sie fort, »aber das geht leider nicht. Der Minister saß dummerweise im selben Flugzeug wie – der ehemalige Premierminister Obote. Wir wissen nicht, ob er zurückkommt.«

Etwas säuerlich verließ ich das ministerlose Ministerium. Mit meinen Referenzen unter dem Arm machte ich mich durch die dünner werdenden Menschenmengen auf den Weg zur Botschaft. Sie stellte sich als weißer Prachtbau mit großen Sendeantennen auf dem Dach heraus. Im Pförtnerhäuschen saßen zwei sonnenverbrannte britische Soldaten.

Ich sah sie durch das Maschendrahtgitter an. »Ich bin gerade erst angekommen und muß jemanden wegen meiner Stelle aufsuchen.«

»Und was ist das für eine Stelle, wenn ich fragen darf, Sir?« fragte einer der Soldaten. Er hatte einen kupferroten Schnurrbart und stammte dem Dialekt nach aus der Nähe von Newcastle. Der Klang tat mir gut.

»Ich soll als Arzt nach Mbarara.«

»Da müssen Sie zu Nigel Stone, Sir. Wenn Sie einen Augenblick warten, melde ich Sie an. Dürfte ich Ihren Paß sehen, Sir? Ich meine, Sie hören sich britisch an und sehen britisch aus, aber wir werden hier immer wieder von Spinnern provoziert.«

Stone wandte mir den Rücken zu und sah aus dem Fenster, als ich sein Büro betrat. In der Ecke ratterte ein Fernschreiber. Ich räusperte mich.

»Ah, Dr. Garrigan«, sagte er, drehte sich um, kam herüber und schüttelte mir über dem Schreibtisch die Hand. Er hatte dünne blonde Haare und eine so glänzende Stirn, als poliere er sie jeden Morgen.

»Freut mich, daß Sie gekommen sind. Setzen Sie sich doch. Wir führen eine Kartei über britische Staatsangehörige, die nach Uganda kommen, und ich habe mich schon gefragt, was aus Ihnen geworden ist. Wie Ihnen kaum entgangen sein wird, geht hier momentan einiges drunter und drüber. Es hat Veränderungen gegeben. Grundsätzlich raten wir den Leuten, zu Hause zu bleiben, aber das ist so sicher wie ... na ja, so sicher wie im Busch« – er lachte auf – »wo Sie ja hinwollen, also können Sie sich genauso gut auf die Socken machen. Probleme gibt es eigentlich nur in der Stadt.«

»Sie meinen also, ich kann ruhig fahren, ja?« fragte ich.

»Absolut. Ich glaube, das Land wird ziemlich schnell zur Normalität zurückkehren. Wir sind eigentlich ganz froh über Amins Intervention. Obote hatte einige seltsame Vorstellungen davon, wie man ein Land regiert, und Amin, na ja, der ist einer von uns. Wenn auch nicht besonders helle. Wir glauben, wir können ihm weiterhelfen. Und umgekehrt.«

Es klopfte an der Tür. Ein dünner Mann in Armeeuniform kam herein, der ein Bein nachzog. Die alternde Haut an Hals und Wangen hing schlaff und traurig herab wie die Kehllappen eines Truthahns.

»Stone«, sagte er und würdigte mich keines Blickes, »meine Jungs sind nicht angetanzt. Ein kleiner Staatsstreich, und schon verkriechen sie sich unterm Bett.«

Der Mann hatte eindeutig einen Edinburgher Akzent. Er setzte sich in den Sessel in der Ecke von Stones Büro und ließ sein gesundes Bein über die Lehne baumeln. »Ich frage mich, wie ich so einen Haufen bloß ausbilden soll?«

»Dr. Garrigan«, sagte Stone, »das ist Major Weir, unser Nachrichtenoffizier, der Ugandas neuen militärischen Geheimdienst ausbildet. Der Doktor ist auf dem Weg nach

Mbarara, Major, wo er in Dr. Merrits Klinik einsteigt. Er kommt auch aus Schottland.«

»Ach ja?« fragte Weir. Irgendwie fand ich ihn einschüchternd. Er irritierte mich, ohne daß ich sagen konnte warum.

»Ja«, sagte ich, »Fossiemuir.« Es lag an seinem Namen, der erinnerte mich an irgendwas – wahrscheinlich ein altes Volksmärchen, das mir mein Vater erzählt hatte, irgend etwas mit einem Freudenfeuer, einem Affen und einem Spazierstock. Ich kam nicht darauf, was es war.

»Kenn' ich gut. Na dann viel Glück. Leute wie Sie brauchen wir da draußen. Wie Sie sehen werden, sind alle großen Taten in diesem Land von Schotten vollbracht worden – von Speke, Grant und dem ganzen Rest. Ja, Uganda wurde von den besten Söhnen Schottlands erbaut.«

»Na ja«, sagte ich und lachte verlegen, »ich nehme an, wir mußten erst unter den englischen Stiefeln hervorkriechen.«

Weir stand auf und warf mir einen seltsamen Blick zu, aschgraues Haar verschmolz mit aschgrauen Augen. »Was Sie nicht sagen«, meinte er gedehnt, gleichsam in Gedanken, und deklamierte dann zu meinem Erstaunen: »›Welche Purganz, Rhabarber, Senna führte wohl ab die Englischen?‹ ... *Macbeth*«, erläuterte er und wandte sich abrupt zum Gehen. »Sagen Sie mir Bescheid, wenn einer meiner Trottel auftaucht«, sagte er zu Stone. »Ich laß' auf dem Rasen meinen Drachen steigen.«

Als sich die Tür hinter Weir geschlossen hatte, grinste Stone mich entschuldigend an. »Interessanter Typ, das. Im Krieg ausgezeichnet worden. Hervorragender Pilot. Wurde abgeschossen – Sie haben ja gesehen, daß er ein Bein nachzieht – und dann von der Royal Air Force zum Geheimdienst versetzt.«

»Wie meinte er das – er will seinen Drachen steigen lassen?«

Stone sah zum Fenster und sagte dann hintergründig: »Ach, das werden Sie gleich sehen. So«, sagte er dann forsch und setzte sich an den Schreibtisch, »dann mal ran an den Schreibkram. Wir wollen ja nicht, daß Sie in Mbarara hängenbleiben, wenn alles zusammenbricht. Erstmal die Personalien.«

Er schlug ein ledergebundenes Buch auf und griff nach einem Füllfederhalter. »Nächste Angehörige?«

»George und Jeanie Garrigan, Tarr House, Fossiemuir, West Fife.«

»Fossiemuir? Schreibt sich das mit y oder mit i? Mit schottischen Namen kenn' ich mich nicht aus, muß ich gestehen.«

Ich buchstabierte es ihm, und er trug es ein. Als er sich über das Buch beugte, fiel mir eine kahle Stelle oben auf seinem Kopf auf. Die rosig schimmernde Haut und das gelbliche Haar drum herum – Eier und Speck, dachte ich.

Er sah auf, während ich ihn musterte, und zog die blonden Augenbrauen hoch, als hätte er meine Gedanken erraten. »Wieviel Geld haben Sie dabei? Wir hatten in letzter Zeit ziemliche Probleme mit der Repatriierung mancher Leute – Hippies, Traumtänzer und so –; die glauben, bloß weil sie hier in Afrika sind, können sie ohne einen roten Heller in der Tasche herumwandern. Sie gehören da natürlich nicht dazu, aber es gehört einfach zu unseren Standardfragen.«

Ich erzählte ihm von meinen 300 Pfund.

»Und wie wollen Sie nach Mbarara kommen?«

»Ich wollte den Bus nehmen«, sagte ich. »Ich habe von den *matatus* gehört – oder besser gesagt, in einem Reiseführer davon gelesen –, diesen Sammeltaxis, die kreuz und quer durchs Land fahren.«

»Tödliche Fallen«, sagte er nach einem Seufzer. »Ein Jammer, daß gerade kein Botschaftswagen in die Richtung fährt, sonst könnten wir Sie mitnehmen. Sei's drum, Sie werden schon heil ankommen.«

Ich muß schockiert ausgesehen haben, als Stone das sagte.

57

»Ach, tut mir leid«, sagte er hastig. »Ich wollte Sie nicht ins Bockshorn jagen, aber die Unfallrate auf den ostafrikanischen Straßen ist einfach sagenhaft. Ich weiß noch, wie mal ein Tankwagen ins Schleudern gekommen und einen Hügel runter im rechten Winkel auf uns zugeschlittert ist. Das war übrigens auch auf der Straße nach Mbarara. Wir mußten ins Buschland ausweichen. Wären fast gegen einen Baumstumpf geknallt. Der Tankwagen hat sich überschlagen und ist in die Luft geflogen. Der Fahrer ist umgekommen – als das Feuer runtergebrannt war, haben wir nachgesehen. Völlig verkohlt.«

Er schlug das Buch zu, als wollte er andeuten, daß das Gespräch vorbei war. Ich erhob mich und suchte meine aus dem Ministerium mitgebrachten Unterlagen zusammen.

»Ach, Dr. Garrigan«, sagte Stone, »eins wäre da noch.«

»Ja?« sagte ich, legte die Papiere wieder hin und setzte mich noch einmal.

»Haben Sie was dagegen, wenn ich Ihnen kurz meine Arbeit hier beschreibe?«

»Nein, nur zu«, sagte ich überrascht.

»Sie können sich vielleicht denken, was man von uns Botschaftsangehörigen erwartet: In einem Land wie diesem die Interessen der Regierung Ihrer Majestät im Auge zu behalten, ist ... im Vertrauen gesagt ... eine heikle Angelegenheit. Scheinbare Freunde können sich manchmal als Feinde entpuppen.«

Er stockte.

»Obote zum Beispiel. Wissen Sie, ich habe im Kolonialministerium gearbeitet – in meinem vorigen Job, bevor ich hier angefangen habe –, und die Unabhängigkeit mitbekommen, die ganzen Feiern zur *uhuru*. Das Hissen der Fahne, die Teezeremonien auf dem Rasen, die Kapelle, die die neue Nationalhymne spielte, die frisch beförderten afrikanischen Soldaten bei der Parade. Sie können sich das ganze Pipapo ja denken. Amin gehörte übrigens zu den

Soldaten, er leitete die Übergabe der Königlichen Farben. Der Herzog und die Herzogin von Kent waren da. Ich stand hinter ihnen auf der Tribüne, hab' mir das Juristengelaber angehört und die Gebete vom Erzbischof und dem muslimischen Geistlichen.«

Der Fernschreiber piepste plötzlich los und warf Unmengen von Papier aus. Die Endlosblätter falteten sich nicht immer an der vorgesehenen Perforation und bildeten ein unordentliches weißes Nest auf dem Teppich. Dann kehrte das Gerät zu seiner stillen Bereitschaft zurück.

»Aber Obote hat uns einen Strich durch die Rechnung gemacht. Er hat Kontakt zu den Chinesen aufgenommen – Mao hat in Südafrika sehr viel Einfluß, wissen Sie –, auch sonst zu allen möglichen, und an der Stammesfront hat er nichts als Mist gebaut. Aber ich muß zugeben, wir haben es nicht kommen sehen. Seitdem passen wir natürlich auf wie ein Luchs: Afrika ist einfach immer für Überraschungen gut.«

Ich fragte mich, was dieser Vortrag bezweckte. Stone wurde richtig energisch, ruderte beim Sprechen mit den Armen und fuchtelte mit den Händen.

»Ich will auf folgendes hinaus«, sagte er, als könnte er Gedanken lesen. »Wir brauchen vertrauenswürdige Briten, die draußen im Lande Augen und Ohren offenhalten.«

»Sie meinen, ich soll ein Spion werden?« fragte ich ungläubig.

»Aber nein, ganz und gar nicht. Sagen wir es so: Ich muß Berichte nach London schicken, und irgendetwas muß ich da reinschreiben. Hier in Kampala sehen wir manchmal den Wald vor lauter Bäumen nicht. Bei Obote war das der Fall. Aber draußen, wo Sie sind, praktisch oben in den Bäumen – nur ein Scherz –, bekommt man unter Umständen viel schneller mit, wenn sich etwas anbahnt. Das ist eigentlich schon alles.«

Er beugte sich vor, und die Haare fielen ihm in die Stirn. »In der afrikanischen Politik ist Basisarbeit das Ein und

Alles. Wenn Sie schon da draußen sind, ist es doch ein Klacks für Sie, ein wachsames Auge auf unheilvolle Entwicklungen zu haben, oder? So nebenbei.«

»Gut möglich«, sagte ich, »aber ich verstehe einfach nicht, was Sie meinen. Wonach soll ich denn Ausschau halten?«

»Nichts Besonderes, aber kommen Sie doch einfach mal vorbei, wenn Sie das nächstemal in der Stadt sind. Schildern Sie mir die Lage der Dinge. Ich lad' Sie zum Essen ein.«

Als er aufstand – diesmal war die Besprechung wirklich zu Ende –, hörte ich ein seltsames Schwirren. Erst dachte ich, es wäre wieder der Fernschreiber. Aber es kam von draußen.

»Ah!« sagte Stone und wandte sich zum Fenster, »das wird Major Weirs grandiose Flugmaschine sein. Kommen Sie, schauen Sie sie sich an.«

Ich folgte ihm zur Scheibe. Das Schwirren wurde lauter. Durch die Jalousie und die Stahlmaschen des Malariamückennetzes sah ich – praktisch direkt vor uns – etwas schweben, was ich noch nie gesehen hatte, mir aber als Junge immer gewünscht hatte: einen ferngesteuerten Modellhubschrauber.

Er stand einen Augenblick in der Luft – gedrungen und röhrenförmig, mit schwirrendem Rotor –, bevor er zur Seite kippte und in einer geschwungenen Bewegung, die mich an die Verbeugung eines Dieners erinnerte, außer Sicht geriet.

»Da steht Weir«, sagte Stone und zeigte hinab.

Unten auf dem Rasen stand der Major vor einem Halbkreis britischer Soldaten in Uniform und afrikanischen Personals in weißen Kitteln. Er hatte ein flaches Kästchen in der Hand, aus dem eine lange Antenne ragte, und zu seinen Füßen lag ein Haufen Zubehör.

Wir standen schweigend da und sahen ein paar Minuten zu, bis der Hubschrauber unter uns wieder in Sicht kam,

Weir an der Steuerung hantierte und ihn sanft im Gras landen ließ. Sein Publikum klatschte und rief Bravo. Weir reichte den Sender einem Soldaten und humpelte ein paar Schritte auf das Modell zu. Als sich der Rotor nicht mehr drehte, beugte er ein Knie, untersuchte den Hubschrauber, nahm ihn behutsam in beide Hände und stand wieder auf.

»Sein kleines Privatvergnügen«, sagte Stone und brachte mich zur Tür. »Jedesmal wenn er ihn steigen läßt, schickt er ihn direkt vor meinem Fenster vorbei. Es ist nur ein Spielzeug, aber doch beachtlich. Er hat alles selbst gebaut.«

5

Voll mit Ziegen mit seidenweichem Fell, Hühnern und ungefähr dreißig Menschen – in einem für rund zehn gedachten Raum – fühlte man sich im *matatu* kein bißchen wie in einem Fahrzeug. Die Windschutzscheibe war gesprungen und starrte vor Schmutz, mehrere Türgriffe waren abrasiert, eine Radkappe fehlte, und die ganze Konstruktion wirkte reparaturbedürftig, zumal überall Holzstücke und Stahlplättchen befestigt worden waren, wodurch er weniger einer Maschine als einem uralten Artefakt glich, das man verehrte oder in einer Ausstellung bewunderte.

Ich war schon müde, bevor der Bus überhaupt abfuhr. Ich war am Morgen nach dem Botschaftsbesuch zu Fuß vom Speke losgegangen, hatte mich mit meinem Gepäck durch das Gedränge im *matatu*-Bahnhof gekämpft, versucht, das unablässige Hupen und Pfeifen zu überhören und die Zielansagen der Fahrer mitzubekommen – die meist an einem Arm in einem schiefen Winkel wie Slalomläufer aus den Schiebetüren ihrer Kleinbusse heraushingen – und mich schließlich auf einem Sitz hinten im *matatu* Nr. 8 (um genau zu sein) niedergelassen.

Diese Nummer war aber nirgends deutlich angebracht, weder vorn noch hinten am Fahrzeug. Sie stand nur auf einem kleinen, irgendwo abgerissenen Stück Pappe, das an die Windschutzscheibe geklemmt war – und das merkte ich erst, als ich schon saß und umständliche Erkundigungen eingeholt hatte. Ich war um jeden Minibus herumgegangen, aber überall, wo man eine Nummer erwartet hätte, hingen statt dessen knallbunte Slogans: »Reise voller Hoffnung«, daran kann ich mich noch erinnern, und

»Fahr mit Gott«. Oder »Afrika Superstar Express«. Im Sammeltaxi stand oben über dem Fahrersitz in Schablonenschrift »Kein Zustand ist von Dauer«, ob als Warnung oder Trost, wußte ich nicht.

Ich hatte mein Gepäck unter einem Sitz mit arg lädierter Sitzfläche verstaut. Zwischen der faserigen Füllung und Überresten von Plastik bohrten sich schon die Sprungfedern durch. Ich rutschte unruhig hin und her und hörte das Krachen, mit dem die Fracht auf das Dach geladen wurde. Ich sah Fanta- und Coca-Cola-Kisten, Bündel frisch abgehobelter Latten, schwere Reis- oder Getreidesäcke, mit Logos gestempelt, einen langen Turm (fast so lang wie der ganze Bus) aus ineinandergesteckten roten Plastikschüsseln, die allgegenwärtigen *matoke*-Stauden, die grünen Bananen – so vieles wurde hochgereicht, daß ich mich fragte, wie wir damit überhaupt reisen sollten.

Während wir auf die Abfahrt warteten, sah ich aus dem Fenster. Ohne auf das Gewimmel um sie herum zu achten, pickte eine Krähe auf dem Boden an etwas herum, zerrte daran und hielt es mit einer Kralle fest. Ich sah genauer hin. Es war der Kadaver eines braunen Tieres. Dann erkannte ich eine der großen Ratten, wie ich sie am Vorabend auf dem Rückweg ins Speke an einer Mauer herumspringen gesehen hatte. Ich hatte mir ausgemalt, sie tanzten Strathspeys und Reels – schließlich war Burns Night, wie ich plötzlich merkte: Amins erste Nacht an der Macht. Diese Tiere heißen zwar Ratten, sehen aber eher wie Kaninchen aus; eine saß auf den Hinterbeinen und sah mich neugierig an, als ich vorbeiging.

Als ich den Krähenschnabel sah, der am Pelz und dem rosa Fleisch darunter zerrte, wurde mir fast schlecht. Das erstaunte mich, denn beim Sezieren hatte ich immer einen stabilen Magen bewiesen. Wahrscheinlich lag es daran, daß das Sezieren wissenschaftlich war; der Formaldehydgeruch an den Händen überdeckte damals in den Präparierkursen, worum es eigentlich ging.

Als die letzte Fracht hochgewuchtet worden war und der Fahrer, der auch den Kassierer abgab, das letztemal gepfiffen und sich die letzten schmierigen Geldscheine geschnappt hatte, taten mir von den Sprungfedern im Sitz schon die Schenkel weh, und als wir mit knirschendem Getriebe in einer Wolke aus Staub und Dieselabgasen losdröhnten, legte ich meine Jacke zusammen und setzte mich darauf. Das schreckte eine Ziege auf, die unter dem Sitz zusammengekrümmt neben meinem Koffer lag, die Beine grausam mit Draht gefesselt. Das sorgte bei meinen Nachbarn für Erheiterung. Die Alte neben mir machte eine laute Bemerkung. Ich verstand das Wort *musungu* – ›weißer Mann‹, wie ich inzwischen wußte. Ein Gekicher durchlief den Kleinbus, und alle starrten mich an wie ein Tier im Zoo.

Verlegen erwiderte ich das Grinsen, und wir rumpelten auf der schlaglochübersäten Straße aus der Stadt hinaus – ich grinste die gemischte Gruppe von Händlern an, vor allem Frauen mit Waren und Tieren (eine hatte ein lebendes Huhn in einem Korb auf den Knien), Bauern und brüllende Babys. Alle wirkten bettelarm bis auf einen Insassen, der – aufgrund seines schicken blauen Kammgarnanzugs und des braunen Samsonite auf den Knien – wohlhabender aussah als die anderen. Er las Zeitung – mit einigen Schwierigkeiten, denn da der Bus aus allen Nähten platzte, konnte er sie nur ein winziges Stück weit aufschlagen.

Es gab auch einige seriös aussehende junge Männer in schlechtsitzenden westlichen Kleidern. Einer saß direkt hinter mir. Ich hielt sie für Staatsbedienstete, die aufs Land zurückkehrten; Swanepoel hatte gesagt, das neue Regime hätte sie an die Luft gesetzt. Der hinter mir stellte sich aber als Ökotrophologiestudent an der Makerere University in Kampala heraus.

»Und Sie sind Arzt, Sir?« sagte er, nachdem er meinen Namen und den Zweck meiner Reise nach Mbarara erfragt hatte.

Ich nickte.

»Und Sie arbeiten im Krankenhaus von Dr. Merrit?« fragte er.

»Genau.«

»Ich bin froh, daß Sie kommen. Wir brauchen dringend Ärzte, solange sie nicht zuviel Geld kosten. Dr. Merrit kostet sehr viel. Selbst der afrikanische Arzt dort ist für unsere Leute oft zu teuer.«

»Sie legen es bestimmt nicht darauf an«, sagte ich, »kein Arzt ist absichtlich teuer – aber das Problem ist überall dasselbe, fürchte ich. In meiner Heimat wird fürchterlich darum gestritten, wer die Gesundheitsfürsorge finanzieren soll. Und in Amerika muß man versichert sein, wenn man überhaupt behandelt werden will.«

Ich sah, wie es in seinem Gesicht arbeitete, als er das hörte. Er zog die Augenbrauen hoch und runzelte gleichzeitig die Stirn. Als ich mich mühsam zu ihm umdrehte und die schwarze Plastikbrille auf seiner Nase und das weiße Hemd mit dem weichen Kragen sah, fragte ich mich, ob ich etwas Falsches gesagt hatte.

»Sir, Sie können noch nicht lange in Uganda sein«, sagte er. »Selbst wohlhabende Familien haben hier jedes Jahr viele Tote zu beklagen. Wenn ich den BBC World Service höre oder im British Council von Kampala eine Zeitung lese, muß ich immer lachen. In Großbritannien macht man um jeden einzelnen Verstorbenen ein großes Getue. Im Vergleich dazu sind wir in Uganda die Weltmeister im Sterben, aber niemand macht je ein Aufhebens darum. Ich habe in meinem ganzen Leben noch nichts davon in der Zeitung gelesen.«

Ich versuchte, ein mitfühlendes Gesicht aufzusetzen, und wußte nicht recht, wie ich mich verhalten sollte. »Tut mir leid«, sagte ich dann. »Ich werde sicher bald zu sehen bekommen, wie schlimm das alles ist.«

»Meine Familie kommt aus Mbarara«, eröffnete er mir. »Daher kenne ich die Stadt. Ich fahre jetzt zu ihnen zu Besuch. Ich heiße Boniface Malumba, aber bitte nennen Sie mich Bonney. Viele Weiße nennen uns nämlich nie beim Vornamen, wenn sie überhaupt mit uns sprechen.«

Er lehnte sich auf seinem Sitz zurück – der genauso unbequem war wie meiner, soweit ich sehen konnte.

»Aber das gehört sich nicht«, sagte ich verwirrt. »Ich würde das nie tun.« Kannst du mich nicht endlich in Ruhe lassen, dachte ich insgeheim.

Da grinste er verlegen. »Entschuldigen Sie, daß ich das gesagt habe, Dr. Garrigan. Es ist nicht Ihre Schuld. Sie sind ein guter Mensch, das sehe ich. Sie sind im Haus meines Vaters in Mbarara immer herzlich willkommen. Ich werde Sie mal einladen.«

»Danke«, sagte ich. »Ich freue mich darauf.«

Ich drehte mich wieder nach vorn und war erleichtert, die doppelte Last loszusein, ein solches Gespräch führen zu müssen, während ich verdreht auf diesen qualvollen Federn saß. Die unruhig werdende Ziege unter dem Sitz schien der Alten neben mir zu gehören, die einen Turban trug. Sie gab dem armen Geschöpf einen Tritt und lächelte mich zahnlos an.

Trotz der zusammengelegten Jacke taten mir die Oberschenkel weh, während wir durchs Land fuhren. Kleine Bananenfelder zogen am Straßenrand vorbei, und offene Laster, aus denen schwarze Auspuffwolken herausquollen, kamen uns entgegen, die meisten turmhoch mit der wächsernen Frucht beladen – sie wurde grün gegessen, als pikantes Gericht zubereitet, nicht gelb und süß wie zu Hause. Man sah auch Jungen, die auf den Gepäckträgern ihrer altmodischen Fahrräder kipplig aufgeschichtete Bündel mit vierzig oder fünfzig Bananen balancierten.

Die Orte an der Strecke hatten faszinierende Namen – Mpigi, Buwama, Lukaya, Masaka, Mbirizi, Lyantonde –, aber alle waren verfallen und eintönig, meist bestanden sie bloß aus einer Reihe von einstöckigen Geschäften und Häusern am Straßenrand. Nur Masaka hatte mehr zu bieten. Wir legten eine Pause ein, und ich holte mir etwas

Rindfleisch mit Reis bei einem Restaurant namens »Wendekreis des Paradieses«, das auf einem primitiven Plakat mit einem dunkelhäutigen Piraten, der ein sich wehrendes Mädchen umklammerte, für sein »leckeres Essen« warb. Beileibe nicht.

In der Nähe von Sanga, dem Dorf hinter Lyantonde, kam es zum einzigen ernsten Zwischenfall der Fahrt. Ein Hupen ertönte, und der Bus kam ruckelnd und fauchend zum Stehen – man konnte hören, wie der Fahrer pumpend auf die Bremse trat. Die Ziegentreterin zupfte mich am Ärmel, zeigte nach draußen und machte eine Bemerkung, die ich nicht verstand.

Ich sah über die anderen Mitreisenden hinweg, entdeckte einen Verhau aus Zweigen auf der Straße und dahinter einen querstehenden Laster. Die Zweige, begriff ich, waren das ugandische Pendant eines Pylons oder Warndreiecks.

Ich beugte mich vor, um besser sehen zu können. Es war kein Bananen-, sondern ein Teelaster, und auf der offenen Tür prangte der Name James Finlay, eine der großen Handelsgesellschaften. Vor uns auf dem Asphalt lagen überall Teesäcke, von denen einige aufgeplatzt waren, so daß die schwarzen Teeblätter herausquollen. Aber es sah aus, als wäre nicht der Tee verstreut worden, sondern als wäre der Asphalt zerbröckelt und würde in die Säcke kriechen.

Am Straßenrand saß ein Mann, der der Fahrer sein mußte, und hielt sich den Kopf. Außerdem waren einige Soldaten zu sehen, ein paar kauerten auf den Teesäcken und tranken Flaschenbier, andere saßen neben einem Leinenzelt unter einem Mangobaum.

Das Schwatzen im Bus verstummte. Ein Soldat war eingestiegen. Er trug eine zerlumpte grüne Uniform, hatte ein zerknittertes Schiffchen auf dem Kopf und eine Automatik im Arm. Sie wirkte schwer und hatte mindestens drei gekrümmte Magazine mit Munition, eines eingerastet, die anderen waren nebeneinander an den Kolben geklebt und konnten jederzeit nachgeladen werden. Als er durch den Mittelgang kam, sah ich außerdem fasziniert, daß seine Füße in flauschigen rosa Pantoffeln steckten.

Der Soldat sagte laut etwas, die Fahrgäste langten in ihre Taschen und Kleiderfalten und holten zerfledderte Ausweispapiere heraus. Auch ich grub meinen Paß hervor. Als ich an der Reihe war, hielt ich ihn ihm widerstandslos hin und sah unverwandt die Mündung der Waffe an, die über seiner Schulter hing und deren häßlichen Ersatzmagazine gefährlich nah vor meiner Nase gegen seine Hüfte schlugen.

Der Soldat blätterte meinen Paß durch, sah mich an, klappte ihn zu, schlug ihn wieder auf und blätterte noch einmal. Ich sah gespannt zu ihm hoch, aber er verstand offenbar kein Englisch. Dann bedeutete er mir mitzukommen und wedelte dabei vorwurfsvoll mit dem Paß.

Ich drehte mich um und sah Boniface fragend an. Der warf dem Soldaten eine Bemerkung zu, aber der schnauzte ihn bloß an und zerrte an meinem Hemd.

Ich stand auf. »Was will er?« fragte ich Boniface.

Boniface machte mit Daumen und Zeigefinger das Geldzeichen. »Er will Shilling«, flüsterte er. »Geben Sie ihm lieber welche. Wenn nicht, gibt es Scherereien.«

Ich drehte mich zu dem Soldaten um, hob die Hände, als zielte er mit der Waffe auf mich – was er mehr oder weniger auch tat – und ich wollte mich ergeben, und nickte dämlich. Keine Angst, sagte ich mir. Ich griff in die zusammengelegte Jacke auf meinem Platz, tastete in der Innentasche und versuchte, einen 200-Shilling-Schein herauszuziehen, ohne meine Brieftasche zu zeigen. Als ich endlich einen Schein in die Finger bekommen hatte, waren es 500 Shillinge.

Der Soldat steckte den Schein ohne ein Wort in eine Patronentasche am Gürtel und ging weiter durch den Bus, als wäre nichts gewesen. Alle anderen hatten ihr Geld schon parat, von den Beamtentypen bis zu den ärmlichsten alten Frauen. Alle waren so ruhig (selbst die Babys waren still geworden) und schienen das Verfahren so gewohnt zu sein, als ginge er in der Kirche mit dem Klingelbeutel herum.

Mit einer Ausnahme. Als der Soldat zu dem wohlhabend aussehenden Mann im blauen Anzug kam, beugte er sich vor, knallte die flache Hand auf den braunen Koffer und bellte auf Suaheli einen Befehl – der Mann sollte den Koffer wahrscheinlich öffnen.

Verdutzt hörte ich den Mann auf englisch sagen: »Ich bin kenianischer Diplomat und halte mich mit staatlichem Auftrag in Uganda auf«, als gäbe er vor Gericht eine Aussage ab. »Sie haben kein Recht, mich zum Öffnen des Koffers zu zwingen. Ich kann Ihnen meinen Paß und meine Papiere zeigen.«

Das Gesicht des Soldaten wurde zu einer häßlichen Fratze – er ließ eine Schimpfkanonade auf den Kenianer los, ging nach vorne in den Bus und brüllte etwas.

»Das war keine gute Idee«, murmelte Boniface.

Zwei weitere Soldaten stiegen ein. Sie gingen zu dem Kenianer und wollten ihm den Koffer von den Knien ziehen. Der Mann beugte sich vor und umklammerte ihn wie ein Kind.

»Dazu haben Sie kein Recht«, protestierte er. »Das dürfen Sie nicht. Mein Paß und mein Visum sind in Ordnung.«

Die Soldaten sagten etwas, wiederholten immerzu dasselbe Wort.

»Sie sagen, er wäre ein Spion«, erklärte Boniface.

Der eine von den beiden neuen Soldaten (der überhaupt keine Schuhe anhatte und eine so zerlumpte Hose trug, daß sie ans Unsittliche grenzte) holte mit seiner Automatik aus. Kraftvoll. Das bösartige Visier, das am einen Ende vorstand, schlitzte dem Kenianer die Wange auf. Der erste Soldat entriß ihm den Koffer, und die anderen schlugen den Mann ins blutige Gesicht.

Der Mann stöhnte so laut, daß man es im ganzen Bus hörte, als die Soldaten mit dem Koffer hinauspolterten.

Ich sah sie zu ihren Kumpanen unter dem Mangobaum gehen, einer von ihnen hob den Koffer über den Kopf.

Im Bus fingen die Leute wieder an zu reden, und der Fahrer ließ den Motor an. Als wir die Teesäcke und den Laster umrundeten, der sich nicht von der Stelle gerührt hatte – der Fahrer saß immer noch da und hielt sich den Kopf –, tippte Boniface mir auf die Schulter.

»Da sehen Sie, wie wir in Afrika zu leiden haben«, sagte er, »da sehen Sie, wie schwer das Leben hier ist.«

»Ja«, sagte ich konsterniert, »ja.«

Ich hatte ein schlechtes Gewissen, griff unter den Sitz nach meinem Koffer (die Ziege trat nicht mehr um sich, sondern schien in Katatonie verfallen) und wühlte darin herum. Dann stand ich auf und drängte mich mit meinem Erste-Hilfe-Plastikkoffer zu dem Kenianer durch. Er saß da und sah stur geradeaus. Das Blut lief seine Wange hinab und fiel ihm in dicken Tropfen aufs Hemd.

Die Wunde war schlimmer, als ich gedacht hatte. Wo das Visier ihn getroffen hatte, hing ein Hautlappen herab. Die Wange mußte definitiv genäht werden. »Entschuldigen Sie«, sagte ich, »ich bin Arzt und kann Ihre Wunde behandeln.«

Ich beugte mich über ihn. Mehrere Mitreisende waren aufgestanden und stellten sich hinter mich, neugierig, was der *musungu* machen würde. Als hätte ihn etwas aus einer Trance gerissen, hob der Kenianer eine Hand. Er sah mich an, und das Blut strömte ihm übers Gesicht.

»Wie können Sie es wagen, jetzt zu mir zu kommen?« fragte er leise. »Wozu sind Sie jetzt noch gut? Sie haben nichts gesagt, als Sie einschreiten konnten. Die Soldaten hätten mir nichts getan und von diesen Menschen kein Geld kassiert, wenn Sie eingegriffen hätten. Sie haben Angst davor, Weiße zu verletzen.«

»Aber sie haben auch mein Geld kassiert«, sagte ich etwas defensiv. »Kommen Sie, ich behandle erst einmal Ihre Verletzung. Sie verlieren Blut.«

Ich holte Mull aus dem Kasten und wollte ihn auf die klaffende Wunde drücken. Aber zu meinem Erstaunen schlug der Kenianer meine Hand weg. Die Zuschauer schnappten nach Luft. Einige schalten den Kenianer.

Er stand neben mir auf, und hinter dem losen Hautfetzen quoll das Blut heraus.

»Ich brauche Ihre Hilfe nicht«, sagte er. »Sie sind nicht eingeschritten, als Sie die Möglichkeit hatten. Sie sagen, Sie sind Arzt, aber in Wirklichkeit sind Sie wie alle *wasungu* nach Afrika gekommen, um uns alles zu nehmen.«

Er beendete seine Rede mit einem würdevollen Nicken, setzte sich und schien seine Wunde gar nicht zu bemerken. Ich wußte nicht, was ich sagen sollte. Die Hitze im Bus machte meinem Kreislauf zu schaffen – die Hitze der Sonne, der Druck der Menschen hinter mir und das heiße Dröhnen des Motors, das mir durch die Schuhsohlen in den Körper stieg. Ich stand einen Augenblick da und sah ihn an, der Hautlappen hing in seinem blutverschmierten Gesicht, und ich wurde schamrot.

Plötzlich wollte ich – ich kann es kaum hinschreiben – hingreifen und das Scheißding abreißen, es in einer schnellen und beherzten Bewegung abreißen. Wie man ein altes Pflaster entfernt.

Ich weiß nicht, was in mich gefahren war, ich weiß es einfach nicht, und ich kann mich auch nicht daran erinnern, wie ich auf meinen Platz zurückgekommen bin, nur an die tröstenden und höhnischen Blicke, die wir beide von den anderen Fahrgästen ernteten, unter denen eine Diskussion entbrannt war. Einige schienen sogar in sich hineinzulachen, aber ich weiß nicht, ob über mich oder den Kenianer.

Nur Boniface war freundlich: Er verstand mein Dilemma. »Seien Sie nicht traurig, Sir«, sagte er und strich mir über den Arm. »Es ist nicht seine Schuld. Seit die Soldaten gekommen sind, ist es überall das gleiche.«

6

Gegen vier Uhr nachmittags kam der *matatu* in Mbarara an. Ein staubiges Städtchen. Bonney, dem ich noch einmal versprechen mußte, ihn und seine Familie so bald wie möglich zu besuchen, brachte mich in ein Hotel. Es hieß Agip Motel: Das Speke war im Vergleich der reine Luxus. Nachdem ich mich angemeldet und geduscht hatte, versuchte ich von der Rezeption aus, Merrit anzurufen, aber die Leitung war tot.

Ich machte mich also auf die Suche nach seiner Wohnung und fragte mich auf der Straße durch. Alle Welt wußte anscheinend, wer er war und wo er wohnte, aber ich brauchte trotzdem ziemlich lange und mußte immer wieder Leute ansprechen. Ich kam an einer Kaserne und mehreren Regierungsbüros mit windschiefen Schildern vorbei: »Zentrale Forstverwaltung«, »Ministerium für Landwirtschaft und Fischzucht (Südwestliches Rehabilitationsprojekt)«, »Zentrum für Weiterbildung (Außenstelle Makerere)«. Etwas stattlicher: »Gemeindeverwaltungsgericht, Südprovinz, Unterbezirk Kikagati/Ibanda«.

Unterwegs zog ich eine wundersame Gruppe von Jungen an, die neben mir her liefen und mich anriefen.

»*Musungu, musungu!*«

Sie kasperten herum.

»Woher kommst du?«

Ein paar von ihnen schoben kleine Spielzeugautos, ungefähr so groß wie Schuhkartons und aus Draht geflochten. Damit brausten sie prahlerisch vor mir auf und ab. Die Autos hatten einen raffinierten Steuermechanismus, der aus einer an der Vorderachse befestigten Fahrradspeiche und einem Lenkrad in Hüfthöhe bestand. Zu Hause, dachte ich, hätte man nie im Leben zu sehen bekommen, daß Kinder so etwas selber bastelten.

»*Musungu*, hast du eine Frau?«

»Nein«, sagte ich. »Und ihr?«

Sie kugelten sich vor Lachen und vollführten mit ihren Fahrzeugen immer flinkere Manöver im Staub. Die ausgefeilterten Modelle hatten Puppen aus ausgestopftem Stoff als Fahrer; in einem saß sogar ein Soldat im Tarnanzug, wirklichkeitsgetreu bis hin zur Schirmmütze und dem mit Holzkohle aufgemalten Totenkopfgrinsen.

»Ich heiße Gugu«, sagte sein Besitzer. Er war ein stupsnasiger kleiner Kerl in dreckigem T-Shirt und mit ansteckendem Lächeln. Ich blickte auf ihn hinab, sah seine Kulleraugen und den kugelrunden Kopf, seine staubigen Knie und die überraschend alt aussehenden Füße. Das war wohl der Preis des Barfußgehens.

»Warum willst du Arzt?« fragte er. »Bist du krank?«

»Nein. Ich bin Arzt. Ich werde hier arbeiten.«

»Ich werde Mechaniker«, sagte er stolz. »Das ist mein Auto. Es ist ein VW Käfer.«

»Es ist sehr gut«, sagte ich, »Aber sollte ein Soldat nicht einen Panzer oder einen Jeep fahren?«

»Was ist ein Panzer?«

»Ein großes Auto mit einem langen Gewehr vorne dran.«

Der Junge nickte weise und zeigte dann auf ein Tor in einem Palisadenzaun, der eine Reihe von Gebäuden umschloß.

»Da Arzt.«

Ich hatte die Ärztesiedlung erreicht. Es war etwa sechs Uhr und wurde schnell dunkel. Neben dem Tor stand ein Anbau, eine Art Bunker, nur bestand er aus Lehm und Stroh. Auf einem an die Lehmbaracke genagelten Brett stand eine Reihe von Zahlen und Namen. An einem zweiten Nagel hing eine Sturmlaterne. Ihr Fauchen und Zischen kam mir zu hektisch und zu kühn vor dafür, daß sie so wenig Licht abgab.

1 Waziri
2 –
3 Canova
4 Chiric
5 Ssegu
6 –
7 Seabrook
8 Merrit
9 Zach

Die Jungen hatten sich erst in einen Halbkreis hinter mir gruppiert, liefen aber plötzlich weg, während ich las.
»Wiedersehen, *musungu*! Wiedersehen!«
Mit hellem Lachen stürmten sie den Hügel hinab. Sie erinnerten mich an Elfen. Dann roch ich Tabakrauch und mußte an Woodbine denken. Erst jetzt merkte ich, daß jemand im Bunker war. Ich konnte die aufsteigenden Rauchwölkchen riechen.
Ich spähte hinein. Ein Stiefel, eine Stoffalte, das Glimmen einer Pfeife. Da war jemand, das stand fest – der süßliche Geruch langer Anwesenheit überlagerte den herben Tabakgeruch –, aber er sagte nichts zu meiner Störung. Also betrat ich unbekümmert die Ärztesiedlung und klopfte bei Nummer acht.
Ein Mann mit einem rostfarbenen Schnurrbart öffnete. Er sah mich einen Augenblick überrascht an.
»Es tut mir leid …«, setzte ich an, denn mir war klar, daß es viel zu spät war, um einfach so bei jemandem auf der Matte zu stehen.
»Du liebe Zeit!« sagte er. »Sie müssen Dr. Garrigan sein.«
Er schüttelte mir die Hand. Er war um die fünfzig, leicht übergewichtig, und mitten durch seine braunen Haare lief eine bizarre weiße Strähne.

»Wir haben Sie schon vor Ewigkeiten erwartet«, sagte er.
»Ja? Ich dachte, ich wäre pünktlich.«
»Nun gib doch nicht ihm die Schuld, Spiny«, sagte eine zweite Stimme.

Eine Frau in einem blauen Kleid trat hinter ihn. »Das Ministerium hat Sie für letzten Monat angekündigt«, sagte sie, als er ihr Platz machte. »Wir haben denen ein Telegramm geschickt, aber keine Antwort bekommen. Deshalb wußten wir nicht, wann Sie kommen.«

»Ist ja auch egal. Ich bin Alan Merrit. Kommen Sie rein. Schön, daß Sie da sind. Das ist meine Frau Joyce. Es ist mir wirklich peinlich, daß Sie so nach uns suchen mußten. Ich hol' Ihnen was zu trinken, und dann setzen wir uns erstmal hin und reden. Tut mir leid wegen dem Durcheinander. Der Laden ist ein einziger Saustall, wissen Sie.«

Das Wohnzimmer war nur schwach beleuchtet, außer am Durchgang zur Veranda, einer Jalousietür. Unter ein paar kleinen Leuchten auf der anderen Seite flatterten Insekten umher.

»Wir sitzen draußen«, sagte Mrs. Merrit. »Kommen Sie doch mit.« Sie trug schwere Ohrringe aus Lapislazuli, die das Licht einfingen, wenn sie hin und her schwangen.

»Was hätten Sie denn gern?« rief Merrit aus der Küche.
»Ein Bier bitte, falls Sie welches haben«, sagte ich.

Man hörte das Klirren und dumpfe Zuschlagen einer Kühlschranktür. Mrs. Merrit bot mir einen Korbstuhl an, setzte sich ebenfalls und schlug die Beine übereinander. Auf dem Tisch schwelte ein gewundenes, an einem Drahtgestell befestigtes Räucherstäbchen. Daneben lag ein Päckchen mit der Aufschrift: DOOM Malariamückenkringel, Van der Zyl pvt, Bloemfontein, Republik Südafrika. Der Rauch stieg kerzengerade in die Dachsparren hoch. Er roch parfümiert und orientalisch.

»Dann erzählen Sie mal: Wie war die Reise?« fragte sie.
»Und wo haben Sie eigentlich Ihr Gepäck?«

Ich erzählte von dem Mann im *matatu*, von Boniface und dem Agip Motel.

»Aber das ist doch eine furchtbare Absteige«, sagte sie.

»Nein, Sie bleiben bei uns. Keine Widerrede. Wir schicken den Nachtwächter rüber, um Ihre Sachen zu holen.«

Sie trat an den Rand der Veranda und rief in die Nacht: »Nestor!«

Merrit kam zurück und stellte mir ein schäumendes Glas Bier hin, daneben die halbvolle Flasche, und machte sich ebenfalls eine Flasche auf. Auf der Flasche stand Simba über einem gemalten Löwen mit offenem Rachen.

»Nestor!«

»Was willst du denn von ihm, Schatz?«

»Nicholas ist im Agip abgestiegen, und da kann er doch unmöglich bleiben. Ich schick' Nestor rüber und laß ihn das Gepäck holen.«

»Hören Sie«, widersprach ich zaghaft, »das ist nicht nötig. Ich geh' nachher selber rüber.«

»Seien Sie doch nicht albern«, sagte Merrit. »Es ist stockdunkel. Sie fallen in den Graben. Bleiben Sie. Seit die Kinder aus dem Haus sind, haben wir jede Menge Platz.«

»Das ist sehr freundlich von Ihnen. Sind Sie wirklich sicher?«

»Natürlich«, sagte er und nickte. Mit der weißen Strähne ähnelte er einem Dachs.

Mrs. Merrit stand auf und rieb sich energisch die Hände. »Haben Sie eigentlich gegessen? Wir ja, fürchte ich, und der Küchenjunge ist schon nach Hause, aber ich kann Ihnen was improvisieren. Wie wär's mit einem getoasteten Schinkensandwich?«

»Das wäre toll«, sagte ich und merkte, daß ich einen Bärenhunger hatte.

»Dann mach' ich Ihnen schnell eins«, sagte sie. »Ruf doch noch mal, Spiny, es ärgert mich, daß er so trödelt.«

»Wahrscheinlich eingeschlafen.«

Merrit – ich fragte mich, warum sie ihn Spiny nannte – stand auf, ging die Treppe in den Garten hinunter und ein paar Schritte um die Hausecke herum.

»Nestor! Nestor!«

»Möchten Sie Senf?« rief seine Frau aus der Küche. »Ich kann Ihnen welchen machen. Im Duty-free-Shop in Kampala bekommt man Colman's Powder.«

»Oh, nicht nötig, es geht auch ohne.«

»Nestor!« Seine Stimme wurde schwächer, als er in den Garten hinausging.

Sie kam mit einem Schälchen Erdnüsse zurück. »Hier ist schon mal was, damit Sie uns nicht verhungern.«

»Vielen Dank«, sagte ich, als sie das Schälchen auf den Tisch stellte.

»Und nehmen Sie ruhig Senf zum Schinken. Ich finde das Pulver sogar besser als das fertige Zeug in Großbritannien. Hat mehr Pep. Diese kleinen Freuden des Lebens kriegen Sie hier in der Stadt nicht geboten. Selbst die indischen *dukas* haben nur das Nötigste.«

»Na dann gern«, sagte ich und nahm mir eine Handvoll Erdnüsse.

»Wenn wir gewußt hätten, daß Sie kommen, hätte ich Ihnen was Anständiges gekocht«, sagte sie. »Das Ministerium kann man in der Beziehung vergessen. Aber ich hab' wenigstens Ihren Bungalow putzen lassen. Einer von denen da drüben.«

Sie zeigte über die Blumenbeete, und ich sah die Umrisse von weiteren drei Häusern. »Der mittlere. Er ist voll möbliert, aber Bettzeug und so müssen Sie sich auf dem Markt besorgen. Ich kann Ihnen vorläufig ein paar Sachen leihen. Und Sie essen natürlich bei uns, bis Sie sich eingerichtet haben.«

»Das ist furchtbar nett von Ihnen«, sagte ich. Meine Stimme klang weit weg – im Schädel hörte ich nur das Knirschen, mit dem ich die Erdnüsse zerbiß.

»Keine Angst, ich weiß, wie schwer es ist, wenn man

woanders hinzieht. Hab' ich oft genug durchgemacht. Ich geh' dann mal Ihr Brot toasten.«

Sie ging in die Küche zurück. Ich trank einen Schluck Bier und genoß nach den klebrigen Erdnüssen das Gefühl der Bläschen auf der Zunge.

Kurz darauf kam Merrit schnaufend die Treppe hoch. »Keine Ahnung, wo der Penner abgeblieben ist«, sagte er. »Wird Zeit, daß wir uns einen jüngeren besorgen.«

Er setzte sich, und wir unterhielten uns. Mir fiel seine eigentümlich wächserne Haut auf, die ein bestimmter Männertyp entwickelt, wenn er in die Jahre kommt. Als ich ihm von dem Zwischenfall im Bus erzählte, lachte er bloß; dann trank er einen Schluck SIMBA, als wollte er das Lachen runterspülen – der Schaum blieb ihm im Schnurrbart hängen.

»Typisch afrikanischer Kokolores, Nicholas. Daran gewöhnt man sich, oder man gewöhnt sich dran, sich nicht dran gewöhnen zu können. Sie müssen das von der komischen Seite sehen, sonst drehen Sie durch.«

»Das werd' ich dann wohl«, sagte ich und fragte mich, wie man den Vorfall komisch finden konnte. »Ich fürchte, ich muß noch viel lernen. Da glaubt man, man kommt mit allem zu Rande, und dann passiert so etwas, und alles kommt einem wieder unmöglich vor.«

»Ach wo, im Grunde ist es ganz einfach. Dieses Land ist das reine Chaos – da muß man immer mit dem Schlimmsten rechnen. Man bildet sich ein, es müsse erst ganz schlimm werden, bevor es besser werden könne, aber es wird nur immer noch schlimmer. Schauen Sie sich diese neue Sache mit Amin an. Ich hab' gehört, oben in Kampala ist alle Welt jetzt quietschfidel, aber es wird ein schlimmes Ende nehmen, das prophezei' ich Ihnen. Wir sind natürlich selbst schuld.«

Ich nahm noch eine Handvoll Erdnüsse, und er trank noch einen Schluck Bier. Simba.

»Löwe«, erklärte Merrit, als ich danach fragte. »Ein Suaheli-Wort, Simba ist der König der Tiere; in der Armee gibt es sogar ein Simba-Batallion. Die Kaserne liegt in der Stadt. Sie lassen sich manchmal im Krankenhaus behandeln.«

»Schußwunden?«

»Eher Syphilis.«

Ich griff nach der Flasche. *Das starke Qualitätsbier* stand auf dem Etikett unter dem Löwenbild.

»Dabei spricht man hier in der Gegend kaum Suaheli«, fuhr er fort. »Oder kein reines. Das kommt übrigens aus dem Arabischen ... *sawahil* – das Volk von der Küste.«

Merrit übertrieb die Aussprache von »*sawahil*« und zog die Mundwinkel herab, so daß es wie »sauerhiel« klang. Er runzelte dabei die Stirn, und sein Schnurrbart wirkte komisch grimmig.

»Mombasa, Sansibar, da unten. Wo die Sklavenhändler hergekommen sind. War mal da. Ganz enge Gassen und vorkragende Stockwerke. Manchmal prachtvoll geschnitzte Türen. Arabisch, Hunderte von Jahren alt. Hier leben Bergvölker. Ein ganz anderer Menschenschlag mit einer ganz anderen Sprache. Zum Teil sprechen sie zwar Suaheli, aber mehr als *Lingua Franca*, und wenn Sie in Ostafrika irgendeine Sprache lernen wollen, können Sie sich ruhig auf Suaheli stürzen.«

Er holte einen neuen Malariamückenkringel aus dem Päckchen neben den Erdnüssen, steckte ihn in die elastische Stahlhalterung und zündete ihn an. Er flammte auf und begann dann behaglich zu glimmen.

»Dasselbe gilt für die Syphilis. Die ist auch von der Küste hergekommen. Entlang den Handelswegen.«

»Meinen Sie, ich sollte es lernen?«

»Vieles schnappen Sie so auf. Auch Kinyankole, das ist die Sprache der Gegend hier. Aber Englisch reicht, ehrlich gesagt, völlig.«

Er sah zur Tür. »Da ist Joyce mit Ihrem Toast.«

»Ist Nestor schon aufgetaucht?« fragte sie über einem Tablett mit einem hohen Stapel goldbrauner Dreiecke.

»Bisher nicht.«

Sie stellte mir das Tablett hin. »Ich hab' Ihnen auch ein paar mit Käse gemacht.«

Sie stemmte die Hände in die Hüften und sah in den Garten hinaus. Ich biß in eines der knusprigen Pakete – und schnappte sofort nach Luft, als ich mir am heißen Käse die Zunge verbrannte.

»Nestor! Wo bleibt er bloß, Spiny?« rief sie. Dann, zu mir gewandt: »Wir haben hier fürchterliche Probleme mit dem Personal. Diebisch wie die Elstern. Aber sagen Sie einfach Bescheid, wenn Sie sich soweit eingelebt haben, daß Sie ein Mädchen für alles brauchen, dann sorge ich dafür, daß es sich in der Stadt herumspricht. Sonst kriegen Sie bloß einen, den irgendein anderer Ausländer gefeuert hat.«

»Ich weiß gar nicht, ob ich überhaupt einen brauche«, sagte ich und schluckte den geschmolzenen Bissen. »Ich glaube, ich komm' ganz gut alleine klar.«

Merrit schnaubte. Spiny. Vielleicht stammte der Spitzname von der Strähne im Haar.

»Am Anfang glauben das alle«, sagte er. »Sie ändern Ihre Meinung spätestens, wenn Sie Ihre Kleidung das erstemal von Hand waschen müssen.«

»Außerdem tun Sie ihnen einen Gefallen«, ergänzte sie naserümpfend. »Die sind scharf aufs Geld, wissen Sie. Bei uns verdienen sie viel mehr als auf den Plantagen oder wenn sie in die Tabakanbaugebiete von Rhodesien ziehen. Nestor!«

Kaum hatte sie den Namen ausgesprochen, tauchte der mutmaßliche Nestor mit einer Sturmlaterne aus der Nacht auf. Er war ein alter Mann mit Runzeln und krummem Rücken, und ein Khaki-Überzieher schlotterte um seine knochigen Schultern; ein ehemaliger Soldat, dachte ich, und als ich den Tabak roch, merkte ich, daß er der geisterhafte Bewohner der Baracke am Tor gewesen sein mußte. Er kam auf uns zu und salutierte flott.

Während Mrs. Merrit ihm Anweisungen gab, fragte ihr Mann mich nach dem Staatsstreich aus.

»Hatten Sie Angst?« fragte er. »Ich hätte Angst gehabt, wenn sowas bei meiner Ankunft passiert wäre. Das ist allerdings über zwanzig Jahre her, und damals wäre es eben nicht passiert.«

»Ich war eher verwirrt, als daß ich Angst gehabt hätte«, meinte ich. »Die Soldaten im Bus haben mir, offen gestanden, mehr Angst eingejagt.«

»Spiny«, sagte Mrs. Merrit, nachdem sie Nestor weggeschickt hatte, »es ist doch furchtbar, daß sich Nicholas so aufs Geratewohl zu uns durchkämpfen mußte. Ich finde, du solltest dich beim Ministerium beschweren.«

»Das hat keinen Sinn, Schatz, die hören sowieso nicht auf mich. Keine Angst, wir werden Sie schon unterbringen. Sobald Sie sich eingelebt haben, fühlen Sie sich hier ganz wie in England.«

»Schottland«, sagte ich.

Sie lachten – gemeinsam, auf die harmonische Weise von Ehepaaren, die schon seit zig Jahren zusammen sind.

»Übertreib mal nicht«, sagte sie. »Es ist hier schon ein schweres Leben. Ich wünsche mir oft, wir könnten zurück.«

»Warum können Sie denn nicht?« fragte ich.

»Es hätte keinen Sinn. Wir sind längst Afrikaner.«

»Nein, sind wir nicht«, sagte ihr Mann. »Und wir werden zurückgehen. Alles zu seiner Zeit.«

»Wir haben da nichts mehr verloren, Spiny. Hast du schon vergessen, wie sehr dich der letzte Besuch deprimiert hat?«

»Hmm.«

Er sah böse aus, sie wandte sich an mich, und ihre Lapislazuli-Ohrringe funkelten. »England hat sich sehr verändert, seit wir weggegangen sind. Wenn Sie ein paar Jahre hier gelebt haben, stellen Sie fest, daß Sie in Gedanken dauernd halb zu Hause sind. Sie leben gleichzeitig an zwei

Orten. Und dann gehen Sie zurück und merken, daß das Land mit Ihren Erinnerungen nicht mehr viel zu tun hat.«

»Es ist dasselbe«, sagte er unwirsch und stand auf, um noch Bier zu holen, »und meines Wissens kann man nicht an zwei Orten zugleich leben ...«

»Machen Sie sich nichts daraus«, sagte sie. »Er bekommt schlechte Laune, wenn er an die Zukunft denkt. Wir haben nämlich keine Altersversorgung, und das belastet ihn. Ich finde, er sollte sich in Südafrika niederlassen, aber davon will er nichts wissen. Entschuldigen Sie, daß ich Sie überhaupt mit all dem belästige.«

Merrit kam zurück und goß mir noch eine halbe Flasche Bier ins Glas. Ich sah zu, wie das Simba-Bild auf den Kopf gestellt wurde, als er die Flasche kippte. Der Löwe erinnerte mich an die Abenteuerfilme meiner Kindheit mit Titeln wie *König der Safari* und *Jagd auf blaue Diamanten*, aber er war stilisiert wie Wappentiere aus alter Zeit.

Löwe steigend, dachte ich später im Gästezimmer. Ich hatte mich in Mrs. Merrits gestärkte Laken gehüllt, und die dünne weiße Gaze des Mückennetzes verschleierte meinen müden Blick auf den blauen Koffer am anderen Zimmerende. Seine Unterseite war staubig, Nestor mußte ihn unterwegs abgestellt haben. Löwe steigend, sagte ich vor mich hin, als mir die Augen zufielen, Löwe steigend und Leopard schreitend.

7

Am nächsten Morgen gab es ein herrliches Frühstück mit Kaffee, selbstgebackenem Brot und Orangen. Auf einem Untertäßchen auf dem Tisch lagen Malariatabletten, und Merrit drängte mir eine auf. Ich hatte mich vor dem Aufbruch aus Schottland informiert, wußte, daß die Malariagefahr hier gering war, und hatte deswegen keine Vorsorge getroffen. Aber Merrit bestand darauf.

»Wir haben hier zwar keine Malariamückenplage wie in den Gebieten, wo wir Insektizide sprühen, aber Vorsicht ist die Mutter der Porzellankiste.«

Mitten im Frühstück stand Merrit auf, spielte an den Knöpfen eines großen Eddystone-Kurzwellenradios herum und zeigte mir den draußen um einen Avocadobaum gewickelten Antennendraht. Kurz darauf hörte ich zum erstenmal das »Lillibullero« der BBC, eine Melodie, die ich noch gut kennenlernen sollte, nachdem ich mir mit dem Coupon aus dem *Uganda Argus* einen Music-Boy von Grundig bestellt hatte.

»Hier ist der BBC World Service ...« Grundsätzlich eine englische Oberschichtstimme, außer an den Fußballsamstagen mit Paddy Feeney. Er bewahrte mich vor dem Durchdrehen, als es mit Amin dann bergab ging: erstaunlich, wie leicht sich selbst angesichts eines Despoten die Haltung wahren läßt, bloß weil der Name Raith Rovers fällt.

Nach dem Zeitzeichen kamen Nachrichten. Um das Radio versammelt wie auf Familienphotos aus dem Krieg, verfolgten die Merrits und ich die Sendung. Wieder war ein britischer Botschafter von Guerillakämpfern entführt worden, diesmal in Uruguay. Zu Hause ging der Poststreik weiter, und zwischen Ost- und Westberlin waren die seit neunzehn Jahren unterbrochenen Telefonverbindungen wiederhergestellt worden.

Nach dem Frühstück brachte mich Merrit zu meinem eigenen Bungalow. An einem Holzsims unter den Dachtraufen fiel mir ein Wespennest auf. Sein graues Material erinnerte an Pappmaché, an die unförmigen Gestalten, die ich in der Grundschule gebastelt hatte. Kühe und Schweine. Menschen.

»Das müssen wir noch entfernen«, sagte Merrit, als er meinen Blick auffing. »Ausräuchern.«

Wir gingen ins Haus. Ich stellte meinen Koffer im leeren Wohnzimmer ab. Unsere Schritte hallten auf den bloßen Dielen, als wir uns umsahen. Der Bungalow wirkte licht und luftig, aber auch einsam und verlassen mit seinen weißgetünchten, Blasen werfenden Wänden, den schlichten Holzmöbeln und – das Merkwürdigste – dem Badezimmer aus Beton. Ein Gegenstand zeugte von Merrits Angst vor Malaria: ein Mückennetz, dessen grober Musselin in einen Eisenring gerafft von der Decke hing. An diesem ersten Tag hatte ich jedoch den Eindruck, hier könnte ich glücklich werden. Geradlinigkeit, anders konnte man es nicht nennen – Bungalow Nr. 6 hatte Geradlinigkeit.

»Warum sind die Fenster vergittert?« fragte ich, trat vor die Scheibe und sah durch die kunstvoll gedrehten Eisenstäbe und den Fliegendraht auf das grüne Tal und die Berge in der Ferne hinaus.

»*Kondos*«, sagte er, »so heißen hier die bewaffneten Banditen, und wegen dem normalen Diebstahl. Mir haben sie neulich die Zahnbürste geklaut. Irgendwer hat einfach die Hand durch die Gitterstäbe vor dem Badfenster gesteckt und sie aus dem Zahnputzbecher gemopst.«

»Ein herrlicher Ausblick«, sagte ich.

»Das ist das Bacuesital. Sind aber alles Sümpfe.«

Wir gingen in die Morgensonne zurück und stiegen zum Krankenhaus hoch. Merrit blieb einmal stehen, weil sein

Schnürsenkel aufgegangen war, und ich betrachtete die unter uns zusammenschrumpfende Ärztesiedlung. Sie war offenbar hastig aus dem Boden gestampft worden, dabei aber hübsch anzusehen: drei Reihen mit je drei gleichen Wohnhäusern mit Wellblechdächern, umgeben von aufgeschütteten Blumenbeeten, zwischen denen sich Wege hinzogen. Darüber glänzte ein stählerner Wasserturm, dessen Rotorblätter sich im Wind langsam drehten.

Jeder Bungalow hatte einen weißen Palisadenzaun, der – trotz des Stacheldrahts oben drauf – dem Siedlungscharakter der Anlage etwas Villenhaftes gab. Ich fragte mich, was die Afrikaner (zwischen dem Zaun und dem Bananenhain unter uns waren einige unterwegs) über dieses merkwürdige Lager mitten in ihrer Stadt dachten. Es erinnerte an die schmucken kleinen Seniorenzentren, die man manchmal aus dem Bus sieht und in denen man gern wohnen würde.

Das Krankenhaus beschränkte sich aufs Wesentliche: ein weiterer eingezäunter Kreis einstöckiger Gebäude auf Pfählen, teilweise aus schäbigen Ziegelsteinen im westlichen Stil, teilweise aus Lehm mit durchhängenden Bananenblattdächern im hiesigen. Ich hätte es kaum als Spital erkannt, wäre da nicht die Patientenschlange (Frauen mit quengelnden Babys, alte Männer, ab und zu ein Soldat) gewesen, die sich vom Haupteingang bis zum Tor im Zaun erstreckte, das wir gerade durchquert hatten.

»Ah«, sagte Merrit beim Näherkommen, »die Horden fallen wieder über uns her. Tja, Nicholas, willkommen in meinem Sprechzimmer.«

Mir fiel auf, daß die Patienten Sperrholzbrettchen mit aufgemalten weißen Zahlen um den Hals hatten oder sich gerade umhängten; das wurde von einem energischen jungen Mann in einem Laborkittel organisiert, der die splittrigen Tafeln aus einem über die Schulter gehängten Kästchen verteilte und alle ausschimpfte, die sich vordrängeln wollten, bevor ihre Nummer aufgerufen wurde.

»Morgen, Billy«, rief Merrit, überhörte das Geschrei der Patienten, als sie ihn sahen, und machte sich von einer Frau los, die ihn am Ärmel zog.

»Bwana«, antwortete der junge Mann ernst und nickte uns zu, als wir vorbeigingen.

»Die Architekten wollten zweistöckig bauen, aber ich habe mich geweigert. Das hatten wir in Blantyre, wo ich vorher stationiert war – damals hieß es noch Njassaland, ist später in Malawi umbenannt worden –, und da hat man sich bloß kaputt gemacht, wenn man in der Hitze die Treppen rauf und runter rannte. Okay, ich führ' Sie mal rum. Wir fangen draußen an und gehen dann rein.«

Er winkte zwei Weißen zu – beide mit dunklen Locken und in roten Shorts –, die aus einem staubbedeckten Peugeot stiegen.

»Das sind unsere Kubaner, Chiric und Canova. Die gleichen sich wie ein Ei dem andern. Sie erinnern mich immer an die Zwillinge aus einem Comic, den mein Ältester so mochte. *Tim und Struppi*, kennen Sie bestimmt.«

»Schulze und Schultze«, sagte ich, und plötzlich fiel mir wieder ein, wie gern auch ich diese Comics als Junge gelesen hatte. »Ich glaube, ein Heft spielte sogar in Afrika.«

»Stimmt. *Tim im Kongo*. Ich weiß noch, in Njassaland landete es wegen Rassismus auf dem Index, als das Banda-Regime an die Macht kam. Richard hat ein fürchterliches Theater gemacht, als wir sein Heft verbrennen mußten. Hat wochenlang geheult. *Tim und Struppi*, Miniröcke, lange Haare und Pornohefte. Komische Zensurliste. Aber Banda war auch kein Engel, alles andere als das.«

Wir gingen zum Pfad, der um die Umzäunung herumführte, an einem Nebengebäude vorbei, in dem ein Generator vor sich hin tuckerte, das Blätterdach erzittern ließ und die Luft mit Dieselgestank verpestete.

»Die beiden sind übrigens hervorragende Chirurgen. Besonders Canova. Ich muß Ihnen mal die Geschichte von Canovas Herz erzählen. Er hat allen Ernstes eine kleine Herzoperation vorgenommen – und das hier! Erstaunlich. Hätte ich mir nicht zugetraut.«

»Aber was haben Kubaner denn hier in Mbarara zu suchen?«

»Castro schickt sie überallhin. Wie Guevara in den Kongo. Mich kratzt das nicht, bei der Arbeit bleiben sie unter sich, und abends bändeln sie in der Stadt mit Mädchen an. Was will man machen, Nicholas? Wenn sie finanziert werden, nehmen wir sie, Amerikaner, Israelis, egal was. Eine Ablehnung können wir uns nicht leisten. Nichts für ungut, aber das gilt auch für Sie.«

Ich wußte nicht, was ich dazu sagen sollte, und schwieg. Wir waren unter einer großen Stahlkonstruktion stehengeblieben, die wie der Turm in der Siedlung ein Windrad trug, nur größer.

»Das ist unser Wasserloch«, sagte Merrit und tätschelte einen Pfeiler. »Das Wasser wird in den Tank hochgepumpt und auf dem Weg nach unten von Silberkatalysatoren gefiltert. Das sauberste $H2O$ weit und breit. Was nicht viel heißen will.«

»Warum stehen die Gebäude auf Pfeilern?«

»Es war sehr schwer, den richtigen Standort zu finden. Das ganze Land hier ist sumpfig, und am Ende mußten wir Holzpfähle in den Boden treiben, um die Fundamente abzustützen ... Ach, da hätten wir den Krankenhaus-Landrover.«

Er winkte und rief: »Waziri, kommen Sie mal her, ich stell' Ihnen unseren neuen schottischen Rekruten vor.«

Der weißlackierte Wagen, der über und über mit hellrotem Staub bedeckt war, wurde langsamer, als er auf uns zukam und das mittlere Blumenbeet auf dem kleinen Parkplatz umrundete. Neben uns blieb er stehen. Ein Afrikaner mit grauen Koteletten und Safarihemd hielt mir durchs offene Fenster die Hand hin.

»Hallo«, sagte er und lachte über das ganze Gesicht. »Also noch ein Schotte. Ich glaube, die schottischen Ärzte reißen in Uganda das Regiment an sich. Sie haben bestimmt von Mackay gehört, der das Mulago aufgebaut hat, das große Krankenhaus in Kampala, wie lange ist das jetzt her? Da bin ich von schottischen Ärzten ausgebildet worden, bevor ich in die Staaten gegangen bin.«

»Wir kommen eben viel herum«, sagte ich und kniff die Augen zusammen, weil die Sonne über dem Landroverdach stand.

»Nicholas Garrigan, William Waziri«, stellte Merrit uns großspurig vor. »William ist unser Chef im Außendienst – wir führen in den Dörfern der ganzen Umgebung Sprüh- und Impfprogramme durch – es wäre vielleicht ganz gut, wenn Sie Nicholas mal mitnehmen könnten, William. Um ihn damit vertraut zu machen.«

»Klar, gern. Ich fahr' nächsten Monat wieder raus.« Er lachte mich wieder an. »Sie sollten auf jeden Fall mitkommen. Sich anschauen, wie die *wananchi* leben.«

Er fuhr los, auf dem Ersatzradkasten an der Hecktür stand wie auf einer Plakette: Cooper Motors, Kampala.

»Wer sind die *wananchi*?« fragte ich Merrit.

»Das einfache Volk. Die Bürger. Es ist eine Art Ehrenbezeichnung.«

Wir gingen weiter die Umzäunung entlang. »Das da ist die Dunkelkammer für die Röntgenbilder. Wir haben sie dummerweise an die Ostseite gebaut. Wenn die Sonne am höchsten steht, knallt sie auf die Wand. Dann herrscht da drinnen eine Affenhitze, und die Negative gehen kaputt. Aber wir haben sowieso zuwenig Geld für Radiologie. Sie werden noch merken, wie sparsam wir mit allem Zubehör umgehen müssen. Mit Medikamenten auch.«

»Wie kommen Sie an Arzneimittel ran?«

»Das erledigt Billy Ssegu, der macht die Betriebsführung. Das ist der, der vorne die Schlange organisiert hat. Einmal im Monat fährt er mit dem Landrover nach Kampala und bettelt beim Ministerium. Er tut, was er kann, aber manchmal bekommen wir nicht mal Antibiotika oder einfache Schmerzmittel.«

Wir waren am hinteren Zaunende angekommen. Ein komischer Geruch zog von dort herüber, wo sich der Boden unnatürlich senkte – wie bei einem Grab, das nach einem Jahr oder so einsinkt.

»Aber alle anderen Probleme sind Pipifax im Vergleich zu dem hier«, sagte Merrit und zeigte auf die Bodensenke, die bis auf eine ungleichmäßige braune Kruste an den Rändern von Gras überwuchert war. Ich ging einen Schritt weiter und fragte mich, was er meinte.

Er packte mich am Arm. »Um Gottes willen, seien Sie vorsichtig. Das ist nicht fest. Obwohl es Feststoffe sind.« Er lachte in sich hinein. »Das ist unsere Senkgrube, Nicholas. Man riecht es vielleicht nicht, aber glauben Sie mir, das kommt noch, wenn der Grundwasserspiegel steigt. Das Problem ist der Sumpfboden. Der Schmadder läuft nicht ab, und in der Regenzeit strömt das Wasser von überall her in die Grube und läßt sie überlaufen. Eine Flutwelle aus Scheiße. Sehr unhygienisch. Wenn es ganz schlimm kommt, müssen wir das Krankenhaus schließen und einen Ingenieur aus Kampala rufen, der es in einen Tankwagen saugt. Wir brauchen dringend eine richtige Klärgrube, aber darauf müssen wir wohl bis zum Sankt-Nimmerleins-Tag warten.«

»Seltsam«, meinte ich, »mit dem Gras oben drauf ahnt man gar nicht, was das ist.«

»Sie hätten's früh genug gemerkt, wenn Sie weitergegangen wären. Schauen Sie.« Er tippte das Gras mit dem Fuß an, und die ganze Fläche geriet in Bewegung, schwappte leicht hin und her, und die Kruste löste sich von den umgebenden Soden.

Wir drehten uns um und wollten zurückgehen.

»Richtig. Da wäre auch noch das da.«

Er zeigte auf einen mit einer Plane überzogenen Hügel ein Stück weiter auf der anderen Zaunseite; der Draht wurde von einem kleinen Tor aus platt gehämmerten blaßblauen Stork-Margarinedosen durchbrochen, die auf ein

Stück Holz genagelt waren. Wir durchquerten das Tor und gingen einen ausgetretenen Lehmpfad durch das Unterholz hinab.

»Sauberkeit gehört zur Frömmigkeit, Müll zu den Latrinen.«

Unter dem Rand der Plane sah ich einen Aschekreis.

»Das ist die Müllhalde für Brennbares: alles von alten Verbänden bis zu verlausten Decken. Die Regel lautet, daß jeder auf dem Gelände pro Woche einen Sack bringt – man muß sich beeilen, sonst kriegen einen die Fliegen –, und am Guy-Fawkes-Abend machen wir ein anständiges Feuer.«

»Ist das nicht ein bißchen selten?«

Als wir zu den Gebäuden zurückgingen, warf er mir unter seinen buschigen Augenbrauen hervor einen kurzen Blick zu à la, mach du mir keine Vorschriften, wie ich mein Krankenhaus zu führen habe. Aber er sagte nur sanft: »Häufige Feuer sind zu gefährlich; wir müssen aufpassen, daß der Busch nicht in Brand gerät. Außerdem mögen die Einheimischen große Feuer.«

In der Nähe des Eingangs zu einem der Gebäude lag direkt am Weg so etwas wie ein kleiner Gemüsegarten. Er bestand in erster Linie aus Unkraut, dazwischen ein paar Kohlköpfe und Tomatensträucher, die im Kampf mit der Natur zu unterliegen drohten.

»Wir empfehlen den Angehörigen der Langzeitpatienten, Gemüse anzubauen«, sagte Merrit, »aber sie haben den Dreh noch nicht raus. Alle müssen für ihre Verpflegung selbst aufkommen, wissen Sie.«

Wir betraten die Wäscherei. Auf beiden Seiten stapelten sich Laken, Handtücher und verblichene grüne OP-Kittel. Durch einen Torbogen kamen wir in eine langgezogene Station voller gußeiserner Rollbetten; an jedem einzelnen hingen ein säuberlich geschriebenes Krankenblatt und die Fieberkurve. Krankenschwestern gingen zwischen den Patienten hin und her und schoben hölzerne Gerätewägelchen durch die Gänge. Merrit klatschte in die Hände.

»Alle mal herhören«, sagte er laut. »Das ist Dr. Garrigan, der ab sofort bei uns mitarbeitet.«

Dann führte er mich herum und stellte mich den anderen Ärzten vor. Besonders eine Frau fiel mir sofort ins Auge. Sie hatte dichte kastanienbraune Locken, die sie zu einem etwas strengen Knoten hochgesteckt hatte. Sie trug eine Leinenhose, ein Hemd mit offenem Kragen und militärischen Brusttaschen mit Knöpfen und beugte sich über einen anscheinend schweren Blatternfall (die Beine waren von Geschwüren überzogen).

»Das ist Sara Zach«, sagte Merrit. »Sie kommt von der medizinischen Fakultät der Universität von Tel Aviv.«

»Hallo«, sagte Sara Zach, drehte sich um und sah mir in die Augen.

Ihre Haut hatte einen dunklen Kupferton, fast so dunkel wie ihre Haare. Ein hauchdünner Schweißfilm stand ihr auf der Stirn.

»Willkommen in unserer Klinik.«

Ihr Akzent war am stärksten beim Wort »Klinik«, und die Höhen und Tiefen hallten mir im Kopf nach – *Klinik, Kalinik, Klienik?* –, während sie Tupfer und Pinzette weglegte. Dabei fielen mir ihre kräftigen Arme mit deutlich sichtbaren Sehnen auf.

»Sind das Blattern?« fragte ich sie, als der Mann im Bett stöhnte.

Sie lachte laut, und ihre Halsmuskeln verschoben den Hemdkragen.

»Dann läge er auf der Isolierstation. Nein, das ist bloß ein schlimmer Fall von Putsefliegen. Die legen ihre Eier in Ihre Kleidung, wenn sie an der Leine trocknet, und bohren sich dann in die Haut. Man muß die Larven mit Vaseline herauslocken – daran ersticken sie – und einzeln mit einer Pinzette entfernen, wenn sie atmen wollen. Das geht nicht anders.«

»Natürlich«, sagte ich und wurde rot.

»Ich habe ähnliche Fehler gemacht, als ich hergekom-

91

men bin«, sagte sie lächelnd. »Tropenmedizin ist hier etwas anderes als in Israel.«

Plötzlich fiel ein Sonnenstrahl durch ein Stationsfenster und ließ ihre Stirn aufglühen. Sie hatte auffällige, fast schon häßlich ausgeprägte Wangenknochen; zumindest waren sie nicht attraktiv im üblichen Sinne. Das galt eigentlich für ihr ganzes Erscheinungsbild.

»Entschuldigung, aber ich muß wieder an die Arbeit«, beschied sie Merrit knapp.

Sie nahm die Pinzette vom Besteckwägelchen und widmete sich wieder dem vaselinebedeckten Bein des Mannes.

Später wurde ich den ugandischen Schwestern vorgestellt, die sich wie bei einer Hochzeit in einer Reihe aufstellten, um mir die Hand zu geben. Noch später Ivor Seabrook, einem alten Engländer mit einer breiten gelben Krawatte, die wie festgeklebt an seinem weißen Hemd haftete. Darüber hingen vertrocknete graue Haare, und er hatte die lächelnden, zerstörten Gesichtszüge des tropischen Langzeitalkoholikers.

»Tsetsefliege. Schlafkrankheit, wissen Sie«, sagte er und zeigte auf den schwitzenden und zitternden Jungen, um den er sich gerade kümmerte. »Kommt hier oben selten vor, ist aber meine Spezialität seit der Zeit in Bulawayo.«

»Einer von der alten Schule«, flüsterte Merrit, als wir an den Bettenreihen entlanggingen. »Ich wette mit Ihnen um 100 Shillinge, daß er Ihnen noch vor dem Wochenende seine Geschichte von den Soldatenameisen erzählt.«

Wir warfen einen Blick in die Leichenhalle und dann durch die Fenster in die Isolierstation und den Operationssaal. Dessen Scheiben waren vom Sterilisator beschlagen, aber ich konnte die beiden Kubaner erkennen. In voller OP-Montur sahen sie komisch aus – grüne Atemmasken vor den Mündern, aber unter den Kitteln waren nackte Beine zu sehen, wenn sie um den Tisch herumgingen. Einer sah unter der OP-Leuchte hoch und winkte uns mit einem Instrument zu.

Dann gingen wir durch einen langen Flur zur Apotheke, wo ein großer weißer Kühlschrank unter den Gestellen mit etikettierten Flaschen vor sich hin gurgelte. Neben ihm stand ein kleiner grüner Plastikeimer auf dem Boden, in dem ein rundes Dutzend an den Enden angekokelter Fidibusse lag.

»Er läuft mit Paraffin«, sagte Merrit und öffnete die Tür. »Etwas altmodisch, geb' ich zu, aber auf den Generator kann man sich nicht verlassen.«

Den Rest des Tages machte ich mich weiter mit dem Krankenhaus und seinen Arbeitsabläufen vertraut. Vor dem Abendessen ging ich allein oberhalb der Ärztesiedlung spazieren. Gemächlich schlenderte ich die Graswege hinauf, trotzdem war ich aus der Puste, als ich auf der höchsten Hügelkuppe angekommen war.

Ich stand in der Abendluft da, erwartete das uralte Licht der Sterne und lauschte den Grillen und Ochsenfröschen, die ihren eigentümlichen Kontrapunkt sangen. Ich betrachtete das Tal, das sich unendlich weit hinzuziehen schien, und orientierte mich, prägte mir die dunkel werdenden Papyrussümpfe ein, die bananen- und kaffeegetüpfelten Hänge und den langgezogenen braunen Klecks des Ruisi, und fühlte mich großartig.

Ich weiß nicht, wie lange ich so dastand, eine halbe Stunde, vielleicht eine ganze. Einmal kniete ich mich hin und sah vor mir im Gras eine Grille, die sich in etwas Schaumigem abzappelte, ihre perfekt gezackten Beine zuckten mitleiderregend in den dichten weißen Bläschen. Ich fragte mich, ob das ein von den Ochsenfröschen abgesondertes Sekret war, eine Art Betäubungsspritze, um ihre Beute zu lähmen. Ich strich mit der Hand durch die Wiese, konnte aber keinen finden, dabei schien das ununterbrochene Quaken während meiner Suche zum Greifen nah. Erst als ich ein Donnergrollen hörte, wurde mir klar, daß ich zu den Merrits zurück mußte, denn es wurde schnell dunkel. Meine Augen hatten sich unmerklich auf das abnehmende Licht eingestellt.

Auf dem Rückweg regnete es in Strömen, ganze Wasserfälle stürzten auf die Bananenhaine herab und drückten die Kaffeebüsche zu Boden. Der Weg verwandelte sich in einen reißenden Strom zur Ruisibrücke hinab, und je mehr sich der Staub in Schlamm verwandelte, desto mehr mußte ich aufpassen, nicht den Halt zu verlieren. Als ich an einem Dorf über dem Krankenhaus vorbeikam, konnte ich Kinder lachen und plantschen hören, und Gestalten tobten im Lampenschein herum. In solchen Wolkenbrüchen wurde man wahrscheinlich endlich mal richtig sauber, und herumtollen konnte man auch.

Als ich endlich die Ärztesiedlung erreichte, war ich völlig durchnäßt. Mein erster Abend und dann verspätet: Mrs. Merrit war nicht gerade begeistert, und ich mußte erst in meinen eigenen Bungalow und mich umziehen.

»Oh«, sagte sie bloß, als ich das erstemal an ihrer Tür stand und eine rote Schlammspur hinter mir herzog. »Sie sind ja klitschnaß.«

Ich rannte durch den Regen zu mir hinüber, zog die nassen Sachen aus, holte ein Handtuch aus dem Koffer, rieb mich trocken und rannte wieder zurück.

Nach dem Essen ging ich erfrischt und ruhig ins Bett. Selbst das Maschinengewehrknattern des Regens auf dem Wellblechdach störte mich nicht; es gab mir sogar das merkwürdige Gefühl, unbesiegbar wie ein Burgherr zu sein. Das Gewitter wurde immer schlimmer, und vom Bett aus konnte ich durch den Fliegendraht vor dem Fenster beim Einschlafen blaue Blitze sehen, die durchs ganze Zimmer zuckten. Ich dachte an das alte Kino in Fossiemuir und träumte dann von einem schrecklichen, godzillaartigen Kampf zwischen Grille und Ochsenfrosch – den gezackten Beinen der einen, dem milchigen Auge und der langen Zunge des anderen. Ob ich dabei Zuschauer oder Teilnehmer war, konnte ich nicht sagen.

8

Die Tage kamen und gingen. Ich setzte ein paar Topfpflanzen in alte Lackdosen und hängte sie an die Balken des Verandadachs. Dort ergänzte ich abends meine Krankenakten, und dort entstand auch mein Tagebuch. Nicht jeden Abend. Auf den Strom war kein Verlaß. Eigentlich war auf nichts Verlaß. Es gab Morgennebel und drückende Hitze, und die Zeit verstrich in einer scheußlichen Mischung aus Nichtstun und Hektik. Wie das Prasseln und Piepsen atmosphärischer Störungen im Radio. Oder wie der Millionenklang der massierten Grillenorchester, die das Gewebe des ganzen Landes zu durchstechen schienen. Mal zu tief, mal zu hoch.

Eine Woche nach meinem Arbeitsbeginn starb jemand an einem Amöbenabszeß an der Leber, und bald behandelte ich mehr Darmparasiten, als ich mir je hätte vorstellen können. Und andere Ekligkeiten: Füße, die ein gangränöses Zeckenfleckfieber mit Exanthemen überzogen hatte; Frambösien, die wie Verbrennungen oder Brandblasen aussahen; blühender Masernausschlag eines unterernährten Kindes.

Dann hatte ein Hund ein Mädchen in die Nase gebissen, und die Wunde hatte sich entzündet. Der Eiter pulsierte unter der Haut wie eine unterirdische Quelle. Ich hielt die Luft an, öffnete und drainierte den Eiterherd, während Sara das schreiende Kind auf der Plastikliege festhielt. Ihre Hände waren kräftig und gebräunt, ihre Nägel hart und strahlend wie Diamanten. Wir ließen die Wunde offen, damit sie über Nacht trocknen konnte.

Bei den Parasitosen hatte manchmal die Elefantiasis eingesetzt, und die geschwollenen Beine waren besonders gräßlich. Ich erinnere mich an eine arme Frau in der Sprechstunde. Es war, als hätte sich jemand vor sie hingekniet und das Bein durch die große Zehe aufgeblasen.

»Wie in einem Comic«, meinte ich beim Händewaschen zu Sara.

Sie sah mich über dem Waschbecken streng an. »Nicholas, Sie gehen nicht sachlich genug an die Dinge heran. Das müssen Sie noch lernen.«

Wir schlossen ab und gingen den Hügel zur Ärztesiedlung hinunter. Der Mond stand über den Papyrussümpfen. Sie erkundigte sich nach Schottland.

»Ich habe noch nie einen Schotten kennengelernt«, sagte sie und entfernte sich ein Stück von mir, um einer Pfütze auszuweichen. »Ich weiß nicht, was das für Menschen sind.«

»Ich bin ein leidlich typisches Exemplar«, sagte ich. »Glaub' ich jedenfalls. Aber lassen sich heutzutage überhaupt noch nationale Eigenschaften festlegen?«

»Natürlich! Warum halten Sie sich denn für typisch?«

»Also, ich mag Fußball. Und Rugby. Und ich trink' gern mal einen.«

»Rugby? Was ist denn das?« Ihre Stimme mit dem ungewohnten Akzent stieg hoch und neugierig in die einbrechende Dämmerung.

»Sie wissen nicht, was Rugby ist? Allen Ernstes?«

»Nein, weiß ich nicht, was ist das?« Sie sah mich von der Seite an, und ihre Haarpracht ergoß sich über die andere Schulter, als sie den Kopf wandte.

»Das ist eine Sportart. Mit einem eiförmigen Ball.«

»Einem eiförmigen Ball? Wollen Sie mich auf den Arm nehmen?«

»Nein, ganz und gar nicht. Es ist wie Football oder Fußball, nur darf man den Ball in die Hand nehmen.«

Wir hatten die Ärztesiedlung erreicht und standen uns zwischen den Blumenbeeten gegenüber. Wir standen im Flutlicht einer Bogenlampe am Wasserturm, sie mit ihrer Leinentasche, ich mit einem Papierstoß unter dem Arm.

»Und das macht einen echten Schotten aus?« fragte sie.
»Daß er diesen Sport mag?«
»Natürlich nicht nur das. Aber es ist sehr wichtig.«
Sie lächelte. Im Dämmerlicht schien sie Eulenaugen zu haben. »Sie sind wirklich ein komischer Mann, Nicholas«, sagte sie. »Ein Israeli würde sich nie über eine Sportart definieren.«
Ich sah auf ihre Füße hinab. »Na, dann ... gute Nacht.«
»Gute Nacht«, sagte sie und schickte spöttisch hinterher: »Sie müssen mir mal mehr von diesem Rugby erzählen.«
Ich sah ihr nach, wie sie mit der Leinentasche über der Schulter auf ihren Bungalow zuging.
Als ich mit meinen Tagebucheintragungen fertig war und im Bett lag, merkte ich, daß ich mich doch ein bißchen über ihre Bemerkung ärgerte, ich wäre nicht sachlich genug. Es war schwer, angesichts der widerlichen Krankheiten die ganze Zeit sachlich zu bleiben. Am schlimmsten waren die Würmer. Ich hätte mich fast übergeben, als Merrit das erstemal einen Patienten umdrehte und dieses – dieses ganze Zeug wie fahlbraune Gräser, getrocknete Farnblätter oder so aus ihm herausquoll und sich über das Laken ringelte.
Häufige Leiden waren auch Tuberkulose und Magen-Darm-Entzündungen – und natürlich die verschiedenen tropischen Fieberkrankheiten, über die sich Ivor so gern hermachte, Schwarzwasserfieber und Denguefieber etwa. Letzteres läßt das Gesicht mit Ausschlägen anschwellen, die wie Blutergüsse aussehen. Hätte ich es nicht besser gewußt, hätte ich schwören können, daß der Patient zusammengeschlagen worden war.
Und Gelbfieber. Ich weiß noch, wie Ivor aufgeregt mit einer Nierenschale zu mir kam, in der eine dunkle, ölige Flüssigkeit schwappte. »Schauen Sie«, sagte er und knallte sie mir hin, »Kaffeesatzerbrechen. Eindeutiges Zeichen.«
Geschwüre und eiternd klaffende Wunden von *panga*- oder Machetenhieben waren ebenfalls an der Tagesordnung:

Wir hatten ständig mit dem Problem zu kämpfen, daß die von uns ordnungsgemäß gesäuberten und verbundenen Verletzungen hinterher mit einheimischen Medizinen behandelt wurden – Spinnweben oder gemahlener Rinde –, woraufhin sie sich von neuem infizierten. Für manche Patienten konnten wir einfach nichts mehr tun, für den jungen Mann beispielsweise, der mit einem atrophierten Arm ankam, lang und dünn wie ein Weidenzweig, und von uns erwartete, eine Kinderlähmung im fortgeschrittenen Stadium rückgängig zu machen.

Die meiste Zeit verbrachte ich mit einfachen Dingen, Brustkörbe auskultieren, Lungen auf tuberkulöse Herde abhören und Injektionen geben. Stunde für Stunde tauschte ich mechanisch wie ein Fließbandarbeiter Kanülen aus, während die Krankenschwester schon das nächste Gesäß in der Schlange mit einem Alkoholtupfer desinfizierte.

Oder Stuhlproben (jede säuberlich in ein saftiges Bananenblatt verpackt), die ich abends im Labor untersuchte. Der Gestank nahm mir fast den Atem, und ich verfluchte die wegen der Spannungsschwankungen mal heller, mal dunkler scheinende Lampe. Auch Blutanalysen machten wir natürlich selbst: Nach Kampala geschickte Proben verdarben unterwegs, also versuchten wir mit altmodischen Messingmikroskopen unser Bestes.

Mich faszinierte das alles, die Formen ebenso wie ihre Bedeutungen: der Abstrich von *Trypanosoma brucei* – »*Tryp the light fantastic*«, trällerte Ivor jedesmal, wenn das Wort fiel, und wedelte mit den Fingern – wie ein Regentropfen auf mit Tinte beschriebenem Papier; Tripperzellen im Harnröhrenausfluß, die wie zerquetschte Maulbeeren aussahen. Diplokokken.

Die Fälle von Schlangenbiß waren zum Fürchten. Da saßen die Patienten mit ihren geschwollenen Füßen und Waden – die meisten Bisse passierten bei der Arbeit auf den *matoke*-Pflanzungen –, und auf den Knien hatten sie in einem Tongefäß oder einem alten Maisölkanister die

Schlange. Wir verglichen sie mit den Abbildungen im Schlangenbißheft von Fitzsimons und suchten das richtige Gegengift heraus.

Einmal war die Schlange noch nicht tot, als der Gebissene zu uns kam, und kroch aus dem Gefäß. Alles rannte kreischend aus der Ambulanz. Aber Waziri schlug sie mit dem Wagenheber vom Landrover tot, hängte sie über den Griff des Werkzeugs und warf mir aus Spaß das schwarzgelbe Ding zu. Es landete vor meinen Füßen.

»Laß den Quatsch«, sagte ich. »Wenn sie nun noch gelebt hätte.«

»Keine Angst«, sagte er und grinste breit. »Ich wußte, daß sie tot war.«

Wir drängten uns alle um den Kadaver, der wie ein ausgetrocknetes Stück Gartenschlauch im Dreck lag.

Wir mußten weniger Geburtshilfe leisten, als man annehmen würde; die meisten Frauen arbeiteten bis zur letzten Minute auf den Feldern und brachten ihre Kinder im Dorf zur Welt. Das führte zu einer beträchtlichen Reihe von Scheidenfisteln, da der Embryo ein Loch in das Gewebe gerieben hatte. Selbst die beiden Kubaner warfen in solchen Fällen das Handtuch, und wir mußten die Patientinnen nach Kampala schicken. Die Reise gab vielen den Rest, weil das Loch dadurch noch größer wurde.

»Soviel Chancen wie ein Schneeball in der Hölle«, sagte Merrit, als wir zusahen, wie sich einer der schlimmsten Fälle – sie konnte höchstens vierzehn sein – auf den Weg machte.

Als ich eines Morgens die Ärztesiedlung verließ, stieß ich auf Sara. Okay, geschenkt, ich hatte sie abgepaßt – warum muß es bei mir bloß immer Liebe auf den ersten Blick sein? Das ist ein Fluch (noch einer!), kein Segen.

Wir gingen zusammen den Hügel hinauf, blieben einen Augenblick stehen und sahen auf die Kasernen am Stadtrand hinab. Auf dem Exerzierplatz hockte eine kleine

Männergruppe im Schatten des roten Ziegelbaus und inspizierte Waffen oder ähnliches (wir konnten nur die auf dem Boden ausgebreiteten Decken erkennen, auf denen etwas Dunkles lag). Eine andere Gruppe lud Ausrüstungsgegenstände in eine Phalanx von Jeeps. Wir konnten ihre Stimmen hören, die leise zu uns emporstiegen wie Funkenflug von einem Lagerfeuer.

»Heute nachmittag gibt es größere Truppenbewegungen«, sagte Sara bestimmt. »Los. Sonst kommen wir zu spät zur Arbeit.«

In der folgenden Woche kamen immer mehr Patienten mit Schußverletzungen und Schnittwunden ins Krankenhaus. Meistens Bauern, aber manchmal waren auch Soldaten darunter.

»Die Nerven liegen blank«, sagte Ivor eines Abends fröhlich und klatschte eine leere Blutkonserve in den überquellenden Mülleimer.

Schrumpelig und ausgesaugt wie eine gedörrte Tomate landete der Plastikbeutel auf einem Haufen weißen Papiers: alte, von Klemmbrettern gerissene Fieberkurven und Formulare für die Medikamentenbestellung. Als Ivor abschließen ging, starrte ich den Haufen an wie ein stummes Tier – stumpf und teilnahmslos – und fragte mich, was ich hier eigentlich zu suchen hatte. Bis auf die Nachtschwester und uns hatte das ganze Personal schon Feierabend gemacht.

Hinter mir hörte ich Ivors sonore, klangvolle Stimme. »Uns geht übrigens mal wieder das Blut aus. Als gäbe es hier Vampire. Kommen Sie mal mit und schauen Sie sich das alte Mädchen an.«

Ich ging über die halbdunkle Station, Augen folgten mir von den bloßen Metallbetten, und beugte mich neben ihm über unseren Neuzugang. Die Frau stöhnte, als Ivor das Laken zurückzog und mir den Schußkanal zeigte: seitlich durch die Brust und dann in die Hand, wo ein Knöchel zerschmettert worden war.

»Die Brust wird wieder, aber die Hand ist nicht zu retten. Sie sagt, die Soldaten hätten sie beschuldigt, Obotes Guerilla von der anderen Seite der Grenze Essen gegeben zu haben.«

Wir wünschten der Schwester gute Nacht und gingen auf den Parkplatz. Fledermäuse schossen unter den Bäumen umher. Es war so still, daß man ihren Flügelschlag hörte.

Auf dem Weg den Hügel hinab legte mir Ivor sanft die Hand ins Kreuz. Ich drehte mich weg und redete weiter, als wäre nichts gewesen, und dann war auch nichts gewesen. Ich mochte den alten Ivor, er brachte Leben ins Krankenhaus, aber ich hatte keine Lust, einer seiner Buben zu werden.

»Er hat *schon wieder* einen neuen Küchenjungen«, sagte Mrs. Merrit von Zeit zu Zeit schockiert. »Das kann nicht gutgehen. Irgendwann wird sich jemand bei der Polizei beschweren, und dann haben wir den Salat.«

Ich freundete mich mit Waziri an. Nach ein paar Monaten gingen wir zum erstenmal zusammen auf Impfsafari. Ost-Ankole: Ruhama, Ruampara, Isingiro, Kashari, Nyabusozi, Mitoma, Kiruhura. Auf holprigen Straßen, über denen die Ruwenzoris aufragten, war das richtig abenteuerlich – wir durchquerten sogar einen Fluß –, und der Landrover schaukelte dermaßen, daß ich mich am Sitz festhalten mußte. Waziris Sonnenbrillenetui rutschte auf der Ablage hin und her, während wir um Steine und Schlaglöcher herumfuhren, Baumstümpfen und gelegentlich einer herrenlosen Ziege auswichen.

»Die Lenkung hat zuviel Spiel«, sagte er, als wir anhielten, um aus einem großen Kanister auf dem Dach zu tanken. Ich schlug mich zum Pinkeln in die Büsche, während er auffüllte.

Von meinem Plätschern und dem Gluckern des Benzins hinter mir hatte ich das Gefühl, wir wären an einem Bach.

Während ich mich erleichterte, betrachtete ich die abwechslungsreiche Landschaft vor mir: Staub, Sümpfe, Berge, Wälder, Felder – sanfte grüne Teeteppiche, Baumwollbüsche und Viehweiden –, und alle brüteten ihre eigenen Krankheiten aus.

Auf dem Rückweg zum Landrover ließ sich einer der größten Schmetterlinge, die ich je gesehen hatte, auf meinem Hemd nieder. Er war gut und gern so groß wie meine Hand. Ich sah zu, wie sich seine großen blauroten Flügel auf meiner Brust öffneten und schlossen. Er war wunderschön, aber aus nächster Nähe hatten seine Fühler, die die Luft unter meiner Brusttasche abtasteten, auch etwas Bedrohliches.

»*Ekwihuguhugu*«, sagte Waziri leise.

»Was?« flüsterte ich. Es klang wie »Chattanooga Choo-Choo«.

»Der Schmetterling. Im Kinyankole-Luchiga, dem Dialekt der Bergvölker, heißt er *ekwihuguhugu*. Das bedeutet: Er ist sehr empfindlich. Es sind die größten Schmetterlinge der Welt.«

Ich sah auf das Insekt hinab und sagte seinen Namen. Daraufhin flatterte er davon, als hätte ich einen geheimnisvollen Befehl gegeben, gaukelte über die erodierte rote Erde am Straßenrand und verschwand im Busch.

»Wahrscheinlich hat ihn der Geruch Ihres Urins angezogen«, sagte Waziri, als wir in den Landrover stiegen. »Oder das Benzin. So weit unterhalb der Berge bekommt man sie selten zu Gesicht.«

Wir fuhren von Dorf zu Dorf und sprühten die Hütten mit den schadhaften Dächern ein: Am wichtigsten war es, das Dach ganz oben einzusprühen, sonst konnten sich die Insekten dort weiterhin vermehren und wurden immun. Wir hatten es auf Malariamücken abgesehen und auf *mbwas* – die kleinen Kriebelmücken *Simulium damnosum*. Früher wurden sie Hundefliegen genannt. Ihr Stich überträgt einen Wurm, der die Blutgefäße anschwellen läßt,

Geschwüre erzeugt und in den schlimmsten Fällen zu Blindheit führt. Die Larven leben im Schilf.

Und wir impften: gegen Tuberkulose, Kinderlähmung, Cholera, Blattern – die leeren Ampullen klirrten, wenn ich wieder eine in die alte Keksdose warf.

Für meinen fremden Blick sahen alle Dörfer gleich aus, auch wenn ich wußte, daß dem nicht so war. Die Hühner stoben auseinander, wenn wir angefahren kamen, und die Frauen sahen von ihren Matten mit trocknender Hirse hoch oder von der *matoke*, die auf Holzkohlenrosten gedünstet wurde. Alles lief zusammen, ein richtiger Tumult. Wir bauten unseren weißen Tapeziertisch auf und legten die Spritzen zurecht. Alle stellten sich in einer Schlange auf – aufgeregt, mißtrauisch oder einfach verängstigt. Ich tupfte die Arme ab. Manche Leute zuckten mehr unter dem kühlen Alkoholbausch zusammen als dann von der Nadel.

Anschließend las Waziri ihnen auf Kinyankole die Leviten, während hinter ihm der Rauch der *matoke*-Feuer emporkräuselte. Er ordnete folgendes an:

1. Alle Dorfbewohner müssen ihre *matoke* mit anderem Obst und Gemüse anreichern und so oft wie möglich Fleisch essen.
2. Alle Dorfbewohner müssen sich mindestens einmal am Tag waschen.
3. Kranke müssen in gut gelüfteten Hütten liegen.
4. Tote müssen begraben und dürfen nicht in die Sümpfe geworfen werden.

Am vorletzten Tag der Fahrt wurde es Nacht, bevor wir Butogota erreicht hatten, ein Dorf im Bezirk Buindi. Es fing an zu regnen, und die Düfte der tropischen Pflanzenwelt stiegen ins Fahrerhäuschen. Rechts von der Straße ging ein Pfad ab, und auf einem hölzernen, im Scheinwerferlicht naß glänzenden Wegweiser stand »Undurchdringlicher Wald Buindi«. Ich mußte lachen, aber es stand wirklich da.

»Ihre Forschungsreisenden haben ihn so genannt, nicht wir«, sagte Waziri. »*Buindi* heißt einfach dunkel. *Buindi* dunkel, *omushana* hell. Da drinnen leben die Pygmäen, die paar, die es noch gibt. Keine schöne Gegend. Halten Sie sich davon fern, Nicholas. Außerdem hat das Militär den Wald inzwischen in Beschlag genommen.«

Wie den Rest des Landes. Am Abend darauf hätten wir kurz vor Mbarara fast eine Straßensperre überfahren, die nur von einer einzigen Sturmlaterne beleuchtet wurde. Und zwar wortwörtlich überfahren: Waziri brachte den Wagen unmittelbar vor den Nagelbrettern zum Stehen, die die Reifen durchbohrt hätten.

»*Simama hapi!*« rief eine Stimme. Eine Gestalt schälte sich aus dem Dunkel, erhob sich aus den Büschen am Straßenrand wie aus einer Theaterkulisse.

»Was bedeutet das?« flüsterte ich Waziri zu.

»Stehenbleiben.«

Während er das sagte, erschien eine Gewehrmündung am Fensterbrett. Ich roch die Bierfahne des Soldaten, der sich hereinbeugte, die tarnfarbene Mütze tief ins Gesicht gezogen. Er sagte etwas, Waziri antwortete, für seine Verhältnisse kurz angebunden, fand ich, dann war es ein paar Sekunden lang still, der Soldat stützte sich bloß auf sein Gewehr und sah uns an. Schließlich warf ihm Waziri einen 200-Shilling-Schein zu, wir umrundeten das Nagelbrett und fuhren weiter.

»Ziegenschänder«, sagte Waziri und schüttelte den Kopf.

Um uns abzuregen, gingen wir im Changalulu, einer Bar in der Stadt, etwas trinken. Wir pichelten ziemlich, oder ich jedenfalls. Ich war guter Dinge, trotz des Zwischenfalls an der Straßensperre.

»Ich hab' echt das Gefühl, die Sache hier läuft prima für mich«, vertraute ich Waziri an. »Ich fühl' mich wie im richtigen Afrika.«

Er lachte. »Ihr *wasungu* sagt laufend so was, als gäbe es ein Geheimnis zu entdecken. Einer hat hier mal König Salomons Minen gesucht. Der Idiot vermutete sie oben in den Ruwenzoris. Ich hab' ihm gesagt, die würde er in einem Maisfeld finden, wenn er nur lange genug suchte.«

»Der Getreidekauf in Ägypten«, sagte ich. »Sie kennen bestimmt die Geschichte aus der Bibel.«

»Klar, ich war schließlich auf der Missionsschule. Wie alle hier. Wenn sie überhaupt zur Schule gegangen sind.«

Er trank aus und stand auf, seine große asketische Figur warf Schatten an die Wand. »Noch eins?«

Ich sah mich in der Bar um, während er die nächste Runde holte. Eine Frau mit rotem Halstuch wischte Tische ab. Es war spät geworden, und außer uns war nur noch ein Gast da, ein hochrangiger Soldat, wie ich an seiner Schirmmütze und den Messingsternen sehen konnte. Er starrte grimmig in sein Glas, und ich starrte die furchterregenden Ritualnarben auf seinen Wangen an.

»Sie wollen also das echte Afrika sehen, mein Freund?« Waziri knallte mir das Bierglas hin. Seine Stimme hatte einen spöttischen Unterton. »Sie sollten mal zum Hotel runtergehen. Jeden dritten Dienstag findet da der Teufelstanz statt oder das Hexenschnüffeln oder was weiß ich, wie Sie das nennen wollen. Für die Touristen.«

Er kratzte sich am Kopf. »Obwohl weiß Gott nicht mehr viele da sind. Aber das ist ganz lustig. Das Übliche: Die Tänzer schwingen die Beine und werfen Muscheln und Pulver in den Dreck.«

»Glauben die wirklich dran?«

»Wer, die Touristen oder die Tänzer?« Er zog die Augenbrauen hoch.

Der Offizier brach auf und sah uns im Vorbeigehen scharf an.

»Das ist Major Mabuse«, sagte Waziri und sah ihm nach. »Vor dem Putsch war er einfacher Taxifahrer. Mit dem ist nicht zu spaßen.«

»Gilt das nicht für alle?«

»Nein«, sagte er nach einer Pause. »Klar«, meinte er dann, »Amin ist der Schlimmste, da haben Sie recht. Haben Sie schon gehört, daß er nächsten Monat herkommt? Es gibt eine Versammlung im Fußballstadion.«

»Gehen Sie hin?«

»Ich kann mich beherrschen. Mit dem Monster will ich unter keinen Umständen in Verbindung gebracht werden.«

Wir saßen einen Augenblick schweigend da, dann erkundigte ich mich wieder nach dem Tanz. »Ist das bloß ein Brauch, oder glauben die Leute ernsthaft dran?«

Er nickte oder wiegte den Kopf. »Ernsthaft.«

»Echt? Selbst hier und heute?«

»Hier ist mein Land, Nicholas. Mal glauben sie daran, mal nicht. Wenn's ihnen paßt, wie alle Gläubigen. Manchmal ist es ganz brauchbar: um das Unerklärliche zu erklären. Und das Furchteinflößende daran funktioniert wie eine Art Psychotherapie. Schockbehandlung. So gesehen, ist die Show das Interessanteste. Ich für mein Teil glaube, daß das Rascheln der getrockneten Laubröcke entscheidend ist. Es hat etwas Vages, und man bildet sich ein, alles mögliche zu hören. Die Masken tragen natürlich das Ihre dazu bei. Sie haben beispielsweise einen großen Löwenkopf, der ist imposant.«

»Und Tom-Toms?«

»Selbstverständlich. Und Bohnen in Kürbissen und einen großen blauen Hahn, dessen Blut in den Sand spritzt – alles was das Herz begehrt. Die bösen Geister werden fortgepeitscht, die Touristen stehen daneben und knipsen, und dann geht der Mann mit der Löwenmaske herum und sammelt. Wußten Sie übrigens, daß das Nestor ist, unser Nachtwächter?«

»Nein! Ich hätte nicht gedacht, daß der noch die Energie zum Herumspringen hat.«

»O doch, wenn das Fieber über ihn kommt und ein junges Mädchen am Tanzen ist. Dann springt er wie ein junger Bock. Aber er hilft den Menschen auch. Sie kommen zu ihm, und er reibt ihnen mit dem Zeug – *muti*, dem Zaubermittel – den Körper ein. Und manchmal hilft es sogar. Nicht oft, aber hin und wieder.«

9

Eines Abends wartete der Junge, mit dem ich mich nach meiner Ankunft unterhalten hatte, der im T-Shirt und mit dem Spielzeugauto aus Draht, vor dem Krankenhaus auf mich. Er gab mir einen zusammengefalteten Zettel: »Lieber Dr. Garrigan, das ist mein Bruder Gugu. Ich glaube, Sie kennen ihn schon. Ich schreibe, um Sie zu fragen, ob Sie uns am Sonntag zum Mittagessen besuchen möchten. Hochachtungsvoll, Bonney Malumba.«

Also ging ich am Wochenende zu den Malumbas. Boniface, der eine schicke Schlaghose trug, empfing mich in der Diele.

»Mein verloren geglaubter Freund Dr. Nicholas.«

Gugu hüpfte um uns herum. Mrs. Malumba, eine beleibte Matrone in einem langen Kleid mit Puffärmeln, bot an, mir die Füße zu waschen, aber ich lehnte natürlich dankend ab. Nach örtlichen Maßstäben war es ein äußerst luxuriöses Haus. Die Familie besaß sogar einen Fernseher, ein kleines Schwarzweißgerät mit v-förmiger Antenne oben drauf.

Der Vater war untersetzt und machte einen distinguierten Eindruck. Als Vorsitzender des *Directorate of Overseas Surveys* hatte er sich relativ wohlhabend zur Ruhe gesetzt, erzählte Boniface mir später. Auch er trug eine lange Robe und saß mit einem Glas Bier in der Hand auf einem Strohschemel, als ich hereinkam. Boniface stellte uns äußerst förmlich vor, ich setzte mich auf einen zweiten Schemel und unterhielt mich mit seinem Vater. Wir landeten unweigerlich bei der Politik, und ich merkte schnell, daß er auf Idi Amin nicht gut zu sprechen war.

»Der Kerl ist keinen Deut besser als Obote, das kann ich Ihnen sagen. Wegen Obote mußten wir wegziehen, und ich fürchte, wegen Amin werden wir auch wegziehen müssen.«

Ich erfuhr, daß die Familie aus Baganda stammte, aus der Nähe von Kampala, und nach Mr. Malumbas Pensionierung in die Provinz Ankole gezogen war. Ich erkundigte mich nach den verschiedenen Wörtern auf -*ganda*, die mich schon länger verwirrten.

Die Erklärungen lauteten folgendermaßen:

mu-ganda (ein Angehöriger der Ganda)
ba-ganda (»das Volk«)
lu-ganda (die Sprache der Ganda)
bu-ganda (das Land der Ganda)

»Das ist fast überall so, selbst in Tansania«, sagte Mr. Malumba. »Manchmal muß man ein ›y‹ einfügen oder auch andere Buchstaben, je nachdem, was davor steht. *Banyankole* sind beispielsweise die Leute, die hier in der Gegend leben, und die *banruanda* die jenseits der Grenze. Und da habe ich überall gearbeitet.«

Und schon erzählte er mir seine Lebensgeschichte beim *Directorate*, von dessen Frühzeit als Teil des Kolonialministeriums bis in die Zeit nach der Unabhängigkeit, als er beim ostafrikanischen Triangulationsprojekt der *Overseas Development Administration* mitgewirkt hatte, denselben Leuten, die auch mich abgestellt hatten.

»Was genau versteht man eigentlich unter Triangulation?« fragte ich.

Er beugte sich auf dem Schemel vor und gestikulierte über den Strohmatten auf dem Boden. »Man unterteilt ein Gebiet in Dreiecke, um es zu kartographieren. Man bestimmt Entfernungen und Höhen und kann dadurch auf einer zweidimensionalen Karte auch Hügel eintragen. Wir mußten Ketten von Dreiecken anlegen, die mit Ketten in anderen Ländern verbunden wurden. Die Kette begann in Sambia und Tansania und verlief über Burundi hierher. Zu meiner Zeit haben wir sie durch Uganda und den Sudan bis nach Ägypten weitergeführt. Das ist lange her. Sie hieß der Dreißigste Längengrad.«

»Da müssen Sie ja weite Strecken zurückgelegt haben.« Ich dachte an die Karte in meinem Reiseführer und versuchte, mir die riesigen Entfernungen vorzustellen, die er beschrieb.

»Wir sind immer von einem Berg zum nächsten gezogen und haben Signalgerüste gebaut. Am Anfang war ich ein einfacher Meßgehilfe. Ich habe den Spiegel gehalten, und der Landvermesser hat viele Kilometer weiter mein Licht aufgefangen. Manchmal bis zu neunzig Kilometer weit weg. Wenn es zu dunkel war, haben wir manchmal Beleuchtungsteams geschickt. Der Vermesser hat dann mit seinem Scheinwerfer das Schlußsignal gegeben, und wir sind zum nächsten Hügel gezogen. Und zum nächsten und zum nächsten und zum nächsten. Bis wir den Nachbartrupp getroffen haben. Das nächste Dreieck. Und so haben wir die Kette erschaffen.«

»Ganz schön harte Arbeit«, sagte ich. Mrs. Malumba lächelte mir über die Schulter ihres Mannes zu. Dann ging sie in die Küche. Bonney und Gugu blieben und hörten ihrem Vater genauso gespannt zu wie ich, obwohl sie die Geschichte wahrscheinlich auswendig kannten.

»Ja«, fuhr er fort, »und lange Wanderungen. Und schwere Geräte. Wir waren in Landrovern und Lastern unterwegs und jede Nacht im Zelt. Und das waren nicht die einzigen Schwierigkeiten. Ich habe in Karamoja angefangen. Oben im Norden. Das war sehr schwierig. Sehr rauhe Gegend. Die Karamojong haben immer den Draht gestohlen, mit dem die Leuchtfeuer festgemacht wurden. Wir haben sie schließlich mit Feigenbaumbast festgebunden, aber auch der wurde gestohlen. Oder die Leuchtfeuer wurden von Büffelherden und Elefanten umgestoßen.«

»Es muß aber trotzdem sehr aufregend gewesen sein, sie zu sehen. Die Tiere.«

»Das kann man wohl sagen. Die Soldaten haben inzwischen alle getötet. Als Verpflegung, und manchmal wahrscheinlich auch aus Spaß. Damals war das anders. Ab und zu sind wir in Flugzeugen hochgeflogen. Von der Royal Air Force. Ich mußte die schwere Kamera schleppen, mit der die Bodenformationen aufgenommen wurden. Eine Fairchild K17. Hundertdreißigtausend Quadratkilometer haben wir abgedeckt. Sehr viel. Unten auf dem Boden konnten wir die weißen Holzkreuze sehen, die wir aufgestellt hatten.«

»Wozu dienten die?«

»Die markierten die Triangulationspunkte. Wir haben die *wananchi* dafür bezahlt, sie einmal im Monat frisch zu streichen, sonst wären sie verblichen, bevor wir die Aufnahmen machen konnten. Und wissen Sie was: In manchen Gegenden streichen sie sie heute noch, so viele Jahre danach. Ich glaube, sie haben uns für Missionare gehalten. Viele Kreuze sind zu heiligen Stätten geworden.«

»Das glaube ich Ihnen nicht«, sagte ich und lachte.

»Aber es stimmt. Während der Arbeit wurden die Filme nach England geschickt, und dort haben die Kartographen maßstabsgerechte Karten danach gezeichnet – eins zu fünfzigtausend, eins zu fünfundzwanzigtausend –, anders gesagt, die Filme auf Papier übertragen. Dann kamen die Karten zurück, wenn wir längst weitergezogen waren, und wir haben sie voller Freude studiert. Sie waren einfach wunderschön. Höhenabstufungen, Straßen, Flüsse, Vegetation. Alles farbig: rosa, grün, blau, gelb. Ich kann Ihnen welche zeigen.«

Er ging zu einem Regal, holte ein paar Karten heraus und breitete sie auf dem Boden aus. Eine war alt, die Falten rissen schon fast ein. Notizen wie »Rudolfsprovinz« und »Ostafrikanisches Protektorat« waren darauf vermerkt. Die andere Karte war neu.

»Wir haben die Namen draufgeschrieben, wir haben die Bewohner gefragt, und sie haben uns die Namen genannt und warum sie so hießen. Hier zum Beispiel.«

Er zeigte auf eine Stelle. Gugu kroch näher, um auch etwas zu sehen.

»Das ist Arua. Im Lugbara heißt *aru* das Gefängnis. Als die Deutschen im Krieg gegen Sie gekämpft haben, gab es dort ein Gefangenenlager, und die als Wachen angestellten Afrikaner sagten, sie wären *aru-a*. Im Gefängnis, verstehen Sie?

Und hier ist Gulu, da macht der Fluß im Vorbeifließen das Geräusch *gulu-gulu*. Hier erreicht der Nil Jinja. Die Händler mit Stoffen aus Feigenbaumbast überquerten ihn dort, um nach Busoga zu kommen, und wenn sie das letzte Kanu verpaßt hatten (wegen der Nilpferde konnte man nach Einbruch der Nacht nicht mehr übersetzen), kampierten sie auf dem Felsen und erzählten ihren Frauen hinterher, sie hätten die Nacht *ku jinja* verbracht, auf dem Felsen.

Hier haben Sie den See. In Entebbe sind Sie mit dem Flugzeug gelandet. Die Stadt war das Hauptquartier des Lungenfisch-Klans, und aus irgendeinem Grund haben auch die Briten dort ihr Hauptquartier eingerichtet. Es ist der Sitz der Regierung, denn das hier« – er stand auf und zeigte auf seinen Schemel – »heißt auf Luganda *entebe* ...

Kabarole. Das heißt auf Lunyoro ›Ausschau halten‹, weil sich dort der König auf einer Anhöhe einen Palast erbaut hat. Doppeldeckerbusse heißen bei uns deswegen *kabandole*, ›Halt-nach-mir-Ausschau‹. In Kaliro haben die Jäger auf einem Hügel ein kleines Feuer angezündet, um zu zeigen, daß sie in Sicherheit waren. Zu Hause sagten ihre Frauen dann zueinander: ›Hast du das Feuer gesehen?‹ Und die Gefragten antworteten: ›*Kaliro*. Wir haben es gesehen.‹

Kumuli heißt ›kleines Schilfrohr‹, weil ein Läufer dort Briefe in Schilfrohrspalten transportierte. Luwero bedeutet ›schneidendes Gras‹.

Makerere ist Vogellärm: *karere, karere!*« Er wedelte mit den Armen in der Luft.

Boniface lehnte am Türrahmen, sah mich an und schüttelte lächelnd den Kopf.

»Kommen Sie mal her, kommen Sie«, sagte sein Vater. Er stand auf und zog mich am Arm zum Fenster, von wo aus wir einen unverstellten Blick auf die Ruwenzoris hatten. Die Malumbas hatten keine Gitterstäbe vor den Fenstern, fiel mir auf.

»Sie sehen die Berge. Sie sehen den Nebel. Danach heißt Kasese, denn das bedeutet Morgen.«

Dann schob er mich zur Landkarte zurück. »Kumam heißt ›ging zum Tanz, wurde aber aufgehalten‹. Kololo heißt nach einem Klanchef, der wahnsinnig wurde. Er wurde dort vom Rest der Welt abgesondert. Kololo heißt ›der einzige‹. Muhavara bedeutet ›was den Weg weist‹, weil wir dort ein Leuchtfeuer aufgestellt hatten. Mbale geht auf König Omumbale zurück. Der Legende nach ist er von den Ssele-Inseln im Victoriasee dorthin geflogen und hat sich in einem Baum niedergelassen ...«

»Vater, nun mußt du Nicholas aber in Ruhe lassen«, fiel Boniface ihm ins Wort. »Das kann er sich doch gar nicht alles merken.«

»Nur noch ein paar. Es ist sehr wichtig, daß alle Menschen unsere Geschichte kennenlernen. Sie war immer verborgen. Also. Schauen Sie hier, Namagasali. Als der Bau der ugandischen Eisenbahn bis dorthin fortgeschritten war, sahen die Menschen voller Erstaunen die Züge. Sie gingen auf sie zu und sagten ›*namusa gali*‹. Das heißt ›Ich grüße den Zug‹. Semuliki: ›Fluß ohne Fische‹. Als die Weißen kamen, haben wir gedacht, sie wollten unsere Fische stehlen, und haben deswegen behauptet, der Fluß hieße so!«

Er fuhr eine blaue Markierung auf der Karte nach. »Nakiripiripirit. Dort gibt es einen See. Wenn der Wind bläst, kommt das Wasser in Bewegung, und so kam es zu dem Namen: ›bewegt sich scheinend‹.«

»Schimmernd«, sagte Bonney laut.

Sein Vater sprach lauter und schneller weiter, als wollte er den Gesichtsverlust wettmachen. »In Mubende stand ein Palast auf einem Hügel. Einem sehr steilen Hügel. Wenn die Untertanen mit Geschenken beladen zum König kamen, waren sie also auf den Knien. Man stieg zusammengekrümmt empor, *bend-down-double – kubendabenda*. Wie Sie sehen, hat auch Ihre englische Sprache zu unserer Wortfülle beigetragen.«

»Woher kommt Mbarara?« fragte ich lächelnd.

»Ach, das ist langweilig. Das ist nach einer grünen Grassorte hier aus der Gegend benannt. Koboko, Amins Heimatstadt, gibt mehr her. Dort liegt ein Hügel namens Kobuko, und der Sage nach ist er von einer geheimnisvollen Macht im Sudan dorthin geblasen worden. Diese seltsame Macht stieß ihn in Uganda an seinen heutigen Ort, und wo er auftraf, zerquetschte er die Menschen, die dort vorher gelebt hatten. *Kobuko* wird im Kakwa nämlich etwas genannt, das einen erstickt oder zudeckt und einem den Atem nimmt. Und ich versichere Ihnen, Nicholas, alles, was ich Ihnen erzähle, ist wahr. *Maya* heißt zum Beispiel auch in einem sudanesischen Dialekt ›Hügel‹ ...«

»Okay, okay, aber das hier ist wahrer als deine Flunkereien«, sagte Mrs. Malumba und brachte eine dampfende Schüssel herein.

»Das duftet ja herrlich«, sagte ich. »Was ist das?«

»Das ist *matoke* mit Ziegen- und Erdnußsauce«, sagte sie.

Wir setzten uns, und Mrs. Malumba sprach das Tischgebet. »Gott, unser Vater, segne diese Speise, die du uns bescheret hast durch Jesus Christus, unseren Herrn.«

»Amen«, sagten wir alle. Ich paßte auf, wie die anderen die klebrige Pampe mit den Händen aufschaufelten. Beim Essen kamen wir sehr bald wieder auf Stämme zu sprechen, das unvermeidliche Thema Schwarz und Weiß.

»Warum werde ich *musungu* genannt?« Ich hatte den Mund voll, und das Wort kam undeutlich heraus, als wüßte ich nicht einmal die genaue Bezeichnung für einen wie mich.

»Das gleiche Prinzip«, sagte Mr. Malumba. »*Mu-sungu*, nur sagt man bei mehreren *wa-sungu*.«

»Gut, aber was heißt *sungu*?«

»Das seid eben Ihr Europäer, so wie die Asiaten eben *wahindi* sind. Allerdings gibt es auch das Wort *kisungusungu*, was ›schwindelerregend‹ heißt. Ich weiß aber nicht, welches älter ist, *musungu* oder *kisungusungu*. Oder ob sie überhaupt miteinander zu tun haben. Als Ihre Leute aufgetaucht sind, haben wir Sie jedenfalls *wasungu* getauft. Nur die hiesigen Stämme haben komplexere Namen.«

»Und die großen Männer in den Mercedes-Benz«, kreischte Gugu, »die nennen wir in der Schule *wabensi*!«

Alle lachten, aber dann sagte Mrs. Malumba ernst: »Paß auf, was du sagst, Junge. Das kann heutzutage schlimme Folgen für dich haben.«

Bonney sah die ganze Zeit mißmutig auf seinen Teller. Ich merkte, daß er mit mir, aber auch vor mir hatte angeben wollen, und sich ärgerte, daß andere sich in den Mittelpunkt gedrängt hatten.

Vielleicht bildete ich mir das auch nur ein. Schließlich beteiligte er sich am Gespräch: »Es muß sich nicht immer auf Stämme beziehen. Manchmal heißt *ba* auch einfach ›aus‹ oder bezeichnet eine kleine Gruppe. *Abanabugerere* sind zum Beispiel Leute, die in Bugerere leben. Außerdem denken wir heute nicht mehr in Stammeskategorien.«

»Wenn dich jemand angreift, mußt du einen Stamm haben. Man muß zusammenhalten, wenn die Messer gezückt werden«, sagte sein Vater streng.

»Du bist altmodisch, Vater. Wir brauchen diese alten Vorstellungen nicht mehr.«

»Das werden wir ja sehen. Als ich in Kampala war, habe ich die ganzen Anyanya- und Kakwaschläger gesehen, die Amin aus dem Norden mitgebracht und in die Polizei und ins Militär gesteckt hat. Das ist nicht gut. Diese Leute sind anders als wir. Sogar ihre Körper sind anders. Sie sind knochig und sehen immerzu wütend aus. Kein Wunder, daß sie soviele Menschen ermorden. Sie haben sogar welche hierher in die Kasernen gebracht.«

»Es sind trotzdem Menschen, Vater, egal zu welchem Stamm sie gehören.«

Sie stritten sich nun auf Luganda. Ich saß stumm da und versuchte, dem Auf und Ab ihres Wortwechsels zu folgen. Mrs. Malumba lächelte mich an, räumte die Teller ab und brachte sie nach nebenan. Gugu rannte nach draußen, und die Gittertür schwang hinter ihm in den Angeln.

Gereizt wechselte Boniface die Sprache und offenbar auch das Thema und fragte mich, ob ich ihm einen Studienplatz in Großbritannien beschaffen könnte. »Ich möchte in Reading in Ökotrophologie promovieren«, sagte er. »Das ist die beste Universität. Aber ich brauche ein Stipendium. Danach kann ich wieder herkommen und für die Weltbank arbeiten.«

Ich erklärte ihm umständlich, warum ich nicht viel für ihn tun konnte, wurde aber erst durch Gugus Rückkehr erlöst. Er hielt – am Schwanz – ein Chamäleon in der Hand. Mr. Malumba stand auf und schrie ihn an. Anscheinend brachte es Unglück, diese Tiere zu verletzen oder aufzustören. Der Junge ließ das Tier los, und es landete mit sprödem Rascheln auf einer Strohmatte. Der Junge beachtete seinen Vater gar nicht, kniete sich hin und piekte es.

Mr. Malumba schüttelte den Kopf und zog sich zum Mittagsschlaf zurück. »Oh, Dr. Garrigan, schaffen Sie sich bloß keine Kinder an. Ich muß mich jetzt hinlegen. Es war sehr nett von Ihnen, mit uns zu essen.«

»Aber nicht doch«, sagte ich verlegen. »Es war mir ein Vergnügen. Ich habe sehr viel gelernt.«

Als er weg war, sagte Gugu auf Luganda etwas zu Bonney und zwickte das arme Tier wieder.

Bonney antwortete in schneidendem Ton. Der Junge zuckte die Schultern.

»Was hat er gesagt?« fragte ich Bonney.

»Er wollte wissen, was jetzt passiert. Die Leute glauben, in den Farben des Chamäleons würden die Geister all ihrer Vorfahren an ihnen vorbeiziehen. Reiner Aberglaube – dahinter liegt der Gedanke, daß man sie nicht stören darf. Die *bagagga*, die Dorfzauberer behaupten, man könne in den Farbwechseln eines Chamäleons die Zukunft lesen. Tja, die lesen sie, und Sie bezahlen.«

Wir musterten das scheckige Tier auf dem Boden, das sich nur einmal regte und ein Vorderbein hob wie ein Hund, der Pfötchen gibt. Sein lidbewehrtes Auge schien uns aber nicht wahrzunehmen, und solange ich dabei war, wechselte es kein einziges Mal die Farbe, egal was Gugu ihm hinhielt. Schließlich verlangte Bonney, daß Gugu es wieder nach draußen brachte.

Ich blieb den größten Teil des Nachmittags. Wir sahen uns im Fernsehen einen Kung-Fu-Film an. Der Film war so schon unscharf genug – schlechter Empfang – und wenn der Strom abfiel, sahen wir nur noch Grautöne. Auf dem Rückweg spielte ich im Kopf Bruce Lees ständige akrobatische Manöver nach: haufenweise Herumspringen und Knochenbrechen, alles im Namen einer komplizierten und an den Haaren herbeigezogenen Rache. Hong Kong Pfui. Aber es hatte Spaß gemacht, und jetzt fehlte mir plötzlich britisches Fernsehen. Vielleicht fehlte mir auch nur Großbritannien. Oder jedenfalls Schottland. Heimat.

10

Ein weiterer Sonntag, eine Woche vor Amins Besuch. Ein paar Seiten aus meinem Tagebuch, das neben mir liegt, während ich unter dem bleiernen Himmel vor mich hinschreibe. Mein Gott, sieh nicht so streng auf mich herab! Ich bin zu müde, um es zu redigieren (so müde, daß ich fast geschrieben hätte *Ich bin zu müde, um darauf zu reagieren*), aber vielleicht gibt der genaue Wortlaut die Atmosphäre von Mbarara auch viel besser wieder. Möglich wär's. Damals schrieb ich folgendes:

Kirchenglocken, und aus dem Dorf hört man die Frauen, die mit Stößel und Mörser Hirse stampfen. Bumm bumm bumm. Ich habe mich das ganze Wochenende einsam gefühlt und nichts getan. Zu berichten gibt es nicht viel, außer daß ich im Garten eine Schlange gesehen habe. Niemand hat je gesagt, wie unendlich eintönig Afrika sein kann: nichts als der langsam verrinnende Schweiß der Zeit.

Die Veranda, das Tal, ich. Das Bacuesital. Waziri sagt, die Bacuesi waren ein Stamm, der hier vor langer Zeit gelebt hat – um 1350, Migranten aus Äthiopien oder dem Sudan. Sie haben ihr Vieh durch eine Seuche verloren und sind bei einer Invasion der Luo selber ausgerottet worden. Die sind aber auch wieder verschwunden, und übriggeblieben sind die Ankole mit einigen Bacuesitraditionen: einer vereinenden Stammestrommel – anscheinend auch verloren – und dem Glauben an das Vieh als Lebensmittelpunkt. Und ihr Viehbestand ist riesig, Hunderte von Longhorn-Rindern. Eins steht sogar als Betonstatue mitten auf dem Kreisverkehr in der Stadt. Sie identifizieren sich so stark mit den Rindern, daß männliche Babys im Alter von vier Tagen in das weiche, wildlederartige Fell eines zu früh geborenen Kalbs gehüllt und einer Kuh auf den Rücken gelegt werden. Dann bekommen sie einen winzigen Bogen und Pfeile in die Händchen gedrückt und müssen die Kuh verteidigen.

Die Bacuesi haben nicht nur Kühe, sondern auch Feigenbäume verehrt, und irgendwo in der Nähe gibt es einen heiligen Feigenhain. Waziri sagt, die Einheimischen glauben, er sei voller Geister, und er wird ihn mir mal zeigen. Er erzählt auch, die Bacuesi hätten ihrerseits die Batembusi vertrieben, die hier seit 1100 geherrscht hätten. Ihr letzter König hieß Isuza und verliebte sich in eine Prinzessin aus der Unterwelt. Er folgte ihr dorthin und fand nicht mehr zurück. Sein Enkelsohn Ndahura – ›der Entwurzler‹ – hat dann den Stamm der Bacuesi begründet. Die heutigen Ankole führen sich auf seine Dynastie zurück; es gibt auch immer noch Anhänger des Bacuesi-Kultes, die unter den heiligen Bäumen Münzen und Kaurischneckenhäuser verstreuen.

Ich kam nicht mehr mit. »In Wirklichkeit ist es also ein und derselbe Stamm?« fragte ich ihn.

»O nein«, sagte er. »Nichts wäre falscher als das. Außerdem zerfallen die Ankole in zwei Gruppen, die Bairu und die Hima, die einen sind Aristokraten, die anderen Horige ...«

Oder war es andersrum? Soviel zu den Stämmen.

Neben mir auf dem Tisch steht mein blecherner Frühstücksteller, auf dem ein Löffel und eine ausgelöffelte Papayahälfte liegen. Ein Kanu mit Paddel. Das hiesige Obst schmeckt mir, aber ich hätte gern mal wieder ein anständiges Stück Fleisch. Ich wehre mich weiterhin mit Händen und Füßen gegen einen Küchenjungen, was zur Folge hat, daß ich einmal die Woche auf den Markt gehen und um Lebensmittel feilschen muß. Beim Schlachter muß ich mit ansehen, wie ein Kerl mit einer *panga* auf ein totes Tier einhackt, das an einem Baum hängt. Das Fleisch der Longhorns schmeckt anders als unser Rindfleisch, vom Schweinefleisch bekommt man zu leicht Bandwürmer, also bleiben nur dürre Hühnerärsche oder Ziegenfleisch, das so zäh ist, daß es erst mal ein paar Monate von Eskimos vorgekaut werden müßte. So bekommen die nämlich ihre Häute und Felle weich. Victoriabarsch ist auch eher zäh, außerdem meistens schon ziemlich angegangen, wenn er vom Victoriasee endlich hier ankommt. Am besten macht man daraus einen Curry, sagt Mrs. M., aber ich mag keinen Curry.

Manchmal wird auf dem Markt eine Kuh getötet. Dazu holt man sich einen Soldaten mit Gewehr, der diese Dreckarbeit macht. Letzte Woche war ich dabei. Er hat dem Tier in den Hals geschossen. Das arme graubraune Geschöpf stand einfach da und starrte apathisch ins Leere. Als der Schuß knallte, brach es zusammen und sah dabei merkwürdigerweise wie ein Mensch aus (lauter Knie und Ellbogen). Wie jemand, der sich hinsetzen muß, weil er eine schlimme Nachricht erhalten hat. Dann wurde die Kuh zerlegt, und alles drängte sich um sie, mit Bananenblättern in der Hand, um die eigene Portion einzuwickeln.

Tja. Alles geht seinen Gang. Die Aussicht ist schön. Die Sonne scheint. Bananenhaine kriechen den Hügel hoch. Ihre glänzenden Blätterreihen erstrecken sich in die Ferne. Wenn ich sie sehe, muß ich immer an die Dächer der Sozialwohnungen in Edinburgh denken. Unter mir liegen einzelne Hütten verstreut, aber die meisten Menschen wohnen in Mbarara und arbeiten nur tagsüber auf ihren Parzellen. Diese unregelmäßigen, abgerissenen Flecken mit Feldfrüchten – Hirse, Maniok, Mais, Erdnüsse – werden mit stabilen kleinen Terrassen aus roter Erde gegen die Erosion gesichert. Sonst würde in der Regenzeit alles die Hänge hinabrutschen: bis hinunter zum Marschland in der Talsohle und dem kleinen braunen Bächlein, wo sich der Ruisi aus einem Zusammenfluß noch kleinerer Rinnsale ins Leben zwängt.

In der Regenzeit sind sie nicht so winzig. Dann werfen sich die Wassermassen mit dem ganzen Pathos einer naturalistischen Theateraufführung in die Schluchten. Wie an meinem ersten Abend. Der Himmel öffnet seine Schleusen, für ein paar Minuten bis hin zu ganzen Wochen wird das Land stockfinster, und man sieht kaum die Hand vor Augen. Hinterher hat man das Gefühl, etwas sei gesagt worden, das schon lange gesagt werden mußte – aber man weiß nicht recht, ob man es glaubt, weil die Vorstellung so übertrieben war. Dann scheint die Sonne wieder, Adler und Milane kommen aus den Ruwenzoris herab und ziehen auf der Suche nach Mäusen und Buschratten ihre Kreise am Himmel.

Neulich hat so ein Raubvogel etwas aus dem Schnabel auf den Rasen fallen lassen: Ich weiß nicht, ob es ein Adler oder ein Milan war – allerdings auch nicht, ob es sich bei dem Ding, das ich am Schwanz hochhob, um eine Maus oder eine Buschratte handelte. Ich habe es über den Zaun geworfen. Zuweilen läßt sich eine Gruppe grüner Meerkatzen sehen (vorletzte Nacht sind welche übers Dach getrappelt und haben mich zu Tode erschreckt), und es gibt eine Familie Zebramangusten, die auf der Suche nach Schlangen herumhuschen. Sie sehen wie Frettchen aus, nur nicht so schlank, und haben schöne hellgraue und rotbraune Querstreifen. Hoffentlich haben sie die Schlange erwischt, die ich gesehen habe.

Die Sache mit dem Vorgarten wächst mir über den Kopf, aber es dürfte noch einige Jahre dauern, bis die Wildnis ihn zurückerobert hat. Der vorige Bungalowbewohner – wie Merrit ein Stabsarzt der Kolonialverwaltung, der dann dablieb – war leidenschaftlicher Gärtner gewesen. Von der Veranda führen ein paar Stufen in die überquellenden Blumenbeete hinab: Roter Jasmin,

Strelitzien, Elefantengras, Rosen, Studentenblumen – die wachsen hier wie Unkraut –, auch Sukkulenten, Schnurbäume, Feigenkakteen, Poinsettien und Sporenbüchschen.

Mrs. M. hat mich herumgeführt und mir erklärt, was das alles ist, aber inzwischen sind es für mich nur noch Wörter. Einige Pflanzen sind nicht einheimisch, hat sie stolz erzählt. »Der alte Saunders – er ist übrigens im Schlaf gestorben – hat tatsächlich in Kew Gardens Samentüten bestellt und neue Arten eingeführt.«

In diesen Bahnen bewegte sich mein Alltag. Und dann geschah etwas: Amin kam. Im Stadion wurden Wimpel – Bananenblätter – aufgehängt. Der große Tag war ein Samstag. Ich ging mit Sara hin. Wegen des Andrangs konnten wir nicht viel sehen, nur seinen Helikopter, der mitten auf dem Spielfeld landete.

Die Menge toste, als er auf das Podium stieg, die massige Gestalt unter traditionellen Gewändern verborgen. Es war das erste Mal, daß ich ihn leibhaftig zu sehen bekam, und der Anblick war beeindruckend. Er besaß eine schwer zu beschreibende Aura, aber sie verdankte sich viel mehr dem Tonfall seiner Stimme als den Pelzen, Fellen und Federn seines Kopfschmucks.

»Erstaunlich, wie populär er ist«, sagte Sara. Sie hielt sich an meinem Arm fest, weil wir uns im Gedränge sonst verloren hätten.

»Ich bin gekommen«, sagte Amin ins Mikrophon, »um zu euch von dem Gott zu sprechen. Denn er ist es, der euch in Mbarara geholfen hat, zu den besten Bürgern Ugandas zu werden. Ja, ich bin sehr stolz auf euch.«

Die Menge raste vor Glück.

»Aber«, fuhr Amin fort, »bessere Welten als diese sind möglich. Um sie zu verwirklichen, müßt ihr mit aller Macht an den Gott glauben. Ob ihr nun Christen, Muslime oder andere seid. Denn seine Herrschaft übersteigt alles

Geschehene und alles Vorstellbare. Bloß weil ihr ihn euch nicht ausmalen könnt, nicht wißt, wie es wäre, ihm die Hand zu schütteln, heißt das nicht, daß es ihn nicht gibt.«

»Ein richtiger Philosoph«, meinte ich zu Sara.

»Finden Sie?« fragte sie ernsthaft. »Gehen Sie ihm bloß nicht auf den Leim.«

»Sie dürfen nicht immer alles so wörtlich nehmen«, zog ich sie auf.

»Was glaubt ihr, wer diese Welt erschaffen hat?« rief Amin. »Was glaubt ihr, wer mich erschaffen hat? Es muß der Gott sein. Deswegen müßt ihr hart arbeiten. Wenn ihr das nicht tut und der Gott es wünscht, wird morgen keine Sonne aufgehen.«

»Das sollten sie mal zu Hause ausprobieren«, sagte ich. »Das müßte bei den Arbeitslosenzahlen wahre Wunder wirken.«

»Seien Sie nicht albern«, sagte Sara. Ich sah, daß sie sich in einem Büchlein Notizen machte.

»Daher müßt ihr auf den Feldern und in den Fabriken eure Pflicht tun«, fuhr Amin fort. »Deswegen müßt ihr für den Gott sein. Doch ich möchte euch eines sagen. Mir sind Beschwerden über die Zustände in Uganda zu Ohren gekommen. *Wananchi* haben sich über Hausdurchsuchungen und Beschlagnahmungen beschwert. Dazu muß ich euch sagen, wenn es in meinem Namen geschieht, dann ist es richtig so. Böse Dinge werden nur von denen begangen, die mir den Gehorsam verweigern. Ich kann nicht überall zugleich sein, ich kann mich nicht unsichtbar machen.«

»Warum schreiben Sie mit?« fragte ich Sara.

»Einfach so«, sagte sie und warf mir einen kurzen Blick zu. Wie kann ich bloß so begriffsstutzig gewesen sein, frage ich mich heute, so ein Brett vor dem Kopf gehabt haben?

Amins Stimme hallte durch das Stadion. »Es ist wahr, ich habe alle Macht in Uganda, weil das Volk hinter mir steht. Aber ich bin nicht die höchste Macht. Ich hebe die

Hand, ich senke sie – das tue ich in der Regierung. Aber ihr müßt euch selbst beschützen. Gleichzeitig bin ich ein normaler Ugander und weiß, was ein jeder von euch fühlt. Ich lebe in einem jedem von euch, und ich kenne eure Hoffnungen und eure Träume.«

Wie Hunderte andere um mich her starrte ich ihn an, wie er da oben auf dem Podium stand. Er war faszinierend, das stand fest, besaß eine nackte, unmittelbare Attraktivität, die Aufmerksamkeit auf sich zog, Zustimmung fand und Widerstand überwand – ich hatte den Eindruck, allein die Modulationen seiner Stimme nährten die Selbstaufgabe seiner Zuhörer.

»Daher müssen wir gegen die Korruption zusammenstehen«, sagte er. »Stetes Tunken leert den Kürbis voll Honig, und wenn Uganda ein Paradies bleiben soll, müssen wir Bienenstöcke anlegen – Bienenstöcke, Fabriken und Farmen. Wir müssen handeln. Wer begehrt, aber nicht handelt, brütet Pestilenz. Und das wollen wir in Uganda nicht. Oder?«

Die Menge tobte.

»Sonst unterwerfen wir uns erneut der Macht des weißen Mannes«, fuhr er fort. »Oder der seiner afrikanischen Diener. Doppeltes Unrecht ergibt kein Recht. Darum müssen wir die Gründe der Zwietracht in Uganda erforschen und ausreißen. Wie Ärzte müssen wir von dem Wissen über die Ursachen einer Krankheit ausgehen. Ich persönlich weiß, daß bestimmte Dinge geschehen werden. Sie müssen geschehen. Aber ich weiß nicht wie. Ich bin nur ein Mensch, wie ihr alle. Deshalb fordere ich euch auf, im täglichen Leben die Ärzte Ugandas zu werden. Es muß sein. Wir müssen auch weiterhin unser Land von der Krankheit Obotes und des Imperialismus heilen.«

Sara sah sich um. »Wir gehen lieber«, sagte sie leise, »wir könnten angegriffen werden.«

»Glauben Sie wirklich?« Ich fand, sie machte aus der Mücke einen Elefanten.

»Kommen Sie schon«, sagte Sara nachdrücklich.

Wir drängten uns durch die Menge, die kein Auge von Amin wandte, jedes seiner Worte schien ihnen aus den Herzen zu sprechen. Als wir zur Ärztesiedlung hinaufgingen und der Lautsprecherlärm von Amins Ansprache und der Jubel der Menge abflauten, war Sara zugeknöpft und antwortete nur einsilbig, wenn ich sie etwas fragte. Ich fand das alles aufregend, aber als ich sie zum Kaffee einlud, lehnte sie ab.

»Ich muß noch arbeiten«, sagte sie.

»Aber heute ist Samstag.«

»Privatkram.«

Am Montagmorgen nach Amins Besuch sah ich Merrit am Müllhaufen hinter dem Krankenhausgelände. Ich ging zu ihm, neugierig, was er da machte. Er stand vor einem kleinen Feuer, von dem durchdringender Gestank ausging. Neben ihm lag eine kleine Tüte.

»Was machen Sie denn da?« fragte ich und sah genauer hin. Fläschchen und Ampullen platzten in der Hitze, die glänzenden Metallverschlüsse verbogen sich langsam und qualvoll. »Ich dachte, verbrannt wird nur einmal im Jahr.«

»Das liegt an den Wohlfahrtsverbänden. Die schicken uns Medikamente mit abgelaufenen Verfallsdaten. Unbrauchbar. Wenn ich sie nicht sorgfältig vernichte, stehlen die Patienten sie vom Müllhaufen und verkaufen sie auf dem Markt. Schauen Sie« – er griff in die Tüte und holte eine Handvoll halb rote, halb gelbe Kapseln heraus – »Tetrazykline: Ohne die richtige Anwendung nutzlos. Schaden mehr, als daß sie nutzen.«

Später in der Woche gingen Waziri und ich in der Stadt essen. Grillhähnchen im Riheka Gästehaus (»Alles unter einem Dach: 24 Stunden geöffneter Pub mit allen Freizeitannehmlichkeiten«) mit Pommes Frites und Blattsalat.

»Sie hätten nicht hingehen sollen«, sagte er, als ich ihm von Amins Rede erzählte.

»Warum nicht?«

»Sie lassen ihn nur glaubwürdig erscheinen. Wenn Weiße auftauchen, glauben die Einheimischen ihm noch mehr als sowieso schon.«

Trotzdem wollte er wissen, was Amin denn gesagt hätte. Als ich den Teil von den *wananchi* erzählte, die zu »Ugandas Ärzten« werden sollten, erzählte er mir eine interessante Geschichte, die er von seinem Großvater gehört hatte. Anscheinend hatte sich hier in den zwanziger Jahren eine ärztefeindliche Religion breitgemacht. Da die europäischen Ärzte nicht alle Krankheiten heilen konnten, mit denen sie es zu tun bekamen, und weil die Bibel moderne Behandlungsmethoden mit keinem Wort erwähnte, bildete sich ein militanter christlicher Kult heraus, der die westliche Medizin ablehnte.

»Sie haben die Arzneiflaschen zerschlagen – was ja auch nachvollziehbar ist. Da hatte man ihnen alles mögliche angeboten, alle möglichen Erklärungen gegeben, aber dann gab es immer noch vieles andere – Seuchen, die Schlafkrankheit, Lepra –, das nicht erklärt wurde. Jedenfalls damals nicht. Sie dürfen nicht vergessen, daß es damals noch nicht lange her war, daß jeder *musungu* für einen *musawo*, einen Arzt, gehalten worden war, ob er nun Soldat, Kaufmann oder Beamter war. Das war egal. Alle Ihre Landsleute galten damals als Wundertäter, Nicholas.«

»Also hat man sich auf die Bibel zurück besonnen?«

»Genau, und zwar oft nur auf das Alte Testament. Einige sind sogar zum Judentum konvertiert. Ungelogen. Sie glaubten an das weiße Wort, aber nicht an den weißen Mann. Sie glaubten, das Höchste Wesen, das durch Krankheit und Heilung Gerechtigkeit und Strafe verteilte, würde sich ihrer Sache annehmen. *Katonda omu ainsa byonna.* Allmächtiger Gott, mit einem Wort. Das Komische war nur, daß das ja ein europäischer Gott war. Der frühere afrikanische Gott hatte nur erschaffen und war dann still und heimlich verduftet. Der war nur noch eine Art Berater mit Bereitschaftsdienst.«

Ich lachte.

»Nein, im Ernst«, sagte er. »Der Glaube, daß man von einem Gott beschützt würde, stammte ja ursprünglich von den *wasungu* ... von all den Missionaren, die es für ihre Sendung hielten, uns zu erziehen. Das Licht zu verbreiten. *Omushana*, aber nur auf englisch.«

Er schüttelte den Kopf. »Bei mir war genau das der Fall, deswegen bin ich Arzt geworden. Ein wahrer Sohn der Weißen Väter.«

»Ich verspreche, kein Licht zu verbreiten«, sagte ich.

Auf dem Rückweg sahen wir ein Mädchen auf der Straße hocken, das Kleid bis zu den Knien hochgezogen. Der Urin lief über den Boden und zog eine Linie durch den Staub, schob ihn vor sich her wie ein Käfer.

»Was für Menschen!« sagte Waziri und schüttelte den Kopf.

»Seien Sie nicht so streng«, sagte ich. »Sie ist doch noch ein Kind.«

Am Nachmittag brachte ich eine Leiche in die Leichenhalle. Die Räder des Wägelchens quietschten im schrägen Korridor. Wie immer. Dann stellte ich fest, daß die beiden Kühlkammern voll waren. Dann mußte diese eben warten.

11

Bei den Merrits zum Essen, wie ich es formulierte, als schriebe ich Pepys' Tagebuch. Ivor und Sara waren auch eingeladen, sie trug eine dunkelblaue Seidenbluse. Ich konnte mich gar nicht daran satt sehen, wie ihre Haare über den Kragen fielen. Kastanienbraun und dunkelblau, eine Mischung aus Honig und Blut: die Farbe eines Blutergusses.

Ivor betrank sich während des Essens, dessen Atmosphäre an einem Punkt recht angespannt wurde. Merrit erging sich in einer endlosen Geschichte über einen Freund in Oxford, der es in der Textilindustrie zu einem Vermögen gebracht hatte, und beschrieb diesen Freund dabei als »sehr jüdisch«.

Er hielt inne und sah Sara an, die an einem zähen Stück Huhn herumsäbelte. »Mein Gott, das tut mir leid«, sagte er und schlug sich mit der Hand an die Stirn.

»Was tut Ihnen leid?« fragte sie und bearbeitete weiter ihr Geflügel. »Wenn er sehr jüdisch war, dann war er sehr jüdisch.«

Einen Augenblick herrschte Schweigen.

»Sie brauchen wirklich einen Gärtner, Nicholas«, sagte Mrs. Merrit schließlich. »Es ist einfach nicht fair dem Garten gegenüber.«

»Nein, aber der Garten war auch nicht fair zu Adam und Eva«, nuschelte Ivor. Sein Kinn verschwand fast im schmuddeligen Knoten seiner gelben Krawatte.

Mrs. Merrit musterte ihn eisig, dann erzählte ihr Mann weiter.

»Jedenfalls ...«

Nachdem wir Ivor auf dem Rückweg in seinem Bungalow abgeladen hatten, lud Sara mich auf einen Whisky ein. Ihr Haus war noch dürftiger möbliert als meines: kaum mehr als ein Schreibtisch, ein Stuhl und ein Sofa. Vermutlich auch ein Bett, aber das bekam ich nicht zu sehen.

Auch sie hatte ein großes Kurzwellenradio. Wie die Merrits, nur war ihres ein Sende- und Empfangsgerät, mit einer ausklappbaren Antenne oben drauf und einem schwarzen Mikrophon mit einem aufgewickelten Kabel, das in Kombination mit dem Holz komisch aussah.

»In Israel bekommen das alle Ärzte«, sagte sie, als ich danach fragte, »das gehört zu meinem Gehalt.«

»Aber wem funken Sie denn etwas? Marsianern?« Ich war schon ziemlich beschwipst.

»Seien Sie nicht albern.«

Sie stand auf und ging durchs Zimmer zum Radio. Ich betrachtete das irisierende Lichterspiel auf ihrer Bluse.

»Wenn ich will, kann ich sogar Tel Aviv erreichen; falls ich bei seltenen Krankheiten Rat einholen muß. Solche Sachen.«

Sie drehte an einem Knopf, und eine Welle weißes Rauschen überflutete uns. Darüber oder dahinter, oder wo immer sich die Dinge in der Radiowelt befinden mögen, ertönte ein unheimliches elektronisches Wiehern, das rauh auf und ab stieg, und eine tiefe, glucksende Stimme gab in einer mir unbekannten Sprache abgehackt dauernd dieselben Anweisungen oder Wort- und Zahlenpermutationen durch. Es klang, als würde einer der Propheten die Fußballergebnisse verlesen. In einem Schneesturm. Auf einem durchgegangenen Pferd.

Sie stellte das Radio wieder ab, kam zurück und setzte sich ans andere Sofaende. Wir unterhielten uns, und ich schob mich näher. Zentimeter für Zentimeter. Ich hätte ewig so weiter trinken und mich näher schieben können, aber schließlich klopfte sie mir auf die Schulter und warf mich raus.

»Nicholas, Zeit für Sie, nach Hause zu gehen. Sonst werden Sie noch ein Säufer wie Ivor.«

An der Tür gab ich ihr ein Küßchen auf die Wange. Ihren Augen war keinerlei Reaktion abzulesen, ob sie diese Initiative mochte.

Meine Güte, hab' ich mich angestellt.

Als ich ein paar Tage danach durch den Busch ging, sah ich – zu meiner großen Überraschung – auf dem Hügel über dem Krankenhaus einen Leoparden. Er sah mich an, legte sich dann seelenruhig ins Gras und putzte sich wie eine Katze die Pfoten. Ich war zunächst erschrocken, erzählte Sara später aber ganz selbstgefällig davon.

»Sie müssen bei wilden Tieren nur die Ruhe bewahren«, sagte ich. »Die dürfen nicht riechen, daß Sie Angst haben.«

»Sie scheinen sich da ja auszukennen«, antwortete sie trocken.

Am Freitag darauf sah ich im Garten ein Kranichpaar. Ugandas Wappentier: prächtige strohfarbene Federkronen, schwarzweiße Gesichter und lange Schnäbel, die in komischem Kontrast daraus vorstanden. Bestens gerüstet, um Schlangen zu töten. Die großen, exaltierten Kreaturen mit stattlichen Egos staksten über den Rasen und klopften mit den Schnäbeln ans Wohnzimmerfenster. Sie hielten ihre Spiegelbilder für Feinde.

Einmal im Jahr, erklärte mir Waziri, gesellten sich noch weitere hinzu, und zusammen führten sie im Kreis auf dem Rasen einen Paarungstanz auf. Aber den habe ich nie zu sehen bekommen.

Im April ging ich wieder mit Waziri auf Tour. Wir stiegen in staatlichen Rasthäusern ab, in Hotels und einmal in einem Zimmer über einer Bar. West-Ankole: Buhweju, Bunyaruguru, Kajara, Shema, Igara. Dienstag bis Freitag. Wir fuhren an den Vulkanausläufern entlang und kamen einmal an einem Grenzposten nach Zaire vorbei, wo französisch gesprochen wird, na ja, sowas Ähnliches. Ein Schild brachte mich zum Lachen: »Bienvenue à Zaïre, prodigieuses visions d'enfer« – darüber ein Bild von lava- und aschespeienden Bergen.

Zur Erholung von der Impfsafari besuchten wir in Kabale, einer Hügelstadt auf der ugandischen Seite, eine Bananenweinfabrik. Der zuckersüße »Banapo« wurde von einem Belgier namens Grillat hergestellt, der einen zerknitterten weißen Anzug trug und einen Goldzahn hatte. Wir probierten den Wein aus kleinen Bechergläsern. Grillat sagte, Bananen seien in Uganda nicht nur Grundnahrungsmittel.

Ich habe eine Notiz darüber wiedergefunden. (Ich glaube, ich darf mich als ordnungsliebenden Menschen bezeichnen, auch wenn man das meinem Lebenslauf nicht immer anmerkt.) Aus Bananen wird neben Lebensmitteln und Wein auch folgendes hergestellt:

Dächer
Viehfutter
Lendenschurze (Adam und Eva)
Medizin (Zugpflaster)
Farbstoff
Essig
Verpackungsmaterial (für Waffen und Leichen).

Am Donnerstag ließ Waziri mich im White Horse Hotel (oben in den Hügeln) zurück und meldete sich für den Nachmittag ab. »Meine Familie stammt aus der Gegend«, sagte er. »Ich möchte sie besuchen und ihnen Geld bringen.«

Er kam erst am nächsten Morgen zurück, was mich ärgerte, weil ich mit dem Essen auf ihn gewartet hatte. Als er hereinkam, fiel mir auf, daß seine sonst blitzsauberen Sachen ganz staubig waren.

»Alte Flamme?« fragte ich.

»Könnte man sagen«, sagte er und sah verstimmt aus.

Auf dem Rückweg kamen wir durch eine Gegend intensivsten Bananenanbaus. Waziri sagte, er verfolge von jeher den Zyklus der Pflanze. Zur Zeit der Blüte treibt die Staude – die in diesem Stadium gut anderthalb Meter hoch ist – eine rote Knospe hervor, die sich nach unten senkt und langsam drei Reihen kleiner Blüten entfaltet.

Laut Waziri sind die weiteren Stadien:

1. Aus der oberen Reihe werden Bananen.
2. Aus der unteren Reihe werden Pollen.
3. Die mittlere Reihe fällt ab.
4. Der Baum stirbt.

»Ein faszinierendes Schauspiel«, sagte er. »Der vollständige Zyklus umfaßt etwa achtzehn Monate, und ich schaue ihn mir jedesmal wieder an. In meinem praktischen Jahr in Amerika hat mir das richtig gefehlt.«

Nach unserer Rückkehr schaute ich mir das unten hinter dem Zaun der Ärztesiedlung selber an. Die Bananen sind grün, solange sie am Baum hängen, zwanzig bis dreißig Stück pro Fruchtkolben, die in eng geschlossenen Reihen nach oben zeigen, während unter ihnen die rote Knospe hängt. Sie sieht wie eine Plazenta aus und hat auch dieselbe Beschaffenheit. Lebendes Gewebe.

Aus jeder Knospe entsteht nur ein Fruchtkolben. Der Baum stirbt, aber zu Beginn jedes Zyklus sprießt ein neuer Schößling aus der Wurzel des abgestorbenen Baums. Gott ist groß, wie unsere muslimischen Patienten nach ihrer Genesung zu sagen pflegten. Die meisten von ihnen gingen allerdings zu Dr. Ghose in der Stadt.

Im Mai kam eine junge Frau – eigentlich noch ein Mädchen, korpulent, aber mit überraschend hübschem Gesicht – mit ihrer Mutter zu mir und klagte über Rückenschmerzen.

»Ich habe zuviel gehackt«, sagte sie stöhnend.

Ich bat sie, sich auf die Liege zu legen, und da mir zunächst nichts besonderes auffiel, wollte ich sie zum Röntgen schicken. Plötzlich setzte sie sich auf und begann, sich zu krümmen und um sich zu schlagen. Sie bekam an Ort und Stelle ihre Wehen.

Das arme Ding hatte offenbar keine Ahnung gehabt. Ich kam mir dumm vor und mußte das Kind allein zur Welt bringen, da kein anderer Arzt in Reichweite war. Es war meine erste Geburt in Uganda, und die meiste Arbeit blieb an Nyala hängen, der afrikanischen Schwester. Während ich die Entbindung verfolgte, fielen mir die frostigen, aber auch leicht komischen Worte eines der strengeren Kollegen meines Vaters ein. Als dem zu Ohren kam, die Geburtenrate in Fossiemuir sei steil angestiegen, sagte er im breiten Dialekt von Fife: »Was soll das? Durch unsere Geburt sind wir – jedenfalls die meisten von uns – schon allemal Sünder. Die anderen können bestenfalls auf ein wenig Vergebung hoffen. Und dieser Tropfen wird nur sparsam vergossen.«

Erst dachte ich, das Mädchen wäre durch eine Form der Verdrängung zu dem dramatischen Wechsel in ihrer Selbstwahrnehmung gelangt. Das ›zu viel Hacken‹ ist eindeutig eine Konstruktion ihres Gewissens, sagte ich mir: Sie hat Schuldgefühle wegen ihrer Rückenschmerzen, nicht wegen der Schwangerschaft. Dann erkannte ich meinen Irrtum: In Uganda ist Schwangerschaft nicht stigmatisiert. Die Mutter war überglücklich, als sie erfuhr, was ihrer Tochter fehlte.

Wenn ich etwas so Grundlegendes wie eine Schwangerschaft übersehen konnte, dann fragte ich mich, wieviele Kunstfehler uns sonst noch unterliefen. Keine Diagnose ist unfehlbar. Ich brauchte lange, um das zu verstehen (während der Ausbildung wird Medizinern ja das Gegenteil eingeredet). Zu verstehen, daß es kein allgemeingültiges System des Verstehens gibt, zumindest nicht analog den Körperorganen, die Teil einer Gesamtstruktur sind.

Das war nicht immer meine Überzeugung. Als Kind war eins meiner Lieblingsbücher – neben Abenteuergeschichten, Atlanten und Briefmarkenalben – ein ledergebundenes, enzyklopädisches Jahrbuch meines Vaters namens *Odham's Book of Knowledge*. Es stammte aus den Zwanzigern, listete alle bedeutenden Ereignisse bestimmter Jahre auf und verwies auf Informationen, die sich an anderer Stelle des Buches finden ließen: Alles war verbunden, jedes Element wurde von einem anderen ratifiziert. Die Krankenhausbibliothek war übrigens voll von solchen Sachen: *Harmsworth's Household Encyclopedia*, *Squire's Companion to the British Pharmacopoeia* und so weiter. Sie mußten von meinen Vorgängern mitgebracht worden und quer über den Kontinent, von Missionsstation zu Missionsstation und von Krankenhaus zu Krankenhaus weitergewandert sein. Das Licht suchte ein Licht. Einen Führer.

Apropos Führer, ich muß noch aufschreiben, was Waziri mir über den Honigdachs erzählt hat. Den Honigdachs und den Honiganzeiger. Der Anzeiger ist ein Singvogel, der herumhüpft und den Dachs zu einem Bienennest führt, das er alleine nicht aufbrechen könnte. Der Dachs öffnet es mit seinen starken Grabekrallen, verzehrt den Honig und die Larven, und die Waben bekommt der Honiganzeiger. Ich hatte so etwas schon gehört – interessant fand ich, wie der Dachs es schafft, nicht gestochen zu werden: Angeblich gräbt er zunächst nur ein kleines Loch in das Nest, dreht sich um, hält sich fest und betäubt die Bienen mit seinen übelriechenden Flatulenzen.

12

Mein Gott, wie die Zeit verflog. Ich holte mir eine Sturmlaterne aus dem Haus. Wieder auf der Veranda, mein zweites Jahr in Uganda. Ich erinnere mich, daß es zu schnell zu dunkel wurde. Bei nachlassendem Licht zu schreiben, einem Licht, dessen Nachlassen man spürt – denn das ist am Äquator der Fall –, ist, als bliebe man in der Badewanne sitzen, wenn das Wasser abläuft. Ein seltsames Gefühl. So könnte es sein, wenn die Seele entweicht. Es ist natürlich nur eine Art Gewichtsverlagerung, dem Körper wird seine wahre Masse bewußt. Trotzdem seltsam.

Eines Abends kam es in den Kasernen zu einem Tumult, Schüsse knallten, und dann hörte man eine laute Explosion. Ich konnte unten die Flammen sehen. Am nächsten Morgen erfuhren wir von Waziri, ein Sondertrupp aus dem Norden hätte alle Langi- und Acholi-Soldaten umgebracht.

Er sah abgespannt aus, als er uns das erzählte, saß am Bürotisch, starrte ins Leere und sprach mit monotoner Stimme. Die grüne OP-Maske hatte er um den Hals hängen.

»Dutzende. Ich habe die Laster selbst gesehen, die die Leichen abtransportierten, ein Arm ragte sogar noch unter der Ladeklappe hervor. Es war entsetzlich. Angeblich haben sie sie einfach in den Wald gekippt. Sie hatten sie alle in einen Raum mit Dynamit gepfercht. Das war an den Wänden aufgestapelt. Den Überlebenden sollen sie die Kehlen durchgeschnitten haben.«

Im Juni verschwanden die beiden Amerikaner. Sie waren eines Tages in einem blauen Volkswagen aufgetaucht und hatten Nachforschungen nach den Soldaten angestellt. Ich hatte sie gar nicht gesehen, aber Sara erzählte, sie hätte sogar einen von ihnen gesprochen.

»Er hat gesagt, er ist Journalist. Er wollte den Massakern nachgehen.«

Wir lagen nackt nebeneinander und sahen an die Decke. Unser erstes Mal. Praktisch das ganze Wochenende im Bett. Ein Intensivkurs Sex für den Rest meines Lebens, dachte ich Idiot damals. Ihre Haarflut strömte über das Kissen, und draußen im Garten blühte der Feuerbaum.

Ich wollte nicht, daß sie über diese anderen, finsteren Dinge sprach. Ich konnte nur noch an uns denken. »Die zähe, aber zärtliche Sara aus Israel«, sagte ich, drehte mich auf die Seite und streichelte ihren Bauch.

Sie lächelte unfreiwillig. »Sei doch kein – wie heißt das bei euch? – sei doch kein … Trottel!«

Ich fuhr mit der Hand hoch und wollte sie kitzeln, aber sie packte mich am Handgelenk, schwang sich auf mich und drückte meine Hände ins Kissen.

»Du bist mein Gefangener«, flüsterte sie mir ins Ohr. »Du mußt tun, was ich dir befehle.«

»Die Amerikaner sind mit Major Mabuse in Streit geraten«, sagte Waziri am Montag im Krankenhaus. »Man munkelt, daß sie mit Bajonetten erstochen und am Straßenrand verscharrt worden sind.«

Am Tag darauf sah ich Major Mabuse in der Stadt. Er fuhr einen blauen Volkswagen, seine Schirmmütze lag auf der Ablage, und seine skarifizierten Wangen waren im hellen Tageslicht so deutlich zu sehen, daß ich mir unwillkürlich über die Wangen strich, um ihre Glätte zu prüfen.

»Das ist ganz schön dreist«, meinte Ivor, als ich in der Krankenhauskantine davon erzählte. »Man sollte wirklich meinen, daß er die Sache etwas diskreter behandelt.«

Im Juni sah ich auch die Männerleiche im Ruisi, unterhalb der Ngaromuenda-Brücke. Sie war von der Verwesung aufgebläht wie ein Schafkadaver, den ich zu Hause mal gesehen hatte, und der Kopf war zwischen zwei Steinen verkeilt. Der Ballon des Rumpfes stieg und fiel mit der Strömung, ein makabres Meßinstrument.

Im selben Monat traf auch der hauchdünne blaue Luftpostbrief von meiner Schwester Moira ein. Darin stand, daß Vater gestorben war. Dann kam der wegen Mutter. Die schlechte Postverbindung rückte die beiden Ereignisse näher zusammen. Manchmal gibt es wirklich ein Gesetz der Serie. Beide Male fragte ich mich, ob ich zurückfliegen sollte, und bekam Gewissensbisse, weil ich es nicht tat. Im nachhinein verstehe ich nicht, wie ich so gefühllos sein konnte. Aber vielleicht fing ich damals schon an, mich abzuschotten.

Um das Maß vollzumachen, hatten wir ein kleines Feuer im Krankenhaus. In der Apotheke war eine Flasche Äthanol umgekippt, ohne daß es jemand gemerkt hatte. Die Lösung lief über den Flur zum Paraffinkühlschrank. Glücklicherweise kam niemand dabei um, aber der eine Flügel wurde teilweise zerstört, darunter auch die Bibliothek. Merrit tobte – und ich konnte ihm natürlich nicht sagen, daß es womöglich meine Schuld war. Ich war mir auch nicht sicher. Ich weiß bloß noch, daß ich an dem Tag, als es passierte, beim Schließen der Apothekentür ein Klirren gehört hatte. Nachdem wir das Feuer gelöscht hatten (wobei wir alle mit Wassereimern und anderen Gefäßen, die wir irgendwie in die Finger kriegen konnten, herumgerannt waren), hing der Geruch verbrannter Häuser in der Luft, auch noch nachdem die Bauarbeiter die zerstörten Teile abgerissen hatten.

Im Gegensatz zu all dem lief die Beziehung mit Sara prima. An einem Sonntag fuhren wir mit dem Landrover des Krankenhauses an einen See in den Bergen bei Kabale und machten dort ein Picknick. Wie ein Zauberer breitete ich die Decke auf der Wiese aus. Ich habe nie ein lieblicheres oder romantischeres Fleckchen Erde gesehen: tiefgrüne Hügel, bedeckt mit Kakteen, Farnen und Riesenlobelien, und weiter unten die Terrassen, auf denen die

Kaffeesträucher in Blüte standen. Überragt wurde der Platz von den Ruwenzoris, die ihre vulkanische Aufgabe erfüllten und ihre moosbedeckten Felsen und wolkenverhangenen, bewaldeten Hochebenen zusammenpreßten und -falteten. Ich erinnerte mich an die Worte in *Uganda für Reisende*: »verwirrend für Petrographen« – Steinforscher, Felsbestimmer. Nicht Photographen, wie ich mich zunächst verlesen hatte.

Saras Kopf lag auf meiner Brust, ihr Kinn drückte sich ein. Ich konnte unsere Schuhe sehen, die wir ausgezogen und am Rand der Decke aufeinandergelegt hatten, dahinter die Platinbrosche des an den Hang gehefteten Sees. Weit unter uns, wo der Boden zum Tal hin abfiel, kreiste ein Adler und suchte nach Äffchen. Auf allen Seiten hörten wir Tauben gurren oder die Waldeshänge hinabschwirren und Hunderte von anderen Vögeln, für die ich keine Namen wußte.

»Man sagt, es wächst einen Millimeter im Jahr«, sagte ich in ihre Haare.

»Was?« Ihre Stimme war halb erstickt, ich spürte die Schwingungen.

»Das Gebirgsmassiv ... die Bergkette.«

»Ach so, ich dachte, das hier.«

Sie glitt hinab, zog mein Hemd hoch, und ich sah Bilder von Bergkämmen und -klüften vor mir, die Mondberge, die sich auffalteten und zu unmöglichen Temperaturen aufheizten, während sich tief unter uns Schicht auf Schicht, Kruste auf Kruste und Sediment auf Sediment ablagerte – wie würde all das in einer Million Jahren aussehen? Für einen unendlich kurzen Augenblick schwebte ein Malachit-Nektarvogel über unserem Lager. Dann explodierte sein Gefieder wie ein Blitzschlag zwischen meinen Augen, und er war verschwunden.

Hinterher standen wir auf, gingen spazieren und besahen den Wiesenrand. Auf einer grasüberwucherten Felsnase schnatterten Klippschliefer. Als wir näherkamen, flitzten sie in eine Spalte. Unter dem Felsen blühte eine große gelbe Blume.

»Schau mal«, sagte Sara. »Sie ist bewohnt.«

Ich sah hinein. Der Blütenkelch stand voller Regenwasser. Im Wasser schwamm ein winziger grüner Frosch, reglos bis auf die rollenden Augen.

»Er braucht wenigstens kein Badezimmer«, sagte ich.

Als wir Hand in Hand zur Decke zurückgingen, erfüllten mich Frohlocken und Liebe wie noch nie. Zwischen den Zehen spürte ich die feuchten Grashalme, auf einem moosbedeckten Zweig hockte ein Nashornvogel mit gebogenem Schnabelaufsatz und gab ein heiseres Kreischen von sich.

Wir hatten uns gerade wieder hingesetzt, als wir ein anderes seltsames Geräusch hörten. Dort, in den Ausläufern der Ruwenzoris, erklang ausgerechnet Dudelsackmusik. Wie aus dem Nichts kam eine Soldatenkolonne im vollen schottischen Wichs – Kilts, Felltaschen, rotweiß karierte Gamaschen, Trommeln und Dudelsäcke – über einen Hügel und marschierte den dreckigen Feldweg entlang, als wäre das die natürlichste Sache der Welt. Der herrliche Klang ihrer Lederlungen pfiff über den Busch. Es mußte eine Grenzpatrouille sein. Aber was für eine! Über ihren Waffenröcken aus Khakidrillich trugen sie marineblaue Kummerbünde, und jeder hatte einen großen roten Fez mit schwarzer Quaste auf dem Kopf.

Das Merkwürdigste war, daß sie uns vollständig ignorierten, als wären wir ein Bestandteil ihrer grotesken Parade. Keine Beobachter, sondern Teilnehmer. Wir gaben keinen Mucks von uns, während sie davonmarschierten, und sie hätten Geister sein können, die aus den Wolken über den Ruwenzoris herabgestiegen waren. Nur war die Musik noch kilometerweit zu hören. Wie vom Donner gerührt, sahen wir zu, wie sie zur Stadt hinuntermarschierten und ihre befremdlichen Gestalten kleiner und kleiner wurden.

13

Die zweite Jahreshälfte verlief ereignislos, obwohl ich mir eine Ohrentzündung holte. Das heißt, ich hielt es für eine Entzündung und verabreichte mir entsprechend Antibiotika. Aber es stellte sich als ein bloßer Pfropf im Gehörgang heraus. Sara besah sich die Sache und machte eine Spülung, und das war herrlich, meine Ohren waren hinterher so frei und blitzblank wie Petunien im Blumenkasten nach dem Regen.

»Als hätte jemand die Lautstärke aufgedreht«, sagte ich.

Sie leerte die Flüssigkeit in die Spüle. »Du hast die längsten Ohrkanäle, die ich je gesehen habe«, sagte sie. »Wie umgekrempelte Muscheln.«

In der folgenden Nacht schliefen wir zärtlich miteinander. Als ich am nächsten Morgen aufwachte, vernahm mein wiedergewonnenes feines Gehör, wie sie auf Hebräisch hektisch in ihr Funkgerät sprach. Ich las beim Warten den *Uganda Argus* und dann einen vierzehn Tage alten *Observer*. Amin war in Rom und besuchte Papst Paul. Im Vereinigten Königreich war ein streikender Bergmann ums Leben gekommen, und ein Labour-Abgeordneter warnte vor einem »zweiten Nordirland« in Yorkshire. Ein Untersuchungsausschuß befaßte sich mit dem Kohlestreit und ein anderer mit dem Bloody Sunday. Gut, daß ich hier bin, dachte ich.

»Mit wem hast du denn gesprochen?« fragte ich, als Sara fertig war.

»Bloß Tel Aviv. Ich hab' eine Gehaltserhöhung verlangt.«

»Bist du so nett und besorgst mir auch eine?«

Sie legte den Kopf auf die Seite und wirkte beunruhigt.

»Ist irgendwas?«

»Nein«, sagte sie.

Ich mußte am Vormittag zwei Assistenzärzten von der Mulago Medical School Unterricht erteilen. Zum Aufwärmen las ich ihnen Ausschnitte aus Bailey & Loves *Short Practice* zum auserkorenen Tagesthema vor:

> Der Name *Syphilis* stammt aus dem Gedicht eines Arztes, Girolamo Frascatoro, das 1530 in Venedig publiziert wurde. Es erzählt die Geschichte eines Hirten namens Syphilus, der die Krankheit als Strafe dafür bekam, Apoll beleidigt zu haben. 1493 brachte Christoph Columbus die Syphilis zusammen mit Papageien und seltenen Pflanzen aus Haiti mit. Das Königspaar empfing ihn mit den höchsten Ehren ...
>
> Wenn ein Patient früher eine rissige Zunge zeigte, wurde angenommen, er oder sie leide an ererbter oder erworbener Syphilis. Risse, auch tiefe Risse, gehen in der Regel jedoch auf angeborene Furchen zurück. Durch die Untersuchung von zahlreichen Einzelfällen konnte John Thomson zeigen, daß Zungenfurchen nicht angeboren sind, sondern sich erst in den ersten Lebensjahren entwickeln ...

Und so ging das weiter, bis wir unsere Runde machten und ich ihnen die Krankheit in natura zeigte. Ich glaube, sie waren ziemlich schockiert.

Als ich abends nach Hause kam, horte ich im World Service, daß in Großbritannien der Notstand ausgerufen worden war.

»Das ist etwas anderes als bei uns«, sagte Sara spitz, als ich ihr das erzählte. »In Israel herrscht immer der Notstand.«

Im September ging ich zum erstenmal allein auf Tour. Waziri war im Urlaub. Alles ging glatt, zumindest bis zu meiner

Rückkehr. Ich kam abends nach Hause, müde und staubig, da stand ein Kind bei mir vor der Tür – starr, mit glasigen Augen und vortretendem, auf und ab ruckendem Adamsapfel.

Es war Gugu, der Bote und Chamäleondompteur.

»Wo drückt denn der Schuh?« fragte ich und tätschelte ihm den Kopf.

Er antwortete nicht, hob nur die Hand und zeigte zur Stadt hinunter. Ich sah eine schwarze Rauchwolke, und plötzlich wurde mir klar, daß etwas Furchtbares geschehen sein mußte.

»Was ist denn los?«

Er schwieg weiterhin und starrte mich bloß an. Ich nahm ihn in den Bungalow mit, schaltete den World Service ein und setzte ihn mit einer Cola vor das Radio. Dann ging ich nach nebenan zu den Merrits; vielleicht wußten die ja, was los war. Niemand da. Auch Sara war weg.

Ich ließ den nach wie vor stummen Gugu vor dem drauflos schnatternden Radio sitzen und rannte in die Stadt zu den Malumbas hinab. Dort wimmelte es von Leuten, die alle durcheinander schrien.

Erst verstand ich nicht, was sie sagten, dann erkannte ich die Worte »*Amin daima!*«

Amin für immer.

Ich war verwirrt. Ein ganzer Straßenabschnitt brannte, und vor den Häusern lagen zwanzig oder dreißig Leichen, umgeben von einer großen Menschenmenge. Ich entdeckte Sara, Ivor und die Merrits, weiße Kleckse unter den schwarzen Gesichtern, wie Fußballfans in der falschen Stadionkurve.

»*Amin daima! Amin daima!*« lärmte die Menge wieder und reckte die Fäuste.

Während die drei anderen ihn vor der Menge schützten, verband Ivor den Kopf einer an der Schläfe verwundeten jungen Frau. Sie verdrehte die Augen und fiepte eigenartig.

»Nicholas! Da bist du ja!« schrie Sara auf, griff durch das Getümmel und packte mich am Arm. »Wir dachten schon, es hätte dich erwischt.«

»Was denn?«

»Heißt das, Sie haben noch gar nichts gehört?« fragte Merrit. »Obotes Guerilla hat die Grenze überquert. Sie sind mit Lastern gekommen. Mindestens tausend Mann. Sie haben mit einem Mörser die Kasernen angegriffen, aber die Granate ist hier eingeschlagen. Wir sind schon den ganzen Tag zugange.«

»Feldlazarett«, sagte Ivor. »Das erinnert mich an den Krieg. Egal, bei ihr ist nichts zu machen.« Er nickte zu der jungen Frau hinüber, der jetzt zwei Männer aus der Menge aufhalfen. »Wir müssen sie einweisen. Ich glaube, die Lunge ist perforiert.«

»Nicholas«, sagte Sara leise, »falls du es noch nicht weißt. Dein Freund ist tot.«

»Welcher Freund?« fragte ich.

Sie führte mich zu der Stelle, wo man die Leichen, teilweise mit abgewinkelten Gliedern, auf die Straße gelegt hatte. Ein wahnsinniger Straßenbelag, schoß es mir durch den verwirrten Kopf.

Das Gesicht war eine blutverschmierte Maske.

»*Amin daima!*«

Ich erkannte ihn kaum wieder. Seine Eltern waren neben ihn gelegt worden. Mr. Malumbas Rumpf war aufgerissen, blaugraue Darmschlingen quollen heraus und fielen auf der aufgeschlitzten Robe zur Seite.

Die Karte, ich hatte plötzlich Mr. Malumbas Landkarte vor Augen, aber sie bekam große Löcher wie schmelzendes Plastik. Ich erbrach mich auf den Boden. Sara hielt meine Schultern. Um uns sammelten sich immer mehr Leute, ein kotzender *musungu* war anscheinend ebenso ein Spektakel wie eine Reihe Leichen. Ein Stück weiter hoben vier Männer eine Leiche auf einen Laster, hielten ihn an Armen und Beinen fest. Glieder suchten Glieder.

Bonney.

Während ich noch würgte, hörte ich undeutlich die Stimmen zweier Frauen, die in bunte, farbenfrohe Stoffe gehüllt waren. Die eine hatte einen Säugling auf den Rücken gebunden, die andere ein Reisigbündel unter dem Arm.

Sie sprachen langsam und sorgfältig, als vollzögen sie ein Ritual.

»Ist der See ruhig?«
»Nein, der See ist nicht ruhig.«
»Ist das unser heutiges Leben in Uganda?«
»Es liegt nicht an uns, sondern eine große Katastrophe ist über die Stadt hereingebrochen.«
»Ist das Gottes Wille?«
»Nein, es ist nicht Gottes Wille.«

Gugu blieb eine Weile bei uns. Sara verbrachte inzwischen viele Nächte bei mir. Wir wußten nicht, was wir mit dem Kind machen sollten. Gugu sagte nie wieder einen Ton. Wir probierten alle anerkannten Methoden aus, aber vergebens: Ein solches Trauma erforderte eine Behandlung, die unser Krankenhaus einfach nicht bieten konnte. Trotzdem fühlte ich mich verantwortlich (heute frage ich mich, ob ich das wirklich fühlte), und zu guter Letzt blieb der Junge fast einen Monat bei uns. Das war in mancher Hinsicht eine glückliche Zeit – Sara kochte herrliche israelische Gerichte mit Paprika, und wir überredeten Gugu zu einer Runde Fangen im Wohnzimmer, bevor wir ihn ins Bett brachten.

Aber er sprach nicht mehr, machte einfach nicht den Mund auf, und eines Tages kamen Nestor und ein paar andere Männer und sagten, er müsse zu seinen Verwandten mitkommen. Sie gaben uns fast das Gefühl, wir hätten etwas falsch gemacht, weil wir ihn bei uns behalten hatten. Sara und ich standen an der Tür und sahen ihnen nach, der alte Nachtwächter im Khaki-Überzieher hatte dem Jungen die Hand auf die Schulter gelegt.

»Nun können wir nichts mehr tun«, sagte sie. Dann drehte sie sich um und sah mich mit schmerzerfüllten braunen Augen an. »Du solltest Uganda so schnell wie möglich verlassen, Nicholas. Dem Land steht eine schlimme Zeit bevor.«

»Wie meinst du das?« fragte ich und folgte ihr ins Haus. »Woher weißt du das?«

Sie ging mit schleppenden Schritten über den Dielenboden im Wohnzimmer. In der Mitte blieb sie mit dem Rücken zu mir stehen.

»Ich weiß es einfach. In Israel war es genauso. Du weißt es, du spürst es einfach, wenn sich etwas zusammenbraut. Ich weiß noch, als ich in der Armee war, sind wir mal durch ein arabisches Dorf gefahren. Alles war totenstill, zu hören waren nur fernes Bellen und das Heulen des Windes. Trotzdem hatten wir alle Angst, und prompt hat uns in der Nacht ein Scharfschütze entdeckt. Er hat meinen Freund umgebracht.«

Ich ging zu ihr und wollte sie in den Arm nehmen, aber sie entzog sich. Wahrscheinlich hatte die Trennung von Gugu sie so mitgenommen.

Danach schlief sie wieder mehr und mehr in ihrem eigenen Bett und verhielt sich überhaupt anders mir gegenüber. Wenn ich sie sehen wollte, bekam ich oft zu hören, sie hätte zuviel zu tun. Dann machte ich dicht, und bei der Arbeit wußten wir nicht, wie wir miteinander umgehen sollten – bis es eines Nachts plötzlich bei mir an der Tür klopfte und sie wieder da war und sich in der Hitze auf mich legte.

Wenn man in den Tropen mit jemandem schlafen will, besteht das Geheimnis übrigens darin, möglichst viel zu schwitzen und weiter zu schwitzen, andernfalls bleibt man aneinander kleben.

Aber da war noch etwas. Die Gruppe der israelischen Ingenieure, die an der Fort-Portal-Straße arbeiteten, legte gelegentlich bei uns eine Pause ein, und Sara besuchte sie in der Stadt. Ich war dann immer furchtbar eifersüchtig, weil ich sicher war, daß einer ihrer Landsleute mich ausstechen würde.

Eines Abends folgte ich ihr in die Stadt, mehr aus Neugier als aus Eifersucht. Ich fand sie in einer Bar. Auf dem Tisch war eine Landkarte ausgebreitet. Sie saß zwischen den knallhart aussehenden Ingenieuren, und alle redeten auf Hebräisch durcheinander. Sie sah mich, ignorierte mich aber, also trank ich nur ein Bier und ging.

Gegen Mitternacht kam sie vorbei und machte mich zur Schnecke, das seien ihre Leute, und es ginge nur sie etwas an, was sie mit ihnen unternähme. Wir vögelten zwar, nachdem wir uns genug angeschrien hatten, aber es war ein Desaster. Als wir fertig waren, mußte sie weinen und sagte, sie müßte vielleicht bald weg. Warum, wollte sie mir nicht verraten.

Wenn es im Bett nicht mehr klappt, gibt einem das zu denken. Da kann man nicht den Kopf in den Sand stecken. Aber wenn man darüber nachdenkt, wird es nur schlimmer, und wenn man darüber redet, erst recht. Ihre dunklen kleinen Brüste schmeckten tatsächlich von Mal zu Mal bitterer, und die Feuchtigkeit da unten, in die ich so gern hineingefaßt hatte, war einfach nicht mehr da. Sie wurde reizbar und verbrachte immer mehr Zeit drüben in ihrem eigenen Bungalow.

Heute sage ich mir, daß sie Gugu genau wie ich benutzt hat, um ein imaginäres Familienleben auszuleben – da uns beiden klar war, daß die Dinge im Krankenhaus bergab gingen, müssen wir uns nach irgendeiner Normalität gesehnt haben.

Und die Dinge gingen bergab. Waziri war auf und davon, mußten wir feststellen. Er kam aus dem Urlaub nicht zurück. Ich habe den Hain der Bacuesi nie zu sehen bekommen. Merrit hatte eine Stinkwut – wegen Waziri und wegen fast alles anderen. Es war immer schwerer, den Krankenhausbetrieb aufrechtzuerhalten. Geld aus Kampala kam immer seltener zu uns durch.

Gleichzeitig erreichten uns kuriose Nachrichten über Amin. Der World Service berichtete in seiner üblich trockenen Weise, Amin hätte der Queen eine Botschaft geschickt und Kopien des Schreibens an UNO-Generalsekretär Dr. Kurt Waldheim, den sowjetischen Premierminister Breschnew und Mao Tse-Tung: »Wenn die Schotten ihre Unabhängigkeit nicht auf friedliche Weise erlangen«, lautete die Botschaft, »werden sie zu den Waffen greifen und die Engländer bekämpfen, bis sie ihre Freiheit wiedererlangt haben. Für viele Schotten bin ich heute schon ihr letzter König. Ich stehe an erster Stelle, die britische Regierung aufzufordern, der Unterdrückung Schottlands ein Ende zu setzen. Wenn die Schotten mich zu ihrem König krönen wollen, so werde ich mich ihrem Willen fügen.«

Solche Sachen ließen das Land noch unwirklicher erscheinen. Für mich bekamen sporadische kleine Erinnerungen an die Heimat eine immense Bedeutung – wenn ich etwa in einem asiatischen Geschäft in der Stadt eine Flasche Bell's oder eine Packung Cornflakes fand. Obwohl das bald unmöglich wurde.

Mir stand jedoch Schlimmeres bevor, und den Asiaten das Allerschlimmste. Eines Tages sah ich mit Entsetzen in der Stadt eine Gruppe von ihnen, die von Soldaten umringt waren. Sie zerschnitten ihnen die Gesichter mit Flaschenscherben.

Amin hatte in einer Rede gesagt, die Idee zum Wirtschaftskrieg sei ihm im Traum gekommen. »Die Asiaten sind nach Uganda gekommen, um die Eisenbahn zu bauen. Die Eisenbahn ist fertig. Jetzt müssen sie gehen.«

Vor einer Regierungsbehörde in der Stadt wurde ein Schild aufgestellt: »Büro zur Umverteilung asiatischen Eigentums«. Im Radio hörte man zur selben Zeit einen Song, in dem es hieß »Ade, Asiaten, ade, ihr habt die Kuh gemolken, aber nicht gefüttert«.

Am Anfang war nicht klar, ob nur Asiaten des Landes verwiesen würden, die kein ugandisches Bürgerrecht hatten, aber am Ende gingen fast alle: 50000 aus dem ganzen Land, hieß es in der BBC, viele davon nach Großbritannien. Amin nannte die Operation *mafuta mingi*, was »Öl für alle« bedeutet – eine wertvolle Handelsware, die in diesem Fall die asiatische Schlüsselstellung im ostafrikanischen Versorgungssystem symbolisierte.

Alles mußte übergeben werden: die KFZ-Werkstätten der Sikhs, wo man neue Ventile zurechtgeschliffen bekommen hatte; die Lebensmittelläden, wo es englische Fleischkonserven gegeben hatte; die Stoffläden mit ihren bis unter die Decke gestapelten Ballen bunten Tuchs. Mr. Vassanji, der Rechtsanwalt. Der städtische Allgemeinpraktiker mit dem schmalen Gesicht, Dr. Ghose, dessen Qualifikation Merrit immer angezweifelt hatte (der seine Arbeit aber gut machte, soweit ich das beurteilen konnte). Alles wurde »neu zugewiesen«, wie der Euphemismus lautete.

Als das Ultimatum ablief, stapelten die Asiaten ihre Habe in Kartons am Busbahnhof auf. Aber die Soldaten nahmen ihnen das meiste weg, besonders Uhren und Kameras, und viele machten sich als Habenichtse auf den Weg zum Flughafen. Am schlimmsten war es, mit ansehen zu müssen, wie den Sikhs die Turbane vom Kopf geschlagen und die Bärte mit Bajonetten abgeschnitten wurden. Ich sah tatenlos zu, weiß ich heute – ich konnte nichts tun, dachte ich damals. Manche Asiaten konnten das Ultimatum nicht einhalten, was die Brutalität nur steigerte, und es dauerte einige Zeit, bis wirklich alle Mbarara verlassen hatten.

Zu dieser Zeit tauchte Popitlal, Dr. Ghoses Assistent, im Krankenhaus auf. Er hatte sich die Haare geschoren und das Gesicht mit Schuhcreme eingeschmiert. Wir sollten ihn als Pfleger einstellen und so tun, als wäre er Afrikaner. Soweit solche Bezeichnungen noch irgendeine Bedeutung haben, war er ja auch einer: Seine Familie war vor knapp hundert Jahren nach Afrika gekommen. Wir gaben ihm eine Tasse Tee – er zitterte vor Angst – und besprachen, was wir tun konnten. Er war jetzt staatenlos.

»Wenn er bleibt, kommen wir in Teufels Küche«, sagte Merrit.

»Aber wir können ihn doch nicht anzeigen«, sagte ich.

Billy Ssegu war der einzige Ugander, der nicht über die Schuhcreme lachte. Die Asiaten waren unbeliebt, weil sie Geld hatten, aber sie waren doch arm genug, um von den noch Ärmeren auf eine andere Weise als die *wasungu* beneidet zu werden. So stellte ich es mir damals jedenfalls vor.

»Ich weiß was«, sagte Billy, »wir schmuggeln ihn nach Ruanda. Mein Bruder ist Einwanderungsbeamter an der Grenze. Er wird ihn durchlassen. Wir können ihn im Landrover hinbringen.«

»Dann aber schnell«, sagte Merrit verärgert. »Ich will nicht, daß hier Soldaten aufkreuzen.«

Billy brachte ihn hin. Ich frage mich oft, was aus Popitlal geworden ist, was für ein neues Leben er sich wohl aufgebaut hat.

Was die anderen anging, schenkte Major Mabuse ihre Läden und Praxen oft Offizierskollegen. Ein Restaurant bekam den neuen Namen »Exodus«. Seit Uniformen hinter der Theke standen, spielten die Preise verrückt. Viele Läden machten dicht, weil ihnen aus Bombay und anderen Orten urplötzlich nichts mehr auf Kredit geliefert wurde. Salz, Streichhölzer, Zucker, Seife: Die alltäglichsten Güter wurden plötzlich knapp. Die Armee schlachtete eine ganze Herde von Milchkühen ab, um Rindfleisch zu bekommen, also fehlte es uns auch an Milch. Unsere Impfsafaris mußten wir schon bald ganz aufgeben, weil wir keine Ersatzteile für den Landrover mehr bekamen.

Sara hatte zu all dem nicht viel zu sagen, beschränkte sich auf »Was kannst du von einem Amin schon anderes erwarten?« und zuckte die Achseln. Da schliefen wir schon nicht mehr miteinander. Du bist ein Versager, sagte ich mir.

Und dann kam sie eines Tages nicht ins Krankenhaus. Als ich mittags zu ihrem Bungalow hinunterging, war die Tür nicht abgeschlossen. Ich ging hinein. Ihre Sachen waren großenteils verschwunden. Offene Schränke und Schubladen zeugten von hastigem Packen. Langsam ging ich den Hügel wieder hoch, fühlte mich miserabel, war traurig und überlegte, wie ich es Merrit beibringen sollte.

Das war Anfang Oktober, und ich weiß noch, wie ich abends am Radio saß und mir Sorgen um sie machte. Auf dem Parteitag in Blackpool hatten die Konservativen Enoch Powells Antrag abgelehnt, der gegen die Regierung wütete, weil sie die aus Uganda vertriebenen Asiaten aufgenommen hatte.

Nach dem Szenario mit den Asiaten und Amins Bemerkungen über zionistische Imperialisten und ihre »sechshundert Mann starke Geheimarmee« hätte mir klar sein müssen, daß Sara gehen mußte. Aber ich war nicht darauf gefaßt gewesen. Ich hatte den Eindruck gehabt, Amin greife weniger Israel an als eine Sekte schwarzer ugandischer Juden, die sich Malachiten nannten – vielleicht die Konvertiten, die Waziri erwähnt hatte. Als ich mir alles zusammengereimt hatte, kam ich mir dumm vor, so dumm, daß es fast wehtat – alles war direkt vor meinen Augen geschehen. *Ich hätte es wissen müssen*, das ist das Leitmotiv meines Lebens, sein Resümee und seine lückenlose Zusammenfassung.

Aber sie hätte sich wenigstens verabschieden können. Sie hatte wahrscheinlich Angst, ich würde versuchen, sie aufzuhalten. Nestor, stellte sich heraus, war sogar Zeuge geworden, wie sie ging. »Die Männer vom Straßenbau, Bwana. Sie haben sie bei Sonnenaufgang mit einem Jeep abgeholt. Die Leute sagen, die ganzen Zugmaschinen sind über den Berg nach Ruanda. Amin sagt, alles israelische Personal muß in drei Tagen verschwunden sein.«

Ich konnte mir also nur vorstellen, wie sie fortgegangen war. Vielleicht war das weniger schmerzhaft als dazustehen und mit anzusehen, wie die gelben Planierraupen in die Sonne fuhren. Die Planierraupen, die Jeeps und die Bulldozer mit ihren weit aufgesperrten Mäulern.

14

Nach Saras Verschwinden gingen merkwürdigerweise meine Ohrprobleme wieder los. Es mußte wohl doch eine Infektion gewesen sein, und ich behandelte mich wieder mit Antibiotika. Ebenfalls um diese Zeit fesselten mich die Geschichten über Amin immer mehr. Und als ich mit meinen verklebten Ohren hörte, wie er sich im Radio erneut zum letzten rechtmäßigen König von Schottland ausrief, dachte ich einen verrückten Augenblick lang, das hätte eine besondere Bedeutung für mich. Als wäre ich sein Untertan.

Die erste persönliche Begegnung mit ihm, als mich die Soldaten zu ihm holten und ich sein verstauchtes Handgelenk verbinden mußte – das war eine eigentümliche Erfahrung. Die angefahrene Kuh lag blutend am Straßenrand, und ihr Muhen übertönte das Gemurmel der Soldaten und das Gezwitscher der Vögel im Busch. In der Nähe stand der rote Maserati mit der Kühlerhaube im Gesträuch. Auf der anderen Seite streckte Idi Amin Dada alle viere von sich – ein ebenso beeindruckender Anblick wie das restliche Szenario. Selbst auf dem Rücken war er von imposanter Körperlichkeit. Ich hatte das Gefühl, einem Wesen aus der griechischen Mythologie gegenüberzustehen – das heißt, bis auf seinen Geruch, eine ranzige Mischung aus Bier und Schweiß.

Er hielt den Arm hoch und fluchte unterdrückt auf Suaheli, während ich ihn bandagierte. Dann untersuchte ich, ob er eine Gehirnerschütterung, Frakturen oder innere Blutungen erlitten hatte. Obwohl ich routinemäßig vorging, flößte mir seine schiere Größe Ehrfurcht ein wie auch die Tatsache, daß er selbst unter diesen wenig erhabenen Umständen unbändige Energie ausstrahlte. Meine Hände glitten über seinen Körper, öffneten die Knöpfe seines Tarnanzuges und tasteten Brust und Unterleib ab, und ich spürte, daß ich keineswegs der Heiler war, sondern umgekehrt von ihm eine elementare Kraft empfing.

Plötzlich rief er etwas, und seine Stimme dröhnte mir in den Ohren. Aber sein Schreien galt nicht mir, er gab nur seinen Soldaten einen Befehl. Sie schoben den Maserati auf die Straße zurück. Die Motorhaube hatte eine tiefe Delle, aber der Wagen sprang an, als einer von ihnen den Zündschlüssel umdrehte.

Ich konzentrierte mich wieder auf meinen Patienten. Ich behandelte ihn wie ein rohes Ei, weil ich Angst hatte, sein unverständliches Knurren – aus dem ab und zu das englische Wort »stupid« herauszuhören war – könne in Wut umschlagen.

Als ich meine Untersuchung abgeschlossen hatte, war er jedoch der Charme in Person. Und sprach wieder fließend englisch; es war, als hätte meine Behandlung ihm die Sprache zurückgegeben.

»Mein lieber Dr. Garrigan«, sagte er, hielt sich mit der gesunden Hand an meiner Schulter fest und kam wieder auf die Beine. »Ich bin Ihnen wirklich sehr dankbar. Das muß gefeiert werden.«

Er bellte auf Suaheli einen Soldaten an. Der Mann ging zum Wagen. Idi – Amin, sollte ich sagen – folgte ihm langsam, und ich folgte Amin; ich bin nun einmal der geborene Gefolgsmann. Der Soldat bückte sich in den Kofferraum und kam mit einer Flasche Napoleon und ein paar Metallbechern wieder hoch. Wir sahen zu, wie er zwei davon auf die verbeulte Motorhaube stellte und bis zum Rand mit Cognac füllte. Seine Hand zitterte beim Einschenken – er hatte Todesangst.

»Sehen Sie«, sagte Amin, nahm einen Becher und reichte ihn mir, »jeder Präsident hat eine Bar im Auto. Zum Wohl!«

Er trank einen großen Schluck. Ich nippte nervös, immer noch völlig entgeistert. Da stand ich nun an einem siedendheißen Tag auf einem Feldweg neben einem ramponierten Sportwagen und einer sterbenden Kuh und trank Cognac mit Idi Amin. Ein Kuhhorn war abgebrochen und lag mitten auf der Straße wie ein vom Himmel gefallenes Geschoß.

Ich merkte, daß Amin mich nicht aus den Augen ließ.

»Das ist ein ausgezeichneter Cognac«, blökte ich.

»Vielleicht kennen Sie das Suaheli-Sprichwort«, dröhnte er. »*Mteuzi haishi tamaa.* Der wahre Genießer kennt kein Ende des Begehrens.«

»Oh, keine Sorge«, sagte ich. »Ich betrinke mich nicht.«

Beim Knall eines Schusses zuckte ich zusammen und sah mich um. Ein Soldat mit einem Revolver in der Hand stieg von der Kuh herab.

Amin lachte leise. »Keine Angst, er hat sie nur von ihrem Elend erlöst.«

»Armes Ding«, meinte ich.

»Ist doch bloß Fleisch ... die können sie in die Kaserne mitnehmen.«

Nach einer Pause fuhr er mit einer gewissen Förmlichkeit fort: »Ich möchte Ihnen dafür danken, daß Sie so schnell gekommen sind. Es heißt, ein Gentleman sei nach seinen Taten zu beurteilen, und demnach sind Sie ein wahrer Gentleman.«

»Das war doch das Mindeste«, sagte ich.

»Als Zeichen meiner Dankbarkeit möchte ich Ihnen etwas geben«, sagte er, griff in die Tasche, holte ein Bündel Shillingnoten heraus und hielt es mir hin. »Hier.«

»Das kann ich unmöglich annehmen«, sagte ich und trat einen Schritt zurück.

»Können ist Reichtum, Dr. Garrigan. Sie sollten mit Ihren Pfunden wuchern.«

»Ich habe Ihnen doch bloß das Handgelenk verbunden«, sagte ich.

Er runzelte die Stirn, drehte sich um und starrte eine hoch aufgeschossene Elefantengrasstaude am Wegrand an. Ich fragte mich, ob ich etwas Falsches gesagt hatte.

Dann sprach er weiter: »Vielleicht sollten Sie zu mir kommen und fest für mich arbeiten. Sie wissen ja, wer einmal Honig gekostet hat, baut einen Bienenkorb, denn wer ihn einmal von den Fingern geleckt hat, will es auch immer wieder.«

»Es tut mir leid, aber ich kann Ihnen nicht ganz folgen«, sagte ich. Vom Cognac war mir schwindlig.

»Es soll Ihr Schaden nicht sein«, sagte er. »Sie haben offenbar einen hervorragenden Verstand. Tja, ich auch – aber mit dem Verstand ist es wie mit Schuhen. Jeder hat einen anderen. Sie haben den Verstand eines Arztes, ich den eines Militärs. Das ist wie bei ... einem Barbier, der sich nicht selbst den Bart schert. Tut er es doch, verletzt er sich.«

»Das ist allerdings wahr«, sagte ich, »aber ich arbeite gern hier draußen.«

»Wie Sie wünschen«, sagte er. »Ich werde für alle Fälle meinem Gesundheitsminister Bescheid sagen. Jetzt muß ich mit den Klanchefs dieser Gegend sprechen. Sie sind sehr zurückgeblieben, und ich muß ihnen alles zweimal sagen. Einige von ihnen halten sogar noch in Gummistiefeln Gericht.«

Er richtete sich plötzlich auf wie beim Stillgestanden. »Also dann, auf Wiedersehen, Doktor – und nochmals vielen Dank.«

»Auf Wiedersehen«, sagte ich, wollte ihm die Hand geben und merkte, daß ich nach der bandagierten griff.

Er lächelte, bückte sich zur niedrigen Tür des Wagens und stieg ein. »Dieses Auto hat einen guten Motor. Dem machen Unfälle nichts aus.«

Ich sah, wie er die weiß bandagierte Hand aufs Lenkrad legte, und fragte mich, ob er fahrtüchtig war.

»Ich werde Sie wiedersehen«, sagte er. »Da bin ich sicher.«

Er sah aus dem Wagen zu mir hoch, und in seinen Augen lag etwas Unergründliches – halb faszinierend, halb furchteinflößend.

»Wenn Sie Ihre Entscheidung treffen, Dr. Garrigan, dann denken Sie daran: Das Wasser fließt ins Tal, es steigt nicht auf den Hügel.«

»Ich werde es mir merken«, murmelte ich und konnte mich kaum konzentrieren, wegen des Cognacs und weil sich das Sonnenlicht im glänzenden roten Auto spiegelte. Meine Schädeldecke glühte wie eine Herdplatte.

Amin drehte die Scheibe hoch und ließ den Motor an. Er ließ ihn ein paarmal kräftig aufheulen, dann fuhr der Maserati den Weg hinunter. Plötzlich blieb er stehen und kam im Rückwärtsgang jaulend zu mir zurück.

Die Scheibe glitt wieder hinab. »Und wenn Wasser vergossen wird, kann man es nicht wieder aufsammeln.«

Ohne ein weiteres Wort der Erklärung düste er wieder davon. Verwirrt und beschwipst blieb ich stehen. Die Soldaten hievten die tote Kuh auf einen Jeep und fuhren Amin nach. Ich sah ihnen hinterher. Erst als das letzte Fahrzeug hinter einem Baobabbaum verschwunden war, wurde mir klar, daß es für mich keine Rückkehr gab. Es war ein langer Weg nach Hause.

15

Als Wasswas schriftliche Aufforderung kam, Leibarzt des Präsidenten zu werden, erinnerte mich ganz Mbarara auf Schritt und Tritt an Sara. Es war unerträglich geworden. Ich war daher nur zu froh wegzukommen, obwohl es Merrit schwer beizubringen war. Er stellte es so hin, als ließe ich ihn im Stich.

Einige Tage, nachdem ich seinen Brief beantwortet hatte, rief Wasswa an und sagte, er würde mir in der nächsten Woche einen Fahrer schicken, und am festgesetzten Termin tauchte auch tatsächlich ein Fahrzeug auf. Da es nun einmal sein mußte, verabschiedete ich mich, verstaute meinen Besitz im Kofferraum und brach auf in ein neues Kapitel meines Lebens. In Gegenrichtung kamen wir durch dieselben Städte, die ich vom *matatu* aus gesehen hatte: Sanga, wo mich der Kenianer brüskiert hatte, Lyantonde, Mbirisi ...

Unterwegs kam es kurz hinter Masaka (den »Wendekreis des Paradieses« sparte ich mir diesmal) zu einem merkwürdigen Zwischenfall. Barclay – der Chauffeur, den Wasswa mir geschickt hatte – hielt plötzlich am Straßenrand und sagte, es gäbe da eine Touristenattraktion, die ich mir anschauen müßte. Tatsächlich. Mitten im Busch stiegen wir aus und standen plötzlich unter den Betonringen, auf denen in riesigen Buchstaben ÄQUATOR VON UGANDA gemalt stand.

Ich stützte die Arme auf einen der Ringe, sah nach Osten und Westen und rief mir alles wieder ins Gedächtnis – die Sache mit dem abfließenden Wasser, das auf der einen Seite in die eine Richtung strudelt und auf der anderen in die andere. Ich sah Richtung Kampala und überlegte, was mich dort wohl erwartete.

»Da drüben kann man kalte Getränke bekommen«, sagte Barclay, unterbrach meine Träumereien und zeigte auf eine Art Gehöft zur Linken, ein Stück von der Straße entfernt.

»Okay«, sagte ich.

»Wir müssen aber aufpassen, da wohnt nämlich ein Verrückter.«

»Aha.«

Neugierig folgte ich ihm durch ein Hirsefeld – Disteln und Gerbera in Gelb und fahlem Orange ragten zwischen den braunen Ähren auf –, bis wir das Tor erreichten. Das Gehöft lag halb verborgen inmitten von Bäumen. Im Wäldchen stand eine unregelmäßig geformte Palisade aus dünnen, angespitzten Baumstämmen, durch die ich das Haus erkennen konnte, eine der üblichen Lehmhütten, aber alles war etwas dicker geraten, wie bei einer Festungsanlage, an die auch die Palisade erinnerte.

Das Tor bestand aus drei oder vier Lagen Wellblech an einem Holzgitter. Daneben hing an einem Pfahl eine uralte Glocke. Barclay läutete.

»Menschen, Menschen. Ich sehe euch. Kommt herein«, rief eine Stimme.

Wir öffneten das Tor und gingen hinein. Links im Schatten eines Baums saß ein Mann mit Dreadlocks, der Shorts und ein Jackett trug. Die Zöpfe lugten unter einer Sherlock-Holmes-Mütze hervor. Neben ihm stand eine angeschlagene Kühlbox.

»Willkommen, willkommen«, sagte er und sprang auf. »Ihr seid im Erfrischungszentrum an Ugandas Äquator. Wir können euch hier alles bieten.«

Barclay sagte etwas auf Suaheli, woraufhin der Mann in die Box griff und zwei staubige Colaflaschen herausnahm.

»Sie müssen ihm hundert Shillinge geben«, sagte Barclay, zu mir gewandt.

»Sie sind sehr kalt«, sagte der Colamann, öffnete die Flaschen mit den Zähnen und gab sie uns. »Aber manchmal ist die Maschine defekt.«

Ich trank das süße Gesöff mit leichtem Unbehagen. Der Mann hatte schlechte Zähne.

»Ich heiße Warte-Steve«, sagte er.

Barclay schnalzte mit der Zunge und schüttelte mißbilligend den Kopf.

»Ich bin hier der Chef. Ich lasse mich nicht von fremden Leuten bevormunden.«

Er zog mich am Ärmel.

»Nein, natürlich nicht«, sagte ich, »wir hatten bloß Durst und …«

»Ich bin der Boß«, unterbrach er mich, setzte sich wieder und funkelte uns an. »Selbst wenn es in Kampala Ärger gibt, mich rührt keiner an.«

»Er ist verrückt, Sir«, sagte Barclay. »Hören Sie einfach weg.«

»Ich bin absolut klar im Kopf und sogar sehr klug«, sagte Warte-Steve. »Denn ich sehe die Dinge nicht nur von einer Warte. Deswegen heiße ich Warte-Steve.«

Ich mußte unwillkürlich losprusten. Ich hatte es für einen Stammesnamen gehalten.

»Also, diesen Namen, Sir«, sagte Barclay, »den hat er aus einem anderen Grund. Er ist ein Narr, und bis er einen klaren Satz sagt, muß man immer warten.«

»Lacht nicht. Ich habe viele Orte zwischen hier und Mombasa gesehen. Sogar Paris und Amsterdam habe ich von innen gesehen.«

»Du bist ein Narr«, sagte Barclay. »Deswegen wohnst du hier allein.«

»Ich sage es euch. Ich habe viele Orte gesehen, ich bin nicht nur der Manager dieses Erfrischungszentrums. Ich bin ein Magnet für viele Beschäftigungen auf der Erde gewesen, und ich kann alles verwandeln. Ich bin sogar Polizist gewesen. Ich zeig's euch. Wartet hier.«

Er lief ins Haus, und seine Jackettschöße flatterten hinter ihm her.

»Tut mir leid, Bwana, aber das ist der einzige Laden, wo man was zu trinken bekommt«, sagte Barclay.

»Kein Problem«, sagte ich achselzuckend.

Warte-Steve kam mit einem verbeulten Waldhorn zurück.

»Hört zu«, sagte er und blies hinein.

Der Schall durchdrang den Busch, die beiden Töne erinnerten mich an die Kavallerie in Westernfilmen.

»Seht ihr. Ich habe bei der Polizei von Uganda zum Appell geblasen. Das ist die Wahrheit.«

»Wann war das?« fragte ich.

»Das war vorher. Es ist eine lange Strecke her, da habe ich das oft gemacht. Und du bist aus London?«

»Ich komme aus Schottland.«

»Schott-land. Das kenne ich. Kommt, kommt ein Stück mit. Ganz in der Nähe liegt ein schottischer Mann.«

»Ach, Warte, verschon uns mit deinen Lügen«, sagte der Chauffeur.

»Schon okay«, sagte ich gespannt.

Wir folgten ihm durchs Tor in das Wäldchen zu einem brach liegenden Fleck zwischen den Hirsestrünken. Ein aufgestörter Schildrabe flatterte davon. Ich sah, wie er aufstieg und nach rechts davonflatterte.

»Nein, nein, das ist nur Vogel. Schaut hier«, sagte Warte. Er ging in die Hocke und zog ein paar Zweige beiseite. Darunter lag ein Fels mit einer aufgeschraubten Messingplatte.

Erstaunt bückte ich mich und buchstabierte den kaum noch zu entziffernden Text:

HIERORTS
ruht Alexander Colquhoun Boothby,
geboren am 5. Dezember 1842,
der 1871 sein schottisches Vaterland verließ
und am 5. Juli 1893 starb.

Er führte ein Leben in hohem Ansehen,
wurde geliebt um seiner Aufrichtigkeit und Güte willen
und starb tief betrauert.
Zu Tode kam er durch die großen Strapazen,
die er beim Feldzug
gegen die mohammedanischen Waganda erdulden mußte,
an dem er ruhmreich Anteil hatte.

»Ich glaube«, sagte Warte-Steve, als wir zum Auto zurückgingen, »dieser Mann war ein großer Kämpfer. Nur skrupellose Männer können die Geschichte voranbringen.«

»Was weißt du denn schon?« sagte Barclay. »Hast du damals schon gelebt? Bist du ein Gespenst? Häh?«

»Ich war nicht da, aber mein Geist war da. Denn alle Seiten sind für mich diese Seite. Es ist Wahrheit. Ich habe Hundepeitschen und Schlagstöcke gesehen, und ich habe in Johannesburg Diamanten in der Hand gehabt. Und ich kenne das Heilmittel gegen Schlangenbisse.«

Barclay schüttelte verzweifelt den Kopf und ließ den Wagen an. Warte-Steve winkte uns nach, als wir losfuhren – und plötzlich lief er hinter uns her.

»Halt, halt!« rief er, »ihr müßt Getränke noch bezahlen.«

Wir hielten. Barclay sah mich an. Ich kramte in der Gesäßtasche und gab ihm den zerknitterten Schein. Warte-Steve nahm ihn durch die offene Scheibe entgegen und sagte etwas auf Suaheli.

»Was hat er gesagt?« fragte ich, als wir davonfuhren und die Straße sich schnurgerade vor uns erstreckte.

»Es war Unsinn. Alles, was er sagt, ist Unsinn.«

»Okay, aber was hat er gesagt?«

»Er hat gesagt: Schau dich um, das Kind könnte verbrennen.«

»Was bedeutet das?«

»Bwana, ich weiß es nicht. Auch bei uns im Land gibt es Verrückte.«

Nicht zum letztenmal konsterniert in Uganda, warf ich einen Blick in den Rückspiegel und sah, wie die Hügelregion hinter uns versank. Warte-Steve stand immer noch da und winkte, bis er nur noch ein Pünktchen am Horizont war und dann verschwand.

Zweiter Teil

16

Ich habe nur wenig von der Geschichte in Erfahrung bringen können, wie Idi zu uns gekommen ist. Wer weiß denn schon, wo irgendeiner von uns herkommt, wer schaut bis auf den Grund aller Dinge? Selbst unsere jetzige Premierministerin könnte ihr Dasein der Verbindung eines Straßenarbeiters mit einer Kammerzofe verdanken, die auf der Landstraße dringend mal mußte. Aber dies ist die Geschichte Seiner Exzellenz, wie sie mir erzählt worden ist – von ihm selbst und von anderen. Wobei er es mit der Wahrheit nicht immer so genau nahm.

Wenn man im Gebiet der Kakwa an den spärlich bewachsenen Grenzen zum Sudan, wo Idi geboren wurde, behaupten sollte, er hätte elf Monate im Mutterleib verbracht, würde mich das nicht wundern. Auch nichts ähnlich Monströses. Soweit es sich heute noch feststellen läßt, kam er am Neujahrstag 1928 zur Welt (es kann aber auch schon 1925 gewesen sein), in einem winzigen Weiler in der Nähe des staubigen kleinen Dorfs Koboko. Wer weiß schon, welche Flüche in jener Nacht auf die strohgedeckte Hütte herabprasselten, welche Segenswünsche vom festgestampften Boden aufstiegen?

Solche Fragen sind typisch für das Kakwaterritorium. Neulich habe ich in der Bibliothek von Fort William ein ausgezeichnetes Buch von einem George Ivan Smith gefunden. Er schreibt:

> Es ist ein karges Land, wo Steine auf die Hügel gelegt werden, um den Regen anzuziehen. Wenn die Klanältesten mit Fragen von Leben und Tod, menschlicher

Hoffnung und Angst konfrontiert wurden, suchten sie die Antwort, indem sie das eine Ende einer langen Schnur an einem Huhn befestigten, das andere Ende an einen Pfosten banden und das Huhn köpften. Im Todeskampf flatterte es noch einmal auf. Die Schnur beschränkte sein Flattern auf einen Kreis wie bei einem Satelliten, der die Erde umrundet. Uralte Menschheitsfragen ließen sich an der Richtung beantworten, in der der tote Vogel schließlich zur Ruhe kam wie eine Roulettekugel, deren letztes Klicken atemlos erwartet wird. Aberglaube und Visionen entstiegen diesen Stämmen und Völkern wie Abendnebel am Nil.

Macht wurde in dieser Landschaft Felsen und Bäumen, Strömen und Tieren zugeschrieben. Und Macht gehörte wie überall zu den Kräften, die das menschliche Miteinander bestimmten. Nur war sie hier noch nackter. Eine Stelle bei Smith habe ich mit Bleistift dick unterstrichen.

> Die Kakwafrage lautet nicht »Wer bist du?« Sie lautet »Was bist du?« »Was für ein Mann?« »Bist du ein großer Mann?« »Bist du ein Sklave?«

Die Kakwa, ein Volk mit rund 60 000 Angehörigen, werden meist an ihren Stammesnarben erkannt: drei vertikale Parallelschnitte auf den Wangen. Unter Amins Regime wurden sie als »Eins-Elfen« bekannt. Die Menschen, die sie hatten, wurden gefürchtet von den Menschen, die sie nicht hatten.

Aber fangen wir bei der Mutter an: Eine Lugbara (ein anderer nilotischer Stamm), die von einem Kakwa geschwängert wurde, ist die seltene Erscheinung einer Sklavin mit Macht. Selbst als sie in den Wehen liegt, um ihre Elf-Pfund-Last in den Schweiß der Nacht zu pressen, gilt sie nach allgemeiner Ansicht als Hexe. Wobei ich mir nicht sicher bin.

Folgen wir den anderen Historikern und ihrer skurrilen Geschichte. Die Mutter bietet auf dem Markt Amulette und Fetische feil: die Rückgrate von Vögeln und die Schädel kleiner Reptilien, zu Pulver zermahlene Rinde seltener Bäume, Beeren, Wurzeln, Kaffeebohnen und Muscheln ... Ein Kind mit Koliken, ein Onkel mit Schulden, ein Dieb im Dorf oder Ratten, die die aufgehängten Weidenkörbe für das Getreide heimsuchen – all das fällt in ihren Aufgabenbereich, solcherart sind die Probleme, denen ihre Zaubersprüche abhelfen sollen.

Anderen gilt sie dagegen als Marketenderin. Unter dem Spitznamen »Pepsi Cola« gibt sie sich in den Soldatenzelten hin. Wieder andere behaupten, Pepsi wäre in Wirklichkeit eine verrückte Alte gewesen, die von einem Dämon besessen war, den Amins leibliche Mutter nicht austreiben konnte, was ihrem Ruf abträglich war. Wer weiß?

Sex oder Zauberei, eine dritte Möglichkeit gibt es nicht. Sonst wäre sie zweifellos verhungert: Das Land ist stellenweise fruchtbar, aber Pepsi (wenn sie es ist) ist landlos, eine Nomadin, deren Andersartigkeit die Kleinbauern nur dulden, wenn sie – aus purer Not, wenn alles andere versagt hat – Zuflucht zu ihrer Magie nehmen. Wenn sie sich auf ihren Parzellen krumm und lahm schuften und gelegentlich auf ihre Hacken gestützt zur Straße hochsehen, wo die Fremde vorbeigeht – den Säugling in ein buntes Kattunbündel auf den Rücken gebunden –, dann erkennen sie Pepsis Andersartigkeit. Sie rufen sie zu sich, bitten sie um ihre Dienste und geben ihr dafür zu essen. Am nächsten Morgen schicken sie sie weiter: nach Lugasi, Buikue und schließlich Jinja.

Der Vater ist unbekannt, die meisten Leute glauben, er sei Soldat gewesen – ein Krieger mit dem Auftreten eines Kriegers. Nach Bier stinkend, das Gewehr an den Stuhl gelehnt, hat er Pepsi vielleicht vergewaltigt und ihr wimmerndes Flehen um Bezahlung überhört. Vielleicht haben sie sich auch voller Zuneigung und Fürsorge geliebt und einander wie Salbe die Qualen des beschwerlichen Alltags gelindert. Oder aber der feine Herr wollte seine Söhne auf dem Laken verspritzen, hat es aber aus Leichtsinn vergessen. Wenn dem so wäre, hätte ein einziger Zufall der Geburt 300000 Tode zur Folge gehabt, oder hätte es dann einen anderen Tyrannen gegeben, so sicher wie der Fortschritt Dampf- und Dreschmaschinen hervorgebracht hat?

Je nun, wie schon gesagt: Den Grund der Dinge erreichen wir nie.

Der Vater verschwindet also, wie Väter das so an sich haben, und die Mutter geht in Jinja ihrem Job nach – der Stadt der King's African Rifles, der Stadt der Fabriken und Warenlager, der Stadt des Gestanks und der Leinensäcke, der Stadt der Nilquellen und der großen Eisenbahn, die von der Küste heraufrumpelt. Hier gedeiht Idi und ist schon in jungen Jahren stämmig genug, um sich in kindlichen Balgereien einen Namen zu machen.

Dann eine Lücke. Die einen sagen, Idi sei im Imperial Hotel von Kampala eine Weile Page mit glänzenden Livreeknöpfen gewesen. Die anderen sagen – richtiger: er selber sagt –, er hätte am Straßenrand Süßigkeiten verkauft.

Wie dem auch sei, 1946 meldet er sich jedenfalls zum 4. Bataillon der King's African Rifles. Die KAR, Kompanie E. Bei der Musterung gilt ein Daumenabdruck als rechtsgültige Unterschrift. Ausrüstung und Rationen werden ausgegeben. In sieben Jahren arbeitet sich Idi vom Hilfskoch nach oben. Schon bald wird man jedoch auf seine militärischen Fähigkeiten aufmerksam, und er wird zum Sergeant Major befördert.

Was das für ein Aufstieg gewesen sein muß. In Gedanken habe ich mir oft Idi in Trainingslagern vorgestellt, wie er sich an Seilbrücken langhangelt. Oder auf gebellte Kommandos hin mit aufgepflanztem Bajonett in voller Geschwindigkeit auf einen Holzschober zurennt, vor dem Strohpuppen baumeln. Oder Verschnaufpausen, in denen er, das Marschgepäck sauber am Fußende des grünen Feldbetts verstaut, nach einer anständigen Mahlzeit aus Reis und Bier im Tiefschlaf liegt. Schon damals über eins achtzig groß, ist er bekannt für seine stets untadelige Uniform und seine sportlichen Fähigkeiten. Seine Stärken sind Boxen und Rugby. Später wird er ugandischer Boxmeister; noch später fordert er meines Wissens Muhammad Ali zum Kampf heraus.

Seine eigentliche Arbeit besteht in den Jahren 1953/54 aus Operationen in Kenia, die sich gegen die Befreiungskämpfer der Mau-Mau richten. Ich erinnere mich noch daran, wie er das mal erzählte und mit seinen Pranken vom Podium herab zum allgemeinen Entsetzen seine spezielle Garrottiertechnik vorführte. Das war bei einer Konferenz der Organization of African Unity, an der auch kenianische Delegierte teilnahmen. Dann die unerbittliche Jagd auf die Viehdiebe aus den nomadischen Stämmen der Turkana und Karamojong, die im äußersten Norden von Ostafrika leben. Die Verfolgung der *shiftas* – Banditen mit uralten Flinten aus dem Ersten Weltkrieg oder selbstgefertigten Musketen, drahtumwickelten Vorderladern – soll seine Patrouillen über die Grenzen nach Somalia und in den Sudan geführt haben, sie marschieren durch die Wüstenlandschaft, legen Dörfer in Schutt und Asche oder plündern sie auf der Suche nach Lebensmitteln. Alles noch unter britischer Ägide.

Inzwischen hat ein exzentrischer schottischer Offizier einige Abteilungen der KAR in Khakikilts gesteckt. Dies und der spätere Umgang mit schottischen Militärs hinterläßt bei Idi seine Spuren. Als er im Verlauf seiner Karriere von einem kanadischen Reporter gefragt wird, warum er bei der Queen schottische Leibwächter angefordert habe, antwortet er: »Die Offiziere, die mich zum General beförderten, waren ausnahmslos Schotten. Soweit ich weiß, ist einer von ihnen heute Oberbefehlshaber in Schottland, und ich würde mich freuen, wenn Schotten mir als Eskorte oder Leibwächter dienen würden ... ich könnte mit ihnen über ihre Traditionen sprechen, denn ich habe lange Zeit mit ihnen zusammengelebt, und sie sind auf dem Schlachtfeld sehr tapfer. Ich erinnere mich noch sehr gut daran, wie sie an Abenden, bevor sie in den Krieg zogen, Dudelsack spielten und sehr tapfer waren. Ich denke sehr gern daran zurück, was wir im Zweiten Weltkrieg in Nordafrika an ihnen hatten.«

Wie Cecil Rhodes' Kap-Kairo-Eisenbahn ist Idis Vorstoß nach Nordafrika längst eine Legende, die immer mehr ausgeschmückt wird: Eine Anekdote erzählt von einer Schlappe in einem Bordell in Mogadischu, der Hauptstadt von Somalia mit ihrem italienischen Gepräge. Vorstellen kann ich mir das aber nicht. Der Norden ist für Idi sehr wichtig; dieses Land hat ihn genährt, dieses Grenzgebiet, wo das arabische Afrika in das der Bantus übergeht und wo es nur fließende Grenzen gibt. Hier leben die Nubier, die muslimischen Nubi, die Kolonien schwarzer Söldner, die der gerissene britische Captain Lugard vor Jahren importiert hatte, um die Dreckarbeit für ihn zu erledigen. Auch aus diesem umgesiedelten Volk rekrutiert Idi Anhänger, zieht sie lastwagenweise in die Armee ein oder füllt mit ihnen die Kohorten seiner Sicherheitsorgane *Public Safety Unit* und *State Research Bureau* als Teil seines Islamisierungsprogramms. Da sie als Bluthunde des Kolonialismus in einem unabhängigen Uganda nicht länger geduldet würden, willigen sie nur zu gern ein.

Nachdem er im kenianischen Nakuru einen Kurs belegt hat (und Englisch lernt), wird Idi 1959 zum »Effendi«, einem Unteroffizier, befördert. Als Obote am Vorabend der Revolution nach den Zügeln der Macht greift, kommt fast das kleine Delikt der Ermordung einiger Turkana vor Gericht. Die britische Kolonialverwaltung kehrt jedoch alles unter den Teppich. Schließlich brechen jetzt neue Zeiten an. Bis zum großen Tag sind es nur noch sechs Monate.

Der Plan sieht vor, alle Königreiche Ugandas zu einem Bundesstaat zu vereinigen. Und so wird am 9. Oktober 1962 die Fahne des freien Uganda gehißt. Idi wird zum Captain befördert, seine Vergehen werden vergessen, und er wird Bataillonskommandeur in der neuen ugandischen Armee. Er wird zur Offiziersausbildung nach Großbritannien geschickt, kommt an die School of Infantry in Wiltshire sowie nach Stirling, wo, wie er später sagt, »meine Liebe zum schottischen Volk durch seine Wärme und Herzlichkeit noch wuchs«.

Das Faszinierendste in diesen frühen Jahren ist Idis Reise nach Israel zur Schulung als Fallschirmjäger. Dem Vernehmen nach erhält er seine Abzeichen, die Schwingen, ohne einen einzigen Absprung.

Ach Israel, das Uganda hätte werden können. Ich habe mich oft gefragt, was geschehen wäre, wenn es wirklich, wie einst zur Debatte stand, so gekommen und die zionistische Heimat dort erschaffen worden wäre – wenn es Synagogen in der Savanne und Kibbuzim im Bundu gegeben hätte. Wenn Schwarzafrikaner und nicht Araber um ihr Land gekämpft hätten. Wenn Eichmann in Kampala vor Gericht gestellt worden wäre.

Es kam bekanntlich anders. Dafür engagiert sich Israel in Form militärischer und wirtschaftlicher Unterstützung in dem Land, das es hätte werden können.

Indessen versucht der Stamm der Baganda, der im Kabinett von der Kabaka-Yekka-Partei (»der König über alles«) vertreten wird, die eigene Position zu festigen. Das ist eine Folge der Wiedereinsetzung des Kabaka Mutesa II. höchstpersönlich, auch König Freddie genannt, den die Briten nach politischem Knatsch deportiert hatten. Nach seiner Rückkehr sitzt Edward William Frederick David Walugembe Luwangula Mutesa II. »wieder auf dem Thron« – Professor der allmächtigen Gewalt und Bildung, Herr der Klane und Lande, der Vater aller Zwillinge, der Hammer des Hufschmiedes, der Schmelzer des Eisens, die Macht der Sonne, der erste Offizier des Ordens der Schilde und Speere, der Koch mit allem Feuerholz.

Obote geht das gegen den Strich. Und dem König geht Obote gegen den Strich. »Ein ungutes Gefühl«, schrieb er, »beschlich mich erstmals, als ich Milton Obote die Fahne der Unabhängigkeit hissen sah. Mein Unbehagen hatte keine konkrete Gestalt oder Ursache. Es war mehr die Ahnung einer Gewichtsverlagerung, eine Lücke zwischen dem Passenden und dem Unpassenden.«

Als prächtigstes aller Königreiche im alten Uganda und ehedem mächtige Dynastie gibt Buganda dem neuen Staat seinen Namen. König Freddies Urgroßvater Mutesa I. hatte dem Forschungsreisenden John Hanning Speke, einem unerschrockenen Schotten, die hohen Riedtore geöffnet und dem zerlumpten Reisenden seine Boten entgegengeschickt.

»Ich zog mein bestes Zeug an«, schrieb Speke, »obgleich ich damit nur eine erbärmliche Erscheinung im Vergleich zu den geputzten Waganda darbot. Sie trugen hübsche Rindenzeugmäntel, die wie das beste gerippte Zeug aussahen, geschniegelt und gut stehend, als wenn es mit Stärke gesteift wäre, und darüber als Überwürfe Mäntel aus kleinen Antilopenfellen, die, wie ich bemerkte, so fein zusammengenäht waren, wie sie nur ein englischer Handschuhmacher hätte nähen können.«

Speke überreichte Mutesa als Geschenk ein Gewehr, das dieser von einem Diener umgehend am erstbesten Passanten vor den Palasttoren ausprobieren ließ. Es funktionierte. Dasselbe galt für die Gaben späterer Gäste: ein Fahrrad, dessen Brummagemfelgen im roten Staub durchdrehten, und ein Grammophon. Dieses – ein Geschenk von Alexander Mackay, einem weiteren Schotten – ließ im Schatten eines Mangobaums Haydns *Schöpfung* erklingen.

Aber jetzt entwickeln sich die Dinge in eine unerfreuliche Richtung. Während Obote in seine Machtsphäre eindringt, bereitet Buganda die Abspaltung vor. Gerüchten zufolge bewaffnen sich die Royalisten und wollen die Bundesregierung aus dem Königreich verjagen. Im Mai 1966 reagiert Obote und befiehlt Amin, inzwischen Stabschef der Armee, den Palast des Kabaka zu beschießen. König Freddie flieht nach England, wo er laut Obduktionsbericht an Alkoholvergiftung stirbt. Die Baganda glauben, Obotes Agenten hätten ihm etwas in den Wein gemischt.

1969 wird ein Schlüsseljahr. Ein Anschlag auf Obote. Die Kugel durchschlägt seine Wange, aber er überlebt. Amin hört den Schuß, glaubt, er gelte ihm, und läuft um sein Leben. Barfuß klettert er über den Stacheldrahtzaun des Gartens und reißt sich die rosa Fußsohlen auf. Obote macht während seiner Genesung scheinbar einen Sinneswandel durch und ruft einen »Linksruck« aus, eine »Charta des kleinen Mannes«.

In Washington und London, Tel Aviv und Johannesburg zerbrechen sich die Politiker die Köpfe. Jetzt steht nur noch Kenia in Treue fest zwischen Südafrika, wo kommunistische Dämonen lauern, und dem arabischen Norden, wo saudische und libysche Ölgelder die Feuer israelfeindlicher Ressentiments nähren. Davon abgesehen, zieht sich um die Mitte Afrikas ein rotes Band sowjetischer Satellitenstaaten zusammen. Es muß etwas geschehen, sagen sich die Männer an den grünen Tischen.

Amin verfolgt derweil seine eigenen Pläne und baut ein Netzwerk von Helfern auf, das aus loyalen nubischen und südsudanischen Kräften besteht, finanziert mit seinen Gewinnen aus dem Handel mit Elfenbein, Diamanten und Gold. Kongolesische Rebellen bringen diese Schätze lastwagenweise über die Grenze und tauschen sie bereitwillig gegen Waffen. Amin wähnt sich sicher genug, um nach Mekka zu pilgern. Obote verdächtigt ihn, befiehlt seine Festnahme und fliegt nach Singapur. Aber zu spät. Amins Pläne sind schon zu weit gediehen.

Bei einer unserer aufgezeichneten Sitzungen erzählte

mir S. E. später, wie sie in der Putschnacht in Obotes Haus ein ganzes Waffenlager ausgehoben hätten, alles in Kisten mit der Aufschrift *Geschenk des Roten Kreuzes der Sowjetunion*. »Das zeigt doch, daß Obote ein Kommunist war«, sagte er. »Deswegen ist er nach Tansania geflohen.«

Obote erzählt den Zeitungen, Amin höchstpersönlich hätte sein Eigentum durchwühlt: »Er hat die Tür eingetreten, ist reinmarschiert und hat mir alles gestohlen – selbst meine Unterwäsche und meine Bücher – über siebentausend Bände. Ich frage mich, ob er die alle lesen will.«

Als seine motorisierten Bataillone die Kontrolle übernommen haben (darunter Panzer, die das ugandische Militär von Israel bekommen hat), beruft Amin eine Besprechung auf der Veranda des Kommandopostens ein, wie er sein Haus am Prince Charles Drive in Kampala nun nennt. Seine Anhänger scharen sich um ihn und warten gespannt auf seinen nächsten Schritt. Kellner schenken Tee und Kaffee aus.

Ein Polizist, ein guter Mann von großem Diensteifer, wird den Anwesenden vorgestellt. Die Kellner geben ihm eine Tasse Kaffee.

Amin lehnt sich im Sessel zurück: »Ich habe diesen Obote-Mann vorführen lassen. Ich hätte ihn hinrichten lassen können. Aber das habe ich nicht getan. Ich habe ihm Kaffee geben lassen.«

Der Polizist sieht entsetzt vom einen zum andern. Er fängt an zu hyperventilieren, bricht zusammen und läßt Tasse und Untertasse fallen, die auf dem harten Parkett zerschellen. Die Kellner trauen sich nicht hinzulaufen.

Amin beachtet das nicht weiter und fährt fort: »Schaut mal, ich bin nicht ehrgeizig. Ich bin auch kein Tribalist. Ich habe drei Frauen – jede aus einem anderen Stamm –, die mit mir hier unter einem Dach leben.«

Die versammelten Mannschaften, fast alle Soldaten, dazu ein paar Staatsdiener, schauen unwillkürlich zur Verandatür, als müßten jeden Augenblick die Frauen aus dem

Haus treten und an ihnen vorbeidefilieren. Aber niemand läßt sich blicken.

»Ich habe den Soldaten befohlen, der Bevölkerung zu helfen«, sagt Amin. »Wenn alle *wananchi* sterben, wer soll Uganda denn dann wieder aufbauen?«

Draußen zerreißt Gewehrfeuer die Nacht.

»Das sind meine Männer, die in die Luft schießen«, fügt Amin wie aufs Stichwort hinzu. »Es sind Freudenschüsse.«

Er sieht sich nickend um, als fordere er zum Widerspruch heraus. Der Polizist kauert auf dem Boden in einer Kaffeelache und drückt die Knie an die bebende Brust.

Amin nimmt den Faden wieder auf: »Der spontane Jubel, mit dem das Volk im ganzen Land meine Machtübernahme begrüßt hat, läßt doch keinerlei Zweifel daran, daß diese sehr populär ist. Was wäre sonst die Ursache dieser Volkseuphorie?«

Er stockt wieder. Auch alle Anwesenden stocken oder, besser gesagt, erstarren: Als spielten sie auf dem Schulhof ein Spiel ... dann beantwortet Amin seine eigene Frage.

»Ich will es euch sagen. Das Volk reagiert auf diese Weise, weil es so erleichtert ist, daß ein verhaßtes Regime der Unterdrückung gestürzt worden ist. Dem Volk ist eine schwere Last von den Schultern genommen worden, und deswegen tanzt es auf den Straßen.«

Er legt die Hände auf den Schädel und massiert sich die Kopfhaut, als zermartere er sich das Hirn auf der Suche nach einer Fortsetzung. Er sieht zur Decke hoch, an der gemächlich ein Gecko entlangläuft. Dann fährt er fort:

»Obotes Regime bestand aus großen Heuchlern. Er war alles andere als ein Sozialist. Obote hatte zwei Paläste in Entebbe, drei in Kampala, einen in Jinja, einen in Tororo und einen in Mbale. All diese Paläste mußten auf Kosten des Volkes eingerichtet und instand gehalten werden, aber bis auf einen standen sie praktisch die ganze Zeit leer und ungenutzt herum. Es ist kein Wunder, daß die Einwohner von Jinja in ihrer Freude den sogenannten Präsidentenpalast angegriffen und beschädigt haben, und nur das rechtzeitige Eingreifen der Armee konnte seine völlige Zerstörung verhindern. Auch Obotes Lebensweise war alles andere als sozialistisch. Er frönte ausgiebig dem Alkohol, dem Tabak und den Frauen und reiste stets mit einem Riesentroß. Und Obotes Linksruck, die Charta des kleinen Mannes, das alles sind doch leere Versprechungen.«

Zwei Kellner helfen dem keuchenden Polizisten auf die Beine, haken ihn unter und bringen ihn weg. Amin lächelt ...

»Schaut mal, meine Regierung glaubt fest an Frieden und internationale Brüderlichkeit. Die Massen, die sich jetzt über den Umsturz freuen, erinnern sich an Obotes Missetaten, an seine Untätigkeit, sein Ungeschick und seine politische Impotenz in Zeiten großer Not. Zweifellos werden im Lauf der Zeit noch Mißstände in Hülle und Fülle bekannt werden. Was mich angeht, so kann ich Ugandas Zweiter Republik nur viel Glück und gute Fahrt wünschen. Sollten sich fremde Mächte in unsere Angelegenheiten einmischen, so werden wir sie mit Tritten empfangen. Unsere Luftwaffe ist gut, unsere Armee ist motorisiert. Invasoren werden wir einen heißen Empfang bereiten. Wir werden sie bekämpfen, und wir werden sie besiegen, weil wir auf vertrautem Terrain gegen sie antreten.«

Ende der Woche gewährt Amin als Zeichen seiner Milde zwei Obote-Sympathisanten Amnestie. Sie überreichen ihm zwei Geschenke, eine Bibel und einen Koran, und geben eine merkwürdige Erklärung ab: »General Amin hat dieses Land von Tyrannei, Unterdrückung und politischer Sklaverei befreit, wie Moses die Juden aus der Knechtschaft des Pharao geführt hat.«

Kommentar König Freddies aus seinem düsteren möblierten Zimmer in London: »Am Ende werde ich in das Land meiner Väter und zu meinem Volk heimkehren.«

Das tut er auch, allerdings im Sarg, und sein Flugzeug

wird von vier MiGs der ugandischen Luftwaffe flankiert – der Schwadron, die ich bei meiner Ankunft auf dem Flughafen von Entebbe gesehen hatte.

Aber das fällt nicht weiter ins Gewicht. Auf die Krise der Monarchie (wird Prinz Ronnie Anspruch auf den seit dem Tod seines Vaters verwaisten Thron erheben, wie es die Ältesten der Baganda wünschen, oder wird er zum Studium nach London zurückkehren?) reagiert Amin per Dekret: »Ich möchte bei dieser Gelegenheit ein für allemal festhalten, daß die Königreiche nicht restauriert werden und daß Uganda nicht zur Verfassungsstruktur von 1962 zurückkehren wird. Es ist sowohl mein Wunsch als auch der der großen Mehrheit aller Ugander, daß Uganda ein starkes und geeintes Land bleibt. Das kommende Jahr soll die Verständigung unter den Menschen fördern. Das erfordert unter anderem, daß sich jeder Ugander aus den Klauen von Fraktionskämpfen und Tribalismus befreit.«

Während meines zweiten Jahrs in der Klinik von Mbarara, im Sommer 1972, sah Amins Reiseroute (soweit ich sie rekonstruieren konnte) folgendermaßen aus:

(1) Nach Israel, um eine gemeinsame Haltung gegenüber dem Sudan sowie Eckpunkte der militärischen Zusammenarbeit unter Dach und Fach zu bringen. Unterredungen mit Mosche Dajan und Golda Meir. Verhandlungen über Rüstungsgeschäfte. (Flug in israelischem Jet, israelischer Pilot »Oberst Sapristi« im Cockpit.)

(2) Von Israel nach Gatwick. Der Regierung ist er nicht angekündigt worden, trotzdem kommt es zu einem förmlichen Essen mit Edward Heath, Alec Douglas-Home und Reginald Maudling.

»Ich möchte den Harrier-Senkrechtstarter haben«, verkündet Amin.

»Wofür?« fragt Douglas-Home.

»Um Tansania zu bombardieren«, erwidert Amin.

Die Bitte wird abgelehnt, aber am nächsten Morgen werden mit Lord Carrington Waffenlieferungen erörtert; schließlich wird ein neues Hilfsprogramm für Uganda in Höhe von 10 Millionen Pfund Sterling ausgehandelt.

S. E. besucht Sandhurst. Ein improvisiertes Mittagessen mit Queen Elizabeth und Prince Philip im Buckingham Palace. »Mr. Philip«, wie Amin ihn nennt.

»Sagen Sie, Mr. President«, fragt ihn die Queen, »was verschafft Uns die unerwartete Ehre Ihres Besuchs?«

»Euer Hoheit«, antwortet er, »in Uganda ist es sehr schwer, Schuhe der Größe 47 zu bekommen.«

Im Lauf des Tages kauft Idi in einem Londoner Geschäft für Übergrößen Schuhe und Anzüge.

(3) Der Höhepunkt der Reise: Schottland. Besuch von Holyrood, dem einstigen Sitz der Könige. Über Edinburgh Castle wird die ugandische Fahne gehißt. Flattert sie wohl knatternd im Wind, oder hängt sie schlaff herab? Wer weiß? Amin nimmt die Parade ab. Shopping auf der Princes Street: scharlachrote Plastiktüten, Kartons mit Schleifen. Campbell, der neunjährige Sohn von S. E., trägt einen Kilt, als The King's Own Scottish Borderers den Zapfenstreich anstimmen. Das Ende eines alten Liedes.

17

Nach dem Diplomatenempfang in State House an meinem ersten Arbeitstag als Leibarzt bekam ich Amin eine Zeitlang nicht zu Gesicht. Wenn ich bei Wasswa, dem Minister, vorstellig wurde, um mir einen Termin geben zu lassen, wurde ich grundsätzlich abgewimmelt. Ich fand, als Leibarzt sollte ich (mindestens) eine Voruntersuchung durchführen. Das gehörte sich einfach so. Wozu war ich denn sonst gut? Aber Amin hatte anscheinend zuviel zu tun. Nichts Wichtiges allerdings, nach den Umständen zu urteilen, unter denen ich ihn schließlich zu sehen bekam.

Das war etwa einen Monat nach dem Empfang. Ich war zum Schwimmen in eins der großen Hotels der Stadt gegangen. Auch Nichthotelgäste konnten deren Swimmingpools benutzen, wenn sie eine Tageskarte kauften. Ich zog mich in der kleinen Kabine um. An der einen Wand tuckerten haufenweise Maschinen mit Anzeigen und grün gestrichenen Hebeln – wahrscheinlich zur Reinigung oder zum Auspumpen des Pools. In der anderen Wand befand sich eine Stahltür mit Gummidichtungen, einem Vorhängeschloß und der Aufschrift PRIVAT in roten Buchstaben.

Ich schloß meine Sachen in ein Schließfach und ging nach draußen. Der Pool war gut besucht, hauptsächlich von Weißen, die auf Sonnenliegen lagen wie Römer bei einem Festmahl, Cola oder Fanta tranken und in Taschenbüchern schmökerten, während Kellner unauffällig zwischen ihnen hin und her huschten.

Unter ihnen erkannte ich Marina Perkins, die Frau des Botschafters. Sie trug eine Sonnenbrille. Ich wollte erst zu ihr gehen, aber in der Badehose war mir das peinlich. Also legte ich mein Handtuch an den Beckenrand und sprang ins Wasser. Ich schwamm ein paar Bahnen, genoß die Kühle nach der langen Zeit in der Hitze und stemmte mich neben meinem Handtuch wieder hoch.

Tropfend und mit dem Handtuch in der Hand brachte ich den Mut auf, Marina Perkins anzusprechen.

»Hallo«, sagte ich. Meine Augen brannten vom Chlor.

Ihre waren hinter den dunklen Gläsern verborgen. Sie schob die Brille hoch. »Dr. Garrigan. Ich wußte gar nicht, daß Sie schwimmen.«

»Ich versuche, fit zu bleiben.« Während ich das sagte, wurde mir meine, wie soll ich sagen, nervöse Schrittverhärtung bewußt. Ich trat vom einen Fuß auf den anderen und spielte mit dem Handtuch herum.

»Setzen Sie sich zu mir und erzählen Sie mir was«, sagte sie. »Ich habe dieses Nichtstun in der Sonne langsam satt.«

Ich breitete das Handtuch aus.

»Auf dem Boden ist es doch unbequem. Warum holen Sie sich nicht eine von denen da?« Sie zeigte auf die Sonnenliegen.

Ich zog eine heran, wie sie vorgeschlagen hatte, die Plastikfüße scharrten über den Beton, und legte mich neben sie. Das heißt, zwei Meter weiter. Ich war immer noch verlegen. Sich mit einer attraktiven Frau auf der Sonnenliege nebenan zu unterhalten, ist schwieriger, als man denkt – zumal wenn sie mit einem anderen verheiratet ist. Es fiel mir schwer, nicht das eine zur Seite fallende Körbchen ihres blauen BHs anzustieren. Und so weiter, ich war einfach ein unbeholfener Blödmann.

»Warum haben Sie Mbarara denn nun wirklich verlassen?« fragte sie. »Das muß da draußen doch ein aufregendes Leben sein. Ein altmodisches Abenteuer.«

Ich spürte die Hitze der Plastikliege, ein unheilvolles Omen stieg durch die Kissen und mein feuchtes Handtuch auf, und ich beschloß, ihr nichts von Sara zu erzählen.

»Kann man nicht sagen«, meinte ich. »Nach einer Weile

ist es ein Job wie jeder andere. Letztlich hatte ich es eines Tages satt, die Leute mit minderwertiger Ausrüstung und abgelaufenen Medikamenten zu behandeln. Das war's einfach nicht wert.«

»Den Menschen zu helfen, muß doch jede Anstrengung wert sein, oder nicht?«

»Ja, bis zu einem gewissen Grad. Aber wir hatten es nur zu oft mit Fällen zu tun, bei denen wir machtlos waren. Außerdem konnte man mit seiner Freizeit nicht viel anfangen. Ich tauge nicht zu endlosen Dinnerpartys mit denselben Leuten.«

»Dann versprechen Sie sich von Kampala lieber nicht zuviel. Hier läuft es auf dasselbe hinaus. Die Liste möglicher Unternehmungen ist kürzer, als man denkt. Ich hab' schon fast alles durch: Wildpark, ruandische Gorillas, Murchison Falls. Nur eine Bootstour auf dem Victoriasee hab' ich noch nicht gemacht. Angeblich kann man da richtig große Fische fangen. Ich hab' Robert schon ein paarmal darum gebeten, aber der ist seit der Sache mit den Asiaten völlig überarbeitet. Und er mag Wasser nicht besonders.«

»Ich schon«, sagte ich und ärgerte mich sofort über meine Ungeschicklichkeit, weil ich Interesse an etwas zeigte, wo ihr Mann versagt hatte.

»Ich ... ich bin als Junge oft angeln gegangen«, erklärte ich rasch. »Mit meinem Vater.«

»Ach so«, sagte sie.

Ich versuchte, das Thema zu wechseln. »Ist Ihr Leben denn wirklich so langweilig?«

»Ja. Bei Ihnen ist das was anderes. Sie haben eine interessante Arbeit. Sie können der Welt etwas bieten. Von mir erwartet man nur Müßiggang. Ich habe immer das Gefühl, ich würde auf etwas warten.«

Ich nickte und betrachtete meine Zehen am Ende der Sonnenliege.

»Als Diplomatenfrau muß man sich ebenfalls diplomatisch verhalten. Als stünde man unter Vertrag. Ach, ich sollte Sie nicht damit behelligen. Nicht comme il faut, wissen Sie.«

Sie setzte ihre Sonnenbrille wieder auf, wie eine Spionin im Comic. Eine Mata Hari.

»Keine Angst«, meinte ich vergnügt, »ich sag's nicht weiter.«

Wir machten Smalltalk über die politische Lage. Sie sagte, die britischen Journalisten, die Amins Putsch begrüßt hätten, schrieben inzwischen kritische Artikel, und das brächte ihren Mann in eine Zwickmühle. Während sie sprach, merkte ich, daß sich ein Bademeister sehr für unser Gespräch interessierte. Ich starrte ihn böse an, aber das nützte nichts, und er lungerte weiterhin in Hörweite herum.

»Daraus wird nichts, glaube ich«, sagte Marina, als ich mich nach dem von Amin angekündigten Wirtschaftskrieg erkundigte. »Es wird keine Säuberungen geben. Robert meint, das wäre alles nur ein Nachspiel der Ausweisung der Asiaten. Sie oder mich betrifft das nicht.«

Im Rückblick klingt es albern. Die ganze Zeit suchte ich wie ein Lumpensammler in ihren Worten unbewußt nach Untertönen, stocherte nach Andeutungen, daß sie mich attraktiv fand. Nichts. Ich muß verrückt gewesen sein – Herrgott, was hatte ich denn erwartet?

»Ich fürchte, ich muß gehen«, sagte sie schließlich. »Wir haben heute ein Essen mit dem ostdeutschen Botschafter.«

Sie griff nach ihrer Tasche und dem Handtuch, und ich sah ihr nach, wie sie auf ihren kleinen Füßen über den Beton zu den Umkleideräumen ging.

Ich blieb noch ein wenig in der Sonne liegen und ging dann wieder schwimmen. Vierzig Bahnen, wobei ich alle zehn Bahnen den Stil änderte. Brust- und Rückenschwimmen und zum Abschluß Kraulen. Butterfly kann ich nicht; es kommt mir unnatürlich vor.

Als ich das Becken verlassen hatte und mich abtrocknete, tat sich etwas. Schon beim Schwimmen hatte ich gemerkt, daß sich eine Reihe von Ugandern um den Pool scharten, darunter auch ein paar Soldaten. Jetzt machten sie sich auf den Liegen breit, die einen bekleidet, andere in Badehosen. Auch auf meiner Liege saß ein Soldat, aber ich traute mich nicht, ihn wegzujagen.

Auf der anderen Seite saß Wasswa auf einer Liege. Er winkte mich zu sich und rief über die Wasserfläche:

»Kommen Sie, setzen Sie sich zu mir, Dr. Garrigan. Ich möchte Ihnen etwas zeigen.«

Ich ging hinüber und setzte mich neben ihn auf das gepolsterte Plastik.

»Was denn?«

»Das werden Sie gleich sehen. Etwas ganz Besonderes.«

Er trug eine ziemlich dürftige Badehose, fiel mir auf – dann ertönte Gebrüll mitten aus dem Pool. Eine knapp zwei Meter hohe Wassersäule stieg empor wie eine Fontäne. Darunter war eine dunkle Gestalt zu erkennen. Das Gebrüll wich mechanischem Knirschen, und die Ugander johlten und klatschten. Als die Fontäne versiegte, tauchte ein Kopf auf – übergroß, wie die Skulptur eines Helden der Vergangenheit –, dann ein breites Kreuz, ein Schmerbauch in Shorts, Schenkel, zwei knubbelige Knie (eines davon voller Narben) und schließlich zwei überraschend zarte Knöchel.

Amin winkte seinem jubelnden Gefolge und den Soldaten zu und machte einen Kopfsprung von der Plattform. Ich konnte das schwarze X sehen, das unter Wasser auf Wasswa und mich zu schwamm.

»Seine Exzellenz hat extra eine besondere Maschine einbauen lassen«, sagte Wasswa und zeigte auf die Säule in der Poolmitte. »Die befördert ihn von unten hoch.«

Dann tauchte Amins breit lächelndes Gesicht vor uns auf, seine geröteten Augen zwinkerten. Er stemmte sich hoch, und das Wasser troff auf den Beckenrand. Als schaltete er jetzt erst, stand Wasswa hastig auf und legte dem Präsidenten ein Handtuch um die Schultern. Auch ich erhob mich.

Amin hatte sich zu seiner vollen Größe aufgerichtet und musterte mich. Er lächelte nicht mehr.

183

»Sieh da ... mein Leibarzt. Was verschwenden Sie denn Ihre Zeit am Swimmingpool? Sollten Sie nicht unterwegs sein und die Menschen von Uganda gesund machen?«

»Ähm«, machte ich bestürzt. »Ich hatte viel zu tun, Euer Exzellenz. Ich mußte Forschungsergebnisse aufarbeiten. Und wenn Sie nun ertrunken wären ...«

Er starrte mich kurz an wie ein Ochsenfrosch, dann lachte er schallend und haute mir seine nasse Pranke auf den Rücken.

»Ach, Dr. Nicholas, Sie sind ein komischer Mann. Ich mach' doch bloß Spaß. Wie geht es Ihnen in Uganda? Gefällt Ihnen Ihre neue Stelle?«

»Ja, aber ich muß Sie wirklich endlich eingehend untersuchen.«

»Natürlich, natürlich. Wenn ich krank bin. Jetzt bin ich gesund.«

Er schlug sich auf den Bauch. »Sehr gesund sogar. Kommen Sie, amüsieren Sie sich an unserem Pool.«

Er wandte sich ab, hielt aber inne und drehte sich noch einmal um. Ich trat unwillkürlich einen Schritt zurück.

»Nein!« sagte er. »Ich möchte Ihnen meine Geheimwaffe zeigen. Kommen Sie mit.«

Er führte mich zu den Umkleideräumen hinüber, sein Troß tuschelte in unserem Schlepptau wie vorwitzige Schulkinder. Wir gingen in die Kabine und an der Maschinenreihe vorbei. An der Tür mit der Aufschrift PRIVAT hing das offene Vorhängeschloß. Amin legte einen Hebel um, und drinnen ertönte Lärm. Durch das saugende Geräusch der Hydraulik nahm ich an, daß die Säule wieder eingefahren wurde.

»Das ist ein bedeutender Fortschritt, das ist sehr bedeutend für unsere Technologie in Uganda«, sagte Amin. »Die Israelis haben es für mich angefertigt.«

Er drehte sich zu mir um und stieß den Zeigefinger in die Luft.

»In Tel Aviv sitzen gute Ingenieure und schlechte Politiker. Werfen Sie mal einen Blick hinein.« Er öffnete die Tür.

Ich tat wie geheißen. Vor mir lag eine dunkle kleine Kammer mit Boden und Wänden aus Metall, alles tropfnaß.

Plötzlich spürte ich eine Hand im Kreuz, die mich hineinstieß, und bevor die Tür hinter mir ins Schloß fiel, hörte ich tiefes Lachen. Es war stockfinster. Wieder das mechanische Knirschen. Dann stürzte eine Wasserwand auf mich herab, unter deren Wucht ich fast in die Knie ging. Das Dach öffnete sich, und ich glaubte, ich müßte ertrinken – nur daß sich jetzt der Boden hob und von überall her starke Luftströme durch die Kammer schossen. Über mir sah ich Licht durch die herabstürzenden Fluten.

Spuckend und prustend tauchte ich auf, kauerte auf der Plattform, die sich über die Wasserfläche des Pools erhob. Die Ugander waren anscheinend wieder nach draußen geeilt, und auch die paar Europäer, die sich nach Amins Erscheinen nicht verdrückt hatten, standen am Beckenrand – jetzt applaudierten sie *mir*.

Ich machte gute Miene zum bösen Spiel und glitt ins Wasser. Amin persönlich zog mich aus dem Pool hoch. Sein Griff tat weh, und er lachte sich kaputt.

»Ach Doktor, Doktor. Nehmen Sie es mir nicht übel, aber es ist nur gut, daß Sie richtig schwimmen lernen. Ich selbst bin schon in rauheren Wassern geschwommen. Das sollten Sie auch lernen. Womöglich finden Sie sich eines Tages im Krieg wieder und müssen die ugandische Armee verarzten.«

Er gab mir sein großes Handtuch, auf dem der Kronenkranich prangte.

»Sie haben mir Angst gemacht«, sagte ich und trocknete mich mit weichen Knien ab.

»Haben Sie keine Angst. Angst ist töricht. Kommen Sie, setzen Sie sich. He, du da!«

Er gab einem seiner Gefolgsleute ein Zeichen. »Bestell Sandwichs. Und Brathähnchen. Ach ja, und Coca-Cola.«

Der Mann eilte davon: Seine sofortige, stumme Reaktion war etwas, woran ich mich in Amins Umgebung gewöhnen sollte. Ich setzte mich auf eine Liege, immer noch zittrig.

»Nein, Doktor, Sie dürfen keine Angst haben. Nur ein Feigling hat Angst, und mein Leibarzt kann kein Feigling sein. Das ist nicht möglich. Alle mal herhören!«

Amin hechtete in den Pool. Mit mächtigen Stößen schwamm er zur Säule hinüber, die noch von meinem Abenteuer emporragte. Er stieg auf die Plattform und klatschte in die Hände.

»Hört mich an, Leute. Ich möchte euch etwas über Angst und Feigheit in Uganda sagen.«

Er strich sich die Badehose glatt. »Die Wahrheit ist, Angst ist schlecht. Ich hatte keine Angst, Obote aus dem Amt oder den Kabaka nach England zu jagen. Das war das Beste für mein Land. Ich glaube, Gott wird mich nicht dafür bestrafen.«

Unter seinem Anhang ertönte zustimmendes Gemurmel. Neben mir nickte Wasswa heftig.

»Ich stehe gern an der Spitze, das ist wahr. Ich lass' mir nicht gern sagen, ›Amin, trag dieses Gewehr‹ oder ›Amin, heb hier Latrinen aus‹.« Er imitierte auf der Plattform Schaufelbewegungen und fuhr dann fort: »Ich mag es überhaupt nicht, es ist nicht recht, daß der weiße Mann herkommt und meinem Volk sagt, was es tun soll. Aber ich mochte es, wenn der Offizier in der Armee hinterher sagte ›Gut gemacht, Amin‹. So wie die englische Queen hingeht und zu den Schotten sagt, pflanz' hier was, bau' dort eine Mauer. Für die Antilopenzucht. Die Schotten essen jeden Tag Antilopen. Schaut euch an, wie stark sie sind.«

Er zeigte auf mich. Alle sahen mich an, nickten und lächelten.

»Und ich bin auch stark, wie ihr wißt. Ich habe es schon oft gesagt, und ihr wißt es: In meinem Herzen bin ich König. Deswegen mag ich diese Maschinen. Maschinen sind das Richtige für Könige.«

Er stampfte auf das Metall, und wie Grabgeläute hallte es über den Pool. Ich mußte an meinen Vater und seinen Bell's denken und dann an den alten Trinkspruch der Jakobiter: »Auf den König jenseits der Wasser ...«

»Wahr ist auch, daß mir das Herrschen in die Wiege gelegt war! Mein Anspruch ist der einzig berechtigte. Aber Ugandas Völker sind gut, daher haben sie auch einen guten Herrscher wie mich verdient. Wären sie böse, hätten sie einen bösen Herrscher verdient. Das ist klar. Es ist logisch. Gott würde diesen bösen Herrscher senden, um sie zu strafen. Und sie müßten schrecklich leiden.«

Amin machte eine Pause und hustete, als hätte er sich im Wasser verschluckt.

»Ja, dieser Mann würde die Menschen verfolgen und wäre nicht gut, er würde sich Frauen von, ach, von überall her nehmen – schwarze Frauen, aber auch weiße Frauen. Er könnte mit keinem guten Menschen befreundet sein, und er könnte keine Frau anschauen, ohne sie schwängern zu wollen. Er würde sagen, etwas soll geschehen, und dann ... würde es geschehen! Bloß wegen seiner Schlauheit. Und er würde hierhin springen und dorthin rennen und sich für unglaublich schlau halten, weil er seinen Plan verfolgt. He, du da, bring mir was zu essen!«

Ein Kellner hatte die bestellten Speisen auf einem Tablett aus dem Hotel herausgebracht. Er sah sich nervös um, als Amin ihn anrief.

»Gehen Sie schon«, drängte Wasswa ihn. »Bringen Sie es ihm.«

Der Kellner sah ihn entgeistert an.

»Steigen Sie mit dem Tablett in den Pool.«

Der Kellner ging zur Treppe und stieg zaghaft ins Wasser. Er hielt das Tablett über den Kopf, solange er durch das Nichtschwimmerbecken waten konnte, und seine weiße Livree sog sich voll Wasser. Schließlich mußte er schwimmen und hatte Mühe, die Plattform zu erreichen. Einmal wären die Colaflaschen und Teller fast vom Tablett gerutscht, und das Aufstöhnen am Poolrand war nicht zu überhören. Endlich hatte er es geschafft. Amin hockte sich hin und nahm ihm das Tablett ab.

»Na, ein Glück, daß Sie kein Taucher in meiner Marine sind, Mr. Kellner. Sie sollten mal Schwimmen und Tauchen lernen.«

Er lachte, und die ganze Versammlung lachte mit, als der verlegene Kellner in seiner schweren Kleidung zurückschwamm. Sein weißer Frack hatte sich aufgebläht, und ich mußte unwillkürlich an die aufgedunsene Leiche im Ruisi denken und wie grauenhaft sie sich mit der Strömung gehoben und gesenkt hatte.

»Was ich sagen wollte«, sagte Amin, den Mund voll Hühnchen. »Dieser böse Häuptling, meine Freunde. Er glaubt, er selbst hätte sich sein Tun ausgedacht und nicht Gott. Aber in Wirklichkeit erfüllt er die ganze Zeit den Willen Gottes. Deswegen scheint er so ein großer Mann zu sein. Er läßt alles darauf ankommen, und es gibt nichts, was er sich nicht zutrauen würde. Nie sagt er – *simama*, Schluß, er ist bis zur letzten Sekunde, wenn er entmachtet wird, ein tapferer Mann. Selbst dann verkennt er seine wahre Lage. Er will sie einfach nicht begreifen.«

Er fuchtelte mit der Hühnerkeule herum. Man sah, wie sich dabei das Gelenk bewegte. Die lockere, fettige Haut war rot von Piri-piri. Er biß noch einmal ab und ließ die Keule auf die Plattform fallen.

»Bis dahin würde es schlimm um jenes Land stehen. Jeden Morgen, wenn die Sonne aufgeht, weint eine neue Witwe in ihrer Hütte, und ein Säugling mümmelt an ihrer Brust wie an einem trockenen Maiskolben. Jeden Tag pfeift dieser böse Herrscher auf Gott im Himmel. Er zeigt mit dem Finger auf den Mond und weiß doch nicht, wann der Sack mit Maismehl zugemacht werden muß. Denn er geht immer und auf allen Gebieten zu weit ...

Ja, auf seinen bösen Wegen gleicht er Scheitan, und sein Land, das ganze Land, wird zu seiner Gruft werden. Für ihn und viele andere Menschen. Selbst er, der Mann an der Spitze, fragt sich: ›Ist dies Uganda? Oder ist Uganda die Hölle?‹ Denn kein Leben kann so erbärmlich sein wie das dieses Mannes – in seinen Träumen hat er Angst vor Leoparden und bösen Dämonen, die ihn nachts heimsuchen –, und wenn er stirbt, wird er eines grausamen und ungewöhnlichen Todes sterben.«

Er trank einen Schluck Cola, dann legte er eine Hand auf die Brust.

»Denn dies ist die Wahrheit. Er ist eine Treppe emporgestiegen und hat das viele Gute nicht verkraftet: Sein Bauch ist fett, und er leert oft seine Lenden. Aber er hat ein Seil um den Hals, und wenn er die oberste Stufe erreicht – da zieht Gott ihn am Seil ins Feuer! Denn jetzt hat er all Sein Werk getan, der Wille Gottes ist es jetzt, ihn fortzunehmen, und wenn er ihn nimmt, heißt es ›Auge um Auge, Zahn um Zahn‹.«

Damit stellte er die Flasche ab, legte die Handflächen zusammen und hechtete in den Pool. Als er wieder hoch kam, klatschten wir immer noch.

»So«, sagte Amin, als einer seiner Untergebenen ihm den Rücken mit dem Kranichtuch abtrocknete, »das ist meine heutige Geschichte für euch, meine Freunde. Und jetzt machen wir einen Schwimmwettbewerb – damit wir im Fall einer Invasion auf dem Victoriasee gewappnet sind.«

So kam es auch, mir fiel jedoch auf, daß die anderen Beteiligten Amin bei allen Wettkämpfen, an denen er teilnahm, gewinnen ließen. Ich sah eine Weile zu und verdrückte mich dann. Ich fand, ich hatte meinen Beitrag geleistet, und vorläufig würde weiter nichts von mir erwartet.

Abends ging ich hundemüde ins Bett und hatte einen seltsamen Traum. Eigentlich war es mehr eine Erinnerung an etwas, das ich mal in einem Antiquitätengeschäft in Edinburgh gesehen hatte. Es war eine winzig kleine

Spieluhr aus Silber, kaum länger und breiter als eine Zigarettenschachtel, aber ungefähr doppelt so tief. Der Verkäufer zog sie für mich auf, und dann geschah Folgendes. Der Deckel der Schachtel öffnete sich, und ein Doppelbett kam zum Vorschein, wunderschön und naturgetreu bis ins kleinste Detail. Auf den Laken lagen zwei nackte Elfenbeinfiguren auf dem Rücken. Der Mann hatte eine Erektion, seine Eichel war als winziger Rubin in den cremefarbenen Schaft eingelassen. Musik ertönte – an die Melodie kann ich mich nicht mehr erinnern, aber sie war verführerisch, sehr langsam und fernöstlich –, der Mann richtete sich auf und drehte sich auf die Seite. Die Frau machte die Beine breit, und der Mann bewegte sich zwischen ihnen rhythmisch auf und ab, wobei sein rubingekrönter Schaft in einer genau passenden Höhlung verschwand. All das geschah im Takt mit der Musik, der Ablauf endete mit der Melodie, und die Frau drehte den Kopf nach links und rechts – nur ging in meinem Traum alles immer weiter, als gäbe es keinen Schluß und keine Grenzen.

Nun … es gab Grenzen, jedenfalls erwachte ich in der vertrauten Umgebung meines Bungalows auf dem Anwesen von State House. Ich blieb noch etwas liegen und dachte über den Traum nach, dann stand ich auf und duschte. Beim Frühstück bekam ich einen Anruf (den ersten von vielen seiner Art, wie ich bald erfahren sollte).

»Hallo, hallo, Doktor. Hier ist Präsident Amin. Kommen Sie zu mir ins Haus. Mein Sohn ist schwerkrank. Kommen Sie sofort.«

»Ich bin in fünf Minuten bei Ihnen«, sagte ich.

»Wie wollen Sie in fünf Minuten hier sein? Sind Sie ein Riese, daß Sie so große Schritte machen können, oder sind Sie ein Narr?«

Ich wußte nicht, was ich sagen sollte. »Ich kann Ihnen nicht ganz folgen, Sir.«

»Ich bin nicht in State House, Doktor! An Arbeitstagen

bin ich nicht in Entebbe. Ich bin in meinem Kommandoposten am Prince Charles Drive. Sie müssen sofort herfahren.«

»Aber ich habe keinen Wagen«, nuschelte ich. »Das ist ziemlich weit.«

»Ach so. Dann müssen Sie einem der Soldaten am Tor sagen, er soll Sie fahren. Sofort!«

Er legte auf, und ich stand mit dem Hörer in der Hand verdattert da. Ich betrachtete ihn und sah, daß er naß von meinem Schweiß war.

Ich suchte meine Sachen zusammen und ging nach draußen, um mir einen Fahrer zu beschaffen. Das dauerte eine Weile, aber schließlich saß ich auf dem Beifahrersitz eines Armeejeeps, und wir fuhren los. Ich hatte Angst wegen der Verspätung und lenkte mich mit den bunten Schildern an den Straßen von Nateete und Ndeeba ab, den Townships und Leichtindustriegebieten am Stadtrand von Kampala: »Muggaga Autoreparatur« (*muggaga* bedeutet Hexenmeister); »Kaltes Bratenfleisch«; »Volcano Chemische Reinigung ist die Antwort«; »Agentur für alle Wünsche – Friseur- und Färbesalon für Damen und Herren«; »Bell Lager – tolle Nacht, guter Morgen«; »Super schnell wirkendes DOOM«.

Am häufigsten wurde für Sportsman geworben, eine beliebte Zigarettenmarke. In Rot- und Gelbtönen zeigten die Plakate das Bild eines leicht gebräunten englischen Jockeys um 1950, und darunter den Slogan »Yee ssebo!«

»Was heißt das?« fragte ich den Fahrer, als wir an einem Laden vorbeikamen, auf dem dieses Plakat prangte.

Unter seinem schiefen Barett sah er mich an wie einen Verrückten

»Ja, Sir!«

»Ja ja, aber was *heißt* das?« fragte ich langsam, weil ich dachte, er hätte mich nicht verstanden.

»Es heißt ›Ja, Sir!‹. Wie in sehr gut.«

»Ah, verstehe«, sagte ich verlegen.

Wir kamen in die Stadt, vorbei an einem Sargmacher, der seine Ware vor dem Geschäft aufgestapelt hatte, am Hindutempel – seit dem Exodus der Asiaten war er verlassen und erinnerte an eine große, krümelige Hochzeitstorte, voller Firste und Zinnen –, der Seifenfabrik Nakasero und dem Markt an der Burton Street, schließlich fuhren wir die Sturrock Road hoch und bogen in den Prince Charles Drive ein.

Einen »Kommandoposten« hatte ich mir anders vorgestellt: Das hier war ein hübsches Vorstadthaus, wie es viele ausländische Geschäftsleute bewohnten, nur größer. Man hätte kaum einen Unterschied bemerkt, wären da nicht die riesige Funkantenne auf dem Ziegeldach und die MG-Stellung vor dem Tor gewesen. Das Haus war von Fichten und Bougainvilleen umgeben, und eine aufgeschüttete Auffahrt führte zum Eingang empor.

Ich wurde von der Wache ins Haus geführt. Eine von Amins Frauen – nahm ich an – empfing mich an der Tür. Sie trug eine blaue Strickjacke, und mehrere kleine Kinder hingen ihr am Rockzipfel.

»Es tut mir leid, Doktor. Der Präsident mußte wegen einer dringenden Regierungsangelegenheit fort. Mein Name ist Kay, es ist mein Sohn, der krank ist.«

Ich folgte ihr hinein. Im Wohnzimmer standen eine braune Sitzgarnitur, ein Fernsehapparat und ein Flaschenschrank. Auf dem Teppich lag Plastikspielzeug verstreut. Dinosaurier in grellem Grün und Rot und zwei große gelbe Tonka-Trucks. Und ein paar uniformierte Action-Man-Spielzeugfiguren mit seltsam verdrehten Gelenken. Aus der Küche wehten leichte Kochdünste herüber. Alles war eigentlich ganz normal.

»Hier entlang«, sagte Kay Amin. Ich folgte ihr, und drei oder vier Kinder wuselten kreischend und mit der für ihr Alter typischen Zappeligkeit um uns herum. Sie gab einem von ihnen einen Klaps.

Ich stellte meine Arzttasche ab. Der Junge – vielleicht

zehn Jahre alt; er erinnerte mich stark an Gugu – lag in Embryonalhaltung auf dem Bett und atmete rasselnd. Ich drehte ihn behutsam auf die Seite. Aus einem Nasenloch rann Blut. Ich legte die Hände an sein Gesicht und musterte ihn eingehend.

»Ist es schlimm, Doktor?« fragte seine Mutter und nestelte an ihrer Strickjacke.

»Nein, überhaupt nicht«, sagte ich. Ich sah sofort, was mit dem Jungen los war. Er hatte eine leichte Schwellung an der Nase. Ich drückte sanft darauf, und der Junge schrie auf. Ich kniete mich hin und leuchtete mit der Taschenlampe hinein.

Eindeutig, sagte ich mir. »Keine Angst, kleiner Mann«, sagte ich laut. »Du hast dir etwas in die Nase gesteckt, stimmt's?«

Der Junge sah ein wenig schuldbewußt drein, als Kay die Frage auf Luganda wiederholte, und schrie wieder auf, als ich eine Pinzette aus meinem Instrumentenkästchen holte. Er sprang vom Bett. Sie bekam ihn erst nach einigem Gerangel zu fassen und hielt ihn auf dem Bett fest. Vorsichtig führte ich die Pinzette ein – was gar nicht so einfach war, da der Junge nicht stillhalten wollte – und bohrte ein bißchen. Ich stieß auf etwas Festes und konnte nach einigen Anläufen ein blutiges Etwas ans Tageslicht ziehen.

»Was ist denn das, um Gottes willen?« schrie Mrs. Amin.

Ich hielt die Pinzette ins Licht: ein rot beschmierter, kleiner grüner Legostein.

»Tscha«, rief sie aus. »Campbell, du bist ein böser Junge.«

Ich tupfte dem Jungen das Blut ab und sprühte das Nasenloch mit einem Antiseptikum ein. Während ich auf den Kolben drückte, hatte ich plötzlich meinen Vater vor Augen, wie er am Koppelzaun in Fossiemuir das Unkraut einsprühte. Er hatte sich von einem Bauern in der Nachbarschaft eine Gartenspritze geliehen. Man trug den Kanister wie einen Rucksack und besprühte alles vor sich mit dem

Zerstäuber. Der Kanister war undicht und hatte seinen Rücken mit dem Insektizid verätzt. Ich weiß noch, wie sich meine Mutter in der Küche über seinen nackten Rücken beugte und kalte Tücher auf die roten Stellen drückte ...

»Er ist in Null Komma nichts wieder auf dem Damm«, sagte ich und tätschelte dem Jungen den Kopf. »Sagen Sie ihm bloß, er soll aufpassen, wo er seine Schlösser baut. Im Kopf sind sie nicht so schön wie draußen, Campbell.«

Sie brachte mich zur Tür. »Ich bin Ihnen so dankbar, Doktor. Der Präsident wird sich sehr freuen, daß Sie seinen Sohn so erfolgreich geheilt haben.«

Er freute sich wirklich. Eine Woche später stand eines Morgens ein Toyota-Transporter vor dem Bungalow. An der Seite stand »Khans Modereich« und darunter in kleineren Buchstaben »Der letzte Schrei – Direktimporte aus Mailand, London und Bombay; Tel. Kampala 663«. Unter dem Scheibenwischer steckte ein Briefumschlag.

Unter dem Behördenbriefkopf mit dem stilisierten Kronenkranich stand: »Gut gemacht! Der Präsident besteht auf diesem Transporter als Belohnung für Ihre fachmännische Behandlung seines Sohnes. Der Schlüssel liegt unter der Fußmatte auf der Fahrerseite. Tut mir leid, daß es ein Gebrauchtwagen ist, aber wenn Sie ihn zu Cooper Motors bringen, entfernt man Ihnen auf Regierungskosten die Werbung. Berufen Sie sich auf mich. Wasswa, Gesundheitsminister.«

Ich war begeistert, und mein Leben in der Stadt bekam ganz neue Perspektiven. Zum Beispiel konnte ich mich endlich ins Nachtleben stürzen. Ich ließ bei Cooper's die Karosserie umspritzen und das Wageninnere mit Dampfstrahlern reinigen.

18

Meine Veranda in Mbarara fehlte mir, und wenn ich Tagebuch schreiben wollte, mußte ich einen Tisch in den Garten von State House hinausschleppen. Dort war es allerdings atemberaubend schön. Direkt vor dem Bungalow stand ein Grapefruitbaum, fünfzehn oder zwanzig leuchtend gelbe Früchte hingen an den Zweigen und schwitzten herrlich duftenden Saft aus. Ich nahm mir nie eine. Sie sahen so herrlich aus, daß ich sie gar nicht essen wollte.

Sonntags stand ich immer früh auf, solange die Luft noch kühl war, trank Kaffee, schrieb und lauschte den Geräuschen des erwachenden Tages: dem Krächzen der Schildraben und den langgezogenen Trillern der Regenpfeifer und dem Rufen der Kuckucke. In der Ferne sah man noch die Gebäude von Entebbe und dahinter Kampala, rote und braune Blöcke, die planlos die Hügel überzogen. Marabus schritten gravitätisch über die Rasenflächen und flogen auf, gewannen mühsam an Höhe wie große, schwerfällige Lancasters oder B52s, bis sie eine Thermik fanden und in den Himmel stiegen.

Dreimal wöchentlich machte ich im Mulago die Runde, dem städtischen Krankenhaus von Kampala. Neben meinen weiterhin unerheblichen Pflichten als Arzt des Präsidenten arbeitete ich dort als Konsiliararzt. Meistens hatte ich in der Notaufnahme alle Hände voll zu tun. Die Klinikgebäude ähnelten Herrenhäusern in den amerikanischen Südstaaten und hatten eine große Uhr am Eingangsgiebel. Der Zustand der Außenwände – schmutzig gelb, als hätte etwas aus den Slums unten am Hügel auf unsere Seite der

Kitante Road herübergefunden – strafte die Grandezza der Anlage Lügen.

Über uns ragten die Sendemasten von UTV auf, Uganda Television, und gelegentlich flog eine einmotorige Maschine dicht über uns hinweg, die zur nahegelegenen Landebahn von Kololo unterwegs war. »Das ist Amin«, hieß es dann immer. Der Kommandoposten am Prince Charles Drive lag ebenso in der Nähe wie Amins dritte Residenz Nakasero Lodge, wo er die meiste Zeit verbrachte.

Im Mulago hatten wir es vornehmlich mit der Behandlung von Entzündungen zu tun – anders als in Mbarara, wo uns hauptsächlich Fiebererkrankungen auf Trab gehalten hatten. Entzündete Muskeln, entzündete Knorpel, entzündete Knochen. Also jede Menge Operationen – eine gute Übung, denn ich war von Haus aus Allgemeinpraktiker, kein Chirurg (nicht daß ich annehme, je wieder als Mediziner zu arbeiten, egal in welchem Fach). Aber in Afrika kennt Not kein Gebot. Exkursionen mit dem Skalpell, Abenteuer mit dem hilfreichen Messer, das waren damals so die Abwechslungen in meinem Leben. Man durfte nicht zuviel erwarten.

Und Behandlung von Verletzungen: Wunden, Brüche, Amputationen. Die Überzahl der letzteren ging auf so alltägliche Ursachen wie Autounfälle zurück. Colin Paterson, der Chefarzt des Mulago (ebenfalls ein Schotte), sagte mal, in Afrika kämen mehr Menschen durch Autounfälle ums Leben als durch Malaria. Das war stark übertrieben, hatte aber einen wahren Kern. Keine Führerscheinprüfungen, keine Versicherungen, und Wahnsinnige am Lenkrad.

Im Mulago wurde auch Forschung betrieben, und ich spielte mit dem Gedanken, mich auf Teilzeitbasis einer der Gruppen anzuschließen. Es gab mehrere Nationalitäten: Vietnamesen, Russen, Algerier und Chinesen, schließlich die ugandischen Ärzte. Ein latenter Rassismus war immer zu spüren. Eine Gruppe hatte ein Zentrum zur Lymphombehandlung eingerichtet. Eine andere, amerikanische, testete Impfstoffkulturen gegen Kinderlähmung an Affen, die aus der Provinz Kivu in Zaire angeliefert wurden. Sie benutzten dafür das Nierengewebe. Einmal hörte ich die Affen schnattern, als der Tiertransporter kam. Einer rannte zu den Gitterstäben, packte sie mit den kleinen Händen und sah mir direkt in die Augen – jedenfalls bildete ich mir das ein. Tiefe Augen, wie Gläser mit Ahornsirup. Dann biß ihn ein Artgenosse ins Ohr.

Aber ehrlich gesagt, wußte ich nicht, ob mir an der Forschung überhaupt lag. Seit ich den Wagen hatte, führte ich eigentlich ein ganz schönes Leben und erkundete die Stadt. Nach dem Vorfall am Swimmingpool hatte ich Amin noch immer nicht gründlich untersuchen können und deswegen Freizeit zuhauf.

Es gab Clubs und Bars in rauhen Mengen. Ich fand es amüsant, daß soviele davon sich Namen gaben, die mit Luft- und Raumfahrt zu tun hatten: »Highlife«, »Stratocruise«, »The Satellite«. Dahinter verbargen sich die letzten Spelunken, wo Zairer in flotten Anzügen und spitzen Schuhen ausgelassene Gitarrenmusik spielten und wo es von Barmädchen wimmelte wie von Tsetsefliegen. Das Luftfahrtmotiv war wahrscheinlich so beliebt, weil die meisten Ugander aus diesen Läden fliehen und im Ausland ihr Glück versuchen wollten.

Ich brachte den Transporter zu Cooper's zurück und ließ auf der Motorhaube ein rotes Kreuz anbringen. Den Tip hatte ich von Swanepoel, dem Piloten, den ich kurz nach meiner Ankunft in Uganda kennengelernt hatte. Ab und zu lief ich ihm in einer Bar über den Weg.

»Damit kommen Sie schneller durch die Straßensperren«, hatte er mal gesagt. »Hab' ich im Kongo gelernt. Da machen die Mercs das immer bei ihren Hinterhalten.«

»Mercs?«

»Mercenaries. Söldner. *Katanga.*«

»Wirklich?« fragte ich.

Ich wußte nie, was von Swanepoels Geschichten zu halten war. Als ich ihn das nächste Mal sah, zog ich mit Peter Mbalu-Mukasa um die Häuser. Er gehörte zu den afrikanischen Ärzten im Mulago. An dem Abend herrschte im Stratocruise ziemliches Remmidemmi, das übliche Freitagsgetümmel.

Stämmig und ungehobelt wie eh und je saß Swanepoel auf einem Barhocker und hatte ein Mädchen auf dem Schoß. Ihr Haar glänzte – sie hatte es glätten lassen, es fiel ihr über die Schultern und fing das Glitzern der billigen Spiegelkugel an der Decke ein –, und sie hatte die Hände hinter Swanepoels Stiernacken gefaltet. Seine Hand erforschte unter ihrer roten Bluse ihren Rücken. Er legte den Kopf auf die Seite, sah mich über die Schulter der Frau hinweg an und zog eine buschige Augenbraue hoch, als ich mich durch das verschwitzte Gewusel zu dem engen freien Platz hinter ihnen durchdrängelte.

»Hallo«, rief ich. »Na, wieder mal in Kampala?«

»Hierher kommen wir doch alle zurück«, sagte er. »Die Wiege der Menschheit!«

»Was?« fragte ich.

Peter wurde von Betrunkenen angerempelt und stieß im Gang mit mir zusammen. Der Geruch nach Bier, Parfum und Körperausdünstungen war kaum auszuhalten.

»Wir organisieren besser einen Tisch«, rief mir Peter ins Ohr. »Ihr Freund kann ja mitkommen.«

»Setzen Sie sich zu uns?« fragte ich Swanepoel.

»Klar«, sagte er. Und dann zu dem Mädchen: »Bis nachher, Schätzchen.«

Kaum saßen wir, legte Swanepoel mit der Entdeckung in Semuliki los. Das hatte er mit der Wiege der Menschheit also gemeint.

»Ja«, sagte er, »jetzt ist es amtlich. Hier stammen wir alle her. Haben Sie die Nachrichten gesehen? Das war in Ihrem Teil des Landes.«

Soviel wußte ich. An der Grenze nach Zaire war man

oben in den Ruwenzoris, aber nördlich von Mbarara auf prähistorische menschliche Überreste gestoßen. Auf UTV waren die Ausgrabungen gezeigt worden – Oberschenkel- und Kieferknochen und weitere Knochensplitter auf dreckigem Stoff.

»Missing Link?« sagte Swanepoel. »Und da hat man nun immer gedacht, die wären mit ihrem Puzzle längst fertig.«

»Das ist eine komplexe Angelegenheit«, sagte Peter. »Das geht jetzt alles zur Kohlenstoffdatierung nach New York.« Er seufzte und schüttelte den Kopf. »Es heißt, Amin hätte bei einem Museum da drüben den Preis auf 500000 Dollar hochgetrieben, um alles exportieren zu können.«

»Glaub' ich gern«, sagte Swanepoel. »Haben Sie ihn im Fernsehen gehört?« Er stand auf, drückte die Brust heraus und gab eine passable Amin-Imitation ab: »Meine Damen und Herren, womöglich waren meine Vorfahren die ersten Menschen auf Erden. Womöglich trage ich all Ihre Väter, alle Väter der Welt in mir.«

»Vorsicht«, sagte Peter stirnrunzelnd. »Sie werden noch angezeigt.«

»Der krümmt mir kein Haar«, sagte Swanepoel. »Er braucht mich viel zu sehr.«

»Eine Zeitlang kann er jeden brauchen«, sagte Peter. »Aber inzwischen werden sogar Offiziere liquidiert, die am Putsch beteiligt waren. Bald geht es den Weißen an den Kragen, das prophezeie ich Ihnen.«

»Nein, da irren Sie sich«, sagte Swanepoel. »Nichts für ungut, aber irgendwer muß den Laden ja schmeißen.«

Ich fürchtete, Peter fühlte sich tatsächlich auf den Schlips getreten, aber er sah Swanepoel nur über sein Bierglas hinweg an und sagte: »Sie stehen ganz oben auf der schwarzen Liste!«

Wir lachten alle, und ich meinte: »Ich hab' mich neulich mit der Frau vom britischen Botschafter unterhalten.«

»Hey, ein echter Weiberheld«, sagte Swanepoel spöttisch.

»Nein, im Ernst. Sie meint, es besteht keine Gefahr, daß es zu Säuberungen kommt.«

»Marina Perkins?« sagte Swanepoel und kratzte sich den Bart. »Was weiß die denn schon? Ich hab' sie ein paarmal getroffen. Ganz nette Frau, aber sie hat nicht gerade den Finger am Puls der Zeit.«

»Das ist es ja gerade«, sagte Peter, »niemand hat den Finger am Puls der Zeit. Auch Amin nicht. Ich weiß es, ich kenne Leute aus seiner engsten Umgebung.«

»Wen?« wollte Swanepoel wissen.

»Das kann ich nicht sagen«, sagte Peter und wirkte plötzlich nervös.

»Ihr seid mir vielleicht Typen«, sagte Swanepoel kopfschüttelnd. »Wenn ihr vor Leuten wie Amin zittert, zerquetschen sie euch natürlich. So ist das nun mal. Das ist, wie wenn man an einem großen geifernden Hund vorbeigeht und er wittert, daß man Angst hat.«

»Sie verstehen das nicht«, sagte Peter. »Er zerquetscht uns sowieso. Die Soldaten haben an der Universität Studenten zusammengeknüppelt.«

»Keine Angst«, sagte Swanepoel. »Irgendwann holt den einer vom Sockel. Das ist nun mal der Lauf der Welt.«

Als wir aufbrachen, regnete es, und als ich nach Hause kam, entlud sich ein ausgewachsenes Gewitter über der Stadt. Vom Bier hatte ich eine trockene Kehle und goß mir einen Tee auf, bevor ich ins Bett ging. Ich stellte mich mit der Tasse auf die überdachte Terrasse. An den Türpfosten gelehnt, sah ich mir an, wie die blauen und roten Blitze über den See hinwegzuckten, und wie die goldenen Lampions des Grapefruitbaums im Wind schaukelten. Es war fürchterlich laut, lauter als ich erklären könnte, aber das Merkwürdigste war, daß der Lärm einen Geruch, ja fast einen Geschmack hatte: Man roch, wie sich die Entladungen in der Atmosphäre verteilten. Ein saurer Metallgeschmack nach angelaufenem Tafelsilber, Anschlußklemmen von Batterien oder Zinkpräparaten ohne Zuckerüberzug.

19

Es regnete das ganze Wochenende, und am Montagmorgen bekam ich einen Schock. Draußen war alles mit Flugameisen bedeckt. Nicht den braunen, sondern leuchtend grünen. Es hatte etwas Surreales. Der Regen mußte einen jahreszeitlich bedingten sexuellen Taumel ausgelöst haben. Ich versuchte, sie nicht zu zertreten, als ich zum Wagen ging, aber schließlich gab ich es auf und ging einfach knirschend weiter. Die ganze Straße nach Kampala war von ihnen bedeckt, und ich mußte wiederholt bremsen, um die Kinder nicht anzufahren, die sie auflasen und in Tüten steckten. Ihr Brassengeschmack beim Bankett fiel mir wieder ein.

Der Regen hatte auch die Stadt in Schlamm verwandelt, nicht den normalen hellroten, sondern einen merkwürdigen, fast violetten. Und zwar Unmengen. Ich fuhr durch die Pfützen und stellte mir vor, die ganze Siedlung rutschte von den sieben Hügeln herab, auf denen sie erbaut war. Das hatte Kampala mit Rom gemeinsam, und am Morgen nach dem Unwetter war es, als hätte sich Rom verflüssigt und wäre überall verschüttet worden.

Die Hügelspitzen schüttelten ihre Landmarken ab: den Königspalast (bzw. seine Ruinen, nachdem Obote und Amin ihn bombardiert hatten), den großen Wasserspeicher, die Moschee, die Sendemasten von UTV, die Kasernen, die anglikanischen und katholischen Kathedralen, das Kloster der Armen Klarissen ... alle kamen herab, rutschten durch den glitschigen violetten Schlamm. Denselben Schlamm, der an meinen Schuhen sog und wie ein Tier an den Hacken haftete. Auf dem Krankenhausparkplatz verlor ich sogar einen Schuh und mußte auf einem Bein herumhüpfen.

Wenn der Tag so anfing, war er eigentlich schon im Eimer, sagte ich mir, als ich am Schwarzen Brett den Dienstplan studierte.

Da war das Übliche aufgeführt: SW zur WTS (Schußwunde zur Wundtoilette und Sterilisierung). Das war das Debridement, wo wir mit Pinzetten Schmutzpartikel und Fremdkörper (Dreck und Stoffreste) entfernen mußten. Ich hatte schon gelernt, daß man Schußwunden ein paar Tage lang offen ließ. Ein riskantes Spiel mit der Infektionsgefahr. Dadurch kommt es sowieso leicht zu Komplikationen. Bailey & Love's *Short Practice* sagt dazu: »Staphylokokken führen nicht zwangsläufig zur Wundsepsis, sie bilden jedoch Kolonien in bereits eiternden Wunden. Wundsekrete, die Staphylokokken enthalten, können Kreuzinfektionen verursachen ...« Die Faustregel lautet jedoch, wenn man das rosa Fleisch sieht und es zu heilen beginnt, ist der Patient über den Berg. Wenn nicht – na, das merkt man dann am Geruch.

Wie immer am Wochenanfang hatten wir die üblichen Fälle von »Montagströpfeln«, wie Paterson die Geschlechtskrankheiten getauft hatte – die Soldaten verbrachten den Sonntag im Bordell und den Montag bei uns.

»Alle Übel kommen aus Frankreich«, sagte er, und sein Gesicht verzog sich zu einem verschwörerischen Grinsen, während er mit einer Bougie über dem Patienten zwischen uns herumwedelte. »Nur gilt das in diesem Fall für die Krankheit und für ihr Heilmittel.«

»Wie meinen Sie das?« fragte ich.

»Das Wort ›Bougie‹ kommt aus dem Französischen. Es bedeutet sowohl Wachskerze als auch Dehnsonde.«

»Genaugenommen ist es algerisch«, warf Hassan, einer der algerischen Ärzte, ein, »*Bujiyah* ist das Zentrum der algerischen Wachsproduktion.«

»Eins zu null für Sie«, sagte Paterson.

Bei dem armen Kerl, über dessen Bett wir dieses abstruse Gespräch führten, hatte eine Gonorrhöe eine Harnröhrenstriktur herbeigeführt. Medizinisch gesprochen war die Bougie die flexible Stahlsonde, die wir in seinen Penis einführten, damit er Wasser lassen konnte. Dieser hier war jedoch schon so geschwollen und näßte obendrein, daß wir eine Harnblasenpunktion vornehmen mußten.

Es war eine schmutzige und eklige Angelegenheit wie so vieles, womit wir es zu tun bekamen. Tropenmedizin ist im wesentlichen pyomyositischer Natur. Alles konzentriert sich auf die Ansammlung von Eiter in den Muskeln. Oder in den Eingeweiden: Wir hatten eine große Anzahl von Abszessen infolge eingeklemmter Hernien. Das lag in der Regel an der einseitigen Ernährung: zuviel *matoke* und sonst nichts. Im Lauf des Vormittags bekamen wir eine Frau mit einem dermaßen aufgeblähten Bauch herein, daß sie acht Minuten lang lärmte, nachdem wir das Röhrchen eingeführt hatten, damit sie – wie soll ich sagen? – Dampf ablassen konnte. Sie kniete die ganze Zeit, umklammerte ihren Rosenkranz und sagte ihre Gebete her. Danach ging es ihr besser, aber wir mußten trotzdem noch einen Termin ausmachen, um ihr im Lauf der Woche den nekrotischen Darmteil zu entfernen.

Mittags rief ich Marina Perkins an. Paterson und ich planten eine Bootstour auf dem See, und da war mir ihre Bemerkung eingefallen. Als ich auf die Idee kam, sie einzuladen, merkte ich, daß sie mir nie aus dem Kopf gegangen war. Wahrscheinlich fehlte mir einfach Sara.

»Hallo ... hier ist Nicholas Garrigan«, sagte ich unsicher in die große schwarze Muschel

»Das ist ja eine nette Überraschung!« sagte Marina. »Ich hab' Sie in letzter Zeit gar nicht am Swimmingpool gesehen.«

Ich erzählte ihr von meiner Begegnung mit Amin.

»Ach, das macht er dauernd«, sagte sie. »Ich hätte Sie warnen sollen.«

»Ich wollte Sie etwas fragen«, sagte ich, »weil Sie doch neulich vom See gesprochen haben. Also, mein Kollege hier im Krankenhaus, Colin Paterson, der stellt einen Angelausflug auf die Beine. Wir wollen, eventuell mit noch ein paar Leuten, ein Motorboot und Angelruten für Barsche mieten. Für nächstes Wochenende. Jetzt wollte ich fragen, ob Sie Lust hätten mitzukommen. Was meinen Sie?«

Pause. »Also, ich wüßte nicht, was dagegen spräche. Aber das nächste Wochenende ist schlecht. Das übernächste auch. Da sind wir in der Botschaft eingespannt. Das erste Februarwochenende würde mir gut passen. Bob fährt ins Kagera-Dreieck runter. Amin hat eine Delegation von Diplomaten eingeladen, um zu beweisen, daß er keine Invasion Tansanias plant.«

»Okay, gut«, sagte ich erleichtert, aber immer noch nervös. »Ich besprech' das mal mit Colin und ruf' Sie am Freitag vorher an.«

»Unser Koch könnte ein Picknick zusammenstellen«, sagte sie.

Als das erledigt war, wandte ich mich der auf den ersten Blick weniger beunruhigenden Aufgabe zu, eine *panga*-Wunde zu nähen. *Pangas* sind die langen Messer, die in der ugandischen Landwirtschaft verwendet werden – und zur gewalttätigen Beilegung von Streitigkeiten. Es war eine ganz spezielle Verletzung. Die Leute hoben instinktiv die Arme, um sich vor einem Hieb zu schützen, und man bekam es mit einer Reihe von Längsschnitten zu tun, durchtrennten Sehnen und darunter meist komplizierten Frakturen.

Das war noch die einfache Variante. Manchmal, und das war hier der Fall, traf die *panga* den Schädel. Diesmal hatte ich es mit einer Fraktur zu tun. Die Klinge war durch fast die ganze Dura mater gedrungen, die äußere Hüllhaut des Gehirns unter dem Knochen. Auf den ersten Blick schien der Patient außer Gefahr zu sein, aber bei einer beschädigten Dura mater konnte es schnell zur Entzündung von Hirnhaut und Abszedierung kommen.

Und wenn die Klinge noch weiter eingedrungen war, konnten sich weitere Komplikationen ergeben. Trotz all der

Forschungsteams konnte niemand von uns, nicht einmal Paterson, das Gehirn debridieren. Dafür brauchte man einen richtigen Neurochirurgen. Eines Tages wird es soweit sein. Dann wird es in Uganda eine Neurochirurgie geben. Krankenhäuser sind wie Menschen: Sie wachsen, sie entwickeln sich und sie lernen. Und sie altern und sterben auch.

Nebenbei bemerkt, besuchten Paterson und ich Ende des Monats eins der ältesten Krankenhäuser des Landes. Es war Ende des 19. Jahrhunderts von Missionaren erbaut worden und einst das beste Krankenhaus zwischen Kairo und dem Kap gewesen. Als wir hinkamen, war es ein Dreckloch, ohne zuverlässige Stromversorgung und mit einer solchen Betten- und Wäscheknappheit, daß sich oft zwei Patienten eine Matratze teilen mußten oder gleich auf dem Boden lagen. Einige hatten nur Holzklötze als Kissen. Auf den Toiletten hing ein Schild – »Bitte nicht ins Waschbecken spucken« –, aber in puncto Infektionsvorbeugung war das völlig sinnlos, denn der ganze Boden war mit Exkrementen beschmiert.

Ende der Woche wurde eine Patientin von dort zu uns verlegt. Keine normale Verlegung, sondern eine Erste-Klasse-Patientin, eine VIP. Es war eine von Amins Töchtern. Sie besuchte ein katholisches Internat irgendwo im Busch und hatte sich im Handarbeitsunterricht auf eine Nähnadel gesetzt. Wahrscheinlich hatte ihr jemand einen Streich gespielt und die Nadel in den Stuhl gepiekst. Sie war offenbar in ihrem Schenkel verschwunden, und die Nonnen hatten sie schleunigst ins Krankenhaus gebracht. Die dortigen nordkoreanischen Ärzte hatten bei der Voruntersuchung nichts finden können und sich zur Operation entschlossen.

Zwei Stunden lang hatten sie herumgesucht. Mit Stahl nach Stahl gesucht. Fehlanzeige. Schließlich gerieten sie in Panik, weil es um Amins Tochter ging, verfrachteten sie mit ihrem blutenden Bein in einen Krankenwagen und brachten sie ins Mulago, wo Paterson und ich Dienst hatten.

Wir sahen uns das Mädchen an, das mit dem Gesicht nach

unten vor uns auf der fahrbaren Trage lag. Sie schluchzte ins Kissen, die Schwestern hatten ihr schon den grünen Kittel angelegt und die betreffende Region des Schenkels freigemacht, wo um die Nähte der Nordkoreaner herum schwarze geronnene Blutklümpchen zu sehen waren.

»Wir operieren lieber unter Vollnarkose«, sagte ich. »Wir sitzen bis zum Hals in der Scheiße, wenn sie hinterher erzählt, wir hätten an ihr rumgeschnippelt.«

Paterson sah erst das Mädchen an, dann mich, und dann schlug er sich an die Stirn. »Nick, wir sind zwei Hornochsen: Sie muß doch gar nicht unters Messer. Wir brauchen sie bloß zu röntgen. Die Nadel fällt doch so deutlich auf wie die Ohrringe der Königin von Saba.«

Das taten wir dann auch, aber wieder Fehlanzeige. Auf dem Röntgenbild war nichts zu sehen.

Dann begriffen wir. »Es gab also gar keine Nadel?« sagte ich, als mein Kollege es mir erklärte.

»Natürlich nicht: Schottland – Nordkorea eins zu null«, schrie Paterson über die Station, und die Schwestern sahen erstaunt hoch.

Er tätschelte dem Mädchen die Hand. »Du wolltest bloß, daß sich dein fieser alter Dad endlich mal um dich kümmert, was, Mäuschen?«

Mir war mulmig, als er das sagte. Wenn sie es nun Amin weitererzählte? Als sie merkte, daß wir ihr auf die Schliche gekommen waren, fing sie wieder an zu weinen und hörte nicht mehr auf, bis wir sie in einen Krankenwagen steckten, der sie in die Schule zurückbrachte.

In den folgenden Tagen machte ich mir Sorgen, wie Amin auf die Geschichte reagieren würde. Eine Woche später kam vormittags der Anruf, den Paterson und ich längst erwartet hatten.

»Gehen Sie lieber ran«, sagte Paterson. »Sonst sag' ich wieder was Falsches.«

Ich ging durch die Station zum Telefon. Die Sonne schickte scharfkantige Lichtstrahlen voll schwebender

Stäubchen durch die Fenster und leuchtete die dunklen Stellen unter den Betten aus. Es war komisch, einfach so durch sie hindurchzugehen, und ich fühlte mich wie ein Hürdenläufer, der seine Hindernisse ignoriert. Ich nahm den Hörer entgegen.

»Hallo, hallo, hier ist Doktor Amin«, sagte die körperlose Stimme. »Ich bin mit meinen Kollegen im Mulago sehr zufrieden. Ich möchte, daß Sie und Dr. Paterson morgen bei mir hier in Cape Town zu Mittag essen. Um Punkt ein Uhr.«

Er legte auf, bevor ich etwas sagen konnte.

Alle Welt wußte, was es mit »Cape Town« auf sich hatte. Es war der Name einer neuen Residenz direkt am Seeufer, die Amin gerade erst eingesackt hatte – womit er es allein in Kampala-Entebbe auf vier brachte: State House, Prince Charles Drive, Nakasero Lodge und jetzt Cape Town. In der Nähe lag eine Insel, die für Schaubombardements genutzt wurde. Das Zielgebiet sollte Kapstadt darstellen (daher der Name) und zwar genau in dem Augenblick, in dem die südafrikanische Stadt vor den militärischen Befreiern des afrikanischen Nationalismus in Gestalt von Amins Bombern kapitulierte.

»Ich war einmal dabei«, sagte Paterson im Wagen. »Sie treffen nie. Passen Sie auf, ich kann mir denken, wie die Sache laufen wird. Bestimmt sollen wir im Chor mit ihm die Engländer schlechtmachen, weil wir beide Schotten sind. Das hat er letztes Jahr beim Diner der Kaledonischen Gesellschaft von Uganda auch so gemacht. Weir, dieser Typ aus der Botschaft, war da und hat Amin überall überschwenglich vorgestellt. Sehr merkwürdig. Egal: Hauptsache, wir bieten Amin keine Angriffsfläche.«

»Wie macht man das?« fragte ich, während rechts von uns der smaragdgrüne Victoriasee lag.

»Man redet über das Anschnallen«, sagte er, »über die Unerläßlichkeit, auf Afrikas Straßen die Gurtpflicht einzuführen.«

Und so diskutierten Paterson und ich eines Nachmittags im Garten von Cape Town mit Idi Amin über Aspekte der Sicherheit im Straßenverkehr. Der Tag war heiß und windstill, und nur der Duft der Blüten an Sträuchern und Bäumen durchzog die Luft. Wir saßen an einem schmiedeeisernen Tisch, auf dem ein großer Krug Eistee und eine Platte Gurkensandwichs standen. Die beiden unterhielten sich – Paterson schilderte den Vorfall mit der Nadel, Amin gab den besorgten, gelegentlich auch schallend lachenden Vater –, und ich sah mich um.

Es war ein beeindruckendes Anwesen, oder mich beeindruckten jedenfalls seine rosa blühenden Oleander und süßlich duftenden Roten Jasminbäume, die kurz gemähten Rasenflächen, wo Pfauen ihre Schleppen schwenkten und Rad schlugen und wo weißlivrierte Diener herumschwebten. Das Haus hatte nur ein Stockwerk, erbaut im maurischen Stil mit großzügiger Grundfläche, weißen Arkaden und Terrakottafliesen. In einem Fenster sah ich ein staunendes Kindergesicht, das uns beobachtete. Wahrscheinlich eins seiner Kinder, aber ich konnte nicht erkennen, ob es ein Junge oder ein Mädchen war.

Ich konnte auch einen Blick auf drei junge Frauen werfen, die in transparenten Roben graziös über die zahllosen Pfade flanierten, die sich durch die Büsche wanden. Ich hatte sie noch nie gesehen. Amin selbst trug eine weiße Hose und ein jadegrünes Hemd, das wie ein Zelt über seinem Bauch hing und bestens zu dem grünen Serail paßte, den er sich dort in Cape Town erschaffen hatte. Na ja, in Wirklichkeit hatte es einem enteigneten Geschäftsmann gehört, und Amin hatte es einfach einkassiert. Ich fragte mich kurz, wer hier ursprünglich gewohnt hatte, bevor das ganze Ufergebiet zum Villenviertel geworden war.

Ein Pfau schrie – ein schauriger Klang –, dann ließ mich Amins dröhnende Stimme schlagartig herumfahren. Er erfüllte Patersons Vorhersage bis aufs I-Tüpfelchen.

»Es ist doch nur zu wahr. Schottland und Uganda, unsere beiden Länder haben jahrhundertelang unter der Knute des englischen Imperialismus gelitten. Deswegen werde ich den Wirtschaftskrieg auf die britischen Interessen in Uganda ausweiten. Was halten Sie davon?«

Paterson hielt sich an seinen Plan. »Als Arzt würde ich mit Ihnen lieber über die Autounfälle in Uganda sprechen. Euer Exzellenz könnten vielen Menschen das Leben retten.«

Amin legte das angebissene Gurkensandwich weg und richtete sich zur öffentlichen Ansprache auf. Diese Haltung bekam ich jetzt immer öfter zu sehen.

»Im neuen Uganda wird es keine Unfälle mehr geben. Die Pläne sind längst fertig. In der nächsten Phase des Wirtschaftskrieges, wie ich ihn von Anfang an geträumt habe, wird die ugandische Regierung BAT, Brooke Bond, Securicor, die British Metal Corporation und die Chillington Tool Company verstaatlichen. Alle hundert Jahre verleiht Gott einem Menschen die weltliche Machtfülle, um die Weisungen des Propheten zu erfüllen. Wenn ich träume, werden diese Dinge in die Tat umgesetzt. Ich werde diesen Wirtschaftskrieg gewinnen. Früher wurden ugandische Unternehmen von Imperialisten kontrolliert. Afrika hat unglaubliche Rohstoffreserven, die den Völkern Afrikas nutzbar gemacht werden und den Kontinent modernisieren und industrialisieren könnten. Die afrikanischen Staaten müssen kooperieren, um ihre gemeinsamen Ziele zu erreichen.«

Er holte tief Luft und grinste uns an. »Wir müssen afrikanische Lösungen für afrikanische Probleme finden. Afrika hat seine eigenen Gesetze.«

»Aber Mr. President«, drängte Paterson, »das wichtigste Gesetz, das Sie erlassen können, ist die Einführung der Gurtpflicht in Uganda. Damit könnten Sie unzählige Menschenleben retten.«

Amins Stirn verfinsterte sich. »Was haben Sie bloß immer mit der Gurtpflicht? Jedesmal, wenn wir uns treffen,

Mr. Paterson, reden Sie von der Gurtpflicht. Uganda hat brennendere Probleme als die Gurtpflicht.«

Er stand auf und stieß dabei mit den Knien an den Tisch; der Eistee schwappte in den Gläsern. »Gehen Sie jetzt. Mit Ihrem Gerede von Anschnallgurten haben Sie mich verstimmt.«

Er machte auf dem Absatz kehrt, was den Sergeant Major verriet, der er im Grunde immer noch war, stapfte durch das geraubte Paradies und ging ein paar Stufen hoch. Von seiner erhöhten Warte aus warf er uns einen verächtlichen Blick zu und verschwand durch die weißen Arkaden im Haus.

»Vielleicht waren Anschnallgurte doch keine so gute Idee«, sagte Paterson auf dem Rückweg.

Am Tag darauf hörte ich beim Frühstück, wie Alec Douglas-Home im World Service Amins Bekanntgabe der Verstaatlichungen als »unerhört, egal nach welchen Maßstäben« verurteilte. Ich knotete meinen Morgenmantel wieder zu – er war aufgegangen, und dann fühle ich mich immer ungeschützt, auch wenn ich allein im Haus bin – und goß kochendes Wasser in den Kaffeefilter. Das Mehl quoll im nassen Filtersack auf. Ich sah zu, wie das Wasser durchlief und einen bröckelnden braunen Krater hinterließ, sog den Duft ein, und plötzlich merkte ich, daß meine nackten Füße auf dem Küchenboden kalt wurden: Die Sonne stand zwar schon am Himmel, aber im Holz steckte noch die Kälte der Nacht. Ich trug in Afrika keine Pantoffeln, sondern hatte nur ein Paar handgefertigte Ledersandalen, die ich mir in Mbarara gekauft hatte und so gut wie nie trug. Nur Sara hatte sie mal angehabt, als sie bei mir übernachtet hatte. Ich wurde traurig, als ich die Milch in den Kaffee rührte, und starrte in die wirbelnde Flüssigkeit. Sie hatte nicht geschrieben. Sie hatte nicht angerufen.

20

Aber jemand anders rief an. In der folgenden Woche zitierte mich Stone zu einer Besprechung in die britische Botschaft. Er wollte am Telefon nicht damit herausrücken, worum es ging. Ich fragte mich, ob ihm wohl bekannt war, daß ich Marina eingeladen hatte. Ach, war ja auch egal. Ich fuhr die Parliament Avenue entlang, und mir fiel ein, daß ich ihr noch gar nicht gesagt hatte, daß Paterson an dem Wochenende, das ihr am besten paßte, keine Zeit hatte.

Stone öffnete. Er trug eine braune Hose und braune Schuhe, die nicht zueinander paßten, und einen dunkelblauen Blazer. »Nicholas, schön, daß Sie kommen konnten. Major Weir und unseren Botschafter Robert Perkins kennen Sie ja.«

»Ja«, sagte ich, nickte den beiden zu und ging ins Zimmer. Stone folgte mir. Ich hatte vergessen, wie fett Perkins war, und als ich ihm die Hand gab, merkte ich, wie unvorteilhaft sein Jackett spannte und wie dick seine Brillengläser waren.

Weir, dessen Truthahnhals über den olivgrünen Uniformkragen schlackerte, stand in einer Ecke mit zwei Fenstern. Er rauchte eine Zigarette und hielt einen Kristallaschenbecher in der Hand. Er stellte ihn ab, kam herüber, um mir die Hand zu schutteln, packte sie fester als nötig – und kehrte auf seinen Posten zurück. Vor den Fenstern hingen weiße Baumwollvorhänge, die an einer Messingstange in der Ecke verschwanden. Durch den Stoff fiel nur wenig Licht ins Zimmer und verwandelte den Rauch von Weirs Zigarette in geheimnisvolle Bänder aus metallischem Blaugrau.

»Also«, sagte Stone und machte die schwere Teakholztür zu, die mit einem satten, etwas unheimlichen Geräusch ins Schloß fiel.

Ich sah mich um, während er durchs Zimmer ging. An einer Fahnenstange hing ein kleiner Union Jack. Auf einem Tischchen daneben stand eine Lampe mit einem rosa Schirm und ein kleines Photo, das Amin und die Queen beim Händeschütteln zeigte.

»Nehmen Sie doch Platz«, sagte Perkins und setzte sich an die andere Seite des Tisches.

Ich setzte mich ebenfalls und betrachtete auf dem Photo vor mir Amin mit dem fröhlichsten Lächeln, das ich je an ihm gesehen hatte. Der Gesichtsausdruck, mit dem er die Queen ansah, glich dem eines Kindes, das seiner Mutter in die Augen schaut.

Stone folgte meinem Blick und sagte: »Genau über ihn möchten wir sprechen.«

»Aha«, sagte ich, und während sich Stone neben Perkins setzte, jagten mir alle möglichen Fragen durch den Kopf, was das bedeuten mochte. Weir blieb hinter ihnen stehen.

Die Pause war spannungsgeladen. Weirs Rauch erinnerte mich an einen Djinn, einen Geist aus der Flasche. Oder etwas Schottischeres, aber genauso Exotisches. Pale Kenneth vielleicht, den Wahrsager, der der Seher von Brahan genannt wurde.

»Um Klartext zu reden«, setzte Perkins an, »der Präsident ist außer Kontrolle geraten.«

Weir sah mich an. Ich entdeckte eine Reihe von winzigen Narben an seinem trübseligen Mund und am Kinn, und als mir einfiel, was Stone über ihn erzählt hatte, fragte ich mich, ob sie von seinem Abschuß herrührten.

»Unsere Hoffnungen ruhen auf Ihnen«, sagte Stone. »Vielleicht erinnern Sie sich noch daran, daß ich Sie gebeten hatte, in Mbarara für uns die Augen offen zu halten.«

Ehrlich gesagt, hatte ich unser Gespräch während meines ersten Aufenthalts in Kampala fast vergessen, soviel war seitdem geschehen.

»Ach, tut mir leid, daß ich mich nie gemeldet habe«, sagte ich, »aber ich wußte wirklich nicht, inwiefern ich Ihnen von Nutzen sein sollte. Ich bin doch bloß Arzt.«

Perkins und Stone sahen sich an.

»Lassen wir das mal dahingestellt«, sagte der letztere. »Jetzt könnten Ihre besonderen Fähigkeiten genau das Richtige sein.«

Stones gelbliche Haare waren länger geworden, seit ich ihn das letztemal gesehen hatte, bedeckten an den Seiten die Ohren und gaben ihm etwas Mädchenhaftes. Seine Glatze wuchs jedoch, und die glänzende Stirn hatte er auch nicht verloren. Beim letzten Mal hatte ich es für Schweiß gehalten, aber anscheinend sah er immer so aus.

»Wir brauchen Ihre Hilfe, Dr. Garrigan«, sagte er.

Perkins nickte so vehement, daß seine Hängebacken ins Zittern kamen. Ich mußte an den Swimmingpool denken. An das zur Seite fallende BH-Körbchen seiner Frau.

»Die Sache ist die: Die Morde müssen ein Ende haben«, fuhr Stone fort. »Die LKWs werden Ihnen ja ebensowenig entgangen sein wie uns.«

Allerdings nicht – ich hatte gesehen, wie die Lastwagen mit Leinenplanen bedeckt in den Busch fuhren, drei oder vier Soldaten saßen auf der Ladefläche, und hinter ihnen sah man in der Dunkelheit flüchtig die Gesichter der Häftlinge mit ihren weit aufgerissenen weißen Augen. Alle Ausländer mußten sie gesehen haben, aber bisher hatten wir das totgeschwiegen, einfach normal weitergemacht und uns geweigert, über Dinge nachzudenken, die uns nichts angingen. Ehrlich gesagt, war es anders nicht auszuhalten. Man mußte eine innere Distanz wahren – und die sollte ich jetzt anscheinend überwinden.

Stone wartete auf meine Reaktion. Ich wußte nicht, was ich sagen sollte, was von mir erwartet wurde.

»Schauen Sie«, sagte Perkins schließlich und lehnte sich

zurück, »seit die Asiaten nach London gegangen sind, stehe ich sehr unter Druck. Druck von höchster Stelle.«

Er zog ein Taschentuch aus der Tasche, nahm die Brille ab und putzte sich die Nase.

»Und was hat das mit mir zu tun?« fragte ich bestimmt, als seine Trompetenstöße verklungen waren.

»Nun ja«, meinte Stone, »Sie haben eine ... Sie bekleiden eine Vertrauensstellung, und ich darf wohl sagen, daß wir mitgeholfen haben, sie Ihnen zu beschaffen.«

»Was soll das heißen?« fragte ich überrascht.

»Wir hatten Ihre Zusammenkunft mit Amin und Wasswa von langer Hand vorbereitet. Der Zusammenstoß mit der Kuh war dann, na ja, ein glücklicher Zufall.«

»In gewisser Hinsicht ...«, sagte Perkins kryptisch.

Ich sah die weißen Vorhänge hinter ihm an, dann Weir, und merkte plötzlich, daß dieser noch kein Wort gesagt hatte. Seine grauen Augen erwiderten meinen Blick und durchbohrten mich förmlich.

Stone schob sich die Haare von der fettigen Stirn. »Um das Kind beim Namen zu nennen: Wir möchten, daß Sie ihn ... etwas direkter behandeln.«

Schockiert wurde mir klar, worauf er hinauswollte. Ich starrte die Messingstange über dem Fenster an. Und die Fahne.

»Er will die britischen Unternehmen und Teeplantagen verstaatlichen«, sagte Perkins, »das werden Sie ja gehört haben. Wir hoffen, Sie können als Stimme der Vernunft auf ihn einwirken.«

»Oder ihm etwas geben, das ihn zur Vernunft *bringt*«, fügte Stone hinzu, »wenn's nicht anders geht. Ihn beruhigen. Etwas, das er jeden Tag einnehmen muß.«

Weir musterte mich stirnrunzelnd, als hätte ich etwas angestellt. Ich fühlte mich wie ein Schüler, der zum Direktor beordert wird. Zu Mr. Laidlaw, dem in Fossiemuir. Der schlug uns immer mit einem schweren Holzlineal auf die Handflächen. Ich weiß noch, was das für rote Striemen gab, als hätte man ein Stück Schinkenspeck in der Hand.

»Ich weiß nicht, ob ich das kann«, sagte ich kopfschüttelnd. »Also, ich könnte wahrscheinlich schon ... Aber es entspricht nicht direkt meinem Berufsethos, oder?« Ich war einen Augenblick lang geschmeichelt, daß man mir eine solche Intrige überhaupt zutraute.

»Das ist keine Frage des Ethos«, sagte Stone und klopfte mit dem Finger auf den Tisch. »Ihre Aufgabe als Arzt ist es, ihn zur Räson zu bringen.«

»Wie meinen Sie das?« fragte ich und kam zur Besinnung. »Was bedeutet das in diesem Zusammenhang?«

Der Rauch waberte um seinen faltigen Hals. Weir lächelte mich an, und seine Augen leuchteten, als amüsiere er sich insgeheim.

»Machen Sie einen anständigen Präsidenten aus ihm«, sagte Perkins. »Sonst hat Großbritannien in Uganda ausgespielt. Und Sie wahrscheinlich auch.«

Plötzlich war mir übel. Weirs Zigarettenrauch benebelte mich. Er sagte noch immer kein Wort, aber ich hatte den Eindruck, er baute sich bedrohlich vor mir auf, während die beiden anderen mir weiter zusetzten.

»Wie wär's mit Tranquilizern?« fragte Stone munter.

Weirs schlaffes Gesicht kam mir plötzlich zwanzigmal so lang vor. Das Bild ging mir nicht aus dem Kopf, während ich zuhörte, wie mich die beiden anderen weiter bedrängten – und als sie mich wieder fragten, ob ich bereit wäre, Amin zu sedieren, wußte ich nicht, was ich sagen sollte. Schließlich ließ ich es offen.

21

Mit einem hatte Perkins recht gehabt. Im Lauf der nächsten Tage griff Amin gegen die Briten in Uganda tatsächlich hart durch. Es kam mir so vor, als wüßte er wirklich genau, was vor sich ging – was er ja auch immer behauptete. »Passen Sie auf«, hatte Popitlal zu Merrit und mir gesagt, als er damals in den Landrover gestiegen war. »Bald sind Sie an der Reihe. Erst *wahindi*, dann *wasungu*.«

Und nun war Merrit an der Reihe, zusammen mit Hunderten von Briten aus dem ganzen Land. Aber ich nicht. Nach Douglas-Homes Rede schnaubte Amin vor Wut und ordnete eine Reihe von Ausweisungen an. Briten, die im Lande blieben, mußten ihn entweder zum Zeichen ihrer Ergebenheit in einer Sänfte durch die Straßen tragen oder vor ihm niederknien und einen Treueid leisten. Perkins reichte eine formelle Protestnote ein.

Aus irgendwelchen Gründen blieb ich bei diesen Wirren ungeschoren. Ich mußte nicht das Land verlassen. Ich mußte mich nicht einmal an dem Sänftenlauf beteiligen. Und meine Aufgaben als Leibarzt des Präsidenten blieben annehmbar. Ab und zu machte ich Hausbesuche bei einem seiner Kinder, aber eine Belastung war das wirklich nicht.

»Sie sind offenbar das Hätschelkind seiner Lordschaft«, sagte Spiny Merrit bitter, als er auf dem Weg zum Flughafen vorbeischaute.

Er sah angegriffen aus, dünn und abgespannt – Joyce war schon einen Monat zuvor abgereist, erfuhr ich –, und es fehlte nur noch, daß er mir die Schuld daran gab, daß die Klinik am Ende so heruntergewirtschaftet war. Seit ich weggegangen war, sagte er, hatte die Armee wiederholt die

Ausstattung geplündert, und mehrere Schwestern waren verschwunden.

»Am Ende war ich dort der letzte Weiße«, rief er. »Ivor war weg, die Kubaner ... Wenn Sie geblieben wären, hätte das geholfen.«

Ich schwieg. Ich fand seine Vorwürfe ungerechtfertigt, aber es hätte nichts gebracht, mich zu diesem Zeitpunkt noch zu verteidigen.

Als ich mich mit Marina über Merrits Weggang unterhielt – einige Tage später während unserer Bootstour –, war sie alles andere als überrascht.

»Das betrifft nicht nur ihn, wissen Sie. Bob meint, wenn es noch schlimmer wird, müssen wir auch gehen.«

Die Unterredung in der Botschaft behielt ich für mich. Ich nahm an, daß er ihr nichts davon erzählt hatte, und so wie sie über ihren Mann und andere Botschaftsangelegenheiten sprach, lag ich damit wohl richtig.

»Im Augenblick ist alles ziemlich merkwürdig«, sagte sie. »Wir hatten Schwierigkeiten wegen Archie Weir. Er ist abberufen worden. Zu dicke mit Amin, hat Bob gesagt. Ich fand ihn schon immer komisch. Zu still. Bei Menschen, die zu still sind, bin ich immer skeptisch.«

»Ist er nach London zurückgegangen?«

»Schottland. Er ist in den Ruhestand versetzt worden.«

»Warum?«

»Man sagt« – sie zögerte kurz, als wüßte sie nicht recht, ob sie mich ins Vertrauen ziehen könne »es heißt, er hätte Amin einen Invasionsplan für Tansania mitsamt Landkarten und Munitionsplänen gegeben.«

Ich dachte an Weirs Gesicht, das sich über mir aufblähte, und an den Geruch seiner Zigaretten. »Um Himmels willen, warum sollte er?«

Sie schüttelte den Kopf. »Keine Ahnung. Das wüßten wir auch gern. Hören Sie, ich glaube, ich sollte lieber nicht darüber reden. Bob würde an die Decke gehen ...«

Was den Bootsausflug anging, lief zunächst alles prima, nachdem Marina die Überraschung verdaut hatte, daß wir nur zu zweit waren.

»Ich dachte, das würde eine große Party«, sagte sie. »Jetzt habe ich viel zuviel zu essen mitgebracht.«

Ich hatte bei einem Jungen aus einem Dorf auf der Halbinsel von Entebbe das Boot und eine drei Meter lange Angelrute gemietet. Marina hatte eine Kühltasche und einen Korb voll Speisen mitgebracht. Der Botschaftschauffeur hatte ihr die Sachen zum Pier hinuntergetragen, der zwischen zwei Schilfgürteln lag.

Während der Bootsjunge am Motor herumhantierte, sahen wir zu, wie die Dörfler große Bündel gespaltene Wolfsmilchzweige ins Wasser hinabließen. Das trübte die Oberfläche mit einer milchigen, giftigen Wolke. Die ersten Fische trieben an die Wasseroberfläche.

Während die Dorfbewohner im Flachen herumplanschten und die toten Fische einsammelten, ließ der Junge den Motor an. Wir stießen uns ab und ließen den Jungen und Marinas Chauffeur am Ufer zurück. Ich weiß noch, daß der Chauffeur für mich etwas Brutales hatte – wie er breitbeinig dastand und uns mit verschränkten Armen konzentriert nachsah.

Bald tuckerten wir fröhlich über den See. Ich lenkte das Boot vom Schilf weg ins tiefe Wasser, und hinter uns kräuselte die Schraube das Kielwasser. Nach den Regenfällen führten die Flüsse Hochwasser, und der Wasserspiegel des Sees war angestiegen. Die sonst kaum spürbare Strömung machte sich in Form von Gischt auf den kleinen Wellenkämmen bemerkbar. Über uns wölbte sich ein azurblauer Himmel.

»Ist das eigentlich auch für Menschen giftig?« fragte Marina und sah zu den Zweigbündeln zurück.

»Wenn Sie an Ort und Stelle das Wasser trinken, dann vielleicht. Wir hätten vielleicht warten sollen, bis sie fertig sind. Angeblich fangen sie Hunderte auf einmal.«

Sie fuhr über den großen Löffel mit dem Drillingshaken am Ende der Angelrute im Bug.

»Es sieht einfacher aus als hiermit.«

»Ist aber nicht so sportlich«, sagte ich.

Ich schob den Griff des Motors nach rechts, um einer der vielen Sandbänke und großen, verfilzten Flächen der Tropischen Wasserpest auszuweichen, die den See an vielen Stellen bedeckten. Das Boot schwenkte gehorsam nach links (es war nur ein Einzylindermotor, aber der reichte völlig aus), und wir rauschten weiter.

»Die Wasserpest ist von belgischen Kolonialisten nach Ruanda eingeschleppt worden, hat Colin – der aus dem Krankenhaus – gesagt«, erklärte ich ihr. »Das ist der, der heute eigentlich mitkommen wollte.«

»Warum konnte er nicht?«

»Weiß ich nicht. Hatte wohl was anderes vor. – Die Wasserpest ist dann jedenfalls den Kagerafluß hochgewandert und vermehrt sich heute wie wild. Eine einzige Blüte bringt im Jahr eine Million Pflanzen hervor, sagt Colin. Die Leute von den Wasserkraftwerken befürchten, daß sie irgendwann den ganzen See überwuchert. Genauso wie der Victoriabarsch. Den haben wir – die Briten – in den Fünfzigern hergebracht, und inzwischen hat er alle kleinen Fische aufgefressen. Wir tun der Welt also einen Gefallen, wenn wir einen fangen.«

»Schauen Sie«, sagte Marina und zeigte hinter mich. »Webervogel.«

Ich drehte mich um und brachte das Boot ins Schwanken. Tatsächlich, am anderen Ende der Sandbank – die jetzt hinter uns versank, als wäre sie vom Heck aus erschossen worden – waren die gelben Strohkörbchen zu sehen, in denen sie ihre Nester anlegen.

»Die sind so schön«, sagte sie. »Komisch, als wir zu den Murchison Falls gefahren sind, haben wir Fischfallen gesehen, die genauso aussahen. Aus Rohr. Als hätte man die Nester gesehen und deren Form übernommen.«

Als wir eine freie Stelle im Wasser erreicht hatten, stellte ich den Motor ab und griff nach der Angelrute. »Dann wollen wir mal«, sagte ich.

Ich achtete darauf, daß der Blinker nicht an ihr hängenblieb, und ließ ihn rund zwanzig Meter aufs Wasser hinausschnellen.

»Das war aber weit«, sagte sie.

»Geht so«, sagte ich und holte die Leine ruckweise ein. »Früher war ich besser.«

Nach ein paar weiteren Würfen – ohne daß etwas angebissen hätte – schlug ich vor, sie sollte es mal probieren. Ich stellte mich hinter sie, umfaßte ihr Handgelenk und zeigte ihr wie. Ich spürte die Wärme unserer Körper.

»Jetzt holen Sie die Leine ein«, sagte ich.

Wir standen schweigend im schaukelnden Boot unter den rosa und rot gesäumten Wolken Afrikas. Nur das Klicken der eingeholten Leine war zu hören und die plätschernden Wellen am Bootskiel.

»Vielleicht mach' ich was falsch«, sagte sie, als der glitzernde Köder plötzlich aus dem Wasser schnellte.

Ich fing die tropfende Leine auf. »Sie müssen Geduld haben. Wenn Sie den Fisch zu sehr wollen, beißt er nicht an. Das ist das eherne Gesetz des Angelns.«

»Ich glaube, das ist nichts für mich«, sagte sie und gab mir die Angel zurück. »Versuchen Sie's noch mal.«

Ich warf die Leine wieder aus und gab mir diesmal mehr Mühe. Die Leine schoß anderthalbmal so weit. Aber auch jetzt biß nichts an.

»Wir können es ja mal woanders probieren«, sagte ich.

»Vielleicht gibt es bei der Insel da Fische«, schlug sie vor.

Sie zeigte nach Westen, wo sich über der planen Wasserfläche Bäume und Felsen abzeichneten. Ich ließ den Motor wieder an und hielt darauf zu. Marina setzte sich ins Heck, und der Fahrtwind zerzauste ihr das Haar, als sie aufs Wasser hinaussah. Ich fragte mich, woran sie wohl dachte.

»Gibt's hier eigentlich Krokodile?« fragte sie und drehte sich um.

»Die gibt's bestimmt. Aber das Risiko, Bilharziose zu bekommen, ist größer.«

»Das sind diese Würmer, oder?« sagte sie. »Die ihre Eier in einem ablegen.«

»So in etwa«, sagte ich und grinste sie an. »Wir können hier anlegen.«

»Schiffbrüchige«, sagte sie und kicherte einladend.

Auch die Insel hatte einen Binsengürtel, aber es gab ein paar freie Stellen. Ich manövrierte das Boot durch eine davon und entdeckte einen kleinen Sandstrand. Ich stellte den Motor ab, und wir glitten darauf zu. Im schwankenden Boot unsicher streifte ich dann meine Schuhe ab und krempelte mir die Hose hoch. Marina lachte, als ich aus dem Boot sprang und es an einen Baum band. Dabei knatterte etwas. Wir fuhren zusammen. Ein Entenschwarm, der unseren britischen Stockenten glich, flog aus dem Schilfrohr auf. Wir sahen den sechs oder sieben Vögeln nach, die erst jeder für sich flogen und sich dann zu einer Dreiecksformation gruppierten. Ich planschte zum Boot zurück, und meine nackten Füße versanken im Sand.

»Erst hab' ich gedacht, das wären Schüsse«, sagte sie. »Was ist das da drüben?«

Sie zeigte auf die Umrisse eines Schiffs, das auf uns zukam und größer wurde. Dann hörten wir Musik.

»Amin vielleicht oder die ugandische Marine«, riet Marina.

Ich lachte. Ausgeschlossen war das nicht. Ich stand da, das kühle Wasser umspielte meine Knöchel, und wir sahen hinüber. Schließlich kam das Schiff so nah heran, daß wir einen Passagierdampfer erkennen konnten. Es lag tief im Wasser, und am Bug standen die Worte MS LUMUMBA. Es hatte zwei Decks, beide waren voller Menschen, und viele winkten uns im Vorbeifahren zu. Auf dem einen Deck konnte man zwei schwarze Lautsprecherboxen erkennen. Die Musik spielte laut, und die Bässe wummerten über das Wasser. Aber ich konnte die Melodie nicht erkennen und Marina auch nicht.

»Ich kann sie nicht einordnen«, sagte sie.

»Schnell«, sagte ich. »Steigen Sie lieber aus.«

Ich hatte gesehen, daß die Bugwellen des Dampfers auf uns zukamen, und zog das Boot den Strand hoch, damit Marina aussteigen konnte, ohne naß zu werden. Ich reichte ihr die Hand, und sie stieg vorsichtig über den Bootsrand. Wir standen im Sand und warteten auf die Wellen. Sie waren viel kleiner, als ich gedacht hatte, und das Boot schaukelte nur wenig.

Dann packten wir die Picknicksachen aus und legten sie auf eine Grasfläche. Nach dem Essen – bei den Sandwichs mußte ich an Amin denken – legten wir uns ins Gras, und die heiße Sonne leckte uns den Schweiß von den Brauen. Einmal ließ sich eine Eule mit braun-honigfarbenem Gefieder im Baum über uns nieder, schenkte uns aber keine Beachtung. Ein paar Minuten lang wandte sie wie ein Ausguck den Kopf hin und her, dann flog sie wieder davon.

»Sie hat sich wohl nur ausgeruht«, sagte Marina. »Beim Flug über den See.«

»Die Eule der Minerva beginnt erst in der Dämmerung ihren Flug.«

»Wie bitte?«

»Hinterher ist man immer klüger. Für die Griechen waren Eulen die Diener der Göttin der Weisheit.«

»Die haben sich alles so vorgestellt, was?« sagte sie und wischte sich ein paar Krümel ab. »Alles war für sie voller Magie, alles folgte einem Plan.«

Ich dachte, weiß der Geier warum, daß sie mir damit einen Wink geben wollte. Daß jetzt der Augenblick gekommen war, mich über sie zu beugen und uns beiden unter der heißen Sonne einen Schauder über die Haut zu jagen, daß ich ihr sanft die Hand auf den Bauch legen sollte, zart wie die Stelle, wo die schieferartigen grünen und silbernen Schichten des Sees in den Himmel übergingen. Ich küßte sie aber nur zärtlich auf den Arm, direkt unter dem Ärmel ihres Sommerkleids.

Sie setzte sich ruckartig auf, wobei sie mir mit der Schulter einen Nasenstüber versetzte, und kam auf die Beine.

»Was erlauben Sie sich?« schrie sie. »Für wen halten Sie sich eigentlich?«

Sie wischte sich hektisch die Stelle ab, wo meine Lippen sie berührt hatten, als säße dort ein Insekt.

»Ich ...«, stammelte ich.

»Bringen Sie mich sofort zurück«, sagte sie. »Auf der Stelle. Ich weiß nicht, was Sie sich gedacht haben, aber offenbar etwas anderes als ich. Ich bin mit dem britischen Botschafter verheiratet!«

Sie stieg ins Boot, und ihr Kleid wurde naß. Betreten räumte ich die Picknicksachen wieder in den Korb, bevor ich ebenfalls ins Boot stieg. Sie schaute aufs Wasser hinaus, ihre Hände umklammerten das triefende Kleid, ihr Gesicht war abweisend.

Der Außenbordmotor spielte bei den ersten Versuchen nicht mit, und eine schreckliche Sekunde lang fürchtete ich, wir wären auf der Insel gestrandet. Echte Schiffbrüchige. Aber beim fünften Versuch ratterte die Schnur mit der richtigen Spannung ins Gehäuse zurück, und der Motor stieß eine blaue Rauchwolke aus.

»Es tut mir leid«, sagte ich leise, als wir ein Stück hinter uns gebracht hatten. »Ich muß da etwas falsch verstanden haben.«

»Das kann man wohl sagen«, sagte sie. »Ich weiß nicht, was auf einmal in Sie gefahren ist. Ich weiß nicht, was Sie von mir erwartet haben, ich hätte das jedenfalls nicht von Ihnen erwartet.«

Schweigend fuhren wir zum Festland zurück, ich hielt Ausschau nach der Landmarke des Dorfes, sie starrte eisig die Angelrute im Bootskiel an. Ich fühlte mich irgendwie schuldig, aber weniger beschämt, als man hätte annehmen sollen.

Unklarheit hat etwas Freies, aber auch Flüchtiges. Unklarheit kann mit Federn oder Wellen zu tun haben. Ich versuche, beim Schreiben genau zu sein, aber das Material ist spröde, und an manchen Tagen frage ich mich, was »genau« bedeutet – an Tagen wie heute, wo der Wind in der losen Fensterscheibe der Kote stöhnt und die Seemöwen am grauen, wechselhaften Himmel wie kleine Kinder schreien.

Es ist ein Winterwind, er hat im April seine Kraft verloren und läßt seine Frustration an Schiffen und Bäumen aus. Es gibt eine Legende – hier oben im Nordwesten –, der zufolge die Insel in einem Sturm weggezaubert wurde, verschwand und sich irgendwoanders »schmetterlingsgleich auf den schäumenden Wassern« niederließ, wie ein Reiseprospekt es hochpoetisch ausdrückt.

Die arme Eberesche am Haus grünt schon, aber es ist immer noch bitterkalt. Am Erker rankt Geißblatt empor, das die Winterstürme erstaunlicherweise überstanden hat. Ich verbringe die meiste Zeit im Haus, trinke bis spät in die Nacht hinein abwechselnd Kaffee und Whisky und mache nur manchmal Pause, um fernzusehen. Jetzt kam gerade eine Sendung über die Hinrichtung einer Prinzessin in Saudi-Arabien. Prompt sehe ich Amin mit einem großen Krummschwert vor mir.

Einen Ausdruck in der Sendung – »tragisches Schicksal« – bezog ich unwillkürlich auf mich, auf meine Zeit in Uganda und alles, was mir dort zugestoßen ist. Da war es also plötzlich wieder, mein bevorzugtes Selbstbild, das mich überhaupt erst dorthin gebracht hatte. Da die Welt mir nicht gibt, was ich suche, leugne ich die Tatsachen, das ist mein Problem. Damit kommt man nicht weit.

Es ist schrecklich: Immer glaubt man, die Zeit würde

einen ändern. Man malt sich eine Zukunft aus, in der alles so ist, wie es sein soll. Dabei stürzt man nur in einen Zeitstrom der Vergangenheit zurück, dessen Fluten über einem zusammenschlagen.

Auf dem Herd pfeift der Kessel. Onkel Eamonns altmodischer Wasserkessel. Ich sollte mir einen elektrischen besorgen, aber der hier ist mir ans Herz gewachsen.

22

Etwa eine Woche nach dem Angelausflug rief mich Wasswa im Krankenhaus an. Um mich nach dem Debakel mit Marina auf andere Gedanken zu bringen, hatte ich eine lange Mittagspause gemacht und die Kasubi-Grüfte besucht. Das waren die langen, dunklen Rieddachhütten, in denen die Kabakas, die Könige der Baganda, bestattet wurden. Eine Amtsperson namens »Hüter der Nabelschnur des Königs« hielt dort Wache. Der Legende zufolge ist die Nabelschnur der Zwilling des jeweils amtierenden Königs, und wenn sie beschädigt wird, hat das Auswirkungen auf sein körperliches Wohlergehen. Wie im Voodoo oder in der sympathischen Medizin. Aber wie gesagt, der König war zu dieser Zeit tot, und der Kronprinz lebte im englischen Exil. Der neue König, sollte ich wohl sagen, falls es einen König ohne Land geben kann.

Wasswa war außer sich, als er mich endlich erreichte, denn da hatte er es schon seit zwei Stunden versucht. »Kommen Sie sofort«, sagte er, »der Präsident ist krank. Er ist in Nakasero.«

Es war ein stürmischer Tag, und wir hatten viel zu tun. Obwohl es schon drei Uhr war, scharten sich vor dem Krankenhaus noch immer kleine Gruppen von Patienten. Einige von ihnen zerrten an meiner Kleidung, als ich mit dem Notfallkoffer in der Hand zum Transporter lief.

Unterwegs sah ich vier Frauen, die die Teerstraße entlanggingen und sich als vergeblichen Schutz gegen die Regengüsse Schals um die Köpfe geschlungen hatten. Plötzlich quietschte es, und ich wurde von einem VW-Bus überholt, der schlitternd vor den vier Frauen zum Stehen kam.

Ich überholte meinerseits den VW-Bus, sah aber noch, wie die Schiebetür aufging und eine Frau hineingezogen wurde. Es war wie eine Szene im Kasperletheater, aber trotzdem bestürzend. Ich konnte es im prasselnden Regen nicht richtig erkennen, und als ich in den Rückspiegel sah, hatte ich fast einen Unfall – die verfallene Straße war voller Steine und Schlamm.

Ziemlich mitgenommen erreichte ich Nakasero. Eine Wache brachte mich zum Eingang der Lodge, und ich eilte die Treppe hoch, wo Wasswa schon auf mich wartete.

»Er ist drinnen, er hat Bauchschmerzen«, sagte er.

Wasswa führte mich nach oben und durch ein Zimmerlabyrinth. Schließlich kamen wir in das herrschaftliche Schlafzimmer, wo ein großes Himmelbett stand. Durch die rosaroten Tüllvorhänge sah ich einen Hügel aus Laken und Decken, durchflutet von sanftem, genitalem Licht. Komische Fehlleistung – *wollte ich geniales Licht sagen?* –, aber irgendwie stimmte es; denn eine solche Farbe hatte das Licht, und es war sanft. Über allem hing ein animalischer Geruch: Fuchsbau, Dachshöhle – irgend etwas Stinkendes und Schlupfwinkelhaftes.

An der einen Bettseite stand eine riesige Bücherwand: Einbände aus edlem rotem Leder mit goldenem Prägedruck – *Protokolle der Ugandischen Gesellschaft der Rechte*, gefolgt von einer römischen Zahl. Auf der anderen Seite standen ein altmodisches Schreibpult und ein weißer Schminktisch, an den sich links und rechts Spiegelschränke anschlossen. Auf dem Boden lagen Kleidungsstücke verstreut, Platten (zum Teil ohne Schutzhüllen) und eine Reihe Herrenmagazine. In einer Ecke flackerte grau und nutzlos ein Fernsehgerät. An der Fernsehtruhe lehnte ein Baseballschläger, daneben lag ein Fängerhandschuh auf dem Teppich. Auf dem Nachttisch sah ich Tabletten neben einem Fläschchen mit abgeschraubtem Deckel und ein paar leere Simbaflaschen.

»Euer Exzellenz?« sagte Wasswa nervös.

Der Lakenberg geriet in Bewegung. Wasswa zog den Tüllvorhang zurück, plötzlich flog das Bettzeug herab, der in einer Khaki-Unterhose auf dem Bauch liegende Amin tauchte auf, wälzte sich schwerfällig auf die Seite und zog unter dem Kissen eine Hand mit einem großen, silbrigen Revolver hervor.

»O nein, Sir, Sir, ich bin es, Wasswa«, rief der Minister, machte einen Satz zurück und stolperte mir in die Arme.

»Hä?« grunzte Amin.

Ohne die Waffe zu senken, drehte er sich auf den Rücken und sah uns über das Gebirge seines auf und ab wogenden Bauches hinweg argwöhnisch an. Die Matratze und Amin auf ihr wiegten sich langsam, und ich erkannte, daß es ein Wasserbett war.

»Weg hier«, rief er. »Ich will Sie nicht sehen!«

»Entschuldigen Sie«, sagte ich. »Man sagte mir ...«

»Doktor – Sie doch nicht«, sagte Amin. »Ich meine meinen Minister. Das hier ist eine Privatangelegenheit, Minister.«

Er steckte die Waffe in einen Cowboyholster, der an der Lehne eines alten Stuhls neben dem Bett hing. Wasswa verschwand mit zerknirschtem Gesicht, und ich machte mich an die Untersuchung. Endlich, mehrere Monate nach Antritt meiner Stelle konnte ich meine Arbeit machen.

»Ich bin sehr krank. Ich habe hier Schmerzen«, klagte Amin und drückte sich auf die rechte Seite.

Ich beugte mich über ihn und palpierte sacht die betreffende Stelle, neben der sich die dunklen Locken zu seinem hohen Bauchnabel kringelten. Ich spürte eine leichte Schwellung. Er jammerte wieder – ein überraschend hoher Ton, ähnlich dem einer Katze, die einen vorbeigehenden Fremden erblickt und sich maunzend nach dem Abendessen erkundigt.

»Können Sie mir sagen, was Sie gegessen haben?« fragte ich und genoß diesen Augenblick insgeheim.

»Nicht schimpfen, Doktor. Ich hatte *matoke*, zwei Stück Ziege und einen Becher Eiscreme«, sagte er. »Das ist alles.«

»Und das hier?« fragte ich und zeigte auf die Tabletten auf dem Nachttisch.

Er antwortete nicht. Ich starrte die Fleischmassen unter mir an: Knöchel, Schienbeine, Schenkel – das maskierte Auge seines Penis, der wie ein ermatteter Fisch zur Seite gefallen war und durch den Eingriff seines Slips linste – Bauch, Brust, Schultern, Kopf. Die malvenfarbenen Wurstscheiben von Amins Nippeln hatten etwas Hypnotisches. Eingebettet in schwarze Haare, bestanden sie fast nur aus Warze, hatten praktisch keinen Hof. Diese kurzen, dicken Pistillen waren mir sofort aufgefallen, als ich beim Abtasten über sie hinweggestrichen hatte. Ich verspürte zugleich Ekel und Faszination. Da sage noch einer, Ärzte träten den Körpern ihrer Patienten stets vollkommen neutral gegenüber.

»Also?« fragte ich nach einiger Zeit.

Er drehte den Kopf und sah auf den Nachttisch. »Ach, das ist nur meine Medizin. Das ist Aspirin.«

»Euer Exzellenz«, sagte ich. »Sie dürfen Aspirin nicht mit Bier zusammen nehmen. Das ist schlecht für den Magen.«

»Ich habe Bauchschmerzen, keinen Kater.«

Ich nahm eine Simbaflasche und hielt sie ihm tadelnd vors Gesicht.

»Deswegen. Oder Sie haben zuviel gegessen.«

Er kam ein Stück hoch und stützte sein Gewicht auf einen Ellbogen.

»Nein! Der Bauch hat mir schon vorher wehgetan.«

»Das kann sein«, sagte ich. »Aber Bier ist da keine Hilfe. So, und jetzt legen Sie sich wieder hin.«

Ich beugte mich vor und palpierte erneut seinen Bauch. Ich spürte einen harten, aber nicht völlig unnachgiebigen Knoten zwischen dem unteren Brustkorb und dem oberen

Becken. Ungefähr so groß wie ein Hühnerei. Ich wußte sofort, wo der Hund begraben lag.

»Ich glaube, ich weiß, was Ihnen fehlt. Ich werde jetzt ziemlich kräftig hier drauf drücken. Versuchen Sie, sich nicht zu bewegen.«

Ich drückte auf den Knoten und stieß ihn nach unten, nicht nach innen.

»Das tut weh, Doktor«, sagte Amin und schwang auf dem Bett auf und ab. »Ich glaube, ich brauche Medikamente.«

»Die brauchen Sie am allerwenigsten«, sagte ich und fühlte mich sicher und als Herr der Lage.

Ich versuchte es noch einmal, aber nichts passierte.

»Das nützt nichts, Euer Exzellenz, ich muß drastischere Maßnahmen ergreifen, um Ihnen Erleichterung zu verschaffen.«

»Alles, was funktioniert, ist gut«, antwortete er. »Wichtig ist nur, daß ich vor Gesundheit strotze. Wie Sie das schaffen, ist mir egal.«

»Ich brauche etwas Langes und Hartes«, sagte ich. »Es ist nicht gerade ein Standardverfahren, aber ich muß Sie aufstoßen lassen.«

»Was?« fragte Amin. »Was ist das?«

»Wie bei Säuglingen«, sagte ich.

»Säuglingen?«

»Lassen Sie mich nur machen.«

Ich ließ die Augen gierig durch den Raum schweifen. Ich hatte eine unorthodoxe Kombination des Heimlich-Handgriffs bei Erstickungsgefahr mit dem klassischen Bäuerchen vor. Aber Amins Bauch war schlichtweg zu groß für mich, und ich brauchte mechanische Unterstützung.

Ich sah mich um. Unter den auf dem Boden verstreuten Kleidungsstücken befand sich eine Safarijacke, der große Shillingbündel die Taschen ausbeulten, und ein Paar brauner Stiefel. An einer Wand hing ein großes, dilettantisch gemaltes Porträt von Patrice Lumumba, dem kongolesischen Patrioten. Ich erinnerte mich dunkel, daß Amin einen seiner Söhne nach ihm benannt hatte. Ein Magazin für Schnellfeuerwaffen fiel mir ins Auge, und dann erblickte ich etwas, das mir wie gerufen kam. Natürlich – der Baseballschläger. Ich ging hin und nahm ihn mir.

»Was soll das?« schrie Amin und tastete nach der Waffe, die am Stuhl hing.

»Schon gut«, sagte ich und drückte den Schläger an mich. »Ganz ruhig bleiben. Es sind nur die Schmerzen, die Sie nervös machen.«

Er sah mich kurz an, dann legte er die Waffe aufs Bett. Auf den weichen Laken bot sie einen komischen Anblick.

»Es stimmt. Sie haben recht. Sie haben recht, weil Sie Arzt sind.«

»Ich werde diesen Schläger benutzen«, sagte ich beruhigend, »um Ihnen die Schmerzen zu nehmen. Es tut vielleicht ein bißchen weh, aber hinterher wird es Ihnen gleich besser gehen.«

»Ja?«

»Ja.«

Er sah mit einem vertrauensvollen Ausdruck in den Augen zu mir hoch.

»So«, sagte ich und zog den Stuhl mit dem Holster ans Bett, »können Sie sich bitte hierhin setzen?«

Ich nahm den schweren Holster ab und half Amin, die nackten Beine vom Bett zu schwingen. Seine Beinbehaarung war von den Decken plattgedrückt worden, und die engen Löckchen bildeten Hieroglyphen auf der Haut. Vom jahrelangen Marschieren in schweren Militärstiefeln hatte er schwielige Füße, aber auch sie wirkten gewaltig. Als könnten sie von den zierlichen Knöcheln getrennt und separat auf einem Museumssockel bewundert werden.

»Was wollen Sie machen?« fragte er ungeduldig. »Das hat noch kein Arzt gemacht. Die Kubaner nicht, die Russen nicht und die Koreaner auch nicht. Was ist das für ein Trick, den nur schottische Ärzte kennen?«

»Wenn Sie sich auf den Stuhl hier setzen, haben wir es gleich hinter uns«, sagte ich.

Er bewegte seine massige Gestalt unbeholfen, als hievte er sich aus einem Auto in einen Rollstuhl, und ließ sich auf den ledernen Sitz plumpsen. Die Schenkel, über denen die Khakiunterhose spannte, quollen an den Seiten über. Er stützte das Gesicht in die Hände, seine Ellbogen lagen auf den Knien.

»Was wollen Sie machen?« Beim zweiten Mal kam die Frage wegen der Hände vor dem Mund verzerrt heraus.

»Nichts. Bleiben Sie einfach ruhig sitzen.«

Ich trat hinter ihn und führte den Baseballschläger über seinen Kopf.

»Was für einen seltsamen Ritus vollziehen Sie da?« fragte Amin unter mir nervös.

»Ich werde den jetzt hier auf Ihren Bauch drücken. Sie werden sich gleich besser fühlen.«

»Bestimmt?«

»Bestimmt. Lehnen Sie sich zurück.«

Ich ging hinter ihm in die Hocke und drückte das Gesicht in das Flechtwerk der Stuhllehne. Dann schob ich die Schlagfläche des Schlägers unter seine Bauchwülste, bis er an der richtigen Stelle lag. Schließlich stand ich wieder auf und beugte mich über ihn.

»Jetzt beugen Sie sich bitte vor.«

Gehorsam tat er das – und ich zog an beiden Enden am Schläger, erst sachte, dann mit mehr Druck. Ich spürte den gummiartigen Ballen seines Ohrs an meinem. Heute frage ich mich, was für eine Ohrenbeichte ich ihm in jenem Moment abnahm, welche urzeitlichen Paukenschläge aufs Trommelfell.

»Dr. Nicholas!« rief Amin. »Sie tun mir weh!«

Ich zog noch einmal und dann ein drittes Mal.

»Aufstehen!« befahl ich.

Er kam taumelnd auf die Beine, die feuchte Haut seiner Schenkel klang wie das Abreißen von Klebeband, als sie sich vom Ledersitz abschälte.

»Was sollte das alles?« fragte er und starrte mich an, als wäre ich verrückt geworden. »Warum drücken Sie da drauf?« Er rieb sich den geschwollenen Bauch.

»Das war noch nicht alles«, sagte ich. »Vertrauen Sie mir. Berühren Sie jetzt Ihre Zehen.«

Er versuchte es. Der Präsident auf Lebenszeit, Feldmarschall Al Hadj Doktor Idi Amin Dada, VC, DSO, Herr der Tiere des Erdkreises und der Fische im Meer, König der Schotten und Eroberer des britischen Empires in Afrika im allgemeinen und Uganda im besonderen beugte sich zu seinen Zehen hinab. Dann ließ er einen Flatus abgehen, dessen Resonanz seiner Größe angemessen war.

Er war kürzer als der der Frau mit dem Darmproblem im Krankenhaus, dachte ich und brachte mich in Sicherheit, aber er hatte mehr Wucht. Und der Gestank war sehr viel schlimmer.

Amin kam wieder hoch, sah mich an und griff nach dem Baseballschläger. Er kam auf mich zu, und ich dachte, er wollte mich damit schlagen. Schließlich hatte ich ihm eine Schmach zugefügt. Aber dann lachte er los und schlug sich den Schläger ans Bein. Ein tiefes Lachen, tief und dunkel, das Lachen eines Menschen, der im toten Licht und Sternenstaub der Galaxien das Komische gesehen hat. Ein weltumspannendes Lachen.

»Sie!« sagte er und packte meinen Arm – ich spürte, wie der Daumen auf den Knochen preßte. »Ich dachte, Sie wären verrückt geworden. Damit.«

Er hielt den Schläger hoch und warf ihn aufs Bett, wo er scheppernd auf dem Revolver landete.

»Sie sind ein sehr kluger Mann. Sie haben mein Problem erkannt. Jetzt müssen wir die Heilung feiern. Wir müssen in eine Bar gehen.«

»Ich würde Sie gern von Kopf bis Fuß untersuchen«, sagte ich, »und dann muß ich ins Krankenhaus zurück.«

»Nichts da. Denen sagen Sie, ich hätte Ihnen freigegeben. Und die Untersuchung machen Sie ein andermal. Wir gehen ins Satellite und trinken *waragi*. Aber vorher muß ich mich waschen und meine beste Kleidung anlegen.«

»Aber ich muß ...«

»Es gibt kein Aber, und es gibt kein Muß. In Uganda stehe ich über solchen Dingen«, sagte er und ging ins Badezimmer.

Ich setzte mich auf den Bettrand, und meine Stimmung sank plötzlich. Ich starrte das graue Schneegestöber auf dem kaputten Fernsehschirm an und dachte an den Winter in Fossiemuir. An einem Dezembermorgen, da muß ich sechs oder sieben gewesen sein, wollte ich mit meinem Vater rodeln gehen, aber er wollte nicht. Ich bekam einen Wutanfall, lief in den Garten und rannte wie ein tanzender Derwisch immerzu ums Haus herum – bis sich plötzlich die große Gestalt meiner Mutter vor mir aufbaute und mich in ihre stattlichen Arme schloß. Am Nachmittag hatte ich durch mein Fenster zugesehen, wie meine Spuren unter dem Neuschnee verschwanden.

In der fast vollkommenen Stille des Schlafzimmers hörte ich nebenan ein Rasiermesser schaben und ab und zu das Wasser rauschen. Kurz darauf steckte Amin den Kopf durch die Tür, das Gesicht noch halb mit Rasierschaum bedeckt – ein Clown, ein Minstrel.

»Nicht traurig sein, Doktor. Sind Sie müde? Sie müssen müde sein, nachdem Sie so gute Arbeit geleistet haben.«

»Danke«, sagte ich, »mir geht's gut.«

»Sie werden für Ihre professionelle Behandlung belohnt werden. Aber vorher: *Waragi!*«

Waragi war ugandischer Bananenschnaps, und in der Bar bestellte Amin gleich fünf Flaschen davon. Alles scharte sich um ihn, hofierte ihn und schmarotzte Gratisdrinks. Ich probierte nur ein paar Schlucke. Der Fusel nahm mir den Atem, und von der Musik schwirrte mir der Kopf. Einmal stand Amin auf und spielte mit der Band Akkordeon. Dann tanzte er, und ich mußte mittanzen.

Als ich sagte, ich müßte nach Hause, runzelte er die Stirn.

»Soweit ist es noch nicht. Ich sage, wann es soweit ist. Aber da Sie mir geholfen haben, erlaube ich es Ihnen. Sie müssen mich aber fahren, ich habe nämlich zuviel von diesem Zeug getrunken. Ich schlafe heute nacht in State House.«

Und so chauffierte ich Idi Amin nach Hause. Seine Leibwächter und dienstbaren Geister hatte er weggeschickt, als wir in die Bar gegangen waren: Es war, als hätte er mich in jener Nacht zu einem besonders lieben Freund machen wollen.

Er hatte den silbernen Revolver im Schoß liegen, als ich uns durch die Dunkelheit über die schlaglochübersäte Straße nach Entebbe zurückfuhr.

»Es tut mir leid, daß ich Angst hatte, als Sie mich geheilt haben«, sagte er. »Aber ich dachte, auch Sie wollten mich umbringen. So viele Leute wollen mich umbringen.«

»Aber Sie haben doch bestimmt jede Menge Schutz«, sagte ich nervös.

»Ja, das stimmt. Weil der Gott auf meiner Seite ist. Ich habe es geträumt, aber es war unmöglich. Sie haben es nicht geschafft. Weil ich es weiß, ich habe es nämlich geträumt. Ich weiß genau, an welchem Tag und um welche Stunde ich sterben werde. Ich weiß es einfach. Und in welchem Jahr und an welchem Datum. Das weiß ich alles schon, aber es ist ein Geheimnis ... Das habe ich klar und deutlich gesagt ... Und ich weiß auch genau, von wem mir Gefahr droht. Das kann ich sehr schnell durchschauen, und er empfängt seine Strafe direkt von Gott. Denn ich handle nur auf Eingebungen des Gottes.«

Als wir Entebbe erreicht hatten (die Wachen, die den Transporter kontrollierten, sahen schockiert, daß Amin mein Beifahrer war), mußte ich noch in seine Wohnung mitkommen und die Unterhaltung fortsetzen.

Wir tranken weiter *waragi*, saßen allein an der langen Mahagonitafel im Festsaal von State House, und die abscheulichen Stammesmasken und die Gemälde der kolonialistischen Generalgouverneure sahen auf uns herab. Ich sah zu ihnen hoch, besonders zu dem weißschädeligen, der meinen Vater nachäffte, und Idi Amins Stimme hallte durch den großen, düsteren Raum.

»Es ist gut, daß Sie mir zuhören«, sagte er. »Ich kann Ihnen gar nicht sagen, wie müde ich von all der Arbeit werde. Uganda zu regieren. Das ist sehr schwer.«

»Sie sollten mehr delegieren«, sagte ich. »Lassen Sie andere Leute die Arbeit machen.«

»Das verstehen Sie nicht. Ich kann niemandem trauen. Viele, die sich heute meine Freunde nennen, werden mich morgen verraten. Der Berühmteste im Meer ist der Hai, aber es gibt viele andere.«

»Wie meinen Sie das?«

»Ich muß immer auf der Hut sein.«

Ich nippte nachdenklich an meinem *waragi*. »Haben Sie je an Rücktritt gedacht?«

Er lächelte mich seltsam gutmütig an, und seine Wangen glänzten im Licht der über dem Tisch hängenden Lampen.

»Ich werde hier über die volle Strecke das Sagen haben. Als Mann des Schicksals kann ich mich nicht auf eine *shamba* zurückziehen und Hühner züchten. Nein, ich muß die volle Strecke hinter mich bringen. Und Sie wissen ja, Dr. Nicholas, daß jede Strecke ein Ende hat. Das ist meine Tragödie.«

»Es ist nicht unbedingt eine Tragödie«, sagte ich.

»Doch«, sagte er scharf. »Das weiß ich nur zu gut. Ich weiß es. Ich weiß, daß ich die ganze lange Strecke durchhalten muß, bis der Gott zu mir spricht.«

»Wer ... ist dieser Gott?« Obwohl mir mulmig war und

ich äusserst vorsichtig sein musste, genoss ich diesen seltenen Augenblick der Nähe.

»Der Herr Jesus Christus und Allah und das Seidenäffchen, das mit seinem weichen weissen Pelz wie ein Priester aussieht. Und der Nil und die *mopani*-Biene, die einem den Schweiss vom Hals saugt. Der Gott ist vielerlei.«

Er deutete auf die kolonialistischen Gemälde. »Selbst sie sind es.«

»Was Sie da eben gesagt haben«, sagte ich zaghaft, »dass Sie den Zeitpunkt Ihres Todes kennen –«

»Ja«, sagte er.

»Da würde mich interessieren: Glauben Sie an ein Leben nach dem Tode?«

Amin überlegte kurz. Ich dachte an Stone und seine Pläne. Im Moment war es für mich undenkbar, diesem Mann Beruhigungsmittel zu geben. Vom Alkohol aufgekratzt, spürte ich sogar leichte Zuneigung.

»Ich weiss es nicht«, beantwortete er meine Frage. »Ich habe natürlich meine Söhne. Vielleicht lässt es sich so sagen: Wenn die Lippen vertrocknen, verrinnt der Speichel.«

Er sah auf den gefliesten Boden. »Mein eigener Vater ... ich habe ihn nie kennengelernt. Ich weiss nur, dass er Soldat bei den King's African Rifles war. Er könnte sogar der König selbst gewesen sein – nur habe ich dafür die falsche Farbe. Aber wenigstens der Gouverneur.«

Ich lachte. »Finden Sie, es war früher besser, als die Gouverneure noch regierten?«

»Nein«, sagte er und schüttelte bedächtig den Kopf. »Ein Elfenbeinzahn ist kein Heilmittel für eine Zahnlücke. Es stimmt allerdings, dass ich viel von den Briten gelernt habe. Ihr Empire wurde auf schändlichen Eroberungen erbaut, aber es war ein guter Lehrmeister.«

Er schenkte sich *waragi* nach. »An manchen Tagen fürchte ich aber, dass genau die Dinge, die ich von ihnen gelernt habe, mich zu Fall bringen werden, und dann fürchte ich um meine Rolle als Afrikas Erlöser. Ihre Landsleute, Doktor – die Engländer, meine ich –, sie sind nicht mehr gut zu mir. Und das macht mich traurig. Und böse.«

»Die Zeiten haben sich geändert«, sagte ich.

»Ja«, sagte er. »Aber vielleicht war es auch schon immer so. Ich sehe all die Fäulnis um mich her, all die Leute – hier in Uganda und in der ganzen Welt – ziehen das Fell auf ihre Seite, wenn sie die Trommel bespannen wollen, und ich frage mich, was ich dagegen am besten tun kann.«

»Sie ... könnten gegen die Korruption vorgehen«, sagte ich nervös, »und dafür sorgen, daß die Armee die Massaker einstellt.«

Er seufzte. »Dr. Nicholas, auf Suaheli sagen wir *la kuvunda halian ubani*. Bei Fäulnis hilft kein Weihrauch. Und so sieht es auf der Welt aus. Das weiß ich.«

23

Noch vieles andere geschah im Lauf jener Zeit (insgesamt war ich sechs Jahre in Kampala, nachdem ich zwei Jahre in Mbarara verbracht hatte), und nicht alles davon muß ich mir vorwerfen. Das Leben ging schließlich weiter; das tut es ja immer. Ich ging zur Arbeit. Ich aß. Ich schlief. Ich wurde älter. Gelegentlich dachte ich an Stones Bitte – spielte mit dem Gedanken und verwarf ihn dann wieder.

Das tat ich natürlich vor allem, wenn ich Amin behandeln sollte. Während meiner ganzen Dienstzeit war er nie ernsthaft krank. Sicher, er hatte Übergewicht und litt an leichter Gicht, aber ansonsten war er zumindest körperlich ausgesprochen gesund.

Das entdeckte ich, als ich ihn endlich eingehend untersuchen konnte. Ich zitiere meine damaligen Notizen aus dem Gedächtnis, habe sie aber ausformuliert, denn ärztliche Stenogramme wären für Laien unverständlich.

Mein Befund lautete:

Mann Ende Vierzig, Anfang Fünfzig [das lag am ungewissen Geburtsdatum; ich nehme an, auch ihm selbst war das genaue Datum unbekannt], wirkt gesund und fit. Größe: 1,98 m. Gewicht: 127 Kilo.

Kein Icterus, keine Anämie, keine Zyanose, keine Knöchelödeme, keine Lymphknotenschwellung.

Blutdruck: 130/90. Temp.: 37,4. Puls: 84 regelmäßig. Jugularispuls nicht erhöht. Herztöne rein, keine krankhaften Geräusche.

Bauch: schlaff, fettreich, prall elastisch im rechten

Oberbauch [wieder die Blähsucht]. Darmgeräusche normal.

Hirnnerven II-XII intakt. Pupillenreaktionen normal. Keine Lähmungen; Muskeltonus, Feinmotorik, Sinneswahrnehmungen normal.

Reflexe seitengleich mittellebhaft vorhanden. Alles ohne Befund.

Zu diesen Ergebnissen kam ich auf die übliche Weise durch Auskultieren (Abhorchen von Herz und Lunge mit dem Stethoskop), Augenspiegel, Reflexhämmerchen und Taschenlampe. Ich erinnere mich an seine Herztöne, das beruhigende *lub-dub, lub-dub, lub-dub*. Ich weiß noch, wie ich ihn bat – heute kommt mir das undenkbar vor –: »Wenn Euer Exzellenz mit den Augen bitte meinem Finger folgen würden ...« Ich frage mich, ehrlich gesagt, wieviele Menschen Idi Amin je wirklich in die Augen gesehen haben – wenn ich den Dichtern widersprechen darf, weniger ein Fenster seiner umstrittenen Seele als die rote Schale der Netzhaut, überzogen mit Blutgefäßen, und in der Mitte wie ein Tröpfchen Milch die Scheibe des Sehnervs.

Ihm fehlte jedenfalls nichts Gravierendes. Einmal mußte ich einen Abszeß im Rachen drainieren. Der hatte ihm Sorgen gemacht, weil seine Stimme dadurch höher wurde.

»Gott sei Dank, daß Sie das gemacht haben, Doktor«, sagte er, als ich den Einschnitt abtupfte. »Ich hätte sterben können.«

»So schnell stirbt man nicht«, sagte ich und lachte.

»*Mzaha, mzaha, hutumbuka usaha*«, entgegnete er. »Witz, Witz, eitert.«

»Was bedeutet das?« fragte ich.

»Auch kleine Kratzer können gefährlich werden.«

An den Gerüchten, er hätte eine Hirnrindenepilepsie oder Syphilis im Tertiärstadium gehabt, ist absolut nichts dran. Gewiß hatte er psychische Probleme – eine Art spontan ausbrechenden Größenwahn, den, wie ich heute glaube, viele Diktatoren haben –, aber es gab keinen eindeutig organischen Befund. Einmal mußte ich vorschützen, er läge im Mulago im Koma; warum, weiß ich bis heute nicht.

Ich schob weiterhin Dienst im Krankenhaus, und obwohl mir Amin später ein eigenes Haus am Seeufer anbot, blieb ich im Bungalow von State House. Ich hatte mich daran gewöhnt und keine Lust auf einen Ortswechsel. Es war allerdings merkwürdig, daß Amin mich dort einquartiert hatte, wo er am seltensten war: Er zog Nakasero Lodge vor.

Hin und wieder wurde ich dorthin zum Tee eingeladen oder sollte jemanden behandeln. Idi schwang unweigerlich große Reden. Besonders gut erinnere ich mich an die nach Heaths Rücktritt als britischer Premierminister 1974. »Hab' ich's nicht gesagt?« rief er. »Es ist doch traurig, daß Heath jetzt so arm ist, nachdem er vom Premierminister auf den obskuren Rang eines Kapellmeisters degradiert worden ist. Allerdings habe ich gehört, daß er einer der besten Kapellmeister im Vereinigten Königreich ist.«

Rund einen Monat später veröffentlichte Präsident Nixon die Abschriften der Watergate-Tonbänder. Im Hinblick darauf, daß die USA Uganda gerade die Entwicklungshilfe gestrichen hatten, wollte Idi seinem in die Enge getriebenen Kollegen ein Telegramm schicken. Er ließ mir eine Kopie zukommen und wollte meine Meinung dazu hören:

Mein lieber Bruder, Sie haben wahrlich genug Probleme am Hals, und es ist erstaunlich, daß Sie die Energie aufbringen, sich noch weitere zu schaffen. In einem Augenblick, da Sie von dieser unseligen Angelegenheit so peinlich bedrängt werden, bitte ich den allmächtigen Gott, Ihnen bei der Lösung Ihrer Probleme zu helfen. Ich wünsche Ihnen eine rasche Genesung von dieser Geschichte. Ich bin sicher, wäre ein schwächerer Staatsmann wegen der Watergate-Affäre so in Bedrängnis geraten, wäre er längst zurückgetreten oder hätte Selbstmord begangen. Ich ergreife die Gelegenheit, Ihnen erneut eine schnelle Genesung zu wünschen, und geselle mich zu all denen, die für den Erfolg Ihrer zukünftigen Unternehmungen beten. PS: Ich weiß, daß Sie sehr krank waren und ins Krankenhaus mußten, daß die Menschen Angst hatten, Sie würden sterben und könnten in der Watergate-Affäre nicht mehr aussagen, wie es die ganze Welt von Ihnen erwartet. Erlauben Sie mir, Sie nach Uganda einzuladen, wo Sie sich erholen können, um alle Fragen mit einem gesunden Körper und einem reinen Gewissen zu beantworten. Sie sind nicht verdammt. Sie brauchen über Ihr Seelenheil keine Zweifel zu hegen.

»Ich glaube, das könnte falsch verstanden werden«, sagte ich, als er anrief und wissen wollte, was ich davon hielt.

»Aber es geht doch um Nixon«, sagte er. »Selbst Prostituierte auf der Straße werden mehr respektiert als er. Nein, Ihre Meinung ist mir einerlei, ich werde das Telegramm abschicken.«

Und das tat er auch. In diesen frühen Jahren glaubte ich noch, ihn durch solche Auseinandersetzungen besser kennenzulernen. Das war jedoch ein Irrtum. Er steckte zu sehr voller Widersprüche, so wie mein Kopf noch heute zu sehr voller Bilder von ihm steckt. Er ein paar Wochen später in seiner leuchtend blauen Luftwaffenuniform in einem Sessel, die Beine übereinandergeschlagen und einen Stock auf den Knien. Große Tressen an den Schultern und die übliche Ordenspracht an der Brust. Darunter auch ein Victoria Cross, das auf sein Ersuchen hin bei Spink's, dem Londoner Goldschmied, angefertigt worden war – allerdings hatte man es nur mit dem Schriftzug »Victorious Cross« verziert.

Er beim Toast bei irgendeinem Festessen oder beim Spaziergang durch die Straßen, umgeben von seinem Gefolge.

Er vor einer großen Bronzestatue seiner selbst, der er auf die Schulter klopft.

Er im Anzug mit Weste vor Wirtschaftsbossen.

Er im Talar und mit Doktorhut bei einer Rede in seiner Funktion als Leiter des Instituts für Politologie an der Universität.

Er (wieder) am Swimmingpool, wo er einer Begleiterin Feuer gibt.

Er bei der Inspektion einer Flotte schwarzer Mercedes-Benz-Limousinen.

Er neben Kenyatta, Jassir Arafat oder Mobutu.

Er beim Kriegstanz mit hocherhobenem Speer.

Er auf dem Flugplatz von Entebbe, wo er ausländischem Staatsbesuch die Schwadron der MiG-Jagdbomber zeigt.

Er neben Castro, Kurt Waldheim oder Tito.

Er mit seiner Familie: die Söhne, der kleine Maclaren, Mckenzie, Campbell, Muanga und Moses in denselben Tarnanzügen wie ihr Vater; die Frauen, die so sang- und klanglos in Ungnade fielen, wie sie auf der Bildfläche erschienen waren.

Er (wieder) mit Muanga, auf den er im Spaß mit einem Spielzeuggewehr zielt. Auch der Junge hat ein Gewehr in der Hand, zielt damit aber auf den Boden, unsicher, wie er sich verhalten soll.

Er stirnrunzelnd, lachend, die geballte Faust reckend.

Er mit einem Baby.

Er im Jeep, umgeben von jubelnden Mengen.

Er allein.

Er mit mir.

Als man ihn umbringen wollte, war ich nicht dabei. Ich war im Krankenhaus. Er tauchte dort röhrend laut in einem offenen Jeep auf, lud einen Verletzten ab – den Fahrer – und jagte wieder davon. Der Mann wirkte auf den ersten Blick stabil, aber bei eingehender Untersuchung merkten wir, daß er einen mehrere Zentimeter langen, nadeldünnen Granatsplitter in der Schläfe stecken hatte. Wir waren machtlos.

Später erfuhr ich nähere Einzelheiten von einem der ugandischen Ärzte, dessen Frau in der Menge gewesen war.

Amin war schon länger zu einer Inspektion auf dem Freizeitgelände der Nsambya Police erwartet worden, wo es einen Fußballplatz gab. Er wußte offenbar, daß jemand einen Anschlag plante, denn angeblich hatte er den Ort der Inspektion schon viermal geändert. Auf dem plattgetretenen Gras des Fußballfeldes wimmelte es von Menschen.

Er saß auf der überdachten Tribüne. Zur Parade gehörten Aufmärsche und die Vorführung asiatischer Kampfsportarten durch eine von Südkoreanern ausgebildeten Einheit. Während der Schau griff Amin nach einem Gewehr mit aufgepflanztem Bajonett und befahl einem Polizisten, sich gegen seine Finten zu verteidigen.

Die Alberei mit dem Bajonett lockerte die Stimmung, und hinterher gingen Amin und diverse Minister und Offiziere zu einem Empfang in der Nähe. Nach einer Dreiviertelstunde bei Drinks und Häppchen brach er nach Kampala auf.

Er befahl dem Chauffeur, beiseite zu rücken, und setzte sich selbst ans Steuer des Jeeps. Der Jeep fuhr auf die Tore des Sportplatzes zu, wo erneut eine Menschenmenge stand und Amin zujubelte. Die Honoratioren warteten wie immer darauf, daß er voranfuhr.

Als Amin auf die Hauptstraße einbog, kam es in rascher Folge zu zwei Explosionen. Rauchschwaden wallten auf und es regnete Schrot. Dann ertönten zwei Schüsse. Die Minister, sagte mein Gewährsmann, wären klugerweise durch dasselbe Tor geflohen, das Amin eben durchquert hatte, damit ihnen keine Beteiligung am Anschlag vorgeworfen werden konnte. Die schreiende Menge spritzte weniger klug nach allen Seiten auseinander. Die Polizei griff sich schon wahllos die ersten mutmaßlichen Verdächtigen heraus.

Die erste Handgranate war anscheinend auf der Seite explodiert, auf der Amin gesessen hätte, wenn er nicht gefahren wäre. Wie meine spätere Röntgenaufnahme zeigte, hatte sie dem Fahrer den Splitter ins Gehirn getrieben. In den Sekunden nach den Detonationen brach ein Chaos aus. Amin holte seinerseits eine Handgranate aus dem Aktenkoffer, um sich im Fall eines zweiten Angriffs verteidigen zu können.

Ich weiß noch, daß Kampala in der folgenden Nacht von Truppen überschwemmt wurde. Als Bestrafung für den Attentatsversuch wurden Zivilisten willkürlich zusammengeschlagen oder umgebracht. Die Täter waren unbekannt, trotzdem hagelte es Vergeltungsmaßnahmen.

»Ich bin von drei Granaten getroffen worden«, erzählte mir Amin später. »Sie haben neununddreißig Menschen getötet. Mein Fahrer starb und meine Eskorte auch – ich bin als einziger entkommen. Ich wurde gerettet, weil Gott es so wollte. Ich werde erst an dem von Gott festgesetzten Tag sterben. Ich weiß wann, aber ich werde es Ihnen nicht verraten, um Ihnen nicht die Spannung zu nehmen.«

24

Idi heiratete mal wieder. Frau Nummer vier. Ich nahm an der Zeremonie in der Kathedrale teil. Sie war brechend voll, und hinzu kamen Tausende von Menschen, die sich draußen die Kehle aus dem Leib schrien. Amin hatte angekündigt, er werde sich auch nach muslimischem Ritus trauen lassen – »ich liebe alle Religionen in Uganda«, hatte er im Radio gesagt –, aber dazu war ich nicht eingeladen. Die christliche Zeremonie war eine seltsame Angelegenheit, schon allein weil die Brautführer hochrangige Offiziere waren, bis auf Wasswa, Amins Trauzeugen. Ich setzte mich hinten rechts zu den anderen Ausländern – unter denen ich, peinlich berührt, auch Marina und ihren Mann sah. Stone war auch da. Zwischen ihnen und mir saß, halb hinter einer Säule verborgen, Swanepoel.

Die Kathedrale war groß und pompös, und während des Orgelspiels vor Ankunft der Braut konzentrierte ich mich auf die hohe, rosa und blau gestrichene Decke. Ich vermied es, Marina anzusehen. Mein Fauxpas war inzwischen über ein Jahr her, aber ich hatte immer noch daran zu knabbern – wenn auch nicht sehr. So unverschämt war mein Verhalten nun auch wieder nicht gewesen. Statt dessen sah ich Idi an, dessen Rücken in der ersten Reihe beträchtlichen Raum einnahm. Sein Jackett war dunkelgrün. Meergrün. Er sah sich immerzu um, mit einer verwirrten Miene, die er oft aufsetzte und die sich als Stirnrunzeln und in umherschießenden Blicken äußerte. Ein Soldat witterte wohl überall Gefahren. Komischerweise lächelte er dabei. Als arbeiteten seine beiden Gehirnhälften unabhängig voneinander.

Die Musik endete, und wir erhoben uns. Mein Blick wanderte unweigerlich zu Marina hinüber. Ich konnte nichts dagegen tun. Sie trug eine schlichte hochgeschlossene weiße Bluse und, soweit ich das unter der Bank erkennen konnte, einen grünen Rüschenrock. Nicht im selben Ton wie Idis Jackett, eher petersilienfarben. Außerdem trug sie einen Hut, unter dessen Krempe sie mich – keines Blickes würdigte.

Die Prozession begann, und die Brautführer kamen paarweise den Mittelgang hoch, die scharlachroten Streifen an ihren Uniformhosen überkreuzten sich wie die beiden Teile einer Schere. Einige Schritte hinter ihnen kam die Braut am Arm ihres Vaters mit ihrer langen schweren Schleppe und gefolgt von den Brautjungfern. Ihrem Vater paßte der Anzug nicht. Er wirkte wie ein schottischer Bauer am Markttag. Vor dem Altar scherten die Brautjungfern und die Brautführer nach links beziehungsweise rechts aus. Die neue Frau hieß Medina. Sie war fast so groß wie Amin und tanzte im Ballettensemble Heartbeat of Africa, das bei Staatsbesuchen für die Unterhaltung sorgte und andere offizielle Repräsentationsaufgaben hatte.

»Bitte setzt euch«, sagte der Erzbischof von Uganda, Ruanda, Burundi und Boga-Zaire. Im Gegensatz zu seinem Titel war er ein kleiner Mann, der vor dem Altar noch kleiner wirkte. Die graumelierten Schläfen und Lachfältchen in den Augenwinkeln gaben ihm das Aussehen eines Staatsmanns, wie es viele geistliche Würdenträger haben.

»Liebe Gemeinde«, hob er an, »wir sind hier vor Gott zusammengekommen, um diesen Mann und diese Frau in den heiligen Stand der Ehe zu geleiten. Die Ehe wurde von Gott im Garten Eden eingesetzt, als Er sah, daß es nicht gut war, daß der Mensch allein sei. Sie ist also eine Einrichtung Gottes – eingesetzt in Zeiten der Unschuld des Menschen, ehe er sich am Schöpfer versündigte und aus dem Garten vertrieben wurde. Sie wurde voller Weisheit und Güte eingerichtet, auf daß widernatürliche Triebe unterdrückt und die Gesellschaftsordnung erhalten werde. Älter als alles Recht menschlichen Ursprungs liegt sie aller menschlichen Gesetzgebung und Obrigkeit zugrunde, dem Frieden und dem Wohlergehen der Gemeinschaft und des Landes.«

Ein leichter Schauer durchlief die Gemeinde. Selbst aus der Entfernung konnte ich erkennen, daß sich Idis Schultern verspannt hatten.

»Eine in dieser Weise geheiligte Verbindung sollte nicht leichtfertig eingegangen werden, sondern wohlüberlegt, gottesfürchtig und zu jenem Behufe, zu dem Er, ihr göttlicher Urheber, den gesegneten Stand der Ehe ersonnen hat.«

Meine Gesäßmuskeln schmerzten von der harten Kirchenbank. Ich wollte aufstehen, mich recken und strecken. Plötzlich ging mir der seltsame Gedanke durch den Kopf, Idis Körper und meiner wären verbunden. Quasi mit der Nabelschnur des Königs.

»Damit möchte ich euch, Idi und Medina, ermahnen, daß euer Haus niemals sein kann, wofür Gott es bestimmt hat, wenn ihr Ihn in eurer Beziehung vernachlässigt. Haltet ihr euch jedoch an Gottes Wort und erlaubt Gott, euer Miteinander zu lenken, so wird euer Heim ein Ort der Freude und das von Gott gewollte Zeugnis vor der Welt sein. Ihr sollt erkennen, daß der Bund, den ihr heute eingehen wollt, mehr ist als ein rechtlicher Vertrag ...«

Ich sah wieder zu Marina hinüber. Sie sah in meine Richtung, ich konnte ihre Wimpern erkennen. Aber sie sah mich nicht an. Sie starrte die Säule an.

»... denn was Gott zusammengefügt hat ...«

Diese Säulen. Mit Schnörkeln wie Zuckerstangen. Dieses ganze katholische Zeug. Ich konnte das nicht ausstehen, nicht mit meiner Erziehung. Die ganze Kirche wirkte überladen: Gott im Stuck, Gott im Holz der Bänke. Die Fleischwerdung des Mörtels. Hoffnungslos. Oder vielleicht eher zu hoffnungsvoll. Als könnte ein Tropfen, ach, ein halber Tropfen des blutroten Weins beliebig viele Sünden vergeben.

»... das soll der Mensch nicht scheiden.«

Die erste Lesung stammte aus dem Römerbrief. Wasswa verlas sie näselnd und mit bebender Stimme. Ich hätte schwören können, daß die Augen des Erzbischofs ein hartes Funkeln bekamen.

> Jedermann sei untertan der Obrigkeit, die Gewalt über ihn hat. Denn es ist keine Obrigkeit ohne von Gott; wo aber Obrigkeit ist, die ist von Gott verordnet. Wer sich nun der Obrigkeit widersetzt, der widerstrebt Gottes Ordnung; die aber widerstreben, werden über sich ein Urteil empfangen. Denn die Gewalt haben, sind nicht bei den guten Werken, sondern bei den bösen zu fürchten. Willst du dich aber nicht fürchten vor der Obrigkeit, so tue Gutes; so wirst du Lob von ihr haben ...

Wer ist das, überlegte ich kurz fieberhaft, als Swanepoels Bart in mein Gesichtsfeld kam. Swanepoel zwinkerte mir zu wie ein betrunkener Seemann.

Dann der Psalm, dann noch eine Lesung und das Evangelium.

Als die Gemeinde »Amen« sagte, klang es wie »Amin«, und als der Erzbischof erklärte, »Ihr steht vor uns als von Christus erlöste Menschen«, dachte ich an die Blutstropfen und an meinen verstorbenen Vater.

»Wir sind frei«, hatte er immer gesagt, »und wir sind nicht frei. Das ist das Geheimnis. Es ist mystisch, aber auch wissenschaftlich. Biologie, Gesellschaft und weiß Gott was noch alles (und Er weiß es) drängen uns immerzu in die eine oder andere Richtung. Und doch haben wir auch die Wahl. Das ist wie bei einer neuen Autobahn. Man benutzt sie, ob man will oder nicht, aber man kann sie bei einer Abfahrt verlassen – falls Gott es so gefügt hat, daß es eine Abfahrt gibt, wo man eine braucht – und eine andere Straße nehmen. Trotzdem ist es seine Straße. Begreifst du das, Nicholas? Begreifst du, daß die Leute alles falsch verstehen, wenn sie behaupten, in der presbyterianischen Kirche gäbe es keine Mysterien? Es gibt ein Mysterium, und es ist ein wissenschaftliches Mysterium.«

Das war sein Standardspruch, Gott als Bauingenieur, und bei der Gemeinde von Fossiemuir rief er immer Heiterkeit hervor.

Wie zur göttlichen Bestätigung meines Gedankengangs präsentierte Idi einen Kilt, als er sich zum Gelöbnis erhob. Das meergrüne Jackett war Teil der Aufmachung als Highlander, hinzu kamen Gamaschen und Felltasche, Dolchmesser und Bergschuhe … der ganze romantische Unsinn, den ich in den Bergen gesehen hatte.

Dann kamen die Fragen.

»Bist du bereit, Medina zu lieben, wie Jesus Christus die Kirche geliebt hat, bist du bereit …«

Ich ließ den Blick über die Wände schweifen, an denen Tableaus mit den Stationen des Kreuzwegs angebracht waren, die verschiedenen Stadien von Christi Passion. Der Faltenwurf der Gewänder und die kantigen Gesichter ragten als Stuckrelief hervor. Sie waren in kühnen, knalligen Farben bemalt: Es bestand kein Zweifel (und doch zweifelte man), daß dies Blut war, daß dies Holz war, daß dieser Speer Fleisch durchbohrte und dieser Schwamm Essig enthielt, der wirklich brannte. Mir kam das alles reichlich theatralisch vor, aber packend war es schon. Obwohl mein Vater das wohl anders gesehen hätte.

»Wollt ihr nun im vollen Wissen, daß diese Liebe auch in schweren Zeiten nicht abnehmen und nur vom Tod geschieden werden soll, eure Ehegelöbnisse ablegen?«

»Ich habe dich als meine Frau erfleht«, sagte Amin, »und der Gott hat meine Gebete erhört. Ich habe ihm gesagt –«

Der Erzbischof unterbrach: »– du lobst und dankst Ihm für Seine Treue, denn ich erfreue mich an dir und liebe dich ...«

»Ja, das stimmt, denn ich erfreue mich an dir und liebe dich ...«

»Werden diese Gelöbnisse gehalten, so werden sie zu eurem Glück beitragen. Ihr werdet die unausbleiblichen Sorgen des Lebens leichter tragen, weil ihr sie miteinander teilt, und ihr werdet seine Freuden vergrößern, weil ihr sie verdoppelt. Werden diese Gelöbnisse aber mißachtet und gebrochen, werdet ihr tiefstes Elend und schlimmste Schuld über euch bringen. Was gibst du Medina als Zeichen des Gelöbnisses, das du eben abgelegt hast?«

»Diesen Ring.«

»Der Ring symbolisiert die endlose Liebe, die ihr euch geschworen habt: Die Liebe – ein vollkommener Kreis, soweit das Auge sehen kann – und Gold – ein Wahrzeichen dessen, was sich am wenigsten trübt und am längsten hält. In diesen Ringen leuchte das Licht Christi eurem gemeinsamen Lebenswege und lasse euch in Freuden die Gemeinschaft miteinander erleben, so ihr euch an sein Gebot haltet. Denn fürwahr, Ringe sind von alters her das traditionelle Zeichen der Autorität, mit denen Dokumente gesiegelt und Proklamationen unterzeichnet werden. Wollt ihr daher, bevor ihr diese Ringe tauscht, die Autorität Christi in eurem Leben annehmen?«

Ich will. Ich wollte, daß Amin »Ich will« sagte, aber ich hörte nichts. Nur ein genuscheltes und kaum hörbares –

»Ich nehme die Autorität des Gottes an ...«

Dann die Fürbittengebete und – krönender Abschluß die Segnung der Ringe.

Idi wippte auf den Fußballen hin und her, brachte aber kein Wort heraus.

»Ich will. Ja, ich will«, murmelte der Erzbischof eindringlich.

»Ich will.« Endlich sagte er es.

Ich sah zu Marina hinüber, erblickte aber nur Swanepoels Hinterkopf.

»Medina, dein Ehemann wird bei dir Unterstützung, Frohsinn und Zuversicht suchen ...«

»Ja, ich will.«

Leise, fast gehaucht.

»Vor Gott, dem Erforscher der Herzen, und vor dem Herrn Jesus Christus, der sein kostbares Blut gab zur Vergebung unserer Sünden, fordere ich euch beide auf: Wenn einer von euch ein Hindernis kennt, das es euch verbietet, rechtmäßig in den Stand der Ehe einzutreten, so bekennt es jetzt. Denn seid versichert: Wenn Menschen unrechtmäßig und nicht nach dem Wort Gottes verbunden werden, so ruht kein Segen auf ihrer Verbindung. Ebenso, wenn heute jemand unter uns ist ...«

Ich mußte grinsen. Das war unwahrscheinlich.

»Als Diener des Herrn Jesus Christus erkläre ich euch hiermit zu Mann und Frau. Christus sei das Haupt eures Heimes. Er sei der unsichtbare Gast bei jedem Mahl und der Zuhörer jeden Gesprächs. Seine Liebe regiere eure Herzen und Sinne. Sie dürfen Ihre Frau jetzt küssen ...«

Idi fiel über sie her wie ein Junge, der in einen Apfel beißt.

Dann segnete der Erzbischof sie. Der Rest des Gottesdienstes war eine Antiklimax. Beim Schlußchoral warf ich Marina einen verstohlenen Blick zu. Unsere Augen trafen sich kurz, aber sie sah schnell weg, und als ich unter den Klängen der Ausgangshymne mit der Menge die Kirche verließ – Idi war blitzenden Augs durch den Mittelgang gerauscht –, verlor ich sie aus den Augen.

Ihr Verhalten hatte mich verstimmt (was zugegebenermaßen ihr gegenüber nicht fair war), und ich schenkte mir das große Buffet, das im Imperial Hotel aufgefahren worden war. Der *Argus* schrieb, man hätte dafür 300 Ziegen geschlachtet und 70 Bottiche Curry gekocht – aber den mag ich, wie gesagt, sowieso nicht.

Auf dem Nachhauseweg dachte ich über die neue Frau nach. Sie hatte helle Haut, und böse Zungen behaupteten, Amins Spitzname für sie sei *kahawa*: das Suaheliwort für Kaffee. Sie tanzte nicht nur in dem Ensemble, sondern war auch das offizielle »Gesicht von Uganda« auf Tourismusprospekten. Ich hatte allerdings gehört, daß das jetzt, wo sie seine Frau war, geändert werden sollte. Armes Mädchen, ich konnte mir nicht vorstellen, daß sie an der Beziehung viel Freude haben würde. Ich stellte mir Amins Sexualleben alles andere als monströs vor, eher zärtlich und altersschwach. Mit einem Körper von dieser Größe konnte man eigentlich nur Lust empfinden, wenn man auf dem Rücken lag und die Welt sich um einen drehen ließ.

Medina würde ihren Platz in seiner Familie einnehmen, sagte ich mir, sehr zum Verdruß der anderen Frauen, die auch so schon angestrengt um Amins Aufmerksamkeit konkurrieren mußten. Vom Fenster des Bungalows aus sah ich sie manchmal durch den Garten spazieren, schwatzend und streitend wie eine Gruppe Schulmädchen. Nur eine von ihnen wohnte fest im State House, aber ab und zu trafen sie sich alle. Sie waren unterschiedlich alt, aber die Lage war so unübersichtlich, daß ich bis zuletzt nicht sicher war, welche welche war. Sie waren mir nur bei Anlässen vorgestellt worden, wo sie alle mit weißen Roben und Turbanen aufgedonnert und daher kaum zu unterscheiden gewesen waren. Ich hatte mich bei Wasswa nach ihnen erkundigt und folgendes erfahren:

Frau Nummer eins: Malyamu, eine Lehrerstochter. Eins achtzig groß. Erste Liebe des damaligen Sergeanten, der ihr eine Reihe von Kindern machte, bevor er 1966 (nach alter Sitte) den Brautpreis bezahlte und die Verbindung damit formell bestätigte.

Frau Nummer zwei: Kay, Studentin an der Makerere University und Tochter eines Geistlichen. Die Hochzeit (ebenfalls 1966) hatte auf einem Standesamt stattgefunden, obwohl Kay ein Brautkleid trug. Amin, sagte Wasswa, wäre in Uniform erschienen.

Frau Nummer drei: Nora, ein Mädchen aus Obotes Langi-Stamm. 1967 war das eine politische Heirat, nach allem was man hört, und sollte Obote lediglich in Sicherheit wiegen, daß Amin nicht gegen ihn intrigierte.

Frau Nummer vier: Medina ...

25

Je mehr Zeit ins Land ging, desto mehr zog mich Idi ins Vertrauen. Er rief mich an – der Mann liebte das Telefon einfach –, und einmal pro Woche wurde ich aus dem Mulago weggeholt, um irgendwelche Aufgaben zu erledigen, die gar nichts mit Medizin zu tun hatten. Ich mußte beispielsweise die ganzen Journalisten einweisen, meistens Briten, später aber auch Amerikaner und Deutsche, die den Präsidenten in dieser Zeit live oder am Telefon interviewen wollten. Von Zeit zu Zeit fanden sie sich mitsamt ihren Utensilien – Gummikabeln, sperrigen schwarzen Handkameras auf den Schultern und weichen Mikrofonen an speerartigen Stangen – in einem festgelegten Hotel oder einer von Amins Residenzen ein.

Unweigerlich stachelten sie ihn an, irgend etwas Unerhörtes zu sagen. Ich weiß noch, wie sie vor ihm niederknieten, die einen spielten an ihren Geräten herum, die anderen machten sich Notizen in kleinen Spiralringbüchern. Alle trugen Hellbraun oder Khaki, erinnere ich mich, und manchmal hatte man den Eindruck, als interviewte ein Soldat den anderen.

Bis auf ein Mal, als Idi seine aufgequollenen Massen in einen orangenen Overall gezwängt hatte. Das war im Festsaal von State House. Die dunkle Holztafel war vor die Wand gerückt worden wie ein am Kai vertäutes Beiboot, Idi saß in dem Stuhl mit dem Schnitzwerk, vor sich einen Halbkreis von Journalisten.

»Das ist mein Astronautenanzug«, verkündete er zu Beginn der Pressekonferenz. »Ich werde ihn tragen, wenn Uganda zum Mond fliegt. Ich führe Unterredungen mit der NASA, und sie sagen, daß ich vielleicht als erster schwarzer Mann zum Mond fliegen kann.«

Alles lachte.

»Das ist mein Ernst«, protestierte Amin. Der kollektiv strenge, schnurrbärtige Blick der Generalgouverneure, die von ihren Porträts herab stirnrunzelnd das Schauspiel verfolgten, schien das Gegenteil zu behaupten.

»Mr. President, schlafen Sie mit all Ihren Frauen auf einmal?« fing einer der Journalisten an.

»Sie sind ganz schön unverschämt.«

Wieder lachte alles. Hinten im Saal bemerkte ich unter der Scheibe mit dem Kronenkranich ein Grüppchen brutal aussehender Adjutanten – wahrscheinlich Männer vom State Research Bureau. Die Scheibe war angelaufen und grünspanüberzogen und mußte dringend poliert werden.

Der Korrespondent eines großen US-amerikanischen Senders meldete sich. »Warum haben Sie die Israelis aus Uganda ausgewiesen, nachdem sie Ihnen immerhin Straßen gebaut und der ugandischen Luftwaffe Flugzeuge geliefert hatten?«

Amin wirkte überrascht, als wäre ihm unbegreiflich, wie man eine solche Frage stellen konnte. Ich mußte an Sara denken, an ihre Füße in meinen Sandalen – die olivenölfarbene Haut zwischen den Riemen – und an ihre langen Haare, die über meine Brust streiften.

»Weil der arabische Sieg im Krieg gegen Israel unabwendbar ist und weil Premierministerin Golda Meir ihre letzte Zuflucht darin gesucht hat, ihre Röcke zu raffen und Richtung New York und Washington davonzulaufen. Außerdem haben die Israelis, solange sie hier waren, zusammen mit den Amerikanern Uganda zum afrikanischen Hauptquartier der CIA gemacht. Wenn Sie Mrs. Meir sehen, sagen Sie ihr, daß ich vor niemandem Angst habe. Ich bin knapp zwei Meter groß und ehemaliger Meister im Halbschwergewicht. Nachdem sich Muhammad Ali drüben in Zaire George Foreman vorgeknöpft hatte, habe ich ihn herausgefordert, nach Uganda zu kommen und mit mir zu kämpfen. Aber er hatte zuviel Angst!«

Alle schrieben eifrig mit. Bis auf das Papiergeraschel und das leise Summen der Kameras war es einen Augenblick lang still im Saal.

Der Reporter vom *Daily Mirror* brach das Schweigen. »Sind Sie gern Präsident von Uganda?« fragte er.

»Es ist sehr schwer, aber ich mag meine Position und genieße sie sehr. Man braucht einen hervorragenden Verstand, muß sehr hart arbeiten und darf kein Feigling sein. Aber ich liebe Uganda und habe den Weitblick erhalten, um dieses Land führen zu können, also macht das nichts.«

»Warum haben Sie Großbritannien gebeten, Ihnen Harrier-Jets zu liefern?« fragte der Lokalreporter der *Sunday Times*, ein knallhart wirkender Rhodesier. Sein Akzent erinnerte mich an Swanepoels abgehacktes Südafrikanisch, obwohl ich mich dunkel an dessen Bemerkung erinnerte, ein Bewohner eines der beiden Länder würde keine Ähnlichkeiten hören. Je nun, ein *echter* Bewohner vielleicht nicht ... Es können einem unheimlich viele Schnitzer unterlaufen, wenn man diese Dinge beschreiben will.

»Ich war ehrlich«, antwortete Amin. »Ich habe den Verteidigungsminister bei unserer Unterredung darum gebeten. Ich muß Südafrika angreifen. Ich habe die Briten auch um einen Zerstörer und einen Flugzeugträger gebeten, um mit allen Mitteln gegen Südafrika vorgehen zu können. Südafrika und Rhodesien sind die größten Feinde Afrikas. Unsere Armee wird die Rassisten aus Südafrika vertreiben. Die Imperialisten werden sich unter Beschuß finden. Für den Fall, daß Pretoria und Rhodesien ihre schwarzen Bevölkerungsmehrheiten auch weiterhin von der Regierung fernhalten, wird gegenwärtig eine afrikanische Freiwilligenarmee ausgehoben. Eine Division aus Tausenden von südafrikanischen Exilanten ist fertig ausgebildet und innerhalb kürzester Zeit kampfbereit. Ein Teil dieser Kämpfer steht bereits unter Waffen und wartet nur darauf, daß ich grünes Licht gebe.«

»Verbünden Sie sich mit den Kommunisten in Südafrika, um das Apartheidsregime zu bekämpfen?«

»O nein! Ich bin sehr dankbar für die Gratispanzer, die mobilen Granatwerfer, Waffen und Jagdflugzeuge, die die Sowjetunion mir geschenkt hat, aber ich bin keine Marionette. Ausgeschlossen. Ich tanze nicht nach der Pfeife von Kriminellen, die sich aufführen wie der Vizepräsident von Uganda. Die Sowjets verhalten sich ungefähr genauso, als wenn ich mich in die Moskauer Politik gegenüber der Tschechoslowakei einmischen wollte.«

Er stand auf und ging zwischen dem geschnitzten Stuhl und den Knien der Journalisten auf und ab – wie ein Lehrer oder ein Fußballtrainer beim Einheizen.

»Es ist immer dasselbe. Alle Welt will mir vorschreiben, was ich zu tun und zu lassen habe. Als die Israelis mich beim großen Kampf gegen Obote unterstützt haben, haben sie mir sogar geraten, alle Armeeangehörigen zu liquidieren, die sich mir in den Weg stellten. Das haben sie allen Ernstes gesagt. Wirklich und wahrhaftig. Ihre Agenten genauso wie die britischen haben mich bei der Machtübernahme unterstützt. Obwohl ich das auch allein geschafft hätte, ohne seine Hilfe.«

Mir war nicht recht klar, ob sich der Zusatz auf Stone bezog. Oder auf Weir. Wahrscheinlich auf beide. Amin tänzelte hin und her und boxte in die Luft vor den Journalisten.

»Ja, auch die Briten haben mir viele schlimme Dinge empfohlen. Während ich dachte, sie wären ein gutes Volk. BBC, das müssen Sie bringen. Obwohl ich genau weiß, daß Sie die Stimme des britischen Empire sind, einer kriminellen Organisation, die ich bezwungen habe und die aus dem Schweiß und der Zwangsarbeit von Menschen in Ketten erbaut wurde. Ugander. Kenianer. Tansanier. Burmesen. Sogar Schotten.«

Jeder Name wurde von einer kräftigen Geraden begleitet, dann plumpste Amin wieder in seinen Sessel, saß breitbeinig da und schnaubte wie ein Stier. Schweigend starrten wir ihn an, der orangene Overall verzog sich hier und da von schwarzen Plastikkabeln und anderen daran befestigten Geräten.

»Wie fühlen Sie sich bei dem Gedanken, von so vielen prokommunistischen Staaten umgeben zu sein?« fragte der Amerikaner schließlich. »Macht Sie das nervös?«

»Ja, das könnte man sagen. Es ist ziemlich schwierig. Sehen Sie, wir sind hier in Uganda keine Kommunisten. Ich möchte nur, daß die *wananchi* frei sind. In kommunistischen Ländern wie Tansania gibt es keine Redefreiheit: Dort kommt auf drei Menschen ein Spion. Hier nicht. Hier hat niemand Angst. Dasselbe gilt für ugandische Mädchen. Ich sage ihnen, sie sollen stolz sein, nicht schüchtern. Es hat doch keinen Sinn, ein schüchternes Mädchen mit ins Bett zu nehmen ... Verstehen Sie, worauf ich hinauswill?«

Er lachte, und ein Blitzlichtgewitter brach los. Es war sehr beliebt, Photos zu drucken, auf denen er wie ein Irrer lachte. Dieses rabenschwarze Lachen eines Fürsten der Finsternis, auf das er sich so gut verstand.

»Welche Politik verfolgen Sie den Vereinigten Staaten gegenüber, Feldmarschall Amin?« fragte der Amerikaner.

»Ich liebe das amerikanische Volk sehr, und auch Ford liebe ich sehr. Ich möchte ihn jedoch vor einer Situation voller Gefahren warnen, und das betrifft die Lage der Schwarzen in seinem Land. Er weiß, daß die Afrikaner in Afrika von Weißen gefangengenommen und mit Gewalt dazu gebracht wurden, ihre Heimat zu verlassen, und daß sie in Ketten gelegt in die Vereinigten Staaten verschleppt wurden. Wenn Präsident Ford in seinem Land ein reibungsloses Miteinander wünscht, darf er sie nicht diskriminieren. Er sollte ihnen nicht nur hohe Ämter im Mitarbeiterstab seines Weißen Hauses übertragen, sondern sie auch zu Ministern ernennen. Sie haben ein Recht auf Regierungsbeteiligung.«

Der Journalist warf seinem Kameramann verstohlene Blicke zu, um zu sehen, ob er das im Kasten hatte. Hatte er. Über den mattschwarzen Gummiring vor dem Okular gebeugt – wie der Saugnapf eines Meerestieres, hatte ich gedacht, als sie ihre Apparaturen aufgebaut hatten –, hielt er für die Nachwelt einen Idi Amin in voller Fahrt fest: breitbeinig und die Arme schwenkend.

»Und Großbritannien?« fragte der Mann vom *Mirror*.

»Die Briten sind meine Freunde, nur vergessen sie das manchmal. Lang lebe die Queen! Ja, ich liebe sie sehr, oder bis vor kurzem, als sie mich angegriffen haben. Ich möchte nur nicht, daß sie die irischen Katholiken umbringen, denn ich bin selbst in einer britischen Kolonie groß geworden und finde das erschütternd. Die jüngsten Ereignisse in Nordirland sind sehr bedauerlich und zwingen Großbritanniens wahre Freunde zur Unterstützung. Irlands Politiker, Katholiken und Protestanten, Engländer und Iren, alle sollten sie nach Uganda kommen und Friedensverhandlungen aufnehmen – weit entfernt von den Schauplätzen der Kämpfe und der Feindseligkeiten.«

Er seufzte und breitete seine riesigen Hände aus, wie Ruder, bevor sie ins Wasser eintauchen.

»Ich bin ratlos. Was soll aus Großbritannien nur werden? Ich bin der größte Politiker der Welt, ich habe die Briten so sehr erschüttert, daß ich einen Ehrendoktor in Philosophie verdiene. Aber ... wenn Angehörige derselben Familie streiten, sollten sie immer bereit sein, zu vergeben und zu vergessen. Viele meiner Freunde kommen aus Irland, Schottland und Wales. Die Schotten mag ich am meisten, weil sie die besten Kämpfer von Großbritannien sind und weil es bei ihnen keine Diskriminierung gibt. Für die Engländer hege ich die wenigsten Hoffnungen. Ich begreife nicht, daß sich Schottland nicht einfach für unabhängig erklärt und die Engländer ihrem Elend überläßt.«

»Wann werden Sie die Macht wieder einer Zivilregierung übergeben?« fragte eine Frau mit Kopftuch.

»Momentan kann ich die Zügel der Regierung keinen zivilen Politikern übergeben, weil die Korruption unter ihnen noch lange nicht eingedämmt ist. Ich möchte Sie daran erinnern, daß es einzig und allein meinen Anstrengungen zu verdanken ist, daß wir die Auswirkungen von Jahrhunderten der Benachteiligung in Uganda ungeschehen machen konnten. Uganda ist ein Paradies in Afrika. Wenn Sie ein Hemd und eine Hose haben, können Sie in Uganda jahrelang leben – auch ohne zu arbeiten. Deswegen bin ich Afrikas Held.«

»Warum haben dann alle Angst vor Ihnen?« fragte sie, was ich ziemlich mutig fand.

Amin strahlte. »Meine Brillanz jagt ihnen Angst ein. Und vielleicht werde ich auch nicht von allen gemocht, weil ich keine Marionette bin. Die Europäer haben mich in einer Sänfte getragen, um mich zu ehren. Warum haben sie das getan? Weil ich für sie ein brillanter, starker afrikanischer Staatsmann bin, der viel für die Verständigung zwischen Europäern und Afrikanern getan hat.«

»Aber was ist mit den Greueltaten Ihrer Soldaten?« fragte die Frau nachdrücklich, und Beklommenheit legte sich über den Saal.

»Es hat Unregelmäßigkeiten gegeben«, antwortete Amin ruhig. »Es ist leider wahr, daß einige unzureichend ausgebildete Soldaten über die Stränge geschlagen haben. Und Kriminelle, die vorgeben, meine Befehle auszuführen, haben Autofahrer umgebracht und ihre Fahrzeuge gestohlen. Ich habe ihnen gesagt, wenn ihr mit mir nicht zufrieden seid, dann bringt mich um oder zwingt mich zum Rücktritt – aber stört das ugandische Volk nicht mit nächtlichen Schießereien. Uganda entwickelt sich mit Überschallgeschwindigkeit, und man darf seine Bevölkerung nicht unnötig verschrecken.«

»Wenn es nur Unregelmäßigkeiten waren«, hakte sie nach, »warum gibt es dann in Uganda so viele Geschichten über Soldaten, die Leute umbringen?«

Amin sah sie neugierig an und antwortete mit einer Gegenfrage: »Sind Sie verheiratet?«
Vereinzelt wurde gelacht.
»Was hat das mit meiner Frage zu tun?«
»Wenn Sie verheiratet sind, kommt Ihr Mann bestimmt nur schwer mit Ihnen zurecht. Er sollte sich scheiden lassen.«
Wieder nervöses Lachen. Dann Stille.
»Was ist mit den Massakern?« fragte sie und betonte jedes einzelne Wort.
Die Angst im Saal war mit Händen zu greifen.
»Ich wiederhole es noch einmal. Wir sind eine Regierung der Tat. Wenn wir Beweise haben, daß ein Offizier schuldig ist, Menschen festgenommen und ermordet zu haben, dann kommt er vor Gericht. Aber es gibt keine Beweise, die Ihre Behauptungen stützen würden. So etwas sollten Sie der ugandischen Armee nicht unterstellen. Ich habe in britischen, italienischen und indischen Armeen gedient, ja sogar in der US-amerikanischen Armee in Korea, und ich darf Ihnen versichern, die ugandischen Streitkräfte befinden sich auf internationalem Niveau.«
Er erhob sich ruckartig und sah auf seine goldene Armbanduhr – ein Geschenk König Feisals von Saudi-Arabien, hatte er mir mal erzählt. Dann ging er auf die Frau zu und drohte ihr mit seinem Wurstfinger.
»Meine Liebe«, sagte er, »vergessen Sie nicht, daß niemand schneller laufen kann als eine Kugel. Ihr Leute seid sehr böse. Sie stellen mir soviele Fragen. Was wollen Sie denn noch alles wissen? Bei Allah, soll ich meine Hose herunterlassen, damit Sie mein Gesäß sehen können?«
Er schritt in dem orangenen Overall vor ihnen auf und ab, dann zeigte er auf einen Reporter mit einem BBC-Schildchen am Revers.
»Statt sein Unrecht aus der Kolonialzeit wiedergutzumachen, hat sich Großbritannien darauf verlegt, in der Presse eine Schlammschlacht gegen Uganda anzuzetteln.

Es liegt doch nahe, dahinter rassistische Motive zu vermuten.«

Er wandte sich an einen der brutal aussehenden Adjutanten und sagte verärgert: »Schafft die Leute hier raus, schickt sie alle weg.«

»Er ist wahnsinnig – offiziell« lautete am Tag darauf die Titelzeile im *Mirror*, der sich auf einen renommierten Psychiater berief, und am Abend wurden fünf Journalisten, darunter die Frau, in Nakasero festgenommen. Als sie nach ihrer Freilassung wieder in Europa waren, erbosten die Geschichten über ihre Haftzeit Amin nur noch mehr.

Als ich ihm an einem Nachmittag kurz darauf wegen seiner Verdauungsschwierigkeiten wieder einmal einen Hausbesuch machte, sagte er: »Die westliche Presse übertreibt immer alles. Diese Zeitungen und Zeitschriften wählen die schlimmsten Photos, auf denen ich wie ein überfütterter Affe aussehe. Ob sie dem nun zustimmen oder nicht, mein Gesicht ist das schönste der Welt. Das sagt meine Mutter und das sagen meine Frauen, und die müssen doch recht haben, oder?«

»Natürlich, Euer Exzellenz«, sagte ich matt und drehte ihn mit dem Stahlrahmen, an dem ich ihn festgebunden hatte, kopfüber. Ich bereitete gerade einen Bariumeinlauf vor. Dabei brachte ich mit einer Ballonspritze Bariumsulfat in den After ein – wie ein Konditor mit seiner Garnierspritze. Ein denkwürdiger Anblick: Der nackte Präsident von Uganda stand auf dem Kopf, damit sich die radioaktive weiße Paste für die Röntgenuntersuchung in seinen Därmen verteilen konnte.

Bis auf eine leichte Kolitis fehlte ihm nichts, aber im Spaß beklagte er sich noch monatelang.

»Tagelang habe ich auf der Toilette nur weiß gemacht«, sagte er. »Ich glaube, das war eine imperialistische Verschwörung. Wissen Sie, Dr. Nicholas, ich habe den Verdacht, daß Sie meine Entwicklung aufhalten und mich in ein Kind zurückverwandeln wollen.«

26

Meine Schwester Moira hat mich gefragt: »Wie konntest du mit so einem Menschen nur so vertraut werden? Wie konntest du nur so blind sein?« Ich konnte es ihr nicht erklären. Am Anfang war das anders. Das Leben verlief, wie gesagt, in ganz normalen Bahnen, nur zwischendurch kam es immer wieder zu diesen merkwürdigen kleinen Interventionen. Wie den Telegrammen. Eins zum Beispiel an Mrs. Thatcher, nachdem sie Heath im Kampf um den Vorsitz in der Konservativen Partei geschlagen hatte.

»Was halten Sie davon?« fragte Idi mich und las vor:

Liebe Margaret, am Dienstag habe ich in einer ostafrikanischen Zeitung zufällig Ihr Photo gesehen. Es zeigte, wie Sie Mr. Edward Heath auslachten, nachdem Sie ihn bei der Abstimmung über den Parteivorsitz besiegt hatten. Auf dem Photo machen Sie einen sehr charmanten, glücklichen, frischen, intelligenten und zuversichtlichen Eindruck. Mögen Sie lange so bleiben. Mit freundlichen Grüßen, Idi Amin

»Das sollten Sie lieber nicht abschicken«, sagte ich.
»Das werde ich aber«, sagte er. »Das ist überhaupt keine Frage. Das ist sehr wichtig.«

Kurz darauf kam der libysche Präsident Gaddafi zu Besuch und eröffnete den neuen Flughafen von Entebbe. Ich nahm an den Feierlichkeiten teil. Amin empfing den libyschen Führer mit offenen Armen: »Sie sind der einzige revolutionäre Führer, der die Dinge beim Namen nennt und der Ansicht ist, alle Menschen auf der Welt sollten das gleiche Leben führen. Sie sind keiner Supermacht hörig, und ich möchte Ihnen versichern, daß auch wir Ugander von keiner Supermacht kontrolliert werden. Deswegen wurde ich Ihr bester Freund, als ich Ihre Politik kennenlernte.«

In der Folge von Gaddafis Staatsbesuch wurde in Kampala die Libysch-Arabische Entwicklungsbank gegründet, und wir bekamen in der Stadt immer mehr libysche Soldaten und PLO-Truppen zu sehen.

In der Woche der Flughafeneröffnung schickte Amin ein Telegramm an Tansanias Präsident Julius Nyerere, mit dem er sich wieder einmal wegen des Kagera-Dreiecks in der Wolle hatte, einer tansanischen Enklave, die – infolge eines Triangulationsfehlers auf der Kolonialkarte, wie mir Mr. Malumba erklärt hatte – wie ein entzündeter Daumen in ugandisches Staatsgebiet hineinragte.

»Mit diesen kurzen Worten«, lautete das Schreiben, »möchte ich Sie meiner Liebe versichern, und wenn Sie eine Frau wären, hätte ich Sie heiraten mögen, obwohl Ihr Kopf voller grauer Haare ist, aber da Sie ein Mann sind, ist uns diese Möglichkeit versagt.«

»Warum verschicken Sie diese Telegramme?« fragte ich Amin.

»Ganz einfach«, antwortete er. »Sie entsprechen der Wahrheit. Ich möchte Staatsmännern einen guten Rat geben, wenn ich erkenne, daß sie auf dem falschen Weg sind. Ich bin ein Bote Gottes.«

Manchmal waren diese Botschaften einfach nur geschmacklos. »Hitler hatte recht mit den Juden, denn die Israelis arbeiten nicht im Interesse der Völker der Welt, und deshalb wurden sie auf deutschem Boden bei lebendigem Leibe mit Gas verbrannt«, wetterte er in einem Telex an den UNO-Generalsekretär Kurt Waldheim.

Ich hörte, wie der westdeutsche Bundeskanzler Willy Brandt diese Verlautbarung im World Service als »Aussage eines Geistesgestörten« verurteilte. Ich war natürlich seiner Meinung, dabei steckte ich mittendrin. Mein Leben drehte sich schon lange nur noch um Amin. Je näher ich ihm kam, desto weniger konnte ich mir vormachen – trotzdem blieb ich, weniger verängstigt als fasziniert.

Bis sich in einem einzigen verhängnisvollen Monat alles dramatisch zuspitzte. Da war schon Frau Nummer fünf auf der Bildfläche erschienen. Die Neunzehnjährige war Soldatin (Mitglied der motorisierten revolutionären Selbstmord-Bataillone) und bei der Kundgebung der Organization of African Unity Idis Beifahrerin gewesen. Ich nahm an der Trauung nicht teil, hörte aber von Wasswa, es hätte eine riesige, dreistöckige Hochzeitstorte gegeben, und der PLO-Führer Jassir Arafat wäre Amins Trauzeuge gewesen. Die Braut hieß Sarah, was mich natürlich an die ohne »h« erinnerte, und ich fragte mich, was *sie* wohl von Mr. Arafat gehalten hätte.

Zwischen den Hochzeiten mit Medina (Nummer vier) und Sarah waren bei den seltenen Gelegenheiten, wenn er in State House abstieg, die verschiedensten Frauen durch Amins Gemächer gezogen. Seine Leibwächter brachten ihm die Mätressen ins Schlafzimmer (etliche davon unfreiwillig; es war nichts Ungewöhnliches, in diesen Nächten Schreie in der Dunkelheit zu hören). Es hieß, in anderen Städten im Lande hielte er sich außerdem eine Reihe von Konkubinen, für seine Reisen durch die Provinz. Ich konnte mir also denken, daß die Frauen bis hin zu Medina gelangweilt waren.

Vermutlich war es diese Langeweile, die zu einem Zwischenfall führte, der mich heute noch schaudern läßt, wenn ich daran denken muß – medizinisch, ethisch und auf so ziemlich jede andere vorstellbare Weise war er einfach entsetzlich. Ich weiß bis heute nicht, ob ich mich richtig verhalten habe.

Eines Nachts klopfte es während eines schweren Unwetters an der Tür des Bungalows. Ich wollte gerade ins Bett gehen. Draußen stand Peter Mbalu-Mukasa, mein Kollege im Mulago – der, mit dem ich etwas getrunken hatte, als wir Swanepoel getroffen hatten. Er sah fix und fertig aus, war klatschnaß und zitterte am ganzen Leib, aber da war noch etwas anderes.

»Kommen Sie rein«, sagte ich und machte ihm Platz. »Was ist denn los?«

»Machen Sie die Tür zu«, sagte er außer Atem. »Es war schwer genug, die Wachen zu überreden, mich aufs Anwesen zu lassen. Ich habe behauptet, es ginge um Angelegenheiten im Mulago.«

»Und worum geht es wirklich?« fragte ich verdutzt.

Er antwortete nicht, sondern schob sich an mir vorbei ins Wohnzimmer.

Ich folgte ihm. »Beruhigen Sie sich erst mal«, sagte ich. »Wollen Sie einen Cognac oder so?«

»Nein!«

Er setzte sich unvermittelt vor mir auf einen Stuhl und stützte den Kopf in die Hände. Wasser tropfte auf den Dielenboden.

»Nicholas«, sagte er mit erstickter Stimme. »Ich bin in richtig großen Schwierigkeiten.«

»Was ist denn passiert?« Die Flecken breiteten sich auf dem trockenen Holz aus.

Nach einer Pause hob er den Kopf und sagte: »Kay Amin ist seit knapp einem Jahr meine Geliebte. Es ist Wahnsinn, ich weiß, aber wir lieben uns sehr.«

»Mein Gott ... Aber Sie sind doch verheiratet«, sagte ich einfältig.

»Darum geht es nicht. Das Problem ist, Kay ist schwanger und muß abtreiben. Ich möchte, daß Sie mir bei dem Eingriff helfen. Amin hat seit Jahren nicht mehr mit ihr geschlafen, und wenn er herausfindet, daß sie ein Kind bekommt, dann bringt er uns um.«

»Das kann ich nicht machen«, sagte ich entsetzt. »Ich glaube, Sie beide sollten lieber fliehen – wenn Sie sofort aufbrechen, können Sie bis morgen vormittag die Grenze nach Kenia erreichen.«

»Das habe ich auch erst gedacht. Sie würden uns trotzdem verhaften; Kay wird doch überall erkannt. Bitte helfen Sie mir. Ich wollte den Eingriff heute abend erst allein vornehmen, aber ... ich habe Angst bekommen. Sie hat um Ihre Hilfe gebeten. Wir müssen sofort los ...«

Wider besseres Wissen willigte ich schließlich ein, mitzukommen und sie mir anzusehen – mehr aber auch nicht. Ich fuhr mit ihm in die Nacht hinaus. Wir nahmen meinen Transporter. Er hatte keinen Wagen, sondern war mit dem Taxi gekommen – eine teure Fahrt, die ganze Strecke von Kampala nach Entebbe. Du bist ein Idiot, sagte ich mir, während die Lichter von Autos und Häusern vorbeizogen. Dicke, ölige Regentropfen klatschten auf die Windschutzscheibe, als ich den Anweisungen zu seiner Wohnung in einer der Trabantenstädte folgte.

Kay Amin lag auf einem Laken auf dem Wohnzimmerboden, die Strickjacke spannte über ihrem gewölbten Bauch. Sie merkte nicht, daß wir gekommen waren. Entgeistert sah ich die von Peter auf dem Eßtisch ausgebreiteten OP-Instrumente. Im Lampenschein glänzten sie wie das Besteck für ein dämonisches Abendessen. Er hatte offensichtlich schon fast angefangen. Sogar eine Schale Wasser stand bereit.

Es war eine schaurige und unerträgliche Situation, wie mir sofort klar war. Ich hatte noch nie eine Abtreibung durchgeführt, und auf diese Weise würde ich bestimmt nicht damit anfangen. Kays Schwangerschaft war für einen Eingriff viel zu weit fortgeschritten – von der Verbindung zu Amin, der unzureichenden Hygiene eines privaten Wohnzimmers und den grundsätzlichen Erwägungen einer Abtreibung ganz zu schweigen.

Ich betrachtete die arme Frau. Sie war buchstäblich wahnsinnig vor Angst, delirierte, gab unverständliches Gemurmel von sich und strich sich mit den Händen über den Bauch. Sie erkannte mich nicht. Mir wurde fast schlecht vor Furcht, und ich erinnerte mich an die souveräne, vergleichsweise fröhliche Hausfrau, die mich am Prince Charles Drive empfangen hatte.

»Das ist unmöglich«, sagte ich zu Peter. »Ich will damit auf keinen Fall etwas zu tun haben.«

Er packte mich am Arm. »Nicholas ... bitte.«

»Es ist unmoralisch. Sie müssen fliehen. Sie haben keine andere Wahl. Oder bringen Sie sie am frühen Morgen ins Mulago und riskieren Sie es.«

»Das ist Blödsinn. Das hier ist unsere einzige Chance.« Er zog mich am Hemd. »Sie müssen. Sie müssen einfach.«

Er zog mich an sich wie eine Geliebte und flüsterte heiser: »Bit-te! Ich weiß nicht, ob ich es allein schaffe.« Sein Gesicht war dunkelgrau, wie Zement vor dem Abbinden.

»Es tut mir leid«, sagte ich. Meine Stimme war merkwürdig hart. Die Vernunft hatte das Kommando übernommen. Ich stieß ihn sachte weg.

Er ging zur Küchentür, legte die Hände an den Türrahmen und wiegte sich vor und zurück.

»Zum letzten Mal«, sagte er, »werden Sie mir helfen? Wenn nicht, mache ich es eben allein.«

Bis auf Kays gequältes Gemurmel wurde es totenstill im Raum. Ich kam ins Zaudern. Wenn die Alternative war, daß Amin sie umbrachte und das Baby wahrscheinlich auch, dann war eine Operation trotz der unzureichenden äußeren Umstände vorzuziehen. Eine Abtreibung war schließlich bei weitem nicht das Schlimmste, was ein Arzt tun konnte, aber andererseits ...

»Ich gehe jetzt lieber«, sagte ich schließlich. »Man darf mich hier nicht finden. Bitte ... Peter, tun Sie das nicht. Hören Sie auf mich. Finden Sie eine andere Lösung. Ich helfe Ihnen, wenn ich kann. Rufen Sie mich an.«

Ich drehte mich abrupt um und ging. Ich rannte aus dem Wohnblock zum Transporter, lief platschend durch tiefe Pfützen. Als ich nach Entebbe zurückraste und auf der nassen Straße hin und her schleuderte, bekam ich Panik, hatte Angst vor der Entdeckung und wußte gleichzeitig, daß es keine Lösung war, einfach wegzulaufen. Aber was hätte ich denn tun sollen? Eine Operation wäre medizinisch zu gefährlich gewesen; den Behörden hätte ich sie aber auch nicht übergeben können, denn das wäre gleichbedeutend mit der Ablieferung bei Amin gewesen.

Vielleicht hätte ich das doch tun sollen. Weder Peter Mbalu-Mukasa noch Kay Amin sollte ich nach dieser Nacht wiedersehen. Im Lauf der nächsten Woche verdichteten sich im Krankenhaus die Gerüchte. Er hatte den Eingriff verpfuscht, und Kay Amin war verblutet. Peter brachte sich am Tag darauf mit einer Überdosis Schlaftabletten um.

Es war wahr. Amin ließ Ermittlungen durchführen, in deren Verlauf ich ständig in Angst und Schrecken lebte. Mein Geheimnis fraß mich auf – egal was ich tat und wo ich war, in Gedanken kehrte ich dauernd zu jener schrecklichen Szene zurück.

Meine Rolle bei der Angelegenheit kam nie ans Licht, und dafür dankte ich dem Herrn – aber sie verfolgte mich die ganze restliche Zeit in Uganda. Was war mit dem Taxifahrer, der Peter zum State House gebracht hatte? Mit den Wachen am Tor? Was, wenn ich im Wohnblock gesehen worden war – als Weißer war ich immerhin erst recht auffällig.

Die Sache war auch noch nicht ausgestanden, soweit sie mich betraf. Eine Woche später bekam ich in meinem Büro im Mulago einen Anruf. »Sie sollten sich etwas anschauen«, sagte die Pathologin, die wußte, daß Peter und ich befreundet gewesen waren. Ich ging zu ihr in die Leichenhalle.

Sie öffnete einen Kühlschrank und zog einen Körper heraus. Es war Kay Amins Leiche. Alle vier Gliedmaßen waren säuberlich abgetrennt worden und lagen neben dem Rumpf. Der Kopf war noch dran, aber zur Seite verdreht. Ich wandte mich ab, wir wurde schlecht, und ich lief aus dem Raum.

Ich weiß bis heute nicht, was genau Kay Amins Leiche

zugefügt wurde. Die einen sagen, Peter selbst hätte sie zerstückelt – der Rumpf war in einem Karton bei ihm im Kofferraum gefunden worden, die Arme und Beine in einem Sack auf dem Rücksitz – die anderen behaupteten, Amin wäre es gewesen. Er war ein Experte im Tranchieren von Tieren, soviel wußte ich. Das hatte er als Soldat beim Fouragieren im Busch gelernt.

Das weitere Geschehen war noch seltsamer und genauso ekelhaft. Amin befahl, die Leiche wieder zusammenzunähen. Als das geschehen war, mußte ich als Leibarzt an einer eigentümlichen Zeremonie teilnehmen. Amin hatte auch seine anderen Frauen kommen lassen, außerdem gut zwanzig Kinder (darunter die von Kay) und einige Beamte.

Amin fuchtelte über dem mit Prellungen übersäten und verfärbten Körper herum, dessen Gliedmaßen infolge übereilten und unprofessionellen Nähens vom Rumpf abstanden. Die Frauen schienen Angst zu haben – besonders Medina –, die Beamten sahen ernst aus, und etliche Kinder weinten, während er sprach.

»Die hier, das war eine schlechte Frau. Schaut euch an, wie sie versucht hat, mit Creme die Haut von ihrem Gesicht und ihren Beinen und Armen weiß zu machen, während der Rest schwarz geblieben ist. Schaut sie euch an; wegen dieser Creme sieht sie aus, als hätte sie Lepra gehabt. Schaut euch an, wie unnatürlich sie aussieht, wie ein Halbblut. Schaut euch an, wie Allah eine Christin richtet.«

Es fällt mir schwer, mich an all das zu erinnern, nicht nur weil das Beschriebene so entsetzlich ist. Mein Tagebuch ist, was diese Dinge angeht, wirr, fast kryptisch. Ich kann meine eigene Handschrift kaum entziffern.

27

Ende des Monats wollte ich an einem Mittwochabend den Transporter von einer Werkstatt am Stadtrand abholen, wohin ich ihn zur Inspektion gegeben hatte. Er war natürlich noch nicht fertig (seit die Asiaten fort waren, fand man kaum noch einen anständigen KFZ-Mechaniker, und die meisten Werkstätten waren einfach mit Brettern vernagelt worden), und ich machte einen Spaziergang, während man letzte Hand anlegte.

Der Himmel war metallgrau, und ich war bedrückt: Einerseits wegen der Sache mit Kay, andererseits nagte eine allgemeine Niedergeschlagenheit an mir, die sich an manchen Abenden über Kampala legte. Man hatte das Gefühl, die Menschen hätten nicht bekommen, was sie im Lauf des Tages gewollt hatten. Die Straßenverkäufer beispielsweise mit all ihren Imbissen, den viereckigen Paraffindosen (Shell, Agip), birnenförmigen Plastikspiegeln und zerknickten Kosmetikschachteln.

Ein Händler saß immer direkt unter einem Plakat, das für eins seiner Produkte warb, Envi-Körperlotion. Im Vorbeigehen summte ich die Melodie zu den Worten auf dem Plakat und merkte, daß das auch immer als Werbejingle im Radio kam:

>Sie sieht toll aus
>Sie hat Stil
>Mit ihrer Haut
>Macht sie sie wild
>
>Wie macht sie das?
>MIT ENVI!

Dann fiel mir ein, was Amin über Kays Leiche gesagt hatte, mir ekelte vor mir selbst, und ich ging rasch weiter.

Es herrschte nicht viel Verkehr, ab und zu brummte ein Armeefahrzeug vorbei und stieß wegen des schlechten Diesels schwarze Schwaden aus. Ich betrachtete meine Füße und das geschäftige Treiben um sie her. Soviel davon, soviel Leben in diesem Stadtteil spielte sich am Bordstein ab. Ein Händler hatte eine Glasscheibe über ein paar verblichene Titelseiten gelegt. Das Cover einer alten, vergilbenden Londoner *Times*. Und *Drum: Africa's Leading Magazine*, mit dem Photo einer Frau in einem Mantel aus Leopardenfell.

Ein Stück weiter stand ein Junge in der Gosse in einer braunen Pfütze. Er hatte nur Shorts an, und sein Bauchnabel stand vor wie ein Druckknopf. Er sah zu mir hoch.

»*Musungu*«, flüsterte er und starrte mich an. Es war keine Begrüßung, auch keine Beschwörung, Bitte oder Empörung. Es war einfach nur eine Aussage. Er sagte noch einmal »*musungu*«, und ich ging weiter. Vorbei an einer verlassenen Benzinpumpe mit festgekettetem Schwengel, vorbei an einer Frau, die auf einer umgedrehten Plastikschüssel saß, vor sich eine zweite Schüssel voller Federn, neben sich einen toten Hahn.

Es dämmerte. Ich erreichte den Markt von Namirembe, kurz bevor das letzte Tageslicht schwand. Die Händler räumten ihre Waren unter die Zelte und Schirme und schwatzten mit den letzten Häufchen Kauflustiger. Ich kam an einem Mann mit Robin-Hood-Hut vorbei, der auf einem Kohlefeuer Hähnchen briet und mit einem Spachtel wendete. Vom Duft und vom Geräusch des Brutzelns bekam ich Hunger.

Ein Stück weiter kratzte ein Mann auf einer einsaitigen Baganda-Fiedel herum, umgeben von sich wiegenden und murmelnden Menschen. Ich ging weiter. Teilweise hatten die Händler kleine Öllampen angezündet und hängten sie vor ihren Ständen auf. Ihr Licht glitzerte in den Haufen von Hacken und *pangas*. Als ich sie hinter mir hatte und mich noch einmal umdrehte, konnte ich nur noch das Blinken und Funkeln sehen, als schwebten sie in der Dunkelheit.

Jetzt war ich ins Herz der Stadt gelangt, wo Straßenlaternen ein anderes Licht abgaben, ebenso die wenigen Geschäfte, die ihre Auslagen beleuchteten. Ich blieb kurz bei einem Kurzwarenhändler stehen: Rasierklingen, Nähnadeln, Parfums und zwei Pyramiden aus Seifestücken – Cusson's Imperial Leather mit der rotgoldenen Livree auf der Verpackung und grobe grüne Palmoliveriegel. Daneben lag ein Laden für Elektrogeräte, dessen Schaufenster bis auf ein einziges Fernsehgerät leer war. Auf dem Bildschirm war Amin zu sehen, der eine Rede hielt. Ich folgte seinen Bewegungen, seinen gestikulierenden Händen, wie sie die Luft zerhackten, sich hoben und senkten. Er unterstrich seine Bemerkungen mit den Händen, als wären sie Schlagstöcke.

Dann sprach mich eine Prostituierte an, die eine braune Lederjacke trug und stark mit knallrotem Lippenstift geschminkt war. Ich wies sie ab, aber sie folgte mir ein paar hundert Meter weit. Als ich sie abgewimmelt hatte, ging ich an weiteren Geschäften vorbei und dann in einen Park, der an die Gärten des Imperial Hotel grenzte. Der Weg führte am Maschendrahtzaun entlang, durch dessen Rauten ich verschwommen ein Paar sehen konnte, das in Barnähe an einem beleuchteten Tisch saß.

Der Tisch war als afrikanische Hütte zurechtgemacht und hatte einen Sonnenschirm aus Stroh. An der Mittelstange hing eine Petroleumlampe, die den Mann und die Frau mit orangenem Licht übergoß. Er trug ein kurzärmliges Hemd, eine Khakihose und kniehohe Feldstiefel, sie ein Sommerkleid. Ich schaute angestrengt hinüber, um ihre Gesichter zu erkennen, und lauschte, um ihr Geflüster zu verstehen. Dann legte er ihr eine Hand aufs Knie.

Ich stürzte blindlings durch den Park zurück und rannte gegen Äste. Ich klapperte die Straße hinab – meine Absätze lärmten auf dem Gehweg wie Kastagnetten – und über den Markt. Das ENVI-Plakat zuckte vorbei, das Gesicht der Frau lachte mich an. Ich rannte weiter. In der KFZ-Werkstatt sprach ich heiser mit dem Mechaniker und drückte ihm das Bündel Shillinge in die Hand. Er sah mich mit großen Augen an, erstaunt über das Bild eines erregten *musungu*.

Im Transporter fing ich mich langsam. Ich beruhigte mich, als ich wieder auf der Straße war, die mir mit ihren Schlaglöchern und alledem die Seufzer und den Schmerz nahm. Es war Vollmond. Sein mildes Licht fiel durch die geschwungene Windschutzscheibe und dämpfte meine Bitterkeit. Es war Freddy Swanepoels Hand gewesen, die nach Marinas Knie gegriffen hatte.

Ich war an dem Abend fertig mit der Welt und trank fast eine ganze Flasche Whisky. Was war mit ihrem Mann, bei dem sie angeblich war? Wenn sie sich schon eine Affäre leisten wollte, warum gab sie mir dann einen Korb? Was sollte dieses ›Ich bin mit dem britischen Botschafter verheiratet‹ und der ganze Scheiß?

Ich wußte, daß es eine Überreaktion war. Eins war zum anderen gekommen, und dieser Tropfen hatte das Faß zum Überlaufen gebracht. Saras Weggehen, Stone und seine Machenschaften, Kays makabre Zerstückelung, Amins eigenartiges Benehmen und dann, was vielleicht ausschlaggebend war, die Faszination, die er auf mich ausübte, und meine Weigerung, so schnell wie möglich alles hinter mir zu lassen und zu verschwinden.

Den Rest der Woche verbrachte ich in einer Art tumber Benommenheit und stand dermaßen neben mir, daß es selbst Amin auffiel.

»Was ist los mit Ihnen?« fragte er. »Sie sehen aus, als hätten Sie einen Geist gesehen.«

Zu meinem Entsetzen brach ich vor seinen Augen zusammen, fing an zu hyperventilieren und pumpte mir viel zuviel Luft in die Lungen. Idi sah mich durchdringend an, und als er sprach, war seine Stimme sanft und tief, tief und sanft, wie man sich die eines Engels vorstellt.

Er klopfte mir auf die Schulter. »Dr. Nicholas, ich sehe auf Anhieb, daß Sie verliebt sind. Ich habe mich auch schon so gefühlt, oh, und wie oft.«

Wie ein Goldfisch klappte ich den Mund auf und zu, und kleine Lichtamöben explodierten mir auf der Netzhaut. Idi massierte mir stärker die Schulter.

»Mein lieber, lieber Freund, Sie müssen akzeptieren, daß Gott manchmal anderes mit uns vorhat als wir.«

»Es tut mir leid«, keuchte ich und kam langsam wieder zu Atem. »Ich bin nicht ...«

»Wenn Sie Liebe suchen«, sagte er, und die dunklen Seen seiner Augen zogen mich in ihre Tiefen, »dürfen Sie nicht zu erpicht darauf sein. Mit dieser Taktik bin ich ein sehr erfolgreicher Liebhaber geworden. Wenn Sie durch Kampala gehen, können Sie mindestens dreiundzwanzig Mädchen sehen, die von mir schwanger sind. Deswegen werde ich Big Daddy genannt. Ist doch klar.«

Ich brachte ein Lachen zustande, obwohl mein Mund nach Tränen schmeckte.

»Ich glaube, Sie brauchen Urlaub. Reisen Sie und schauen Sie sich die Tiere in Mueya Lodge oder auch Paraa an. Reisen Sie, Dr. Nicholas, und Sie werden Doppelzahn-Bartvögel und Schuhschnäbel sehen, Seidenaffen und natürlich Mr. Krokodil und Mr. Elefant. Vor Müdigkeit gähnende Flußpferde. Sogar Simbas. Löwen!«

Er machte mit beiden Händen krallenartige Gesten und fletschte die Zähne. Ich mußte unwillkürlich lachen.

»So«, sagte er, »und wer ist diese Dame, die von Ihrer Schönheit nichts wissen will?«

Ich zuckte die Achseln.

»Wie Sie wollen«, sagte er. »Schauen Sie, Sie brauchen mir nicht zu erzählen, was in Uganda vor sich geht. Das weiß ich nämlich schon. Ich habe viele Agenten. Ich weiß zum Beispiel, daß die Frau des britischen Botschafters eine schlechte Frau ist und daß Sie« – er stieß mich in die Rippen – »hinter ihr her waren, daß sie in Wirklichkeit aber mit einem anderen Mann zusammen ist, mit dem sie auch nicht spielen sollte.«

Ich sah ihn an, fassungsloser denn je zuvor über seine grotesken Bemerkungen bei unseren vielen Begegnungen. Ich hatte das Gefühl, mein Leben wechselte schlagartig die Richtung, als säße ich in einem Zug, und jemand hätte die Weichen verstellt.

Mein Mund stand offen. Mit heftigem Dröhnen knallte der Absatz seines schweren Kampfstiefels auf den gebohnerten Dielenboden. »Sehen Sie!« sagte er triumphierend. »Das weiß ich alles von meinen Agenten, und sie haben recht. Aber hören Sie ...«

Er kam näher, legte mir die Hände auf die Schultern und sah mir in die Augen, als hätte ich sein tiefstes Mitgefühl.

»... es ist töricht, traurig zu sein, weil sie mit einem anderen Mann und nicht mit Ihnen die Ehe bricht. Sie sind eifersüchtig, weil seine Lippen auf ihren gelegen haben. Verstecken Sie die Wahrheit nicht unter zehn Decken. Es ist doch ganz natürlich für Frauen, Männer zu lieben – ein schöner Finger läßt sich einen Ring anstecken, das kennt man doch. Gewiß, es ist unmöglich, Gefühle der Liebe zu kontrollieren. Ihre Erfahrung sollte allen Männern eine Lehre sein. Aber das Wichtigste ist doch, daß keiner von Ihnen einen Bastard gezeugt hat. Wenn erst Kinder in der Gleichung auftauchen, ist es gleich eine ganz andere Geschichte.«

Ich wischte mir das Gesicht am Ärmel ab.

»Dieser Mann taugt sowieso nichts«, fuhr Idi fort. »Er ist nach Präsident Amin der beste Pilot von ganz Afrika, aber er taugt trotzdem nichts. Machen Sie sich seinetwegen keine Sorgen. Es ist böse, mit den Frauen anderer Männer herumzuspielen, und es ist böse, Präsident Amin auszuspionieren. Er ist ein Spion, und er arbeitet für eine habgierige Fluggesellschaft aus Kenia, die auch von mir zuviel Geld verlangt. Ich habe sie um einige Dinge gebeten, Dinge, die ich nur in Nairobi bekommen kann, und sie wollen, daß ich nicht in ugandischen Shillingen, sondern in US-Dollars bezahle.«

Er holte ein Bündel blaue Geldscheine aus der Tasche und hielt sie hoch, wie man einen flatternden Vogel festhält.

»Welchen Sinn hat es, wenn mein Gesicht auf diesem Geld zu sehen ist, ich es aber nicht benutzen kann? Das ist doch schlimm.«

Ich war schlimmer dran, fand ich, als ich später auf dem Sofa im Bungalow lag und mich wie ein Baby an einer Flasche Scotch festhielt. Ich nahm mir vor, mich zusammenzureißen und keine Luftschlösser mehr zu bauen. Aus Uganda wegzulaufen, war keine Lösung. Weglaufen war nie eine Lösung. Ein Suaheli-Sprichwort von Idi fiel mir ein: »Ein Jucken im Po folgt dir überall hin.«

Unnahbar – das wollte ich werden. Und gesund: Ich hatte mich in letzter Zeit gehenlassen, und mein gelbsüchtiges, verbrauchtes Gesicht des ständig im Ausland Lebenden erinnerte langsam an Ivor Seabrook. Ab sofort würde ich mehr schwimmen und mich in die Sonne legen, meinem bleichen Teint ein gesundes Braun verschaffen, jeden Tag frisches Obst essen – und mich nicht mehr aus der Bahn werfen lassen. Genau, ich würde es durchstehen und im Krankenhaus gute Arbeit leisten. Den Menschen helfen, wie es von mir erwartet wurde. *Nützlich sein.*

Ich erhob mich vom Sofa, schlug mein Tagebuch auf und schrieb eine zweizeilige, dick unterstrichene Anweisung hinein:

KULTIVIERE
Die Disziplin deiner Heimat
Das Zentrum deines Berufs

Ich verwirklichte meine guten Vorsätze ganz ordentlich, bis Stone aus der Botschaft wieder anrief und mich bat, am kommenden Samstagvormittag zu ihm zu kommen. Er sprach es nicht aus, aber mir war klar, daß er wieder Amins

Behandlung aufs Tapet bringen würde – es ist wohl unnötig zu erklären, daß ich in dieser Richtung nichts unternommen hatte. Es war zu gefährlich, hatte ich mir gesagt. Aber trotzdem, als ich über Stones Anruf nachdachte, sprach einiges für die Vorstellung, Amin mit Medikamenten zur Räson zu bringen; vielleicht war es meine Bestimmung, auf diese Weise nützlich zu werden. Und ich muß zugeben, daß diese undurchsichtige James-Bond-Masche irgendwie etwas Anziehendes hatte.

Hier auf der Insel ist alles klar. So klar wie die Dinge und Menschen, mit denen ich es in meinem neuen Leben zu tun habe: das Fenster meiner neuen Seele. Mein abgelegtes, untherapierbares Selbst weit hinter mir. Da geht gerade die stämmige Gestalt von Malachi Horan den Hügel runter. Malachi ist ein Fischer aus dem Dorf. Er beliefert hauptsächlich das Ossian Hotel (eine Art Gesundheitsfarm plus Millionärspuff auf der Westseite – Saunen, Jacuzzis, solche Sachen), aber wenn er einen großen Fang gemacht hat, fällt für mich hier oben immer etwas ab. Eben hat er mir drei Makrelen vorbeigebracht, mit einem Stück Bindfaden durch die Kiemen. Ich habe sie erst mal vor die Tür gehängt – kalt genug ist es allemal.

Da hängen sie also als längliches silbernes Bündel an einem Nagel und richten ihre leeren Augen auf den Weg ihres kräftigen Todbringers. Und hier sitze ich und habe vom Sitzen und Schreiben rund um die Uhr einen steifen Nacken. Vielleicht ist es eine Vorahnung: Es heißt, die Ad ligen in der Französischen Revolution hätten vor ihren Hinrichtungen immer einen steifen Nacken bekommen. Ein Alarmsignal. So wie manche Leute vor dem Sex Kopfschmerzen haben, ein Vorgefühl der Muskelkontraktion am oberen Ende des Rückenmarks, zu der es beim Orgasmus kommt. Echt, aber nicht ganz echt – anders als diese Fische. Schuppen kann ich sie später. Ein Filet heute abend, den Rest in den Kühlschrank.

28

Ein seltsamer Geruch hing in der Büroluft. Stone saß in einem Sportjackett mit Fischgrätmuster an seinem imposanten Hartholzschreibtisch. Und hatte wieder diese scheußliche braune Hose an. Beim Reden drehte er ständig den Kopf zum Fenster, als wolle er mir nicht in die Augen sehen.

»Ich freue mich, daß ich Sie diesmal allein erwischt habe. Die beiden anderen haben das letztemal doch nur gestört.«

»Aber warum ist der Botschafter nicht da?« wollte ich wissen. »Wenn Sie mit mir dasselbe besprechen wollen wie beim letztenmal, will ich den Boß dabeihaben.«

»Er ist ... eigentlich nicht mein Boß«, sagte Stone glatt. »Nur dem Namen nach. Darf ich Ihnen etwas Nachhilfe geben? Ihnen erklären, wie es in der Welt zugeht? Hier findet eine Show in der Show statt, Nicholas. Wenn sich der Karren festgefahren hat, müssen Leute wie ich ihn aus dem Dreck ziehen. Und Leute wie ich müssen sich manchmal auf Leute wie Sie verlassen. Bob Perkins ist nur Staffage.«

Er wandte den Kopf wieder zum Fenster. Vielleicht hatte er Angst, wir könnten belauscht werden. Das Fenster war nur angelehnt. Es war ein Kippfenster, eine große Scheibe im Holzrahmen, die schräg gestellt war und den Garten draußen merkwürdig verzerrt wiedergab, Bäume und Rasenflächen in unmögliche Winkel anordnete. Ich konnte ihr eigentliches Aussehen nicht rekonstruieren.

»Was ist aus Weir geworden?« fragte ich. »Ich habe gehört, er sei nach London zurückgerufen worden. Weil er sich mit Amin zu gut verstanden hat.«

Stone wirkte ausnahmsweise überrascht. »Nun ... sagen wir, er war zu mitteilsam.«

Ich freute mich, gepunktet zu haben. »Den Eindruck hatte ich nicht«, sagte ich vorlaut.

Stone runzelte die Stirn. »Kommen wir auf das Thema der letzten Besprechung zurück. Ich darf annehmen, Sie haben nichts unternommen ...«

»Nein«, sagte ich kurz angebunden. »Habe ich nicht. Ich hatte zuviel Angst. Gibt es keine andere Möglichkeit, an ihn ranzukommen?«

Er lehnte sich mit einem Seufzer zurück. Das Zimmer roch nach seinem Aftershave, merkte ich jetzt.

»Meine ganze Arbeit besteht aus Möglichkeiten, Nicholas. Es gibt keine Konstante, wir müssen immer tun, was die Politik gerade vorschreibt, und jeder neue Fall liegt anders. Und so, wie die Dinge in Uganda jetzt stehen, hält London das für die beste Möglichkeit. Als er die Inder ausgewiesen hat, haben wir ihm einen Kredit über 12 Millionen Pfund gesperrt, aber das hat nichts genützt. Wir brauchen Sie.«

»Warum muß ich es sein?« fragte ich. »Ich bin Arzt, kein Geheimagent.«

»Genau darum geht es. Deswegen ist es ja Ihre Pflicht. Als Arzt. Und als britischer Bürger. Sie müssen doch gehört und Sie werden doch gesehen haben, was hier los ist. Mit der Gewalt und den ganzen Briten, die schon rausgeschmissen wurden. Er läßt sogar den Kampala Club bewachen. Die nächste Phase seines Wirtschaftskrieges sicht vor, daß wir alle verschwinden. Auch Sie, das kann ich Ihnen flüstern.«

»Ich mach' bloß meinen Job«, sagte ich. »Ich lege niemandem Steine in den Weg.«

»Das sollten Sie aber. Sie müssen dem Gemetzel entgegentreten. Der Premierminister sagt, das muß ein Ende haben. Es ist grauenhaft, was da draußen vor sich geht. Recht und Ordnung sind zusammengebrochen, und jeden

Tag werden mehr Leute vermißt. Wir bekommen Berichte über Massaker durch Soldaten, die ihre Opfer einfach in den See oder in Massengräber in den Wäldern werfen. Das ist wie bei Hitler.«

»Sie übertreiben«, sagte ich unwirsch. »Nichts ist wie bei Hitler.«

Es ärgerte mich, daß er sich moralisch dauernd aufs hohe Roß setzte. Wir schwiegen, während er in seinem Schreibtisch wühlte und einen braunen Umschlag zutage förderte.

»Schauen Sie sich die an.« Er schob mir den Umschlag zu. »Ich mach' uns Kaffee. Sie werden ihn brauchen. Vielleicht sehen Sie die Sache gleich anders.«

Im Umschlag steckten etwa fünfzehn grobkörnige Schwarzweißphotos. Das erste zeigte drei Soldaten im Führerhäuschen eines Panzerwagens, zwei mit Helmen, einer mit schwarzem Barett. Zwischen ihnen saß ein Mann im Unterhemd, der zum Himmel sah und den Mund aufgerissen hatte, als brüllte er vor Schmerz. Der Soldat neben ihm hatte die Schultern vorgebeugt, als machte er mit den Händen etwas vor dem Mann – aber man konnte nicht unter den unteren Rand der Fahrerkabine hinabsehen. Es war ein entsetzliches Bild, und ich fragte mich, wer es aufgenommen hatte.

Ein anderes Bild zeigte einen Jungen in Shorts, der an ein Fußballtor gefesselt war. Man hatte ihm eine schwarze Tüte über den Kopf gestülpt, und er war nach vorn gesackt. Man konnte sehen, wie sein Gewicht das Seil am Torpfosten straffte. Neben ihm stand ein Mann in einer Uniform der Militärpolizei und sah zu, einen Arm erhoben, als wollte er einschreiten. Oder als hätte er gerade einen Befehl gegeben.

Als ich mir das Photo ansah, das kalt und nüchtern vor mir auf dem Schreibtisch lag, hatte ich zum Teil Angst, zum Teil wollte ich den Rest der Geschichte erfahren. Andere Aufnahmen gehörten anscheinend in eine Serie. Eine

Soldatengruppe, die mit einem Gefangenen durch den Busch ging. Dann der an einen Baum gebundene Gefangene. Ein Mehlsack bedeckte sein Gesicht, das ausgefranste Ende hatte ihm jemand unter den Kragen gestopft. Ich war schockiert, als ich auf dem nächsten Bild Amin sah, der mit dem Verhüllten sprach, als wollte er ihn trösten. Seine Hand lag auf der Schulter des Mannes.

Ich dachte daran, wie seine Hand vor nicht einmal vierzehn Tagen auf meiner Schulter gelegen hatte. Bei dem Gedanken daran, was Amin machen würde, wenn er erfuhr, daß ich hier war, lief mir ein Schauer über den Rücken. Die nächste Aufnahme gehörte nicht in die Reihe. Sie zeigte die bekleidete Leiche eines anderen Mannes auf einem Gehweg. Alles war von Fliegen bedeckt, auch die nicht blutverschmierten Körperteile – ich weiß noch, daß ich das seltsam fand. Man hatte ihm den Schädel eingeschlagen, die Knochen um die Augenhöhle herum waren zerschmettert, und der Augapfel trat hervor wie ein gekochtes Ei.

Hinter mir hörte ich Stones Stimme. »Und das ist erst der Anfang. Wir haben Berichte bekommen, die einfach widerlich sind. Unglaublich. Sie stopfen ... den Männern Dinger in den Mund. Sie *schneiden ihnen wirklich und wahrhaftig ... das Glied ab* und stopfen es ihnen in den Mund.«

Ich drehte mich um. Stone kam mit zwei dampfenden Bechern auf einem runden Zinntablett herein. Er wollte die Tür mit dem Fuß schließen, verlor kurz die Balance, und als er das Tablett abstellte, standen die Becher in braunen Lachen. Ich hörte seine Nylonhose knistern, als er herüberkam.

»Das ist äußerst merkwürdig, diese Geschichte mit dem Mund«, sagte er und setzte sich. »Es ist, als wollten sie selbst die Toten zum Schweigen bringen. Bei den Männern vom State Research Bureau – von denen werden Sie ja gehört haben – ist es regelrecht ein Erkennungszeichen,

Opfer in den Mund zu schießen. Unheimlich viele uns gemeldete Totenschädel haben Kieferbrüche.«

»Ich wußte nicht, daß es so schlimm ist«, sagte ich und schob ihm den Umschlag wieder zu.

Stone faltete die Hände auf dem Tisch. »Noch mal im Klartext: Jeden Tag sterben Hunderte von Menschen, und was tun Sie? Sie machen Dienst nach Vorschrift und versuchen, sich unsichtbar zu machen. Und wenn Sie nicht bald etwas unternehmen, dann sind Sie wirklich unsichtbar, Nicholas: Dann stecken auch Sie in der Jauchegrube, zu der das ganze Land geworden ist. Noch gehören Sie zu den wenigen Menschen, die sie ausheben können.«

»Das ist nicht fair«, sagte ich. »Außerdem ist es Ihre Schuld. Wenn Sie ihn nicht an die Macht gebracht hätten, wäre das alles nicht passiert.«

Er probierte seinen Kaffee. »Das waren nicht nur wir. Die Israelis waren genauso daran beteiligt ... Außerdem war es damals die richtige Entscheidung. Alle haben gesagt, es wäre das Beste für Großbritannien, selbst die Zeitungen.«

»Das ist genau der springende Punkt. Bei Ihnen ist alles Taktik. Berechnung: Das ist Ihr täglich Brot. Als ich das erstemal bei Ihnen war, wollten Sie – ist ja auch egal, ich kann jedenfalls nicht tun, was Sie von mir verlangen. Er ist schließlich ein Mensch, egal wieviele Verbrechen sein Regime begangen hat.«

»Er ist wahnsinnig«, sagte Stone vorwurfsvoll. »Ein Wahnsinniger, an dessen Händen Blut klebt, und es wird noch sehr viel mehr werden. Er darf einfach nicht regieren. Hören Sie, er hat der Queen gerade eine Botschaft übersandt und gefordert, daß sie ihm ein Flugzeug schickt, das ihn zur Commonwealth-Konferenz fliegt, und eine Kompanie der Scots Guards, die ihn eskortieren soll. Neuerdings schickt er die Pioniere der sogenannten ugandischen Marine nach Guinea-Bissau, um es von der portugiesischen Fremdherrschaft zu befreien. Er hat keine Schiffe, Nicholas, Uganda ist ein Binnenstaat. Es wäre einfach nur lachhaft, wenn dabei nicht Tausende von Menschen ermordet würden. Was er aus Jux und Tollerei anstellt, ist reine Pornografie. Wenn Sie darüber lachen, gehen Sie über Leichen. Und wenn Sie für ihn arbeiten, ist es noch viel schlimmer.«

Ich fühlte mich äußerst unwohl in meiner Haut. »Ich ... ich arbeite nicht für ihn. Ich muß ihn ab und zu behandeln. Ich ziehe nicht herum und ermorde Menschen. Hunderte von Ugandern sind in derselben Lage wie ich.«

»Sie könnten ihnen und dem ganzen Land aber helfen. Sie würden Uganda einen Dienst erweisen. Sie haben die richtigen Präparate dafür. Sie sind der einzige, der nah genug an ihn herankommt. Ich mache keinen Hehl daraus: Es genügt nicht mehr, ihn zu sedieren – ich habe den Befehl, Sie aufzufordern, ihn zu töten.«

»Das kommt überhaupt nicht in Frage«, sagte ich und lachte über die Absurdität, war aber gleichzeitig tief schockiert. »Ärzte tun so etwas nicht. Wir haben schließlich unseren Eid.«

»Ich weiß«, antwortete er leise, »aber er verpflichtet Sie, Leben zu retten, also denken Sie bitte daran, wieviele Leben Sie in diesem Fall retten könnten. Sie werden keine Scherereien bekommen, dafür sorge ich schon. Sobald Sie ihm mal wieder eine Spritze verpassen müssen, pumpen Sie ihn einfach mit Adrenalin voll, dann sieht es wie ein Herzinfarkt aus.«

»Ausgeschlossen«, sagte ich und stand auf. Aber es beschäftigte mich weiterhin. Es wäre natürlich phantastisch, die Welt von einem Diktator zu befreien. Aber dann dachte ich an Amin – an den kurzen Augenblick in State House, als er sich mir zu öffnen schien – und daran, was es heißen würde, ihn zu töten, irgendwen zu töten.

»Setzen Sie sich bitte«, sagte Stone. »Ich weiß, daß es keine Kleinigkeit ist, um die wir Sie bitten. Aber es wäre eine gute Tat. Wie heißt es so schön? ›Wer nichts tut, tut Böses‹.«

285

Wieder Stone der Prediger. Das nervte mich am meisten, mehr als die Bitte selbst.

»Sie haben eine merkwürdige Vorstellung davon, was eine gute Tat ist«, sagte ich überheblich. »Aber ich lasse mich nicht herumstoßen. Sie können mich nicht herumkommandieren und mir schon gar nicht befehlen, jemanden umzubringen.«

»Setzen Sie sich bitte wieder. Bitte – hören Sie mir einfach zu. Das kommt direkt aus London.«

Warum hörte ich auf ihn und ging nicht einfach? Dann wäre alles vorbei gewesen, und ich wäre in mein normales Leben zurückgekehrt. Ich hatte diese Art von Nervenkitzel nicht nötig.

Ich setzte mich wieder, verschränkte die Arme und wartete darauf, was er mir zu sagen hatte. Stone stand auf und kam langsam um den Tisch herum. Ich roch wieder sein Aftershave.

»Die Zeit bringt alles ins Lot«, sagte er, »und manchmal ist der moralische Weg nicht eindeutig zu erkennen. Das lehrt ein Blick in die Geschichte. Wir kümmern uns um Sie, Nicholas. Ich habe Ihnen bereits eine gewisse Summe auf Ihr schottisches Konto überweisen lassen.«

»Ich will kein Kopfgeld auf meinem Konto haben«, sagte ich.

»Warten Sie's ab«, sagte er hinter mir, »denken Sie an meine Worte. Fünfzigtausend Pfund jetzt, und dieselbe Summe hinterher.«

»Sie können mich nicht zwingen«, sagte ich. Aber wieder ging mir der Gedanke durch den Kopf, daß er eigentlich recht hatte. Ich konnte Amin tatsächlich umbringen und ungeschoren bleiben. Wer konnte leichter an ihn herankommen? Trotzdem mußte ich mir wieder einmal eingestehen, daß ich den Mann irgendwie *mochte*, auch wenn er ein Monster war.

Stone setzte sich wieder vis-à-vis. Die Sonne tauchte das Zimmer in glutrotes Licht.

»Denken Sie in aller Ruhe darüber nach«, sagte er. »Wir können Ihnen beschaffen, was Sie wollen. Was immer Sie brauchen. Frauen, Geld, eine Arbeit irgendwo anders ...«

Meine Entscheidung stand plötzlich fest. »Ich bin kein Killer«, sagte ich. »Ich bin vielleicht ein schlechter Mensch, aber ich bin kein Killer. Vielleicht wäre es etwas anderes, wenn er krank wäre und Sie mich nur bitten würden, ihn nicht zu behandeln. Ihn sterben zu lassen. Aber er ist nicht krank, und ich werde ihn nicht vergiften.«

Mit diesen Worten ging ich. Stone versuchte nicht, mich aufzuhalten. »Das Geld wird bald auf Ihrem Konto eingehen«, sagte er, als ich nach der Klinke griff. »Da wird es auch bleiben, aber wenn Sie etwas dafür tun wollen, dann tun Sie es um Gottes willen bald.«

Als ich zwischen den gepflegten Beeten des Botschaftsparks zum Transporter ging, bedauerte ich, gekommen zu sein, und beschloß, daß ich mit Stone und seinen Machenschaften in Zukunft nichts mehr zu tun haben wollte. Ich mußte mein eigenes Leben führen – auch wenn ich davon gegenwärtig keine klaren Vorstellungen hatte. Ich fuhr langsam nach Hause, und die Sonne schien auf meine Hand am Lenkrad. Als ich ankam, machte ich mir etwas zu essen. Einen leckeren Avocadosalat, gegrillten Barsch und eine Flasche Pils.

29

Wie sich herausstellte, hätte ich mir wegen weiterer Aufträge von Stone gar nicht den Kopf zerbrechen müssen. Eine Woche später wies Amin ihn, Marina und ihren Mann ebenso aus wie den Rest des Botschaftspersonals.

»Ich habe dem britischen Spionagering in Uganda das Rückgrat gebrochen«, verkündete er im Radio. »Das blüht auch allen anderen Botschaften, in denen Spione aktiv sind. Besonders wenn sie auch noch Schmiergelder anbieten. Selbst mir, dem Präsidenten von Uganda, haben sie Schmiergelder angeboten.«

Widersprüchlich wie eh und je sagte er im nächsten Satz, er habe der Queen eine weitere Nachricht geschickt, seine unverbrüchliche Freundschaft beteuert und ihr einen weiteren Besuch angekündigt.

»Ich habe der englischen Queen gesagt, ich hoffe, diesmal erlauben Sie mir, Männer der Befreiungsbewegungen in Schottland, Irland und Wales zu treffen, die die Herrschaft Ihres Empire bekämpfen. Ich schicke Ihnen diese Nachricht so früh, damit Sie Zeit haben, meinen Aufenthalt in Ihrem Land so behaglich wie möglich zu gestalten. Da ich weiß, daß sich Ihre Wirtschaft auf vielen Gebieten in einer Krise befindet, hoffe ich zum Beispiel, daß ich während meines Aufenthalts mit einer geordneten Lebensmittelversorgung rechnen kann. Ja, Mrs. Queen, darauf können Sie sich verlassen. Ich komme nach London, und nichts kann mich aufhalten. Als Leibgarde bringe ich zweihundertfünfzig ugandische Reservisten mit, ob Ihnen das paßt oder nicht. Ich möchte wissen, wie stark die Briten sind, und ich möchte, daß sie den mächtigen Mann des afrikanischen Kontinents zu sehen bekommen.«

Nach den Ausweisungen geschah in rascher Folge zweierlei. Erstens wurde in den Bungalow eingebrochen und mein Tagebuch gestohlen. Sonst wurde nichts angerührt. Das machte mir Angst. Im ersten Moment wollte ich Anzeige erstatten, ließ es dann aber bleiben. Ich muß geahnt haben, daß Amin dahintersteckte. Ein normaler Einbrecher hätte niemals gewagt, das schwerbewachte Anwesen von State House zu betreten.

Zweitens rief Amin am Tag darauf spätnachmittags im Mulago an. Ich träumte vor mich hin, als das Telefon klingelte, und sah einer alten Frau zu, die mit bedächtigen, rhythmischen Bewegungen den Hof fegte. Sie machte jeden Abend die Stellen sauber, wo tagsüber die ambulanten Patienten anstanden, ich weiß daher nicht, warum ich sie so eingehend betrachtete. Aber genau das tat ich, genau wie Amin mich in Augenschein genommen hatte.

»Kommen Sie sofort«, sagte seine Stimme an meinem Ohr. Sie war schärfer als sonst, und das Herz schlug mir bis zum Hals.

»Dr. Nicholas? Ich muß dringende medizinische Angelegenheiten mit Ihnen besprechen.«

Feg, feg, feg. Ich konzentrierte mich auf die Frau im Hof. »Ja ... Euer Exzellenz.«

»Sehr dringend. Nakasero.« Er legte auf.

Ich gehorchte. Auf der Fahrt zur Lodge bekam ich Magenschmerzen. Ich war schweißgebadet, obwohl es schon abendlich kühl war, und meine Kehle fühlte sich an, als hätte man mir ein Holzscheit in den Hals gerammt. Was wußte er von Stone? Hatte er erfahren, daß ich Kay am Vorabend ihres Todes gesehen hatte? Das Tagebuch – was hatte ich darin alles festgehalten?

Unterwegs wurde es Nacht, und bald stand der Mond hell und leuchtend über den Sümpfen an der Straße. Unzählige Papyrusstauden wiegten sich in der Brise, wirkten bedrohlich und unheimlich, und mit ihren wippenden löwenzahnartigen Blüten – manche Stauden waren über drei Meter hoch – sahen sie wie behelmte Außerirdische aus.

Immer mit der Ruhe, sagte ich mir, als ich in die Stadt kam, er zitiert dich nicht zum erstenmal zu sich. Das hat nichts zu bedeuten. Er tut dir schon nichts. Nicht NG.

Ich fuhr weiter. In Nakasero brachten mich die Wachen wie gehabt in Amins Privatgemächer. Als ich durch die Tür kam, empfing mich das gewohnte Chaos. Der Baseballschläger, die Pornohefte auf dem Boden, das Lumumba-Porträt, die bis an die Decke reichenden Regale mit den *Protokollen der Ugandischen Gesellschaft der Rechte.*

Amin trug Uniform – schlichtes Khaki, nicht die blendende Feldmarschallspracht – und saß in dem antiken Stuhl. Daneben stand das Wasserbett, von dessen Baldachin die Tüllvorhänge herabhingen und auf dem sich die verknäulten Laken und Kissen türmten, seitlich davon die Spiegelschränke, der Schminktisch und das Schreibpult. An letzterem hing der Cowboyholster, aus dem der silberbeschlagene Griff seines Revolvers herausragte.

Als ich hereinkam, sah er auf und lächelte mich an. Zu seinen Füßen lag eine aufgeschlagene *Sunday Times* mit einem Foto, auf dem er ein Baby im Arm hatte und über das ganze Gesicht grinste.

»Sieh da«, sagte er, »mein lieber Freund Dr. Nicholas.«

»Euer Exzellenz wollten mich sehen?« Mein Schwitzen hatte kaum nachgelassen.

Er warf einen Blick auf die Schlagzeile: Der Schlächter im Busch.

»Obwohl mich die Engländer hassen, liebe und respektiere ich die Queen«, sagte er. »Ich habe daran gedacht, ihr noch einmal zu schreiben.«

»Haben Sie mich deswegen angerufen?« fragte ich erleichtert.

»Wie man's nimmt«, sagte er und stand auf. »Ich habe

gerufen, aber Sie haben nicht gehört. Ich habe Ihnen so viel gegeben, und doch haben Sie mich verraten.«

Ich starrte ihn an und bekam kein Wort heraus.

»Doktor, Sie haben Böses getan, weil Sie angefangen haben, mich zu bekämpfen. Sie handeln wie ein Engländer, nicht wie ein Schotte. Sehr böse.«

Mein Blick wanderte zum Schreibpult und zum Holster. Aber er griff in die Tasche und zog einen winzigen Revolver heraus, wie ihn Spieler im Western benutzen. In seiner Pranke war nur die Mündung zu sehen.

»Ihr letztes Stündlein hat geschlagen. Sie müssen sterben. Das ist Ihr Ende.«

Ich schreckte zurück, fiel auf die Knie und fing an zu brabbeln. »Euer Exzellenz, ich flehe Sie an. Ich habe nichts getan!«

Die Mündung der Waffe war direkt vor mir. Ich konnte die Falten von Amins Hand erkennen.

Seine Stimme dröhnte über mir. »Sie wollen mich also verlassen, ja?« Dann hockte er sich hin, das Gesicht dicht vor meinem. »Was ist schiefgegangen, daß Sie mich nicht lieben?« flüsterte er. »Warum sind Sie nicht mehr mein Freund?«

»Bitte«, sagte ich heiser. »Töten Sie mich nicht. Bitte töten Sie mich nicht.« Ich zitterte unkontrollierbar und merkte, daß ich fast in die Hose machte.

Plötzlich stand Amin auf, legte den Kopf zurück und lachte, lachte zur Decke empor. »Sie töten? Warum um Himmels willen sollte ich einen Mann wie Sie töten?«

Ich sah auf. Sein Gesicht hatte etwas Verblufftes und Kindliches.

»Nein, ich möchte Sie nicht töten, Dr. Nicholas. Ich dachte, Sie wollten mich töten. Aber ich weiß, daß Sie das nicht tun würden. Ich übe keine Vergeltung an Torheit.«

Ich blieb auf dem Boden sitzen und hechelte wie ein Hund, während Amin den kleinen Revolver wieder in die Tasche steckte. Er ging zum Schreibpult und zog eine

Schublade auf. In den Spiegeln sah ich mich – kauernd, hechelnd, hechelnd – und hinter mir die Regalwand.

»Es tut mir leid, daß ich Ihnen einen Schreck eingejagt habe«, sagte Amin und kam wieder zurück. »Aber leider, mein lieber Freund, habe ich von meinen Geheimagenten im State Research Bureau gehört, daß Sie Hochverrat begehen wollten. Diesem Bericht zufolge ...«

Er fuchtelte mit einem rosa Blatt vor meinem Gesicht herum.

»... den mein lieber Freund Major Weir, der uns leider verlassen mußte, abgefaßt hat – diesem Bericht zufolge sollten Sie mir im Auftrag ihrer Majestät der Queen Gift verabreichen.«

»Ich ...«, krächzte ich verwirrt. *Weir?* Ich dachte an sein Hinken, seine Truthahnkehllappen und das durchdringende Schwirren seines ferngesteuerten Hubschraubers.

»Streiten Sie es gar nicht erst ab. Ich weiß alles, wissen Sie. Deshalb weiß ich auch – daß Sie ein viel zu guter Arzt sind und Idi Amin Dada viel zu sehr lieben, um so etwas zu tun.«

»Das stimmt«, sagte ich. »Ich würde so etwas nicht tun, Sie wissen doch, daß ich so etwas nicht tun würde.«

»Man hat Sie also darum gebeten?« fragte er mit einem verschlagenen Lächeln.

»Ich habe mich geweigert«, sagte ich. »Es ist nicht recht.«

»Gut«, sagte er, ging zum Schreibpult und setzte sich.

»Gut«, wiederholte er und griff ins Pult. »Dann kann ich Ihnen nämlich auch das hier vergeben.«

Er hielt das schwarze Notizbuch hoch, in dem ich Tagebuch geführt hatte. Ich sah ihn entsetzt an. Während er mich mit der Waffe bedrohte, hatte ich es vergessen, und jetzt sank mir wieder das Herz in die Hose. Es wurde still, und er blätterte in dem Büchlein. Fieberhaft überlegte ich, was ich darin alles festgehalten hatte.

»Sie sind ein guter Schriftsteller«, sagte er schließlich.

»Das sehe ich auf den ersten Blick. Aber als ich Ihnen von meiner Reise an die Spitze Ugandas erzählte, wußte ich nicht, daß Sie das alles in ein Buch schreiben würden.«

»Es ist nur zur Erinnerung«, sagte ich. »Wie ein Tagebuch.«

»Sie sind ein sehr kluger Mann«, sagte er. »Ich mag es nur nicht, was Sie hier über meine Mutter schreiben. Sie hieß Fanta, nicht Pepsi Cola. Und was Sie über meine vierte Frau schreiben, ist eine Unverschämtheit. Sie sollten doch wissen, daß ich die Potenz eines Löwen habe und in Uganda und dem Rest der Welt über fünfzig Kinder gezeugt habe. Wenn Sie weiter solche Sachen schreiben, sind Sie ein toter Mann. Basta. Ab sofort nehmen wir alles auf Kassetten auf. Und wenn Sie schreiben, zeichnen Sie die Worte aus meinem Munde auf. Wortwörtlich. Denn der Mund ist die Heimat der Worte.«

Er blätterte wieder. Ich hoffte inständig, daß ich keine Einzelheiten über meine Verbindung zu Kay aufgeschrieben hatte. Ich glaubte nicht, aber unter diesen Umständen konnte ich mich nicht erinnern.

Dann sagte Amin etwas, das mir das Blut in den Adern stocken ließ. »Das hier ist noch ganz wichtig. Dieser Mann Waziri, den Sie hier erwähnen. Sie sagen, der war Ihr Freund?«

»Na ja«, sagte ich und fragte mich nervös, worauf er hinauswollte. »Er hat im Krankenhaus von Mbarara gearbeitet.«

Amin sah mich unverwandt an. »Er war kein guter Arzt – also kann er nicht Ihr Freund gewesen sein. Denn er ist nicht mein Freund, und wer nicht mein Freund ist, kann nicht Ihr Freund sein. Das ist doch logisch, oder?«

»Ich verstehe Sie nicht«, sagte ich.

Amin stand auf, kam um den Tisch herum und zog mich hoch.

»Kommen Sie mit«, befahl er. »Ich muß Ihnen etwas sehr Wichtiges zeigen.«

Er ging zu den Bücherregalen und drückte gegen eines davon. Ein dunkler Zwischenraum erschien, als ein Regal mit Lederbänden zurückschwang. Amin drückte noch einmal. Das Regal glitt weiter zurück, und dahinter lag ein langer feuchter Gang, schwach erleuchtet von Neonröhren. Auf dem Betonboden standen Pfützen, und es roch muffig und dumpf.

Amin drehte sich zu mir um, seine Augen glänzten begeistert. »Kommen Sie«, sagte er.

Eine Weigerung kam nicht in Frage. Ich folgte seiner massigen Gestalt, die sich durch den Eingang duckte und einige Stufen hinunterging. Ich fiel in Gleichschritt und patschte durch die Pfützen. Lähmendes Entsetzen überkam mich.

Wir gingen weiter, unter den Röhren glitzerten die Tressen an Amins Schultern. Mein Herz raste wieder (medizinisch gesprochen, litt ich an Tachykardie, und mein Herz beschleunigte auf über 100/Minute). Unsere Schritte hallten im Tunnel – und dann hörte ich ein anderes Geräusch.

Zwei Geräusche. Das erste war ein bumm, bumm, bumm, das mich an die Frauen beim Hirsestampfen damals in Mbarara erinnerte. Die langsame Gleichförmigkeit verhöhnte mein schmerzhaft rasendes Herz. Das andere Geräusch war weit verstörender – ein fernes, aber durch Mark und Bein gehendes Schreien oder Heulen. In meinem ganzen Leben hatte ich so etwas nur einmal gehört, da war ich auf ein Wiesel gestoßen, das in den Kiefernwäldern über Fossiemuir in eine Falle geraten war. Ich schwitzte Blut und Wasser.

Wir kamen in eine Kammer mit mehreren Trennwänden und Nischen. Eine davon bildete eine Kabine, hinter deren Glasscheiben alle möglichen elektronischen Geräte zu sehen waren. Die Anzeigen und Leuchtdioden flackerten im Halbdunkel.

Amin durchquerte die Kammer und spähte durch ein Guckloch in der Wand. Dann drückte er auf einen Knopf, und eine massive Stahltür schwang auf.

»*Kila mlango kwa ufunguo wake*«, sagte er und grinste mich an: »Jede Tür hat ihren Schlüssel.«

Ein scheußlicher Gestank schlug mir entgegen. Die Tür führte in den nächsten Korridor, an dessen Eingang zwei scharlachrote Feuerlöscher hingen, als hielten sie hier Wache. Amin streifte sie mit den Hüften, als er in den Gang hineinging. Die Geräusche waren auf einmal sehr laut: Gewimmer, Gestöhn und Schmerzensschreie aus tiefster Kehle. Eine Reihe verriegelter Türen zog sich an der einen Seite des Korridors hin, dessen Wände verschmiert und bröcklig waren. Der Gestank, die Hitze, die Schreie – jedes für sich wäre schon schauderhaft gewesen, aber zusammen wurden sie fast unerträglich.

Ich schreckte zurück und schrecke jetzt noch beim Schreiben von der Seite zurück; die Szenen, die ich sekundenlang zu sehen bekam, als Amin mich an den Zellen entlangführte, waren ... ich muß mich geradezu körperlich anstrengen, um sie mir zu vergegenwärtigen, so sehr hatte ich das alles verdrängt. So sehr habe ich verdrängt ...

In der ersten Zelle zappelte ein Mann in einem Faß Wasser. Seine Handgelenke waren am Rand festgebunden. In der zweiten hatte sich ein Mann auf dem Betonboden zusammengerollt. Zwei Soldaten peitschten ihn mit dicken Lederriemen aus. In der dritten Zelle lag die Leiche eines Jungen in der Ecke. Ein Bein war zerschmettert, und neben ihm lehnte ein Vorschlaghammer an der Wand. Alles war voll Blut, und Knochensplitter lagen wie Kreidespäne in den Lachen verstreut.

In der vierten Zelle steckten drei Frauen. Sie standen nackt und schlotternd da und drängten sich aneinander, während ein Soldat um sie herumging und sie mit einem Schlagstock stieß. Es war ein gräßlicher Anblick, der mich mit Empörung und Abscheu erfüllte – aber ich hatte zuviel Angst, um etwas zu unternehmen.

Einen Augenblick lang stand ich da wie angenagelt, dann stürzte ich den Fenstern gegenüber an die Wand und kauerte mich auf den Boden. Amin beugte sich vor und packte mich grob am Oberarm.

»Kommen Sie«, sagte er, »bleiben Sie nicht hier, das ist ungesund. Ich möchte Ihnen den medizinischen Flügel zeigen. Dort ist ein Arzt, den Sie sehen sollten. Ein Freund von Ihnen.«

Er führte mich an den Zellen vorbei in einen Raum voller Betten. Sie waren frisch bezogen und blitzsauber. Wäre da nicht der penetrante Verwesungsgestank gewesen, der das ganze Gebäude durchzog, hätte man meinen können, man befinde sich in einem neuen oder frisch renovierten Krankenhaus.

Die Betten waren leer bis auf eines, das von Soldaten umringt wurde – vielleicht zehn, vielleicht mehr.

»Ist das Ihr Freund?« fragte mich Amin. »Ist dieser Mann Ihr Kollege?«

Der Mann auf dem Bett war Waziri.

Sein Kopf wurde von einem um Hals und Fußknöchel geknoteten Seil nach vorn gezogen. Er sah mit entsetzt aufgerissenen Augen zu mir hoch, soweit es der in den Nacken schneidende Strick zuließ. Anscheinend wollte er etwas sagen, aber man hatte ihn mit Plastikfolie geknebelt, mit dem harten Plastik eines Kunstdüngersacks, der ihm mehrfach gefaltet zwischen die Zähne geklemmt worden war.

Waziri stöhnte durch den Knebel, Speichel und Blut rannen ihm aus den Mundwinkeln. Mir wurden die Knie weich.

»Dieser Mann«, sagte Amin und schlug mir auf die Schulter, »hat Böses getan. Er hat sich den staatsfeindlichen Guerilleros aus Tansania und Ruanda unter Obotes Führung angeschlossen. Er hat sich in Kabale festgesetzt und in den Ruwenzoris gegen mich gekämpft. Auch Sie haben Böses getan, weil Sie sein Freund waren.«

»Ich habe nichts getan«, flüsterte ich und wollte vor der teuflischen Szene zurückweichen.

Aber ich konnte nicht. Hinter mir standen die Soldaten und stießen mich nach vorn.

»Eins sollten Sie sich merken, Doktor«, sagte Amin. »Wenn zwei Männer kämpfen, gewinnt einer. Sie dürfen mir nicht den Gehorsam verweigern.«

Dann zeigte er auf Waziri auf dem Bett und sagte nur ein Wort. Es lautete »*kalasi*«.

Ein Soldat zog ein Messer mit einem weißen Horngriff. Es sah wie ein normales Küchenmesser aus. Ich sah Amin an; sein Gesicht war ernst und unbewegt wie das einer Statue, und er ließ den Mann auf dem Bett nicht aus den Augen.

Als Waziri das Messer sah, zwinkerte er wie verrückt mit den Augen und versuchte, sich wie ein Igel einzurollen. Aber da fielen die Soldaten schon über ihn her, drängten mich und sogar Amin beiseite. Sie scharten sich um das Bett und rissen Waziri zu Boden. Einer stellte ihm den Stiefel auf den Kopf. Waziri sah mich an, und sein Blick ging mir durch und durch. Er zwinkerte wieder, dann sah ich nur noch die Tarnanzüge über ihm. Ich hörte ein Gurgeln, sah, wie sich die lange, grauenhafte Klinge hin- und herbewegte, und flüchtig einen kopflosen Rumpf.

Als ich zu mir kam, lag ich in einer Zelle auf einem Rollbett. Ich musterte den Betonboden und die Ytongwände. Überall waren braune Flecken: Ob Blut oder Fäkalien, konnte ich nicht sagen.

Ich wußte nicht, wie lange ich dort gelegen hatte. Sie hatten mir die Uhr abgenommen. Es gab kein Sonnenlicht, nur eine Glühbirne. Die Matratze war bretthart und stank so sehr nach Urin, daß ich sie vom Bett nahm und mich direkt auf die Sprungfedern legte.

Kurz danach ging dröhnend die Tür auf, und ein Soldat kam herein. Er trug die Stammesnarben im Gesicht, die Eins-Elfen – genau wie Major Mabuse, nur länger –, und hatte einen Blechteller mit *matoke* in der Hand. Als er die

297

Matratze auf dem Fußboden sah, brüllte er mich wütend auf Suaheli an und schaltete dann auf Englisch um.

»Ihr dreckigen Briten«, sagte er. »Kommt her und nehmt uns unsere Schwestern weg, und dann werft ihr eure Betten auf den Boden. Aufräumen, oder du bist tot!«

Ich kam mühsam auf die Beine und machte einen halbherzigen Versuch, die Matratze aufs Bett zurückzulegen. Der Soldat stieß etwas auf Suaheli aus, hockte sich hin und schob den Teller mit *matoke* über den Boden. Als er die Stahltür hinter sich geschlossen hatte und ich einen Blick auf die dampfende graue Pampe warf, mußte ich mich übergeben.

Danach kann ich mich an kaum etwas erinnern ... ich muß es verdrängt haben. Sie behielten mich nur eine Nacht lang da, rechnete ich mir hinterher aus. Die meiste Zeit delirierte ich vor Angst. Ich weiß aber noch, daß ich draußen einmal gedämpftes Gewehrfeuer hörte; ein andermal flüsternde Stimmen aus der Zelle nebenan, wo zwei Männer eingeliefert worden waren. Ich hörte ihnen zu:

»Hast du gehört, was Felix Aswa passiert ist?«

»Nein. Wie ist es ihm ergangen? Ich wollte nach Hause rennen, als ich in unserem Viertel die Schüsse gehört habe ... da haben sie mich erwischt und heimlich in den Wagen gezerrt.«

»Bei ihm haben sie kein Geheimnis daraus gemacht. Sie haben ihn einfach geschnappt und erschossen. Und dann haben sie ihm den Kopf mit einer *panga* abgetrennt. Am hellichten Tag.«

»Den Kopf?«

»Ja, und der mußte dann aus einer Tasse trinken. Dann haben sie Felix' Frau gerufen und gesagt, schau her, hier ist der Kopf von deinem Mann und trinkt Tee.«

»So geht es heute in unserem Lande zu.«

»Und dann haben sie den Kopf an einen unbekannten Ort gebracht.«

Ich wollte ihnen etwas zurufen, als sich im Schloß meiner Zellentür der Schlüssel drehte. Die Tür ging auf, und der Soldat, der mir das Essen gebracht hatte, kam herein.

»Du da, *musungu*. Komm mit. Wir verpassen dir die hier.« Er tippte sich an die Wange.

Ich sah ihn verständnislos an. Dann berührte er wieder die Eins-Elf-Narben auf der Wange und grinste. Mir stockte der Atem. Er kam zu mir und zerrte mich am Arm hoch. Ich wehrte mich und schrie, als er mich in den Korridor hinausschleifte.

Er blieb stehen und grinste wieder, dann lachte er und stieß mich in die Rippen.

»*Yee ssebo!* Schon gut, schon gut. Ich mach' doch bloß Spaß. Los, *musungu*. Zieh dich jetzt aus.«

Ich gehorchte zitternd, und er stieß mich unter eine Dusche. Da ich nicht wußte, ob die angedrohte Skarifizierung wirklich nur ein Scherz war, sackte ich an der Wand zusammen und verbrachte etwa zwanzig Minuten unter der kalten Brause.

Als ich herauskam, stand Wasswa mit einem Handtuch und frischer Wäsche über dem Arm da. Ich war so froh, ein bekanntes Gesicht zu sehen, daß ich erst kein Wort herausbekam.

»Alles in Ordnung, Doktor?« fragte er und reichte mir das Handtuch. »Es war sehr dumm von Ihnen, so etwas über Präsident Amin zu schreiben und mit den Briten zusammen ein Komplott gegen Uganda zu schmieden.«

»Warum hat man mich eingesperrt?« murmelte ich. »Ich habe nichts getan.«

»Sie haben großes Glück gehabt, daß Präsident Amin Milde gezeigt hat. Er will Sie sofort sehen.«

Ich zog mich an, und wir gingen in den Korridor zurück. Ich warf einen Blick durch die Gitterstäbe auf die beiden Männer, deren Unterhaltung ich verfolgt hatte. Der ältere trug traditionelle Kleidung, der andere war in mittleren Jahren und trug Anzug und Krawatte. Sie sahen mich überrascht an, als ich vorbeikam.

»Bitte«, rief der jüngere, »helfen Sie uns. Ich heiße Edward Epunau. Ich bin ein ehrlicher Geschäftsmann.«

Ich blieb abrupt stehen und wollte zurückgehen.

»Kommen Sie«, sagte Wasswa. »Sie können nichts machen.«

»Helfen Sie uns!«

Wasswa ergriff mich am Arm. Wir gingen den Korridor entlang an den anderen Zellen vorbei. Ich versuchte, die jetzt leiseren Geräusche der Insassen zu überhören, und sah starr auf den Boden. Ich hätte es nicht verkraftet, das alles noch einmal zu sehen. Wir gingen zwischen den beiden Feuerlöschern hindurch.

Der Minister drückte auf einen verborgenen Knopf. Ein Teil der Wand glitt beiseite und zeigte die Kammer, die ich eine Nacht zuvor durchquert hatte. In einer Ecke sah ich die Glaskabine, wo die dampfende Elektronik wie ein Lebewesen zischte und piepste. Trotz meiner Benommenheit fiel mir auf, daß die Tür auf der Zellenseite aus Gips war – man hätte sie übersehen – und auf der Kammerseite aus Stahl.

Wir gingen den zweiten Gang entlang. An dessen Ende drückte Wasswa wieder auf einen Knopf. Ich hörte, wie sich auf der anderen Seite etwas bewegte. Die Tür schwang auf.

Amin trug einen stahlblauen Safarianzug mit dazu passendem Sombrero. Er umarmte mich. In den Spiegeln sah ich sein breites Kreuz vor mir, und die roten Ledereinbände der *Protokolle der Ugandischen Gesellschaft der Rechte*, die sich vor der Geheimtür schlossen. Ihr goldener Prägedruck glänzte im Licht.

»Ach, mein lieber Freund Dr. Nicholas. Wie schön, Sie wiederzusehen, nicht wahr?«

»Ja, Euer Exzellenz«, sagte ich bewußt ausdruckslos und versuchte, mich wieder an die Kinderzimmeratmosphäre seines Schlafgemachs zu gewöhnen. Die Spielsachen und die Brettspiele auf dem Boden. Das Bildnis Lumumbas. Den Fernseher, in dem ein Boxkampf übertragen wurde.

»Jetzt sollten Sie erst einmal frühstücken«, sagte Amin

grinsend. »Dann können Sie nach Hause fahren, und morgen sind Sie wohlauf und können wieder arbeiten. Auch ich habe viel zu tun. In Uganda passiert zur Zeit nämlich sehr viel.«

Wir gingen ins Eßzimmer hinunter. Ich aß mit erstaunlichem Appetit und beantwortete zurückhaltend Amins Fragen. Ich merkte, daß ich mich glücklich schätzen konnte, noch am Leben zu sein, und war fest entschlossen, mich sofort abzusetzen und mit dem erstbesten Flugzeug nach Hause zu fliegen. Als ich aufbrach, hatte ich ein flaues Gefühl im Magen, weil ich zuviel und zu schnell gegessen hatte.

»Ach, eins noch«, sagte Amin, als ich schon an der Tür war. »Als Loyalitätsbeweis möchte ich, daß Sie auf Ihre britische Staatsbürgerschaft verzichten und auf der Stelle die ugandische annehmen. Dann weiß ich, daß Sie wirklich mein Freund sind. Wasswa hat die entsprechenden Papiere schon vorbereitet und Kontakt mit London aufgenommen.«

Ich sah zu ihm zurück, dem Vieh, und wünschte mir sehnlichst, ich wäre Stones Bitte nachgekommen. Als ich die Treppe von der Lodge zum Transporter hinunterging, war ich körperlich am Ende. Alle Knochen taten mir weh, und ich mußte die Augen gegen die blendende Sonne zusammenkneifen. Ich stieg in den Transporter und fuhr wie ein Zombie nach Hause.

Im Bungalow berappelte ich mich im Laufe des Tages etwas und packte schnell. Ich hatte nur noch einen Gedanken: weg hier. Ich nahm nur etwas frische Wäsche mit, meinen Paß, ein paar Travellerschecks, die ich zur Sicherheit unter eine Kommodenschublade geklebt hatte – und mein Tagebuch. Das hatte Amin mir beim Essen zurückgegeben und mir erneut eingeschärft, in Zukunft nur noch das zu schreiben, was er mir erzählte.

»Kommen Sie bald wieder, und ich erzähle Ihnen meine ganze Lebensgeschichte«, hatte er gesagt. »Sie ist sehr spannend. Sie wissen ja, ich bin der Held von ganz Afrika.«

30

Am nächsten Morgen stieg ich in aller Frühe in den Transporter und fuhr zum Flughafen. Ich raste ziemlich: Ich sehnte mich nach Schottland, wollte reinen Tisch machen mit diesem Land und seinen Greueln. Und ich raste, weil ich Angst hatte. Ich konnte mir denken, daß Amin mich beschatten ließ, sah aber nichts Auffälliges im Rückspiegel.

Vor der Flughafenanlage stand eine Menge aufgehaltener Reisender. Der Eingang wurde von Streitkräften abgeriegelt. Ich stieg aus dem Transporter, ging zu ihnen und drängte durch die Menge nach vorn, wo ich durch den Zaun zur Startbahn hinübersehen konnte. Ein Flugzeug, eine Air France 139, war von weiteren Truppen umstellt. An der Gangway standen zwei dunkelhaarige Araber und eine Blondine, die sich mit einem ugandischen Offizier unterhielt. Die Frau trug einen schwarzen Rock und hatte eine Maschinenpistole über der Schulter hängen.

»Was ist denn los?« fragte ich einen Zuschauer.

»Die PLO hat in Tel Aviv das Flugzeug da entführt und hierher umgeleitet. Alle Flüge sind vorläufig gestrichen.«

Ich ging zum Transporter zurück, saß eine Weile aufgewühlt und wütend da und verfluchte Amin und die PLO, am meisten jedoch mich selbst. Ich mußte die Sache vorsichtiger angehen. Ich sagte mir, das Beste wäre es wohl, ins Mulago zu fahren, als wäre es ein Tag wie jeder andere.

Paterson und den anderen erzählte ich nichts von meiner Gefangenschaft und den Schrecken, deren Zeuge ich geworden war, sondern sagte einfach, ich sei krank gewesen. Das einzige Gesprächsthema war sowieso die Flugzeugentführung, und mein merkwürdiges Verschwinden war schnell vergessen.

Ein paar Stunden später klingelte in meinem Krankenhausbüro das Telefon. Es war Wasswa. »Wie fühlen Sie sich?« fragte er. »Ich hätte nicht gedacht, daß Sie so schnell wieder arbeiten. Sie waren sehr leichtsinnig, wissen Sie. Sie können von Glück reden, daß er Sie nicht hinrichten ließ.«

Ich schwieg.

»Nicholas ... Sie werden gehört haben, daß Palästinenser ein israelisches Flugzeug entführt und nach Entebbe gebracht haben. Also, der Präsident möchte, daß Sie zum Flughafen kommen. Er sagt, es sei sehr wichtig, daß die Geiseln die beste medizinische Versorgung bekommen, die Uganda zu bieten hat.«

»Habe ich noch nicht genug durchgemacht?« fragte ich frostig.

»An Ihrer Stelle würde ich nicht widersprechen. An meiner übrigens auch nicht. Er sagt, Sie müssen sofort kommen.«

Also fuhr ich wieder zum Flugplatz. Sie hatten die Geiseln aus dem Flugzeug in die Abfertigungshalle gebracht. Zweihundertfünfzig von ihnen waren in kleinen Gruppen zusammengedrängt worden, die Terroristen standen mit MPs und Megaphonen zwischen ihnen. Die Blondine, erfuhr ich, war Gabriele Krieger, ein deutsches Mitglied der Volksfront für die Befreiung Palästinas (nicht der PLO, wie ich erst gedacht hatte). Die Israelis und alle Reisenden mit jüdisch klingenden Namen auf der Passagierliste waren schon bald von den anderen getrennt und in einen Nebenraum gebracht worden. Sie gaben ein trauriges Bild ab. Wir konnten Malariatabletten und Decken verteilen – und eine Frau namens Dora Bloch, die beim Essen einen Erstickungsanfall bekommen hatte, ins Mulago mitnehmen.

Von dieser Ausnahme abgesehen, ließ uns Krieger, die

behauptete, ihre Genossen und sie hätten Sprengladungen im Gebäude angebracht, nicht in die Nähe der Geiseln. Alle standen verständlicherweise unter Schock, der von der Entdeckung, daß ihre Torturen mit der Landung in Entebbe keineswegs ausgestanden waren, noch verschlimmert wurde. Sie hatten anscheinend geglaubt, nach der Ankunft in Uganda würde man sie freilassen. Ich erfuhr, daß die Terroristen ein Ultimatum gestellt hatten: Binnen zwei Tagen sollte ihre Forderung erfüllt werden, dreiundfünfzig palästinensische Häftlinge auf der ganzen Welt freizulassen – anderenfalls würden sie sämtliche Geiseln, Juden und Nichtjuden, umbringen.

Ich wollte wieder fahren, als Amin in einem großen Sikorski-Helikopter eintraf – zusammen mit Medina, einer militärischen Eskorte in weißen Shorts und roten Baretts und ein paar Photographen vom Informationsministerium.

»Keiner rührt sich von der Stelle«, brüllte ein Militär, als sie in die Halle marschiert kamen. »Hinsetzen! Hinsetzen! Keine Bewegung!«

Amin schritt herein. Er trug die Galauniform des Feldmarschalls mit prachtvollen Orden. Nicht nur Medina, auch einer seiner kleinen Söhne war dabei – Campbell, glaube ich –, ebenfalls uniformiert.

Zunächst mischte sich Amin unter die nicht-israelischen Geiseln und lächelte sie an, wenn sie verwirrt zu ihm aufsahen. Er bewunderte die Maschinenpistole der blonden Terroristin und tätschelte einem kleinen französischen Jungen den Kopf. Ich sah, wie Campbell und der Junge sich ansahen. Dann klatschte Amin in die Hände, und es wurde totenstill im Raum. Es war wie im Theater, wenn der Vorhang aufgeht.

»Hallo, meine lieben Freunde. Ich habe gute Nachrichten für Sie. Der Alptraum ist vorbei. Ich habe mit den Palästinensern verhandelt, und ich stehe in Telefonkontakt mit Tel Aviv. Dank meiner Bemühungen ist man bereit, alle siebenundvierzig Geiseln ohne israelische Pässe oder jüdisches Blut freizulassen. Als Beweis meines Vertrauens lasse ich diese Menschen unverzüglich frei. Draußen wartet bereits ein Flugzeug auf Sie. Danke, danke, auf Wiedersehen.«

Die nichtjüdischen Geiseln jubelten und applaudierten und griffen nach ihrem Handgepäck. Die Photographen hasteten umher und knipsten sie und den lächelnden, gütigen Amin.

Dann ging er in den Nachbarraum. Im allgemeinen Trubel konnte ich mich anschließen. Die Israelis erhoben sich von ihren improvisierten Betten auf dem Boden und sahen ihn erwartungsvoll an. Er klatschte wieder in die Hände.

»Für all jene unter Ihnen, die mich nicht kennen: Ich bin Feldmarschall Amin, Ugandas Präsident. Ich möchte Sie in meinem Land willkommen heißen. Ich verspreche, mein Bestes zu tun, um Ihren Aufenthalt so angenehm wie möglich zu gestalten. Ich habe bereits veranlaßt, daß Ihnen Essen, Wasser und Medikamente zur Verfügung gestellt werden. Ich habe die Palästinenser dazu gebracht, Sie aus dem Flugzeug aussteigen und einige Ihrer Mitreisenden freizulassen.

Sie werden verstehen, daß ich diese Angelegenheit so schnell wie möglich zum Abschluß bringen möchte. Die Palästinenser sind faire und gerechte Menschen. Ich selbst habe mich bei einem Besuch in Damaskus davon überzeugen können, wie gut die Juden dort behandelt werden. Also machen Sie es sich bitte auch hier bequem. Ich habe die Palästinenser bereits veranlaßt, ihr Ultimatum zu verlängern, aber ich muß Ihnen leider mitteilen, daß die Verhandlungen über Ihre Freilassung bislang an der Sturheit der Israelis gescheitert sind. Aber ich werde es weiter versuchen ... schließlich bin ich von Gott dem Allmächtigen auserkoren, Ihr Retter zu werden.«

Er machte eine Pause und lächelte seine erstaunten Zuhörer an.

»Eins noch. Und das ist sehr wichtig. Das ist sehr, sehr wichtig. Bitte versuchen Sie nicht zu fliehen. Die Palästinenser haben im ganzen Gebäude Sprengladungen angebracht. Das ist sehr wichtig. Betrachten Sie sich bis auf weiteres als meine Gäste. Ich werde für Ihre Freilassung sorgen, sobald die israelische Regierung ihre starrköpfige Haltung aufgibt und auf die angemessenen Forderungen des palästinensischen Volkes eingeht. Es tut mir leid, daß Ihnen das Unannehmlichkeiten bereitet. Ich hoffe, die Forderungen der Palästinenser werden erfüllt, ohne daß die israelische Regierung sie zwingt, Sie zu erschießen.«

Er strahlte sie an – für einen solchen Mann hatte er wirklich ein herrliches Lächeln – und nickte, als wollte er sie überzeugen, daß er ihnen einen Gefallen tat; er selbst war zweifellos dieser Meinung.

»Ich mache Ihnen einen Vorschlag: Ich finde, Sie als Israelis sollten einen Brief an Ihre Regierung aufsetzen und sie bitten, auf die Forderungen der Palästinenser einzugehen. Dann können wir alle ein Fest feiern, und Sie können nach Hause. Ist das nicht besser, als wenn die Palästinenser Sie alle in die Luft jagen? Schauen Sie, die israelische Regierung setzt das Leben von Ihnen allen aufs Spiel. So, ich gehe jetzt und werde mich für Ihre Freilassung und Sicherheit einsetzen ... ja, es ist wahr, ich werde Ihr Schicksal in die Hand nehmen und Ihnen das Leben retten ... Schalom! Schalom! Okay ... Schalom.«

Er winkte zum Abschied und ging in die erste Halle zurück. Die meisten Nicht-Israelis hatten sich bereits auf den Weg zu ihrem neuen Flugzeug gemacht – bis auf den Kapitän der Air France, der an Amin herantrat, als dieser den Flughafen verlassen wollte.

»Entschuldigen Sie bitte, Monsieur, ich bin der Kapitän des Airbus. Ich danke Ihnen für die Freilassung dieser Passagiere. Ich bin aber auch für die Menschen da drüben verantwortlich. Das sind ganz normale Menschen, sie haben mit dem Krieg in Israel nichts zu tun.«

»Oh, Kapitän«, sagte Amin, »es freut mich, Sie kennenzulernen. Wenn Sie nach Paris kommen, richten Sie Ihrer Regierung eine Nachricht von mir aus. Sagen Sie ihr, die Palästinenser möchten nur ein bißchen eigenes Land. Sagen Sie ihr, die Palästinenser möchten nur eines: Frieden!«

»Monsieur, ich fliege nicht nach Paris. Ich halte es für meine Pflicht, hier bei meinen Passagiere zu bleiben. Ich bitte Sie, lassen Sie sie frei.«

»Wie gesagt, Kapitän, es freut mich, Sie kennengelernt zu haben. Aber jetzt muß ich leider los. Ich muß mich um dringende Regierungsangelegenheiten kümmern. Ich muß wegen der Konferenz der Organization of African Unity für ein paar Tage nach Mauritius fliegen. Es ist die letzte Konferenz meiner Präsidentschaft und daher sehr wichtig.«

Er verließ abrupt die Halle, gefolgt von seiner Eskorte. Ich sah ihm nach, wie er in den Helikopter stieg. Die Windstöße der Rotorblätter ließen die Scheiben der Abfertigungshalle erzittern. Als der Helikopter abhob, fragte ich mich, ob ich hier jemals wegkommen würde.

Abends, wieder zu Hause, klingelte das Telefon, als ich schon im Bett lag. Ich hob ab und erwartete wieder Wasswa. Es knackte in der Leitung.

»Hallo?« sagte ich.

»Dr. Nicholas Garrigan?« fragte die ferne Stimme der Vermittlung.

»Ja?«

»Ein Colonel Sara Zach aus Tel Aviv möchte Sie sprechen.«

Ich hielt es für einen Scherz.

»Nicholas?« fragte die vertraute Stimme, allerdings seltsam verzerrt vom Wah-wah des Satelliten.

»Bist das wirklich du? Sara?« fragte ich. »Und Colonel? Was soll das?«

»Ja, ich bin es«, sagte sie. »Ich muß mit dir reden.«

»Du hast mich verlassen«, sagte ich. »Warum konntest du dich nicht einmal verabschieden?«

307

»Ich mußte weg«, sagte sie. »Das war doch offensichtlich. Aber darüber sollten wir ein andermal reden. Es gibt Wichtigeres. Warst du nach der Entführung am Flughafen?«

»Ja. Aber woher weißt du, daß ich hier bin? Woher weißt du, daß ich in Kampala bin?«

»Nicholas, ich kann dir das jetzt nicht alles erklären. Ich möchte dich um zwei Dinge bitten. Erstens mußt du mir alles beschreiben, was du am Flughafen gesehen hast. Den Grundriß der Halle, in der sie festgehalten werden, und von wievielen Soldaten sie bewacht werden. Außerdem brauche ich Beschreibungen der Palästinenser und ihrer Waffen.«

»Warum?«

»Sag es mir einfach. Du kannst viele Leben retten, wenn du es mir sagst. Bitte, tu es um unseretwillen, wenn du sonst keinen Grund hast.«

Also beschrieb ich Sara, was ich im Lauf des Tages gesehen hatte. Ich mußte alles wiederholen, und bei einigen Details fragte sie nach.

»Ich möchte dich noch um etwas anderes bitten«, sagte sie.

»Und das wäre?«

»Du mußt mit Amin sprechen, wenn er von Mauritius zurückkommt. Du mußt ihm sagen, daß er weltweit als großer Diplomat und heiliger Mann gelten wird, wenn er die Geiseln freiläßt. Sag ihm, man wird ihn auf der ganzen Welt bewundern. Kannst du das für mich tun?«

»Ich kann mich da nicht hineinziehen lassen«, sagte ich. »Ich habe so schon genug Probleme am Hals. Wußtest du, daß er mich ins Gefängnis geworfen hat?«

»Nein, das wußte ich nicht, Nicholas. Das tut mir leid.«

»Ich bin dafür einfach nicht geschaffen, Sara«, sagte ich. »Ich möchte bloß noch nach Hause. Ich möchte hier bloß noch weg.«

»Es ist deine Pflicht«, sagte sie. »Bitte. Wir haben nicht mehr viel Zeit.«

Zeit, Zeit, Zeit. Sie umkreist mich, überholt mich, hält mich auf meinen Wegen mit ausgestreckter Hand an. *Simama hapa!* Wer da? Ich. Ich will.

Jetzt, auf der Insel, im grimmigen Winter ist das Tagebuch – wie ich es im kalten, klaren Licht überarbeite – ein noch schimmeligeres Pamphlet geworden als je zuvor. Noch ehe ich es zurückschicken konnte, hatte das Dschungelgrün es angefressen. Ich habe auch weiterhin meine Eintragungen vorgenommen – habe wie besessen alles aufgeschrieben, was ich erfahren und herausbekommen konnte. Ich bin genauso schlimm wie ein Marabu beim Stöbern im Müll.

Kürzlich habe ich zum Beispiel in der Zeitung gelesen, der Mann, der die Hitler-Tagebücher gefälscht hat, hätte in Deutschland als Kuriosität eine Unterhose zur Versteigerung gebracht. Sie ist feldgrau, und er behauptet, sie hätte Amin gehört.

Ich habe auch gehört, der Maler John MacNaught habe Idi bei einer Ausstellung in der Graphikergalerie in Inverness vor einiger Zeit als Bonnie Prince Charlie dargestellt. Idi trägt einen Tartan, hat die weiße Kokarde der Jakobiter an seiner Baskenmütze und setzt in einem winzigen Boot namens *Uganda* nach Skye über. Anscheinend wird er vor dem Hintergrund des Schrägkreuzes gezeigt, der blauweißen Fahne mit dem Andreaskreuz. Unter dem Bild stehen verschiedene Inschriften: Idi ist mein Schätzchen; Erhebt Euch und folgt Idi; Der große Ritter; Amin Righ Non Gael (Amin, König der Gälen) ...

So sieht die Welt aus, so wahnsinnig wie wahr, in der ich den größten Teil des vergangenen Jahrzehnts verbracht habe. Bitte verzeihen Sie mir, wenn meine Aufzeichnungen seltsam klingen und wie ein unregelmäßiger Herzschlag aus- und wieder einsetzen.

31

Sara hatte behauptet, es wäre meine Pflicht. Ich wußte nicht, was meine Pflicht war, weder damals noch in den Monaten danach. Ich rief Amin nicht an: Ich hatte zuviel Angst, und meine Fluchtpläne beschäftigten mich zu sehr, als daß ich an etwas anderes hätte denken können. Seit der Schließung des Flughafens wußte ich allerdings nicht recht, wie ich meine Pläne verwirklichen sollte. Ich mußte es über Land versuchen, und damit sah die Sache ganz anders aus.

Saras Anruf ging mir an die Nieren. Die Vorstellung, daß sie während unserer ganzen Beziehung eine Art Geheimagentin gewesen war, kam mir lächerlich vor – aber so mußte es gewesen sein. Die Zeit unseres Zusammenseins erschien dadurch in einem ganz anderen Licht. War ich wirklich bloß Tarnung gewesen? Der Gedanke und die allnächtlich wiederkehrenden Erinnerungen an die Folterkeller versetzten mich in ständige Unruhe.

Mechanisch erledigte ich in der Woche nach ihrem Anruf meine Arbeit. Im Mulago ging langsam alles vor die Hunde, genau wie im Krankenhaus von Mbarara. Eines Tages ging uns das Wasser aus. Das heißt, der ganzen Stadt ging das Wasser aus. Toiletten spülten nicht mehr, wir konnten keine Instrumente sterilisieren, weder Böden wischen noch Patienten baden. Wir riefen die Wasserwerke an, aber die waren machtlos, und schließlich mußten wir uns auf die guten Beziehungen zu einer Ölgesellschaft verlassen, die einen Tankwagen ausspülte und uns täglich Wasser vom Victoriasee brachte.

Nicht nur das Wasser war ein Problem: Zahllose wichtige Medikamente wurden knapp, außerdem Verbandsmaterial und Spritzen. Und es wurde immer mehr gestohlen: der Kompressor, den wir für die Anästhesiepumpe brauchten, Tische und Stühle, selbst die Glühbirnen für die OP-Lampen (die nicht in die normalen Lampenfassungen paßten) – alles verschwand über Nacht.

Während und nach dem Geiseldrama herrschte das reine Chaos. Der Mangel breitete sich über das ganze Land aus: In den Läden sah ich weder Seifenpyramiden noch sonst etwas. Sogar die Bananenpreise waren explodiert, was grotesk war, wenn man an die riesigen Plantagen dachte. Es hieß, die Bauern bauten sie nicht mehr für den Markt an. Wegen der Inflation pflanzten und ernteten sie nur noch für den Eigenbedarf. Dasselbe galt für die zum Export bestimmten Produkte wie Kaffee und Zuckerrohr. Das Zuckerproblem wurde noch verschärft, als die Plantagenarbeiter in Streik traten (selbst ihnen war die Zuckerzulage gekürzt worden) und die winzige Ernte nach Libyen exportiert wurde. Man munkelte, sie sei gegen Waffen getauscht worden.

Gerüchten zufolge wurden die ersten *wasungu* umgebracht. Das brachte endlich mehrere westliche Regierungen dazu, bei Amin Protestnoten einzureichen oder – in Extremfällen – die diplomatischen Beziehungen abzubrechen. Ein Handelsembargo fiel den meisten Staaten allerdings nicht ein, obwohl die Geiseln nach wie vor festgehalten wurden.

Dann kam das Kommandounternehmen. Das ist wohl allgemein bekannt, und ich brauche es nicht en détail auszuführen. Eines Nachts landete in Entebbe ein israelischer Fallschirmjägertrupp in einem Hercules-Transportflugzeug, das aus Israel kam und in Nairobi aufgetankt hatte. Alle Terroristen kamen um, und die meisten Geiseln wurden befreit.

Der geniale Trick der Israelis bestand darin, einen Mercedes-Benz die Frachtrutsche hinabzufahren, auf dessen Vordersitz ein Mann mit geschwärztem Gesicht und in der Uniform eines ugandischen Generals saß. Er sollte Amin darstellen – der israelische Geheimdienst hatte den Flughafenbehörden die falsche Nachricht zukommen lassen, Amin käme vorzeitig von der Konferenz auf Mauritius zurück. Das reichte, um die echten ugandischen Soldaten unvorbereitet zu erwischen, als der Mercedes auf sie zukam. Die meisten liefen einfach weg, als sie merkten, was los war. Als Abschiedsgeschenk jagten die Israelis die MiG-Schwadron hoch, das Glanzstück von Amins Luftwaffe.

Im Mulago wurden nach dem Handstreich rund fünfzig verwundete ugandische Soldaten eingeliefert. In der Stadt tobte sich der Haß auf die Israelis aus, trotzdem war es ein Schock, als andere Militärs ins Krankenhaus kamen und Dora Bloch abholten, die Geisel, die wir zur Behandlung hatten mitnehmen dürfen. Wir standen da und sahen tatenlos zu – viel zu verängstigt, um einzuschreiten –, wie sie sie aus dem Bett holten.

»Sie hätten den Soldaten nicht sagen sollen, daß sie da war«, lautete Amins Reaktion, als Paterson sich offiziell beschwerte. Später erfuhren wir, daß Mrs. Bloch erschossen und anonym beerdigt worden war.

Der Flughafen blieb auch nach der Geiselbefreiung geschlossen, und ich hatte zuviel zu tun, um detaillierte Pläne für meine Flucht über Land auszuarbeiten. Als ich Amin das nächste Mal zu sehen bekam – auf seine Initiative hin, etwa einen Monat später –, redete er die ganze Zeit über seine Flugzeuge.

»Die guten MiGs haben sie nicht erwischt«, sagte er. »Die zerstörten Flugzeuge sollten repariert werden. Es ist sehr schlimm, aber wenigstens teilt jetzt die ganze Welt meine Meinung, daß die Israelis Kriminelle sind.«

Während er das sagte, fiel mir auf, daß er immer noch die Abzeichen der israelischen Fallschirmjäger trug, die ihm damals während seiner Schulung verliehen worden waren. Wahrscheinlich kannte er sogar einige der Generäle, die die Luftlandeoperation vorbereitet hatten.

»Ja, es ist sehr schlimm, daß das passieren konnte«, fuhr Amin fort. »Aber als Berufssoldat muß ich zugeben, daß die Invasion ein Meisterstück war.«

Das räumte er bei einem unserer aufgezeichneten Gespräche ein, die ich in der Zeit nach dem Handstreich mit ihm führen mußte. Nach seinen anfänglichen Drohungen war er jetzt ganz versessen darauf, daß ich Dinge über ihn aufschrieb und aufnahm; natürlich nur solche, die ihm zupaß kamen.*

Während dieser Sitzung jedenfalls – da hatte er mich aber schon aufgefordert, den Rekorder abzustellen – geschah etwas, das mich heute noch in Angst und Schrecken versetzt.

»Dr. Nicholas«, sagte Amin und nahm ungelenk die Kassette aus dem Gerät, »ich muß Ihnen etwas zeigen.«

Er drückte auf einen Summer. Die Tür öffete sich, ein Diener kam mit einem Karton herein und brachte ihn seinem Herrn. Amin stand auf, bog die Klappen auseinander und öffnete ihn.

»Ich habe hier ein Geschenk für meine lieben Freunde bei Rafiki Aviation.«

Er nahm etwas Großes, Gelbes und Haariges aus dem Karton. Ich erkannte erst auf den zweiten Blick, was es war – ein ausgestopfter Löwenkopf mit Glasaugen und zottiger Mähne auf einem Sockel.

»Ich möchte Sie um einen Gefallen bitten«, sagte Amin.

Wie jedesmal, wenn er so etwas sagte, sank mir das Herz in die Hose.

»Ich möchte, daß Sie zum Flughafen fahren und das hier dem Vorsitzenden von Rafiki Aviation aushändigen, einem Kenianer, aber einem *musungu*. Mit dem *musungu*-Piloten Swanepoel sind Sie ja sogar befreundet, soweit ich weiß.«

---

* Als gebranntes Kind scheute ich das Feuer und hielt meine eigenen Randnotizen nur kodiert fest für den Fall, daß er meine Aufzeichnungen erneut zu Gesicht bekam. Dabei fällt mir ein, daß das durchaus der Fall sein könnte, sofern dieses Buch je einen Verlag findet.

»Ich kenne ihn jedenfalls«, sagte ich.

»Macht nichts«, sagte Amin. »Wenn Sie das hier zu meiner Zufriedenheit erledigen, vergessen wir das ebenso wie Ihren Hochverrat. Da, nehmen Sie.«

Er packte die muffig riechende Trophäe in den Karton zurück und reichte ihn mir. Er war erstaunlich schwer.

»Aber was soll das?« fragte ich.

Mir schoß durch den Kopf, daß der Löwenschädel voller Drogen sein konnte. Das im ugandischen Hochland angebaute Marihuana gehört zu den stärksten Sorten der Welt. Vielleicht hatte Swanepoel das gemeint, als er bei unserer ersten Begegnung in der Bar gesagt hatte, er befördere ›alles mögliche‹ für die ugandische Regierung.

»Fahren Sie einfach zum Flughafen«, sagte Amin, »da wartet schon ein Flugzeug auf Sie.«

»Aber der ist doch zu«, sagte ich. »Euer Exzellenz haben den Flughafen doch geschlossen.«

»Nicht für kleine Maschinen und Transportflugzeuge. Passen Sie auf. Ich habe Befehl gegeben, daß das Flugzeug auf Sie wartet. Es handelt sich um eine Piper Aztec. Wenn Sie das erledigt haben, können Sie nach Hause fahren und Ihre Arbeit im Mulago wiederaufnehmen.«

»Warum schicken Sie ihnen das?«

»*Mtumi wa kunga haambiwi maana*«, sagte er. »Der Überbringer einer Geheimbotschaft erfährt nicht ihre Bedeutung. Nein, es ist einfach so, daß ich allen Leuten, die für mich arbeiten, von Zeit zu Zeit kleine Geschenke mache. Sie bekommen auch eins, wenn Sie sich reingewaschen haben. Gehen Sie jetzt!«

Ich hatte keine andere Wahl. Da ich nicht riskieren wollte, noch einmal eine Nacht in den Zellen zu verbringen, ging ich mit dem Karton zur Tür.

»Warten Sie«, sagte Amin und kam mir nach. »Ihre Kassette.« Er legte sie auf den Karton und grinste breit.

Wieder einmal völlig verwirrt, folgte ich seinen Anweisungen. Als ich zum Flughafen kam, sah ich, daß die Startbahn nach dem Handstreich zwar instand gesetzt worden war, die Abfertigungshalle jedoch immer noch in Trümmern lag. Ich fragte mich beim Personal durch, das seinen Dienst jetzt in einer Reihe von Leinwandzelten versah. Ich war ihnen nicht geheuer, da gegenwärtig alle Europäer mit Israelis in einen Topf geworfen wurden, aber mit meinem Regierungspaß räumte ich alle Zweifel aus.

Nachdem man mir das Rafiki-Flugzeug gezeigt hatte, nahm ich meinen Karton und ging los. Ich hatte es eilig. Ich wollte ihn bloß noch loswerden. Die Propeller rotierten schon. Aus dem vorderen und dem hinteren Fenster sahen mir weiße Gesichter entgegen. Das im vorderen trug Kopfhörer, aber Swanepoels ausgeprägte Wangenknochen und sein Vollbart waren nicht zu verkennen. Hinter dem mittleren Fenster sah ich seinen Schäferhund, dem die Zunge heraushing. Das Plexiglas war von seinem Hecheln beschlagen.

Die Pilotentür öffnete sich, und wie von Zauberhand klappte eine kleine automatische Falttreppe aus. Swanepoel erschien und kam die Stufen herab.

»Was zum Geier machen Sie denn hier?« überschrie er den Propellerlärm. »Mußten wir etwa ihretwegen warten?«

Seine Pranke auf Marina Perkins' Knie fiel mir wieder ein, und Eifersucht durchzuckte mich. »Ich wurde herbeordert«, schrie ich zurück. »Amin hat befohlen, ich soll Ihnen das hier geben.«

Ich stellte den Karton vor ihm ab.

»Was ist das?« fragte er und betrachtete ihn. »Warum mußten Sie das herbringen? Sind Sie neuerdings sein Laufbursche?«

»Er hat mich ins Gefängnis gesteckt. Das ist ein Löwenkopf.«

»Was?« Sein Bart wurde vom Wind zerzaust.

»Ein Löwenkopf. Auf einem Sockel. Er sagt, es wäre ein Geschenk.«

»Verrückter Kerl«, sagte er, bückte sich und hob den Karton hoch. »Das hat er schon mal gemacht. Will uns bei Laune halten. Letztes Mal war's einer von diesen Elefantenfüßen als Schirmständer.«

Ich war heilfroh, daß das anscheinend häufiger vorkam und ich nicht zum Mittäter illegaler Schmuggeleien wurde, bei denen Amin die unheimliche graue Eminenz abgab. Ich sah zu, wie das Flugzeug startete, bebend vom Boden abhob und in den Sonnenuntergang abdrehte. Die kurzen Tragflächen neigten sich leicht zur Seite, es machte einen Ruck – dann sank es hinter einen Hügel und war verschwunden. Da erst dämmerte mir die niederschmetternde Einsicht, was für ein Idiot ich gewesen war und daß ich mit diesem Flugzeug hätte fliehen können.

Angeblich hat Schottland im Moment das schlimmste Wetter seit zwanzig Jahren. Gestern ist ein Baum auf die Leitungen gestürzt, und am Nachmittag herrschte stundenlang Stromausfall. Ich mußte Kerzen anzünden, als es dunkel wurde und ich darauf wartete, daß das Licht wieder anging. Ein Licht sucht ein Licht. Es erinnerte mich an Afrika, bevor alles im Chaos versank – als ich eines Abends in Mbarara mit dem Generator zu kämpfen hatte. Als er endlich ansprang, verrenkte die Kurbel mir das Handgelenk. Sara legte mir einen Kompressionsverband an.

Heute würde sie mich kaum wiedererkennen, seit ich soviel trinke und mich so ungesund ernähre. Korrumpiert von der Erinnerung an Handlungen, die ich nicht ungeschehen machen kann (und ohne das ganze Ausmaß meiner Mitschuld zu begreifen), habe ich meinen Körper vernachlässigt. Mein Leben ist ein schrecklicher Teufelskreis geworden. Jeden Morgen kommt die kalte Reue, und jeden Abend brenne ich wieder in der Hölle. Der Spiegel zeigt die Wahrheit: Ich bin nicht mehr das dünne Milchgesicht, das in Uganda ankam – bewandert in der Heilkunst, aber ansonsten kaum über den Jungen hinausgewachsen, der nur Landkarten und Briefmarken im Kopf hatte. All das ist fort oder hat sich verändert: Ich bin eine eiternde Bestie geworden, jemand, der den Gestank des Bösen abgibt. Ja, ich habe mich in ihn verwandelt. O mein Gott –

32

Am nächsten Morgen – dem Tag, an dem mein neuer ugandischer Paß in der Post lag – warf ich einen Blick aus dem Bungalowfenster und sah, daß die meisten Grapefruits nachts vom Baum gefallen waren. Da ich keinen starken Wind gehört hatte, ging ich im Morgenmantel hinaus, um mir die Sache anzusehen. Die auf dem Rasen verstreuten gelben Kugeln sahen aus, als gehörten sie zu einer gulliverischen Billardpartie. Ich hob eine Frucht auf. Sie war weich und roch faulig; anscheinend fielen sie immer zu einem bestimmten Zeitpunkt vom Baum. Oder vielleicht hatte es doch einen Sturm gegeben. Ich bedauerte, sie nicht rechtzeitig gepflückt zu haben, ging ins Haus zurück und machte mir ein Frühstück aus alten Cornflakes.

Beim letzten Schluck Kaffee stellte ich den Africa Service der BBC ein. Das war die einzige verläßliche Informationsquelle über Uganda, seit Amin alle Medien des Landes gleichgeschaltet hatte. Ich bekam einen Bericht über die wachsenden Spannungen zwischen Amin und Tansanias Präsident Nyerere zu hören, und erfuhr, daß ugandische Truppen einige Karamojong getötet hatten.

Dann kam eine Nachricht, die mich aus der Fassung brachte:

Gestern nachmittag ist in den Ngong Hills über Kenia ein Kleinflugzeug abgestürzt, das der Rafiki Aviation gehörte, einer Frachtfirma mit Sitz in Nairobi. Es fing sofort Feuer, sagten Bauern aus der Gegend. An Bord des Flugzeuges, das vom ugandischen Entebbe nach

Nairobi unterwegs war, befanden sich Mr. Michael Roberts, der Vorsitzende von Rafiki, und der Pilot Mr. Frederik Swanepoel. Die Absturzursache ist unbekannt.

Zitternd fuhr ich zur Arbeit. Swanepoel tot. Der Nachrichtensprecher hatte meine Lieferung mit keinem Wort erwähnt, aber ich nahm sofort an, daß der Löwenkopf Sprengstoff und keine Drogen enthalten hatte. Nach und nach ging mir auf, daß ich unwissentlich zum Mordkomplizen geworden war. Warum hatte Amin Swanepoel oder seinen Boß aus dem Weg räumen wollen? Hatte er angenommen, ich würde ebenfalls im Flugzeug sitzen?

Nach diesem Ereignis und dem Geheimnis, das es umgab, wollte ich erst recht weg. Aber ich hatte das Gefühl, in der Falle zu sitzen, und das hatte noch weitere Gründe. Von dem gescheiterten Versuch unmittelbar nach der Nacht in der Zelle abgesehen, hatte ich keinen Willen zur Flucht mehr aufgebracht. Statt mir zu überlegen, wie ein Entkommen über Land zu bewerkstelligen wäre, erfand ich immer neue Argumente, warum ich nicht fort konnte. In Wirklichkeit wollte ich einfach noch mehr über Amin in Erfahrung bringen. Heute frage ich mich, ob es anstelle von Greifbarerem diese todbringende, süchtig machende Neugier ist, wegen der ich mit mir selbst nicht im Reinen bin.

Ich blieb also auf meinem grausigen Logenplatz sitzen. Erst ein halbes Jahr später brachte ich den Mut auf, Amin nach dem Löwenkopf zu fragen. Da war meine Niederschrift seiner ›Lebensgeschichte‹ und das Aufzeichnen seiner Erzählungen längst ein festes Ritual geworden: Wie gesagt, er bestand darauf, als wüßte er, daß seine Geschichte eines Tages erzählt werden würde. Vorsichtshalber schickte ich die Kassetten regelmäßig nach Schottland zu Moira, die auch mein erstes Tagebuch hatte – sie hatte geheiratet und war nach Edinburgh gezogen.

»Wußten Sie, daß das Flugzeug von Rafiki damals explodiert ist?« fragte ich Amin.

»Ach ja?« parierte er geschickt. »Na, im Moment explodieren die Weißen in einem fort, das wissen Sie ja.«

»Wie meinen Sie das, sie explodieren?« fragte ich. »Wo explodieren sie?«

»Überall. Sie explodieren einfach, und keiner weiß warum. Sowas hat die Welt noch nicht gesehen. Sie sollten aufpassen, Nicholas.«

Andere, stets vom Surren des großen Philips-Rekorders begleitete Gespräche verliefen ähnlich bizarr.

Einmal war ich richtig verwegen und fragte bloß: »Wissen Sie, daß viele Menschen Sie für verrückt halten?«

»Mr. James Callaghan war hier. Das zeigt, daß ich nicht verrückt bin. Schließlich habe ich Mr. Denis Hills auf freien Fuß gesetzt, obwohl er ein böser Mann war.«

Hills war Englischdozent an der Makerere University gewesen. Er hatte in einem Buch abfällige Bemerkungen über Amin gemacht und war der Hinrichtung nur dank einer Demarche Callaghans entgangen, der sich in Uganda für seine Begnadigung eingesetzt hatte. Ich war damals im Urlaub in einem Wildpark, den Amin mir empfohlen hatte, und hatte nichts davon mitbekommen.

»Und was« glauben Sie?« sagte Amin und sah mich prüfend an. »Glauben Sie, daß ich verrückt bin?«

»Ich glaube, es gibt fließende Übergänge«, sagte ich hastig. »Ein bißchen verrückt ist doch jeder von uns.«

»Da haben Sie allerdings recht«, sagte er, »besonders Präsident Nyerere. Er leidet an der chronischen Krankheit, internationale Mißverständnisse zu erzeugen. Es ist gut möglich, daß er mit dieser Krankheit das ugandische Volk ansteckt. Er ist wie eine Prostituierte mit Tripper, den sich jeder Mann holt, der mit ihr schläft.«

Amin war notabene besessen von Geschlechtskrankheiten. Vielleicht gab das dem Gerücht Nahrung, eine Syphilis läge seinen wahnsinnigen Taten und Reden zugrunde.

»Ich finde, es gibt zuviele Geschlechtskranke«, erklärte er eines Tages vor Ärzten im Mulago. »Wenn kranke Männer oder Frauen hierher kommen, müssen Sie sie kurieren, sonst werden Sie erleben, daß sie die ganze Bevölkerung infizieren. Ich verehre die ugandischen Frauen, und ich möchte nicht, daß der Tripper sie ruiniert.«

Ein andermal sagte er etwas sehr Merkwürdiges im Hinblick auf die später, nach meinem Verlassen des Landes katastrophal ansteigende Zahl von Aids-Fällen. »Dr. Nicholas«, sagte er, »ich habe mich mit vielen Soldaten unterhalten. Ich habe mich an ihren Lagerfeuern umgehört. Sie sagen, es gibt eine neue Krankheit, die tödlich ist. Ich möchte, daß Sie dem nachgehen.«

Ich versuchte es. Obwohl ich nichts Außergewöhnliches feststellen konnte (was in Uganda damals allerdings ein relativer Begriff war), ließ Amin meinen Bericht veröffentlichen. Die ugandische Staatsdruckerei brachte ihn in roten Einbänden heraus, und ich könnte mir denken, daß noch einzelne Exemplare davon existieren. Heute frage ich mich manchmal, ob einige meiner Patienten in den siebziger Jahren frühe Aidsfälle waren. Wer weiß? Letztlich war jeder von ihnen bloß ein Toter mehr, und davon gab es weiß Gott genug.

Aber es ging in unseren Gesprächen beileibe nicht nur um Tod und Pessimismus. Manchmal erzählte er mir von seinen Kindern, und dann glaubte ich ihm jedes Wort. »Ich liebe meine Kinder, Dr. Nicholas. Sie machen mich sehr glücklich und sehr stolz. Das Kind eines Löwen ist ein Löwe – daran gibt es nichts zu rütteln.«

Dann verdarb er wieder alles, indem er ins Krankenhaus kam und unbedingt mit einer Leiche allein gelassen werden wollte. Einmal spionierte ich ihm durch den Vorhang in der Leichenhalle nach. Es ging um die Leiche eines ranghohen Offiziers, den Soldaten bei uns abgeliefert hatten. Sie behaupteten, er wäre bei einem Autounfall ums Leben gekommen, aber seine Verletzungen wiesen eindeutig darauf hin, daß er zu Tode geknüppelt worden war.

Amin taucht also im Mulago auf und besteht darauf,

allein gelassen zu werden. Ich sehe seinen Schatten durch den Vorhang. Erst salutiert er militärisch. Dann höre ich, wie sein Stiefel auf den Boden knallt. Dann beugt er sich über die Leiche, und sein Schatten verschwindet aus meinem Gesichtskreis. Ich höre ein leises, saugendes Geräusch, als lutsche jemand einen Bonbon.

Als ich mir die Leiche hinterher anschaue, finde ich einen – erstaunlich sauberen – Einschnitt im Unterleib und stelle fest, daß die Milz entfernt worden ist. Ich weiß nicht, ob er sie gegessen, in die Tasche gesteckt oder sonst etwas gemacht hat. In diesem Fall war es buchstäblich das von Galen so genannte *organum plenum mysterium*, das Organ voller Geheimnisse.

Was Amins angeblichen Kannibalismus anging, hatte es sich damit so ziemlich. Die ganzen Geschichten von Köpfen im Kühlschrank ... also, ich habe nie welche gesehen. Jedenfalls nicht im Kühlschrank. Aber wie sollte ich auch? Gewiß, ich stand Amin nahe, aber er zeigte mir schließlich nicht bei jedem Besuch, was er alles im Kühlschrank hatte.

Einmal brachte ich das Thema jedoch zur Sprache: »In der westlichen Presse wird immer wieder berichtet, Sie würden Menschenfleisch essen. Ich erinnere mich, daß Sie es in der Ansprache damals selbst gesagt haben.«

Er wollte sich ausschütten vor Lachen. »Ach, Dr. Nicholas, wissen Sie, was das Schöne am Kannibalismus ist?«

»Was denn?«

»Der Vorwurf läßt sich nie erhärten.«

Er schlug sich auf den Schenkel.

»Warum nicht?«

»Aus Mangel an Beweisen – die sind ja alle aufgegessen.«

Wie gesagt: Was hätte ich angesichts solcher Sachen denn tun sollen? Mich überkam stille Verzweiflung. Ich haßte das Widersprüchliche meiner Lage. Ich wußte, daß mich die Verbindung zu ihm immer tiefer in einen entsetzlichen Morast hineinzog – aber ich wußte nicht, was ich tun konnte, um mich von ihm zu distanzieren. Ihn umzubringen, war schließlich auch keine Alternative. Damit hätte ich mich bloß selbst in Lebensgefahr gebracht. Trotzdem gab es einen Augenblick, einen einzigen, wo ich versucht war, Stones Mordauftrag zu befolgen.

Das war an einem Freitagabend. Amin ließ sich im Imperial Hotel massieren und wollte mich sehen – »sofort«. Das war ja nichts Neues. Ich mußte draußen warten, bis er fertig war. Als die Frau im weißen Kittel den Vorhang zurückzog, ging ich hinein. Amin lag bäuchlings auf den Lederpolstern der Massageliege, dermaßen entspannt, daß er kaum noch bei Sinnen war. Seine Haut glänzte im Licht der Infrarotlampe. Auf einem Tisch neben der Liege lagen ein Massagegerät, das mich an einen Föhn erinnerte, und verschiedene geheimnisvolle Salbentuben. In einem Weidenkorb unter dem Tisch sah ich zusammengeknüllte feuchte Tücher, und dann entdeckte ich an der Stuhllehne den Cowboyholster und darin den großen silbernen Revolver, den ich aus Amins Schlafzimmer kannte.

Plötzlich ging mir auf, daß ich ihn mir nehmen konnte – ich konnte den Revolver nehmen und Amin in den Kopf schießen, während er so dalag. Ein Teil von mir wollte es. Ich tat es nicht, weil ich ihn nicht aus den von Stone angeführten Gründen getötet hätte. Mein Motiv stammte aus viel tieferen und dunkleren Schichten: Ich gestehe, daß ich allen Ernstes daran dachte, wie lustvoll es wäre, ihn zu töten, ihm die schwere Waffe an die Schläfe zu halten und den Kick zu spüren, wenn sein Schweinehirn an die Wände spritzte.

Und das war der ausschlaggebende Moment. Dieser Augenblick brachte mich endlich dazu, aus Uganda zu fliehen, in diesem Augenblick überschritt ich die Grenze: weil ich urplötzlich die erschütternde Erfahrung gemacht hatte, daß ich Amin ähnlich genug geworden war, um ihn aus schierer Mordlust umbringen zu wollen.

Schließlich drehte sich Amin auf den Rücken und fing

an, über Tansania herzuziehen. »Sie haben meine Grenztruppen bis aufs Blut gereizt«, sagte er. »Ich werde ohne Rücksicht auf Verluste nach Tansania einmarschieren. Ich möchte, daß Sie mir einen Verpflegungsplan für die an der Operation beteiligten Soldaten zusammenstellen. Ich brauche ihn bis morgen früh.«

Der Blutdurst war verflogen. Ich fuhr zum Bungalow zurück und stellte den erbetenen Verpflegungsplan zusammen. Wenn er den bekam, sagte ich mir, würde das seinen (gar nicht geäußerten) Verdacht zerstreuen, daß ich ihn verlassen wollte.

Meine Aufstellung sah folgendermaßen aus:

Frühstück

½ Pfund Mais- oder Hirsebrei
Kaffeemischung oder Tee

Mittagessen

2 Pfund *matoke* (gedünstetes Bananenmus)
200 g Fleisch ohne Knochen (Ziege oder Rind) oder
    400 g Victoriabarschsteak
20 g Fett (Schmalz oder Ghee)
1 Pfund Gemüse der Saison (Tomaten, Okra, Kürbis)

Abendessen

½ Pfund Brot (*kisra*-Pfannkuchen)
½ l Kaffee
30 g Zucker
40 g Butter oder Margarine
250 g Fleisch oder Fisch, je nach Verfügbarkeit
Außerdem: Bier- und Zigarettenrationen

Als ich damit fertig war, ging ich ins Bett – schlief aber schlecht und hatte einen scheußlichen Traum von Idi. Er saß an einem Schreibtisch. Ich sah ihn von hinten. Er hielt etwas in der Hand. Es war eisgrau ... kalkig und schartig –

wie ein ungeschliffener Schiefersplitter voller Kreidestaub. Er schrieb oder besser kratzte damit, aber auf dem Papier war nichts zu sehen. Gar nichts. Dann zerfiel alles, und der silberne Revolver erschien, lag in einer Zellenecke auf dem Boden. Etwas war auf dem Metall. Sein Schimmer war von einer grauen Schmiere überzogen. Dann verwandelte sich alles ... Wie schnell geht so etwas vor sich? Ein großer Fels kam und zerbrach in ... in zwei Teile. Dahinter der rote Himmel und eine Gestalt zwischen den beiden Felshälften. Eine riesige, majestätische Männergestalt aus der Vorzeit. Dann hatte ich jene oft wiederkehrende Vision eines Gefäßes, das sich mit einer dunklen Flüssigkeit füllt. Sie steigt bis zum Rand ...

Jene Zeiten gehen mir auch dann nicht aus dem Kopf, wenn ich nicht am Schreibtisch sitze. Wenn ich in der Kote Kartoffeln schäle und an sie zurückdenke. Die Augen mit dem dreieckigen Ende des Schälers aussteche und an sie zurückdenke. Ich stehe am Küchenfenster, und ausnahmsweise scheint die Sonne herein. Auch der Wind hat nachgelassen. Vielleicht wird es doch noch Sommer.

Es war nicht nur wegen des Wetters eine seltsame Woche. Eine Hippieschar mit Dreadlocks und Kaftans, die Kinder mit schmutzigen Gesichtern, ist im Konvoi von der Fähre gekommen. Sie haben ihre Wohnwagen auf einem Feld beim Ossian abgestellt, und die Hoteldirektion macht Stunk. Sie glaubt, es würde die Gäste abschrecken. Der Bauer, dem das Feld gehört, hat es ihnen aber erlaubt, also kann das Hotel nichts dagegen machen. Wenn ich den Hügel hinablaufe, sehe ich jetzt immer ihre Lagerfeuer und höre ihre laute, fremdartige Musik.

Ich finde, sie haben das gleiche Recht, hier zu sein, wie jeder andere. Die Einheimischen fühlen sich anscheinend nicht gestört oder nur insofern sie jeder Neuankömmling stört: Für die sind wir alle »Zugereiste«. So nennen sie mich, so nennen sie die feinen Gäste vom Ossian, und so nennen sie die Hippies. Mein Freund, der Fischer Malachi sagt, sie wären wegen der Ruinen von Maelrubha hergekommen. Das ist das alte Kloster oben auf dem Berg. In der Nähe gibt es einen Steinkreis, und die Reiseprospekte verbinden ihn mit allem möglichen heidnischen Schnickschnack. Opferungen und uralte Rituale ... apropos, bis heute gibt es ein alljährliches Fest, und Malachi glaubt, die Hippies wären deswegen hier. Er sagt, wenn das stimmt, sind sie nicht gern gesehen. Eine Regel des Festes besagt, daß keine Fremden daran teilnehmen oder die Werkzeuge, die man dafür braucht, berühren dürfen.

Malachi ist der freundlichste Mensch, den ich seit meiner Ankunft kennengelernt habe. Ich darf eins seiner Boote benutzen: ein herrliches altes, tiefliegendes Ding, die breiten, ziegelartig überlappenden Planken an den Rändern mit Teer kalfatert. Malachi behauptet, es wäre nach dem Vorbild der Wikingerschiffe gebaut. Vor Hunderten von Jahren haben sie die hiesigen Küsten geplündert, und viele Einheimische halten sich eher für Skandinavier als für Schotten. Ich kann mir allerdings nicht vorstellen, daß die Wikinger im Heck einen großen Scheinwerfer für das nächtliche Fischen hatten wie Malachi. Er wird von einer Autobatterie versorgt. Ich fahre natürlich nie nachts aus, aber ihn habe ich schon dabei beobachtet: Der gelbe Lichtkegel durchschneidet die dunklen Felder des Sound. Ich schippere nur an den Wochenenden durch die Bucht. Nur dann fühle ich mich geläutert genug und bringe genug Lebensfreude auf: Das ist das Werk der See, ihres einlullenden Wiegens und der Salzluft, die die Lungen bis zum Bersten füllt. Als hätte sich die alte Seele, die schlimme Seele in lauter Wassertröpfchen verwandelt und wäre auf Nimmerwiedersehen mit dem Meer verschmolzen.

Es ist wieder eine Bombe explodiert, habe ich im Fernsehen gehört. Auf einer Polizeistation von Lothian. Man sollte meinen, daß die an solchen Orten ihre Pakete inzwischen vorsichtiger öffnen. Das Bekennerschreiben stammt wieder von denselben Leuten, der Army of the Provisional Government. Tote gab es nicht, aber einer Polizistin wurde die Hand abgerissen.

Vermerk für später: Schottland und Uganda untrennbar verbunden. Ihre Gesellschaften der Rechte bilden eine Partnerschaft, habe ich heute gelesen. Noch eine Einheit. Gott weiß warum. Der Herrgott ist im Himmel und handelt nach seinem Wohlgefallen.

33

Während ich meine Flucht plante, machten die Vorbereitungen der Invasion Tansanias Fortschritte. Uganda Radio brachte regelmäßig Sendungen über den Stand der Dinge. Ich weiß noch, einmal hörte ich folgendes:

Doktor Amin hat heute Diplomaten über die tansanische Invasion Ugandas informiert. Er sagte, die nach Uganda einmarschierten Truppen setzten sich aus exilugandischen und tansanischen Militärs zusammen.
Doktor Amin sagte: »Präsident Nyereres Armee hat den Stein ins Rollen gebracht und auf aggressive Weise eine militärische Konfrontation mit Uganda erzwungen, deren Gründe zu erklären er nicht für nötig hielt. Ebenso verborgen bleibt das Motiv, warum er seine Armee angewiesen hat, mit bösen Absichten tapfer nach Uganda vorzustoßen. Sollte Tansania einen zweiten Vorstoß nach Uganda unternehmen, wird es die Folgen zu tragen haben, denn es fällt Uganda nicht schwer, Tansania mehr Schaden zuzufügen als umgekehrt.«
Der Präsident auf Lebenszeit betonte jedoch, er liebe die unschuldige Bevölkerung von Tansania sehr, und deswegen hätte Uganda auf die tansanische Invasion nicht reagiert.

Aber er reagierte sehr wohl, das wußte ich nur zu gut. Als ich Amin die Verpflegungspläne gab, sagte er, ich solle außerdem Richtlinien für die Feldärzte ausarbeiten. Ich schrieb ihnen einen Leitfaden mit dem Titel *Zur Wundbehandlung in Kriegsgebieten.* Ich fand, auf diese Weise konnte ich vor meiner Flucht noch etwas Gutes tun. Zumindest konnte ich damit einigen Menschen das Leben retten.

Ich beschrieb eingehend diverse Verfahren, die im Felde zu beachten seien. Ich wies darauf hin, das oberste Gebot im Lazarett sei die Infektionsprophylaxe, und betonte den Unterschied zwischen der Primärheilung (dem sofortigen Vernähen der Wunde, etwa nach einem *Panga*hieb) und der Sekundärheilung (der selbständigen Bildung von Granulationsgewebe). Ich erläuterte die Bedeutung der Unterscheidung infizierten vs. nicht-infizierten Wundgewebes und daß ersteres, wenn es nicht operativ entfernt werde, zur Gangrän führen könne.

Weiter stellte ich elementare Regeln für die Behandlung von Kugel- und Granatsplitterwunden auf. Grundsätzlich ist dabei folgendes zu beachten: Zur Nekrose kommt es einige Zentimeter außerhalb des Schußkanals. Das Projektil gibt Energie ab, die von angrenzenden Gewebepartikeln absorbiert wird und ihnen einen Beschleunigungsimpuls vermittelt, der sie nach vorne und zur Seite hin verdrängt. Die kinetische Energie läßt sich anhand der physikalischen Formel KE = ½ MG² berechnen, wobei M die Masse und G die Geschwindigkeit des Projektils bezeichnet.

Als ich ihm den Leitfaden überreichte, war Amin hocherfreut. Ich hatte seine Gunst zurückgewonnen. Und ich war noch immer nicht geflohen. Erst mehrere Monate danach erhielt ich den letzten Anstoß.

Ich saß im Mulago in meinem Büro, als der Postbote mir einen Stapel Briefe aushandigte. Darunter waren ein britischer Kontoauszug (dem ich zu meiner Überraschung entnahm, daß Stones Geld immer noch auf meinem Konto war), ein Brief von Moira, in dem sie schrieb, ein Großonkel hätte mir eine Kote auf einer der Western Isles vermacht, sowie ein verdreckter Umschlag mit einer Inlandsbriefmarke, die den Kronenkranich zeigte.

Der Brief, mit schwarzem Kuli auf ein aus einem Schulheft herausgerissenes Blatt gekrakelt, lautete:

Bwana,
ich muß ihnen geschrieben, weil Sie früher hier gewesen und hören, was damals geschehen. Der junge Gugu, den Sie nahmen in Ihr Haus, ist sehr schlecht gewesen. er ist in großen Schwierigkeiten getan. bitte kommen schnell nach Mbarara und helfem ihm aus bösem schlamasel.
mit freundlichen grüßen, Nestor
(Nachtwächter)

Der Brief brachte all meine Erinnerungen an Mbarara wieder hoch – im Rückblick meine glücklichste Zeit in Uganda. Plötzlich spürte ich ein Gefühl zärtlicher Verantwortung für den zurückgelassenen Jungen. Der Gedanke, Amins brutale Truppen könnten ihn so übel zurichten, wie ich es in Kampala in den letzten Jahren nur zu oft gesehen hatte, erfüllte mich mit Angst und Schuldgefühlen. Ich wollte unbedingt versuchen, Gugu mitzunehmen, wenn ich Uganda verließ. Es sollte meine Sühne für die Verbindung zu Amin sein.

Als dieser Entschluß feststand, bereitete ich rasch alles vor. Bei der Bank in Kampala hob ich soviel Geld ab, wie ich konnte, packte einige Kartons mit Lebensmitteln und kaufte zwei große Kanister Benzin. Ich wollte nach Mbarara fahren, Gugu abholen und mich über die Grenze nach Ruanda durchschlagen, wenn es sein mußte, auf Buschstraßen.

Mein Vorhaben wurde erschwert, denn seit Amins Offensive gegen Tansania angelaufen war, sah man auf den Straßen immer mehr Militär. Er verlegte große Panzer- und Truppenkontingente an die Grenze im Süden. Erst am Vorabend hatte ich im Radio gehört, eine libysche Tupolew hätte über Nordtansania fünf Bomben abgeworfen. Dreitausend ugandische Soldaten waren unter Führung des sogenannten »Selbstmord-Bataillons« über die Grenze in das Kagera-Dreieck im Nordwesten von Tansania einmarschiert. Die tansanischen Grenzschutztruppen hatten sich zurückgezogen, und Hunderte von Einheimischen wurden als Geiseln festgehalten. Die Ugander hatten eine Ranch überfallen, Tausende von Rindern über die Grenze getrieben und Safes in Banken und Geschäften aufgesprengt. Fabriken und Häuser waren dem Erdboden gleichgemacht worden.

Cyrus Vance, der Außenminister der USA, hatte Amin ein Telegramm geschickt, um ihn zum Rückzug vom tansanischen Staatsgebiet zu bewegen. Über Radio ließ Amin daraufhin verlauten, Amerika mische sich in eine innerafrikanische Kontroverse ein und wolle ein zweites Vietnam schaffen.

»Die ugandischen Streitkräfte haben einen weltgeschichtlichen Rekord aufgestellt«, sagte er weiter. »Mit Überschallgeschwindigkeit haben sie in fünfundzwanzig Minuten das Kagera-Dreieck zurückerobert, das seit langen Jahren von tansanischen und chinesischen Imperialisten besetzt war. Alle Tansanier in diesem Gebiet müssen zur Kenntnis nehmen, daß sie von nun an unter der direkten Herrschaft des Eroberers des britischen Empires stehen.«

Präsident Nyerere von Tansania schickte über Rundfunk einen Aufruf an die Organization of African Unity, etwas gegen Amin zu unternehmen, wobei er sich Vergeltungsschläge ohne vorherige Verhandlungen vorbehielt: »Verhandelt man im eigenen Haus mit einem Einbrecher? Amin ist mit nackter, offenkundiger und schamloser Gewalt über Tansania hergefallen. Ich will wissen, was die OAU dagegen zu tun gedenkt. Ich erwarte, daß afrikanische Länder Amin zum Rückzug auffordern, bevor man mich zur Mäßigung ermahnt. Ich erwarte unverzügliches Handeln ... Seit seiner Machtergreifung hat Amin mehr Menschen ermordet als Smith in Rhodesien, nicht als Vorster in Südafrika. Aber in Afrika herrscht die Auffassung, es sei egal, wenn ein Afrikaner andere Afrikaner ermordet. Wäre Amin weiß, hätte das freie Afrika unzählige Resolutionen verabschiedet und sein Tun verdammt. Schwarz zu sein ist ein Freibrief geworden, andere Afrikaner zu ermorden.«

Ich wußte es zwar noch nicht genau, aber während ich unterwegs war, bewegte sich die tansanische Infanterie auf die Ruwenzoris zu, die »Mondberge«. Ich machte mir Sorgen, weil meine Fluchtroute so nah an einem potentiellen Kampfgebiet vorbeiführte. Aber ich hatte keine andere Wahl. Der Übergang nach Kenia war geschlossen. Der Sudan war zu weit entfernt. Am leichtesten würde die Grenze nach Ruanda und Zaire zu überwinden sein, da es in den Bergen eine große Zahl von Grenzübergängen gab. Ich sagte mir jedenfalls, daß es inmitten all der Truppenbewegungen möglich sein sollte, unbemerkt in dieses riesige Gebiet vorzustoßen. Ich spielte mit dem Gedanken, mir von Amin eine spezielle Genehmigung geben zu lassen, militärische Einrichtungen im Felde zu inspizieren – verwarf die Idee aber, weil ich damit nur unnötig Aufmerksamkeit auf mich gezogen hätte.

Rund hundertfünfzig Kilometer lang ging alles glatt. Ich kam an Farmen vorbei, die mit dornigen grünen Manyaras umzäunt waren, Wäldern aus Blauen Gummibäumen, Feldern mit leuchtend grünen Maisstauden, den üblichen Kolonnen von Bananenlastern – ein Fahrer hatte ein Bündel rosafarbener Tilapia-Fische an den Außenspiegel gehängt, damit sie frisch blieben –, und überall ließen sich Menschen seitlich auf Fahrradgepäckträgern kutschieren, die Fahrer strampelten sich in der Hitze ab. Kinder winkten, wenn sie mein weißes Gesicht sahen und riefen »*musungu! musungu!*«. Fast konnte man Amins Uganda für eine heile Welt halten.

Es waren auch viele Armee-LKWs unterwegs, aber ich überholte sie mit dem Transporter einfach und fuhr weiter. Manchmal grinsten mir die Soldaten von ihren Ladeflächen herab sogar zu. Auf dem Transporter prangte immer noch das rote Kreuz, das Swanepoel mir empfohlen hatte, und das half wohl.

Ich überquerte den Äquator – rechter Hand konnte ich gerade noch Warte-Steves kleines Gehöft erkennen –, und je näher ich Mbarara kam, desto vertrauter wurde mir die Landschaft: Masaka, Lyantonde, der Mburosee, ein Baum bei Sanga, wo ich Pelikane brüten sah, die großen Schaufelschnäbel waren von der Straße aus deutlich zu erkennen. Ich dachte an den armen Kenianer – sein blutüberströmtes Gesicht, meine Unbeholfenheit und den Soldaten mit den Filzpantoffeln. Das war hier in der Nähe gewesen.

Ich hatte den Handelsknotenpunkt Biharwe hinter mir, als ich rechts einen Wegweiser zum Nyamityobora Forest sah: Er erinnerte mich an das Schild, das Waziri mir erklärt hatte – den Hinweis auf den Undurchdringlichen Wald weiter im Westen. Plötzlich sah ich einen Checkpoint der Armee auf der nächsten Hügelkuppe und hielt an. Die Sonne ging schon unter, und ich konnte in der Ferne die Silhouetten der Soldaten erkennen, eine Zeltspitze und die viereckige Form eines Landrovers.

Ich war unschlüssig, was ich tun sollte. Ich hatte meine normalen Papiere dabei, aber die reichten vielleicht nicht. Sie konnten mich zurückschicken oder sogar festnehmen. Ich konnte versuchen, mich mit dem roten Kreuz durchzumogeln oder mich als Amins Leibarzt zu erkennen geben – aber auch das war in dieser Umgebung riskant. Ich blieb im Transporter sitzen, den Motor im Leerlauf, und überlegte, was ich machen sollte.

Dann sah ich den Landrover den Hügel herabkommen. Er war einen knappen Kilometer weit weg, aber man hatte mich offenbar durchs Fernglas kommen sehen, hatte gemerkt, daß ich anhielt, und wollte dem nachgehen.

Ich geriet in Panik, legte hastig den Rückwärtsgang ein und wendete. Im Rückspiegel sah ich, daß der Landrover beschleunigte. Ich sah mich nach allen Seiten um – die Straße, die auf mich zuraste, und den Busch auf beiden Seiten. Ich trat aufs Gas, und der Motor jaulte auf. Dann kam ich wieder zum Wegweiser in den Wald und fuhr nach links auf den Feldweg. Ich sah mich nach meinen Verfolgern um.

Ja, sie bogen ebenfalls von der Straße ab. Ich trat das Gaspedal bis zum Anschlag durch, und kurz darauf wurde es holprig und dunkler, weil sich der Laubbaldachin über mir schloß.

Der Weg schlängelte sich durch die dichten grünen Vorhänge. Ich fuhr mit Bleifuß, sah zwischen dem Weg und dem Rückspiegel hin und her – konnte aber wegen der Schleifen und Kurven nicht erkennen, ob sie mir noch auf den Fersen waren. Warum hältst du nicht einfach an, schoß es mir durch den Kopf, und erklärst, wer du bist? Aber die Furcht trieb mich weiter.

Ich wußte nicht, wieviel Vorsprung ich hatte, als ich wieder ein Schild sah – »Nyamityobora Forsthaus« – und mich plötzlich auf einer Lichtung fand, wo der Weg einfach aufhörte. Ich stand vor einem Haus aus Baumstämmen wie ein amerikanisches Blockhaus, nur war es verlassen und verfallen. Ich saß im Transporter, umklammerte das Lenkrad und war ratlos. Ich sah mehrere Pfade, die in den Wald führten, aber sie waren zu schmal für den Transporter.

Ich stellte den Motor ab und horchte. Da: Das Laub und die Lianen dämpften zwar jedes Geräusch, aber ich hörte, wie sich ein anderes Fahrzeug heranquälte. Ich schnappte mir, was ich auf die Schnelle in die Finger bekam – nur meine Brieftasche und meinen Paß –, sprang aus dem Wagen und sah mich um. Alles war Busch: Busch und das baufällige Blockhaus.

Ich war ratlos, wohin ich mich wenden sollte, und sah mich erneut um. Überall war dunkles Grün, und dann hörte ich wieder den anderen Motor. Das Auto kam näher. Ich betrachtete das Blockhaus: Dort würden sie unter Garantie nachschauen. Die Pfade? Zu offensichtlich. Ich sah wieder in den Busch. Er war voller Verstecke, aber gerade das schreckte mich ab. Ich hatte die Qual der Wahl, und wenn ich aufs Geratewohl losrannte, mußte ich mich durchs Dickicht kämpfen. Meine Spuren wären sichtbar, und sie könnten mir mühelos folgen.

Keine Panik, sagte ich mir. Bleib hier, wart auf sie und beruf dich auf Amin. Während des Wartens wurde es rasch dunkel. Bald fiel das Licht des Landrovers auf breite Blätter, bald verschwand es hinter ein paar Bäumen. Meine Angst wuchs.

Wieder die Scheinwerfer, an und aus. Ich sah mich von neuem fieberhaft um. Plötzlich entdeckte ich eine Spalte unter dem Blockhaus. Kaum hatte ich mich darunter geschoben, kam der Landrover auf die Lichtung gefahren.

Es roch modrig, und ich spürte, daß ich auf trockener Laubstreu lag. Ich hörte die Tür des Landrover aufgehen. Sie hatten die Scheinwerfer angelassen, und ich sah ein Paar Kampfstiefel in den Lichtkegel treten. Hosen mit Gamaschen. Dann noch zwei. Eine Stimme rief etwas auf Suaheli. Ich kannte schon genug Wörter, um *wapi* zu verstehen – wo? Wo bist du? Die Stimmen sprachen durcheinander.

Ein weiteres Licht ging an: der Strahl einer Taschenlampe, die hierhin und dorthin leuchtete. Ich hörte, wie sie die Transportertür öffneten und dann raschelnd auf das Blockhaus zukamen. Eine Stufe knarrte, jemand öffnete die Tür, dann erklangen ihre schweren Schritte auf den Bohlen über mir.

Sie besprachen sich wieder. Ein Insekt krabbelte mir über das Gesicht. Ich wagte nicht, es wegzuwischen, lauschte den Schritten und hörte zu, wie sie beim Reden Schränke kontrollierten. Nach mir suchten. Das Herz schlug mir bis zum Hals.

Nach einer Weile kamen sie ins Freie zurück und liefen über die Lichtung. Erneut der Strahl der Taschenlampe. Dann kam einer von ihnen auf die Spalte unter dem Blockhaus zu. Die Stiefel – dicht vor mir, so nah, daß ich Schweiß und Leder riechen konnte. Der Strahl zuckte durch die Spalte und streifte mich. Das war's, dachte ich. Sie haben mich gesehen.

Ich wurde stocksteif. Aber das Licht verschwand wieder, und sie gingen zum Transporter zurück, öffneten den Kofferraum, sahen hinein und wühlten in meinen Lebensmittelkartons.

Plötzlich hörte ich eine MP-Salve. Ich sah, wie die Beine des Mannes erzitterten, als sie den Rückstoß abfingen. Er drehte sich wie ein Kreisel, und die Kugeln zerfetzten das breitblättrige Gehölz um uns her. Sie schlugen in die Blockhütte ein, Holz splitterte, und die letzten Glasscheiben in den Fenstern zersprangen.

Ich war völlig gelähmt, nur mein Verstand raste, und ich schickte ein Stoßgebet zum Himmel, er solle die MP nicht senken, er solle sich nicht bücken und in die Spalte unter der Hütte feuern.

Das Feuer verstummte so schnell, wie es eingesetzt hatte, als schaltete jemand in einem Vorstadtzimmer das Licht aus. Stille. Dann lachte einer der Männer. Ich hörte sie in den Landrover einsteigen und den Dieselmotor anspringen. Der Scheinwerferkegel glitt über die Blätter, als der Wagen wendete. Ich stieß einen langen Seufzer aus und wollte mich aus der Spalte wälzen, als ich ein anderes, vertrautes Geräusch hörte. Ein zweiter Motor wurde gestartet, und Scheinwerfer gingen an. Ich erstarrte wieder und sah den sich entfernenden Rädern nach. Sie hatten den Transporter mitgenommen. Ich Idiot hatte den Schlüssel steckengelassen, und jetzt hatten sie mein Auto mitgenommen.

Ratlos lag ich eine halbe Stunde lang da. Ich konnte nicht bis zum Morgen hierbleiben. Ich konnte nicht in den Wald hineingehen. Die Lichtung lag zwar im Mondschein, aber wenn ich tiefer in den Wald hineinging, würde ich mich zwangsläufig verirren, selbst wenn ich einem der Pfade folgte. Ich streckte die Hand aus und zog mich an einer glitschigen Holzkante hoch. Dabei hörte ich ein Rascheln im Gestrüpp unter der Blockhütte, direkt neben mir. Ich fuhr zusammen und stieß mir beim Rauskriechen den Kopf an den Bohlen.

Ich stand auf der Lichtung, den Rücken zum Blockhaus und starrte in das unergründliche Dunkel des Waldes. Jetzt war ich ganz allein. Ich hätte genausogut nackt sein können. Ich sah nichts als die finstere Blätterwand, durch die stellenweise Mondlicht fiel und immer wieder goldene Lichtpünktchen: die lebenden Lampen Tausender von Glühwürmchen. Du warst vielleicht ein Idiot, schien ihr Morsecode zu sagen, Mann, du warst echt ein Vollidiot.

Ich weiß nicht, warum ich mich umdrehte. Vielleicht hatte ich unter dem Blockhaus wieder ein Rascheln gehört. Vielleicht war es ein sechster Sinn. In der Totenstille der mondbeschienenen Lichtung wiegte sich hinter mir eine Schlange. Bestimmt anderthalb Meter lang, hatte sie sich hoch aufgerichtet, die schmale Brillenzeichnung war deutlich zu erkennen, und die grünen Augen leuchteten wie Smaragde. Eine Mamba, dachte ich benommen.

Ich drehte mich um und wollte weglaufen, aber sie hatte schon angegriffen. Ich spürte deutlich, wie ihre Giftzähne durch die Hose hindurch in meine Wade eindrangen. Erst spürte ich keinen Schmerz, lief einfach nur davon und drosch blindlings auf die schweren Riesenblätter ein, die über dem Pfad hingen. Ich rannte, bis ich kaum noch Luft bekam. Ich rannte und rannte und spürte dabei, wie das dumpfe Pochen mein Bein hochstieg. Jetzt schmerzte es, es schmerzte immer mehr. Schließlich flutete der anschwellende Schmerz meinen Schenkel hoch bis ins Becken, und ich konnte nicht mehr so schnell rennen. Eigentlich ging ich nur noch. Und dann blieb ich stehen.

Ich blieb in der Dunkelheit stehen, unter den unablässig rauschenden Zweigen und den satten, saftigen Gerüchen des Waldes mit seinen Vogelrufen und fremdartigen Tierlauten. Ich fing an zu schluchzen, die Tränen liefen mir über das beschmierte Gesicht. Ich weinte und legte mich hin. Ich rollte mich auf dem Waldboden zusammen, befühlte meine Wade und spürte die geschwollene Stelle um den Biß herum. Ich hatte auf einmal schrecklichen Durst und wußte, daß das am Gift lag, das sich in meinem Körper verteilte. Ich überlegte verzweifelt, was ich jetzt machen mußte, erinnerte mich an ein paar dürftige Brokken der Schlangenbißbehandlung und spürte, wie mein Nervensystem revoltierte; jedes einzelne Körperteil verfiel in Zuckungen. Meine Arme und Beine zuckten, und das letzte, was meine verdrehten Augen sahen, war weit oben in den Baumwipfeln Idi Amins horizontüberspannendes Gesicht.

Ich weiß nicht viel über die folgenden – ehrlich gesagt, weiß ich nicht einmal, ob es Minuten oder Stunden waren. Meine nächste Erinnerung ist, daß mich etwas in die Seite stieß, und durch das Laubdach des Waldes sah ich bläulich schwarze Himmelsflecken. Nur konnte ich sie nicht richtig sehen, weil meine Augenlider aufgequollen waren. Mein ganzer Körper war aufgequollen. Mein Kopf dröhnte wie ein Dampfhammer, und meine bebenden Glieder waren schweißüberströmt.

Unsichtbare Hände hielten mir etwas an die Lippen. Die pelzige Öffnung einer Fellflasche. Die Haare – waren das Ziegenhaare? Oder *Affen*haare? dachte ich schwummerig – kitzelten, und dann kam das kühle Wasser, schwappte mir über Lippen und Kinn und lief mir in die Nase. Dann drehten die Hände mich um und tasteten mich ab. Ich zuckte zusammen, als sie die geschwollene Wade berührten. Ich hörte ein Brummeln, jemand suchte herum, ich merkte, wie mein Hosenbein hochgezogen wurde, und hörte eine Klinge den Stoff auftrennen.

Ich schrie auf, als die Messerspitze die Stelle umkreiste, wo die Schlange zugebissen hatte, dann legte sich ein Lippenpaar auf die Wunde und saugte daran. Jemand spie aus, und es klatschte auf ein Blatt. Wieder saugen, wieder spucken. Mein Ich wollte davongleiten, mein Bewußtsein kämpfte, als klammerte es sich an einer Klippe fest, und ich hörte mehrere durchdringende Pfiffe.

Meine nächste Erinnerung ist die, im Mutterleib zu sein. Jedenfalls fühlte es sich so an, wie man es sich im Mutterleib vorstellt. Ich bewegte mich rhythmisch vorwärts und zur Seite und begriff, daß ich einen Waldweg entlanggetragen wurde. Die Himmelstupfer waren noch über mir, und die breitrandigen Blätter wischten mir über das Gesicht, wenn ich in meinem Kokon an ihnen vorbeikam. Ich war in stinkende Felle eingewickelt. Während ich hin und her schaukelte, hörte ich, wie sich Männer unterhielten, und sah ab und zu ihre Fußsohlen aufblitzen, während sie mit mir den Waldweg entlangliefen.

Ab und zu drückte sich der Boden in meinen Rücken, und ich sah die Gestalten der Stammesangehörigen über mir. Dann hoben sie die Stangen der Trage wieder an, und die Reise ging weiter. Als wir ihr Dorf erreichten, gaben mir die Jäger noch einmal Wasser zu trinken und legten mich in eine niedrige Hütte. Sie ähnelte einem Iglu, bestand aber aus Laub und Zweigen, die zusammengebogen und in den Boden gesteckt worden waren. Immer noch mit den Fellen zwischen mir und dem harten Erdboden schlief ich wieder ein.

Nach dem Aufwachen bekam ich durch die ovale Öffnung in der Hüttenwand etwas mehr über meine Retter heraus. Die Gruppe hatte rund neun Mitglieder – drei Frauen, drei Männer (einer davon alt und bärtig), der Rest Kinder. Sie hatten kaum etwas dabei, bis auf die Jagdausrüstung: ein Schnellfeuergewehr, mehrere Bögen und Pfeile (straff mit Fäden umwickelt und von etwas Teerartigem überzogen) und einige große Netze. Alle waren mehr oder weniger nackt, allerdings trugen zwei Frauen Röcke aus getrockneten Bananenblättern und ein Mann etwas, das wie ein Anorak von Woolworth aussah: blaues Trevira mit Pelzrand. Locker und zerfetzt hing er ihm wie ein Überzieher um den Leib.

Einmal kam eine Frau mit einem undefinierbaren halbgekochten Stück Fleisch zu mir in die Hütte, und ich nagte gierig daran. Sie hockte sich neben mich vor die ovale Öffnung. Mit den langen, ausgetrockneten Brüsten, die ihr fast bis zur Taille hingen, wirkte sie auf mich – in meinem deliranten, vergifteten Zustand – wie ein Sportler mit einem Handtuch über der Schulter.

Dann reichte sie mir eine Blechbüchse mit einer sauer riechenden Flüssigkeit und bedeutete mir, davon zu trinken. Dankbar schlürfte ich das bittere, nach Kräutern schmeckende Gebräu. Es machte schläfrig, und ich merkte kaum, wie sie mich auf den Bauch drehte und die Schwellung um die Einstiche herum massierte. Ich hatte den vagen Eindruck, die Stelle würde mit etwas Klebrigem und Warmem bepflastert, dann schlief ich wieder ein.

Als ich aufwachte, hatte ich noch den bitteren Geschmack der Kräuter im Mund, als wäre das Gebräu eingekocht wie die geheimnisvollen karamelisierten Saucen, die meine Mutter auf dem Herd in Fossiemuir immer gemacht hatte. Ich dachte daran, wie sie in ihrer Schürze mit dem Rosenmuster in dem kalten Steinhaus stand, und dann dachte ich an ihn, unerschütterlich wie eine Tresortür hinter seiner Zeitung im Wohnzimmer. Ihnen konnte ich nicht vorwerfen, daß ich in diese Situation geraten war, das war mir klar; ebensowenig den abgekapselten, leichtfertigen Charakter, der sie mir eingebrockt hatte. Ich wußte, daß ich selbst schuld war, der ich nur aus emotionalen Defekten und schüchternen, introvertierten Leidenschaften bestand … Kein einziges Mal, dachte ich in der stinkenden Hütte, hast du in der Welt, die an dir vorüberging, etwas Ruhmreiches oder Mutiges vollbracht.

Ich hatte eine seltsame Vision von Amin, der in Dienstuniform und -mütze im Führerhaus einer altmodischen Dampflok stand und wie ein Irrer lachte, als er in Rauch- und Staubwolken an mir vorbeisauste. An den Schienenräumer war Winston Churchill gebunden, mein Vater, ich … ich weiß nicht, wer noch alles, die Gesichter wechselten immerzu.

Als das surreale Bild in meinem fiebrigen Kopf verblaßte, spürte ich – in dem dunklen, muffigen Raum mit seiner ovalen Lichtöffnung –, daß etwas über meinen Knöchel kroch. Ich griff danach und zerquetschte eine Ameise zwischen Daumen und Zeigefinger. Sie erinnerte mich an ein anderes Insekt, eine Motte – die staubigen Flügel rot wie getrocknetes Blut –, die sich neben uns niedergelassen hatte, als mein Vater und ich uns in einem Biergarten zum letztenmal unterhalten hatten. Unterhaltung ist dabei schon zuviel gesagt: Wir hatten am Tag vor meiner Abreise einfach über unseren Pintgläsern und Käsewürfeln dagesessen und kaum ein Wort gewechselt. Als sich die Motte auf den Holztisch setzte, verzog ein Lächeln sein angespanntes Gesicht, er nahm die Brille ab – ich sehe heute noch vor mir, wie die Pergamenthaut seiner Hand sie umklammert – und sprach mit etwas wie Aufgewühltheit in den Augen. Flüsternd, als wolle er mir häretische Informationen mit auf den Weg geben, sagte er zu mir: »Das Wichtigste ist, seinen Mitmenschen möglichst wenig Schaden zuzufügen.«

Ich war wieder todmüde, versuchte zwar noch, das Bild seines Gesichts festzuhalten – die Augen mit dem grauen Nebel von etwas halb Ausgesprochenem, die hohe Stirn, die zwischen den zwei weißen Haarbüscheln zur kahlen Schädelplatte wurde, und die von Natur aus herabgezogenen Mundwinkel –, aber es entglitt mir schnell. Ich machte mir Vorwürfe, daß ich nicht zu seiner Beerdigung geflogen war; vielleicht wäre sie dann nicht ... *ich habe niemandem Schaden zugefügt*, murmelte ich, als säße er neben mir im Halbdunkel der Hütte, *ich habe niemandem Schaden zugefügt.* Oh, mein Vater –

Die unbezähmbare Gewalt des Schlafs drückte mir die Augenlider zu, sperrte ihn aus, sperrte Amin und seinen wildgewordenen Zug aus, sperrte meinen beschränkten Blick auf das Jägerlager aus, sperrte das Licht aus.

Nach einem weiteren Tag und mehr Essen und Kräutersuppe war ich soweit gestärkt, daß ich aufstehen und durchs Lager gehen konnte. Alles roch stark nach Rauch und gebratenem Fleisch. Alle waren damit beschäftigt, Netze zu flicken und eine Babyantilope (die kleinen, knopfartigen Hörner von einer Art Moos bedeckt) abzubalgen, und schenkten mir nicht viel Beachtung, als ich mich draußen sehen ließ. Trotz der Wasserbäuche und der Gesichter, die selbst bei den Kindern zerknittert wie uraltes Pergament aussahen, strotzten sie vor Gesundheit – und wirkten absolut zufrieden. Ich fühlte mich wie ein wildes Tier, das sich nach seiner Gefangennahme an ein befriedetes Leben gewöhnen durfte. Ich überlegte, ob das die Pygmäen waren, von denen Waziri mir einmal erzählt hatte (aber dafür schienen sie zu groß), oder ob ich es mit einer verschwunden geglaubten Sippe der Bacuesi zu tun hatte.

Als ich abends unter der Kuppel aus Zweigen und Blättern lag, brach draußen wieder ein Streit los. Im Feuerschein konnte ich manchmal die Gesichter der Streitenden sehen. Von Zeit zu Zeit zeigte einer von ihnen – meistens der Alte mit dem Bart – in meine Richtung. Von ihrer Unterhaltung verstand ich natürlich kein Wort.

Am nächsten Morgen rüttelte mich der Mann im Anorak aus dem Tiefschlaf und gab mir zu verstehen, ich sollte ihm folgen. Etwa zwei Stunden lang liefen wir einen Waldpfad entlang. Er mußte immer wieder auf mich warten: Ich war noch geschwächt, hätte aber auch sonst nicht mithalten können, so schnell bewegte er sich durch den Busch. Mühelos fand er den Pfad wieder, wenn ich schon glaubte, er hätte sich vor der düsteren grünen Wand in nichts aufgelöst. Mehr Grün, als man sich vorstellen kann – bis auf die Wolken weißer Schmetterlinge, so vieler Schmetterlinge, daß es einen fast zermürbte. Nicht die großen Bergschmetterlinge, sondern die kleinen Waldarten, die ohne Sinn und Zweck herumgaukelten. Jedenfalls sah es für mich so aus. Es gibt hier doch gar keine Blumen, dachte ich erstaunt und stolperte weiter.

Bei einer Rast auf einer Lichtung ähnlich der, wo mir die Soldaten den Transporter weggenommen hatten, sah mich der Mann plötzlich an und hielt sich die Nase zu. Es roch nach Verwesung. Er zeigte vor uns auf die Stelle, wo der Pfad einen zweiten kreuzte: Dieser war viel breiter, breit genug für Fahrzeuge, und ich sah tatsächlich tiefe Reifenspuren und in den Boden gedrückte Blätter.

Der Mann ging den breiten Pfad entlang, jetzt viel langsamer als vorher. Ich folgte ihm, und der Gestank wurde schlimmer. Kurz darauf standen wir vor einer Szene, die mir die Haare zu Berge stehenließ. Vor uns lag ein riesiger Leichenhaufen, vielleicht sieben Meter hoch. Die Körper waren nicht sauber aufeinandergestapelt worden, machten aber trotzdem den Eindruck der Ruhe, wie sie da Brust an Brust übereinander lagen. Köpfe, manchmal noch mit Helmen, ruhten auf den Schultern ihrer Nachbarn; Beine waren wie zur Bequemlichkeit auf Bäuchen hochgelegt, Arme und Beine wie Dschungellianen ineinander verflochten.

Der Haufen war von einem riesigen Schwarm blaugesprenkelter Insekten bedeckt, der sich hob und senkte, als wäre der Hügel selbst der ruhig atmende Körper eines schlafenden Riesen. Unten sahen zwischen Resten von Tarnkleidung die blanken Knochen der ältesten Leichen hervor, der einzige Anhaltspunkt, um zu unterscheiden, wo in diesem vor Hitze kochenden organischen Matsch Fleisch in Pflanze überging. Oben zeigten die Gesichter der erst vor kurzem Ermordeten noch schreckliche Furcht, Überraschung oder unterwürfiges Flehen.

Bei manchen konnte man noch die Wunden erkennen: hier und da dunkle Einschußlöcher, dort erschreckendere Anzeichen von Qual und Folter – Verbrennungen (ein Männerarm war nur noch ein verkohlter Stumpf), ausgestochene Augen und ausgerenkte Gliedmaßen. Eine Stirn zeigte tiefe Einschnitte wie auf einem Laib Brot, ein Schädel war eingedrückt, als wäre etwas Wichtiges entfernt worden. Vor den Leichen – fast ausschließlich Männern – lagen vereinzelte Kleidungsstücke und Armeegegenstände: ein Schiffchen, ein Messingkoppel, ein gelber Plastikschuh. Auf der ganzen Lichtung lagen Bierflaschen verstreut, und vor meinen Füßen sah ich in die Erde getretene Zigarettenstummel. Meine Wade pochte wieder, und ich schwankte: Ich glaube, mehr noch als der Hügel oder der Gestank war es der Anblick der Stummel und Flaschen. Die Vorstellung, daß Männer hier standen und rauchten und tranken, während sie ihre Opfer umbrachten oder hinkippten – bei dieser Vorstellung mußte ich mich schließlich übergeben.

Erst als ich damit fertig war – auf allen vieren vor dem grauenhaften Altar –, merkte ich, daß der Mann im Anorak verschwunden war. Plötzlich packte mich wieder die Furcht vor den Bäumen. Ich rannte den breiten Pfad zurück, kam an der Stelle vorbei, wo wir auf ihn gestoßen waren, und lief weiter. Ich war erst hundert Meter oder so gelaufen, als ich laute Popmusik plärren hörte, und als ich um eine Ecke bog, hatte ich den Waldrand erreicht.

Als sich das blaue Licht über mich ergoß, hörte meine Wade auf zu pochen. Ich hockte mich hin und zog die Stoffetzen meiner verdreckten Hose beiseite. Der Breiumschlag der Jägerin juckte. Schwarz und faserdurchzogen sah er aus wie ein Orden. Ich faßte vorsichtig mit einem Fingernagel darunter und zupfte daran. Er löste sich, und darunter kam ein weißes Fleischmedaillon zum Vorschein, kahl und nackt unter all dem Schmutz. In der Mitte des Kreises waren die beiden Bißstellen zu sehen, die Haut um sie herum abgestorben: weißer als weiß.

34

Der Pfad führte aus dem Wald in offenes Weideland hinaus. Dahinter schlängelte sich eine Straße auf eine Stadt zu, die in der Ferne ins Tal gebettet lag. Voller Freude und Erstaunen erkannte ich das Bacuesital und die Silhouette von Mbarara. Ich ging ein Stück durchs hohe, gelbbraune Gras, matt und geschwächt von meiner Begegnung mit der Giftschlange, aber dankbar, in die Zivilisation zurückgefunden zu haben. Wenn man sie so nennen konnte – und damals konnte ich.

Ich stand im Gras, dessen Halme mir bis zu den Knien reichten. Auf dem freien Platz unter einer Akazie vor mir trieben zwei Jungen – einer davon mit einem Transistorradio unter dem Arm, aus dem die Popmusik drang – ein Paar Longhorn-Zebus über einen Stoß Hirsestrünke. Dreschen mit Hufen. Ich sah zu, wie das dicke Hornmaterial mit seinen braunen und blauen Spuren voll geheimer biologischer Geschichte die Körner aus den Rohrkolben trampelte. Aus Kalzium und Gelatine werden kommen Kohlehydrate, spricht der Herr. Und aus dem Dschungel wird kommen Dr. med. NG.

Von einem Stöckchen angetrieben, trotteten die Kühe im Kreis. Der kleinere der beiden Jungen klammerte sich in der Mitte verzweifelt an die Lederriemen. Er mußte dafür sorgen, daß die Kühe auf dem Hirsehaufen blieben, und der andere Junge trieb sie an. Auch der Hirsehaufen bewegte sich, die Körner spritzten wild durcheinander. Wie bei der Brownschen Molekularbewegung, dachte ich. Um mich her waberte Popmusik durchs gefleckte Gras, die Wiese antwortete mit süßem Hauch, und ich hatte das seltsame Gefühl, weit in die Zeit zurückschauen zu können. Ich dachte wieder an die Bacuesi, ihre Verehrung von Kühen und Feigenbäumen, und an Isuza, den König der Batembusi, der aus der Unterwelt nicht mehr zurückgefunden hatte. Während ich daran dachte, mußte sich eins der Rinder entleeren (sein Anus öffnete und schloß sich so schnell wie ein Kameraverschluß). Der Kotklumpen fiel auf den Hirsestoß und zerstreute die Strünke.

Ich ging an den Kuhhirten vorbei, die mich überrascht ansahen – ich kann mir denken, was für ein Bild ich bot: ein *musungu* mit verfilztem Haar und nur noch Lumpen am Leib –, auf der Straße in die Stadt. Meine alte Heimat.

Unterwegs überholte mich ein Laster, seine staubigen Doppelreifenprofile drückten sich in den warmen Asphalt, so warm, daß ich ihn unter meinen Schuhen weich werden spürte. Auf der Ladefläche des Lasters stand eigenartigerweise sein Anhänger, also Doppelreifen auf Doppelreifen übereinander. Oben auf dem festgezurrten Anhänger stand ein Mann. Er hatte sich ein weißes Tuch um den Kopf geschlungen, das das halbe Gesicht bedeckte. Ich sah zu ihm hoch, als er an mir vorbeikam (durch den Aufbau war er sehr weit oben), und er machte eine Armbewegung, als wollte er auch das restliche Gesicht verhüllen. Ich mußte plötzlich an Waziri und die OP-Maske vor seiner Kehle denken, und Schuldgefühle, mehr aber noch Angst ließ mich erschauern. Ich eilte weiter, ohne recht zu wissen wohin.

Als ich fast in der Stadt war, kam ich an vier uniformierten Kindern vorbei, die im Schatten eines Lampenputzerbaums auf einem Mäuerchen saßen. Kamen wohl aus der Schule. Sie starrten mich an, als ich an ihnen vorbeiging – starrten den weißen Buschmenschen an. Ihre Uniformen waren leuchtend blau, und ich beneidete sie um deren Frische.

Ich lief weiter. Ich hatte keine Ahnung, wo der Junge zu finden war, aber auch nach allem, was ich durchgemacht hatte, beunruhigte mich Nestors Brief. Man kann sich also denken, wie überrascht ich war, als ich das Feldlager erreichte und kurz Gugus Gesicht zu sehen glaubte.

Es war schwierig, schwierig zu sehen und schwierig voranzukommen. Vor den Lagertoren hatte sich eine Menschenmenge zusammengerottet, drängelte und schrie ... Männer und Frauen, Soldaten und Zivilisten, jung und alt. Einige Soldaten machten einen wirklich sehr jungen Eindruck.

Ich drängte durch die Menge. Beim Näherkommen sah ich durch das Gewirr von Gliedern, daß jemand an einen Stuhl gefesselt worden war. Dann sah ich wieder Gugus Gesicht. Ein Arm holte aus, die Hand hielt ein Gewehr gepackt. Das Gewehr sauste herab. Die Gestalt auf dem Stuhl schnellte zur Seite. Nicht auch er noch, dachte ich, bitte lieber Gott, nicht Gugu.

Ich boxte mich nach vorne durch. Dann ertönte ein Donnern. Ich hörte eine Frau klagen, und die Menge wich zurück. Dann schob sie sich wieder vor. Ich wurde angerempelt. Die ersten Leute liefen weg. Dadurch erreichte ich, verrückt und zerlumpt, wie ich war, den Innenkreis. Einer der prügelnden Kindersoldaten drehte sich um, und ich konnte sowohl sein Gesicht als auch das blutverschmierte Gesicht der Person auf dem Stuhl erkennen. Es war nicht Gugu.

Dann hörte ich wieder das Donnern, und der in seinem zu großen Tarnanzug komisch wirkende Kindersoldat holte mit dem Gewehr aus. Der braune Schaft traf meine Rippen, und der Schmerz machte mir etwas bewußt. Er war es doch: Ich hatte Gugus Gesicht gesehen. Nur nicht auf dem Stuhl.

Ich ging zu Boden, und er – der kleine Mann, verwandelt, als unschuldig getarnt mit Brutalität auf der Stirn – war über mir, richtete das Gewehr auf mich. Dann erklang wieder ein Donnern, diesmal näher und von einem Pfeifen begleitet. Der Krach war so nah, daß er Ohren und Nase ausfüllte und ich ihn förmlich schmecken konnte. Die Luft roch nach Metall und Feuer, und die Menge schrie auf, schrie auf wegen der Flammen über uns.

Die Druckwelle erreichte uns. Der im Stuhl kippte nach hinten, die Beine standen hoch. Dann verlor Gugu über mir den Boden unter den Füßen. Alles verlor den Boden unter den Füßen. Auch der Boden selbst. Die Druckwelle preßte mir die Luft aus den Lungen, und ich rollte durch die beißende Luft.

Ich taumelte – aufwärts! Bevor ich das Bewußtsein verlor, ging mir noch durch den Kopf – langsam und blind nach dieser Fremdartigkeit greifend –, daß ich es verlor. Vor mir war Gugu, der verwandelte Junge, dessen Camouflageflügel herabsanken. Sein Brustbein war rot und löste sich vom Körper, war rot und löste sich vom Zentrum wie eine kaum erblühte Blume.

35

Ich sehe eine Gestalt auf mich zukommen, die zielstrebig durch die Hirse schreitet. Hinter den Rohrkolben erstreckt sich das Land dunstig und blau. Vor mir, hinter ihr. Dann fällt das Land. Es ist Amin.

Woanders sehe ich einen Elefanten, das eine Ohr steht weiter ab als das andere; auch der eine Stoßzahn ist länger als der andere. Er lehnt sich in manierierter Pose auf die Seite. Ich kann die Falten in seiner buckeligen graubraunen Haut sehen, die schiere Dicke der Beine und das kleine Haarbüschel, das vom Ende des zerfransten Schwanzes hängt. Sein zweiter Schwanz, sein Vorderschwanz hängt schlaff zwischen den Stoßzähnen. Dann schlägt er sich, schlägt sich mit dem eigenen Rüssel. Es ist Amin.

Wieder woanders sehe ich ein Flußpferd auf einer Grasnarbe neben einem hohen Kaktusbaum. Es wälzt sich hin und her. Mich überraschen die Leichtigkeit und die fast rosige Unterseite des Körpers. Aber es ist Amin, es sind seine Fußsohlen, die auf dem Massagetisch hochzeigen, als ich den Raum betrete.

An einem Fluß in der Steppe sehe ich drei Nashörner. Drei Nashörner stehen in der Savanne, massiv gepanzerte Kolosse an einem langen seichten Fluß. Sie schieben ihre Platten hin und her, und – ich muß es im Schlaf nur aussprechen – die Platten der Erde und die weichen Schädelplatten eines Neugeborenen bewegen sich mit. Ein Baby in Fort Portal, ein Baby in Fort William. Aber es ist Amin, es sind drei Amins an dem langen seichten Fluß.

In einem Garten sehe ich einen Pfau Rad schlagen und höre ihn kreischen wie eine Todesfee. Auch das ist Amin, es

349

sind Amins Orden, seine Orden und seine versonnenen Augen.

Und dann sehe ich meinen Vater, und ich bin frei. Er liest den Scotsman. *Aber die Schlagzeile auf der letzten Seite lautet:* »Die Straße dunkel, das Ziel unbekannt«.

Jedesmal wenn das passiert, kommt es mir wie eine Wiederholung vor. Eine Wiederholung des ersten Mals, und ich reise dahin, ich reise dahin und fresse den Raum. Aber auch damals hatte ich das Gefühl einer Wiederholung. Und damals wie heute kann ich nicht schlafen, ohne Amin zu sehen ...

Was ich wirklich sah, als ich zu mir kam, war ein besorgtes schwarzes Gesicht, das sich über mich beugte. Ein Gesicht, das von einem amerikanischen Infanteriehelm gekrönt wurde, ein Gesicht, aus dessen Lippen ein Stumpen ragte.

»Aha, Sie sind wach, Bwana. Wir hatten schon Angst, wir hätten einen *musungu* verwundet. Das wäre nicht gut für unsere internationalen Beziehungen.«

»Hä?« Ich hatte Blut in den Augen.

Ich merkte, daß ich wieder einmal unterwegs war, nur diesmal in einem Fahrzeug. Ich sah mich um. An den Seiten hingen Waffen und Material, und vorne sah ich die Köpfe des Fahrers, eines Beifahrers und eine dicke Glasscheibe.

»Präsident Nyerere wäre sehr unglücklich, wenn mir das passiert wäre, deswegen bin ich glücklich, Sie zu sehen«, sagte der über mich gebeugte Stumpenmann, der sich, wie ich jetzt erkannte, unter das niedrige Dach eines Schützenpanzers duckte.

»Wo bin ich?« Ich stützte mich auf die Ellenbogen hoch, von den geprellten Rippen strahlte Schmerz aus.

»Sie sind in der Obhut der tansanischen Streitkräfte. Darf ich mich vorstellen? Ich bin Colonel Armstrong Kuchasa, Kommandeur der Operation unseres Landes gegen den ugandischen Aggressor Idi Amin.«

Er hielt mir einen Becher Tee und ein Stück altes Brot hin.

»Diese Jungen«, sagte ich, »das waren ja Kinder.«

»*Kidogos*«, sagte der Colonel. »Kindersoldaten. Amin setzt die seit einiger Zeit ein. Sie sind die schlimmsten. Bei uns im Land haben sie Frauen vergewaltigt. Jungen ... die erwachsene Frauen vergewaltigen.«

Ich nahm nachdenklich einen Schluck Tee und weichte damit im Mund das harte Brot auf.

»So«, sagte er und sah mich prüfend an, »jetzt erklären Sie mal, was Sie hier zu suchen haben. Schnell. Wir haben soeben unseren Vorstoß auf Mbarara erfolgreich abgeschlossen. Wir haben viel zu tun.«

In der Ferne hörte ich wieder das Dröhnen der Artillerie und – in der Nähe – Männerstimmen.

»Ich wollte weg«, sagte ich. »Ich hatte genug. Ich dachte, ich könnte mich nach Ruanda absetzen.«

»Das hätten Sie nicht geschafft. Jetzt müssen Sie bei uns bleiben. Das Problem ist, unsere Feldärzte haben wegen der Gefechte alle Hände voll zu tun. Sie werden nach Kampala mitkommen müssen. Keine Angst, diesen Krieg gewinnen wir.«

Der Schützenpanzer überfuhr einen Hubbel, ich wurde durchgerüttelt, und der Schmerz schoß mir in die Rippen.

»Da komm' ich grade her«, sagte ich. »Aber machen Sie sich keine Sorgen um mich. Ich bin selber Arzt. Vielleicht kann ich Ihren Feldärzten sogar helfen. Ich bin nur leicht verletzt. Bloß die Trommelfelle tun mir weh.«

»Sie – sind Arzt? Im Ernst? Wie heißen Sie?«

»Garrigan«, sagte ich und setzte mich auf. »Ich habe erst hier in der Nähe und dann in Kampala gearbeitet.«

Colonel Kuchasa schlug sich auf den Schenkel und zog an seinem Stumpen.

»Das nenne ich gelungen! Da haben wir einem *mu-sungu*-Arzt tansanische Medizin gegeben.«

Das Fahrzeug kam abrupt zum Stehen, er schoß nach

vorn, und das Fernglas, das er um den Hals hatte, baumelte hin und her.

»Also dann, Dr. Garrigan«, sagte er und hielt sich fest, »ich muß jetzt gehen. Bleiben Sie im Wagen: Die ugandischen Streitkräfte haben sich uns zwar noch nicht zum Kampf gestellt, aber trotzdem sind sie in der Nähe.«

»Hier?« fragte ich.

»Keine Angst. Hier sind Sie in Sicherheit – außer sie haben Panzerfäuste.«

Er lachte, griff nach einem Stock – den ich jetzt als kurzen Speer erkannte –, öffnete die Turmluke und schob den Kopf hinaus. Die Männerstimmen wurden lauter. Ich hörte, wie er etwas auf Suaheli rief und Antwort bekam.

Er rief mir zu: »Die Simba-Garnison aus Mbarara hat sich nach Masaka zurückgezogen. Wir setzen ihnen dorthin nach. Major Mabuse, der Garnisonskommandant, hat sich in einer Kirche auf einem Hügel verschanzt. Sie muß von der Infanterie geräumt werden. Bleiben Sie im Schützenpanzer. Er rückt nach, sobald der Hügel gestürmt ist.«

Er kletterte hinaus. Ich lag einige Minuten da und lauschte den Soldaten um mich her, deren Stimmen von den Stahlplatten des Schützenpanzers gedämpft wurden. Ich hatte mich von dem Schlangenbiß noch immer nicht ganz erholt – obwohl die von den Jägern draufgeschmierte Paste umwerfenden Erfolg gehabt hatte –, und mein Schädel dröhnte immer noch von der Explosion. Andererseits war ich neugierig, was da draußen vor sich ging, also richtete ich mich nach ein paar Minuten auf und spähte vorsichtig hinaus.

Neben meinem standen noch weitere Schützenpanzer, außerdem drei Benzintanklaster und ein paar Lazarettwagen. Dahinter waren vielleicht zehn Laster mit Mörsern und anderen Geschützen aufgefahren. Davon abgesehen, war das ganze auf der Straße vor mir aufmarschierte Kontingent zu Fuß. Während ich mich umsah, flog ein Paar blauroter Neuntöter aus einem Busch auf, vom Aufbruch gestört.

Ein Stück weiter hantierte der Colonel mit seinem Speer herum und zog vor ein paar anderen Offizieren Linien in den Staub. (Wenn ich daran denke, fällt mir unweigerlich Michael Caine in *Zulu* ein – »Werft mit euren verdammten Speeren bloß nicht nach mir!« Mein altes Bild von Afrika, das mich hierher gebracht und dem Untergang geweiht hatte: Wie ein Schreckgespenst kehrt es wieder.)

Ein Sergeant Major brüllte einen Befehl, und der ganze Verband kam zum Stehen. Während der Colonel noch mit seiner Aufstellung beschäftigt war, richtete der Sergeant Major das Wort an die Truppe. Es mußten über tausend Mann sein, die in ihren grauen Ponchos, den Camouflage-Uniformen und Dschungelhüten schneidig aussahen. Als er fertig war, setzten sie sich wieder in Bewegung.

Die Straße nach Masaka erstreckte sich durch den immer gleichen Busch: Ein echtes Ziel gab es nicht. Ich verstand nicht, wo oder was sie angreifen wollten. Als mir Benzingeruch in die Nase stieg, drehte ich mich im Turm um, weil ich wissen wollte, wo er herkam.

Einen halben Kilometer hinter uns lagen die Ruinen von Mbarara. Auch aus dieser Entfernung und trotz der Rauchschwaden war zu erkennen, daß der tansanische Granatbeschuß verheerende Arbeit geleistet hatte. Durch eine Lücke im Qualm – aus dieser komischen Perspektive nicht größer als eine Männerhand – erblickte ich plötzlich etwas Bekanntes: einen stählernen Wasserturm. Ich konnte nicht sagen, ob es der in der Ärztesiedlung oder der vom Krankenhaus war, aber der Anblick machte mich traurig. Wieder glitzerte der Stahl in der Sonne. Dann sah ich, daß der Turm auf der Seite lag.

Botschaften der Toten, dachte ich, als der Stahl wieder aufglänzte. Ich verfolgte den schwarzen Rauch, der über der Stadt emporquoll. Dann mußte ich wieder an Gugu denken. Wie war er bloß so ein Ungeheuer geworden? In wenigen Jahren vom Sohn eines angesehenen Kartographen zum blutrünstigen *kidogo*. Hatte Amin Uganda das angetan? Oder war es meine Schuld, hätte ich mich um Gugu kümmern, dableiben und ihm den Vater ersetzen müssen? Oder Amin umbringen, als sich mir die Gelegenheit bot? In dem Stadium hätte das auch nichts mehr genützt, sagte ich mir.

Das helle Knattern eines Maschinengewehrs brachte mich in die Gegenwart zurück. Ich drehte mich um und sah einen tansanischen Soldaten zu Boden gehen. Der Sergeant Major rief etwas. Der Tote hatte Blut im Gesicht.

Die Truppen schwärmten auf beiden Straßenseiten aus, liefen durch das scharfkantige hohe Gras und kauerten sich hinter die kleinen, gedrungenen Bäume. Sie hielten ihre Schnellfeuerwaffen in Bereitschaft und gaben gelegentlich vereinzelte Salven ab.

Vor uns huschten die verschwommenen Gestalten von Amins flüchtenden Soldaten zwischen den Bäumen umher. Hinter ihnen begann hoch oben eine Geschützbatterie zu feuern. Ich sah, wie die gelben und roten Blitze die braune Hügelkuppe erhellten. Kugeln pfiffen vorbei, und überall, meist hinter uns, schlugen Granaten ein. Wenn das schrille Heulen einer Granate durch die Luft drang, warfen sich die Tansanier zu Boden und rollten sich fest zusammen. War sie eingeschlagen, kamen sie wieder hoch und stürzten weiter.

Der Schützenpanzer, in dem ich mich – wahrscheinlich naiverweise – sicher fühlte, rückte langsam vor. Wir kamen an einer Geschützbesatzung vorbei, die rechts von mir im weichen Erdboden einen Mörser aufbaute. Ich verfolgte, wie sie das Rohr auf der Grundplatte und das Zweibein davor montierten, die kompakten Granaten einführten und sich in Erwartung des Abschusses zur Seite drehten: tack! tack! tack! und dann das schreckliche Warten vor der eigentlichen Explosion. Ich merkte, wie meine Trommelfelle eingedrückt wurden, und vor dem Krach und der Helligkeit kniff ich unwillkürlich die Augen zu.

Als ich sie wieder aufmachte, trieben blaue Rauchwolken

über das Schlachtfeld. Die tansanische Infanterie rückte vor, der Schützenpanzer und die anderen Fahrzeuge rumpelten hinterher. Vor mir sah ich im hohen Gras ausgestreckte Leichen, die ich für ugandische Soldaten hielt – beide Armeen trugen dieselben Camouflageanzüge –, und hinter uns feuerten die Mörser weiterhin im hohen Bogen ihre tödlichen Ladungen über uns hinweg.

Nicht nur Leichen, auch Material lag im gelben Buschwerk verstreut: Gewehre und Patronentaschen, Tornister und Feldflaschen, zusammengeknüllte Uniformstücke. Auf der Straße lag ebenfalls Kriegsschutt herum – Granathülsen aus Messing, Antennen von Lenkwaffen und alle möglichen anderen Metallstücke, die von den Raupenketten des Schützenpanzers zermalmt wurden.

Die Bombardierung und die nachfolgenden Säuberungsaktionen zogen sich den ganzen Nachmittag hin. Wir durchquerten die ausgestorbenen Städte und Dörfer an der Straße: Sanga, Lyantonde, Katovu, Kyasanga, Mbirisi. Alle Geschäfte waren verrammelt und die Straßen wie leergefegt – die Einwohner waren in den Busch geflüchtet –, alles war menschenleer, bis die Kugel eines Heckenschützen vorbeipfiff und wir anhielten und ihn aufstöberten.

Die Tansanier rückten langsam vor, Amins Soldaten immer irgendwo vor sich. Wenn ich mir die Gruppen um den Schützenpanzer herum ansah, waren die Tansanier weitaus disziplinierter. Drei von ihnen bedienten ein schweres MG, das sie bei jeder Feindberührung auf den Dreifuß montierten. Ein Mann lag mit gespreizten Beinen auf dem Boden und bediente den Abzug, der zweite die Gurtzuführung. Der dritte Mann lag neben ihnen, das Gewehr schußbereit, und gab den beiden anderen Deckung. Ich sah wie gebannt zu, obwohl ich mich dadurch in Gefahr brachte. Es war hypnotisierend, wie die verbrauchten Hülsen ausgeworfen wurden und unter dem Dreifuß über die Erde sprangen, während bei jedem Feuerstoß orangefarbene Flammen aus der Mündung schlugen.

Wenn die Munitionsgurte gewechselt werden mußten, gab der Mann mit dem Gewehr ein paar Schuß ab, ohne groß zu zielen. Die verbrauchten Patronenhülsen flogen ihm über die Schulter, und er ließ seinerseits ein neues Magazin einrasten, wenn sich seine Kameraden wieder an ihre stotternde, todbringende Arbeit machten.

Bei jeder Salve traten Ölwölkchen aus dem Verschluß aus. Sie behielten ihre Form, was vielleicht am Ölgehalt lag. Wie dunkle und geheimnisvolle Phantome trieben sie über den hohen Grashalmen langsam auf beiden Straßenseiten entlang oder durchzogen die ausgedörrten Akazienzweige. Dann bewegte sich der Schützenpanzer wieder ein Stück weiter. Ein Rudel Hyänenhunde kam unter den Bäumen hervor und lief ein paar Minuten neben uns her, die Weibchen trugen ihre Welpen im Maul.

Je näher wir an Masaka herankamen, desto verschwommener und flüchtiger wurden meine Gefechtseindrücke. Das lag sowohl am zunehmenden Lärm (der ein Crescendo erfuhr, als der Schützenpanzer zur Vorhut aufschloß) als auch am Einbruch der Nacht.

Nur wurde es nicht richtig Nacht, denn das allgemeine, nie ganz verlöschende Mündungsfeuer gab genug Licht, um die Formen von Männern und Fahrzeugen zu konturieren. Es war ein farblich unbestimmbares Glühen – mal gelb oder rot, mal ins Violett oder Gold spielend –, und das Ganze wurde zeitweise von dichtem schwarzem Qualm verhüllt. Aber alles, sowohl die Rauchschwaden als auch das dunkle Glühen, wich den Phosphorspuren der kreischenden Raketen, die die Tansanier abfeuerten, sobald die Stadt in Schußweite gekommen war.

Die Leuchtspurgeschosse zogen hoch oben über meinem Kopf dahin, und ihre Flugbahnen waren noch am Himmel zu erkennen, wenn sie schon lange vorbei waren – ich sah sie auch noch mit geschlossenen Augen vor mir, der Netzhaut eingeprägt wie ein photographisches Negativ. Ich mußte an Amins Auge denken, als ich es mit dem

Augenspiegel untersucht hatte, und fragte mich, wo er wohl war und was er jetzt sah.

Dann und wann gab es einen noch blendenderen Lichtblitz, wenn eine Rakete ein Munitionsdepot oder den Benzintank eines Fahrzeugs traf: Das erhellte dann die Silhouette der Stadt – eine Silhouette, die bei jedem Blitz anders aussah, da die Bombardierung zunehmend ihren Tribut forderte. Und es waren nicht nur Raketen. Die Haubitzen schossen an diesem einen Abend fast dreitausend Granaten auf Masaka ab.

Am Ende des Sperrfeuers war der Widerstand praktisch erloschen. Aber es waren erschöpfte tansanische Soldaten, die in die zerstörte Stadt einzogen. Müde vom Marschieren wie von allem anderen. Nur Major Mabuse hatte anscheinend länger Widerstand geleistet, aber das war schon vorbei, als der Schützenpanzer die ausgebombte Kirche erreichte. Ich bekam Mabuses Leiche noch zu sehen und erkannte sie an den eigentümlichen vertikalen Narben auf den Wangen. Er wäre leicht zu verkennen gewesen: Die untere Körperhälfte war nur noch formloses Fleisch, das über der verbogenen Lafette eines MGs hing. Die Tansanier sagten, er hätte bis zur letzten Minute gekämpft. Ich dachte daran, wie er damals in der Bar in Mbarara düster in sein Bierglas gestarrt hatte, als wollte er Dämonen aus dem Schaum heraufbeschwören.

Alles roch nach versengtem Fleisch, und alles war zerstört. Schutt und Glassplitter bedeckten die Fußwege, und die Ziegeldächer der Häuser – eingedrückt und gefährlich schief hängend – waren zu bruchstückhaften Formen von bizarrer Schönheit verkrümmt. Unten schnüffelten Hunde und scharrten Hühner zwischen den zusammengetragenen Leichen herum. Ich suchte nach dem »Wendekreis des Paradieses«, konnte aber kaum ein zerschossenes Haus vom nächsten unterscheiden, geschweige denn das Piratenschild entdecken.

Ich verbrachte die Nacht im Schützenpanzer, wo auch

Colonel Kuchasa schlief, der spät und mit einer Bierfahne hereingeklettert kam. Ich lag auf einer Decke auf dem Boden, der Fahrer hatte sich auf die Vordersitze gelegt. Der Colonel suchte sich hinten einen Platz. Sein Stumpen glühte in der Dunkelheit.

»Das war ein sehr guter Sturmangriff«, brabbelte er vor sich hin. »Wir haben nicht nur gesiegt, wir haben auch sehr viel wertvolles Material erbeutet. Rückstoßfreie Gewehre, sechs Panzer, Pye-47-Funkgeräte, Plastiksprengstoff, Medikamente, Stiefel und Uniformen, sogar eine Panzerfaust – Idi Amin ist der beste Quartiermeister, den wir je hatten.«

»Hm?« fragte ich.

Er redete weiter vor sich hin. Ich schlief mit Korditgeruch in der Nase ein – wie beim Feuerwerk am Guy-Fawkes-Tag, nur viel stärker – und der Stimme des Colonels in den von der Artillerie ramponierten Ohren.

»Ich mag diesen Krieg«, sagte er. »Die Briten haben mich in Sandhurst in klassischer Infanterie ausgebildet und die Chinesen in Guerillataktik. In diesem Krieg braucht man beides. Es ist herrlich.«

Ich weiß nicht, ob es stimmte oder ob ich es mir nur einbildete, aber unter seinen Worten hörte man weiterhin das Heulen, Zischen und Knattern explodierender Waffen und Munition ... Zu den Nachtwesen der Psyche gesellten sich dann noch Helikopter, und in der schwindelerregenden Unschärfe ihrer Rotorblätter wechselten sich die funkelnden Augen von Major Weir und die des Colonel ab.

36

Am nächsten Morgen fühlte ich mich besser und konnte mit Genehmigung des Colonel in den Lazarettwagen aushelfen. Die tansanischen Feldärzte akzeptierten meine Mitarbeit mit kühler Professionalität. Hier bekam man einen anderen Blick auf den Krieg: Hier ging es nicht ums militärische Potential, sondern um die schlichte algebraische Tatsache KE = ½ MG² und den Versuch ihrer Umkehrung. Also wieder Fleischwunden oder Quetschungen infolge von Durchschüssen und allgemeine Gewebsnekrosen nach den Druckwellen einer Explosion (Schrapnellwunden und Explosionstraumen). Wo Gewebe mechanisch verdrängt wird, setzt Kavernenbildung ein. An den Ein- und Austrittswunden siedeln sich Krankheitserreger an und werden vom Unterdruck in die Kavernen gesaugt.

Soviel zur Theorie. Der Mann, mit dem ich es zu tun hatte, als mir das durch den Kopf ging, hatte ein kleines dunkles Einschußloch in der Leistengegend und (wie wir feststellten, als wir ihn auf den Bauch drehten) eine große Austrittswunde in der Pobacke, aus der sich ein blutiger Gewebestrang zog. Die Haut war blutbeschmiert. Ich tupfte die Wunde ab, arbeitete mich nach innen vor und entfernte die tiefe Faszie. Dann stutzte ich die Enden zweier Sehnen und stellte eine vorläufige Adaption des durchtrennten Nervs her.

Immer wieder brachten die Sanitäter weitere Männer mit den verschiedensten Verwundungen: teilweise weggeschossene Schultern, Beine voller Schrapnellsplitter, Ohren mit Durchschüssen, eine durchtrennte Wirbelsäule oder Granatsplitter im Unterleib. Jedesmal hieß es: Nitroglyzerin unter die Zunge, Morphinbausch in die Hand, Injektionskanüle in den Unterarm und Tropf dran (Salzlösung als provisorischen Blutersatz). Dann die Wundrevision.

Als erstes wird die Wunde mit einer antiseptischen Lösung ausgespült. Dann folgt das Debridement (die Wundtoilette): Kugeln, eingedrungene Stoffpartikel und Knochensplitter werden entfernt und oberflächliche Nekrosen abgetragen. Die Wundränder werden großzügig ausgeschnitten; die neurovaskulären Stränge werden identifiziert; totes Gewebe wird entfernt – Gewebe, das nicht mehr blutet, das sich unter Einwirkung des Skalpells nicht spontan zusammenzieht, das grün, gelb oder blau verfärbt ist, was auf Sepsis und fortgeschrittene Fäulnis deutet –, und die Wunde wird nach erneuter antiseptischer Spülung offengelassen oder zur problemlosen Drainage mit steriler Gaze bedeckt. Wenn die Wunde nicht infiziert wird, kann vier bis sechs Tage später ein Nahtverschluß versucht werden.

Die Wundheilung kann rasch voranschreiten, wenn eine ausreichende Blutversorgung gewährleistet und das Gewebe gesund ist, wenn es keine Hämatome oder Spannungen zwischen verschiedenen Gewebeschichten gibt und – am allerwichtigsten (und unter Lazarettbedingungen am schwierigsten zu gewährleisten) – keine Krankheitserreger auftreten. Ist die Blutversorgung jedoch mangelhaft oder ganz unterbrochen, ist das Gewebe tot, beschädigt oder infiziert, kann sich die Heilung wochenlang hinziehen. Wenn Knochen in Mitleidenschaft gezogen sind, kann es nötig werden, die Wunde mit pulverisierten Antibiotika (Ampizillin, Cloxazillin) zu bestäuben. Knochen müssen dann in jedem Fall mit einer Kürette gesäubert werden, dürfen aber keinesfalls aus der Wunde entfernt werden, da dies Gliederschrumpfung oder eine verzögerte Wundheilung zur Folge haben kann.

Dann der nächste Fall. In ruhigeren Minuten kamen die Routinefälle eines Infanterieregiments auf dem Marsch:

Vaseline für die Schwielen, wo die Stiefel die Wade aufscheuern, medizinisches Talkum gegen Skrofulose, Salben gegen Fußpilz – ferner allgemeine Krankheiten wie Zeckenfieber, Hakenwürmer, Sandflöhe und in den Tropen besonders schlecht heilende Wunden.

Als gegen Mittag der erste Ansturm schwerer Fälle bewältigt war, ging ich zum Schützenpanzer zurück. Ich mußte dabei an der Kampflinie entlang und hatte prompt das Pech, in die Gegenoffensive von Amins Truppen zu geraten.

Ich bewegte mich gegen den Soldatenstrom – konnte das Rascheln hören, mit dem ihre Tornister beim Marschieren auf dem Rücken hin und her rutschten, und das Graphitöl ihrer Gewehre riechen –, als plötzlich scharfe Knalle ertönten. Neben mir gab ein Soldat einen unverständlichen Ausruf von sich und sank auf den Rücken. Die Kolonne sprang in Deckung, und ich folgte ihrem Beispiel. Die Kugeln pfiffen uns um die Ohren, peitschten durch die Luft und zerfetzten das Gras. Wir wurden am Boden festgehalten.

Der angeschossene Mann lag neben mir. Ihm lief Blut aus dem Mund. Ich beugte mich über ihn und hob sanft die Hand hoch, die er an die Brust preßte. Die Kugel hatte den Brustkorb durchschlagen und eine Lunge gestreift – darauf deutete das Blut am Mund hin. Er hatte kaum eine Überlebenschance. Ich nahm ihm den Helm ab und bettete seinen Kopf in meinen Schoß. Er stöhnte leise, und seine Augäpfel zitterten unter den halbgeschlossenen Lidern.

Ich versuchte, mit dem Helm die Blutung der Brust zu stillen, aber es hatte keinen Sinn. Dann entdeckte ich, daß auch sein Unterleib von Kugeln durchsiebt war. Ich hatte Glück gehabt, daß ich unversehrt geblieben war. Mit der Pfeife, die er um den Hals hängen hatte, stieß ich einen Pfiff aus und blieb bei ihm, bis die Sanitäter kamen, die in ihrem geduckten Lauf und den Stangen zwischen sich an ein

Insekt erinnerten. Sie waren mutiger als ich und nahmen den Verwundeten mit. Als sie losliefen, hing ein zuckendes Bein über den Rand der Trage, der Stiefel war voller Blut.

Der Zusammenstoß tobte rund eine Stunde, die Kugeln zischten dicht über mich hinweg, und rechts und links von mir schlugen mit dunkelroten Blitzen Granaten ein. Ab und zu legte sich der Gefechtslärm etwas, man durfte hoffen, daß es vorbei war, dann kroch ich wieder ein Stück zum Schützenpanzer zurück, bis der Beschuß von neuem einsetzte.

Als ich den Schützenpanzer endlich erreichte, hätte es mich beim Hineinklettern um Haaresbreite noch erwischt. Eine Kugel pfiff so dicht an mir vorbei, daß ich den Luftzug an der Wange spürte. In der Kabine hallte es laut und metallisch knatternd nach, wenn Kugeln und Granatsplitter von der Panzerung abprallten.

Endlich ließ das Getöse nach, und wir rückten vor. Ich spähte wieder aus dem Turm. Bald kamen wir in eine fruchtbare und – auf den ersten Blick – friedliche Gegend. Sie kam mir vage bekannt vor. Um uns herum wuchs Hirse, und es gab ein Maisfeld. Ich merkte, daß wir gerade den Äquator überquerten, erkannte die Betonringe und hielt links Ausschau nach Warte-Steves komischem kleinen Gehöft. Schockiert sah ich, daß es bis auf die Grundmauern niedergebrannt war.

Ein paar hundert Meter weiter sah ich noch etwas. An einem am Straßenrand an einen Baobabbaum geknoteten Seil baumelte Warte-Steves Leiche im Wind. Sein Hemd wies Blut- und Hirnspuren auf. Seine Schienbeine waren angefressen. Sie mußten von wilden Tieren benagt worden sein. Hyänen, dachte ich angeekelt. Der Schützenpanzer fuhr schneller. Ich war todtraurig. Ich hatte ihn gemocht – er war so harmlos gewesen und mit seinen Schrullen ein wahrer Lichtblick.

Warte-Steve war nicht der einzige. Zwischen den Granattrichtern und den Panzern im Straßengraben lagen immer wieder verstümmelte Leichen ugandischer Kleinbauern an der Straße. Ein sinnloses Blutbad – es gab für die Armee auf dem Rückzug keinen Grund, diese hilflosen Menschen zu ermorden, allenfalls hatten sie ihre Forderungen nach Mais oder *matoke* nicht erfüllen können – die Massaker waren von Furcht motiviert und dem Wissen, daß ihre Gewaltherrschaft zu Ende war. Ich konnte den Anblick nicht länger ertragen und kletterte in die dröhnende Stahlkapsel des Schützenpanzers zurück.

Etwa eine halbe Stunde später erschien Kuchasas joviales Gesicht in der runden Turmluke. »Wir haben die Teufel, die dafür verantwortlich sind«, sagte er, als er meine verzweifelte Miene sah. »Kommen Sie, essen Sie mit uns. Wir wollen Kampala mit vollem Magen erobern.«

Ich stieg aus und ging zu den Offizieren, die um ein Feuer herumstanden. Über den Flammen hingen zwei große schwarze Töpfe, in denen *ugali* (Maismehlbrei) und ein Eintopf mit zähen Fleischstücken köchelte. Ich dippte die weiße Pampe in die Soße, verbrannte mir die Finger, und es schmeckte auch nicht besonders, aber ich merkte plötzlich, wie hungrig ich war. Während ich aß, hörte ich den Offizieren zu, die sich in einer Mischung aus Suaheli und Englisch unterhielten. Der Colonel sagte, er wolle am nächsten Abend in der Hauptstadt sein. Er schickte einen Meldegänger zu den anderen Truppenteilen. »*Sika Kampala*«, flüsterte man sich an den Kochtöpfen zu: »Erobert Kampala.«

Das gelang auch, aber es war keineswegs einfach. Zum nächsten Feuergefecht kam es bei einem Dorf namens Lukaya, irgendwo zwischen Masaka und Kampala. Es lag inmitten von Papyrussümpfen, und als wir es erreichten, stand die Straße bis zu einem Meter tief unter Wasser. Der Schützenpanzer preschte wie ein prähistorisches Monster hindurch und warf auf beiden Seiten braune Spritzwasserfontänen hoch. Neben uns sprangen dunkle Gestalten durch den Papyrus davon: *sitatungas* oder Sumpfantilopen, die mit ihren gespreizten Hufen durch Sümpfe und über treibende Pflanzenteppiche hinweg waten können.

Wichtiger war im Moment jedoch, daß hinter dem Sumpf noch tausend libysche und palästinensische Soldaten standen. Die libyschen Einheiten waren von Colonel Gaddafi aus Tripolis eingeflogen worden. Der hatte Tansania bereits gewarnt, daß er auf Amins Seite in den Krieg eintreten würde.

Es stellte sich heraus, daß diese Libyer über Katjuschas verfügten, und bald flogen die Raketen mit ihren blutroten Schweifen in die andere Richtung. Die tansanischen Reihen wurden bei dieser Feindberührung stark dezimiert – drei Mann sah ich selbst zu Boden gehen; sie sanken wie Ballettänzer in sich zusammen –, die Invasionsarmee mußte sich zurückziehen und den Entsatz durch die Luftwaffe abwarten. Die tansanischen MiGs brausten so tief über uns hinweg, daß sie fast die Baumwipfel streiften, und nahmen die libyschen Stellungen unter Beschuß. Dann konnte die Infanterie durch die Sümpfe wieder in Richtung der Libyer vorrücken.

Sie nahm nicht viele Libyer gefangen, und die wenigen, die ich zu Gesicht bekam, waren die jämmerlichsten Gestalten, die ich je gesehen hatte. (Kuchasa sagte, sie wüßten zum Teil nicht einmal, in welchem Land sie kämpften.) Im Endstadium des Sturms auf Kampala trotteten sie hinter dem Schützenpanzer her.

Mein tansanisches Truppenkontingent war nicht das einzige. Mehrere Regimenter hatten in Südwestuganda von Mutukula bis Murongo (dem Dreiländereck von Tansania, Uganda und Ruanda) strategisch wichtige Stellungen eingenommen und marschierten von dort nach Osten auf die Hauptstadt. Die regulären tansanischen Truppen wurden von Freischärlergruppen der Amin bekämpfenden Guerilla unterstützt. Insgesamt waren 45000 tansanische Soldaten und etwa 2000 Guerilleros mobilisiert worden.

Am frühen Abend erschienen Kampalas sieben Hügel

am Horizont, und es fing an zu regnen. Als die ersten Häuser in Sicht kamen, war die Straße ein einziges Meer aus Schlamm geworden, und auf den Seitenstreifen trampelten die Kampfstiefel durch das matschige Gras. Der Morast blockierte die Raupenketten des Schützenpanzers, der dadurch noch lauter dröhnte und rumpelte.

Wenn das Knattern der Handfeuerwaffen ein Indiz war, stießen wir am Stadtrand auf heftigeren Widerstand, aber die Tansanier rückten stetig vor und gingen notfalls in den Abwassergräben aus Beton in Deckung. Das Tageslicht schwand, und ich betrachtete das orange leuchtende Mündungsfeuer, mit dem die Soldaten feuernd weitermarschierten. Fasziniert verfolgte ich, wie sie um Häuserecken herumschossen, wobei sie das Gewehr von sich fern hielten, als wäre es ihnen unangenehm.

Die Nacht brach über uns herein, und die Gefechte wurden im Zwielicht der Straßenlaternen und Feuer fortgesetzt. Die Verteidiger waren oft tapfer, um nicht zu sagen tollkühn. Einmal kam ein Mercedes mit ugandischen Soldaten um eine Ecke gerast, und die Insassen richteten ihre Waffen aus den Fenstern. Ein tansanischer Soldat griff einfach nach einer im Lauf des Tages erbeuteten Panzerfaust und spie fauchend Feuer in Richtung des Wagens. Die Explosion war laut und dröhnte in meinen Ohren. Wieder spürte ich das Flattern der Trommelfelle – bis sie beinah platzten.

Der Gefechtsstil änderte sich, als die aufeinanderfolgenden Truppenteile immer tiefer in die Stadt eindrangen. Die Tansanier huschten von einem Geschäftseingang zum nächsten, und ihre Schüsse hallten im Mauerwerk nach. Oft kam es zu Zwangspausen, in denen die Soldaten Zuckerrohrstengel hervorholten und darauf herumkauten. Die Fußwege waren mit ausgespuckten weißen Fasern übersät. Bei einer Armee auf dem Rückzug wäre das verboten gewesen, erklärte mir Colonel Kuchasa, da sie dadurch leichter verfolgt werden könne.

In diesen Kampfpausen beriet sich der Colonel mit seinen Offizieren. Anscheinend kannte niemand das eigentliche Ziel, obwohl ich am Vorabend gehört hatte, daß Kuchasa auf allen sieben Hügeln Kommandohöhen einrichten und UTV, die Radiosender, den Uhrenturm im Stadtzentrum und Amins Kommandoposten am Prince Charles Drive besetzen wollte.

Um den Kommandoposten einzunehmen, mußten ein Golfplatz überquert und die mondbeschienenen Gärten von Kampalas Diplomatenviertel erobert werden, wo die Fahnen großer Nationen reglos in der feuchten Luft hingen. Es war seltsam, in dieser Villengegend MG-Feuer und krepierende Granaten zu hören. Ich hatte den Schützenpanzer wieder verlassen und ging zu Fuß weiter. Einmal kam ich an einem Hauseingang vorbei, da ging die automatische Beleuchtung an, ein Hund hetzte die Auffahrt herab und fing an zu bellen. Im Lichtkegel erkannte ich einen kläffenden Dalmatiner. Ich sah ihn an, er sah mich an, und hinter mir trampelten Hunderte von müden Füßen in Kampfstiefeln vorbei. Dann ging auch ich weiter.

Die meisten Diplomaten blieben ebenso wie die meisten Einwohner im Bett, nur der nordkoreanische Botschafter kam heraus, als wir vorbeizogen, und lud Kuchasa zu einem Nudelfrühstück am nächsten Morgen ein. Von einem anderen Vorfall hatte ich nur gehört. Dr. Gottfried Lessing, der ostdeutsche Botschafter (und Ex-Mann der Schriftstellerin Doris Lessing) hatte mitten in der Nacht zusammen mit dem Ersten Konsul und ihren beiden Frauen in zwei weißen Peugeots einen Fluchtversuch unternommen. Sie waren über den Golfplatz gefahren, als der gerade von den Tansaniern und der exil-ugandischen Nationalen Befreiungsfront überquert wurde. Letztere feuerten Raketengeschosse auf die beiden Autos ab und verwandelten sie in Flammenbälle. Mutmaßungen zufolge hatten sie fliehen wollen, weil die DDR Verbindungen zum State Research Bureau unterhielt.

Was nun Amins Verbleib anging, wurden verschiedene Gerüchte laut. Die wenigen Ugander, die sich nachts auf die Straße trauten, sagten, am Vortag hätte er auf dem Markt von Namirembe Durchhalteparolen gebrüllt. Einmal, noch am Tag, hatte ein tansanischer Offizier beim Einmarsch den roten Maserati durchs Fernglas gesehen – aber letztlich wußte niemand, wo er sich jetzt aufhielt. Die Ausfallstraße nach Jinja war bewußt offengelassen worden, damit die Diplomaten und die verbliebenen libyschen Einheiten abmarschieren konnten (Präsident Nyerere wollte Libyen nicht noch weiter in einen Krieg hineinziehen, der von internationalen Kommentatoren bereits als Konflikt zwischen Arabern und Schwarzafrikanern dargestellt wurde). Die einen sagten, Amin wäre über diesen Fluchtkorridor längst geflohen, die anderen, er hätte sich irgendwo in Kampala verkrochen.

In den frühen Morgenstunden kam es zu einem merkwürdigen Zwischenfall. Mit Tagesanbruch war Nebel aufgekommen, und die Außenbezirke der Stadt wurden in gespenstische Dunstschleier gehüllt. Den Soldaten klapperten vor Kälte die Zähne, und in ihren grauen Ponchos erinnerten sie an riesige Fledermäuse. Plötzlich wuchs vor ihnen eine riesige, silbrige Gestalt aus dem Nebel.

»Das ist er«, flüsterte ein Soldat.

Die Gestalt ähnelte Amin tatsächlich – gut, drei Meter groß und in Badehose, aber dieselbe muskulöse Statur und dasselbe gebieterische Auftreten. Bei genauerem Hinsehen stellte sie sich als Statue heraus, die für ein Heilbad am Rand von Kampala warb. Es hätte allerdings nur zu gut zu Amin gepaßt, die Invasionstruppen in Badehose zu empfangen. Die Geschichte sprach sich herum und sorgte für große Heiterkeit.

Als wir die Stadtmitte erreicht hatten, wußte ich nicht recht, was ich anfangen sollte, und lief an den geschlossenen Fensterläden und verbarrikadierten Türen vorbei. Ungefährlich war das nicht. Versprengte Amin-treue Soldaten durchstreiften immer noch grüppchenweise die Straßen, manchmal zu Fuß, aber meist in Panzern, Landrovern und Schützenpanzern. Ab und zu prallten Querschläger von den Mauern ab, und in der Ferne verbreitete ein in Brand geratenes Öllager dasselbe blaßgelbe Licht, das ich beim Einmarsch gesehen hatte. Über uns dröhnten immer noch Artilleriesalven.

Ich erfuhr, daß sich das tansanische Oberkommando in State House einquartieren wollte, und plötzlich wurde mir meine prekäre Lage bewußt. Ich konnte nicht zum Bungalow zurück: Meine Verbindung zu Amin konnte nur zu leicht falsch ausgelegt werden. Ich hatte wiederholt Amin-Sympathisanten gesehen, die von der tansanischen Soldateska exekutiert worden waren, denn diese hatte inzwischen kistenweise Whisky und Bier mitgehen lassen, außerdem (was kritischer werden konnte) bündelweise *dagga*: das starke ugandische Marihuana.

Ich beschloß, statt dessen ins Mulago zu gehen, und machte mich auf die Suche nach Colonel Kuchasa, dem das Problem, seine wild gewordenen Streitkräfte im Zaum zu halten, zunehmend über den Kopf wuchs. Sie schossen mit ihren Pistolen und Schnellfeuerwaffen in die Luft, und als Frau hätte ich sie nur äußerst ungern in meiner Nähe gewußt. Ich verabschiedete mich von ihrem vorbildlichen Befehlshaber, der mich so gut behandelt hatte, und machte mich auf den langen Weg durch den Regen ins Krankenhaus. Unterwegs fielen mir weit mehr Ratten als sonst auf.

Als ich klitschnaß und schlammbedeckt im Krankenhaus ankam, war Paterson schockiert – hatte aber soviel um die Ohren, daß er mich kaum begrüßen konnte. Er trug seinen grünen OP-Kittel und hetzte auf der Station herum. Das Krankenhaus platzte vor Soldaten aus allen Nähten. Sie lagen auf den Betten, und sie lagen auf dem Boden, sie stöhnten leise und starrten zu mir hoch, als ich vorbeikam. Ich sah die verdreckten Verbände mit den braunen und gelben Krusten und bekam ein schlechtes

Gewissen. Hier wäre mein Platz gewesen, sagte ich mir, hier hätte ich die ganze Zeit sein sollen.

Paterson entfernte verletzte Darmschlingen und wickelte sie auf eine Spindel. Der Magen des Patienten mußte von einer Granate aufgerissen worden sein und bot keinen schönen Anblick. Überall am Rumpf klebten Fleisch- und Muskelstückchen.

»Nett, daß Sie mal vorbeischauen, Nick«, sagte Paterson, und sein Sarkasmus machte alles noch schlimmer. »Wir dachten schon, Sie wären mit Amin in den Sonnenuntergang geritten.«

»Ich hab' versucht, über die Grenze zu kommen«, sagte ich.

»Wie tapfer von Ihnen«, sagte er. »Danke, daß Sie uns Bescheid gesagt haben.«

»Ich ...«

»Hören Sie, wir gehen auf dem Zahnfleisch. Es ist mir egal, wo Sie gewesen sind oder was Sie angestellt haben. Waschen Sie sich die Hände und packen Sie mit an.«

Ich gehorchte, zog einen OP-Kittel an – der war wenigstens sauber und trocken – und machte mich an die Arbeit. Eine Trage nach der anderen wurde hereingebracht, mit Soldaten beider Seiten. Erstaunlich viele hatten gebrochene Schenkel, weil sie zu nah hinter den eigenen Geschützen gestanden hatten, wenn der Rückstoß kam. Da auf tansanischer Seite Afrikaner mit arabischen Gesichtszügen kämpften, auf Amins Seite die Libyer und Palästinenser, während die Mehrheit beider Armeen Bantu-Merkmale aufwies – und außerdem alle dieselben Camouflage-Anzüge trugen und dieselben Tornister und Wasserflaschen hatten –, war es praktisch unmöglich, sie zu unterscheiden. Endlich merkten wir, daß nur die Unterwäsche Anhaltspunkte bot: Die Ugander trugen olivgrüne Slips und die Tansanier marineblaue. Die Libyer hatten aus unerfindlichen Gründen lange weiße Wollunterhosen an.

Die Prozession der Toten und Verletzten nahm kein

Ende, und ich verbrachte den Tag größtenteils am OP-Tisch. Ein entsetzliches Bild hat sich mir unauslöschlich eingebrannt: Ein *kidogo* auf dem Tisch, kaum älter als Gugu jetzt gewesen wäre; Paterson beugt sich über ihn, öffnet seine Brust mit dem Wundspreizer aus Plastik und arbeitet sich vor. Ein Schmetterling, dachte ich. *Ekwihuguhugu.* Er ist sehr empfindlich.

37

Am Spätnachmittag stolperte ich – wackelig vor Überarbeitung und Schlafmangel – in die Stadt zurück. Ich muß ein seltsames Bild abgegeben haben. Den blutbespritzten OP-Kittel und die OP-Hose hatte ich gegen frische aus dem Vorratslager eingetauscht. Meine eigene Kleidung war zu verdreckt und zerrissen.

Ich wußte nicht, wo ich hin sollte. Paterson hatte mir widerwillig ein Zimmer bei sich im Haus angeboten, aber da konnte ich nicht ewig bleiben. Ich war praktisch pleite und hatte keine Bleibe mehr. Auf dem Gelände von State House sollte eine Panzergranate eingeschlagen sein. Wenn mein Bungalow nicht zerstört war, hatten ihn bestimmt tansanische Soldaten besetzt. Es hieß, nach dem Einschlag der Granate wäre Amin auf den Rasen herausgelaufen und in einen Hubschrauber gesprungen.

Alle Welt fragte sich, wo er war. In der Kantine vom Mulago hatten wir seine Radioansprache gehört, wirrer und abstruser denn je.

> Hier spricht Präsident Idi Amin Dada der Republik Uganda. Ich möchte Berichte dementieren, Kampala wäre in der Hand ausländischer Aggressoren, meine Regierung wäre gestürzt, und in Uganda hätte sich eine Rebellenregierung gebildet. Ich persönlich bin entspannt und bester Laune. Ich habe es hier sehr bequem. Meldungen, ich wäre weggelaufen, kann ich als Unfug abtun ... Ich versichere, daß ich als Eroberer des britischen Empires bereit bin, mein Leben für mein Mutterland zu geben ... dieses wird unangetastet weiterleben. Es ist allerdings

richtig, daß Tansania und seine zionistischen Kumpane – darunter Kuba, Israel, Amerika und Südafrika – das Land angegriffen haben. Sie haben zahllose unschuldige Ugander umgebracht, Kinder, Frauen, Junge und Alte, und Ärzte haben sie mit schwerer Artillerie umgebracht. Ganz Kampala ist zerstört, darunter das Mulago-Krankenhaus. Sie haben Ärzte und Schwestern umgebracht ...

– Paterson und die restliche Belegschaft mußten lachen, denn das Mulago hatte das Bombardement einigermaßen unbeschadet überstanden –

... und ihre Söldnertruppen tyrannisieren die *wananchi* von Uganda. Verändern total die Stadt von Uganda. Es ist keine Stadt, und ich frage mich, wer die Marionettenregierung in Uganda bilden soll, wenn alle umgebracht sind ... Aber palästinensische Soldaten kämpfen mit uns Seite an Seite. Mein lieber Freund Gaddafi hat uns zweitausend Soldaten und umfangreiche Waffenlieferungen geschickt. Jetzt ist der Zeitpunkt gekommen, wo arabische Länder Uganda finanziell und materiell unterstützen sollten ...

... und Ugandas Streitkräfte dürfen ihre Waffen auf keinen Fall niederlegen und sich den Rebellen ergeben. Feige Offiziere und Soldaten, die ... jeder, der sich aus der Gefechtslinie zurückzieht, muß vor ein Kriegsgericht gestellt werden, und wenn er schuldig gesprochen wird, muß er von einem Erschießungskommando hingerichtet werden.

Wir haben jedoch ganz Uganda unter Kontrolle ... Auch Kampala haben wir ... Wir haben Soldaten, die das ganze Land kontrollieren und für die Aufrechterhaltung von Ruhe und Ordnung sorgen ... Ich spreche als Präsident der Republik Uganda und als Oberbefehlshaber von Ugandas Streitkräften. Ich werde diese Worte jetzt auf Suaheli wiederholen. *Mimi nataka kusema* ...

Alle Welt fragte sich, von wo er bloss sendete. Von einem seiner Übertragungswagen? Sass er irgendwo in der Stadt? Die grosse Rundfunkstation in Kampala konnte es jedenfalls nicht sein, denn kaum war der Gebäudekomplex gesichert, hatte ein Offizier der exil-ugandischen Nationalen Befreiungsfront von dort aus eine triumphierende Rede gehalten.

»Wir fordern das ugandische Volk auf, sich zu erheben und uns bei der Eliminierung der letzten paar Mörder die Hand zu reichen«, hatte er gesagt. »Wir appellieren an alle friedliebenden Völker der Welt, die Befreiung des Volkes zu unterstützen und das frühere Faschistenregime zu vertreiben.«

Andere Sender aus dem Westen und etliche afrikanische Länder verurteilten vehement die tansanische Invasion: »Es ist ein Präzedenzfall«, sagte ein Kommentator, »dass ein afrikanischer Staat ungestraft in die Hauptstadt seines Nachbarn einmarschiert. Wenn man keine Grenzen mehr respektiert, werden die Invasionen nie ein Ende nehmen ...«

Das alles ging mir durch den Kopf, während ich durch Kampala ging. Den Mulago Hill hinab, durch Kitante und Akii Bua, dann bog ich in die Lugard Road ab. Nach der letzten Nacht war die Stadt kaum wiederzuerkennen. Als ihre Einwohner gemerkt hatten, dass die Tansanier sie nicht aufhalten, sich vielmehr beteiligen würden – ich war unterwegs an einem bis auf den Helm splitternackten Soldaten vorbeigekommen, der eine Flasche Simba in der Hand hatte –, fingen sie an, die eigene Stadt zu plündern. Das musste am frühen Morgen angefangen haben und war, nach den Menschenaufläufen in den Strassen zu urteilen, noch immer nicht vorbei. Im Haupteinkaufsbezirk war so gut wie jede Tür und jedes Fenster eingeschlagen worden. Ich sah drei Jugendliche einen brandneuen Toyota die Strasse entlangschieben und ein Stück weiter das klaffende Loch, das sie im Schaufenster des Ausstellungsraums hinterlassen hatten. Andere gaben sich mit Fahrrädern,

Schreibmaschinen und Fernsehgeräten zufrieden. Nachzügler mußten sich mit Töpfen und Pfannen begnügen.

Dann stieß ich auf Menschenmengen, die sich mit Zukker vollstopften. Man hatte entdeckt, daß in einem Lagerhaus große Zuckervorräte gehortet waren, und jetzt drängten die Menschen herbei, um einen Sack abzubekommen. Viele konnten es nicht abwarten, nach Hause zu kommen, rissen die Säcke an Ort und Stelle auf und taten sich an dem süßen Zeug gütlich.

Gleichzeitig wurde eine Art Siegesparade abgehalten. Ein Teil der Menge jubelte den tansanischen Sonderkommandos zu, die die Stadt nach Amins Soldaten und Offizieren durchkämmten. Die Menschen folgten ihnen in großen Gruppen, die meisten fielen sogar in schweren Gleichschritt. Ein paar Leute schlugen Trommeln, andere schrien nur.

Ich blieb auf dem Fußweg stehen und sah sie vorüberziehen – und auf einmal erblickte ich etwas, das mich um mein Leben fürchten ließ. Die Menge wandte sich plötzlich gegen sich selbst. Sie verlor den rhythmischen Trott, brandete auf einen einzigen Punkt zu und flutete wieder ab. Außer einem Wirbel von Kleidern konnte ich nichts erkennen. Die tansanischen Soldaten kehrten um und versuchten, die Menge zu zerstreuen.

Aber sie kamen zu spät. Plötzlich erhob sich ein Arm über das Gewühl, wurde hoch in die Luft geschleudert. Er drehte sich wie ein Trommelschlegel und fiel in die prügelnde Menge zurück. Mir grauste, als mir klar wurde, daß da jemand bei lebendigem Leibe zerrissen wurde.

»Ein Anhänger von Amin«, sagte ein Mädchen neben mir am Bordstein. Im Lärm der Menge konnte ich sie kaum verstehen. Sie sprach mit einer Freundin. Beide hatten kastanienbraune Schulröcke und cremefarbene Blusen an: die Uniform einer der großen Schulen von Kampala. Ich betrachtete das Tohuwabohu vor mir und hörte den beiden angestrengt zu.

»Er wäre besser dran gewesen, wenn die Tansanier ihn erwischt hätten.«

»Das wird noch einige Zeit so weitergehen. Bis der *golimbo* gewichen ist.«

»Der wer?«

»Das ist der böse Geist, der über das Land gekommen ist. Meine Großmutter sagt, er geht erst wieder weg, wenn man gesehen hat, wie ein Hund und eine Ziege zusammen Fahrrad fahren.«

»Wundern würde ich mich nicht. Ich wundere mich über gar nichts mehr.«

»Aber alles wird wieder gut. Vielleicht nicht gleich, aber irgendwann wird alles wieder normal.«

»Wir werden heiraten können.«

»Willst du mich verschaukeln? Die guten Männer sind doch alle tot.«

»Nicht alle.«

»Aber fast.«

»Hast du das von Cecilia gehört?«

»Was ist denn mit der?«

»Sie ist von einem Soldaten vergewaltigt worden. Ich hab' sie auf der Straße getroffen. Sie sah echt schlimm aus. Es tut ihr weh beim Gehen.«

»Das ist schrecklich. Wenn Männer Waffen haben, kommen sie sich gleich groß vor.«

»Schau dir den Armen bloß an! Von dem ist fast nichts mehr übrig.«

»Sei nicht traurig. Ich sag' doch, diese Zeit wird bald vorbei sein.«

»Glaubst du? Da sei dir mal nicht so sicher. Ich wär' da skeptisch.«

»Warum?«

»Wegen der neuen Regierung. Ich mach' mir Sorgen.«

»Nein, du bist einfach eine Pessimistin. Wir müssen an etwas glauben, wenn wir gerettet werden wollen ...«

Brummend fuhr ein kleiner Motorroller so dicht an mir

vorbei, daß ich seine Lenkstange fast in die Rippen bekommen hätte, was mich aus meiner Trance riß. Verärgert sah ich ihm nach, wie er sich durch die Menge schlängelte. Ich ließ die Mädchen stehen und trieb mit dem Mob mit. Er drängte in Richtung von Amins Stadtpalast in Nakasero, der von den Tansaniern gerade durchsucht wurde.

Als die Menge dort ankam, versuchten die Wachen, sie vom Gebäude fernzuhalten, und verrammelten die Holztüren vor den heranwogenden Leibern. Unter den Leuten auf der Treppe sah ich Colonel Kuchasa Befehle geben und mit einem Revolver herumfuchteln. Er hatte seinen Speer abgelegt und trug Amins Cowboyholster um die Hüfte. Ich erkannte auch seine Waffe: den silbernen Revolver. Dann gaben die Türen nach, und die Menge strömte hinein. Ich folgte ihr, und die Zipfel meines OP-Kittels flatterten hinter mir her.

38

Ich bin Idi Amin in Holyrood. Ich durchschreite den hallenden Korridor. Im Geist pendle ich zwischen Vergangenheit und Gegenwart, und die Lampen an der Wand zischen und rauschen. Das Geräusch von Elektrizität, das Geräusch durch Feuchtigkeit ausgelöster Kurzschlüsse. Meine Schritte hallen vor und hinter mir nach. In meinem grünen Kittel gleiche ich einem Gespenst.

Der Nordwestturm. Ich bin Idi Amin, der schadenfroh zusieht, wie Riccio stirbt. Ich bin Idi, der zusieht, wie Mary Stuart, die Königin von Schottland, den künftigen Vereiniger der Königreiche zur Welt bringt. Ich bin Idi, der über den Kies geht und alles mit demselben Blick schwinden sieht wie James VI., als er in seiner Kutsche nach London aufbricht. Die Fensterscheibe ist vereist ... In Musselburgh machen wir Halt zu Lord Setons Beerdigung, in Berwick werden wir mit Salutschüssen empfangen, in Buckinghamshire von einem Grundbesitzer namens Oliver Cromwell königlich bewirtet ...

Ich bin Idi, der mit Cromwell durch die Stallungen des Palasts geht. Das ist Jahre später. Überall hängt der Geruch nach Blut, Kot und Stahl. Der Geruch nach Okkupation. Der Geruch nach Elektrizität.

Ja, ich bin Idi Amin im Edinburgher Holyrood Palace. Ich bin Idi als Prince Charlie, der unter den hohen Decken ungestört Gelage feiert. Einige wenige ausgelassene Nächte. Sein breites Kreuz so massiv wie der Fels. Ich bin Idi Amin als Cumberland der Verfolger mit silbern blitzendem Schwert in der Hand.

Ich renne. Ich renne vor den Lampen mit ihrem Blut-

geruch fort. Ich bin Idi, der die Bahn in Meadowbank entlangrennt. Sie müssen wissen, daß ich 100 Meter in 10,7 Sekunden renne. Ich bin Idi, der in Musselburgh gegen die Startmaschine aus Metall gedrückt wird. Ich reite ein Pferd namens Afrikanischer Leopard, und ich werde das Rennen machen. Denn ich renne. Ich bin Idi, und ich renne mit Löwe und Elefant durch die Botanic Gardens. Ich stolpere beim Rennen über Melonen. Agaven und Araukarien, indisches Blumenrohr und die schweren, klebrigen Blätter der Engelstrompeten streifen mein Gesicht und meine Hände. Ich nehme die Fäuste hoch. Ich nehme sie hoch, weil ich Idi Amin bin, der im Sparta Club in der McDonald Road boxt. Ich bin Idi Amin beim Sparring mit Kenny Buchanan. Sie müssen wissen, wenn der Schiedsrichter beim Boxen gegen einen ist, hilft nur ein Sieg durch technisches K. o.

Jetzt renne ich über die Waverley Bridge. Das Licht ist vor mir, schwindet aber mit jedem keuchenden Schritt. Ich bin Idi, der den Union Canal überquert. Was sind das für Felsen? Das sind Krokodile. Ich bin Idi an der Tron Kirk, und ich bin Idi, der vor St. Giles auf das Kopfsteinpflaster des Heart of Midlothian spuckt. Nein, bin ich nicht: Ich bin Idi, der sich im Kino an der Lothian Road betrachtet – ich bin ein echter Statist, ein schießwütiger Söldner in dem Film Zenga. Oder ich bin Idi in Murrayfield. Sie müssen wissen, daß Gedränge im Rugby sehr schwer ist, und angesichts meines Tempos und meiner Technik, den Ball zu erobern, können Sie sich beim Tackling verletzen.

Ich bin Idi in Dalmeny, ich bin Idi in Comely Bank. Ich bin Idi in Dalkeith, ich bin Idi in Corstorphine. Ich bin Idi in Marchmont, Merchiston und Muirhouse. Ich bin Idi in Juniper Green. Ich bin Idi unten bei den Sozialwohnungen, streife unter den Armen umher, und ich bin Idi in Morningside. Ich wäre gerne woanders. Ich wäre gern woanders, weil ich woanders bin. Ich gehe durch den Gang aus seinem Schlafzimmer zu jenen anderen Räumen ...

Denn so war das. Im Schutz der Menge habe ich mich zusammen mit den Plünderern und Schaulustigen eingeschlichen und taumele im Präsidentenpalast von Nakasero von Gemach zu Gemach. Ich mußte mich an die Wand drücken, als die Möbel die Treppen herabgeschleppt wurden: Frisierkommoden, Schränke, ein Schaukelstuhl. Ich hatte gesehen, wie das Lumumba-Porträt in einem Winkel an mir vorbeigetragen wurde, so daß das Märtyrergesicht den Kronleuchter und den unter der Treppe eingebauten Gewehrschrank halbierte. Ich hatte Kameras und Sportausrüstung gesehen, darunter ein ganzer Multitrainer, der in Einzelteile zerlegt die Treppe hinabtransportiert wurde. Ich hatte Fernschreiber und Telefone gesehen, Nachtsichtgeräte und Racal-Funkgeräte. Ich hatte Nashorn- und Kuduhörner gesehen und Läufer aus den Fellen von Ozeloten und Schakalen. Ich hatte Flaschen eines speziell für Amin abgefüllten Whiskys mit seinem Porträt auf dem Etikett gesehen. Ich hatte Kästchen mit Schrotgewehren von der Größe eines Füllers gesehen. Ich hatte Aktenkoffer mit eingebauten Kassettenrekordern gesehen. Ich hatte 240 Anzüge und Uniformen auf breiten Bügeln gesehen, und ich hatte einen großen Karton mit explosiven Taschenbüchern gesehen.

All das hatte ich die Treppen herabkommen gesehen, als die *wananchi* mit ihren neuen Habseligkeiten lärmend aus dem Haus liefen.

Und dann war ich hinaufgegangen. In sein Schlafzimmer. Darüber mußten sie als erstes hergefallen sein, denn es sah aus, als hätte dort ein Kampf stattgefunden. Das Wasserbett war aufgeschlitzt worden, und uberall stand Wasser. Fast alles war geklaut, befingert oder durchwühlt worden, selbst die Kommodenschubladen. Der Schminktisch war verschwunden, der Fernseher war verschwunden, und das Schreibpult war verschwunden. Jetzt war alles ruhig, bis auf die Rufe und Freudenschreie aus den Nachbarzimmern.

Während ich im Zimmer stand, bauschten sich plötzlich die Gardinen vor der eingeschlagenen Fensterscheibe. Der Wind zerrte am Stoff. Ich mußte unwillkürlich an Gottfried Lessings Auto bei der Explosion der Panzerfaust denken: Die erzeugen bei ihrer Detonation in der unmittelbaren Umgebung nämlich ein Vakuum. Es mußte ihm die Luft aus den Lungen gerissen haben.

Unberührt war fast nur das Bücherregal mit der langen Reihe *Protokolle der Ugandischen Gesellschaft der Rechte*. Sie glänzten gold und rot, gold und rot und unwiderstehlich. Plötzlich war ich allein und sah mich verstohlen um. Zwei Männer kamen an der Tür vorbei und ächzten unter einem zusammengerollten Teppich. Ich sah sie hinter mir im Spiegel. Dann war ich wieder allein, drückte auf die Geheimtür im Regal, und sie öffnete sich mit einem Klick. Ich überschritt die Schwelle und befand mich wieder in einem anderen Teil meiner Geschichte.

39

Ich zog die Tür hinter mir ins Schloß und ging die Stufen hinab. Ich stand im feuchten Gang, und der Elektrizitätsgeruch stieg mir in die Nase. Die Neonröhren flackerten. Ich stand einen Augenblick da und zauderte.

Dann ging ich weiter. Der Tunnel roch modriger als beim erstenmal. Weiter unten hörte ich unverständliches Gemurmel. Ich folgte der Stimme, und meine Füße tappten laut über den Beton.

Am Eingang der Kammer zögerte ich, ging dann aber hinein. Soweit ich sehen konnte, war sie leer, und bis auf das periodisch wiederkehrende weiße Rauschen von den ganzen elektronischen Geräten in der Glaskabine war es still. Telefonisten waren nicht da, nur an einer Stuhllehne hing ein Kopfhörer. Im Spiegelbild einer Nische in der Glaswand bot sich mir ein grauenhaftes Bild.

Auf einem Holztisch in der Nische stand ein brauner Tonteller. Daneben lag eine Tasche aus grob gestrickter Wolle. Auf dem Teller stand oder lag ein abgeschlagener Kopf. Seine neurovaskulären Stränge, die über den Tellerrand hingen, waren deutlich zu sehen. Die Haare waren eisverkrustet.

Auf einem Stuhl hinter dem Tisch saß Idi Amin. Er trug den breiten Hut eines britischen Admirals. Der Dreispitz warf seltsame Schattenspiele auf die Wand hinter ihm. Er hatte Hängebacken und graue Tränensäcke unter den Augen. In der Hand hielt er einen Stab – einen Marschallstab.

Ich stand da, in OP-Kleidung unsichtbar hinter dem einseitig durchsichtigen Spiegel, und während ich so dastand, erklang wieder die Stimme, die ich schon im Gang gehört hatte. Es war Idi, und er richtete sich an den Kopf.

»Es tut mir leid«, sagte er. »Ich weiß, daß ich lange Zeit die falschen Dinge angebetet habe. Daß ich dir jetzt ausgerechnet hier beichten muß. In deinem Glauben. Aber ich muß erneut betonen, daß ich alle drei Religionen in Uganda liebe: Katholiken, Muslims und Protestanten. Das ist heutzutage in ganz Afrika ein Problem. Alles geht in die Brüche. Selbst der normale Verstand in meinem Kopf. Da, es stimmt, die Soldaten kommen immer wieder zu mir. Sie kommen zu mir, sie erscheinen mir, wenn ich träume und wenn ich wach bin, und sie machen zuviele schlimme Sachen.

Deswegen mußte ich dir wehtun. Deswegen mußte ich dir den Kopf abhacken. Deswegen mußten wir in Mueya und Paraa Mr. Löwe und Mr. Elefant töten und essen. Und Jesus aus Uganda vertreiben. Denn die Gefahren – die Gefährdungen durch Hungersnöte, Kriege und Seuchen – sind immer da. Gefahren ... Selbst wenn man glaubt, man hätte eine gute Gabe empfangen, kann sie ein gefährliches Gift sein. Ich sage den *wasungu* – bringt mir eine Banane, und sie sagen ›Ja, Boß‹ und bringen sie mir, und sie ist nicht gut. Sie ist verfault. Also werde ich böse. Deswegen gibt es Leichen. Ich sage ›verbrennt sie anständig‹, aber es wird nicht wieder gut. Ach, ich sage Ihnen: Es war nicht immer so, aber es war immer schwer. Deswegen mußte ich die absolute Macht über Uganda haben ...«

Er sah mit einem breiten, stumpfen Lächeln in die Ferne. Er schob den Dreispitz hoch und verlagerte sein Gewicht auf dem Stuhl. Dadurch erschien die Silhouette des Kopfes auf der Wand hinter ihm.

»Schau mal, ich komme aus einer bettelarmen Familie. Ich möchte dir das erklären. Mein Vater hatte kein Geld. Ich muß graben, und manche Leute geben mir Geld für etwas zu essen. Dann habe ich fleißig gelernt. Aber dann wurde ich zum Dienst in der Armee gezwungen und habe im Zweiten Weltkrieg in Kenia und danach gegen die Mau-Mau gekämpft. Nachdem ich mit dem schottischen Regiment nach Birma versetzt worden bin und schwierige Zeiten erlebt habe, bin ich zum Lance-Corporal aufgestiegen – und höher, bis ich General und Präsident wurde. Es war ein langer Kampf, und weil es ein Kampf war, bin ich heute, was ich bin.«

Ich erinnerte mich an Idis gelassene Miene, als das Messer in Waziri eindrang. Ich erinnerte mich an Warte-Steve, dem das Seil den Hals abgeschnürt hatte, und an seine angefressenen Waden.

Idi schlug sich mit dem Marschallstab gegen den Stiefel, während er fortfuhr: »Aber ich bin nicht so schlimm. Die Leute nennen mich immer den Hitler von Afrika. Was haben die bloß immer mit Hitler? Das Hitlerproblem ist doch längst Vergangenheit. Der Krieg von Hitler war ein anderer Krieg als heute. Aber ich weiß vieles. Ich weiß, daß die Israelis die Nilwasser vergiften wollten, um mich zu töten. Das ist ein Grund, warum die Menschen mich bekämpfen: weil ich soviel weiß. In keinem Buch stehen diese Dinge geschrieben, nur in meinem Kopf. Wenn ich die Stimme höre, ist es die Stimme Gottes, und ich weiß, daß sie die Wahrheit spricht und Bedeutung hat und daß ich ihr gehorchen muß. Sie spricht zu allen großen Führern. Wenn du General de Gaulle folgen würdest, der ein großer Führer ist, und Napoleon, der ein großer Führer ist, und Mao Tse Tung, der ein großer Führer ist – dann würdest du dieselbe Stimme hören.

Es stimmt, ich verhöre mich manchmal – ich weiß, daß ich böse Dinge getan habe –, trotzdem kämpfe ich für Menschen in der ganzen Welt und besonders in Großbritannien und dem britischen Empire. Wenn die britische Presse nicht wäre, hätte ich einen anderen Ruf. Sie haben alles über mich erfunden. Sie haben sämtliche Gerüchte veröffentlicht. In meinem Namen sind Dinge getan worden, ohne daß ich davon wußte, aber mir gibt man die

Schuld daran. Soldaten sind Soldaten, und ich konnte nicht ständig zu den Ministerien gehen. Ich wußte nicht, was ich machen sollte. Ich bin zum Kampf ausgebildet worden. Das ist alles. Wenn ich ein böser Junge bin, dann weil ich ein einfacher Soldat bin. Und weil ich verlassen, schikaniert und mit Füßen getreten worden bin.«

Ich dachte an Gugu, dessen Brust vor mir aufklaffte, und an den anderen *kidogo*, den im Mulago. Plötzlich stand Idi auf und schritt mit dem Marschallstab unter dem Arm in der Kammer auf und ab.

»Fehlt dir Kampala da oben in deinem Himmel?« fragte er und wandte sich wieder an den Kopf. »Mir wird es nämlich fehlen, wenn ich gehen muß. Kampala ist eine Stadt, die ich zu sehr liebe. Und ich weiß, daß sie mich liebt: Ich spüre die außerordentliche Wärme, die sie mir entgegenbringt. Glaub mir, ich bin sehr gerührt, wenn mir die Menschen zujubeln. Was die Aggressoren angeht, ist es mir egal, wer als nächstes Unruhe stiftet: Ich werde ihn nur gerecht behandeln ...«

Er drehte den Stuhl um, setzte sich wieder und legte den Stab neben dem Teller auf den Tisch.

»Ja, und ich weiß, daß ich sehr bald von hier fliehen werde. Lebendig. Denn meine Träume werden, wie gesagt, immer wahr. Und ich weiß, daß bereits jemand auf dem Marsch hierher ist, um mir zu helfen ...«

Ich spürte ein tödliches Gewicht um den Hals.

Und dann sagte er: »Ja, ich weiß vielerlei. Ich weiß beispielsweise, daß Sie da sind, Dr. Nicholas, und daß Sie mir schon die ganze Zeit zuhören. Wissen Sie, auch auf dieser Seite ist ein Spiegel. Wollen Sie sich nicht zu uns setzen?«

Ich brachte kein Wort heraus, hielt nur eine Hand vor die Augen.

»Seien Sie kein Narr. Sie sind mein Leibarzt. Kommen Sie schon.«

Automatisch setzte ich einen Fuß vor den anderen. Stimmt, auch auf der anderen Seite war ein Spiegel.

»Ihr *wasungu* seid nie so klug, wie ihr glaubt«, sagte Idi.

Ich sah mich selbst im Spiegel. Dem, in dem er mich beobachtet hatte. Und jetzt war er vor mir. Den Dreispitz in keckem Winkel auf dem Kopf. Auf dem Tisch, auf dem Teller: noch ein Kopf.

Ich stand ihm von Angesicht zu Angesicht gegenüber und zitterte. Wie ein Autofahrer am Lenkrad drehte er den Teller. Ich erkannte das grausige Antlitz sofort als das des Erzbischofs von Uganda, Ruanda, Burundi und Boga-Zaire, des Mannes, der ihn getraut hatte.

»Das hatten Sie nicht erwartet, was?« sagte Idi. »Es tut mir auch leid, ehrlich gesagt. Ich hatte es nicht genehmigt. Aber was sollte ich machen? Sie brachten mir den Kopf in dem Beutel hier, und ich war wütend. Sie hatten ihn eingefroren.«

Er hielt den Wollbeutel hoch. Er hatte sich mit Blut und Schmelzwasser vollgesogen.

»Was soll's«, sagte er, »das ist vorbei.«

Er betrachtete sich im Spiegel. »Jetzt verraten Sie mir mal, warum Sie zurückgekommen sind.«

Ich machte den Mund auf, aber nur ein trockenes Krächzen kam heraus.

»Ich weiß, weil Sie mich lieben. Im Gegensatz zu vielen anderen Leuten halten Sie mich nicht für einen verrückten *muntu* und Barbaren, der Babys frißt. Dafür sind Sie zu intelligent.«

Ich war immer noch sprachlos.

»Ich möchte Ihnen erzählen, was es damit wirklich auf sich hat, Dr. Nicholas. Als ich während meiner Zeit als Sergeant in der englischen Armee den Auftrag bekam, die Mau-Mau-Terroristen in Kenia, Uganda und Belgisch-Kongo zu unterwandern, wurde ich von Kannibalen eines Mau-Mau-Stammes gefangengenommen und ebenso wie andere englische Soldaten gezwungen, Menschenfleisch zu essen. Hätten wir uns geweigert, hätte das unseren Tod bedeuten können. Wir haben es nur gegessen, um unser militärisches Ziel zu erreichen, was ich heute heldenhaft finde. Die Engländer waren schuld, wissen Sie. Wären die nicht nach Afrika gekommen, wo man nichts von ihnen wissen wollte, und hätten sie uns nicht aus unserem Land vertrieben, dann hätte es keine Mau-Mau gegeben. Hätte es keine Mau-Mau gegeben, hätte ich nicht gegen sie gekämpft. Also hätte ich auch kein Menschenfleisch gegessen. Können Sir mir folgen?«

»Ja«, brachte ich endlich heraus. »Aber ... wissen Sie denn nicht, daß da draußen Soldaten sind und eine riesige Menschenmenge? Die werden Sie umbringen.«

»In Wirklichkeit lieben sie mich«, sagte er. »Sie haben es nur vergessen. Es wird ihnen wieder einfallen. Denn ich bin wie ein Vater für sie. Jeder dieser Menschen hat etwas von mir. In Uganda und in aller Welt. Absolut. Wie hätten sie mich sonst unterstützen können?«

»Wie meinen Sie das?«

»Sie wollten ich sein und in mir leben, weil sie nicht sie selbst sein wollten.«

»Vielleicht ... hatten Sie nur Angst vor Ihnen und Ihren Soldaten«, wagte ich mich vor.

»Da mag was dran sein«, sagte er nachdenklich. »Aber außerdem wollten sie ich sein, oder sie wollten etwas von mir. Die Ausländer mehr als alle anderen. Die Amerikaner und die Sowjets, die Franzosen und die Engländer, die Israelis und die Saudiaraber, die Pakistanis, die Inder, die Bangladesher und die Koreaner. Und die Ostdeutschen. Alle waren meine Freunde. Nur die Westdeutschen haben mir nicht geholfen. Ja, praktisch die ganze Welt war mein Freund – militärisch, diplomatisch, wirtschaftlich. Viele haben zum Beispiel ugandischen Kaffee gekauft – allein die Vereinigten Staaten, wo Kaffee sehr beliebt ist, haben die Hälfte unseres Kaffees gekauft. Sie waren unser wichtigster Handelspartner. Und sie haben mir Waffen, Flugzeuge und anderes Material verkauft. Großbritannien, Israel, Amerika – alle haben bei der Ausbildung des State

Research Bureau geholfen, dessen Hauptquartier, wie Sie wissen, gleich nebenan liegt. Tut mir übrigens leid, daß Sie dort hinmußten, aber ich mußte Ihnen eine Lektion erteilen. Bitte setzen Sie sich.«

Ich gehorchte. Ich war völlig verwirrt.

Er fuhr fort: »Sie können sich jetzt entspannen. All das ist vorbei. Eine neue Ära ist angebrochen. Es macht mir nichts aus abzutreten. Ich habe alles gehabt, was sich ein Mann nur wünschen kann. Es ist doch ganz natürlich, daß sich die Dinge ändern. Man kann die Zeit nicht überholen.«

»Wo wollen Sie hin?«

»Ich habe Freunde auf der ganzen Welt. Colonel Gadafi hat mir die Hand seiner Tochter angeboten.«

»Wie wollen Sie rauskommen?«

Er griff nach dem Marschallstab und gestikulierte beim Sprechen damit herum. »Im Luftwaffenstützpunkt Nakasongola stehen zwei Flugzeuge startbereit, eine Lockheed Hercules C-130, das ist ein Transportflugzeug, und mein Gulfstream-Privatjet. Mit denen kann ich fliegen, wohin ich will.«

»Aber wie wollen Sie aus der Stadt rauskommen? Alles ist voll von Tansaniern. Wie wollen Sie die Residenz verlassen?«

»Dr. Nicholas, Sie wissen doch, daß ich der beste Kämpfer der Welt und außerdem ein Meister der Verkleidung bin.«

»Sie kommen hier nicht weg. Es ist unmöglich. Warum sind Sie so lange geblieben?«

»Sie haben mich doch gehört. Ich habe nachgedacht. Nachgedacht und gebetet. Und jetzt brauche ich Ihre Hilfe!«

Scheinbar mühelos zerbrach er den Marschallstab.

Der Knall ließ mich zusammenzucken.

»Bitte.« Seine Stimme klang plötzlich leiser und schwächer. »Ich flehe Sie an.«

»Was soll ich denn machen?«

»Ich habe einen Plan. Es gibt von hier einen Ausgang durch das State Research Bureau, den kennen Sie ja. Aber der wird bewacht. Ich habe sie durch den Spion in der Wand gesehen. Sie holen die Leichen ab und stecken sie in Säcke. Schauen Sie es sich ruhig mal an.«

»Nein«, sagte ich. »Ich will es mir nicht anschauen.«

»Dr. Nicholas«, sagte er, »Sie sind ein guter Mensch. Ich verrate Ihnen ein Geheimnis. Es gibt hier auch einen Tunnel, der zur Straße nach Entebbe führt. Ich habe ihn für einen Notfall wie diesen graben lassen. Ich möchte, daß Sie jetzt mit einem Auto dorthin fahren. Er kommt beim ENVI-Plakat heraus. Wissen Sie, wo ich meine?«

»Ja«, sagte ich, »aber warum sollte ich Ihnen helfen?«

»Weil ich Sie darum bitte. Weil Sie ein guter Mensch sind.«

Idi war ein Schrank von einem Mann, aber er konnte zuweilen zart, fast zerbrechlich wirken. Jetzt zum Beispiel. Das war nicht Idi der Schwadroneur, nicht der Mann mit der gerunzelten Stirn und den malmenden Zähnen, der die Faust mit dumpfen Stößen auf den Tisch hieb. Das hier war jemand anders.

Er baute sich über mir auf. »Bitte helfen Sie mir«, sagte er wieder und beugte sich weiter vor. Ich spürte seinen Atem am Ohr. Seine Stimme kam langsam wie tropfender Honig.

Mir schwirrte der Kopf. Seine leise Stimme weckte in mir Gefühle, die ich kaum auf den Begriff bringen konnte. Mir war schwindlig, und doch waren meine Gedanken kristallklar. Meine Phantasie ging in diesem endlosen Augenblick mit mir durch, aber meine Analysefähigkeit und mein logisches Denken blieben erhalten. Ich wußte, daß ich mir durch die Nähe zu ihm lange Zeit die Hände schmutzig gemacht hatte, aber jetzt – nachdem ich monatelang in Feigheit und Unentschlossenheit versunken war – bekam ich plötzlich die Gelegenheit, mich reinzuwaschen. Nicht indem ich ihn den Tansaniern auslieferte (obwohl mir die neben ihm an der Wand lehnende Maschinenpistole nicht entgangen war), sondern auf anderem Wege.

Ich hatte Mitleid mit ihm und wußte, daß der Weg aus der Dunkelheit, in die ich mich begeben hatte, darin bestand, ihm zu helfen. Er lag deutlich vor mir. Meine Abschiedsroute war frei.

»Gut«, sagte ich. »Einverstanden.«

40

Ich fürchte, ich muß es jetzt gestehen. Ich scheiterte sogar an der Umsetzung dieser fragwürdigen Entscheidung. Den wichtigsten Teil meiner Geschichte kennen Sie jetzt, und ich werde Sie nicht lange mit den Einzelheiten meiner Flucht aus Uganda und den nachfolgenden Ereignissen aufhalten.

Ich konnte ein Fahrzeug auftreiben. Colonel Kuchasa war noch vor Nakasero, als ich ins Freie kam. Ich machte ihm weis, das Krankenhaus bräuchte einen Landrover, um verwundete tansanische Soldaten zu verlegen. Ich behauptete, wir hätten nicht genug Betten. Dann fuhr ich zu dem von Idi beschriebenen Tunnelausgang. Als ich ankam, war es dunkel, aber der Vollmond schien, und auch ohne Scheinwerfer konnte ich den lächerlichen Slogan auf dem Plakat lesen.

> Sie sieht toll aus
> Sie hat Stil
> Mit ihrer Haut
> Macht sie sie wild
>
> Wie macht sie das?
> MIT ENVI!

Ich hatte jedoch über eine Stunde gebraucht, um den Landrover zu bekommen, und wußte nicht, ob Amin mich schon aufgegeben hatte. Ich saß eine Weile hinter dem Lenkrad. Wieder einmal wußte ich nicht, was ich tun sollte. Ich wußte nicht, ob ich warten oder davonfahren sollte. In beiden Fällen hätte ich nicht sagen können, ob ich vom Guten oder vom Bösen in Versuchung geführt wurde.

Nach einer weiteren Stunde hatte ich das Warten satt und ließ den Wagen an. Ich folgte der Straße, bis ich die Stadt hinter mir hatte, und fuhr dann zum Seeufer hinab. Ich wußte nicht recht, wo ich hin wollte, und obwohl mich niemand sehen konnte, kam ich mir in der OP-Kleidung lächerlich vor.

Ich fuhr am Marschland vorbei. Es war nicht weit zum State House, wo sich die Tansanier eingenistet hatten. Und zu meinem Bungalow. Da konnte ich nicht hin. Ich konnte nirgends hin.

Ich hielt den Landrover an und sah mich um. Ich war in einem verlassenen und fast völlig zerstörten Fischerdorf. Nach einiger Zeit merkte ich, daß Marina und ich hier das Boot gemietet hatten.

Ich stieg aus dem Wagen und ging zum Pier hinunter. Mehrere Dinghies lagen dort vertäut, einige mit Außenbordmotoren. Sie schaukelten sanft, und das Knarren, mit dem sich Holz an Holz rieb, beruhigte mich. Ohne groß darüber nachzudenken, holte ich mir aus verschiedenen Booten Treibstoffkanister, stieg in das größte Boot, löste das Taljereep und zog an der Reißleine.

Auf der anderen Seite der dunklen Seefläche konnte ich Lichter sehen. Kisumu, Kenia. Ich richtete meine Augen darauf. NG sucht ein Licht. Der Motor tuckerte, und wie ein Phantom glitt ich über die einsamen Weiten des Victoriasees. Zum ersten Mal seit Jahren fühlte ich mich frei. Hinter mir glühten die vom Motor aufgewirbelten Algenblüten rot in der Dunkelheit – nicht nur ein Rot, sondern ein ganzes korallen-scharlach-lachs-rubin-purpurrotes Spektrum glühender Schattierungen.

Ich weiß nicht, wie lange die Überfahrt dauerte. Sechs Stunden? Sieben? Einmal zog hoch über mir eine Gänseformation vor dem Mond vorbei. Ihr kehliges Schnarren beschwor eine halb verschüttete Erinnerung herauf, und ich sehnte mich nach Schottland.

Ich erreichte die Hafenstadt kurz vor der Morgendämmerung. Als ich mich an der Dockmauer hochzog, schürfte ich mir Oberschenkel und Schienbeine auf – die Stellen bluteten richtig –, außerdem beschmierte ich mich mit dem braunen Schlick, der auf dem Beton lag.

Kein Mensch war zu sehen. Außer Atem saß ich ein paar Minuten auf der Kaimauer, dann riß ich mich zusammen und machte mich auf die Suche nach dem nächsten Polizeirevier. Ich muß ein seltsames Bild abgegeben haben, wie ich da in meinem OP-Kittel herumlief. Der diensthabende Sergeant notierte sich meinen Namen und versprach, mir telefonischen Kontakt mit der britischen Botschaft in Nairobi zu verschaffen. Es war Zeit, nach Hause zu gehen.

So hatte ich es mir jedenfalls ausgemalt. Letztlich erreichte ich Nairobi in einem Streifenwagen. Statt mich an der Botschaft abzusetzen, brachte man mich in ein uraltes Fort und sperrte mich in eine Zelle. Die Fragen, die ich durch die Gitterstäbe schrie, wurden ignoriert. Schockiert und erschöpft ließ ich mich auf die Pritsche fallen und fing an zu weinen.

Schließlich riß ich mich zusammen und sah mich in der Zelle um. Ein Fenster gab es nicht, nur einen Ventilator hoch oben an der Wand. Die Wände bestanden aus massiven Steinquadern, größer und älter als die im Nakasero. Sie zeigten eingeritzte Kikuyu-Graffiti, weswegen ich annahm, daß die Briten während der Mau-Mau-Bewegung hier Verdächtige verhört hatten. Aber sie konnten genausogut von Häftlingen in jüngerer Zeit stammen ... Ich wußte, daß auch Präsident Mois Regime sein Quantum an Menschenrechtsverletzungen hatte.

Man kann sich denken, wie durcheinander ich war. Erst nach mehreren Stunden erfuhr ich, warum ich festgehalten wurde. Gegen sechzehn Uhr wurde ich aus der Zelle in ein Verhörzimmer gebracht. Am Tisch saß ein hoher Polizeibeamter hinter einem Aktenordner.

»Wir halten Sie wegen Mordverdachts fest«, klärte er

mich auf. »Wir beschuldigen Sie, in einem Privatflugzeug, das von Kampala nach Nairobi unterwegs war, eine Bombe gelegt zu haben. Was haben Sie zu Ihrer Verteidigung vorzubringen?«

Ich erklärte, was es mit dem Löwenkopf auf sich hatte, und daß ich über seinen Inhalt nicht informiert gewesen war.

»Er hat mich benutzt«, protestierte ich. »Ich hatte absolut keine Ahnung, daß es eine Bombe war. Mit Swanepoel, dem Piloten, war ich sogar persönlich bekannt. Ich wäre selbst fast in das Flugzeug gestiegen. Hätte ich es doch bloß getan.«

»Das sind doch Lügenmärchen«, sagte der Beamte. »Und das sollen wir Ihnen glauben? Wir wissen, daß Sie viel mit Amin zu tun hatten.«

»Amin hat mich ins Gefängnis geworfen. Das können Sie nachprüfen.«

Er blätterte im Aktenordner. Einmal fiel mein Blick auf eine Photographie. Mein Gesicht. Ich hatte keinen Schimmer, wann und wie das Bild aufgenommen worden war.

»Aber Sie waren sein Arzt. Das wissen wir aus sicherer Quelle.«

»Das war ein ganz normaler Job, und es wird mir ewig Leid tun, daß ich ihn angetreten habe. Ich war nie an kriminellen Handlungen beteiligt.«

»Unserer Ansicht nach standen Sie Amin näher als jeder andere.«

»Ich will den britischen Botschafter sprechen«, sagte ich, als ich merkte, daß ich vom Regen in die Traufe gekommen war.

Er bombardierte mich weiter mit Fragen. »Gehörten Sie zum State Research Bureau? Wieviel haben Sie für das Bombenlegen bekommen? Stimmt es, daß Sie bei Folterungen im Hauptquartier des SRB anwesend waren?«

Ich erwiderte jedesmal, ich würde illegal festgehalten, ich hätte nichts zu sagen, und ich wollte den Botschafter sprechen. Endlich stellte er sein Verhör ein und sammelte die Papiere zusammen.

»Und was wird jetzt aus mir?« fragte ich, als er gehen wollte.

»Es tut mir leid, Dr. Garrigan«, sagte er. »Die kenianische Regierung ist der Ansicht, daß Sie zum Unterdrückungsapparat des entmachteten Diktators Amin gehörten und Verbrechen gegen die Menschlichkeit begangen haben. Außerdem haben Sie die Bombe im Flugzeug auf seine Anweisung hin vermutlich wissentlich gelegt. Entweder wird die Anklage auf diese Punkte hinauslaufen – und wir würden schon ein Geständnis von Ihnen bekommen –, oder wir liefern Sie an Uganda aus, damit Ihnen dort von der neuen Regierung der Prozeß gemacht wird.«

Sie brachten mich in die Zelle zurück. Verzweifelt lag ich die ganze Nacht auf der Pritsche. Ich weiß noch, daß ich Selbstgespräche hielt und mich hin und her warf. Ich erinnere mich auch dunkel, daß einmal ein *musungu* im Anzug vor den Gitterstäben der Zelle stand und mich auf englisch ansprach. Aber da delirierte ich schon zu stark, um seine Fragen beantworten zu können.

Am nächsten Morgen kam ein Polizist herein und riß mich unsanft hoch. Zum zweitenmal im Leben wurde ich aus einer Zelle unter die Dusche geschleift und bekam hinterher saubere Kleidung, diesmal einen Safarianzug aus dünner schwarzer Baumwolle.

Als ich angezogen war (an den Beinen klebte der Stoff unangenehm an den nässenden Schürfwunden), übergab mich der Polizist drei bewaffneten Wachen. Sie legten mir Handschellen und eine Augenbinde an, und ich wurde in ein Fahrzeug gesteckt. Es wurde eine lange Fahrt. Ich hatte große Angst, in mancher Hinsicht mehr Angst als je bei Amin. An der Sitzverteilung merkte ich, daß ich in einem Landrover saß. Während der Fahrt ging ich durch, was mir alles bevorstehen konnte: Ich wurde vor Gericht gestellt, ich wurde an Uganda ausgeliefert ...

Jemand öffnete die Hintertür des Landrover. Eine Wache riß mir die Augenbinde ab und lachte dabei hämisch. Sie zerrten mich aus dem Wagen. Das helle Licht tat meinen Augen weh, dann sah ich erleichtert, daß ich am Flughafen war, und wußte, daß sie mich nicht nach Uganda abschieben würden: In dem Fall hätten sie mich in einen Laster gesteckt und kurzerhand über die Grenze gekarrt. Ich nahm an, daß die Briten zu meinen Gunsten interveniert hatten – der Mann im Anzug mußte ein Botschaftsangehöriger gewesen sein.

Bevor ich jedoch aufatmen konnte, rissen mich die Wachen weiter. Sie liefen mit mir los, und die ganze behelmte Schar drängte sich um mich. Als wir durch die Abflughalle rannten, hoben sie mich fast vom Boden, und ich erschlaffte in ihren Händen. Alles drehte sich nach uns um und wollte sehen, was da los war – Beamte in blauem Serge, eine große Gruppe Asiaten mit Metallkoffern und Blumensträußen, kenianische Geschäftsleute und die Kinder der Ausländer mit ihren Blazern und Comics.

Dann verschwamm alles, nur Gesichter und Koffer und weiße Wände huschten vorbei. Plötzlich saß ich in einem Jeep mit Leinendach, und die vom Asphalt reflektierte heiße Luft schlug mir ins Gesicht.

Ein Jumbo stand mit heulenden Turbinen abflugbereit auf der Startbahn. Unten an der Treppe standen einige Polizisten. Ich wurde aus dem Wagen gezogen, und sie scheuchten mich zur Gangway. Als ich die Stufen hochging, drehte ich mich noch einmal um und sah den Jeep wenden. Meine Wachen saßen im Schatten unter der flatternden Plane, seltsam formell und würdevoll mit ihren Gewehren zwischen den Knien. Über uns drehten sich auf dem Dach der Flughafenhalle die Elefantenohren des Radars. Mein letzter Blick auf Afrika.

Die Kenianer nahmen mir die Handschellen erst unmittelbar vor Betreten des Flugzeugs ab. Die Stewardessen verhielten sich dagegen vorbildlich und brachten mir, sobald wir in der Luft waren, Mahlzeiten und Getränke, als wäre ich ein normaler Passagier. Kaum hatte ich gegessen, bekam ich eine schwere Diarrhöe und verbrachte über eine Stunde auf der Toilette. Auf meinen Platz zurückgekehrt, verfiel ich in Tiefschlaf – tief, aber vergiftet von Träumen, in denen Amin und all die Dinge auftauchten, die ich erlebt hatte.

Als ich aufwachte, waren es nur noch wenige Stunden bis nach London. Die Schrammen an meinen Beinen waren verschorft, pochten aber noch schmerzhaft. Während der Warteschleife über Gatwick wurde ich langsam zuversichtlicher. Wenn ich ohne allzu großes Theater nach Schottland kommen konnte, sah die Lage nicht mehr so finster aus, sagte ich mir. Wir landeten, und während wir ausrollten und auf das Aussteigen warteten, dudelte ein lächerlich trauriger Song in den Lautsprechern – *What do I have to do to make you love me?* lautete der dämliche Refrain. Ich hörte zu, hatte Mitlied mit mir selbst und betrachtete die orangenen Lichtblitze und die gelben Linien draußen auf der Landebahn. Da mich kein Handgepäck behinderte, war ich schnell aus dem Flugzeug.

Kein großes Theater? Von wegen. Kaum hatte ich die Zollabfertigungshalle betreten und blinzelte in der hellen Flughafenbeleuchtung und dem ganzen Gewühl, kam ein Beamter der Einwanderungsbehörde auf mich zu. Er hatte ein fleischiges Gesicht, wie man es mit Steakhäusern und Biergärten verbindet.

»Nicholas Garrigan?« fragte er.

»Ja«, sagte ich matt.

»Können Sie bitte mitkommen?« fragte er und nahm mich beim Arm. »Es gibt da einige Fragen bezüglich Ihrer Einwanderung nach Großbritannien.«

Er führte mich in ein kleines fensterloses Vorzimmer mit Plastikstühlen und einem Resopaltisch. In der Ecke stand ein Getränkeautomat, und am Tisch saß eine vertraute Gestalt. Stone, der Botschaftsmann. Er hatte zugenommen, seit er Uganda verlassen hatte, aber sein flachsblonder Pony hing ihm immer noch auf dieselbe Weise ins Gesicht.

»Hallo, Garrigan«, sagte er. »Lange nicht gesehen.«

»Sie«, sagte ich verblüfft.

»Ja, ich habe Ihre Freilassung veranlaßt.« Er wirkte selbstzufrieden, und ich hätte wahrscheinlich dankbarer sein sollen.

»Ja, dann ... danke. Aber wenn Sie nicht gewesen wären, wäre ich gar nicht erst in diese Lage geraten.«

»Eins möchte ich klipp und klar festhalten«, sagte er frostig. »Wir sind nicht verpflichtet, Sie ins Land zurückzulassen.«

»Was? Sehr witzig! Ich bin Brite. Ich habe meine Rechte.«

Er trommelte mit den Fingern auf die Tischplatte. »Falsch. Mit Annahme der ugandischen Staatsbürgerschaft haben Sie auf Ihre britischen Rechte verzichtet.«

»Das ist ja grotesk«, sagte ich und stand auf. »Ich laß' mich hier doch nicht –« Der hinter mir stehende Einwanderungsbeamte legte mir die Hand auf die Schulter und drückte mich auf den Stuhl zurück.

»Ich glaube, Sie sind sich nicht darüber im klaren, daß Sie als Staatenloser ohne Paß nicht so ohne weiteres in Großbritannien landen und Ansprüche stellen können«, sagte Stone. »Da müssen einige Formalien erledigt werden. Wir werden Ihre Staatsbürgerschaft neu beantragen müssen. Außerdem stellt sich grundsätzlich die Frage, ob wir einen Menschen wie Sie in Großbritannien überhaupt haben wollen.«

»Warum?« fragte ich. »An meinen Händen klebt kein Blut.«

Stone machte eine wegwerfende Geste. »Es dürfte Sie interessieren, daß da draußen hinter der Absperrung eine Meute von Reportern darauf wartet, Ihre Version der Geschichte zu hören. Die sehen das vielleicht anders.«

Ich schwieg und hörte, wie draußen jemand mit schweren polternden Schritten über den hohlen Boden des Flughafens ging.

»Ich möchte bloß, daß Ihre Aktivitäten in Uganda als das angesehen werden, was sie sind«, fuhr Stone fort: »Als die eines Mannes, der auf eigene Faust handelt. Sie müssen verstehen, daß Ihre Rückkehr unter diesen Umständen peinlich für uns ist.«

»Das kann mir doch egal sein.«

Er bedeutete dem Beamten, uns allein zu lassen.

»Hören Sie«, sagte er leise, nachdem sich die Tür geschlossen hatte. »Soweit es zwischen uns überhaupt je eine Verbindung gab, existiert sie offiziell nicht. Sie haben auf eigene Faust gehandelt. Uns ist, wie gesagt, daran gelegen, daß diese Tatsache in der Presse nicht verdreht wird.«

»Ich werde nichts als die Wahrheit sagen«, sagte ich.

»Noch einmal unmißverständlich: Ihre Einreise- und Aufenthaltsgenehmigung für Großbritannien erhalten Sie einzig und allein, solange Sie über die Aktivitäten der britischen Regierung in Uganda absolutes Stillschweigen wahren. Wenn Sie diese Auflagen nicht akzeptieren und falls Sie nicht von der Bildfläche verschwinden, sobald das anfängliche Interesse an Ihrer Ankunft abgeklungen ist, verfrachten wir Sie augenblicklich ins nächste Flugzeug nach Uganda. Haben wir uns verstanden?«

Ich war schockiert. »Warum ... haben Sie mich dann nicht gleich in Kenia gelassen?«

»Die Presse fing an rumzuschnüffeln. Und die Kenianer wollten einen Schauprozeß aufführen. Wir haben ihnen letztes Jahr die Entwicklungshilfe gekürzt, und jetzt wollten sie Sie als Druckmittel gegen uns einsetzen. Was ihnen auch gelungen ist.«

Ich schwieg. Er schob mir einige Blätter über das Resopal zu und hielt mir einen Füllfederhalter hin. »In diesen Formularen steht im wesentlichen das, was ich eben gesagt habe. Ich rate Ihnen dringend zu unterschreiben. Was übrigens das Geld angeht ... das liegt noch auf Ihrem Konto. Wir können es jedoch jederzeit sperren, wenn Sie nicht mitspielen. Ende der Debatte.«

Ich begriff, daß ich keine Wahl hatte. Ich wollte unbedingt nach Schottland zurück und mir in aller Ruhe überlegen, was ich mit dem Rest meines Lebens anfangen sollte. Wenn das nur so zu haben war, bitte. Ich nahm den Füller und unterschrieb viermal, unten auf jeder Seite, ohne ein einziges Wort zu lesen.

Kaum war ich fertig, herrschte eitel Sonnenschein, und Stone holte mir vom Getränkeautomaten in der Ecke einen Plastikbecher Tee.

»Freut mich, daß Sie Vernunft annehmen, Nicholas«, sagte er, als ich nach dem heißen, weichen Becher griff. »Eins noch. Wir haben einen Experten für Öffentlichkeitsarbeit eingeschaltet, der Ihnen beim Umgang mit der Presse helfen wird. Wir möchten nicht, daß man Sie auf dem falschen Fuß erwischt.«

Ich zuckte die Achseln und starrte die getüpfelte Kunststoffwand hinter ihm an.

»Wir haben Ihnen ein Hotelzimmer gebucht. Der PR-Bursche – er heißt übrigens Ed Howarth – fährt Sie hin. Wir bringen Sie durch den Hinterausgang zu seinem Wagen, damit die Journalisten Sie nicht in die Finger kriegen. Da die Sie aber sowieso aufspüren werden, wird er ein paar Interviews organisieren, um sie abzulenken.«

»Das mach' ich nicht mit«, sagte ich. »Ich habe nichts getan, was das rechtfertigen würde.«

»Sie haben keine Wahl. Wenn wir die Fäden nicht in der Hand behalten, hetzt Ihnen die Presse hinterher und bringt Sie zur Strecke, und plötzlich merken Sie, daß Sie aus Versehen gegen unsere Vereinbarung« – er hielt die eben unterschriebenen Blätter hoch – »verstoßen haben. Und das wollen wir doch nicht, oder?«

Ich zuckte wieder die Schultern und kochte innerlich, weil er mir das antun konnte. Er steckte den Kopf zur Tür hinaus und bat den Beamten herein. Sie brachten mich zur Zollabfertigung zurück und von dort durch einen langen, mit Teppich ausgelegten Korridor ins Frachtareal des Flughafens. Wir kamen auf einen Platz, wo LKWs parkten oder abfuhren.

Es war dunkel und regnete. Die Scheinwerfer der LKWs und die Lichter der Frachthangars spiegelten sich im nassen Asphalt. Als ich ins Freie trat, schlug mir die kalte Nachtluft ins Gesicht; das britische Wetter fuhr mir tief in die Knochen. Es war aber auch angenehm, als reinigte die Regenluft meine Lungen. Wir überquerten den Platz, und mir ging durch den Kopf, daß es doch eine Laune des Schicksals wäre, wenn ich am Ende an einer Erkältung sterben würde, die ich mir auf dem Flughafen Gatwick eingefangen hätte.

»So, Garrigan«, sagte Stone, unterbrach meinen Gedankengang und zeigte auf einen vor den LKWs geparkten gelben Jaguar. »Da wären wir.«

Er klopfte an eine Fensterscheibe. Die Tür ging auf, und ein großer Mann im Zweireiher stieg aus, eine Zigarette zwischen den Lippen.

»Hi, Nick«, sagte er, warf die Zigarette wie einen Dartspfeil in eine Pfütze und gab mir die Hand. »Sie sehen aus, als hätten Sie eine Dusche, einen Drink und ziemlich viel Schlaf nötig.«

»So, für mich ist die Aktion beendet«, sagte Stone, als ich ins Auto stieg. Er beugte sich noch einmal zu mir herein. »Vergessen Sie nicht, was ich Ihnen eingeschärft habe. Wir behalten Sie im Auge.«

Wir fuhren los. Der Wagen roch nach Tabak. Weir, dachte ich, wo der jetzt wohl steckt? Das nasse Schwarz der Straße zog vorbei, hatte aber auch keine Antwort parat.

»Keine Angst«, sagte Howarth, »die lassen Sie in Ruhe, wenn Sie sich an die Regeln halten. So 'ne Fälle hatt' ich schon öfter. Es geht nur darum, es allen Seiten recht zu machen – der Regierung, den Pressegeiern, allen. Er hat

Ihnen wahrscheinlich schon gesagt, daß ich die Öffentlichkeitsarbeit für Sie übernehme. Die Presse wird stinksauer sein, daß sie keine Aufnahmen von Ihrer Ankunft bekommen hat, wir müssen die Sache deswegen sorgfältig angehen.« Er drehte sich zum Beifahrersitz und sah mich an: »Ich hab' mir gedacht, wenn Sie nichts dagegen haben, legen wir die Interviews auf morgen vormittag.«

»Ich will bloß meine Ruhe haben.«

»Ich fürchte, vorher müssen wir die Anschuldigungen aus der Welt schaffen«, sagte er. »Dann bekommen Sie Ihre Ruhe, das verspreche ich Ihnen.«

»Was denn für Anschuldigungen?« fragte ich. »Ich habe im Gefängnis gesessen und in einem Land gearbeitet, das von einem Diktator regiert wurde. Fertig aus.«

»Die sagen, Sie hätten ihm geholfen, Menschen zu verstümmeln. Sie hätten bei den Mißhandlungen in seinen Folterkellern geholfen.«

»So ein Quatsch!« sagte ich entsetzt. »Ich war doch selber im Gefängnis.«

»Verstehen Sie mich nicht falsch«, sagte Howarth. »Ich glaube Ihnen ja. Aber Sie werden erklären müssen, warum Sie dem alten Drecksack so nahestanden. Der ist, nebenbei bemerkt, im Moment in Libyen; niemand weiß, wie er rausgekommen ist. Es heißt, ein tansanischer Offizier, der ihn von den King's African Rifles her kannte, hätte ihm bei der Flucht geholfen.«

»Ist mir egal, wo er steckt.«

Howarth sah zu mir herüber. »Können Sie mir sagen, warum Sie geblieben sind? Warum Sie nicht einfach das Land verlassen haben?«

Ich wußte, daß ich diese Frage kaum beantworten konnte. Ich kannte die Antwort selber nicht. Ich stockte erst und sprach dann langsam, wie ein Roboter. Dabei starrte ich das Armaturenbrett aus Walnußholz an, dessen blinkende Lämpchen mich unangenehm an die Elektronikzentrale in den Verliesen von Nakasero erinnerten.

»Ich bin geblieben, weil das das einzig Richtige war. Die meiste Zeit konnte ich das Land auch gar nicht verlassen. Es wäre gefährlich gewesen, ihm etwas abzuschlagen. In Afrika geht sowas einfach nicht. Außerdem habe ich mir damals vorgemacht, ich könnte mäßigend auf ihn und seine Ausschreitungen einwirken.«

»Perfekt!« rief Howarth erregt, als ich ausgeredet hatte. »Das ist genau der richtige Ansatz. Genau in diesem Tenor müssen Sie die Sache angehen. Erwähnen Sie Stone und die Botschaft mit keinem Wort. Betonen Sie einfach nur, daß Sie in der Patsche saßen.«

»Aber es stimmt doch!« protestierte ich. »Es ist die reine Wahrheit.«

»Wie gesagt, ich weiß das ja«, sagte Howarth und wandte sich mir wieder zu, ohne das Lenkrad loszulassen, »die aber nicht. Wenn Sie mit denen reden, müssen Sie, wie gesagt, eine Wortwahl finden, die ihnen gibt, was sie hören wollen, und zugleich die Jungs von der Regierung zufriedenstellt.«

»Aber das ist doch alles gelogen. Oder vielleicht nicht gelogen, aber so wie Sie es darstellen, sind es Lügen. Ich habe kein Verbrechen begangen.«

Er lachte. »Keine Angst. Das ist mein Beruf. Ich weiß, was ich tue. Wir lassen Sie doch nicht im Regen stehen.«

Aber der Regen hatte nicht nachgelassen, als ich aus dem Wagen stieg. Nur war er jetzt nicht mehr kühl, sondern wirkte ätzend. Fast tat er im Gesicht weh.

41

Als ich an jenem Abend ins Bett ging, hatte ich noch Londons Großstadtlärm in den Ohren, der selbst durch die Lärmschutzfenster des Hotelzimmers hereinsickerte. Howarth hatte mir saubere (wenn auch schlecht sitzende) Sachen besorgt, und am nächsten Morgen wartete ich im Hotel darauf, von ihm abgeholt zu werden. Das Foyer war schick, lichtdurchflutet dank eines riesigen Glasatriums und erfüllt vom Tee- und Kaffeetassengeklapper der Frühstücksgäste an den niedrigen Tischen.

Ich stand an einem Fenster neben den Topfpflanzen und Gestellen mit Reiseprospekten und genoß die Aussicht auf die Marylebone Road. Es herrschte reger Verkehr – in der Underground hatte es Bombenalarm gegeben, und definitiv mehr Leute als sonst hatten das Auto genommen –, und ich merkte, wie mir das alles durch die langen Jahre in Afrika fremd geworden war. Am Vortag war ganz in der Nähe in einem Mülleimer vor der Underground Station Baker Street eine Bombe hochgegangen. In den Fernsehnachrichten, die ich auf meinem Zimmer verfolgte, hieß es, zwei Pendler und eine Blumenverkäuferin wären ums Leben gekommen. Eine Straße, die ich aus dem Fenster sehen konnte, wurde immer noch mit dem rotweißen Flatterband der Polizei abgesperrt, und die Passanten wirkten allgemein nervös.

Ich muß zugeben, daß ich in der Nacht mit dem Gedanken gespielt hatte, mich abzusetzen und die von Howarth in seinem Büro arrangierten Zeitungsinterviews einfach zu schwänzen. Aber ich mußte noch zu einer Filiale der Royal Bank of Scotland und Geld abheben, und mir war klar, daß die Reporter, wie Stone gesagt hatte, keine Ruhe geben würden, ehe sie mich aufgestöbert hatten. Also wartete ich geduldig auf Howarth. Nachdem er mich abgeholt hatte, ließ ich im Wagen höflich weitere Patentrezepte über mich ergehen, wie ich auf die Fragen der Journalisten eingehen sollte, ohne zu zögern oder die Ruhe zu verlieren.

Howarths Büro lag in Islington, man erreichte es neben einem Imbiß auf der White Lion Street über einige schmale Treppen. Draußen stemmten drei Bauarbeiter mit Ohrenschützern aus Kunststoff die Straße auf. Einer bediente einen Preßluftbohrer, und seine um die Gummigriffe geklammerten Hände verschwammen. Draußen war der Lärm unerträglich, drinnen wurde er leiser, je weiter wir nach oben kamen.

»Sie müßten jeden Moment da sein«, sagte Howarth und öffnete eine Tür, in deren Glaseinsatz die Worte »Howarth & Co., Promotion und Marketing« zu lesen waren.

Er ging ans Fenster und drehte die Jalousie auf. Schräg einfallende goldene Lichtsäulen bildeten ein Gittermuster auf dem Teppich. Ich hörte immer noch den Lärm des Preßluftbohrers, setzte mich auf ein Plüschsofa und sah mich um, während er Kaffee kochte. Auf dem Tisch stand ein Terrakottatopf mit Alpenveilchen, und an den Wänden gab es allerlei Schnickschnack zu sehen – Bilder von Popstars, die er promotet hatte, und das Photo eines Boxers.

»Und?« sagte Howarth und hielt mir einen dampfenden Becher hin. »Alles klar?«

»Ich schlage drei Kreuze, wenn ich's hinter mir hab'«, antwortete ich. »Ich hab' für sowas nichts übrig.«

»Ach, das sagt jeder, aber das ist alles halb so schlimm – Sie werden schon sehen.«

Er hatte recht. Schließlich kamen nur drei Journalisten, weniger, als ich erwartet hatte. Ehrlich gesagt, enttäuschte mich das sogar etwas. Sie zwängten sich auf das Sofa mir gegenüber. Zwei gutaussehende junge Männer in dunkelgrauen Anzügen von *Times* und *Telegraph* und eine Frau von der *Daily Mail*, die aussah, als könne sie Schwierigkeiten machen. Ich war überrascht, daß keiner von den Korrespondenten dabei war, die damals an der Pressekonferenz mit Amin teilgenommen hatten, aber die waren wahrscheinlich in die ganze Welt zerstreut und sonstwelchen Monstern, Kriegen und Wundern an die Fersen geheftet. Das war schließlich ihr Beruf, dafür wurden diese Leute bezahlt.

Die Journalisten hatten Notizbücher auf den Knien und Photographen im Schlepptau. Diese verteilten sich während des Interviews überall im Raum, fummelten an ihren Objektiven herum und lösten von Zeit zu Zeit Blitzlichter aus (ohne daß ich mitbekommen hätte, wie sie sich untereinander absprachen). Die Blitze erfüllten Howarths Büro mit einem grellen Licht, das meinen Augen wehtat, und beim Sprechen merkte ich, daß jemand die Jalousien wieder geschlossen haben mußte, denn das goldene Lichtgitter auf dem Teppich war verschwunden.

Beim Schreiben höre ich jetzt eine Kassette des Interviews ab. Howarth hat die Aufnahme gemacht, und ich bestand auf einer Kopie. Ich lausche ihr mit dem Stift in der Hand und höre im Hintergrund deutlich den Preßluftbohrer. Verstümmelte Sätze und Zögern habe ich weggelassen. »Ähms« und »Öms« sind nicht sehr aussagekräftig ...

Telegraph: Was sagen Sie zu den von der neuen ugandischen Regierung gegen Sie erhobenen Vorwürfen, Sie hätten sich an Folterungen beteiligt?
NG: Das ist Wahnsinn. Nichts daran ist wahr. Ich war Arzt im Stadtkrankenhaus in Kampala. Jetzt macht man mich zum Sündenbock, weil ich auch Idi Amin behandelt habe.

Times: In welcher Beziehung standen Sie zu Amin?
NG: Ich habe mir die Finger verbrannt. Amin war eine charismatische Figur. Ich fühlte mich zu einer Zeit von

ihm angezogen, als die Welt in Uganda noch in Ordnung war, und dann geriet sie aus den Fugen.

Times: Sie sind aber wiederholt als Amins rechte Hand bezeichnet worden, als sein Statthalter – was haben Sie zu diesem Vorwurf zu sagen?

NG: Ich war nicht sein Statthalter. Genau wie viele andere habe ich nur meine Arbeit gemacht, als Arzt.

Mail: Und wie sah diese Arbeit aus?

NG: Medizinische Routinearbeit. Gelegentlich wurde ich zu Arbeiten für Amin vergattert, unbedeutende Beamtentätigkeiten: Ich habe Broschüren für das Gesundheitsministerium geschrieben, solche Sachen. Sie dürfen nicht vergessen, daß es dort am Ende nur noch wenige Fachleute gab.

Mail: Aber warum sind Sie bis zum Ende geblieben? Sie müssen doch von den Greueltaten um Sie herum gewußt haben.

NG: Sie können sich wahrscheinlich nicht ausmalen, was Angst ist. Unter den damals herrschenden Umständen verlief das Leben einspurig. Man entwickelte einen Tunnelblick und wollte manche Dinge nicht wahrhaben.

Telegraph: Aber was ist mit den Verbrechen und Morden, die Ihnen zur Last gelegt werden?

NG: Ich war niemals an Verbrechen oder Morden beteiligt. Ich bin unschuldig. Mein einziges Verbrechen ist, daß ich in die Maschinerie verstrickt worden und trotzdem geblieben bin.

Times: Was für ein Mensch war Amin?

NG: Er hatte, wie gesagt, Charisma. Aber er war ein skrupelloser Tyrann. Es ist eine große Tragödie, daß ein Mann, dem Großbritannien noch vor der Unabhängig-

keit in den Sattel geholfen hat, sich geistig und moralisch in eine solche Situation bringen konnte.
Howarth: Beschränken wir uns doch bitte auf Fragen nach Dr. Garrigan. Er kann nicht für alles verantwortlich gemacht werden, was in Uganda geschehen ist ...

Mail: War es als Amins Arzt nicht Ihre Pflicht, ihn zur Räson zu bringen?
NG: Ich habe ihm immer wieder eine Behandlung nahegelegt, aber er hat nie auf mich gehört. Er hat einfach eine Handvoll Aspirin oder andere Medikamente geschluckt, ohne mich zu fragen, und sie dann noch mit Cognac und Bier runtergespült. Er war wie manisch, wenn eine seiner brutalen Launen ihn überkam. Nicht einmal seine Frauen waren dann vor ihm sicher.

Times: Halten Sie ihn für verrückt?
NG: Verrückt? Wie definiert man Verrücktheit? Er hat natürlich Dinge getan, die Sie oder ich als wahnsinnig einstufen würden. Um ehrlich zu sein, bin ich mir nicht sicher, ob er wußte, wann er unmenschlich handelte und dummes Zeug redete. Er besaß eine Art bösartige Genialität, die ihn in solchen Situationen beherrschte, ihn wie auch andere.

Times: Hat sie Sie beherrscht?
NG: Soweit es ging, habe ich mich dagegen gewehrt. Mit einigem Erfolg, darf ich wohl sagen. Aber er hatte etwas Hypnotisierendes. Man hatte oft das Gefühl, er könnte Gedanken lesen.

Telegraph: Sind Sie wütend über die Anschuldigungen, die Sie jetzt zu hören bekommen?
NG: Natürlich bin ich wütend. Ich habe schließlich bloß meinen Job gemacht.

Mail: Aber was ist mit den konkreten Vorwürfen wie dem, Sie wären in den Räumlichkeiten des State Research Bureau gesehen worden und hätten an Folterungen teilgenommen?
NG: Ich habe nie an Folterungen teilgenommen.

Mail: Was ist mit William Waziri? Die ugandische Regierung sagt, Sie wären sogar dabei gewesen, als er gefoltert und ermordet wurde.
NG: Ich war dabei, aber als Gefangener. Ich wurde gegen meinen Willen festgehalten. Waziri war mein Freund. Hören Sie, ich verstehe nicht, warum Sie mir das antun. Ich habe doch nur wie jeder gute Arzt im Interesse der öffentlichen Gesundheit gearbeitet. Ich habe nichts Unrechtes getan, außer wenn es unrecht war, solche Greueltaten mitansehen zu müssen.

Times: Aber wie konnten Sie in den Diensten eines Mannes bleiben, der diese Greueltaten zu verantworten hatte? Und sogar sein Freund sein. Würden Sie sich als Amins Freund bezeichnen?
NG: Erstens stand ich im Dienst des Gesundheitsministeriums, abgeordnet von einer Behörde der britischen Regierung. Zweitens war ich sein Feind. Das war mir am Ende klar.

Times: Aber am Anfang, da waren Sie sein Freund?
NG: Ich habe ihn näher kennengelernt. Wie viele andere. Das war nicht zu vermeiden. Mehr kann ich dazu nicht sagen.

Mail: Was war das für ein Gefühl, ihm so nahezustehen?
NG: Ein ständiger Eiertanz.

Telegraph: Wie meinen Sie das?
NG: Amin freute sich diebisch, wenn er mit meinem Le-

ben Katz und Maus spielen konnte. Sie müssen bedenken, daß es längst zu spät war, als ich endlich begriff, in welchem Ausmaß dieser Mann ein Jekyll und Hyde war. An einem Tag war Amin die Liebenswürdigkeit in Person, am nächsten wollte er mein Blut sehen. Das ging nicht nur mir so. Es machte ihm einen Heidenspaß, die Weißen in Uganda zu demütigen.

Times: Was ist an den Vorwürfen der Kenianer dran? Sie sagen, Sie hätten eine Bombe an Bord eines kenianischen Flugzeuges geschmuggelt.
NG: Die Tatsache, daß sie mich freigelassen haben, spricht doch wohl für meine Unschuld. Ich habe dem Piloten ein Paket ausgehändigt, aber ich wußte nicht, daß es eine Bombe enthielt.
[Ich erinnere mich daran, daß ich mich an diesem Punkt schwach fühlte und Kopfschmerzen hatte. Ich wußte nur noch, daß ich mich verteidigen mußte. Ich konnte sagen, was ich wollte, diese Leute glaubten mir sowieso kein Wort.]
NG: Kann ich bitte ein Glas Wasser haben?
[Howarth holt es mir. Meine Hand zitterte, als ich ihm das Glas abnahm, und das Wasser darin schwappte wie vergiftet. Pause. Auf dem Band sind nur Bohrlärm und Papiergeraschel zu hören. Das Schnarren, mit dem eine Kamera den Film weitertransportiert. Dann ein Räuspern.]
NG: Das ist alles gelogen. Erstunken und erlogen. Ich werde mit Amin über einen Kamm geschoren, weil man Schuldgefühle hat, nicht verhindert zu haben, was dort passiert ist.

Telegraph: Was werden Sie jetzt tun?
NG: Mal sehen. Großbritannien ist ein wunderbares Land – ich bin sehr dankbar, wieder hiersein zu können. Was man an einer echten Demokratie hat, weiß man

erst, wenn man das durchgemacht hat, was ich hinter mir habe.

Times: Wie wollen Sie Ihre Zeit verbringen?
NG: Ich möchte mich entspannen und das Leben genießen. Ich möchte nach Schottland zurückgehen.

Times: Nach so vielen Toten?
[Schweigen]

Mail: Wie stehen Sie finanziell da? Es hat Gerüchte gegeben, Amin hätte Ihnen große Summen aus der ugandischen Staatskasse zukommen lassen.
NG: Ich habe auf diesem Gebiet ein absolut reines Gewissen.
Howarth: Ich denke, wir belassen es dabei. Nick hat Schreckliches durchgemacht, wie Sie gehört haben. Er war nicht verpflichtet, Ihnen Rede und Antwort zu stehen, und mit den Informationen, die er Ihnen gegeben hat, müßten Sie arbeiten können. Jetzt braucht er Ruhe.

[Tonbandgerät wird abgeschaltet] …

Als die Journalisten fort waren, ließ ich den Tränen freien Lauf.

Howarth brachte mir einen Whisky. »Jetzt haben Sie es überstanden«, sagte er tröstend und setzte sich neben mich.

Er streifte Zigarettenasche ab und sah aus dem Fenster. »Das verwächst sich. Können Sie mir noch die Adresse geben, wo Sie sich in Schottland verkriechen wollen?«

Der Preßlufthammer lärmte wieder los. Hartnäckig.

»Die weiß ich nicht«, sagte ich. »Ich war noch nie da. Ein Onkel hat sie mir vererbt. Eine Kote.«

»Eine was?«

»Eine kleine Hütte.«

»Okay, Sie können sie mir ja später durchgeben«, sagte er und gab mir seine Visitenkarte.

Ich rief von seinem Büro aus Moira an, versicherte ihr, alles wäre in Ordnung, und ich käme in den Norden. Es war seltsam, ihre Stimme zu hören. *Warum ziehst du in die Kote?* Ich konnte mir ihr ängstliches Gesicht am Telefon vorstellen. *Das ist doch albern, komm lieber zu mir.* Ich weiß noch, während ich mit ihr sprach, stand Howarth rauchend am Fenster, sah auf die Bauarbeiter hinab und tat so, als hörte er weg. *Ich muß erst mal allein sein. Kannst du mir meine Sachen hinschicken? Du weißt schon?*

Dann verabschiedete ich mich von Howarth und ging Geld holen. Zufällig lag eine Filiale der Royal Bank of Scotland gleich gegenüber. Ich war halb froh und halb verärgert, daß Stones Geld noch da war: Es hatte einen unheilvollen Beigeschmack, aber ich hatte kein anderes Einkommen. Das wird sich auch nicht sobald ändern, es sei denn, dieses Schreibprojekt erweist sich als unerwarteter Erfolg.

Ich wollte abends den Schlafwagenzug nach Fort William erreichen und fuhr mit dem Bus ins Hotel in der Marylebone Road zurück. Ich wollte mich ausruhen, verbrachte dann aber fast den ganzen Tag vor dem Fernseher. Die Bilderflut ermüdete nach der langen Zeit in Afrika, wo es nur den World Service und die aufs Studio beschränkten UTV-Berichte gegeben hatte. Ich verfolgte die Nachrichten, konnte sie im Kopf aber nicht von Amin trennen.

Callaghans Regierung verfiel zusehends, und die Streikwelle, der sogenannte ›Winter des Mißvergnügens‹ wich dem Frühling: Ich dachte daran, wie Callaghan als Wilsons Außenminister nach Kampala gekommen war und auf seiner Hilfsaktion für Denis Hills Amin die Hand geschüttelt hatte. Die Totengräber und Müllmänner brachen ihre Streiks ab: Die Aufnahmen der britischen Armeelaster, die in ihre Kasernen zurückkehrten, weil die Armee keine Mülltonnen mehr zu leeren brauchte, erinnerten mich an die komischen, nichtsdestotrotz tödlichen »Selbstmord-Bataillone«, die in genau den gleichen Fahrzeugen unterwegs gewesen waren. Wir mußten sie nach Uganda exportiert haben. Als ein Landsmann von mir über den Ausgang des schottischen Dezentralisierungsreferendums murrte, mußte ich – lächerlich, ich weiß – an Amin denken, der mir mal eine Kassette mit Dudelsackmusik des Black-Watch-Regiments vorgespielt hatte. Nach und nach ging mir auf, daß ich in der heißen Phase des Wahlkampfs nach Hause gekommen war. Immer wieder erschien Mrs. Thatchers Raubvogelgesicht auf dem Bildschirm: Sie mußte aufregende Dinge mit Britannien vorhaben, aber mir ging der Brief nicht aus dem Kopf, in dem Amin ihr Komplimente gemacht hatte: »charmant, glücklich, frisch«.

Im Kopf drehte sich mir alles, als ich abends im Taxi nach Euston fuhr. Im Radio kam ein schwermütiger Reggaesong, und als wir in eine Unterführung einfuhren, drehte sich mir der Magen um. Der packende, ins Blut gehende Beat – an Ampeln gelegentlich unterbrochen vom buschmannartigen Schnalzen der Zentralverriegelung – wühlte seltsame, undeutliche Gefühle in mir auf. Ich mußte an eine andere Taxifahrt von Entebbe nach Kampala denken, auf einer Straße, die ich in- und auswendig kennenlernen sollte: Da war an Stelle des Radios ein dunkles Loch gewesen, eine zyklopische Öffnung im Armaturenbrett.

42

Es war zu erwarten gewesen, trotzdem schockierte mich eine Schlagzeile der Zeitungen, die ich mir in Euston am Bahnsteig kaufte: AMINS ARZT WIEDER IN GROSSBRITANNIEN, darunter in kleineren, spitzeren Buchstaben: *Klebt Blut an seinen Händen?* In den ersten Stunden der langen Fahrt las ich im gelben Schein des Lämpchens im Schlafwagenabteil also verschiedene Darstellungen meiner Person und meiner Worte. Mir war, als ginge es um einen anderen Menschen, und das linderte die Qual etwas. Ich habe die Ausschnitte aufbewahrt und gebe einen davon wieder, damit man einen Eindruck bekommt:

EIN BRITISCHER ARZT, der in Idi Amins Bann geriet, bestritt gestern, vom ugandischen Diktator festgehaltene Häftlinge gefoltert zu haben. »Nichts daran ist wahr. Jetzt macht man mich zum Sündenbock«, behauptete Dr. Nicholas Garrigan, der nach seiner Freilassung aus einem kenianischen Gefängnis nach London zurückgekehrt ist.

Garrigan gab jedoch zu, er habe mit angesehen, wie ein ugandischer Arzt im Hauptquartier des berüchtigten State Research Bureau in Kampala, der Hauptstadt des Landes, von Amins Schergen gefoltert und getötet worden sei. »Ich war dabei, aber als Gefangener. Ich habe nichts Unrechtes getan. Ich habe nur meine Arbeit gemacht«, sagte er.

Er bestritt auch, gewußt zu haben, daß ein Löwenkopf, die Trophäe einer Großwildjagd, die er auf Amins Anweisung zu einem Flugzeug auf dem Flughafen von

Kampala brachte, eine Bombe enthielt, die einen Geschäftsmann und seinen Piloten umbrachte.

Dr. Garrigans Hände zitterten, als er sagte: »Amin war ein skrupelloser Tyrann, aber er hatte Charisma. Ich fühlte mich zu einer Zeit von ihm angezogen, als die Welt in Uganda noch in Ordnung war, und dann geriet sie aus den Fugen. Er hatte etwas Hypnotisierendes. Man hatte oft das Gefühl, er könne Gedanken lesen. An einem Tag war Amin die Liebenswürdigkeit in Person, am nächsten wollte er mein Blut sehen.«

Dr. Garrigan konnte nicht sagen, warum er trotz aller Greueltaten Amins in Uganda geblieben sei. »Sie können sich wahrscheinlich nicht ausmalen, was Angst ist«, sagte er. »Man durchschaute manche Dinge nicht gleich. Ich war niemals an Verbrechen oder Morden beteiligt.«

Nach einer Intervention des Außenministeriums hat die kenianische Regierung die Lesart akzeptiert, Dr. Garrigan sei überlistet worden, die Bombe auszuhändigen, die Michael Roberts, einen Firmenchef aus Nairobi, und seinen südafrikanischen Piloten Frederik Swanepoel zerriß. Wie aus diplomatischen Quellen verlautet, könnte Swanepoel Tel Aviv mit Plänen des Flugplatzes von Entebbe versorgt haben, bevor die Israelis ihr waghalsiges Kommandounternehmen zur Befreiung der Geiseln starteten, die dort 1976 von palästinensischen Terroristen festgehalten wurden. Amin, der sich gegenwärtig in Saudi-Arabien aufhalten soll, ermordete Swanepoel wie so viele andere, die ihn zu hintergehen wagten.

Die neu gebildete ugandische Regierung bleibt bei der Auffassung, Garrigan, der Präsident Amins Leibarzt war, habe an Folterungen und Morden teilgenommen. »Er hat auf demselben Anwesen wie Amin gewohnt«, sagte ein Regierungssprecher. »Er wußte genau, was los war. Wir haben seine Auslieferung beantragt, damit er in Uganda für seine Taten Rechenschaft ablegt ...«

Rechenschaft? Die sollen sie haben. Alle Berichte vertraten so ziemlich denselben Standpunkt und waren im selben Stil voller Unterstellungen geschrieben. Überrascht war ich von Swanepoels Rolle bei der Geiselbefreiung. Das erklärte so einiges. Ich wunderte mich, warum die Reporter mich nicht danach gefragt hatten, bis mir dämmerte, daß sie diese Information nach dem Interview mit mir von Korrespondenten in Kampala bekommen haben mußten. Ich verfluchte das ganze Pack, ich verfluchte mich, dann knipste ich das Licht aus und schlief ein, vom Rütteln des Zugs in den Schlaf gewiegt.

Ich wachte früh auf und sah im gedämpften Morgenlicht die Nordspitze von Loch Lomond an der Bahnlinie vorbeiziehen. Als wir in die braunen Einöden von Rannoch Moor kamen – die gerippelten Gras- und Heideflächen nur gelegentlich von imposanten Felstafeln aufgelockert –, wurde mir klar, wie dicht besetzt mit Bäumen und Büschen die ugandische Landschaft gewesen war, wie bedrückend aber auch ihre vollen, unendlichen grünen Fluren.

Als wir Fort William erreicht hatten, rief ich Moira noch einmal aus einer Telefonzelle an, weil sie sich bestimmt Sorgen machte. *Ich hab' die Zeitungen gesehen. Du hast doch nichts davon getan?* fragte sie ängstlich. *Ich habe nichts getan, wofür ich mich schämen müßte. Was die in Kampala behaupten, ist Blödsinn. So läuft das nun mal, wenn alle Welt nach Ruhe schreit.* Sie bat mich wieder, doch erst einmal zu ihr zu kommen, bestätigte aber, das Tagebuch und die Kassetten abgeschickt zu haben. Ich meinte, *im Moment brauche ich nur Ruhe und Frieden, und Eamonns alte Kote ist dafür genau das Richtige.*

Nach dem Anruf bei ihr mietete ich mir von dem abgehobenen Geld einen Wagen und ging einkaufen: vor allem Kleidung, da ich nur das besaß, was ich am Leibe trug, außerdem zwei Flaschen Whisky und einen Karton Lebensmittel. Dann machte ich mich auf die lange Fahrt an Loch und Glen entlang nach Westen. Die Straßen waren leer – aber kurvenreich und oft neblig, ich mußte daher vorsichtig fahren. Stellenweise kamen mir die Nebelfetzen gespenstisch an der Windschutzscheibe entgegen. Ich hatte vergessen, wie unheimlich das sein konnte.

Nur fünfundzwanzig Kilometer vor Mallaig gab der Wagen auf. Der Saft blieb weg, und stotternd kam der Wagen am Seitenstreifen zum Stehen. Kurz zuvor war ich durch eine Pfütze gefahren. Das Wasser war wahrscheinlich hochgespritzt und irgendwo eingedrungen. Als der Motor hustend erstarb, war es, als wäre auch bei mir im Kopf etwas abgestellt worden, und die ganzen scheußlichen Erinnerungen an Amin überfluteten mich wieder.

Ich stand am Straßenrand und bemitleidete mich. Der Nebel hatte sich gelichtet, und obwohl es noch kühl war, fielen erste helle Sonnenstrahlen herab. Ich sah auf das Moorland hinaus. Plötzlich stellte im Gebüsch rechts von mir ein Hase die Ohren auf. Die Wintersonne schien durch sie hindurch, und Gewebe und Knorpel sahen aus wie rosa Zellophan. Ich machte einen Schritt auf ihn zu – da sprang er auf und hoppelte hakenschlagend übers Moor.

Ich sah ihm nach, bis ich ihn aus den Augen verlor, und ging dann zum Wagen zurück. Ich öffnete die Kühlerhaube und machte mich an den Zündkerzen zu schaffen. Dann stieg ich wieder ein und versuchte, den Motor zu starten. Er wäre fast angesprungen. Ich nahm den Sportteil einer der verdammten Zeitungen, wischte die Zündkabel ab und drehte wieder den Schlüssel. Diesmal sprang der Wagen Gott sei Dank an. Ich fuhr weiter, und bald darauf kamen hinter einer Kurve die Häuser und die Wasserlinie von Mallaig in Sicht.

Nach kurzem Warten fuhr ich über die rumpelnden Stahlplatten, die sie mit dem Pier verbanden, auf die Fähre. Ich stieg aus, atmete tief die Meerluft ein und suchte mir vorne ein hübsches Plätzchen, wo ich die Bugwellen zum Festland zurückströmen sehen konnte. Die Überfahrt dauerte eine Weile, Tölpel und Seemöwen zogen in Augenhöhe an der Reling vorbei. Fischerboote und Jachten glitten durch die Bucht; ein Boot kam so nah heran, daß ich hören konnte, wie das Segel knatternd im Wind schwoll.

Ich ging zum Heck. Die zackigen, geweihartigen Spitzen der Cuillins tauchten auf (später sollte ich Klettertouren auf den King's Chimney und den Inaccessible Pinnacle unternehmen), und bald wurden die Stahlplatten wieder herabgelassen. Ich ging zum Wagen zurück, fädelte mich ein und verließ die Fähre. Der Geruch nach Torf und Heide drang ins Auto, und ich durchquerte Skye in nördlicher Richtung: Knock Bay, Isleornsay, Broadford, Dunan – dann bog ich nach Sconser ab.

Mit der Mietwagenfirma hatte ich vereinbart, den Wagen bei ihrer dortigen Filiale abzugeben. Als das erledigt war, bestieg ich für den letzten Teil meiner Reise ein kleineres Boot: NG auf sich gestellt, mit Lebensmitteln im Karton und Kleidung in Plastiktüten. Diese Überfahrt war weniger erhaben – die Insel kleiner, die Felstafeln und Hügelspitzen nicht so imposant –, aber mich erfüllte unbeschreibliche Freude, als Maelrubhas Berg aus dem Nebel auftauchte und immer größer wurde, bis ich schemenhaft die Klosterruinen erkennen konnte – das riesige Felsenkreuz, den Steinkreis und die Kiefernwipfel, die sich dahinter in die Wolken bohrten.

Als wir angelegt hatten, sah ich, daß es direkt am Kai ein Morrison's gab, dessen modernes Schild einen merkwürdigen Kontrast zu den Masten, Netz und Seilhaufen bildete. Ich hätte mich also gar nicht mit Lebensmitteln eindecken müssen. Es gab auch ein Hotel, das Ossian, ein Geschäft für Haushaltsartikel und einen Schiffsausrüster.

Es gibt nur rund hundert Häuser auf der Insel, und die Kote war nicht schwer zu finden. Ein Fischer in gelber Öljacke, der Eamonn noch in guter Erinnerung hatte, beschrieb mir kurz, wie ich hinfinden konnte. Ich folgte dem steinigen Weg unter den Kiefern, wie er es erklärt hatte. Er war voller Schafskötel: grünbraune Musketenkugeln.

417

Die Bäume öffneten sich schließlich zu einer halbmondförmigen Lichtung mit unebenem Gras, in deren Mitte eine Steinhütte mit zwei Schornsteinen und einem Schieferdach stand. Vor der Tür wuchs eine einsame Eberesche, deren Zweige von den Stürmen verdreht waren.

Auf der Stufe im Erker lag ein dicker brauner Umschlag. Ich nahm ihn hoch und erkannte Moiras Handschrift. Das mußte das Tagebuch sein. Ich hatte nicht erwartet, es bei meiner Ankunft schon vorzufinden.

Ich schloß auf. Das Innere der Kote sah aus, als hätte Onkel Eamonn sie nur kurz verlassen – ein Teller auf dem Küchentisch, der Kessel auf dem Herd, die Türen standen offen, als wäre eben erst jemand hindurchgeschritten, das Bett im Schlafzimmer mit den niedrigen Dachbalken war nicht gemacht – aber alles war mit dem Staub eines halben Jahres überzogen.

Ich sah mich um. Das Haus ist keine echte Kote, sagte ich mir, es hat mehr als ein Zimmer. Eamonn hatte es ausbauen und sich Strom und einen Telefonanschluß legen lassen: Verblüfft stellte ich fest, daß beides nicht abgeschaltet worden war, aber wahrscheinlich ging das Leben hier oben einen langsamen Gang. (Allerdings.) Das Haus war trotzdem klein und roch muffig – aber es war ein Schlupfloch *par excellence*. Als ich es mir näher ansah, überkam mich ein merkwürdiges Gefühl. Hier wirst du also den Rest deines Lebens verbringen, dachte ich – und bisher stimmt das auch.

Nachdem ich mit meiner Besichtigung fertig war, machte ich mir an der blauen Calor-Gasflasche zu schaffen und konnte schließlich den Herd in Gang bringen. Ich briet mir ein paar kleine, harte Würstchen aus meinem Karton und aß sie mit Brot und Tomatenketchup.

Dann machte ich mit Holzscheiten, die im Erker aufgestapelt lagen, Feuer im Kamin. Als es vor sich hin flakkerte, setzte ich mich mit Moiras Päckchen und einer Flasche Whisky in Reichweite in einen Sessel. Ich schenkte mir eine angeschlagene Porzellantasse voll und saß rund eine halbe Stunde lang wie betäubt da. Die Lampe an der roh verputzten Decke flackerte, wenn der Wind ums Haus fauchte.

Nach den ersten Whiskyschlucken las ich – im Schummerlicht und nur halb bei Sinnen – das Etikett hinten auf der Flasche: *Vor acht Jahren machten wir Pläne für den heutigen Tag und lagerten Vorräte der besten Malt und Grain Whiskys ein, um Ihnen einen Blend bieten zu können, der nicht seinesgleichen hat. Das Ergebnis? Bell's Extra Special ist jetzt noch spezieller. In Bell's Achtjährigem offenbart sich Ihnen noch mehr Charakter, mehr Spannung, mehr Reiz und mehr Erlebnis.*

Dann riß ich das Päckchen auf und vertiefte mich in seinen Inhalt. Es war ein komisches Gefühl, das alte Tagebuch wieder in der Hand zu haben, seinen zerknickten schwarzen Einband mit dem angeschimmelten roten Rücken und mein Gekrakel auf den Linien; manchmal fiel mir beim Lesen wieder ein, bei welchen Gelegenheiten auf der Veranda in Mbarara oder in den Gärten von State House ich die Einträge geschrieben hatte – und auch Amins Wurstfinger fielen mir wieder ein, die an seinem Schreibpult darin geblättert hatten, und wie er danach zu mir hochgesehen hatte.

43

Das Wasser leckt am Bug hoch. Das Ufer liegt hinter mir, das offene Meer vor mir. Möwen veranstalten um mich her ihre Sturzflüge, und meine Hand ruht auf der Ruderpinne meines Lebens. Nicht ganz, aber ich bin wieder mit Malachis Boot ausgefahren, und die See ist selbst für die frühe Tageszeit kabbeliger als sonst. Es tut gut, nach einer weiteren Nacht am Schreibtisch – der letzten, hoffe ich – an die frische Luft zu kommen.

Die Möwen kreischen. Ich lasse die orange Boje, die ich als Orientierung gewählt habe, nicht aus den Augen.

Es war anstrengend, sich an alles zu erinnern und alles so festzuhalten, wie es sich zugetragen hat – mich mit mir selbst zu konfrontieren, ohne im Nachhinein alles besser wissen zu wollen. Jetzt ist das alles vorbei, die abstoßende Maske ist gefallen, aber immer noch verfolgt mich Amins Bild. Ich brauche bloß Radio oder Fernsehen einzuschalten, schon fällt unweigerlich sein Name. Die ugandische Regierung (wenn man sie so nennen kann – die Kämpfe zwischen den verschiedenen Fraktionen dauern noch an) hat bei den Saudis Protest eingelegt, weil sie ihm Asyl gewähren, und fordert seine Auslieferung, damit ihm der Prozeß gemacht werden kann.

Wenn ich heute über ihn nachzudenken versuche, befällt mich eine Art geistiger Sprachlosigkeit. Er selbst war in mancher Hinsicht so eloquent, und daran kann ich mich am besten erinnern: an seine Gangstersophismen, seine wundersame Rhetorik. Er kannte immer die richtige Melodie, und alle haben wir nach seiner Pfeife getanzt. Zugleich beherrschte er seine Zaubersprüche aber nicht ganz.

Er brachte sie durcheinander. Was mein Gewissen angeht, so kann ich – an einem Punkt, wo ich mit Idi Amin und der Welt verschmelze – irgend etwas bei all dem nicht auf den Begriff bringen. Alles verändert sich, sobald ich es betrachte. Alles fließt. Vielleicht ist diese Einsicht schon die Antwort.

Ich bin lange genug draußen gewesen. Vor mindestens einer Stunde habe ich abgelegt und bin ins kalte graue Licht des Inner Sound hinausgefahren. Mein Gesicht ist vom Wind schon ganz rauh, und ich kann umkehren. Umkehren und glücklich sein im Wissen, daß Amins Welt mit all ihrem Blut und ihren wahnsinnigen Schimären hinter mir versinkt. Es liegt ja schon alles hinter mir. Zum ersten Mal seit langer Zeit bin ich glücklich, glücklich im Wissen, daß ich endlich ich selbst sein kann, egal was geschieht.

Ich drücke den Gummigriff des Motors, spüre den Widerstand des Wassers, dann dreht sich die Welt um ihre Achse, und ich habe wieder die Insel vor mir. Ich sehe das hohe Kreuz und die Ruinen von Maelrubha oben auf dem Berg und darunter die Schindeln und die beiden kleinen Schornsteine über der Giebelwand der Kote. Bei einem imaginären Dreieck mit der Kote als Grundlinie und dem Kreuz als Spitze läge genau in der Mitte der schwarze Erdklecks, den das Freudenfeuer vom Fest hinterlassen hat. Die Verbrennung des Clavie.

Das verläuft folgendermaßen. Ein Teerfaß wird durchgesägt. Die untere Hälfte wird mit einem eigens geschmiedeten Nagel, der mit einem Stein, keinem Hammer, eingeschlagen werden muß, mit dem Pfahl eines Lachsfischers verbunden. Alles Werkzeug muß man geschenkt bekommen oder sich leihen. Kaufen darf man es nicht. Am Faß werden die Dauben eines Heringsfasses angebracht, und das Ganze wird, mit teergetränktem Holz gefüllt, in Brand gesteckt und vom Clavie King und seinem Gefolge um die Insel herumgetragen. Wenn er stolpert oder stürzt, bringt das Unglück für ihn und die Insel. Dann wird die Konstruktion auf das Felskreuz gestellt, und später zerbrechen der König und seine Männer die ganze Konstruktion. Jeder versucht, etwas von den glühenden Brettern abzubekommen und stellt sie als Glücksbringer im Haus auf.

Bis zum nächsten Jahr. Dieses Jahr habe ich die ganze Zeremonie mitbekommen und wurde Zeuge einer Auseinandersetzung zwischen den Hippies und den Anhängern des Königs, die sie nicht dabeihaben wollten. Als ich Malachi fragte, wofür der Clavie stehe, sagte er, dat ische Düwel, sehnSe dat nich? Ich hätt' gedacht, dat sehnSe, Dokterchen.

Der Motor klopft, als das Land näherkommt. Ich glaube, ich verliere mein Zeitgefühl. Vor mir schwebt der Berg mit der Dünung hoch. Treibt in Nebelranken davon. Und kommt wieder in Sicht. Seine Granitflanken mit den Stechginsterbüscheln – die Flächen wellen sich, wo Eissturmvögel und Papageientaucher im Kar Kolonien bilden – stellen eins der wildesten Naturschauspiele dar, die ich je gesehen habe. Obwohl ich die fremdartigen Klagelaute der riesigen afrikanischen Berggorillas ebenso kenne wie das furchteinflößende Jaulen der Leoparden und Hyänen, hat diese Insel mit ihren Schafen und Felsen für mich etwas Erhabenes. Vielleicht gewöhne ich mich noch daran; vielleicht bedingt ein fremder Blick den nächsten.

Eine von Malachis Krabbenreusen kullert im Bootskiel herum. Überall kleben Schuppen der Fische, die er als Köder für die Reusen benutzt. Sie erinnern an Kinderfingernägel.

Ich weiß, was ich geworden bin. Ich weiß, was ich gesehen habe. Ich weiß von all den Ermordeten – und weiß auch wieder nichts von ihnen. Und ich weiß auch, daß der größte Teil meines Lebens hinter mir liegt, genau wie Amins. Ich frage mich, wie lange er leben wird und in welcher Form. Ich selbst würde mich im grauen Alltag nicht mehr zurechtfinden. Ich habe die Leute gesehen, die an Londons Bushaltestellen darauf warteten, zur Arbeit zu fahren. Lieber versuche ich noch einmal in Uganda mein Glück, als jeden Tag mit dem Bus zur Arbeit fahren zu müssen.

Ja, der größte Teil meines Lebens liegt hinter mir, meine Kräfte – soweit je vorhanden – sind verzettelt, gedämpft wie das Nageln des Motors, das sich im Wasser fortpflanzt und fern von Himmelslicht und Uferrand seine Schallkreise zieht, silbrige Makrelen streift, glitschige grüne Seetangwedel und die Spitzensäume der Seeanemonen. Der Motor spotzt, röchelt, fängt sich wieder ... und unter ihm verschließt das kleine Meeresgetier ebenso die Ohren wie die massigen Formen in der Tiefsee, flitzt blindlings vor seinem Drohen und seiner Verheißung davon oder darauf zu.

Ich spüre die kalte Salzgischt am Hinterkopf. Ein Windstoß. Eine Bö. Vor mir liegen die pseudogotischen Zinnen des Hotels. Ich bin am Pier, um mich herum driftet Treibholz.

Ich vertäue das Boot an einem der gußeisernen Pilze vor dem Ossian und gehe durch das Kiefernwäldchen zur Kote, vorbei an schrägen, flechtenüberwachsenen Felsen und einer Gruppe verfallener Cottages auf einer Lichtung. Zwischen den Mauern grasen kakaobraune Schafe. Plötzlich fällt mir der heilige Feigenhain der Bacuesi wieder ein.

Irritiert stelle ich fest, daß das Geißblattspalier an meinem Häuschen abgeknickt ist. Das muß ich wieder festnageln. Auf der Steinstufe sehe ich die Zeitung liegen. Ich nehme sie und gehe ins Haus, lasse sie auf den Küchentisch fallen und setze Wasser auf, um mir einen Kaffee zu kochen.

Während das Wasser heiß wird, setze ich mich und lese. Die Schlagzeile auf Seite 3 lautet: TERROR IM TARTAN. Darunter folgender Artikel:

GESTERN nacht gaben Sicherheitsbeamte bekannt, sie glaubten, den Urheber einer Reihe von Briefbomben und ferngezündeten Sprengsätzen ausfindig gemacht zu haben, die im Lauf der letzten zwei Jahre in ganz Schottland explodiert sind. Vor zwei Tagen wurde der nationalistische Extremist Major Archibald Drummond Weir, der bereits als erfolgreichster Bombenleger der schottischen Geschichte gilt, in seinem Haus in Broughton festgenommen und terroristischer Aktivitäten bezichtigt. Ihm wird vorgeworfen, für eine Serie von Bombendrohungen und tatsächlichen Anschlägen verantwortlich zu sein, darunter für den Sprengsatz, der im Juni an der Einfahrt zum Clyde Tunnel explodierte, außerdem für die Briefbombe, die vorige Woche in der Downing Street in nur fünfundzwanzig Meter Entfernung von der Premierministerin detonierte. Weitere Anklagepunkte beziehen sich auf Sprengsätze, die an so verschiedene Stellen wie das Unterhaus, Verwaltungsgebäude verstaatlichter Industrien (die Zentrale von British Steel) und Glasgow City Chambers plaziert oder geschickt wurden.

Major Weir, ein ehemaliger Nachrichtenoffizier und Experte in Funktechnologie, gibt zu, zum Führungskader der Army of the Provisional Government zu gehören, die sich zu den meisten Anschlägen bekannt hat. Er bestreitet indes, ein Agent provocateur der Sicherheitsdienste zu sein, wie ihm vorgeworfen wurde.

»Mein Klient erkennt die Regierung von Whitehall nicht an«, sagte der Anwalt des Majors gestern zu Journalisten vor der Polizeistation von Broughton. »Er hat mich gebeten, folgende Erklärung zu verlesen: ›Seit meiner Jugend war es mein größtes Ziel, die Stuarts auf den Thron zurückzubringen. Ich glaube an ein unabhängiges Schottland mit eigener Geschichte, Kultur und Industrie – ein Land mit einem eigenen, unverwechselbaren Geist, ein Land, das aus diesem Geist heraus Entscheidungen treffen kann. Schottland hat nicht die Schließung der Kohlenzechen gewählt, und Schottland hat nicht die Schließung der Werften gewählt. Schottland hat nicht Atomkraftwerke und die von ihnen erzeugte Leukämie gewählt. Deswegen habe ich getan, was ich getan habe.‹«

Wie aus sicherer Quelle bekannt wurde, war Weir in nationalistischen Kreisen aktiv, seit er aus Idi Amins Uganda abberufen wurde, wo er als Militärattaché in der britischen Botschaft in Kampala tätig gewesen war. Ein Beamter des Sicherheitsdienstes sagte, die Verbindung zu Amin habe sie letztlich zu Weir geführt, der während seiner Zeit in Afrika auf die Unterstützung des Diktators für die nationalistische Sache hingearbeitet hätte.

»Wir wußten, daß Amin vor seinem Sturz Kontakt zu nationalistischen Gruppen hatte. Wir hatten entdeckt, daß frühere Sprengsätze teilweise aus Material bestanden, das das Verteidigungsministerium noch vor Beginn von Amins berüchtigtem Terrorregime für die ugandische Armee bestimmt hatte. Wir mußten es nur noch zu den Kontaktleuten des Diktators zurückverfolgen.«

Der Kessel pfeift, aber ich rühre mich nicht.

Andere nationalistische Gruppen behaupten indes, der Major sei in Wirklichkeit ein verdeckter Ermittler von MI5, der sich als Extremist im Untergrund ausgebe, um potentielle Terroristen aufzustöbern, und seine Festnahme sei ein bloßer Bluff.

In einer Stellungnahme der Scottish National Liberation Army werden die Notizbucher des 1978 verstorbenen Lyrikers und Aktivisten Hugh MacDiarmid zitiert: »MacDiarmid war Präsident des 1320 Club. Weir gehörte ursprünglich zu seinen Mitgliedern und teilte deren Ansicht, der britische Imperialistenstaat werde den Schotten nur unter Druck die Selbstverwaltung einräumen. Der Club benannte sich nach dem Jahr der Erklärung von Arbroath. MacDiarmid enttarnte Weir schon bald als V-Mann und machte das publik. Dann verschwand

Weir. Heute wissen wir, daß er nach Uganda ging und sich an anderen von den Briten finanzierten Bemühungen beteiligte, nominell unabhängige Staaten zu destabilisieren.«

Die Scottish Nationalist Party, deren Statuten die Aufnahme von Mitgliedern der Army of the Provisional Government und des 1320 Club ausschließen, gab bekannt, die Anwendung von Gewalt sei unter keinen Umständen zu billigen. »Schottland muß autonom werden, aber Gewalt ist der falsche Weg. Bomben sind keine Antwort.«

Rechts vom Artikel ist ein Photo abgebildet, auf dem Weir aus einem verwahrlosten Cottage zu einem Mannschaftswagen abgeführt wird. Er trägt eine Baskenmütze mit Tartanmuster und Kniestrümpfe von der Insel Arran. Das Pfeifen ist durchdringend geworden. Ich nehme den Kessel vom Feuer und schütte das kochende Wasser auf den Kaffee, wobei ich benommen das Photo auf dem Tisch anstarre.

Das Telefon klingelt. Ich zucke zusammen. Aus irgendeinem Grund schießt mir durch den Kopf, Sara könnte dran sein. Ich habe in letzter Zeit viel an sie gedacht.

»Hallo?« sage ich.

»Hallo, mein lieber Freund. Sind Sie das, Dr. Nicholas?«

Ich sage nichts, stelle mir nur vor, Sara käme wie eine Meerjungfrau aus der See gestiegen.

»Hallo, hallo?«

Draußen höre ich das tiefe Rauschen des Ozeans. Ich denke an die Insel, meine Insel, die *schmetterlingsgleich* auf den aufgewühlten Wassern abgesetzt wurde, wie es in dem Prospekt hieß, und an Mr. Malumbas Hügel, den eine Zauberkraft durch die Himmel über Afrika geblasen hatte, bis er schließlich alles unter sich zerquetschte.

»Ich weiß, daß Sie mich hören, ich weiß es. Ja, ich bin hier in Saudi-Arabien und studiere die Demokratie. Ich brauche dringend Ihren Rat. Der saudische Kontaktmann in London hat mir Ihre Nummer besorgt. Es ist wahr. Sie waren immer so nett zu mir, und ich brauche Ihren Rat. Die amerikanische Regierung hat mich gebeten, wegen der Geiseln, die im Iran festgehalten werden, bei meinem alten Freund Ayatollah Khomeini zu vermitteln. Soll ich das tun? Ich finde ja, obwohl ich ihnen sagen werde, daß diese idiotische Befreiungsaktion unter meinem Kommando ein Erfolg geworden wäre ... wie neulich die Erstürmung der iranischen Botschaft in London durch Ihren *Special Air Service*. Das sind gute Kämpfer, in Wirklichkeit ist das bestimmt der *Scottish Air Service*. Na egal, die Welt macht dem Iran ganz schön zu schaffen, finden Sie nicht auch?«

Ich sehe die braunen Flügel einer Skua am Fenster vorbeiflattern, die große Skua mit dem weißen Fleck, die Große Raubmöwe, die sich ernährt, indem sie andere Vögel zwingt, ihre Nahrung hochzuwürgen.

»Was solche Einsätze angeht, habe ich mir aufmerksam den Spielfilm über die Invasion der Israelis in Entebbe angesehen. Ich finde es dumm und lächerlich, die Öffentlichkeit mit erfundenen Ereignissen zu füttern und die Menschen aus Geldgier mit Lügen zu täuschen. Wußten Sie, daß einer der Schauspieler vor laufender Kamera gestorben ist? Das war die Rache Allahs und sollte allen eine Lehre sein, die Feldmarschall Amin nachahmen wollen ...«

Während er spricht, schweift mein Blick zu den Steilklippen, wo die Insel zum Meer hin abfällt. Das Ganze ist feenhafter und romantischer – ich muß gestehen, daß mir genau das durch den Kopf geht als alles, was ich außerhalb eines Theaters je gesehen habe. Es ist der ideale Ort, wo sich auf den zerklüfteten Felsen Briganten oder Unterstützer einer fanatischen Sache um ihren Anführer scharen könnten.

»... was meinen Sie? Dr. Nicholas? Danke der Nachfrage, ich bin hier in Dschidda sehr glücklich. Ich habe einen Chevvy Caprice, ein hübsches Haus am Strand, und

427

mit einer Frau hat man weniger Probleme, finde ich. Ich trage weiße Roben und studiere fleißig den Koran. Und ich gehe jeden Tag schwimmen. Im Roten Meer ...«

Schließlich lege ich einfach auf, seine Stimme wird leiser, während ich die Hand senke. Ich starre den Hörer auf der Gabel an. Und dann sage ich mir, ich muß das Geißblatt am Erker hochbinden. Ich hole mir aus Eamonns Werkzeugkiste Hammer und Nägel und mache mich sofort an die Arbeit.

Danksagungen

Soweit dies eine historische Arbeit ist (andernfalls aber auch), verdanke ich mein Quellenmaterial Büchern, Zeitungsberichten, Filmen und Photographien; außerdem in folgenden Fällen Augenzeugenberichten: Mohamed Amin (†); Tony Avirgan; Adioma Ayubare; Philip Briggs; Wilson Carswell FRCS; John Craven FRCS; Anthony Daniels; Richard Dowden; Richard Ellis; S. S. Farsi; Mary Anne Fitzgerald; Sandy Gall; Iain Grahame; Max Hastings; Denis Hills; Martha Honey; John Isoba; Gräfin Judith of Listowel; Bischof Festo Kivengere (†); Henry Kyemba; David Lubogo; Ali Mazrui; David Martin; Yoweri Museveni, Präsident Ugandas; Edward Mutesa, Kabaka der Buganda (†); Phares Mutibwa; A. F. Robertson; Barbet Schroeder; George Ivan Smith; Rolf Steiner; Dr. Harriet Stewart; John Stonehouse (†); Brian Tetley (†); Philip Warnock.

Des weiteren möchte ich mich bei persönlichen Gewährsleuten bedanken, die heute in Uganda leben und mir Interviews gegeben haben, jedoch nicht namentlich genannt werden möchten und bei all den Freunden und Kollegen, die freundlicherweise das Manuskript gelesen haben

Auszüge aus Bailey & Loves *Short Practice of Surgery* mit freundlicher Genehmigung von Chapman & Hall Ltd. Auszüge aus *Ghosts of Kampala* von George Ivan Smith mit freundlicher Genehmigung von Weidenfeld & Nicolson.

G. F.

Immer wieder lesen: Lieblingsbücher bei AtV

MARC LEVY
Solange du da bist
Was tut man, wenn man in seinem Badezimmerschrank eine junge hübsche Frau findet, die behauptet, der Geist einer Koma-Patientin zu sein? Arthur hält die Geschichte für einen Scherz seines Kompagnons, er ist erst schrecklich genervt, dann erschüttert und schließlich hoffnungslos verliebt. Und als er eines Tages begreift, daß Lauren nur ihn hat, um vielleicht ins Leben zurückzukehren, faßt er einen tollkühnen Entschluß.
»Zwei Stunden Lektüre sind wie zwei Stunden Kino: Man kommt raus und fühlt sich einfach gut, beschwingt und glücklich und ein bisschen nachdenklich.« FOCUS
Roman. Aus dem Französischen von Amelie Thoma. 277 Seiten.
AtV 1836

LISA APPIGNANESI
Die andere Frau
Maria d'Este ist eine klassische Femme fatale. Die Männer umschwärmen sie, sobald sie nur einen Raum betritt – und den anderen Frauen erscheint sie unweigerlich als Rivalin. Als Maria aus New York nach Paris zurückkehrt, beschließt sie, daß die Zeit ihrer Affären vorbei ist. Doch dann begegnet sie dem Mann, bei dem sie all ihre guten Vorsätze vergißt. Zum ersten Mal lernt Maria die wahren Abgründe der Liebe kennen.
Roman. Aus dem Englischen von Wolfgang Thon. 444 Seiten.
AtV 1664

KAREL VAN LOON
Passionsfrucht
Der Vater des 13jährigen Bo erfährt zehn Jahre nach dem Tod seiner Frau, daß er nie Kinder zeugen konnte. Diese Entdeckung stellt sein gesamtes Leben in Frage. Die Suche nach dem »Täter« wird eine Reise an den Beginn seiner großen Liebe.
Roman. Aus dem Niederländischen von Arne Braun. 240 Seiten.
AtV 1850

NEIL BLACKMORE
Soho Blues
Melancholisch und geheimnisvoll wie ein Solo von John Coltrane, unverwechselbar wie die Stimme von Billie Holiday: »Soho Blues« ist die bewegende Geschichte einer leidenschaftlichen, lebenslänglichen Liebe zweier Menschen, die sich in einem Netz von Abhängigkeit und Verrat, Hoffnung und Desillusion, Liebe und Haß befinden.
»Eine herzzerreißende Lektüre, die große Gefühle weckt.« OSNABRÜCKER ZEITUNG
Roman. Aus dem Englischen von Kathrin Razum. 286 Seiten.
AtV 1733

Mehr Informationen erhalten Sie unter www.aufbau-verlag.de oder bei Ihrem Buchhändler

AtV